칼리엔테 장편 소설

화영삼흔기

2

동아

화영삼혼기 2권

초판 1쇄 인쇄일 | 2020년 10월 7일
초판 1쇄 발행일 | 2020년 10월 15일

지은이 | 칼리엔테
펴낸이 | 박성면
펴낸곳 | (주)동아

출판등록 | 제406 - 3960100251002007000071호
주소 | 경기도 파주시 문발로 115, 세종대학교출판부 206호
전화 | (031)8071 - 5201
팩스 | (031)8071 - 5204
E - mail | bear6370@hanmail.net

정가 | 12,800원

ISBN 979-11-6302-401-9 (04810)
　　　979-11-6302-399-9 (set)

화영삼혼기

칼리엔테 장편 소설

2

차 례

7. 강로마가 떠나니
풀들이 눕고

"폐하께서 하사하신 보석은 아니다, 그렇게 확신한다는 거겠지?"

"그렇습니다, 아가씨."

"하지만 폐하께서 언니 모르게 장공주에게 주었을 수도 있잖아?"

금청아의 목소리에서는 숨기지 않은 비웃음이 드러났다. 소월은 발끈하였으나 달리 대꾸하지 않았다. 어쨌거나 주인이신 귀비마마의 누이동생이셨다. 게다가 소월은 사가에서부터 금청아의 성격에 익숙했다. 자매 사이의 조롱과 기 싸움에 천한 것이 괜히 끼었다가는 피만 볼 것이다.

"귀비마마께옵서도 연회에서 직접 보셨으니 확신하셨겠지요. 장공주가 착용한 녹보석만큼 크고 선명한 것이라면 황실에서도 귀보로 지정될 만한 가치가 있지요. 하지만 만인지상이신 황제 폐하라도 황실의 보물을 장공주에게 하사하셨다면 기록을 남기셔야 합니다. 귀한 것이니만큼 경로가 확실해야 하니까요. 헌데 귀비께서 확인하신 바로는 그러한 녹보석을 하사하셨다는 증거도, 증인도 없다 하옵니다."

"흐음."

금청아가 옻칠한 상 위를 손톱으로 두드렸다.

토독, 토독. 올빼미가 부리를 가는 소리처럼 오싹한 소리였다.

"그래서 우리 귀하신 귀비마마의 고견은?"

"폐하께서 내리신 것은 아니되 황실의 보물이긴 할 것이다, 하셨습니다."

앞뒤가 맞지 않는 소리 아닌가.

"너, 죽고 싶니?"

뚝 하고 손톱 두드리던 소리가 멈추었다.

"귀비의 친정 시녀라 해서 네가 뭐라도 된 것 같아? 그래 봤자 넌 우리 집에서 내 언니 요강이나 갈던 노비에 불과해. 그런데 지금 나에게 말장난을 해? 기록에도 없다면서 황실 보물이라고?"

차갑기 짝이 없던 금청아의 얼굴에 나긋나긋한 미소가 번졌다. 눈이 반달처럼 접히고, 입은 귀까지 찢어질 듯 환히 웃는다. 그 모습을 본 순간 소월은 급히 바닥에 엎드려 이마를 땅바닥에 대고 외쳤다.

"그럴 리가요! 제가 어찌 본분을 잊고 아가씨를 능멸하겠습니까? 천것이라 말주변이 좋지 않아 귀비마마의 뜻을 제대로 전하지 못하였습니다. 죄를 물어도 쌉니다. 하지만 분명 아가씨께 큰 도움이 될 만한 정보가 있습니다. 아직 말씀드리지 못한 것뿐이니 자비를 베풀어 주시어요……!"

"큰 도움이라."

금청아는 침묵했다. 사냥감을 덮치기 직전 온몸을 고요히 긴장시키는 맹금류처럼.

'이 계집을 갈가리 찢으면 언니가 외려 좋아하겠지. 나를 통제할 핑계를 찾았다고 말이야. 어머니에게 곧바로 일러바칠 게 뻔해. 그러면 내 일에도 차질이 생기겠지? 아아, 성가시기 짝이 없군.'

그러니 소월을 부러 인편으로 보낸 것이리라. 금청아는 옛날부터 언니 편에 붙어 알밉게 굴던 소월을 손봐 줄 기회만 찾고 있었다. 금 귀비가 황궁으로 시집가면서 데려가지 않았다면, 소월은 진작 돼지우리에서 네발로 기며 죽지 못해 살게 되었을 것이다.

흥. 금청아는 순식간에 미소를 거두었다. 언니 손아귀에 놀아나고 싶은 마음은 없었다.

"그래서, 내가 자비를 베풀 만한 이유가 뭘까?"

소월이 이마를 바닥에 처박은 채 급히 입을 열었다.

"녹보석이 드문 우리 남려에서 그만한 최상품은 황실에서 구한 것이 분명하다고 하셨습니다. 민간에서는 다룰 만한 급이 아니라고 하시더군요. 귀비마마께서 재빈에게도 확언받은 일이어요."

"재빈?"

"예, 아가씨도 아시겠지만, 남려 보석들의 흐름은 재빈의 외가인 여씨가 꽉 쥐고 있지요. 하지만 금상께서는 등극하신 지 얼마 되지 않아 검소하시고, 후궁들의 사치에 엄격하시지요. 그렇다면 답은 하나. 선대나 선선대에 들인 녹보석이라고 보아야 한다 합니다."

"……그런데 그걸 무슨 수로 장공주가 가져? 폐하께서 하사하신 것도 아니라면, 제가 창고를 열고 훔쳐 가기라도 했다는 말이야? 게다가 그 계집은 선물받았다고 주장하던데, 황실 귀보를 폐하가 아니고 누가 내리겠어? 말도 안 되는 소리."

"옳지 않은 방법으로 취득하였을 수도 있으니까요."

"아하……?"

금청아가 그제야 흥미가 돋는다는 듯 상체를 앞으로 기울였다. 금청아의 음성에 깃든 흥미를 눈치챈 소월이 눈치껏 고개를 들고 속살거렸다.

"아가씨께서도 기억하시겠지만, 오황자의 난에 소실된 황족들의 귀보가 한둘이 아니랍니다. 개중에서도 가장 세력이 크고 황위에 가까웠던 오황자는 과시욕이 강했던 인물. 남려에서 보기 드문 물건이라면 금을 아끼지 않고 사들였지요. 그 가운데에서 아직껏 입에 오르내리는 것 중 하나가 바로,

로야산의 정수라고 불리는 녹보석이랍니다."

"……!"

"귀비마마께서는 암시장을 조사해 보라고 하십니다. 그만치 대단한 녹보석이 당당한 자의 손에 들어갔다면 천금을 제시하여 팔든, 자랑하며 전시하고 다니든 할 터. 없던 일처럼 이리 조용해졌다면 깨끗하지 못한 경로로 흘러들었음이 분명하다고 말입니다. 재빈도 동의하였지요."

이거다. 금청아는 속으로 쾌재를 불렀다.

"당당한 남려의 장공주가 지저분한 장물에 손을 댔다, 라? 이거 구린 냄새가 나는걸."

"아가씨의 말씀대로 수상한 일입니다. 폐하께서도 싸고돌지 못할 사안이고요."

알겠다. 어쩐지 순순히 조력한다 싶었더니, 장공주의 약점이 저도 필요했던 거로군. 하긴, 황제의 약점은 사랑하는 정실과 하나뿐인 누이인데, 황후를 흠집 내는 일은 실패했으니 여동생 쪽으로 목표를 돌릴 수밖에.

'손해 보는 일은 절대 안 한다니까, 금옥아.'

그럼에도 도움을 받긴 했다. 그것도 아주 큰 도움을. 금청아는 그 보답으로 소월을 사지 멀쩡하게 온헌궁으로 돌려보냈다. 새빨간 손자국을 뺨에 물들여 주기는 했지만 말이다.

넘치는 것이 재물이다. 고모가 태후가 된 이후로 부친이 소부 자리를 얻은 까닭에 집안에 들어온 재화가 어마어마하였다. 서녀였기에 인정받지 못했던 과거를 극복이라도 하려는 셈일까.

적녀인 금청아가 보기엔 서출 고모 따위 우습기 짝이 없는 꼴이었으나 내색할 정도로 멍청하지 않았다. 방긋방긋 웃으며 순종적이고 착한 질녀 행세를 할 뿐, 태후에 대한 조롱은 가면 뒤에 숨겨만 두었다. 어쨌거나 언니를 귀비로 만들었고, 이제는 청아 자신을 은가의 안주인으로 만들어 줄 든든한 뒷배이니까.

돈을 뿌리면 못 할 일이 없다. 특히나 뒷 세계의 정보라면. 과자 부스러기에 모여드는 쥐새끼처럼 헐레벌떡 달려와 일러바치고 은을 받아 간다.

그렇게 금청아는 아주 재미있는 소문을 하나 듣게 되었다.

누군가가 오황자의 녹보석을, 강로마와 맞바꾸어 사 갔다는.

* * *

청지기 고 씨가 맹타안을 찾은 것은 정오가 되기 반 각 전이었다. 맹타안은 자신의 처소에서 서책을 뒤적거리고 있었으며, 맹영대는 마구간에 들러 자신의 말을 보살피다 갓 들어온 터였다.

집안의 대소사를 도맡아 지휘하고, 무엇보다도 현희부를 드나드는 객들을 응대하고 관리하는 임무를 맡은 것이 청지기다. 하지만 여태껏 고 씨가 대면하여 상담하거나 명을 받든 쪽으로는 현희장공주의 측근 시녀인 침혜, 은 기도위, 그리고 관 부마가 다였다.

강로족 출신의 두 번째 부마는 현희부가 돌아가는 사정에 대해서는 관심이 없어 보였다. 이래라저래라 지시하는 일도 드물었다. 즉 고 씨가 직접 맹타안의 처소를 방문한 것은 말 그대로 처음이었다.

"나리, 청지기입니다. 잠시 전할 말씀이 있사온데, 소인이 들어가도 되겠습니까."

비단 보료 위에서 비스듬히 기대 죽간을 만지던 맹타안이 눈썹을 치켜올렸다. 말 냄새가 풀풀 풍기는 지푸라기들을 소매에서 떼어 내던 맹영대도 어리둥절한 표정을 지었다.

"무슨 사고라도 치셨습니까?"

"너는 네 형님을 뭘로 보는 게냐?"

"그게 아니고서야 청지기가 무엇하러 형님께 왔단 말입니까?"

"내가 아느냐?"

맹타안은 습관처럼 버럭 짜증을 내고는 눈을 가늘게 떴다. 여전히 문밖의 청지기는 분수에 맞게 기다리고 있는 기색이었다.

남려인들을 별반 좋아하지 않는 맹타안이지만, 현희부에 머물면서 점차 예외가 생겨났다. 제일은 당연히 부인인 현희장공주이고, 그다음은 마구간지기 소년 종효였다. 부인의 시녀인 침 아무개도 눈치가 빨라서 그럭저럭 쓸만하다 싶었다. 현희부 하인들에도 대체로 경계를 누그러뜨렸는데, 늑대같은 강로 사내로서는 장족의 발전이라고 할 수 있었다.

이는 현희부 일손들이 하나같이 입이 무거운 데다 맡은 바에 열심이고, 결코 함부로 나서는 법이 없음에 기인하였다. 특히 부르기 전에는 먼저 접근하지 않는 태도가 맹타안의 마음에 들었다. 그는 강로인답게 독립적인 성품을 타고났고, 일족을 잃은 채 남려라는 타지에서 지내며 그 예민함이 몇 배로 증폭되었다. 그렇기에 괜히 아랫것들이 사사건건 곁에서 얼쩡대었다면 얼마 견디지 못하고 폭발했을 것이다.

여하간 부인의 외숙이라는 땡중을 좋아하지는 않지만, 그 작자가 사람 보는 눈은 있다고 인정하는 와중이었다. 개중에서도 책임이 무거운 청지기를 맡긴 자라면 이유 없이 자신을 귀찮게 만들지는 않았으리라. 맹타안은 성긴 목소리로 들어오라고 외쳤다.

고 씨는 맹타안의 허락을 듣고 나서야 그의 처소로 들어왔고, 소청에 발을 딛기에 앞서 깊게 절하여 예의를 갖추었다.

"그래. 무슨 일이냐?"

"나리, 그것이……."

고 씨가 잠시 숨을 골랐다.

"나리를 찾는 손님이 있었습니다."

"뭐?"

순간 여유롭게 기대어 있던 맹타안이 창에 찔린 듯 자리에서 일어났다. 흥미진진하게 눈알을 굴리던 맹영대도 표정이 굳었다.

남려의 도성에서, 그것도 장공주가 기거하는 현희부에서 맹타안을 찾는 자가 있었다고?

그럴 수는 없었다. 불가능한 일이었다. 있어서는 안 되는 일이었다.

"그게 무슨 소리냐? 나를 찾았다니?"

"황제가 보낸 사람이나, 그런 것은 아니고?"

맹타안과 맹영대가 시퍼렇게 날이 선 얼굴로 동시에 되묻자, 고 씨는 당황하더니 이내 마른침을 삼키고 말을 이었다.

"황궁에서 온 인편이라면 소인이 어찌 모르겠습니까. 헌데 방금 나리를 찾아온 자들은 분명 아니었습니다. 여인 하나와 사내 하나였는데, 둘 다 두툼한 천으로 머리부터 발끝까지 휘감은 수상한 몰골이었습니다."

"일단 '나'를 찾았다는 이야기를 자세히 해 보거라. 나를 누구라고 지칭하더냐?"

고 씨가 눈치를 보다가 고하였다.

"엽혁 씨족의…… 엽혁타안을 찾아왔다 하였습니다."

와드득. 손에 쥐고 있던 죽간이 부러지는 소리가 들렸다. 고 씨와 맹영대의 시선이 동시에 맹타안의 손에 쏠렸다.

"혹 실수가 있었다면 죄송합니다, 나리. 하지만 '타안'이라는 이름이 흔한 것도 아니고, 나리께서 강로에서 오신 것도 사실인지라 나리가 맞을 것이라 판단하였습니다."

뜨끈하고 미끈거리는 감각. 맹타안은 천천히 제 손으로 눈을 돌렸다. 부러진 죽간 파편에 찔린 손에서 피가 용솟음치고 있었다. 똑, 똑, 피가 떨어지는 소리. 마룻바닥에 붉은 원이 연못처럼 고이기 시작했다.

"그래서?! 그래서 뭐라 대답했지?!"

맹영대가 황소처럼 다가가 고 씨의 멱살을 쥐고 흔들었다. 남려에서 밉보일 일은 해서 안 된다는 것이 철칙이던 녀석이었으나 그 역시도 맹타안만큼 이성을 잃은 것이리라.

그들의 존재를, 그리고 행방을 들켰다는 것은 죽음을 의미했다. 위험보다 뼈저린 패배를, 영원한 실패를 뜻했다.

그들을 제외한 엽혁 씨족이 죄다 숙부의 손에 척살되었거늘, 누가 엽혁 씨족의 이름을 운운하며 이 머나먼 남려까지 찾아왔겠는가? 세자였던 조카를 깨끗하게 정리하려는 새 강로왕의 야심이 아니라면, 도대체 누가.

"진정하십시오, 나리. 소인이 비록 하잘것없는 청지기오나 의무는 잘 알고 있습니다. 당연히 모른 척 잡아떼었지요. 그런 사람은 알지 못한다고, 여기는 현희장공주께서 가주로 계시는 현희부이니 당장 떠나지 않으면 사병이라도 불러 압송하겠다 하였습니다."

고 씨가 급히 설명했다. 맹영대의 솥뚜껑만 한 손에 붙잡혀 거의 발꿈치가 바닥에서 떨어진 채였다.

"그래서? 순순히 꺼지던가?"

맹영대가 구레나룻 솜털까지 바짝 일어난 얼굴로 물었다.

헌데 고 씨의 대답이 의외였다.

"예."

바짝 긴장했던 맹영대의 손에서 힘이 빠졌다. 고 씨의 뒤꿈치가 그제야 마루를 밟았다.

"순순히 떠나더군요. 심지어 저들이 어디에 묵는지도 알려 주었습니다. 그런데 일단은 나리께서 직접 확인하실 일이 있습니다."

한숨 돌린 고 씨가 맹타안을 향해 몸을 돌리고 조심스레 읍을 하였다.

"그들이 두고 간 것이 있는데…… 원래 나리의 소유였다고 하더이다."

"내 소유?"

"예. 소인이 보기에도 실로 나리께서 아끼던 그놈이 맞는 것 같아서…… 원래대로라면 가주(家主)이신 장공주께 먼저 아뢰야 마땅하나, 나리의 확인이 시급하다고 생각되어 이리 온 것입니다."

내가 아끼던 것이라니.

맹타안은 그제야 정신이 들었다는 듯 되물었다. 잠시 동안은 인간으로서의 이지(理智)가 사라지고 궁지에 몰린 맹수가 된 기분이었다. 아픔도 느끼지 못하는, 죽음을 앞둔 짐승.

고 씨가 머뭇거리자 깔끔하게 손질한 콧수염이 함께 움찔거렸다. 그러다가 마음이라도 먹은 듯 머리를 깊게 숙이며 대답하였다.

"그자들이 강로마를 가지고 왔습니다, 나리. 눈처럼 하얀, 아주 잘생긴 종마입니다. 차마 밖에 내어놓을 수 없이 귀한 말이라, 일단은 대문 안에 들였사온데……."

툭.

바닥에 번진 핏자국 위로 부서진 죽간이 떨어졌다.

맹타안은 그대로 달려나갔다.

강로마라고? 그것도, 눈처럼 하얀 종마?

본디 강로마는 초원의 마른 풀처럼 옅은 갈색, 금빛에 가까운 미색이 특질이었다. 아름다운 외형과 잘 뻗은 늘씬한 다리, 바람 같은 속도와 지구력만큼이나 말이다. 하지만 아주 드물게, 수십 년에 한 번쯤 밤처럼 새까만 놈이나 눈송이처럼 흰 놈이 태어나고는 한다. 맹타안의 애마, 백예처럼.

정신없이 뛰쳐나갔다. 곁채에서 나와 내정을 가로지르고, 주랑을 따라 달리다가 중정에서 길을 틀었다. 잘 손질된 관목을 짓밟았고 물이 흐르는 수로를 뛰어넘었다. 도저히 구불구불한 길을 따라 시간을 낭비할 수가 없었다.

대문 기둥 앞에 묶인 채 선 백마를 본 순간 맹타안은 알았다. 그의 백예였다.

가까이 가서 확인할 필요도 없었다. 이빨과 잇몸을 만져 보고 발굽을 들어 볼 이유도 없었다. 그의 백예가 맞았다.

백예 역시 못난 주인을 알아보는 것일까. 멀리서부터 바람을 타고 오는 익숙한 체취를 맡은 듯 고개를 번쩍 쳐든다. 푸르르 투레질을 하더니 앞발로 흙을 긁었다.

맹타안은 차마 가까이 다가가지도 못한 채 못 박힌 듯 서 있었다. 팔아

버린 영혼이 되돌아왔음을 누가 쉽게 받아들이겠는가. 도대체 어떤 자들이 건대 그의 정체와 행방을 알아내고, 그가 팔아넘긴 백예를 되사 가져다 놓았을까. 도대체 누가, 어떤 이유로.

뒤늦게 맹타안의 뒤를 좇아온 맹영대가 입을 떡하니 벌렸다.

"형님, 저건…… 아니, 어떻게……."

맹타안이 천천히 몸을 돌렸다. 피가 식고 머리가 냉정해진다.

"잠깐 나가 보아야겠다."

"……!"

이제 그에게 선택의 여지는 없었다.

* * *

"어떨 것 같으냐?"

"삼촌이라면 어떠시겠어요?"

야친이 코웃음을 쳤다.

"나 같으면 맨발로라도 뛰어올 거야. 삼촌이라도 마찬가지일 걸요. 죽은 부모가 살아 돌아온 거나 마찬가지인데, 안 그러겠어요?"

"하긴. 가만히 있으면 강로 사내도 아니지."

야친의 숙부인 무흠이 수염을 쓸어내리며 끌끌 웃었다.

"특히 그놈은 강로 사내 중에서도 진짜배기니까. 나도 몇 번 멀찍이서 보았다만, 참으로 사내다운 자였다. 초원에 내려온 태양의 신 같았어. 그 성깔머리 하며, 계집들이 줄줄이 쓰러지는 낯짝 하며, 마술(馬術)은 물론이고 창 휘두르는 솜씨로는 온 씨족 중에서도 따를 자가 없었지. 과연 엽혁 세자로군, 이라는 말이 절로 나올 정도였다."

"흐음."

"먼발치에서 본 내가 이 정도라면 직접 마주 대한 적이 있는 형님이야 더 잘 아시겠지. 그래서 네 계획에 허락한 것일 테니."

무흠이 야친을 쳐다보며 말했다.

"그런데 재미있구만. 정작 너는 그놈의 얼굴 한 번 보지 못했으면서 이런 도박을 벌였다니. 과감한 배짱이야 좋다만, 실패할 경우는 어쩌려고 그랬느냐?"

"실패할 리 없으니까요."

야친이 의기양양하게 미소지었다. 그리고 말을 더 이으려다가 갑자기 멈추었다. 그녀가 눈썹을 미간으로 모으며 숙부를 향해 조용히 손짓하였다. 급하게 계단을 밟고 올라오는 소리가 들렸다. 인기척을 숨기려고 하지도 않는 것이 되레 오만하다고 할 정도였다. 게다가 듣자 하니 하나도 아니고, 두 명.

친아우처럼 아끼던 사촌이 하나 있다던데, 그자도 함께 망명했나. 야친은 숙부와 눈을 마주쳤다. 팽팽한 긴장이 숙소 안을 가득 채웠다.

맹타안은 손기척을 하지 않았다. 안에 있느냐는 질문도 하지 않았다. 그는 제 막사에 들어오는 왕처럼 그저 문을 열고 들어왔을 뿐이다.

'잠가 놓았으리라는 생각은 아예 하지도 않은 얼굴. 과연 세자로 태어나 세자로 자란 인물이야. 하긴, 잠겨 있었대도 옆의 덩치가 과자처럼 부숴 버렸겠네. 어느 쪽이든 제멋대로인 사내로군.'

야친은 자리에서 일어났다. 그리고 방 안에 들어온 두 명의 사내를 대놓고 관찰하였다.

'아버지와 숙부가 칭찬하신 이유가 있었네.'

어느 쪽이 엽혁 세자이고 어느 쪽이 그 사촌인지 알아보는 것은 어렵지 않았다.

걸친 옷부터가 달랐다. 마름모 무늬가 수놓아진 등꽃색 비단옷을 입은 세자와 달리 그 사촌은 짙은 황토색 무명을 입고 있었다. 깨끗하게 손질된 편한 의복이기는 하지만 사치와는 거리가 멀었다. 또한 사촌은 엽혁 세자보다 몸이 네모지고 두터운 데다 구레나룻이 선명해서, 꼭 금빛 사자 옆에 선 갈색 곰을 보는 듯한 기분이었다. 여하튼 둘 다 훌륭한 맹수임은 확실하였다.

야친은 엽혁 세자에게로 시선을 돌렸다.

엽혁 세자는 수식처럼 따라붙던 은 갑옷은 걸치지 않은 채였다. 그럼에도 겨울 햇빛처럼 차가운 금발은 떼어 놓을 수 없는 증표였다. 그가 엽혁타안이라는, 천하 어디서도 알아볼 수 있는 표식. 남려에서는 정체를 숨기고 있어서일까. 가죽으로 만든 건을 쓰기는 했다. 하지만 마음이 급했음을 입증하듯 금빛 머리카락이 귓가와 이마에 몇 가닥 흘러내려 있었다. 게다가 비단 그가 숨겨야 할 것은 머리카락뿐이 아니었다. 호수의 얼음 조각을 떼어 낸 듯한 푸른 눈!

"급하게 왔군요."

야친이 당돌하게 말하자 맹타안이 얼굴을 구겼다.

"너희는 누구냐."

"한때 당신 아버지와 혈맹이었고, 지금은 당신 숙부를 섬기도록 강요받고 있는 초원의 영혼이죠."

"내가 여기 있다는 걸 어떻게 알았지?"

"여기가 아니라면 어디 있겠어요? 동가 씨족과 손잡은 북려에? 아니면 산맥을 넘어 사막으로? 방향은 하나지."

"지금 당장 너희를 죽여 없앨 수도 있다."

순식간에 분위기가 얼어붙었다.

"그 유명하던 창은 고사하고 허리춤에 검집도 보이지 않는데, 무슨 자신감이죠?"

"계집과 늙은이 목을 비트는 일에 무기가 필요한가?"

맹타안의 음성은 잠잠했다.

"손 좀 더럽히는 게 무슨 큰일이라고. 양 잡는 일과 다르지도 않지."

허세가 아니었다. 야친은 허리띠에 매달아 놓은 단도 집을 쥐면서 눈을 가늘게 떴다. 여기서 한 판 붙어 볼까? 어쨌든 내겐 날붙이가 있으니, 몇

합이라도 겨룰 수 있겠지. 얼마나 대단한 사내인지 한번 시험해 봐도 나쁘지 않을 텐데.

그때 야친의 속마음을 읽기라도 한 듯이 숙부가 버럭 소리를 질렀다.

"야친!"

그 소리에 야친은 반사적으로 숙부인 무흠 쪽을 바라보았다.

"선문답은 그만둬라. 그새 남려 물이 들어서는 빙빙 돌리기나 하고, 못된 버릇이 생겼구나. 강로인답게 똑바로 말씀드리지 못하겠느냐."

"그치만!"

"네 흥미야 접어 두어라. 세자가 자신을 입증할 관문은 이미 숱하다 못해 넘치니까. 좋은 일로 찾아왔건만 설명은 않고. 초장부터 얼굴이나 붉히면 못 쓰지."

"야친이라고?"

야친과 무흠의 대화를 듣고 있던 맹타안이 눈썹을 들어 올렸다.

"후란 씨족의 야친 공주 말인가?"

"우리 공주를 아십니까, 세자?"

후란무흠이 놀란 듯 물었다.

"나는 강로 왕위를 물려받을 자였다. 씨족장들의 직계는 다 알고 있지. 실제로 대면한 적은 없더라도."

그의 목소리에는 묘한 조소와 꺼지지 않은 분노가 느껴졌다.

그래, 바로 이 열기다. 이 열기, 타오르는 복수에의 갈망을 찾아 여기까지 왔다.

야친 공주는 아직 걸치고 있던 두꺼운 피풍의를 천천히 벗어 내렸다. 피풍의에 달린 모자가 벗겨지자 강로식으로 구슬을 섞어 땋아 내린 머리채가 어깨 아래로 쏟아졌다. 붉게 물들인 가죽옷과 솜씨 좋게 무두질한 가죽 장화까지, 어디로 보나 강로의 여식이었다.

실로 오래간만에 보는 초원의 복식인지라 맹타안과 맹영대의 표정이 잠시 흔들렸다.

"후란무올의 딸, 후란 씨족의 공주인 야친이 세자를 뵈옵니다."

야친 공주가 반듯하게 인사를 올렸다.

"세자를 찾아 먼 길을 왔습니다. 성의를 보아서라도 저의 무례를 용서해 주시지요."

갑작스레 예의를 갖추는 태세에 맹영대는 아리송한 표정으로 형을 쳐다보았다. 맹타안은 경계를 풀지 않은 눈빛으로 딱딱하게 답했다.

"후란 씨족은 초원에서도 가장 먼 곳에 살고 있지. 철혁 산맥을 오가며 장사하느라 강로왕 따위야 안중에도 없는 줄 알았는데, 이제 와서 무슨 수작이냐?"

"안중에도 없다니요! 제 부친은 선왕과 혈맹을 맺었고, 단 한 번도 선왕의 뜻을 거역한 적이 없는 충실한 벗입니다. 지금 세자께서 배알이 뒤틀린 상태인 것은 알지만 말은 좀 가려 하시지요. 세자를 돕기 위해 먼 길을 찾아왔는데 말입니다!"

"야친!"

"됐어요, 숙부. 세자께서는 예의에 별 신경을 안 쓰시는 모양이니까."

이번에는 맹타안이 야친 공주를 관찰할 차례였다.

색색의 구슬을 넣어 자잘하게 땋아 내린 머리 타래, 초원의 햇빛에 보기 좋게 그을린 피부와 애교처럼 주근깨가 흩어진 콧대. 그럼에도 입체적인 이목구비와 짙은 속눈썹이 강로다운 미인이었다. 무엇보다도 야친 공주의 눈은 녹색에 가까운 옅은 갈색이었는데, 철혁 산맥 너머의 이민족들과 교류가 가장 많다는 후란 씨족다운 특질이었다.

당돌한 태도가 싫지 않았다. 그 역시 남녀 모두 주장이 강한 강로 초원에서 자란 사내였으니까. 그래서 맹타안은 야친 공주의 이야기를 들어 보기로 결심했다.

"처음부터 다시 시작하지, 공주. 공주 말마따나 예의는 접어 두시오. 지금 체면치레는 별반 의미가 없으니까."

야친 공주와 숙부가 머무는 곳은 중경에서 다소 떨어진 한적한 거리의 고급 객잔으로, 사 층짜리 건물의 꼭대기였다. 두 개의 방이 하나의 거실로 연결된 구조의 처소를 빌렸기에 그들이 지금 자리한 거실에는 손님을 맞을 만한 구색도 갖추어 있었다.

맹타안은 묻지도 않고 태연히 걸어가 상석에 앉았다. 야친 공주는 그 모양새를 보더니 오히려 마음에 드는 듯했다.

"좋습니다. 초원의 아들딸답게 툭 터놓고 이야기하지요. 어디서부터 설명드리면 될까요?"

"나를 어떻게 찾았는지. 아니, 내가 살아 있다는 것을 어찌 알아챘는지부터."

야친 공주는 가볍게 자리에 앉았다. 야친 공주의 숙부인 후란무흠은 화로로 다가가 차를 끓이기 시작했다. 그 모습을 번갈아 보던 맹영대는 후란무흠 곁으로 다가서 말없이 돕기를 선택했다.

쌀쌀해진 공기 가운데 쌉싸름한 차향이 풍기고, 물이 끓는 소리가 울렸다. 그 가운데서 야친 공주는 이야기를 시작했다.

"세자가 살아 있다고 생각한 이유는 단순해요. 만일 당신이 죽었다면 모든 강로 씨족들이 그 꼴을 보았을 테니까. 당신의 목을 잘라 내 장대에 박아서 전령에게 들려 보냈겠죠. 누가 승리한 엽혁 씨인지 보여 주기 위해서 말이에요."

야친 공주는 코웃음 쳤다.

"그런데 당신 숙부 엽혁새명은 당신의 머리통은 고사하고 그 유명한 은 갑옷조차 구경시켜 주지 않더군요. 다른 일족들의 시체는 보란 듯이 풍장했으면서 말이에요."

"……"

"그 터와 유해들을 내 아버지인 후란 족장이 직접 가서 보았고, 난양 족장이나 엽영 족장도 보았어요. 다른 씨족장들도 모두요. 유감이지만 엽혁 씨족 가운데 숨이 붙어 있는 건 지금 강로왕과 당신, 그리고 당신의 사촌뿐이에요."

맹타안은 얼음으로 쪼아 만든 조각상처럼 미동조차 없었다. 그의 고요한 분노가 어찌나 차가웠던지 화롯불조차 주춤하는 것 같았다. 야친 공주는 개의치 않고 말을 이었다.

"세자가 살아 있다고 판단한 이상 어디로 향했을지 추측하는 것은 어렵지 않았죠. 강로왕비인 동가 씨와 손을 잡은 북려로 간다면 자살시도를 넘어서 멍청한 개짓거리일 테고, 그렇다고 철혁 산맥 너머로 갈 리도 없었죠. 당장 말이 마실 물도 없는 데다가, 사막민들과 교류도 전무하니까. 우리 후란 씨족도 아니고 말이에요. 남는 방향이라고는 남려뿐이던데요."

"난양 씨족에게 갈 수도 있었어."

맹타안의 지적에 야친이 고개를 저었다.

"세자의 모친이 난양 씨족이었으니, 그럴 수도 있었겠죠. 하지만 지금 난양 족장은 전 왕비의 배다른 동생. 이복형제들과 사이가 안 좋기로 유명하던데요. 게다가 세자의 외조모도 돌아가신 지 오래이니 뒷배가 되어 줄 직계 친척이 거의 없는 셈이죠."

야친은 말을 이었다. 당당하기 그지없는 태도였다.

"병사 하나 없는 세자를, 동가 씨족은 물론 북려의 힘을 업고 있는 엽혁 새명과 적대할 위험을 무릅쓰고 받아 줄까요? 아닐 텐데요."

맹타안은 반박 대신 얼굴을 찌푸렸다. 야친 공주는 정확하게 상황을 파악하고 있었다.

"어쨌거나 씨족 내의 분란은 씨족 안에서 해결하는 것이 강로의 규율. 엽혁새명이 전왕에게 뒤집어씌운 모함이 날조되었다는 것은 다들 알지만 다른 씨족들이 응징할 수는 없어요. 이 점은 아시겠죠. 그러니 괜한 책망은 단호하게 거절하겠어요."

야친 공주의 말도 일리가 있었다. 섣불리 엽혁새명을 처단하려 들었다가는 결국 왕위를 차지하기 위해 씨족끼리 갈라져 전쟁을 벌이게 될 가능성이 컸다. 온 초원이 강로의 피로 흘러넘쳐 북려와 남려만 수고 없이 이득을 취하게 되겠지.

맹타안도 누구보다 그 점을 잘 알았지만, 빈정거림은 참지 않았다.

"그래서 엽혁새명이 왕입네 행세하는 꼴을 참아 주었다, 그런 뜻인가? 참으로 힘든 일이었겠군."

"맞아요. 힘들었어요. 후란 씨족뿐 아니라 모두에게요. 우리의 형제들도 모자라, 말들까지 수탈하기 시작했으니까."

강로인답게 빈정거리지 않고 직설적인 어투였다. 야친 공주의 녹갈색 눈동자에 불씨가 피어올랐다.

"자신의 씨족에게 벌인 참사야 참아 넘길 수 있지만, 북려와 멋대로 조약을 맺어 온 초원을 쥐어짜는 일은 견딜 수 없어요. 안 그래도 올해는 가뭄이 심해 망아지들이 많이 죽었는데, 그런 것에는 신경도 쓰지 않고 북려로 차출해 보내려고 눈이 시뻘겋더군요. 심지어는 족장 일가의 말까지 빼앗았어요."

"그럴 리가!"

차를 쟁반에 받쳐 가져오던 맹영대가 저도 모르게 비명을 질렀다.

"족장 일가 소유의 말을 강탈했다고요? 그런 모욕을 저지르고도 무사하리라 믿는단 말입니까?"

야친 공주는 흘긋 그를 쳐다보았다. 찻잔을 나누어 주던 후란무흠이 대신 말을 이었다.

"북려가 뒤에 있다는 자신감 때문일 것이오. 강로족 간의 묵시적 규칙과 예의는 죄다 짓밟고, 북려에 굴종하여 제 세력과 잇속만 채우고 있어요. 그래서 더는 간과할 수 없다고 우리 공주가 이렇게 나선 겁니다."

"정말 그뿐인가?"

맹타안이었다.

"무슨 뜻이신지요?"

"내게 거짓말할 생각 마라. 그 이상이 있을 텐데. 씨족의 말을 뺏기고 굴욕을 당하는 것, 강로인으로서 큰 수치지. 하지만 귀한 공주가 남려 한복판까지 숨어들어와 내 뒤꽁무니를 찾아다닐 만큼 지독한 상황은 아니야. 엽혁새명의 개 같은 짓거리에 질렸다면 진작에 찾아왔겠지. 안 그런가?"

맹타안이 상체를 앞으로 기울이며 으스스하게 말했다.

"뭔가 당했군. 그렇지? 그 일만 아니었다면 엽혁새명이 어떤 개돼지 같은 짓을 하던 초원의 분란을 피하기 위해 넘겼을 텐데, 뭔가 당한 거야. 절대 참을 수 없는 모욕을 겪었겠지. 피를 볼 각오, 동가 씨족과 북려를 향해 창검을 들이댈 열의를 들끓게 할 만한 짓거리를 말이야. 그럼에도 후란 씨족 홀로 일어서기에는 명분이 마땅치 않으니 이제야 나를 찾은 것이고, 어디, 틀린가?"

"……."

후란무흠이 입을 다물었다. 그리고 제 몫의 찻잔을 들어 잠자코 입을 축였다. 야친 공주는 한동안 말이 없었다. 맹타안은 수풀 속의 늑대처럼 형형한 눈빛으로 야친 공주를 노려보고 있었다.

짧은 정적이 흘렀다.

야친 공주가 으르렁거렸다.

"그 돼지 같은 새끼가 내 동생의 말을 개 먹이로 줬어."

무릎 위의 옷자락을 움켜쥔 그녀의 손등에 힘줄이 돋았다.

"내 동생은 후란 족장이 될 후계자였어. 온 씨족이 그 애를 사랑하고 기대를 걸었지. 돌림병만 아니었다면 여전히 내 어머니 옆에서 말을 몰고 있었을 거야."

맹타안은 침묵을 지켰다. 이 년 전이었나. 후란 족장의 아들이 죽었다는 소식을 들은 기억이 있었다. 영리하고 품성이 반듯한 소년이었다고 했다.

"호왕은 내 동생이 처음으로 받아 키운 망아지였어. 동생에게는 쌍둥이나 다름없었지. 동생이 눈짓만 해도 뜻을 알았고, 노래하면 따라서 발을 구르던 말이었어. 너무도 아끼던 애마였기에 동생은 죽어 가면서도 나와 아버지에게 부탁했어. 절대로 호왕을 따라 죽이지 말라고, 자기 대신이라고 여기고 키워 달라고. 그런데 그 호왕을 주인 없는 말이라며 끌고 가서, 북려 귀족들이 보는 앞에서 몰이로 써먹었다더군."

야친 공주가 드러낸 감정이 용암처럼 흘러내려 방 안의 모두에게 화상을 입혔다.

"호왕이 기수를 거부하자 사냥개들을 풀어 죽였다고 했어. 강로왕이라는 자가, 강로 사내가 어떻게 우리 말이 개죽음을 당하는데 보고만 있을 수 있지? 어떻게?"

강로인이라면 누구나 제 일처럼 이입하여 분노할 만한 비극이었다. 맹영대의 목이 붉게 달아올랐고, 후란무흠은 죽은 조카가 떠올랐는지 입 속에서 혼잣말을 중얼거렸다. 맹타안은 야친 공주를 응시했다. 새빨간 증오가, 결코 꺾이지 않을 복수심이 그녀의 눈 속에 타오르고 있었다.

그것이야말로 천 마디 말보다 더욱 강렬하게 그들의 진심을 증명하였다. 이들은 결코 맹타안과 맹영대를 강로왕에게 넘기지 않을 것이었다.

"선친은 좋은 왕이었고 훌륭한 아버지였지. 하지만 무른 형이었다. 나였다면 엽혁새명 같은 종자는 진작에 솎아 죽여 버렸을 텐데."

맹타안이 짤막히 답했다.

"하지만 아직 늦지 않았지. 내가 살아 있으니. 게다가 지금 벌이고 있는 일들의 꼬락서니를 듣자 하니, 다른 씨족들의 원망도 적잖이 샀겠군."

"네. 맞습니다. 왕도 왕이지만, 왕비의 일족인 동가 씨족이 횡포를 벌이는 것도 한몫하고 있죠."

뒤늦게 자신을 가라앉힌 야친 공주가 떨리는 손으로 차를 한 모금 들이킨 후 대답했다.

"증오심에 눈이 멀어 잠시 선을 넘었네요. 하지만 이해해 주시리라 믿습니다."

맹타안은 고개를 끄덕였다. 신경 쓰지 말라는 뜻이었다.

잠시 눈치를 보던 맹영대가 끼어들었다.

"그런데 공주, 남려까지 온 것은 그렇다 쳐도, 어찌 도읍에서 형님을 찾으신 겁니까? 하주나 의주 따위의 구석에 숨어 있을 수도 있지 않습니까?"

"거기 숨어서 무엇을 하려고요? 산속에서 풀이나 뜯어 먹고 살다 죽으려고요? 강로 사내라면 전장에서 죽으면 죽었지 그런 쥐새끼 같은 짓은 하지 않지요."

야친 공주가 당연하다는 듯 대답했다.

"남려 황제에게 힘을 빌리겠다고 결심하지 않았다면, 강로 초원을 떠나지도 않았겠죠. 수천수만의 적 가운데서 홀로 싸우다 죽는 한이 있더라도 말이에요."

그녀 역시도 강로인이었다. 강로인이 초원을 떠날 때에는 그만한 각오가 있음을 파악한 것이다. 남려는 대대로 북려와 불화한 데다가, 새 황제가 젊고 융통성이 있는 편이었다. 걸어볼 만한 도박이었다.

"남려 황제에게 뜻을 밝히고 망명하려면? 당연히 도성에 있겠죠. 이게 내 결론이었어요."

"명민하십니다, 공주."

맹영대가 솔직하게 감탄하였다. 야친 공주는 그의 칭찬이 싫지 않은 듯 코웃음을 쳤다. 기분이 좋아진 모양인지 묻지도 않은 나머지 과정까지 설명하기 시작했다.

"하여간 그렇게 도성으로 찾아와, 숙부와 함께 수소문하고 있었지요. 쉽지는 않으리라 예상했습니다. 여태껏 엽혁새명이 꼬리를 잡지 못하고 있는 걸 보면, 잘도 숨어 있겠구나 싶었죠. 세자의 외모라면 남려에서 소문이 나지 않을 수가 없을 텐데 말이에요. 그래서 이쪽에서도 실마리를 흘리기로 했어요. 일부러 강로마와 혈통이 섞인 혼혈마를 끌고 왔고, 나와 숙부의 차림새도 외지인처럼 차렸죠. 세자 쪽에서 우리를 발견하고 접근할지도 모르니까요. 그런데 전혀 예상치 못한 인물이 다가오더군요."

"예상치 못한 인물이라면……?"

"……암상인이겠군."

맹영대의 물음에 답한 것은 맹타안이었다.

그의 씁쓸한 목소리에 야친 공주가 고개를 끄덕였다.

"정확히는 그의 끄나풀 중 하나였죠. 우리의 말을 보고 접근한 거였어요. 제 주인이 강로마 하나를 씨말로 돌리고 있는데, 우리 암말과 짝을 지을 생각이 없냐고요. 강로마와 섞인 암말이니, 강로마와 접붙여 낳은 새끼는 더더욱 순혈에 가까울 터. 비싼 값에 팔거나 돌릴 수 있을 거라고 열을 올리더군요. 원래는 고가로 빌려주고 있지만, 만일 망아지를 하나 주겠다고 약속한다면 두 마리 암말 모두에게 씨를 뿌려 주겠다던데요. 고맙기도 하지. 역겨운 종자들. 정말 그 자리에서 때려죽일 뻔했다니까요."

야친 공주가 열이 받는지 찻물로 입술을 축이고 말을 이었다.

"하지만 강로마가 남려 암상인 손에 있다니 이상하잖아요? 북려도 아니고 말이에요. 게다가 저와 숙부가 표정이 좋지 않자, 새하얀 백마라 더 예쁜 놈이라며 흥정을 하더라고요. 강로마 중에서 백마라? 드물기가 초원에 눈이 내릴 정도인데, 그게 어떻게 여기에 있을까? 세자와 연결될 수 있는 실마리가 생겼다는 직감이 왔지요. 그래서 직접 보겠다고 응해서 그자의 상점에 방문했어요. 아주 깊숙한 곳에다 모셔 두고 있더군요. 비밀 문을 몇 개나 지나 들어갔는지, 원. 하여간 그렇게 보니 정말 강로마가 맞더군요. 게다가 숙부가 단언하셨어요. 엽혁 세자의 말이 확실하다고."

"흠 하나 없이 흰 털 결에 뼈대와 생김새도 강로마 중 제일. 비록 형님이 선왕을 방문하셨을 적에 멀찍이서 본 것에 불과하지만, 세자의 백예는 또렷이 기억에 남더군요."

야친 공주의 말에 후란무흠이 덧붙였다.

"거래에 흥미가 있는 척하고 적당히 맞장구를 쳤더니 줄줄 불어 대더이다. 강로마를 한 마리 더 얻게 될 참이니 흥에 겨웠던 거겠지만. 그 장사치가 떠들기를, 기이한 미남자가 갑자기 들이닥쳐서는 가진 것 중 가장 귀한 보석을 내놓아 보라 했다더군요. 그래서 치를 값은 있냐 물었더니, 웬걸. 순혈 강로마를 내주겠다 하기에, 처음에는 믿지 않고 코웃음을 쳤답디다. 허풍일 게 뻔했다고. 그래도 강로마라는 소리가 재미있어 어디 언감생심 보기나 해라, 하며 어마어마하게 귀한 녹보석을 보여 줬는데, 그자가 참말 강로마를 가지고 와 바꾸어 갔다고."

"……상인이라는 자가 입이 그리 가벼워서야."

맹타안의 잘생긴 얼굴이 차갑게 굳었다.

"아, 걱정 마십시오. 더는 떠들지 못할 테니까."

이번에는 야친 공주가 끼어들었다. 상큼한 목소리로 목을 긋는 시늉을 하며 빙긋 웃는다.

"백예를 무슨 수로 데리고 왔겠어요? 깔끔하게 칼로 해결했답니다."

"지키고 있는 호위들이 꽤 많았을 텐데."

"뭐, 그럭저럭 해결할 만했어요. 마침 어떤 손님이 자택으로 호출을 했다던가. 조수가 나가면서 힘 쓰는 이들을 많이 끌고 간 모양이더라고요. 잘 됐지요. 우리 강로마가 역겨운 남려 돼지에게 수모를 당하게 놔둘 수는 없으니."

"……."

"그리고 마침 며칠 전부터 도읍에 소문이 쫙 돌던데요. 황후의 탄신연에서 귀비가 패악을 부렸다느니, 장공주가 주먹만 한 녹보석을 허리에 차고 나와서 기를 죽였다느니. 남려 땅에서 귀한 것이 녹보석인데, 마침 이야기가 그럴싸하게 잘 맞아 들어서요. 한번 우리도 도박을 해 보았죠. 성공했으니 기쁘군요."

야친 공주가 말을 맺었다.

맹타안은 손도 대지 않은 찻잔을 잠시 응시하다가 한숨을 쉬었다.

"내 백예를 구해 준 것은 고맙게 생각한다. 은혜를 입었으니, 언젠가 반드시 갚도록 하지."

"언젠가라고 뜬구름 잡을 필요 없습니다. 지금 갚도록 하시죠."

"무슨 뜻이지?"

"이미 감을 잡으셨을 텐데요. 저와 숙부가 어째서 세자를 찾아왔는지."

맹영대의 눈이 굴러가는 소리가 들려왔다. 맹타안은 입술을 깨물었다. 애써 피하려 했던 주제로 결국 와 버렸나.

야친 공주가 맹타안 쪽으로 아예 몸을 틀었다. 그리고 똑바로 그를 응시하며 말했다.

"저와 결혼하시지요. 그리고 후란 씨족과 힘을 합해 왕위를 되찾으세요."

야친 공주의 얼굴은 당당했고 전하는 바는 명확했다. 누가 보아도 이보다 더 좋은 선택지는 없었다.

후란 씨족은 강로족 내에서도 큰 세력을 지녔다. 산맥과 사막을 오가는 상인들과도 교류가 잦아 물자도 풍부할뿐더러, 여러 부족과 혼인으로 관계를 다져 끌어 쓸 수 있는 동맹도 많았다. 게다가 남동생이 죽었으니 후란 족장의 자식은 야친 공주 하나였다. 그녀와 혼인한다면 멸족에 다다른 엽혁 씨족을 부흥시키는 데에 막대한 조력이 될 것이었다.

"공주는 후란 씨족의 후계자야. 내게 시집오겠다는 게 무슨 뜻인지는 알고 제의하는 건가?"

"사실상 다음 대부터는 후란 씨족이 엽혁 씨족에 편입된다는 뜻이죠."

야친 공주는 어렵지 않게 대답했다.

"문제가 있나요? 어차피 왕위야 나와 당신의 자식이 이을 테니 핏줄은 보존될 텐데."

"후란 족장이 동의했다고?"

"과감한 결단이죠. 하지만 엽혁새명이 우리를 뼛골까지 뽑아 먹을 판국에 씨족의 이름이 중요한가요? 동가 씨족 역시 후란 씨족을 눈엣가시로 여겼으니 점차 명줄을 끊어 놓으려 압박할 거예요. 그럴 바에야 당신과 혼인하여 일족을 보호하고, 우리 말들과 우리 초원의 명맥을 지키는 것이 현명하죠."

맹타안은 입술을 깨물었다.

그의 계획은 남려 황제의 힘을 빌려 왕위를 탈환하는 것이었다. 하지만 어디까지나 궁여지책. 최선은 아니었다. 가능만 하다면 외부의 조력 없이 강로족 내에서 해결하는 것이 제일이었다. 여러 족장들의 신뢰와 충성을 얻기에도 물론이고, 장기적으로 보아도 그렇다. 엽혁 씨족이 맹타안 그와 맹영대밖에 남지 않은 상황에서, 남려의 입김이 닿은 채 일가를 부흥시키려면 복잡한 알력 다툼에 시달릴 것이다. 하지만 후란 씨족의 공주가 시집온다면…….

사실 망설일 이유도 없는 일이다.

그럼에도 맹타안은 망설이고 있었다.

"하지만 나는……."

야친 공주가 냉큼 답했다.

"알아요. 남려의 장공주에게 구애 중이겠죠?"

맹타안의 눈이 순간 커졌다. 하지만 이어지는 야친 공주의 말에 그는 짐짓 평정을 되찾았다.

"애마까지 팔아 환심을 사려 했으면 뻔하지."

맹타안은 입을 다물었다. 다행히 눈치 빠른 야친 공주도 다 아는 것은 아니었다.

맹영대가 긴장하여 멈추었던 숨을 크게 내뱉는 소리가 들렸다. 하긴, 제아무리 복수심에 불타는 야친 공주라도 맹타안 그가 남려 장공주의 두 번째 부마, 명분도 없는 첩실 상태임을 안다면 경멸하며 제안을 거두었을 것이다. 사내 첩이라니. 차라리 기혼인 장공주를 유혹하려는 절박한 상태라고 착각하는 게 나았다.

"세자의 계획은 대략 짐작이 갑니다. 일단 도성에, 거기다 장공주부에 머무는 것을 보니 남려 황제와 어느 정도 협력은 하기로 했겠죠."

야친 공주는 거기까지 말하고 짧게 키득거렸다. 장공주를 유혹하기 위해 맹타안이 애를 쓰는 모습을 상상이라도 하는 모양이었다. 맹타안은 그녀의 확신 어린 추측을 굳이 고쳐 주지 않았다.

"그럼에도 보다 확실한 연결고리를 만들기 위해 장공주를 세자 것으로 만들려고 결심한 것이겠네요. 어제까지만 해도 가장 효율적인 판단이었다고 동의해요. 하지만 이제는 아니지요."

야친 공주가 낮고 또렷한 음성으로 말했다.

"저와 혼인하여 후란 씨족을 중심으로 봉기한다면 남려 황제의 힘을 빌리지 않고도 왕위 탈환이 가능해요. 남려의 콧대 높은 장공주, 그것도 이미 남편까지 있는 여자를 꾀차리려면 얼마나 많은 시간과 수고가 필요할지 생각해 보세요. 단순히 넘어뜨리는 걸로 다 되는 것도 아니지. 멀쩡히 있는 부마를 내쫓기까지 해야 하잖아요? 남려 정치판 돌아가는 꼬라지야 제 관심사가 아니지만, 그럼에도 쉽지 않으리라는 건 불 보듯 뻔하군요. 그러면 그동안 엽혁새명 때문에 우리 강로 형제들이 얼마나 많이 희생될지, 우리 초원 위에 우리 말들의 피가 얼마나 뿌려질지도 가늠해 보시지요."

맹타안의 표정은 두꺼운 얼음층 밑에서 끓어오르는 용암을 연상시켰다. 냉랭한 낯빛과 달리 푸른 눈은 은회색으로 보일 정도로 열기가 높았다.

야친 공주는 그의 침묵이 자신과 후란 씨족을 얼마나 믿을 수 있을지 가늠하는 것이리라 생각했다. 남편까지 있는 남려 장공주를 떠나는 문제야 고민할 값어치도 없을 테니 당연하지 않은가.

"이미 엽혁새명은 강로의 신뢰를 잃은 지 오래예요. 다만 지금 초원에서 유일한 엽혁 씨족이기에 다들 참으며 눈치만 살피고 있는 거죠. 세자가 저와 돌아가 엽혁 씨족의 깃발을 세우고 후란 씨족의 군대를 이끈다면 엽혁새명의 편에 설 개돼지는 없을 겁니다."

다만 말을 마치고 나서야 문득 기묘한 감이라고나 할까, 강로 여인다운 날카로운 본능이 야친 공주를 깨닫게 하였다. 맹타안의 이어지는 정적, 그 아래 숨어 있는 열기가 순전한 분노와 계산이라기엔 어딘지…… 안타까운 고통이 느껴진 것이다.

남려의 장공주가 인질 그 이상의 의미였던 걸까?

'하긴, 단순히 꼬여 잡아채려 한 여자는 아니었겠지.'

야친 공주는 맹타안을 다시금 응시했다.

온 초원의 여인들이 사랑해 마지않았다는 외모였다. 야친 공주의 취향으로 보자면 지나치게 잘생겨서 성가실 정도다. 남려 여자라 하여도 두 눈 달린 것은 마찬가지이니, 그가 작정하고 유혹한다면 절로 치마를 걷어 주고도 남을 터다.

물론 새신랑까지 있는 장공주이니 공략이 쉽지는 않았겠지. 그러나 그 행위를 단순히 공략이라고, 사냥이라고 말할 수 있을까? 강로 사내가 제 말과 맞바꾼 보석을 선물할 정도로 정성을 들이는 상대라면…….

흐흥. 야친 공주는 문득 남려의 장공주를 만나 보고 싶다는 생각이 들었다.

"저와 숙부는 당분간 이 객잔에서 머물 예정입니다. 그러니 돌아가 한번 찬찬히 따져 보고 답을 주세요. 물론 정말 천년만년 고민해 보란 소리는 아닌 거, 아실 테지만."

야친 공주의 제안에 맹타안이 기다렸다는 듯 자리에서 일어났다. 손댄 적 없이 식어 간 찻잔만이 그 앞에 남아 고요했다.

"그럼 이만. 차는 잘 마셨소."

"건드리지도 않으셨으면서."

"이놈은 다 비웠으니까."

맹타안의 무덤덤한 대꾸에 맹영대가 뒤통수를 긁적였다. 야친 공주는 그 모습을 보고 키득거렸다.

후란무흠이 문을 열며 그들을 배웅했다. 맹타안은 후란 씨족의 장로에게 가볍게 목례를 하는 것으로 예의를 지켰다. 야친 공주 쪽은 다시 돌아보려는 생각도 없는 듯했다. 소문 자자한 바람둥이답지 않은 냉정함에 오히려 흥미가 돋았다.

외려 맹타안의 뒤를 따르는 사촌이나 흘긋 고개를 돌려가며 그녀를 쳐다

보고 머쓱하게 고개를 숙였다. 그 모습을 지켜보던 야친 공주가 문이 닫히기 전 한 마디를 덧붙였다.

"뭐, 생각해 보시죠. 나도 초원에서는 미녀라고 칭찬이 자자하니까."

맹타안은 여전히 돌아보지 않았다. 닫히는 문 사이로 맹영대가 급하게 맹타안에게 무어라 귓속말을 속삭이는 것이 보였다. 하지만 그뿐, 답은 돌아오지 않았다.

"흐흠."

야친 공주는 맹타안이 앉았던 상석으로 뚜벅뚜벅 걸어갔다. 그리고 푹 앉아서 휘파람을 불었다. 양 치는 개를 불러들이는 곡조였다.

숙부인 후란무흠이 야친 공주를 곁눈질하더니 킬킬 수염 밑으로 웃었다.

"왜 웃으세요?"

"네가 이런 수모를 당할 줄 누가 알았겠느냐."

"수모라니요. 좋은 날에 왜 그런 말을 하시나요?"

"솔직히 엽혁 세자가 곧바로 청혼을 수락할 거라고 생각했지?"

후란무흠이 샘물이 끓는 화로로 다가가 찻물을 더 부으며 말했다. 그는 기회가 될 때마다 물과 차를 들이켜고 있었다. 강로인들이 남려에서 가장 탐닉하게 되는 대상이 바로 맑고 풍족한 물이었다.

이 땅에 오래 있다 보면 초원을 잊어버렸을지도 모르겠다고 야친 공주는 순간 생각했다. 하지만 이내 고개를 휘저어 지워 버렸다. 평범한 강로인도 아니고 엽혁 씨족의 왕자, 강로 세자였던 사내다. 설마 그럴 리가.

숙부는 야친 공주의 침묵이 긍정이라고 생각한 모양이었다.

"걱정은 말거라. 강로마는 강로마와 짝지어야지, 과하마나 구렁말과는 접붙이지 않는 법이니까. 어쩌면 너를 벌써부터 길들이려고 작정한 것일지도 모르지. 애태우게 하려고 말이야."

"차나 마저 드세요, 저도 생각할 게 있으니까."

야친 공주가 고개를 뾰로통하게 돌리니 머리카락에 꿴 구슬들이 서로

부딪쳐 짤랑였다.

숱 많고 촘촘히 땋아 내린 머리 타래를 만지작거리며 그녀는 맹타안을 떠올렸다.

그의 눈빛, 그의 표정. 초원 제일의 미인으로 태어나 살아오면서 단 한 번도 받은 적 없는 무미건조한 태도였다. 한눈에 반하기는커녕, 자연스러운 이성으로서의 관심조차 보이지 않았다. 그건 부자연스러운 일이었다. 그가 동행한 사촌의 시선이 솔직하게 따라붙었던 것을 보면 강로 사내들을 꽉 쥐고 흔드는 자신의 매력은 여전히 유효한데 말이다.

'흥미롭군.'

야친 공주는 골똘히 생각에 잠겼다.

* * *

맹타안과 맹영대는 현희부까지 돌아오는 동안 아무 말도 없었다. 청지기의 긴장한 눈초리에도 아무 말 없이 곁채로 향했다. 들어서 문을 닫고, 아무도 없음을 새삼 확인하고 나서도 한동안 날카로운 긴장감이 맴돌았다.

거절할 수 없는 제안이었다.

거절해서는 아니 될 제안이었다.

결국 먼저 입을 연 것은 맹영대였다.

"형님, 망설이실 이유가 없습니다."

흥분한 소처럼 마루를 짓밟고 어슬렁대다가 불끈 주먹을 쥐고 내뱉은 소리였다. 맹타안은 사촌 아우의 눈에서 싹이 튼 불씨를 보았다.

"후란 씨족의 유일한 후계자입니다. 허튼 망상으로 여기까지 와서 우리를 찾지는 않았을 겁니다. 후란 족장이 허락하고 제 아우까지 보낼 정도라면 확신이 있다는 뜻이지요. 돌아갑시다, 형님. 더는 남려에서 눈치 보고 엎드릴 필요가 없습니다."

눈치 보고 엎드릴 필요가 없다.

그렇군. 네 눈에마저 그렇게 보였다는 것인가.

맹타안은 시선을 돌렸다. 내정에는 금목서가 아직도 피어 은은한 향기를 풍기고 있었다.

자신을 찾아와 어렵게 말을 건네던 화영을 떠올렸다. 그녀가 입었던 푸른 옷이, 그 위에 수놓인 금빛 자수까지도 선명했다.

만 리까지 향이 퍼져서 만리향, 음식에 넣으면 계화라고 했던가. 화영의 지시를 받아 주방에서 보냈던 계화떡의 맛이 아직도 선연했다. 결코 강로 사내의 입맛에 맞을 맛은 아니었지만 달콤했다. 화영의 마음이었다. 가슴 깊은 곳에서 차오르던 열망이, 그 애정이.

그의 침묵을 참다못한 맹영대가 결국 한 마디 더 외쳤다.

"당장 장공주에게 말하고 떠납시다. 아주 기쁘게 보내 줄 겁니다. 진작부터 우리를 내쫓지 못해 안달이던 여자 아닙니까!"

맹타안의 시퍼런 시선이 칼처럼 맹영대를 향했다.

"닥쳐라. 네가 참견할 일이 아니다."

"형님!"

"장공주? 간이 배 밖으로 튀어나왔구나. 언제부터 네 형수를 그딴 식으로 칭했지?"

이번만큼은 맹영대도 수그리지 않았다.

"형님, 받아들이십시오. 더 이상 기회는 없습니다. 남려 황제까지 살려 놨건만 우리에게 남은 게 뭡니까? 황후의 생일잔치? 그게 뭐라고 보답이 된답니까?"

"……."

"남려 황제나 장공주나 똑같습니다. 똑같은 남려인입니다. 결코 우리의 편이 되지 않을 겁니다. 야친 공주와는 달라요. 야친 공주는 우리 핏줄입니다. 초원에서 태어나고 자란 우리의 동족입니다. 결코 우리를 배신하지 않을 겁니다!"

"후란야친 그 계집이 그리 맘에 들더냐? 그렇다면 남아 찬동할 것이지, 왜 여기까지 따라왔지? 후란 족장의 딸이라고 세상 무서울 게 없는 계집이던데, 거기 붙어 있더라면 말먹이로나 써 줄지 누가 아느냐. 당장이라도 꺼져라. 이딴 헛소리나 지껄일 거라면."

맹타안이 사납게 되받았다.

"형님!"

"엽혁 씨족이라고 남은 것은 너와 나뿐이다. 그런데 내 부인에게, 네 형수에게 여태껏 그따위 얕은 심보로 계산이나 굴리고 있었느냐? 내가 부인을 위해 해 온 모든 일을 한낱 계집 사냥으로만 치부했단 말이냐? 네가 그러고도 내 아우이자 핏줄이라고? 너를 살려 두는 것이 수치가 아니고 무엇이겠느냐!"

"정신 차리십시오!"

맹영대가 목에 핏줄을 돋우며 외쳤다.

"여태껏 현희장공주에게 한 마디 악평도 한 적이 없는 저입니다! 하늘이 알고 초원이 알 것입니다! 형님, 다른 부마들과 벌였던 기 싸움은 잊으십시오! 남려 종자들이야 우리 강로인들이 알 바가 아닙니다. 중요한 것은 형님이 강로 왕위를 되찾는 것, 우리의 부모 형제를 도륙한 엽혁새명을 응징하는 것뿐입니다."

"그걸 내가 모를 거라고 생각하느냐?"

"형님! 장공주에게 관 씨가 붙어 떨어지지 않는 한, 은가 어린놈이 건방떠는 한 황제의 전적인 도움은 얻기 어렵습니다. 하지만 장공주와 황제가 원하는 대로 먼저 멀어져 준다면, 형님, 그렇다면 모든 것이 쉬워집니다. 부마도위의 이름 없이 돈줄만 대 달라 한다면 젊은 황제는 그러마 환호할 겁니다. 아끼는 누이동생을 우리 강로인에게 넘기지 않아도 되니까 말입니다."

맹타안의 눈이 시퍼렇게 얼어붙었다. 그럼에도 맹영대는 멈추지 않았다.

"형님, 눈을 뜨십시오! 애초에 황제는 형님께 누이를 넘겨 줄 생각이 없었습니다! 그럴 생각이었다면 어찌 촌사람 관 씨나 어려 빠진 은가 놈을 끼웠겠습니까? 셋이 필요하다, 좋습니다. 그렇다면 하다못해 힘을 보태 줄 형님을 당당한 부마도위로 이름을 올렸어야지요!"

맹영대는 관호가 첫 번째이자 대외적인 부마도위가 된 것에 내심 불만이 컸다. 강로의 엽혁 세자보다 장공주의 짝으로 어울리는 사내가 어디 있단 말인가? 그들더러 강로를 되찾기에 충분한 조력을 해 주겠다 약속했으면서, 어째서 황실 옥첩에는 관호의 이름이 적혔단 말인가?

"인정합시다, 형님! 우리는 남려의 액막이, 부적 같은 종이 짝에 불과합니다. 황제가 보낸 금붙이나 장공주가 보인 위로라고 그 사실을 덮을 수는 없습니다!"

"닥치라니까!"

참지 못한 맹타안이 맹영대의 멱살을 움켜쥐었다. 맹영대는 웅크리지 않았다. 반성의 뜻도 내보이지 않았다. 그의 갈색 눈동자가 불티를 튀며 타오르고 있었다. 초원을 그리워하는 강로인의 염원이, 강로인에게서 평생 떼어 내지 못할 말 냄새처럼 타올랐다.

"형님, 현실을 직시하십시오! 황후의 생일잔치까지 나갔습니다. 남려 윗것들 모두가 관 씨를 부마도위로 압니다. 이제 와서 강로 출신 부마가 말이나 되겠습니까? 죄다 늦어 버렸습니다. 부질없는 희망입니다. 황제의 인척으로 강로로 돌아갈 길은 닫혀 버렸다 이 말입니다."

"엽혁영대!"

"형님, 아시지 않습니까. 황제가 진작부터 설득해 왔다는 것을. 두 번째 부마라는 핑계를 버리기만 한다면, 재물이든 군량이든 원하는 만큼 밀어주리라 약속하지 않았습니까. 황제의 친서를 가지고 후란 씨족에게 갑시다. 후란 씨족의 전사들에 남려의 군자금이 더한다면 무서울 것이 없습니다. 박쥐 같은 동가 씨놈과 강로의 고혈을 빨아먹는 북려 놈들을 박살 낼 수 있습니다. 형님, 제발요, 돌아갑시다. 우리의 초원으로 돌아갑시다, 예?"

"나는 그 여자와 혼인했다! 절을 올렸고 합환주를 나누어 마셨어!"

견디지 못한 맹타안의 비명이 울려 퍼졌다.

"아직도 생생히 기억한다! 눈조차 뜨지 못했지만, 부인은 혼례복을 입고 있었다. 새빨간 색에 금실로 수가 놓이고 진주로 꿰매어진 예복이었어. 식은땀을 흘리는 창백한 얼굴이었지만 그만치 붉은색이 어울리는 여인은 없으리라 생각했다. 술을 나눠 마셨어. 차고, 뜨겁고, 달았다."

아직도 초야의 기억이 선연했다. 매일 떠올리고 또 떠올리다 못해 그의 일부가 되어 버렸다. 맹타안은 피를 토할 듯한 기세로 외쳤다.

"내 여자다. 내 아내야. 누구도 그 여자를 내게서 앗아갈 수 없다. 내가 가졌어. 나를 가졌다. 세상 어디에 나서도 모두가 그녀가 내 부인이라고 믿어 의심치 않는다. 난생처음 보는 백련호 애송이들도 감탄하던 한 쌍이 우리다. 네가 뭘 아느냐? 현희장공주와 내 사이에 어떤 일이 있었는지, 어떤 믿음과 연정이 오갔는지 네가 어찌 아느냔 말이다!"

"알고 싶지도 않습니다!"

바람이 불었다. 어떠한 온기도 담지 못할 서늘한 바람.

"무슨 소용이 있습니까? 남려 장공주가 형님께 무슨 미련을 주었든지, 그게 지금 우리에게 무슨 특권을 주었습니까? 여전히 형님께 남은 것은 금괴와 비단뿐, 부마도위의 이름은 아닙니다. 황제는 하루라도 빨리 우리가 남려에서 꺼지기를, 제 귀한 누이에게서 떠나기만을 바랍니다. 형님!"

맹영대는 거침없이 쏘아붙였다.

"현희장공주가 무어라고 말했습니까? 형님을 유일한 남편으로 여기겠다고, 하나뿐인 지아비로 맞겠다고 약조한 적 있습니까? 제 아비의 은인인 관 씨를 내쫓고, 십수 년간 저를 연모해 온 명문 은가 도령을 걷어차겠다고 말했습니까? 그게 아니고서는 무슨 의미가 있습니까? 인정합시다. 우리와 남려 황실은 장사를 한 것입니다. 장공주를 살리고, 돈푼이나 지원해 주겠다는. 그뿐입니다, 형님."

그러더니 맹영대가 무릎을 꿇었다. 황소같이 커다란 사내가 어깨를 떨며 저의 주군, 저의 사촌에게 매달려 빌고 있었다.

"후란 씨족의 딸입니다. 후란 족장의 유일한 자식입니다. 야친 공주가 현희장공주에 비해 무엇이 부족합니까? 적어도 야친 공주는 애인을 두지도 않았고, 이전에 시집을 간 적도 없습니다. 다른 사내들과 형님을 견주어 비교하며 싸우도록 방치하지도 않을 것입니다. 형님, 장공주를 떠나십시오. 그 여자를 잊으십시오. 그 여자는 형님과 우리 엽혁 씨족에게 어떠한 도움도 주지 못할 것입니다."

지독하다 못해 맹타안의 가슴을 독액처럼 녹이고 유리 칼처럼 들쑤시는 말들이었다.

"그 여자의 오라비가 쏟아 줄 재물과 군량으로 엽혁 씨족이 부흥할 수 있습니까? 그 조막만 한 여자, 말 타는 법도 이전에는 알지 못했던 여자가 얼마나 많은 자식을 낳아 주겠습니까? 그중에 엽혁 성씨를 물려받기에 마땅한 아들은 몇이나 되겠습니까? 초원에서 벌어진 일은 초원에서 마무리 지어야 합니다. 야친 공주가 옳습니다. 그들이 도움을 주겠다 표명한 이상 망설일 것이 없습니다. 형님, 부디……!"

맹타안이 손을 치켜들었다.

창검을 쥐는데 익숙한 전사의 손아귀였다. 장성한 사내로서 제아무리 주인이자 장형이라도 뺨을 맞고 견디기가 쉽지 않은 굴욕일진대 맹영대는 버티었다. 짐말처럼 끈질기고 집요하게 견디고 참아 냈다.

여태 단 한 번도 맹타안의 뜻에 반항해 본 적 없는 충직한 신하였다. 그의 충절은 누구보다도 맹타안이 잘 알았다.

맹영대를 후려치던 손의 힘이 약해졌다. 맹영대의 뺨에 흐르는 눈물이 거세졌다.

"형님, 떠날 때입니다."

그는 어린애처럼 울었다.

"여기는 우리가 있을 곳이 아닙니다. 떠나야 합니다."

맹타안은 대답하지 않았다.

* * *

정신을 차려 보니 매화나무 앞이었다.

병풍처럼 대숲을 뒤에 거느리고 위용을 뽐내는 모습을 보니 현실감이 더욱 흐려진다. 이 나무의 그림자 속에 숨어 화영을 기다리던 때가 있었다. 그녀가 혼자가 되기를, 관가 놈도 애송이도 없이 오로지 혼자가 된 그녀와 마주할 수 있기를 기다렸다.

중정에서 화영의 처소까지는 지척이다. 당장 뛰어들어 갈 수도 있었다. 하지만 그럴 수가 없었다.

'부인과 함께 떠날 수는 없겠지.'

입 안에서 쓴맛이 느껴졌다. 맹타안은 고개를 돌려 포석 위에 침을 뱉었다. 그럼에도 혀끝을 물들인 씁쓸함은 떠나지 않았다.

부인과 강로로 떠난다, 라. 당치도 않을 일이었다. 적어도 이 상황에서는.

야친 공주와의 혼인은 후란 씨족이 엽혁 씨족과 하나가 되리라는 보장이었다. 엽혁새명의 폭정을 몰아내고 정당한 강로왕을 옹립한 후 태어나는 후계자들에게는 후란 씨족의 피가 섞일 것이다, 라는 확약. 야친 공주의 청혼을 수락하지 않는다면 후란 씨족은 모욕당했다고 여길 것이다. 전력으로 그를 위해 싸우지도 않겠지.

'이대로 떠나겠다면 황제는 쌍수를 들며 환영하겠군. 재물을 산더미만큼 퍼 줄 거야.'

내내 치우려고 골머리를 썩던 두 번째 부마가 제 발로 사라진다니 얼마나 좋은가! 경사가 아닌가! 내친김에 관가도 치운다면 은가 어린놈을 부마

자리에 봉할 수도 있겠지. 맹타안의 입꼬리가 냉랭하게 비틀렸다. 머릿속은 차갑게 식었지만 배 속에서 타오르는 불길로 내장이 끊기는 것만 같았다.

'부인은 어떻게 생각할까.'

화영을 앞에 그려 본다. 작약처럼 연한 선홍색 옷을 입고, 청금석으로 만든 잠자리 모양 떨잠을 머리에 꽂은 모습이 좋겠다. 그녀가 생기발랄하게 움직일 때마다 가볍게 떨리는 그 장신구를 맹타안은 내심 귀엽게 여겼으니까.

자, 여기 그녀가 있다고 치자. 떠나야겠다고, 강로로 돌아가야겠다고 말한다면 그녀는 어떻게 반응할까? 우선은 놀랄 것이다. 항상 호기심 많은 검은 눈이 배로 커져서는, 사랑스러운 입술을 벌리고 어쩔 줄 몰라 하겠지. 그러면, 놀라움 다음은?

'그녀도 내가 떠나기를 바랄까? 영영 사라져 주기를, 그래서 성가시게 구애하던 이 오랑캐와 다시는 만나지 않기를 바랄까?'

안도하고 반기는 기색의 화영을 떠올리자마자 심장이 찢어질 듯 괴로웠다. 그것은 두려움에 가까운 감각이었다. 그녀에게 자신이 실로 아무 의미도 없음을 입증하게 될지도 모른다. 그리 생각하는 일만으로도 숨이 턱 막혔다.

맹타안은 고개를 치켜들었다. 티끌 한 점 없이 맑게 닦아 놓은 하늘이 무정하리만큼 푸르렀다.

'만일 부인이 눈물을 보인다면. 가지 말라고 붙잡는다면…….'

허튼 망상이다. 그럴 리 없지 않은가. 알면서도 상상하는 것만으로도 가슴이 뻐근하였다. 그녀의 손을 붙잡고 그 울음을 달래기 위해 무슨 말이라도 지껄일 것만 같았다. 맹타안은 쓴웃음을 지었다.

'한때는 부인이 내가 바라는 모든 것이라고 생각했다. 강로 왕위와 일족의 부흥을 가져다줄 열쇠라고. 헌데 이제는 부인을 떠나야만 내가 바라는 모든 것을 얻을 수 있게 되었구나.'

답은 정해져 있었다.

엽혁타안은 초원의 아들이었고 말들의 수호자였으며 강로의 세자였다.

외부의 세력을 연루하지 않고 초원의 힘만으로 사태를 바로잡을 기회를 거부할 수는 없었다. 시도라도 해 봐야 했다. 그러지 않는다면 그는 평생 자기 자신을 용서하지 못하고 껍데기만 남은 패배자로 남을 터였다.

그런데 왜 이리 머뭇거리는 것일까? 어째서 결심하지 못하는 것인가?

'부인도 내가 떠나기만을 바랄 텐데, 어째서.'

어째서, 나는.

바람이 불었다. 멀리서 매가 울었다.

맹타안이 접견을 청하였을 때, 화영은 가슴 속에서 커다란 추가 떨어지는 기분이었다.

접견을 청한다고? 맹타안이 언제부터 그녀에게 칼같이 예의를 지키고, 거리를 벌리던 사내였나? 시녀에게 말을 전해 달라는 법도 없이 항상 몸을 먼저 움직였다. 문을 두드리고, 킬킬 웃고, 그녀의 이름을 부르고, 대답을 듣기도 전에 휘장을 걷고 들어왔다. 그게 맹타안 아니었나.

화영은 머리를 빗던 빗을 상에 내려놓고 일어났다. 어차피 시간을 보내려던 방편이었을 뿐, 더 꾸미고 단장할 분위기도 아니다. 현희부를 벗어날 예정이 없었으므로 격식 없이 편하고 사랑스러운 나삼에 화장도 엊지 않은 민낯이었다. 하지만 이미 숱하게 민얼굴을 보인 사이이니 아무래도 괜찮다.

중요한 것은 그가 갑자기 법도를 차려가면서까지 제시하려는 화제였다.

청지기 고 씨는 당연히 현희부의 가주인 화영에게도 자초지종을 고하러 왔었다. 의문의 방문객들이 엽혁타안의 이름을 거론하며 찾아와 언젠가부터 마구간에서 보이지 않던 흰 강로마를 끌고 왔다는 이야기, 그리고 맹 부마는 애마를 확인하자마자 사촌 동생을 데리고 외출했다는 상황까지 모두 말이다.

화영으로서도 불안하고 초조하기 짝이 없는 진행이었다.

-그 주소로 찾아가 보시겠어요?

침혜마저 은근히 떠보았을 정도였다.

-고 씨에게 남겼다는 그 주소 말이에요. 맹 부마와 사촌도 분명 게로 향했을 테니, 위험할 일도 없을 거구요.

하지만 화영은 고개를 저었다. 자세한 내막은 모르나 함부로 끼어들어서는 안 된다는 예감이 들어서였다. 마치 맹타안이 녹보석을 선물하였을 적에 어떻게 구해 왔는지, 가격은 얼마나 치렀는지 물어서는 안 되겠다는 느낌을 받았을 때와 흡사했다.

-중요한 일이라면 분명 내게 말할 거야. 위태로운 상황이라도 내게 말할 거고. 왜냐면…….

왜냐면, 맹타안 그 사람은-.

화영이 주발을 걷고 서재 안으로 들어갔을 때, 마침 맹타안과 눈이 마주쳤다. 전에 없던 기묘한 감각이 그녀의 등줄기를 타고 달렸다. 오감을 예민하게 만드는 분위기가 밀폐된 공간을 가득 채우고 있었다.

"대청이 아니라 서재에서 보자고 하다니, 무슨 일이에요?"

화영은 애써 태연한 목소리로 말했다.

"남들이 들으면 안 되는 이야기라도 있나요?"

그 말을 듣자마자 맹타안의 표정이 굳었다. 농담이었는데. 화영은 당황한 기색을 숨기지 못했다.

"부인. 이리 와서 앉아 보시오."

화영이 어쩔 줄을 모르자 맹타안이 입을 열었다. 자신과 마주 보는 자리로 손을 내밀며 앉으라 권하였다.

"차라도…….".

"아니오. 차를 마셔가며 나눌 담소는 아닌 것 같군."

맹타안답지 않았다. 모든 것이 다 그랬다. 어떤 상황에서도 여유가 있고 재치가 넘치던 사람이었는데. 이렇게 딱딱하고 무거운 분위기는 질색하던 사람이었는데. 화영은 마른침을 삼켰다.

그녀가 자리에 와 앉자, 맹타안은 잠깐 머뭇거렸다. 그러나 이내 깊게 숨을 들이쉬더니 이야기를 시작했다.

자신이 필요에 의해 강로마를 팔았으며, 그로 인해 야친 공주와 그 숙부가 현희부 대문까지 찾아오게 된 과정을. 그리고 그들을 찾아가 어떤 제안을 들었는지까지.

맹타안은 거짓을 고하지 않았다. 가리거나 얼버무리고 건너뛰지 않았다. 솔직하고 담담하게 자초지종을 털어놓았다. 야친 공주가 청혼을 했으며, 후란 씨족의 지지와 함께 초원으로 돌아간다면 다른 부족들도 합세할 것이 확실하고, 그렇다면 남려 황제가 내어 주는 남려 군대로 왕위를 되찾는 것보다 더 빠르고 효율적으로 강로 형제들의 마음을 얻을 수 있을 것이라고.

다만 단 한 가지, 자신이 강로마와 맞바꾼 물건이 무엇인지에 대해서만은 입을 다물었다. 화영이 자책할까 저어한 것이다.

화영은 아무 말도 하지 못했다. 그녀를 똑바로 응시하는 맹타안의 푸른 눈은 창백했고 잘생긴 눈가 밑은 얼어 있었다. 웃음기도 습관적인 구애의 교태도 말끔하게 거둬 버린 그의 얼굴은 어찌나 낯설고 먼가.

이야기를 마친 맹타안이 한숨을 쉬었다. 그리고 짧게 마무리하였다.

"그러한즉 잠시 강로에 다녀와야 할 것 같소."

다녀와야 한다고?

다시 오지 않을 텐데, 되찾은 초원에서 영영 행복하게 살 거면서, 왜 그런 말을.

머릿속이 터질 것 같았다. 갖가지 질문과 의문이 속에서 뒤엉켜 구역질이라도 할 것 같았다. 하지만 축하한다는 말 외에 그녀가 뭐라 할 수 있겠는가? 맹타안의, 아니 엽혁타안의 삶에 있어서 그녀가 무슨 권리로 참견할 수 있다는 말인가?

막혀 버린 말문을 가까스로 비집어 열며 화영이 답했다.

"그러면…… 이제는…… 아예."

도저히 제대로 문장을 만들어 낼 수가 없었다. 허튼 단어, 어울리지 않는 욕심이 월권하여 나올까 무서웠다. 맹타안이 이런 식으로 떠나 버릴 것이라고는 상상조차 하지 못했다.

언제까지나 부마를 셋이나 두고 살 수는 없는 법. 화영과 주영의 액이 떠났으니 이 관계를 제대로 정리해야 한다고 생각은 해 왔다. 그렇지만 이런 식일 거라고는. 강로 출신의 공주와 혼인하여 당당하게 가 버릴 것이라고는. 가장 끔찍한 악몽에서도 예측하지 못한 일이었다.

화영이 채 말을 잇지 못하자, 맹타안이 입술을 깨물었다. 더는 침착한 태도를 유지하지 못할 성싶었다. 그가 손을 뻗어 소맷자락 안에 숨겨진 그녀의 손을 움켜쥐었다.

"돌아올 거요. 반드시."

"하지만, 그, 공주가."

당신에게 청혼했잖아요. 차마 내뱉지 못한 말을 맹타안은 알아들었다. 도망치듯 웅크리는 화영의 손을 고쳐 잡으며 말했다.

"내가 이미 당신에게 장가를 들었거늘 어찌 새장가를 가겠소? 야친 공주와의 혼인은 아예 선택지 밖의 일이오. 그녀와 혼인하지 않고도 후란 족장을 설득할 방법이 있겠지. 나는 강로의 정당한 세자이고 계승자요. 후란 족장의 딸과 결혼을 하든 말든 내가 엽혁타안이라는 사실은 변치 않소."

"그렇지만…… 하나뿐인 딸이라니, 거절당하면 족장도 화를 낼 텐데."

"흥, 중매가 넘어지고 엎어지는 건 당연한 일이오. 내가 살아 있다는 것을 알면서도 여태 쉬쉬하고 조력하지 않았으니 그 죄도 작지 않고. 나도 당당히 할 말은 다 할 생각이오. 그리고 그들이 내 아버지에게 했던 피의 맹세를 지키라고 명할 거요. 다들 나를 따라야 마땅하오. 그들을 설득하지 못한다면야 애초부터 내가 왕위를 되찾을 능력이 없는 반푼이라는 뜻이겠지."

"……."

뭐라고 대답해야 할까? 목구멍이 너무 많은 말들로 꽉 막힌 것만 같았다. 파리한 낯빛과 달리 꽉 잡아 오는 그의 손은 너무 뜨거워서 화상을 남긴다. 화영은 고개를 숙였다.

"나를 못 믿겠소?"

맹타안이 낮은 목소리로 물었다. 화영은 고개를 숙인 채 저었다.

"그런 건…… 아니에요. 그렇지만 무리한 약속이라고 생각하기는 해요."

"……."

"남려에 돌아오지 않는 쪽이 당신에게도 낫잖아요. 그래야만 하고요. 강로 왕위를 되찾으면 할 일도 많을 텐데, 여기에 군이…… 올 이유가 없죠. 그럴 여유도 없을 게 분명하고. 그러니까 내 말은…… 괜히 어려운 맹세를 할 필요가 없다는 거예요."

입이 자꾸 말랐다. 몇 번이고 단어를 거르고 어조를 점검하며 어렵게 문장을 이었다.

이미 결정된 일이다. 맹타안이 한 선택이다. 그를 존중해야만 했다. 그를 위한 선택을 해야만 했다. 그녀에 대한 의리 때문에 안정적인 길을 버리고 불필요한 장애물을 만들 이유가 없다. 돌아오지 말라고 권해야만 한다. 야친 공주의 청혼을 수락하기만 하면 모든 것이 탄탄대로였다. 맹타안이 화영 자신의 액막이 부마 자리를 승낙하며 원했던 모든 것이 이루어질 것이다.

눈가가 뜨거웠다. 맹타안의 손아귀에서 손을 빼내고 싶었다.

"부인."

비단 소매 밑으로 비트는 손목을 느낀 것일까. 맹타안이 애끓는 음성으로 말했다.

"내가 원해서 하는 약속이오. 내가 부인에게 돌아오기를 원해서 하는 약속이란 말이오. 내 마음을 알지 않소?"

화영은 망설였다. 반박하고 싶었고, 부정하고 싶었다. 하지만 한 번 감정을 드러내기 시작하면 무슨 일이 일어날까 겁이 났다. 게다가 맹타안과 다투고 싶지도 않았다. 나쁜 기억으로 그간의 추억을 덮고 싶지 않았다.

그래서 그녀는 작게 대답했다.

"······알겠어요. 당신의 뜻은."

비록 맹타안은 다시 돌아오지 않겠지만 이 순간 그의 맹세는 얼마나 뜨겁고 소중한가. 타오르는 태양만큼, 별이 쏟아지는 밤하늘만큼 아름다운 약속이었다. 덧없으리라는 것은 알지만 한 번이라도 믿어 보고 싶을 만큼.

화영은 맹타안을 도저히 쳐다볼 자신이 없었다. 이 주제로 대화를 이어 나갈 여유도 없었다. 손가락이 주검처럼 식었고 눈가가 아려왔다.

"야친 공주는 나와 당신 사이를······ 어떻게 알고 있나요?"

"내가 황제의 명으로 현희부에 숨어 살고 있다고 여기더군. 황궁은 보는 눈이 많으니 현희부 식객으로 삼았다고. 그 덕분에 당신을 유혹하여 부마 자리를 빼앗으려는 수고 중이라고 추측하던데. 내가 이미 부마일 거라곤 생각하지 못한 모양이야."

맹타안이 짧게 목을 울렸다. 그가 어떤 표정으로 웃고 있을지 짐작하는 것만으로도 숨이 막혔다. 화영은 망설이다 입을 열었다.

"그렇다면 야친 공주와 그 숙부를 현희부로 부르도록 해요. 내가 초대하는 것으로요. 곁채에 빈 전각이 많으니 편한 곳에 묵도록 지시해 둘게요. 당신 말을 들어 보니 야친 공주와 숙부도 강로인이고, 끌고 온 말까지 혼혈 강로라고 하니 불필요하게 남려 사람들의 이목을 끌 필요가 없죠. 당신이 떠날 때 혹시라도 문제가 생기면 안 되니까······."

"그래도 되겠소? 하지만 현희부를 외부인에게 드러내기에는······."

"당신의 동족이잖아요. 당신을 도와줄 사람들이고요. 외부인이라고 할 수는 없죠. 게다가 현희부 식구들은 입이 무거우니까. 고작 며칠 만에 현희부의 비밀을 알아내지는 못할 거예요. 관호와 은룡에게는 미리 말해 두면 되고."

"부인."

"설령 뭔가 수상쩍다고 여긴다 해도, 그들은 어차피 강로로 떠날 테니까······."

당신과 함께.

당신과 함께 가 버릴 테니까. 그리고 영영 돌아오지 않을 테니까. 너른 초원 위에서 이 복잡한 남려 따위는 잊어버릴 테니까.

화영은 자리에서 일어났다.

"야친 공주의 여관으로는 청지기를 보내도록 지시할게요. 어딘지는 고 씨도 이미 알고, 그들도 고 씨와 대화를 나누었으니 믿고 초대에 응하겠죠. 당신도 최대한 남의 눈에 뜨이는 걸 자제해야 하니까…… 여태껏 그래 왔지만, 지금부터는 더더욱…… 아, 나는 그럼 이만 가 볼게요. 일이 많겠네."

혹시라도 맹타안이 잡을까 두려웠지만 그는 그러지 않았다.

급하게 서재를 빠져나오며 화영은 울음을 삼켰다.

그의 앞에서 울지 않아서 다행이었다.

'잘된 일인데, 나에게도, 그에게도.'

그런데 왜 눈물이 날까.

화영은 알 수 없었다.

* * *

야친 공주와 후란무흠은 화영의 제안을 흔쾌히 수락했다. 안 그래도 여관 생활에 염증을 느끼던 차였다. 현희부에서 보낸 호의를 받아들이지 않을 이유가 없었다. 거동도 자유로울 것이고, 남들이 엿보거나 엿듣지 않을까 예민할 필요도 없다. 남려 황제와 장공주로서는 남려 병사들을 내어 주지 않고도 맹타안이 강로 왕위를 되찾을 수 있다니 당연히 남는 장사 아니겠는가. 이 정도 배려야 당연하다고도 생각했다.

'그렇지만 일단은 저들이 오랑캐라 무시하는 강로인. 게다가 공주인 나뿐 아니라 숙부까지 함께 불러들여 거처를 내주겠다니, 남려 장공주도 제법 배포가 크네. 점점 더 궁금해지는걸.'

맹타안과 대면한 이후 현희장공주에 대한 야친 공주의 호기심은 눈덩이만큼 불어나 있었다. 그야 남려에서 맹타안을 찾아 헤매면서 적잖은 소문을 듣기는 했다.

하나뿐인 황제의 누이이자 현희부까지 받은 귀한 장공주이시다. 그 장공주의 미모와 부마도위의 풍채에 대한 이야기는 귀가 아플 정도로 들었다. 꽤 비싼 여관에 묵었지만 사람들 떠드는 흥밋거리란 어디나 비슷한 모양이었다.

남려의 젊은 황제와 그 누이에 대한 출생 비화는 하도 강렬하고도 인상적인 종류였다. 멀리 초원과 척박한 북려에서도 널리 알려졌다. 하지만 산속에서 자란 사생아에서 하루아침에 고귀한 공주가 된 여자가 참으로 어떠한 사람인지까지는 알지 못했다. 남려 도읍에서 흘러가고 흘러오는 쑥덕임을 들으면서도 마찬가지였다. 결국 본질은 직접 파악하고 판단해야 하는 법. 야친 공주는 현희부로 이사하기 전 만반의 준비를 갖추었다.

자랑인 숱 많은 갈색 머리카락은 숙부의 손까지 빌려 가며 화려하게 땋아 내렸다. 색을 맞추어 섞어 꿴 구슬들은 꼭 야친 공주의 머리 타래에서 피어난 꽃처럼 보일 터였다. 어차피 현희부에 가는 길까지는 얼굴과 몸을 가리는 전포를 쓸 터이니 그 밑은 당당하게 강로 옷을 입었다. 가는 나뭇가지를 그을려 속눈썹을 살짝 올리고, 아끼던 연지도 입에 조금 물었다. 남려 여인들은 화장이 세련되고 꾀꼬리처럼 우아하니까, 이 정도 대비는 해야 하지 않겠는가.

'초원의 미인이라는 미인은 죄다 겪어 본 세자가 갑자기 고삐 잡힌 말처럼 굴 정도라면, 쉬운 상대는 아니겠지.'

단장을 다 마치니, 숙부마저도 야친 공주를 흐뭇하게 쳐다보았다.

"남려 장공주 따위가 네게 한 입 거리나 되겠느냐. 적당히 기만 죽이거라."

그래야 술이라도 한 병 얻어먹을 테니, 하고 웃음을 터뜨리기에 야친 공주도 씩 마주 웃었다.

태어나면서부터 유복한 후란 씨족의 공주였다. 부모의 사랑을 듬뿍 받았고, 동족의 경애와 보살핌을 한 몸에 차지했다. 타고나기도 미인이었고 말과 활을 잘 다루었다. 그러니 세상에서 무서운 것을 몰랐다. 사내들은 우스운 장난감이었고 여인들과는 다툴 필요도 없었다.

하지만 현희부에 들어선 순간, 야친 공주는 긴장하고야 말았다.

남려에서 세자를 수소문하며 갖은 곳을 돌아다니기는 했으나 현희부만큼 규모가 크고 웅대한 저택은 본 적이 없었다. 사실상 독립된 궁이라고 해도 손색이 없을 정도였다. 높게 쌓은 담 뒤에 이리 화려하고 아름다운 건물들이 있을 줄이야! 유리로 만든 듯한 기와와 물들인 기둥들. 매끄럽게 닦인 마루에는 얼굴이 비쳐 보일 정도였다. 처마마다 매달린 옥고리들이 짤랑이며 가을바람에 노래한다.

무엇보다도 괜히 쳐다보며 수런대는 인파가 없다는 점이 좋았다. 답답한 담벼락과 나무로 만든 건물들을 질색하던 강로인이었지만 이 정도로 넓고 고요하다면야 썩 못 살 것 같지도 않다 싶었다.

낯이 익은 청지기가 안으로 그들을 인도했다. 널따란 마당을 지나고, 이리저리 연결된 지붕 달린 회랑을 따라 한참을 걸어 들어갔다. 조화롭게 꾸며진 중정에 다다르니 돌로 만든 수로와 대리석을 깔아 만든 인공 연못이 단풍잎을 띄운 채 풍류를 돋보인다. 넘치는 물! 넘치는 풀과 나무! 기막히게 야친 공주의 마음에 드는 광경이었다.

중정을 가로지르니 본채가 나왔다. 질 좋은 목재들이 세월과 함께 융화되어 아름답게 바래어, 건물 자체에서 풍기는 향조차 향기로웠다. 탁 트인 대청을 지나 가주가 공무를 보는 큰 서재로 인도되었다. 거기에 현희부의 주인이 있었다.

야친 공주와 후란무흠이 들어오자, 뒤를 보이고 있던 현희장공주가 돌아섰다.

"잘 왔어요."

현희장공주가 말했다.

"준비가 되어 강로로 떠나실 때까지 편하게 지내세요. 곁채에 처소를 준비해 놓았어요."

그녀는 미리 생각해 두었던 것처럼 차분하고도 빠르게 말을 이었다.

"소란한 것을 싫어하여 하인들도 적으니, 마음 놓고 쉴 수 있을 거예요. 필요한 것이 있다면 언제든 청지기에게 청하면 됩니다."

연한 난꽃색 비단옷에 짙은 초록으로 허리를 맨 그녀는 야친 공주가 상상했던 모습과는 달랐다. 하나뿐인 장공주로 세상 모든 호사를 칭칭 둘러쌌으리라 여겼더니, 이게 웬걸? 윤이 흐르는 검은 머리카락에 꽂은 것은 긴 금비녀와 진주로 만든 꽃무리, 그리고 자잘한 청석이 흘러내리는 은보요 뿐이다. 흘끗 본다면 복잡한 머리 타래에 색색의 보석을 꿴 야친 공주가 더 화려하다 할 터였다.

물론 현희장공주가 입은 옷이야 분명 최상등품 비단으로 자은 것이긴 했다. 그러나 보석을 붙이거나 눈을 멀게 할 만큼 복잡한 문양을 수놓지는 않았다. 남려의 장공주치고는 일견 단정하고 검소하다 할 모양새였다.

이것 봐라? 야친 공주가 눈을 깜빡였다.

그때 숙부가 팔꿈치로 그녀를 쿡 찔렀다. 그제야 야친 공주는 무릎을 짧게 굽히며 남려어로 인사를 올렸다.

"후란무올의 딸 후란야친입니다. 이쪽은 후란 씨족의 장로이자 제 숙부인 후란무흠입니다. 장공주의 환대에 감사드립니다."

현희장공주 역시 자신을 보고 있었다. 감각만으로도 알 수 있는 일이었다. 하지만 그녀의 시선은 도통 파악하기 어려웠다. 질투라기에는 날이 서 있지 않았고, 경멸처럼 차가운 느낌도 없었다. 오히려, 뭔가.

야친 공주는 느리게 몸을 바로 세웠다. 그리고 두 걸음 더 앞으로 나갔다. 좀 더 자세하게 현희장공주를 관찰하고 싶어서였다. 숙부가 헛기침으로 만류하는 소리를 들었지만 모른 체했다.

"듣던 대로 남려 제일가는 미인이시군요. 감탄했습니다."

가식 없는 진심이었다. 갓 짜낸 양젖처럼 희고 따뜻한 살결에 밤하늘을 그대로 떼다 박은 듯한 커다란 검은 눈. 선명하며 섬세한 이목구비이지만 지겹거나 과하다는 느낌은 전혀 없다. 선명한 눈썹과 강단진 턱 끝을 보면 결코 얌전하기만 한 성품은 아니리라. 그 점도 내심 마음에 들었다.

야친 공주의 칭찬은 예상하지 못했는지, 현희장공주의 뺨에 열이 올랐다. 당황한 모양이었다.

"아니, 그런, 그런 말은 금시초문인데……."

"여기까지 오면서 귀에 못이 박일 정도로 많이 들은 소문입니다. 이리 높은 벽 뒤에 사시면서도 그 미모가 널리 퍼지다니, 대단한 일이지요."

그러자 현희장공주도 질세라 받아쳤다.

"야친 공주야말로 보기 드문 미인인걸요? 다소 예의 없는 말이지만, 보자마자 깜짝 놀랐습니다."

이번에는 야친 공주가 다소 놀랐다. 현희장공주가 이렇게 소탈한 반응을 보일 줄은 몰라서였다.

"특히 머리를 땋은 방식이 정말 예뻐요. 야친 공주의 이목구비를 돋보여 주고, 시선을 뗄 수가 없게 만드네요. 시간이 있다면 가르쳐 달라고 부탁하고 싶을 정도예요. 입고 있는 가죽을 물들인 방식도요. 저렇게 선명하고 진한 붉은색은 처음 봐서요."

바로 그 순간이었다. 야친 공주는 현희장공주가 마음에 들었다. 이 여자는 남려인이면서도 강로 사람의 마음을 움직이는 방법을 알고 있었다. 그러면서도 결코 의도하거나 흑심을 품지 않았다는 점까지 더욱 호감을 주는 것이다.

과연, 단순히 예쁜 얼굴만 있는 게 아니었네. 야친 공주는 내심 생각했다.

사실 그녀는 세자가 백예를 팔면서까지 현희장공주의 호감을 사려고 했다는 점을 이해하지 못하고 있었다. 자신이었다면 절대 그런 짓은 하지 않았을 거라고 말이다. 제아무리 반반한 사내, 남려 황제와의 연줄이 되어 줄 자라고 해도— 올라타 길들이면 길들였지 영혼 같은 애마를 팔아 보석을 사지는 않으리라고.

물론 지금도 세자의 기행이 온전히 납득가는 것은 아니다. 다만 어떤 맥락이었는지는 조금은 짐작할 수 있을 것 같았다.

야친 공주가 호쾌하게 웃으며 말했다.

"강로에 많은 부족이 삽니다만 제 일족이 가죽 염색으로는 제일이죠. 가죽옷이야 한 벌 뿐이니 드릴 수가 없겠지만, 구슬을 꿰어 땋는 방법은 충분히 알려드릴 수 있겠어요. 엽혁 세자가 어느 정도 속도로 짐을 챙기고 있는지에 달렸지만."

꾸밈없이 밝던 현희장공주의 낯빛에 순간 어두움이 스쳤다. 하지만 야친 공주가 알아채기에는 너무도 빠르게 갈무리한 감정이었다.

"그 사람이 짐 싸는 일은 오래 걸리지 않을 거예요. 다만 황제 폐하께 윤허를 받아야 해서요. 물론 아무 제약 없이 보내 주실 것이 분명하지만, 그래도 형식상으로는요."

"현희장공주께서는 확신하신다지만 어렵네요. 정말 우리 세자가 어떠한 조건도 없이, 홀가분한 빈 몸으로 떠나게 허락할까요?"

"홀가분하지는 않을 거예요. 아마 여러 선물을 챙겨 주실 테니까."

"어떤 선물을 말씀하시는 건가요?"

"금괴나 군량이나…… 하지만 군량은 안 되겠네요. 세 분이 남려까지 가시는 동안 최대한 이목을 피해야 할 테니까요. 그렇다면 부피가 적고 값비싼 보화일 가능성이 크겠죠."

"흠. 그건 꽤나 큰 호의인데요. 남려 황제께서 왜 우리 세자에게 그렇게 마음을 써 주시는 건가요? 이제는 남려의 힘도 필요 없다고 떠나는 와중인데. 솔직히 화를 내셔도 어쩔 수 없는 상황이잖아요. 여차하면 세자와 그 사촌까지 함께 도주라도 하려고 했는데."

야친! 하고 숙부가 꾸짖었지만 야친 공주는 개의치 않았다. 딱히 숨기고 싶지도 않았고 말이다.

화영은 잠시 입을 다물었다 말했다.

"그간 정이 들었으니까요."

그뿐이에요.

뒤에 덧붙은 말은 너무도 가볍고도 약해 거의 알아들을 수 없었다.

* * *

맹타안의 강로행에 대해 말한 것은 화영이었다. 관호와 은룡을 한자리에 불러 설명하였다. 두 번이나 반복해서 따로 설명할 만큼 즐거운 이야기도 아니었으니까.

야친 공주와 후란무흠이 들어와서인지 현희부는 평소보다 시끌벅적했다. 그들은 유쾌한 손님이자 호기심 많은 관찰자였다. 거침없는 야친 공주의 참견과 질문 공세에 하인들이 진이 빠졌다. 강로 억양이 짙게 묻은 그녀의 목소리만 들려도 매를 피하는 토끼 떼처럼 흩어질 정도였다. 그럼에도 어쨌거나 고요하던 현희부에 활기가 도는 것은 분명했다. 다만 정작 현희부 주인 내외들 사이의 분위기는 얼어붙어 있었다.

정확히는, 세 부마들 사이의 묘한 기류가 문제였다. 흐르는 긴장감이 아슬아슬할 정도로 치솟고 있다고 해야 옳겠다. 본채로 이어지는 회랑 한가운데서 관호와 마주칠 때, 그리고 퇴청하고 돌아온 은룡이 야친 공주 일행를 피해 측문으로 숨어들어 올 때. 맹타안은 일부러 그러는 게 아닌가 싶을 정도로 다른 부마들과 자주 부딪쳤다.

이전에는 좀처럼 마주칠 일이 없는 부마들이었다. 처소도 각기 떨어져 있었고 생활반경도 달랐다. 무엇보다도 시일이 지날수록 서로의 습관을 알게 되어 서로 피하는 것이 버릇이 되었다. 어쨌거나 한 여자를 두고 경쟁하는 사이였다. 부인의 또 다른 남편과 사이좋게 얼굴을 마주하고 싶어 할 사내는 없었다. 특히 맹타안은 그런 생각을 숨기지도 않았다. 그러던 그가 어째서 이리 자주 부마들 앞에서 얼쩡거리는 것일까? 정작 화영에게는 발걸음을 끊었으면서 말이다.

기도위로서의 본분이 있는 은룡과는 달리 관호는 현희부에서 벗어나는 일이 없었다. 그리고 첫 번째 남편이자 정식으로 이름을 올린 부마답게 반듯한 태도와 엄격한 처신으로 현희부 식솔들이 크게 신뢰하였다. 하인들은 맹타안은 까칠하지만 기분파인 손님처럼 섬겼고, 은룡은 기도위이자 황후의 동생인 명문 귀족으로 받들었다. 그에 비해 관호는 사실상 부마도위 그 자체로 여기고 복종하였다.

그러니 관호가 묻지 않아도 이런저런 집안 돌아가는 소식을 물어 오는 아랫것들이 여럿 있었다. 물론 뒷말이나 험담은 관호가 딱 질색하였고, 현희부 하인들 역시 대체로 성품이 깨끗한지라 어디까지나 순전히 살림에 관한 상담에 가까웠다.

겨울을 대비하여 건초를 얼마나 사 두어야 할지, 정원수들을 볏짚으로 싸매는 일은 언제쯤 하는 것이 좋을지, 비어 있는 전각 주위에 불이 붙을지 모르니 항시 수반에 물을 가득 담아 두라는 것 등등. 하주에서 동생들을 건사하며 살아온 관호는 사소한 살림에 있어서도 어렵지 않게 조언을 주었다. 그래서 더더욱 현희부 내에서 신망이 높았다.

야친 공주 일행이 현희부에 초대된 이후로 맹타안이 본채에 발길을 끊었다는 이야기는 아주 우연히 흘러나왔다. 본채라고는 해도 대청과 장공주의 처소, 작은 서재 정도 외에는 거의 쓰임이 없이 비어 있으니, 곧 다가올 겨울에 화로를 어디에 배치하는 것이 좋을지 여쭈던 와중이었다.

-나리들께서도 본채에 오시면 보통 대청에 머무시고…… 좀 더 쌀쌀해지면 서재나 응접실로 오시겠지요. 그렇게 되면 대청도 꽤나 쓸쓸해지겠습니다. 안 그래도 맹 부마께서 발길을 끊으신 지 오래인데.

차를 마시던 관호의 눈썹이 움찔하였다. 그가 드물게 되물었다.

-맹 부마가 발길을 끊었다고?

-아니, 예, 그것이 뭐, 바쁘실 테니까요.

뒤늦게 자신의 발언이 사실 적시보다는 감상에 가깝다는 것을 깨달은 화부(火夫)가 두 손을 내저었다.

-강로족 손님들이 오시고는 아예 본채 쪽으로 오지 않으십니다. 하긴 현희부 상황을 비밀로 해야 하니까…… 맹 부마가 괜히 본채를 드나들면 오해를 살 만도 하지요. 그래서인가 합니다. 곧 떠나실 테니 준비하느라 분주하기도 하실 것이구.

관호는 더 캐묻지 않았다. 철망으로 제작된 화로용 뚜껑들을 미리 준비해 두라고 지시한 뒤 화부를 돌려보낼 뿐이었다.

그 대신 맹타안과 다시 마주쳤을 때, 그는 멈추어 섰다.

서고로 통하는 좁은 회랑이었다. 맹타안의 손은 비어 있었다. 작은 죽간 하나 들려 있지 않았다. 관호는 움직이지 않고 선 채 맹타안을 응시했다. 우연히 지나가려는 길이었다는 양 딴청을 피우던 맹타안도 관호의 시선에 점차 굳어 갔다. 근래에 지나치게 자주 마주친다 싶었더니. 처음부터 의도한 것이었나. 확신이 더욱 강해졌다.

"무슨 일이오."

"일이랄 것까지 있나? 아직 한집에 살지 않소. 어쩌다 동선이 겹칠 수도 있는 거 아니오?"

"말 돌릴 필요 없소."

맹타안의 방어적인 태도에 관호가 잘라 말했다.

"맹 부마가 내게 용건이 있음을 알고 있소. 그러니 괜한 말씨름은 하지 맙시다."

"……"

"우리가 대단한 우정을 쌓았다고는 하지 못하겠지만, 그래도 서로를 알 만큼은 시간을 보냈다고 생각하오. 맹 부마가 진심으로 내게 말한다면 나 역시 진심으로 답할 것이오. 의심하지 않아도 좋소."

"맹 부마라."

맹타안이 씁쓸함을 감추지 않고 웃었다.

"이 상황에도 그렇게 불러 준다니 재미있군. 관가 당신이 고지식한 것인지, 나를 비웃으려는 것인지 거기까진 가늠하지 않겠지만. 듣기에 나쁜 호칭은 아니오."

"다른 뜻은 없소. 이혼장을 받기 전까지는 부마이니까."

"애초에 내게는 혼인장도 없었소. 황실 옥첩에 이름이 오른 당신과는 다르지."

"처음부터 혼인이 아니었다고, 그러니 이혼장도 불필요하다고 말하고 싶은 것이오?"

"그렇게 말할 수 있다면 차라리 편하겠지."

관호는 묵묵히 맹타안을 응시했다. 옅은 노란색 옷을 입은 그는 까닭 없이 추워 보였다.

"어쨌거나 나는 떠날 거요. 그것도 곧. 그게 이레 후일지, 사흘 후일지, 내일일지는 모르지만."

"알고 있소."

"댁은 어쩔 생각이오?"

불안정한 목소리였다. 성급한 것 같기도 하고, 아닌 것 같기도 했다. 홧김에 내뱉은 말인가 싶지만 오랫동안 고민해 온 질문 같기도 했다.

관호는 잠시 고민하다 대답했다.

"모르오. 딱히 생각해 보지 않았소. 현희부 가주는 부인이니 부인이 원하는 대로 할 것이오."

"뭐요, 그게? 그렇다면 부인이 나가 달라 한다면 자리 털고 나갈 거라는 소리요? 홀랑 절간으로 도망치려고?"

"불가에 귀의하는 것은 도망치는 게 아니오."

"어쨌거나!"

물론 관호는 진작에 출가에 대한 계획을 정리한 지 오래였다. 하지만 이상한 일이었다. 자신이 절에 들어갈까 봐 맹타안이 저어하는 이유가 무엇일까? 어차피 그는 당장 내일이라도 현희부를 떠나 강로로 향할 사람이었다. 높은 확률로 다시는 돌아오지 않을 터였다. 바다로 풀려난 용이 시냇물을 잊듯이, 광활한 초원에서 자유를 만끽하며 남녀를 기억에서 지울 것이다.

그렇다면 관호가 설령 출가한다 해도 무슨 상관이란 말인가?

"혹시 머리 밀고 들어갈 생각 만만이라면 빨리 말하시오. 부인을 생과부로 만들 수는 없으니 보쌈이라도 해 데려가야지."

"진심이오?"

"그래, 내가 못 할 것 같소?"

거짓말이다. 허세에 불과하다. 관호와 맹타안 둘 다 알고 있었다.

관호는 보다 침착하게 말했다.

"맹 부마가 걱정하는 문제가 무엇인지 알려 주시오. 그래야 대화가 명확해질 테니."

"내 질문에 먼저 답해. 출가할 건가, 현희부에 있을 건가?"

맹타안은 여전히 경계를 늦추지 않았다. 맹타안의 푸른 눈이 어느 때보다 색이 옅어, 벌써 겨울이 온 것 같았다. 성기게 땋아 흐트러진 금빛 머리카락까지, 총체적으로 예민한 맹수를 떠올리게 하는 분위기였다.

두 번째 부마로서 첫 번째 부마인 자신을 치워 내려고 온갖 애를 쓰던 맹타안이다. 그런 그가 관호 자신이 현희부에 머무르겠다는 대답을 원한다니. 세상만사는 어찌나 기묘하고 예측불허한가.

관호는 괜한 기 싸움을 벌이지 않았다. 원하는 답을 숨기며 자신의 우위를 즐기지도 않았다. 그저 호걸이 또 다른 호걸에게 그러하듯 솔직하고 담백하게 자신을 드러낼 뿐이었다.

"나는 현희부에 머물 것이오. 출가할 생각은 접은 지 오래요."

"정말인가?"

맹타안의 입가는 안심한 듯 누그러들었지만 금빛 눈썹은 다소 찌푸려진 채였다. 관호의 대답에 상반되는 감상을 받은 것처럼 말이다.

"물론이오. 한 치의 거짓도 없소."

"그렇군……."

짤랑, 회랑 처마 끝에 매달린 옥 풍경이 울었다.

짧은 정적을 깬 것은 맹타안이었다.

"좋아. 하여간 내게 약속한 거요. 멋대로 손 털고 머리 밀러 가지 않겠다고. 적어도 내가 강로에 가 있는 동안은 말이오."

약속이라고는 한 적 없는 것 같지만 굳이 반박하지 않았다. 맹타안이 곧 떠날 것이라는 사실이 유난히 선명하게 느껴져서일까. 관호는 묵묵히 고개를 끄덕여 주었다.

"좋소. 좋아. 아주 좋아."

맹타안은 어수선하게 양손을 맞잡아 비비며 중얼거렸다. 그리고는 인사도 없이 자리를 떠나 버렸다.

회랑을 넘어 후원 쪽으로 가로질러 가는 맹타안의 뒷모습이 보였다. 서늘한 바람에 휘날려 반짝이는 금발이 신기루처럼 반짝였다. 그야말로 사라질 듯한 광경이었다.

관호는 문득 깨달았다.

자신이 마음 깊은 곳에서 은밀하게 기뻐하고 있었다는 사실을 말이다.

맹타안이 이제 영영 먼 초원으로 돌아가는 것이, 그리고 그가 선택의 여지가 없이 강로 여인을 맞아 혼인하게 될 것임에 어째서 기뻐하는가?

질문하는 동시에 답이 물결처럼 떠올랐다.

녹보석 요대를 하고 웃고 있던 화영이 보였다. 자신에게는 말도 묻지 않고 맹타안과 백련호로 나들이를 나갔다가 들어왔을 때, 그녀에게 진하게 풍기던 연꽃향마저 맡을 수 있었다. 황후의 탄신연에서, 바로 곁에 있는 자신보다 당장 눈에 보이지 않는 맹타안이 어디 있는지 신경 쓰던 모습까지도.

'아직 군자는 못 된 모양이군.'

관호는 고개를 짧게 흔들었다. 떠올랐던 기쁨을 씁쓸히 묻은 채 발을 옮겼다.

맹타안의 할 일은 아직 끝나지 않았다. 가장 피하고 싶은, 그러나 반드시 필요한 의무가 하나 남아 있었다.

맹타안은 은룡의 거처 앞에서 그의 퇴청을 기다렸다.

은룡은 나랏일을 하는 몸인 데다가 강로 손님들의 시선을 피하려고 귀가 시간이 들쑥날쑥했다. 이럴 바에야 아예 밤늦게 방문하는 게 나을지도 모르지만, 은가 어린놈이 어디가 귀엽다고 한밤중에 마주 앉아 독대를 하겠는가. 게다가 야친 공주의 숙부가 거듭하여 저녁마다 술자리를 벌이고 맹타안을 초대하니, 도저히 빠지기도 어려운 상황이었다.

'술 냄새를 풍기며 찾아오면 면전에서 문을 닫고 꺼지라고 면박을 주겠지. 성가신 애송이 같으니. 어찌 보면 관가보다 융통성이 없단 말이야.'

처소 앞의 작게 마련된 뜰에 서서 맹타안은 시간을 죽였다. 발부리로 괜히 자갈을 걷어차기도 했고 백일홍 군락을 흰 손가락으로 어지럽히기도 했다. 새들이 나뭇가지에 앉아 얼마 뒤면 사라질 잎사귀들에게 슬픈 노래를 불러 주고 있었다.

와중에 맹타안은 관호에 대해 생각했다. 항시 무뚝뚝하고 진중하던 자였다. 한 번 뜻을 세웠으면 죽는 다 해도 결코 포기하지 않는 종류의 사내였다. 그런데 출가할 생각은 접은 지 오래라고? 언제부터였을까. 그 이유는 또 뭘까. 아니, 그게 뭐가 중요하겠는가. 맹타안이 애마 백예를 팔았듯 관가는 제 손으로 버린 속세의 미련을 다시 주워든 셈이다. 나름의 고충이 있었겠지.

'부인이 죄 많은 사람이로군. 이래서 절세미인을 아내로 두는 것도 나름 고생이라는 말이 옳다.'

피식 입꼬리가 올라갔다. 화영에 대해 칭찬하던 야친 공주의 목소리가 귓가에 재생되었다. 그때 얼마나 뿌듯했는지! 그의 부인은 강로인들을 사로 잡는 강력한 매력의 소유자임이 틀림없었다. 맹타안 자신뿐 아니라 야친 공주에게도 호감을 사다니 말이다.

단순히 외모만으로는 불가능한 일이다. 예의를 갖춘다고 해도 다가 아니다. 화영에게는 그들과 비슷한 무언가가 있었다. 비록 외양은 다르고 살아온 배경과 풍습도 다르지만, 모든 차이를 뛰어넘는 공통점이 있다는 뜻이다. 아마도 그것은 바로 자유롭고 얽매이지 않는 영혼일 것이다.

하지만 맹타안은 그런 그녀를 떠나야 했다. 인두겁을 쓴 이리와 승냥이로 가득한 이 땅에 그녀를 홀로 두어야만 한다. 황후의 탄신연에서 직접 보지 않았는가. 남려의 인간들이 어찌나 악랄할 수 있는지.

차라리 초원에서 그러하듯 서로의 창과 활로 다투어 승부를 낸다면야 나으리라. 뒤에서 작당하고 퍼뜨리는 수군거림, 미소를 잃지 않는 예의 바른 조롱, 소리 내어 반박하면 되레 지도록 조작된 승부. 이런 음험한 곳에서 화영이 무사하게 지낼 수 있을지 도저히 확신이 없었다.

'남려의 암투를 맛보는 데에는 충분한 잔치였지. 그때는 비록 황후를 겨냥했다지만 앞으로는 표적이 누가 될지 어찌 알겠는가. 부인이 대놓고 황후의 편을 들었으니 그에 대한 복수로 화살을 돌릴 가능성도 있어. 그렇게 된다면 남려 황궁도 이 현희부도 금과 옥으로 만든 우리에 불과할 것이다.'

할 수만 있다면 함께 가고 싶건만.

맹타안의 잘생긴 입가가 쓰게 비틀렸다.

'하나뿐인 누이를 빈손으로 강로로 데려가겠다면 황제가 나를 역적 취급하겠지. 어째서 자신과 협의한 대로 때를 기다려 남려 군사를 이끌고 가지 않느냐 되물을 테고. 그럼 나는 뭐라고 답해야 하나? 남려인의 손을 빌리는 것보다 내 동족들의 지지를 이끌어 엽혁새명을 처단하는 것이 낫다고? 거기에는 황제도 동의할 것이다. 하지만 이제 와서 남려인의 도움은 거절하겠다면서 남려의 장공주는 차지하려는 이기심을 비난하겠지.'

이기심. 그래, 이기적인 생각이다.

'사실 야친 공주와 후란 씨족이 어떻게 생각하든 상관없어. 내가 누구와 혼인을 했든 나는 엽혁타안이고 엽혁 씨족의 주인이며 강로의 세자다. 내가 부인의 두 번째 남편이라고 비웃으려는 자가 있다면 머리통을 어깨에서 떨어뜨리면 그만이야.'

중요한 것은 화영이었다.

하루아침에 초원에서 유목민들과 지내야 한다. 비록 어릴 때 소탈하게 자랐다지만 초목과 물이 풍부한 남려의 산중과 척박한 강로 초원은 전혀 다르다. 귀한 남려 장공주에게 기껏해야 일주일에 한 번, 그것도 운이 좋을 때만 목욕이 가능하다고 말한다면 받아들일 수 있을까? 남려의 물에 익숙해진 맹타안 본인도 벌써 마음의 준비를 힘들게 하고 있는데 말이다.

그뿐 아니다. 말도 제대로 통하지 않는 환경이다. 강로인 중에서 남려어를 능통하게 하는 자는 드물었다. 남려와 사이가 좋지 않으니 당연한 일이다. 강로 초원으로 돌아간다면 맹타안은 숨 돌릴 틈도 없이 바쁠 것이다. 비밀리에 여러 족장들을 만나야 하고, 군략을 짜내야 하고, 협의하고 거래해야 한다. 항상 화영의 옆에 붙어 있을 수 없었다. 그녀가 생판 낯선 땅에서 느낄 고독을 그 역시 잘 알기에 차마 견뎌 달라 하기 어려웠다.

무엇보다도, 언제고 엽혁새명의 군대가 밀어닥칠 수 있다는 점이 가장 큰 걸림돌이었다. 그는 목숨을 건 도박에 임하려 하고 있었다. 야친 공주와 후란 씨족의 지원이 있기에 가능성이 올라갔을 뿐, 그가 패배할 확률도 분명 있는 것이다. 혼자 몸이라면 무섭지 않았다. 하지만 자신 때문에 화영도 죽거나 다칠 수 있다고 생각한다면 두려웠다. 이러한데 어찌 그녀에게 함께 가자고 조를 수 있을까.

'게다가 부인이 거절한다면⋯⋯.'

맹타안은 차가운 손으로 마른세수를 했다. 더는 생각하고 싶지 않았다. 그때 피농[1]에서 인기척이 들렸다. 맹타안은 정신을 차리고 그쪽을 노려

보았다. 색 바랜 방장이 걷히고 은룡이 나타났다.

"꼴 좋군, 당당한 기도위라고 잰 체는 다 하더니, 계집들이나 쓰는 통로로 숨어 다니다니."

의도가 아니었지만 습관은 강한 것이라, 은룡의 얼굴을 보자마자 빈정거리는 소리가 튀어나왔다. 아차 싶었지만 뱉은 말을 주워 담을 수는 없으니 어쩌겠는가. 맹타안은 양손을 허리띠 위에 걸치고 은룡 쪽으로 다가섰다.

은룡은 믿기지 않는다는 듯 짙은 눈썹을 찌푸렸다. 맹타안이 자신의 처소까지 찾아와 시비를 걸 줄은 몰랐다는 표정이었다.

"다짜고짜 무슨 헛소리입니까? 당장 꺼지시오."

말은 하지 않았지만 은룡의 얼굴에는 '내가 누구 때문에 숨어들어 오는데 그런 망언이냐' 하는 문장이 숫제 쓰여 있다시피 했다.

"여행 준비로 바쁘다고 들었습니다만. 굳이 찾아와 시비라니, 생각보다 여유만만이군요."

그렇게 내뱉고는 맹타안 쪽을 쳐다보지도 않고 건물 안으로 들어가려고 한다. 저대로 놔두면 문을 단단히 닫아걸고 무슨 소리를 해도 듣지 않을 것 같았다. 맹타안은 마음이 급해져 성큼 뛰다시피 하여 은룡의 앞을 가로막았다.

"비키시오."

"안 되겠는데."

"장난할 기분이 아닙니다."

"나도 너 따위랑 장난하고 싶은 생각은 꿈에도 없다."

"그럼 뭡니까?"

은룡의 검은 눈이 창칼처럼 날을 세우고 있었다. 맹타안은 대답 대신 그를 훑어보았다. 언제나처럼 남색 기도위 정복에, 신분을 드러내는 옥패를 요대 아래 내렸다. 옆에 맨 검은 잘 길들인 가죽끈으로 손잡이를 둘러쌌고, 발끝은 웅크린 범처럼 날래다.

---
1) 피농- 부녀자와 하인들이 보통 사용하는 곁길

맹타안의 품평하는 듯한 시선이 불쾌했는지 은룡이 으르렁거렸다.

"비키시오."

"할 말이 있다."

"그쪽이 내게? 그럴 일은 없으리라 사료됩니다만."

"정말이다. 장난이 아니야."

은룡이 입을 일자로 다물었다. 노골적으로 불신하는 기색이었다. 평소라면 그 건방진 태도를 고쳐 주었겠지만 지금은 그럴 여유가 없었다. 맹타안은 애써 성질을 가라앉혔다.

"일단 안으로 좀 들어가지. 밖에서 할 이야기는 아니니까."

"그건 내가 판단합니다."

"애송이, 네 놈-"

"여기서 말하기 싫다면 그만두시오. 난 들어가 볼 테니까."

은룡이 자신을 지나쳐 문을 열려는 순간, 맹타안은 결국 솔직히 말하는 수밖에 없었다.

"네놈만이 해 줄 일이 있다!"

절박한 문장이었다. 강렬한 울림을 지닌 목소리였다. 들은 체도 않고 가 버리려던 은룡도 멈칫하여 고개를 돌릴 만큼 말이다.

은룡은 손잡이에서 손을 떼고 인상을 찡그렸다.

"무슨 소리입니까?"

"네놈만이 해 줄 일이 있다. 말 그대로야. 관가는 엉덩이도 무거운 데다 명패만 부마도위이지 실상 써먹을 데가 없으니까."

"헛소리를 또-"

"누가 내 뒤를 캐고 다녔다더군."

맹타안이 갑자기 소리를 줄였지만 훈련된 은룡은 어렵지 않게 알아들었다. 은룡이 얼굴을 굳혔다. 맹타안이라는 인물에 대한 호불호는 제쳐 두더라도, 그의 뒷조사를 하고 다니는 자들이 있다는 것은 심각한 문제였다.

맹타안을 찾아다닐 세력이라면 강로왕의 지시를 받았을 터. 강로 첩자들이 황제가 계시는 도성까지 활개 치고 다닌다고? 남려의 국방에 구멍이 생겼다는 뜻일까.

"당신을? 어떤 식으로 말입니까? 무슨 명목으로요?"

"내가 부인에게 녹보석을 선물한 건 알겠지. 그 녹보석의 거래 내용을 집요하게 캐려는 자들이 있다."

"설마…… 훔쳤소이까?"

"나를 뭘로 보고 그런 소리를! 당연히 제값을 주고 구매했다. 교환했다고 하는 편이 더 적당하겠지만, 어쨌든."

"불법적인 경로로 입수한 것이라면 모를까, 일반적인 거래 흔적을 캐 보았자 나올 정보가 없을 텐데요. 지불한 돈에 현희부 인장이 찍힌 것도 아닐 터인데…… 잠깐."

은룡의 눈매가 순식간에 사나워졌다.

"교환했다고 했습니까? 매매가 아니라? 그렇다면 분명 정당하게 세금을 내고 장사를 하는 보석상은 아니었겠군요. 맹타안 당신, 어찌 그분께 지저분한 장물을 선물할 수가 있소?!"

"아, 아니라니까! 뒷골목 상인이라 그렇지, 물건은 잘못이 없다! 게다가 황제가 내려 준 은자라 해 봤자 다 써 버린 지 오래거늘 나더러 어쩌란 말이냐! 내가 내 부인에게 패물 하나 선물한 것이 무슨 큰 죄라고!"

"하! 폐하께서 당신에게 하사한 재물이 적지 않을 텐데 그런 은혜 모르는 말을! 종일 마마 옆에서 알랑거리며 하루에도 몇 번씩 옷을 갈아입으니, 제 멋 부리는 데에 은자를 죄다 낭비한 게 아닙니까! 그래놓고 뭐가 당당하시오!"

"닥쳐! 매일 이 재수 없는 정복만 입고 다니는 너보다야 내가 낫지. 적어도 나는 부인의 눈요기는 되어 주니까! 하여간 물 흐리지 마라, 중요한 건 쥐새끼처럼 달라붙은 첩자 아니냐!"

어느새 목소리가 높아져 쩌렁쩌렁 울렸다. 살구나무 가지에 앉아 슬프게 노래하던 새들은 은룡과 맹타안의 다툼에 놀라 날아가 버린 지 오래였다. 하여간 지독하게 안 맞는 두 사람이었다. 화영의 액막이 부마로 들어오는 일이 아니었다면 평생 겹칠 일도 없었을 테다. 너무도 대비되는 성격 탓에 친구로도 남기 어려울 것이다. 서로의 성질에 익숙해질 만큼 오랜 시간을 한 지붕 아래서 살아간다면 모를까 말이다. 하지만 이제는 그럴 여지도 없겠지.

맹타안은 은룡이 열을 올리며 짜증을 내는 꼴을 보고 코웃음을 쳤다. 부인 앞에서는 그리도 충직하고 상냥한 군견처럼 굴더니만, 실상 어디 내놔도 성깔로는 지지 않을 혈기가 아닌가.

"그래서 어쩌란 말입니까? 어차피 당신은 강로로 떠날 터인데. 여까지 찾아와서는, 내게 무슨 일을 해달라는 뜻이오?"

은룡이 깊게 심호흡을 한 뒤 목청을 낮추어 날카롭게 물었다. 맹타안은 그의 질문을 듣고 고개를 절레절레 흔들었다.

"이 바보 같은 어린놈아. 그것들이 정말 내 궁둥이나 보려고 수소문하고 다니겠느냐? 네 말대로 나는 곧 떠날 거다. 나의 신원이 잡힌대도 나야 강로일 테니 그만이지만, 부인은? 그럼 부인은 어쩌란 말이냐? 너도 기겁하며 장물이니 뭐니 난리를 치는데, 부인에게 호의적이지 않은 놈들은 어떤 반응을 보일까 생각을 좀 해 봐라!"

늑대처럼 거친 어조였다. 하지만 이때만큼은 은룡도 그의 말에 끼어들지 않았다. 청년의 눈동자가 충격적인 깨달음으로 커지는 것이 보였다. 맹타안은 멈추지 않고 말을 이었다.

"남려의 장공주가 강로마와 맞바꾼 녹보석을 선물받았단 말이다! 그것도 부마도위도 아닌, 외간 사내에게! 이게 무엇을 뜻할까? 어떻게 해석될 수 있을까?"

"……! 당신, 그렇다면 자신의 말을 팔아서……? 하지만 강로인들에게 말은."

"중요한 건 그게 아니야. 그 너구리 같은 상인 놈이 원흉이지."

맹타안이 이를 갈았다.

"내게는 그 녹보석이 어떤 사연을 가졌는지 설명해 주지 않았어. 입을 다물었지. 내가 외지인이라는 걸 눈치채고 대충 넘어가려 했던 거겠지. 그런데 알고 보니 오황자의 난에 휩쓸려 사라진 귀보라더군. 부인도 모르는 것 같다. 하긴 산골에서 땡중 손에 컸으니 어찌 알겠느냐만."

그리고는 맹타안은 초조하게 덧붙였다.

"하여간 조짐이 좋지 않아. 저번 황궁 잔치에서 부인의 요대에 눈을 떼지 못하는 계집들이 몇 수레더니, 개중 알아본 여우가 있는 모양이다."

"……사실상 녹보석의 경로를 찾다가, 당신까지 걸려 나올 상황이라는 거군요. 즉 마마를 공격하려는 의도를 지닌 자가 있다는 뜻."

사태를 파악한 은룡의 얼굴은 돌처럼 굳어 있었다. 그 낯짝을 보니 그제야 다소 안심이 되었다.

"그래. 확실하다. 그게 누구인지까진 모르겠지만, 보통 집요한 놈이 아냐."

이제부터가 정말 어려운 부분이다. 맹타안은 한숨을 내쉬었다. 제기랄, 이 재수 없는 어린놈에게 부탁이라니.

어쩌겠는가. 별다른 방법이 없었다. 야친 공주가 아니었더라면 녹보석의 과거는 물론이고, 녹보석을 어디의 누구에게 무엇을 받고 팔았는지 알기 원해 상인을 호출한 이가 있음도 몰랐으리라. 알게 된 이상 가만히 부인이 궁지에 처하도록 방치할 수는 없지 않은가.

관호는 정식 부마이지만 조정에 끈 하나 없었고, 황궁에 나가 상황을 직접 조사하며 발로 뛸 성품이 아니었다. 결국 적합자는 은룡뿐이었다. 유서 깊은 명문가 출신이니 여기저기 집안 친구들도 많을 것이고, 본인도 황궁에서 일하며 듣고 보는 정보부터 남다를 터다. 은룡이라면 부인이 공격당하기 전에 먼저 음해 세력을 찾아내 선수를 칠 수 있지 않을까, 맹타안은 희망하고 있었다.

부인에게 귀한 녹보석을 선물하고 싶다는 욕망으로 되레 함정에 빠뜨린 셈이다. 애송이에게 숙이고 들어가는 것 정도로 무마할 수 있다면 그걸로 된다.

맹타안은 힘들게 말문을 열었다.

"내가 언제 돌아올지 기약할 수가 없으니, 나는 지금 부인에게 어떠한 힘도 되지 못한다. 하지만 네놈은 어떻게든 수가 있겠지. 여태껏 잘난 척해 온 대로 명문 귀족에 황후의 동생이니까. 감투도 있고 말이다. 그러니⋯⋯ 그러니 부인을 잘 보필하겠다고 맹세해라."

말투는 윽박에 가까웠으나 목소리는 떨리고 있었다. 오만함을 벗어던지고 고개를 숙이는 목소리였다. 부디 부탁한다고, 그녀를 지켜 달라고 요청하는 목소리였다.

은룡이 고개를 돌렸다. 마치 이런 맹타안을 보고 있기가 어색하다는 듯 말이다.

잠시간의 침묵 후 은룡이 다시금 맹타안과 마주 보았다. 그리고 대답했다.

"평생 마마를 보필해 왔습니다. 앞으로도 그럴 것이고요. 엽혁 세자는 염려하지 마십시오."

퉁명스럽지만 비꼬는 기색 없이 단단한 진심이었다. 한 치 거짓도 없었다. 자부심과 곧은 의지만이 느껴졌다. 짙은 눈썹 아래의 깊은 눈동자에서 전의가 타올랐고, 강인한 턱선은 결심처럼 딱딱하게 굳어 있었다.

"그래, 그러면 됐다."

맹타안은 씁쓸하게 입꼬리를 비틀었다.

이제 그는 더 이상 할 수 있는 일이 없었다.

* * *

당연히 황제는 기뻐 반색을 하며 맹타안의 선택을 반겼다. 용맹하고도 담대하다며 맹타안의 성품을 칭찬하고, 뜻이 있는 자를 하늘이 돕는다는 말처럼 그의 의지가 강렬하고 정당하기에 때마침 동족들이 조력하는 것이라

치켜세웠다.

그에 대한 남려의 신뢰와 우정은 변치 않으리라고 다짐도 하였다. 그러면서 내려온 것이 만 냥에 가까운 금자였다. 부족함은 아나 더 이상 말을 무겁게 할 수 없었다며 후에 강로에 도착하여 자리를 잡는다면 더 지원하리라 약조까지 곁들였다.

화영은 주영의 친서를 읽으며 미소를 지을 수 없었다. 이처럼 오빠가 반가워하는데, 다행이라 여기는 기색이 가득한데 말이다.

사실 엄정하게 따지자면 남려 황제로서는 배신당했다 여겨야 할 상황이었다. 강로 세자의 망명을 받아 주고 후대해 준 이유가 무엇인가. 후에 그의 명분에 힘입어 남려의 영향력을 강로에 끼치려는 목적 때문 아니었나. 헌데 맹타안이 이대로 야친 공주와 함께 떠나 버린다면 남려 군대를 강로에 보낼 명분도 기회도 사라지는 것이다.

그럼에도 주영이 기뻐하며 아낌없이 금자까지 하사한 이유는 하나뿐이었다. 여동생을 놓아주지 않고 버티던 두 번째 부마가 제 발로 떠난다는 것 말이다.

오빠의 마음을 이해할 수 있었다. 알지만. 그런데 왜 이렇게 마음이 허할까? 꼭 가슴 어딘가에 구멍이 뚫린 것만 같았다. 아무리 꽁꽁 비단옷으로 싸매도 그 구멍을 막을 수가 없었다. 서늘한 가을바람이 멋대로 오가면서 배 속까지 차갑게 만들었다. 무엇을 먹어도 맛을 느낄 수 없었고 즐거운 일도 찾지 못했다. 그리고 오랫동안 잠을 이루지 못했다.

관호는 종종 본채에 찾아와 그녀의 서재를 빌려도 되겠느냐고 점잖게 물었다. 단순히 서책을 읽을 뿐인데도 그러했다. 화영이 어색하게 고개를 끄덕이면 한동안 그녀의 얼굴을 응시하다가 한숨을 쉬었다. 그리고는 따뜻한 차를 마시라고 말하고 돌아섰다. 그가 함께 다과를 들자고 하지 않아 얼마나 고마웠는지 모른다. 지금은 누군가와 오래 마주하고 이야기를 나눠야 한다는 상상만으로도 견딜 수가 없었다.

은룡은 퇴청하는 길에 시장에 들르기 시작했다. 잡다한 장난감이나, 달고 자극적인 간식거리 등을 한두 개씩 품에 안고 귀가했다. 강로 손님들의 눈을 피하려 측문으로, 하인들의 통로로 숨어 다니면서도 그는 꼭 한 번씩 화영의 처소에 와서 선물들을 전해 주었다. 하나같이 화영이 좋아하는 것들이었다. 그렇지만 은룡에게 고맙다고 말하며 웃어 주는 것도 가끔은 힘에 부쳤다.

맹타안은 보이지 않았다. 야친 공주와 그 숙부가 현희부에 들어온 이후 한 번도 그녀를 찾아온 적이 없었다.

당연하다. 이 판국에 맹타안이 화영에게 지나친 친근감을 드러낸다면 야친 공주가 의심할 테니까. 부마도 있는 장공주를 찾아가 나눌 말이 무엇이겠는가? 장래의 신부가 보기에 썩 좋은 광경은 아니리라. 그래서 황제의 친서도 화영은 침혜 손에 들려 그에게 가져다주게 했다. 침혜가 뭔가 말하려다가 마는 것을 보았지만 고개를 돌렸다. 맹타안에 대해 이야기하고 싶지도 않았다.

그 사람을 좋아하는 건 아니다.

화영은 그렇게 생각했다. 그렇게 믿었다.

벌써부터 몸의 일부가 사라진 듯 어색하고 허망한 것은, 그저, 맹타안이 오랫동안 그녀의 곁에 있어서일 뿐이다. 현희부는 그녀가 가져 본 첫 집이었다. 삼촌이나 오빠의 집이 아니라, 그녀만의 집이었다. 그러니 여기에 함께 머무르며 많은 우여곡절을 겪은 이들에게 정이 붙지 않기가 더 힘들다.

맹타안뿐 아니라 관호도 마찬가지다. 아마 맹타안 대신 갑자기 관호가 절로 들어가겠다고 한다 했어도 이만큼 힘들겠지. 그럴 것 같았다. 그렇다면 관호도 좋아하는 것이게? 한 여인이 두 사내를 동시에 똑같이 좋아한다는 일은 들어본 적이 없으니, 하여간 그들을 좋아하는 것은 아니리라. 그러니까 자신은 맹타안을 좋아하지 않는다. 화영의 논리는 완벽했지만 별반 위로는 되지 않았다.

주영의 허가가 내려오고 나서 강로행 준비는 더욱 박차를 가했다. 야친 공주와 그 숙부가 기다렸다는 듯 진두지휘를 하며 하인들을 재촉하였다.

필요한 물품은 모두 상등품으로 구해 왔고 주문제작 해야 하는 물건들은 꼼꼼하게 크기며 꿰맴법도 지정하여 장인들에게 맡겨놓았다.

야친 공주는 화영을 자주 찾아왔다. 약속대로 구슬을 섞어 땋는 강로식 머리 손질을 가르쳐준 것이다. 물론 침혜는 차라리 자기가 배우는 것이 낫지 않겠냐며 우려를 표했다. 자기 머리에 할 줄 아는 것이라고는 빗질뿐인 화영이었으니 그 염려가 타당도 하였다. 하지만 화영은 전에 없는 집중력과 끝없는 노력, 그리고 연습 상대가 되어 준 침혜와 주아 덕분에 비슷하게라도 따라 하게 되었다.

화영이 자신의 머리에 어설프게 구슬을 섞어 땋을 수 있게 될 무렵이었다. 강로로 가기 위한 모든 준비가 끝났다.

"다행이네요. 장공주께 가르쳐 드리다 중간에 떠나게 될까 봐 걱정도 했는데. 마침 딱 맞게 준비가 되었군요."

"아직 많이 서툰데…… 너무 일찍 가는 것 같아 서운해요."

솔직한 화영의 대답에 야친 공주가 씨익 웃어 보였다.

"연습을 자주 하면 잊어버리지 않을 거예요. 손에 익숙해지면 나름 응용도 이것저것 해 보게 될 거고요."

"휴. 역시 연습이 중요한 거겠죠."

"당연해요. 몸에 익은 것은 절대로 잊어버리지 못하니까요. 기술이든 습관이든, 사람이든."

화영은 순간 말문이 막혔다. 하지만 다행스럽게도 야친 공주가 의아한 눈빛을 하기 전에 무마할 수 있었다.

"그럼 언제 떠나시나요?"

"오늘 자정에요."

"네?! 그렇게 빨리?"

휘둥그레 커진 화영의 눈을 보고 야친 공주가 기분 좋게 웃었다.

"갈 수 있는 한 최대한 빨리 출발해야지요. 이 순간에도 엽혁새명이 어떤 개짓거리를 하고 있을지 모르는데요."

"그렇지만…… 오늘 밤은 너무 이른데…… 하다못해 내일 새벽에라도……."

"우리는 밤에만 말을 달리고, 낮에는 쉴 겁니다. 엽혁 세자와 사촌의 말은 순수한 강로마이고, 저와 숙부가 타고 온 말 역시 반쪽이나마 강로마라서요. 강로마들이 몰려다닌다면 남려인 눈에는 용과 기린처럼 놀랍겠죠. 괜히 시선을 끌어서 좋을 것이 없습니다."

야친 공주는 시원스레 결론을 지었다.

"해가 떠 있는 동안은 잡은 숙소에서 쉬고, 어스름이 내리자마자 새벽까지 달리는 쪽이 낫습니다. 엽혁 세자도 동의했어요."

"……."

맹타안도 동의했다는 말을 들으니 더는 할 말이 없었다. 아쉬움을 표현하는 것조차 잘못 같았다. 화영은 고개를 숙였다.

그렇구나. 야친 공주가 찾아오지 않았다면 그들이 오늘 밤 떠난다는 걸 언제쯤 알게 되었을까? 저녁에? 아니면 잠들기 직전에?

현희부에서 떠나는 오늘까지도 맹타안은 찾아오지 않았다. 작별 인사 정도는 해도 될 텐데. 그 정도의 사이는 된다고 생각하는데.

'돌아오겠다고 약속해 놓고…….'

그 약속이 무색하다. 떠나는 날까지 얼굴도 비추지 않을 거면서, 왜 자신을 기다려 달라고 한 거지? 벌써부터 마음이 변한 걸까? 야친 공주에게 반한 걸까? 충분히 그럴 수 있을 것 같았다.

머리 땋는 법을 배우며 알게 된 야친 공주는 호방하고 매력적인 사람이었다. 자기주장이 확실했고 자신감이 넘쳤다. 말도 잘 타고, 활쏘기로는 근방 부족까지 합쳐서도 제일이라고 했다. 야친 공주는 자신이 강로에서 첫 번째로 꼽히는 미인이라는 사실을 숨기지 않았다. 태도가 당당하고 대수롭지 않게 말했기에 자랑처럼 들리지도 않았다. 그렇다면 맹타안이 그녀에게 끌린다 해도 놀랄 일이 아니었다.

그냥 아무 말도 하지 말지. 맹세 같은 거, 애초에 하지 않았다면.

흰개미 떼가 배 속을 갉아 먹는 기분이었다. 하지만 내색해서는 안 된다.

"계획을 말해 줘서 고마워요. 야친 공주에게 주고 싶은 물건이 있는데, 떠나기 전에 선물하려고 챙겨 뒀거든요."

"선물이요?"

이번에는 야친 공주가 눈을 크게 떴다. 화영은 애써 웃는 얼굴로 침혜에게 손짓했다. 그러자 진작 준비해 둔 상자를 두 손에 받쳐 들고 침혜가 야친 공주에게 향했다.

이음매와 잠금쇠가 모두 순금으로 된, 백단 나무 상자였다. 향긋한 향이 풍겨 나오는 상자를 받자마자 야친 공주는 망설이지 않고 바로 열어 보았다.

"야친 공주가 내게 강로식 머리 땋는 법을 가르쳐 주었으니, 보답하고 싶었어요. 그래서 남려식 머리 장식을 골랐는데 괜찮을지 모르겠네요. 강로에서는 진주가 귀하다고 들은 것 같은데, 맞나요?"

"맞아요. 강로 초원은 바다에 닿지 않으니까요. 와, 이렇게 큰 진주는 처음 보는데요? 꼭 메추리알만 하네!"

상자 속 붉은 비단에 감싸인 것은 남려 귀부인들의 머리 장신구였다. 큼직한 진주가 박힌 금비녀는 물론이고 머리 꽂이와 보요에도 온통 진주와 금강석이 반짝였다. 가을 하늘처럼 새파란 장식이 바람과 같은 형태로 가공되어 진주를 돋보이고 있었다.

"이 파란 것은 뭐지요? 남보석이라기엔 색이 밝은데."

"점취예요. 물총새의 깃털을 가공해서 만든 건데, 무척 값이 비싸요. 남려 초원에는 물총새가 드물 것 같아서 골랐어요. 마음에 들어요?"

"마음에 들다마다요. 솔직히 장공주께서 이렇게 환대해 주실 줄 몰랐는데, 큰 감동이에요. 소중하게 간직할게요. 우리의 우정을 잊지 않을 겁니다."

야친 공주가 상자를 닫아 바닥에 내려놓고, 남려식으로 훤칠하게 읍을 하였다. 화영도 그 순간만큼은 맹타안에 대해 잠시 잊고 환하게 웃을 수 있었다.

마지막으로 머리 땋는 법을 다시 한번 꼼꼼히 가르쳐 준 후 야친 공주는 선물과 함께 자리를 떴다. 밤 출발이니 막바지인 준비를 재차 확인하고 검사해야 해서였다. 화영은 고개를 끄덕여 그녀를 보내 주었다.

"머리, 손질해 드릴까요?"

멍하니 앉아 있는 화영에게 다가온 침혜가 물었다.

"응? 왜?"

"남려 장공주께서 강로 머리를 하고 계시려구요? 참 이국적이고 좋겠네요."

"아."

화영은 그제야 자신의 머리가 갖가지 색 구슬을 섞어 땋아 내린 상태임을 기억해 냈다. 야친 공주는 자신의 머리로 한번 시범을 보이며 확인시켜 준 후, 손수 화영의 머리를 땋아 주었던 것이다. 그러면 구슬은 어떻게 가지고 갈 거냐고 묻는 화영에게 야친 공주는 돌려줄 필요 없다고 답했다. 받은 선물에는 비교할 수 없겠지만요, 라고 덧붙이면서.

머리 타래를 더듬어 보니 작은 구슬들이 손가락으로 느껴졌다. 색이 예쁜 돌들, 그리고 물들여 꽃 모양으로 조각한 나무 장식들의 중앙에 구멍을 내어 머리카락에 꿰도록 만든 것들이었다. 그것들을 만지고 있자니 기분이 이상했다. 뭔가 그리운데 뭐가 그리운지도 알 수 없었다.

"밤에. 밤에 풀게."

"예? 왜요?"

"야친 공주가 직접 땋아 줬는걸. 우정의 표시라고 말이야. 홀랑 풀어 버리면 좀 그렇잖아. 이따 작별할 때까지는 하고 있을래. 자기 전에 손질하면 되지."

침혜는 한소리 하려다가 꿀꺽 삼킨 듯 입을 다물었다. 사실 침혜야말로 다른 두 부마보다도 화영의 눈치를 많이 살피고 있었다. 차라리 화영이 맹타안에 대해 하소연이라도 하면 편할 터인데, 아무렇지 않다는 듯 참고 있는 모습이 답답하면서도 걱정이 컸다. 그러니 속이 복잡할 주인을 위해 평소 같으면 아무렇잖게 늘어놓을 잔소리도 많이 참아 주었다.

화영이 침혜를 향해 배시시 웃었다.

"나, 잠깐 산책 좀 하고 올게."

"준비할게요."

"아니, 나 혼자면 돼. 바람 쐬고 싶어서 그래."

"마마 혼자 다니신다구요? 그러다 누가 보면 제 경을 칠걸요!"

"바깥에 나가는 것도 아니고 현희부 안인데 뭐가 어때?"

"그렇지만…… 현희부는 마땅히 사병이랄 것도 없잖아요. 사실 최소한 삼사백은 거느리고 있어야 하는데. 일손은 적으니 빈 전각도 많고, 후원이며 중정도 너무 조용해서. 마마 혼자 다니신다면 어째 안심이 안 돼요. 외부인도 마침 있고……."

"야친 공주가 나를 납치라도 할까 봐?"

"아이 참, 농담이 아니어요!"

"괜찮아, 괜찮아. 어차피 오늘 떠날 테니 다들 바쁠 거야. 그냥 혼자서 머리 좀 식히고 싶어."

"……어휴."

결국 침혜가 두 손을 들었다. 그녀 역시도 맹타안과 야친 공주가 오늘 밤 떠난다는 소리에 내심 놀랐던 터였다. 아무리 바쁘대두 경우가 있지! 차라리 정을 떼려는 것인가, 어쩜 이리 무정하게 군담. 맹타안을 욕하고 싶었지만 화영이 서두를 떼 주지 않으니 무리였다. 하긴, 생판 남인 침혜 그녀가 보기에도 이리 답답한데 정작 화영은 어떻겠는가. 홀로 있고 싶다는 의사가 백번 이해 갔다.

"대신 피풍의를 걸치셔요. 은근 바람이 차요."

"응."

화영은 순순히 침혜가 둘러 주는 피풍의를 받아들였다. 채도가 낮은 붉은색, 농하기 직전의 진한 장밋빛이었다.

바깥은 과연 선선했다. 소박한 가을꽃들이 풍기는 향기가 알록달록 물든 잎사귀와 함께 바람을 타고 날았다. 화영은 어디로 가야 할지 생각했다. 아무 데도 가고 싶지 않았지만, 어디에도 있고 싶지 않았다. 그래서 무작정 걷기 시작했다. 어항 속의 물고기가 빙빙 맴을 돌듯, 제 처지를 생각하지 않기 위해 움직여야만 했다.

그러다 말 울음소리에 정신이 들었을 때, 그녀는 마구간에 와 있었다. 마른 건초가 내뿜는 짙은 냄새. 건강한 말들이 뿜어내는 열기와 선명한 말 냄새. 바쁘게 말똥을 치우던 소년이 화영을 보고 급하게 인사를 올렸다. 아는 얼굴이었다.

"많이 바쁘니?"

화영의 목소리를 듣고 종효는 숫제 얼어붙은 듯했다. 이전에 뵌 적은 있지만, 그때에도 지시는 맹타안에게 받았을 뿐 존귀한 공주마마와 직접 말을 나누지는 않았다. 솔직히 다행이라고 여겼다. 그처럼 귀한 분이 말을 건다면 어떻게 대답해야 할지 모르고 기절할 거라고 말이다. 그런데 지금 그 일이 실제로 벌어진 것이다.

"어, 아, 어…… 아……."

너무 놀란 나머지 혀가 굳었다. 결국 잡고 있던 삽을 떨어뜨리고, 손짓으로 애타게 변명을 했다. 강로마들은 여행을 떠날 준비가 끝났다고, 편자도 새로 박았으며 무척 건강하다고, 지금은 쉬게 놔두고 마사를 치워 주는 중이었다고.

다행히도 화영은 대략이나마 그 뜻을 알아챘다.

"그럼 잠깐 가서 쉬어. 부엌에 가서 간식이라도 얻어먹고. 말들은 내가 보고 있을게."

"하, 하지만……."

"내가 달라고 했다고 하면 넉넉하게 주실 거야. 자, 어서."

종효는 얼굴을 붉히고 어물어물했다. 결국 여기서 장공주마마와 함께 있는 쪽이 더 어려울 것 같다는 판단이 들었다. 그는 지푸라기와 흙이 달라붙은 손을 바지에 문지르고 덜덜 떨며 읍을 하였다. 그리고 재빨리 마구간 밖으로 뛰어나갔다.

화영은 그 뒷모습을 바라보았다.

마사를 챙기는 마부가 종효 하나는 아닐 텐데. 하필 오늘, 하필 지금 저 애가 담당하고 있다니. 이것도 하늘의 장난이라 할 수 있을까? 세상 모든 것이 맹타안을 떠올리게 하고 있었다. 쓴웃음이 지어졌다.

'백련호로 놀러 갔을 때 저 애가 길을 알려 줬지. 우리 말도 지켜 줬고. 맹타안과 친했던 거겠지? 마구간에서 많이 보았을 거야. 강로인은 말을 가족처럼 여긴다니까.'

화영은 줄지어 늘어선 우리를 따라 걸으며 맹타안의 말을 찾아보았다. 제대로 본 적은 없지만, 아주 새하얀 말이라고 들었다. 세자의 애마답게 강로에서 제일가는 말이라고. 과연 그 말이 틀리지 않았다. 화영은 얼마 가지 않아 첫눈처럼 흰 털가죽을 지닌 강로마와 마주쳤다.

"정말 예쁘다."

저도 모르게 감탄이 나올 정도로 아름다운 말이었다. 그녀가 화공이었다면 말을 그릴 적에 이 말을 떠올리며 그릴 것이고, 조각가였다면 돌과 나무 속에 박동치는 이 말의 형상을 볼 수 있었으리라. 모든 것이 이상적이었다. 잘생긴 얼굴과 길고 날렵한 사지에 붙은 강인한 근육들. 어째서 강로마를 말 중에 으뜸이라 여기며 천금보다 귀하다 하는지 이해가 갔다.

그런데 맹타안은 그녀를 위해 이 말을 팔았다.

오빠를 살리기 위해 요구한 밤이었다. 그녀의 억지로 추진된 밤이었다. 오히려 그녀에게 보상을 요구해야 할 밤이었다. 그런데도 맹타안은 그녀에게 선물을 주고 싶어 했다. 그것도 아주 귀한 것을 주려고 했다.

"미안해."

목소리가 먹먹했다. 백마가 귀를 흔들었다.

"미안해. 나 때문에 고생했지."

분명했다. 맹타안은 녹보석을 사기 위해 애마를 팔았을 것이다. 그게 아니고서는 사라졌던 강로마가 야친 공주의 손에 들려서 돌아올 수가 없다. 맹타안은 아무 말도 없었지만 확실했다.

-그러면 맹타안의 말이 없었단 말이에요? 언제부터?

-좀 되었습니다만…… 맹 부마께서 언급하지 말라 명하셨기에 그리하였습니다. 마마께 말씀을 드려야 하나 고민하긴 했지만, 현희부 자산이 아니라 맹 부마 소유이기에…….

낯선 이방인들이 맹타안의 애마를 끌고 왔다는 이야기에서 화영이 가장 놀랐던 점은 그의 말이 없어졌다 돌아왔다는 소리였다. 이전에는 미처 알지 못했다. 맹타안이 내색조차 하지 않았던 것이다.

그녀가 말을 탈 때면 마부가 미리 안장을 얹은 말을 끌고 와 대문 앞 마당에 세워 두었고, 그녀가 돌아와 내리면 다시 마부가 데리고 돌아갔다. 그래서 화영은 직접 마구간에 와 볼 일이 없었다. 맹타안의 말이 사라졌다는 사실을 알 수가 없었다.

'그러고 보니 백련호에 갈 때, 강로마를 타지 않았지. 그때는 그냥 이목을 피하려고 한 줄 알았는데.'

강로마를 자존심으로 여기는 강로인이 제 손으로 말을 내쫓을 리 없었다. 게다가 자세히 캐묻다 보니 그 백마가 사라진 시점이 제법 구체적으로 나왔는데, 화영의 초야 근처였다. 그렇다면 답은 하나뿐이었다. 맹타안이 그녀에게 녹보석을 주기 위해 애마를 팔았다고.

눈물이 날 것 같았다. 화영은 소맷자락으로 눈가를 문질렀다.

"야친 공주가 널 구해 줘서 다행이야. 어떻게 구해 줬는지는 모르지만……."

백마가 앞발을 굴렀다. 마치 화영의 말을 알아듣는 것만 같았다.

"괜한 짓이었어. 그렇지? 결국 이렇게 될 것을, 너만 고생하고……."

차마 말을 이을 수가 없었다.

결국 이렇게 될 것을. 그 사람은 떠나고 모든 것을 잊게 될 것을. 어째서 아끼는 말을 팔기까지 했을까? 그저 오빠의 확고한 조력이 필요했을 뿐인가? 하지만 그때 내게 보인 표정은, 그 밤은. 그것도 아무것도 아니었을까? 야친 공주가 나타나자 하룻밤 꿈처럼 사라져 버린 모든 것들.

화영은 손등으로 눈가를 눌렀다.

"약속 같은 거, 하지 말라고 했는데."

-내가 원해서 하는 약속이오. 내 마음을 알지 않소?

모르겠어요. 당신의 마음, 모르겠어. 이제는 알든 모르든 아무 소용도 없겠지만.

한 줄기 뜨거운 눈물이 뺨을 타고 흘렀다. 화영은 참지 못하고 울기 시작했다.

그때 잠잠하던 백마가 갑자기 크게 목을 울렸다.

"……부인?"

그리고 세상에서 가장 피하고 싶은 사람의 목소리가 들렸다.

맹타안이었다.

어떤 말이 필요할까.

눈물로 흐려진 시야에 맹타안이 보였다. 그의 얼굴이 불투명한 막에 가린 듯 알아볼 수 없었다. 이런 꼴사나운 모습을 보여 주다니. 화영은 급하게 소매로 눈물을 훔쳤다.

어차피 이대로 끝일 사람이다. 작별 인사도 없이 떠나려 했던 남자에게 예의를 갖출 필요는 없겠지. 화영은 당장 자리를 뜨기로 결심했다. 그의 말 앞에서 어린애처럼 울고 있던 모습을 들킨 걸로도 이미 충분히 자존심이 상한 터였다. 어떤 말도 나누고 싶지 않았다. 분명 더 비참해질 테니까. 그래서 급한 걸음으로 그를 지나쳐 출입구로 향하려고 했다.

"가지 마시오."

맹타안의 손이 그녀의 어깨를 붙잡았다. 우악스럽지는 않았지만 쉬이 뿌리치기도 어려운 힘이었다. 화영은 말없이 몸을 비틀어 빠져나가려고 했다. 여전히 앞만 응시하는 채였다. 맹타안에게 자신의 얼굴을 보여 주고 싶지도 않았고, 이제 와서 그의 얼굴을 보고 싶지도 않았다.

"잠깐만이라도, 부인, 이야기라도 합시다."

이제 와서? 분명 또 무게 없는 헛된 말이나 늘어놓겠지. 싫어. 듣고 싶지 않았다. 화영은 맹타안의 손을 떼어 내려고 안간힘을 썼다. 손톱을 세워 꼬집었고 새끼손가락만이라도 떼어 내려고 노력했다.

그렇지만 맹타안은 그녀를 놓아주지 않았다. 오히려 다른 손으로 반대쪽 어깨까지 움켜쥐니, 이제는 억지로 그와 마주 보게 되었다. 그녀의 의지는 그의 완력을 이길 수 없었다. 굴욕적인 기분까지 들었다. 화영은 고개를 아예 푹 숙여 버렸다.

"나 때문에 울었소?"

착각이라고 쏘아 주고 싶었지만 믿지 않을 터였다. 아예 입을 다물어 버린다. 어떠한 소통도 원치 않는다는 암묵적인 저항이었다.

"내가 떠나는 것이 슬펐소?"

"……."

"나와 헤어지는 것이 괴로웠소?"

"……."

"대답 좀 해 보시오. 아무 말이나 좋소. 욕설도 괜찮으니, 제발."

"……."

"내가 미리 말하지 않아 화가 난 거요?"

"……."

맹타안의 목소리가 떨렸다. 화영은 소매 속의 주먹을 꽉 움켜쥐었다.

"백예를 확인한 후에…… 직접 가서 말하려고 했소. 오늘 떠날 거라고 말이오."

"……."

"왜 진작 얘기하지 않았나 의심하겠지. 당연하오. 나도 오늘 떠날 줄 몰랐소. 아침에서야 알았지. 가죽 부대에 기름 먹이는 데에 사흘은 더 걸릴 줄 알았는데, 어젯밤에 다 끝났다지 뭐요. 야친 공주가 어지간히 달달 볶은 거겠지. 깨끗한 물이야 당장이라도 채워 넣을 수 있으니 오늘 자정에 떠나자고 하더군. 후란무흠도 찬성하고 영대 놈도 맞장구치니 별수가 없었소."

"……."

"부인. 나를 좀 보시오. 응?"

"……."

"부인."

부인이라고. 아직도? 이런 와중에도? 화가 치밀었다. 맹타안을 흠씬 두들겨 패고 싶었고, 은연중에 그를 만나 기뻐하는 자기 자신조차 뺨을 휘갈기고 싶었다. 방죽에 금이 가듯이, 그 가는 금 때문에 모든 것이 무너지듯이 화영은 맹타안 앞에서 무너졌다.

"바쁠 텐데 할 일이나 해요. 이거 놔요."

"그럴 수는 없소."

화영이 쥐어짜듯 말했지만 맹타안은 손에서 힘을 풀지 않았다.

"부인, 부디 화내지 마시오. 울지도 마시오. 내 가슴이 찢어지는 것 같소. 젠장, 내가 바보였소. 내가 다 잘못했으니 마음 푸시오, 응?"

"할 얘기 없으니까 놔요. 난 갈 데가 있어요."

"갈 데? 어디? 안 되지. 절대 안 놓을 거요."

맹타안은 그녀를 놓기는커녕 되레 콱 하고 품에 안았다. 그의 가슴팍에 얼굴을 박게 된 화영이 사납게 가슴을 두드렸지만 절대 놓아주지 않았다. 결국 화영이 먼저 지쳤다. 그의 품에 안겨 익숙한 체향까지 맡게 되니 견딜 수가 없었다.

"아는 척도 안 해 놓고 왜 이래요?!"

멈췄던 울음이 다시 터졌다.

"여태껏 모르는 사람처럼 굴어 놓고, 이제 와서 왜 친한 척을 하냐고요! 내가 그렇게 바보처럼 보여요? 차라리 솔직하게 말하라고 했잖아요. 야친 공주와 결혼할 거고, 다시는 남려 땅을 밟지도 않을 거라고. 그러면 모든 게 깨끗하게 정리될 텐데, 다 끝날 텐데, 왜 거짓말만 하고, 나, 나만 신경 쓰게."

사시나무처럼 떨리는 사랑스러운 어깨를 힘주어 감싸 안으며 맹타안은 이를 악물었다. 차오르는 애정과 갈망으로 이성을 잃어버릴 것만 같았다.

"이럴까 봐 두려웠소. 당신을 위해 모든 것을 버릴까 봐, 내 아버지의 잘린 목도, 내 어머니의 불타던 막사도 모두 덮어 버리고 여기 머물기를 원할까 봐……."

갈라진 목소리가 속삭였다.

"당신에게 정당하게 구애하려면 강로 왕위를 되찾아야지. 죽은 사람이나 마찬가지인 망명자 나부랭이로 어찌 남려 장공주의 부마가 될까. 당신을 위해서라도 해내야만 하는 일이오. 북려의 팽창을 막기 위해서는 엽혁새명을 죽여야만 해. 그런데 당신을 보면…… 당신을 볼 때마다 몇 번이나…… 다 포기하고 싶어졌소. 그래서."

떠나기 직전에나 인사를 하자. 맹타안은 약해지는 마음에 재갈을 물렸다. 습관적으로 본채로 향하려던 발걸음을 몇십, 몇백 번이나 억지로 멈추었다. 녹초가 될 정도로 여행 준비에 집중하고, 밤에는 곯아떨어졌다. 피로하지 않으면 꿈을 꿀까 봐, 그 꿈속에서 화영을 볼까 봐 두려웠다. 이렇듯 화영과의 만남을 끊은 것은 야친 공주와 숙부의 의심을 피하기 위해서도 맞았으나, 무엇보다 자기 자신을 경계해서였다.

그 인내는 다 무엇을 위해서였나! 이렇게 품에 안는 것만으로도 감미로워 녹아 버릴 것 같았다. 화내는 모습조차 사랑스러웠고 그녀가 흘리는 눈물에 화상을 입으면서도 하나하나 핥아 주고 싶었다.

"한 번만이라도 좋으니 제발 얼굴을 보여 주시오. 당신에게 돌아오는 길을 잊지 않도록……."

"······거짓말."

"그나저나 머리가 끝내주는데. 누구에게 배웠소?"

"······알 바 없잖아요."

"부인."

"······."

"나를 사랑하오?"

"······그럴 리가요."

"나와 함께 가겠소?"

"······싫어요."

"그래, 이래야 내 부인이지."

분한 듯 헐떡이던 호흡이 가라앉고, 맹타안의 가슴을 눈물로 흠뻑 적시고 난 후에야 화영이 몸을 떨었다. 그리고 고개를 들었다.

두 사람의 시선이 마주쳤다.

어떤 말도 필요하지 않았다.

* * *

어차피 떠날 사람이야.

자신을 품에 안아 든 맹타안이 근처의 빈 전각 문을 발로 걷어차 열 때까지도 화영은 그렇게 생각했다.

어차피 떠날 사람이니까, 다시는 못 볼 사람이니까.

그렇다면 괜찮지 않을까.

일손이 적은 현희부에는 사용하지 않는 전각이 많았다. 가구에는 천을 씌워 놓고 창과 문을 닫은 곳들은 하인들도 들어오지 않았다. 정해진 날에야 순서를 정해 두어 채씩 돌아 가며 청소할 뿐이었다. 그러니 비이성적인 정념과 충동에 불붙은 한 쌍을 누구도 발견하지 못할 것이다.

화영을 안아 들고 들어선 맹타안은 뒷발로 열린 문을 닫았다. 삐걱거리는 소리가 났다. 화영은 더욱 그의 품에 얼굴을 숨겼다. 그의 거친 숨소리가, 자신의 터질듯한 심장 박동이 뒤섞인다. 어지러웠다.

급하게 침상부터 찾았으나 안타깝게도 보이지 않았다. 가구는 죄다 치워놨는지 휑하기 그지없다. 맹타안이 잇소리를 냈다. 당장에라도 눕히고 몸을 섞고 싶은데 자리가 마땅치 않았다. 하필 청소한 지 오래된 전각인 듯 바닥에 먼지가 뽀얗게 차 있었다. 아무리 제 겉옷을 깐다고 해도 저런 곳에 부인을 눕힐 수는 없었다.

"아."

맹타안이 그녀를 고쳐 안았다. 덜컥 겁이 났다. 팔다리를 어찌해야 할지 몰라 버둥거리자 그가 귓가에 속삭였다.

"내 목을 안고, 내 허리를 감으시오."

화끈하게 열이 올랐다. 화영은 얼결에 그가 시키는 대로 했다. 그가 자신의 엉덩이를 받쳐 안고 있다는 것보다도 자신이 팔다리로 그를 칭칭 끌어안고 있다는 게 창피했다.

모든 것은 순식간에 일어났다. 내내 잠을 이루지 못하고, 이내는 감정에 북받쳐 울음까지 터뜨린 머리는 현실을 제대로 인식하지 못했다. 차가운 벽에 등이 닿아서 움찔 매달린 팔에 힘을 주었다. 그러자 맹타안이 가볍게 웃으며 귓가에 입을 맞추었다. 온통 땋은 머리인지라 작은 귀와 연약한 목선이 그대로 노출된다. 그는 잘근잘근 씹어먹고 싶다는 듯이 이를 세웠다. 본능적인 흥분에 발끝이 비단신 속에서 오므라들었다. 오싹했고, 어지러웠고, 그럼에도 이 충동의 파도에서 떨어지고 싶지 않았다.

"힘 빼지 마시오. 떨어뜨리고 싶지 않으니까."

무슨 소리인지 이해하기도 전에 그녀의 엉덩이를 받치고 있던 손 중 하나가 불쑥 빠져나갔다. 한 팔로도 화영 따위야 가뿐히 들어 버틸 수 있는 장정이지만, 그래도 불안감이 생긴다. 벽에 댄 등도 새삼 무섭고, 차갑다. 어쩔

줄 몰라서 맹타안을 바짝 끌어안으며 그의 목덜미에 얼굴을 묻었다. 걷어 올
려져 노출된 다리도 은근한 서늘함에 놀란 듯 그의 허리를 꼭 감쌌다.

그가 떼어 낸 한 손을 치마 속으로 넣었다. 그 커다란 손이 지나가는 궤
적이 선명하게 느껴졌다. 뜨거운 건지 차가운 건지도 혼란스럽지만, 앓는
소리만 낼 뿐 저지할 수 없었다.

끈으로 묶인 속옷을 그는 한 손만으로도 가뿐하게 끌러 내렸다. 그 감각
에 하반신이 오싹해진다. 갑자기 찬물 구덩이에 빠진 것도 같고, 덫에 갇힌
사슴처럼 안절부절 도망치고 싶었다. 무릎을 모으고 싶은데 맹타안의 허리
에 다리가 감겨 있으니 그럴 수가 없다. 순간 흥분인지 공포인지 모를 감각
에 숨이 가빠 왔다. 그 순간을 놓치지 않고 맹타안이 입을 맞춰 왔다. 타는
갈증으로 마른 입맞춤. 혀와 혀가 얽히고 떨어지기를 반복한다. 건조한 빈
방 안에서 젖은 열기가 피어올랐다.

"떨어지면 안 돼."

맹타안이 입을 맞추면서 가쁘게 속삭였다. 이번에도 이해보다 그의 행동
이 빨랐다. 바짝 발기하여 선단이 젖은 커다란 남성이 그녀의 다리 사이에
닿았다. 소스라치게 놀라 순간 다리에 힘이 풀렸다. 다행히도 맹타안이 한
팔은 아직 그녀의 둔부를 받쳐 들고 있었으므로 잠깐 커다란 휘청거림이
있었지만 그녀는 떨어지지 않았다.

"이, 이대로?"

서서, 그것도 숫제 사내의 몸에 매달린 채로 하는 교접이라니. 생각만으
로도 머리가 빙글빙글 돌았다. 당황한 듯 눈을 크게 뜨고 물었지만 맹타안
의 흰 얼굴은 흥분으로 달아올라 미소지을 뿐, 아니라고 해 주지는 않았다.

"여긴 너무 더럽소. 당신이 눕게 할 수는 없지."

"피, 피풍의를 깔면."

"어허. 그러면 먼지투성이에 이런저런 이유로 얼룩이 질 텐데, 시녀가 이
유를 물으면 뭐라 할 생각이오?"

"하지만-"

"쉬이. 당장 넣지는 않을 거요."

내가 당신을 아프게 할 리 없다는 것, 알잖소. 귓바퀴를 핥으며 구멍까지 파고드는 뜨거운 혀의 움직임에 저도 모르게 손톱을 세우게 된다. 맹타안이 웃으며 다시 화영을 고쳐 안았다. 그리고 벽에 좀 더 달라붙어 거리를 좁힌 후, 자유로운 한 손으로 남성을 움켜쥐고 느리게 그녀의 다리 사이에 가져다 댔다.

긴장하여 바짝 굳은 틈새에 뜨겁고 커다란 것이 문질러진다. 한껏 발기한 선단에서는 이미 축축한 액이 젖어 번들거렸다. 갈라진 틈새를 집요하게 문지르면서 자극하는 것의 정체를 알아서일까. 점차 부끄러워지고, 당장에 뛰어내려 도망치고 싶으면서도, 숨이 가빠지는 것도 같았다.

차라리 손으로 했으면 이보다 덜 창피했을까. 평소라면 떠올리지도 못할 발칙한 생각이 머릿속에 스쳐 지나간다. 맹타안의 어깨에 앓는 소리를 내며 이마를 문질렀다. 좋은 건지, 싫은 건지 구분이 가지 않았다. 젖은 소리가 점차 커졌고, 야릇하게 끈적이기 시작했다.

"하……."

맹타안이 끓는 소리로 한숨을 내쉬었다. 한껏 예민해진 남성 끝으로도 질척해진 질구를 느낄 수 있었다. 음핵까지 뭉개듯 문질러 올리면 흠칫거리며 뻐끔이는 구멍은 그를 원하고 있는 게 분명했다. 직접 확인하고 싶었지만 자세가 자세인지라 어렵다는 것이 아쉬웠다. 언젠가 밝은 빛 아래서 그녀를 남김없이 맛보고 안겠다고 다짐했던 것도 같은데. 하지만 이곳은 너무 춥고 먼지투성이였다. 목표는 다음으로 미뤄야 할 듯했다.

"넣을까?"

젖은 틈새를 선단으로 문지르며 맹타안이 물었다. 화영의 귓가가 새빨갛게 변했다.

"싫, 다면요?"

"물어본 내가 잘못이겠지."

빠른 패배 선언에 잠시 웃음이 나왔다. 그녀가 키득거리는 순간, 맹타안이 빠르게 삽입해 왔다.

"아, 앗……!"

반사적인 버둥거림. 다시금 두 팔로 그녀를 안고 벽으로 밀어붙인다. 이미 선단은 들어갔기 때문에 이후로는 허릿심만으로도 충분히 전진이 가능했다. 낯선 체위에 긴장할 그녀를 감싸고 진정시키는 것이 우선이었다.

그는 끊임없이 귀에, 귓바퀴에, 귓불과 목선을 깨물며 자극을 주었다. 하지만 좀처럼 긴장이 풀리지 않았다.

너무 오랜만에 갖는 성관계였고, 허공에 매달리다시피 한 까닭인지 파고드는 남성이 무섭도록 크고 흉흉하게 느껴졌다. 열려서는 안 되는 부위가 억지로 열리고 꿰뚫리는 것 같았다. 그쳤던 울음이 다시 나올 것 같았다.

"아, 아파……. 아, 핫……!"

"힘을 조금만 풉시다, 부인. 응? 부인을 다치게 하고 싶지 않소……."

다리 사이뿐 아니라 온몸이 갑자기 쑤셔왔다. 매달린 팔도 저려 왔고, 고통에도 불구하고 억지로 휘감긴 다리도 뻐근하니 힘이 빠졌다. 그럼에도 자신을 받쳐 든 맹타안의 팔은 흔들리지 않았다. 차근차근 더 깊이 파고드는 남성만큼이나 봐줄 생각이 없는 모양이었다.

시야가 흐릿해졌다. 아까 너무 눈을 많이 문질러서인지 눈가가 따갑기까지 했다. 어린애처럼 응석만 피우게 되는 것 같아서 화도 났다. 이런 꼴로 안길 줄 알았다면 그냥 헤어지는 건데. 마지막 추억이라고 할 만한 기억은 안 될 것 같았다.

"……!"

잠시 그녀의 투정이 끊긴 틈을 타 성난 남성이 끝까지 한 번에 쳐올렸다. 이번에는 정말로 그녀의 양다리에 힘이 풀려 바닥으로 떨어질 뻔했다. 맹타안은 한 손으로 급하게 그녀의 허벅지를 쥐어 제 골반에 걸치게 했다.

그 덕분에 삽입이 더욱 깊어져, 그녀가 앓는 소리를 내며 고개를 젖혔다. 짤랑거리며 머리 구슬들이 맞부딪쳐 울었다.

더없는 흥분이 그를 집어삼켰다.

강로 여인의 머리를 한 부인이라니! 살아서 과연 볼 수 있을까, 싶던 환상이었다. 모든 일이 상상대로 잘 풀려 그녀를 강로로 데려온다 해도 과연 그녀가 복식까지 순순히 강로식으로 갖춰 줄지 미지수였기 때문이다. 그런데, 여러 갈래로 나눠 땋은 머리를 하다니. 이는 특히 미혼인 여인들이 주로 하는 장식이었다. 그 덕분에 그녀를 처음으로 안는 듯한 묘한 배덕감까지 들어, 배 속에서 불붙은 심지가 활활 타오르는 것 같았다.

"아앗, 으, 응, 아, 아……!"

내심 부인이 직접 안겨 오는 것이 좋아 위태롭게 지탱하던 것을 그만두었다. 그녀를 인형 안 듯 가뿐하게 안아 벽에 등을 대도록 고정시킨다. 그리고 미친 듯이 박아 넣기 시작했다.

온통 젖은 속살들이 문질러지고 비벼지는 음란한 소리뿐이다.

점차 고통 대신 쾌감을 찾아 내는 예민한 여체가 남성을 집요하게 조이며 자극했다. 화영은 여전히 눈물을 흘렸으나 아픔 때문은 아니었다.

맹타안은 정말로 그녀를 두 쪽으로 갈라놓기라도 하겠다는 양 거칠게 움직였다. 고삐를 놓친 야생마처럼 눈앞의 절정을 향해서 달렸다.

핏줄까지 돋아날 만큼 흥분한 남성이 계속하여 진퇴를 반복하며 내벽을 자극하자 그녀는 미칠 것만 같았다. 그의 몸에 매달려서, 그의 목덜미에 이마를 문지르면서 그의 성기를 받고 있다는 사실 자체가 독한 술을 들이켠 것처럼 이성을 마비시켰고 오감을 증폭시켰다.

그의 거친 숨결, 짧은 탄성을 터뜨리는 목소리, 언제나처럼 향내와 옅은 말 냄새가 뒤섞인 건조한 체향, 그녀를 끌어안고 버티는 강인한 팔과 넓은 가슴, 다리 사이를 들쑤시며 벌벌 떨게 만드는 남성까지.

마지막이니까.

마지막이니까 괜찮다.

다시는 볼 일이 없을 테니까, 추억으로 남을 테니까.

더는 부끄럽지도 않았다. 젖은 눈을 들어 그를 쳐다보았다. 그녀를 당장에 품고 불사르고 싶다는 듯 쾌감과 욕망으로 가득 찬 푸른 눈이 이내 시선을 돌려주었다. 잘 생긴 남자였다. 정말로. 그리고, 어쩌면 한순간만큼은, 자신에게 진심이었을지도 모른다.

그거면 됐다. 이제 보내 줄 수 있다.

배 속을 들쑤시는 열기에 밭은 숨이 신음과 뒤섞여 터져 나왔다. 맹타안이 더욱 바짝 그녀를 끌어안았다.

"부인, 부인……."

"흑, 윽…… 아, 앗……!"

두 이마가 마주 닿았고 입술에서 흘러나오는 야릇한 숨소리와 속삭임이 뒤섞였다. 내벽이 그녀의 의지와 무관하게 쥐어짜듯 수축하며 쾌감에 전율했다. 강한 조임에 맹타안도 한계에 다다랐는지 이마를 찌푸리며 강로어로 뭐라고 내뱉는다. 그것이 욕설이라는 데에 현희부를 걸 수도 있었다.

허리를 비틀자 오히려 자극만 더욱 커졌다. 사납게 부피를 키운 남성의 끝이 내벽 깊은 곳을 찍어 올리는 순간, 눈앞이 하얗게 변하며 고개가 절로 뒤로 넘어갔다.

"하, 아아……!"

맹타안이 뒤로 휘어진 그녀를 당겨 가슴에 얼굴을 묻으며 전율에 떨었다. 깊은 곳에서부터 퍼지는 그의 열기가 느껴졌다. 무서울 정도로 강하고 선명하게, 아직도 생생하게 그녀를 살라 먹는 쾌감의 불씨처럼.

화영은 맹타안이 그녀에게 얼굴을 묻은 채 뭐라고 속삭이고 있음을 느꼈다. 그의 손은 옷 위로도 느껴질 정도로 뜨거웠고 다리 사이의 성기는 아직도 심이 살아 있었다.

그가 뭐라고 말하는 걸까.

알아듣고 싶지 않아, 그녀는 눈을 감았다.

그날 밤 맹타안은 야친 공주, 후란무흠과 함께 현희부를 떠났다. 이별은 짧았다. 야친 공주는 화영이 아직도 자신이 꿰어 준 구슬 머리를 하고 있음에 흐뭇했고, 언젠가 강로 초원에서 만날 일이 있기를 바란다고 말했다. 그 숙부인 후란무흠 역시 남려의 장공주가 베푼 호의를 잊지 않겠다고 감사를 표시했다.

맹타안은 화영을 물끄러미 바라보다가, 그녀만 알아볼 수 있을 짧은 미소를 지었다. 그는 예의 바르기 그지없게 작별 인사를 남겼다. 한 번은 남려식으로 읍을 했으며, 한 번은 강로식으로 주먹 쥔 손을 가슴에 올리고 고개를 숙였다.

그뿐이었다.

강로마가 달리는 소리가 어둠 속에서 까마득히 멀어졌다. 관호와 은룡이 보고 있으므로 화영은 태연한 얼굴로 처소로 돌아왔다. 그리고 침수 준비를 도우려는 침혜와 주아를 물린 채 홀로 침소에 남았다.

화영은 땋은 머리를 풀면서 오랫동안 잠들지 못했다.

8. 현숙한 공주라 하시더니

은룡은 춘양궁 앞에서 짧게 머뭇거렸다.

누이의 부름에 망설인 적 없거늘, 이번만은 어쩐지 마음이 편치 않았다. 누이가 꺼낼 말이 예상되어서일지도 모르겠다. 많은 일이 일어났고, 그럼에도 해결되지 않은 응어리와 고민이 여전히 산재하고 있었다. 아마 은룡뿐 아니라 누이인 은요 역시도 그렇겠지.

그들은 허물없는 우애로 서로를 대하고 항상 솔직하던 남매지간이었다. 은룡의 아버지는 첩을 두지 않고 오로지 정처만을 소중히 했다. 덕분에 같은 아버지와 어머니를 둔 남매는 서로의 우방이 되었다. 남녀가 유별하고 축첩이 흠이 아니니, 명문가 젊은이 중에 배다른 형제자매가 없는 이가 오히려 드물다. 이러한 현실 속에서 은룡과 은요는 서로를 더욱 존중하고 소중히 여기며 자라 왔다.

그런데 지금은.

은룡은 춘양궁이라고 쓰인 액정을 바라보았다. 곁에 선 환관과 시녀들이

어서 들라는 듯 곤란한 표정을 하고 있었지만, 조금만 더 마음의 준비를 하고 싶었다. 찌르레기가 낮게 날다가 풍경을 스쳤다. 날카로운 금속성 울림에 움찔 뼈가 시려웠다. 초조한 마음이 도통 가라앉지 않았다. 결국 불안함을 지우지 못한 채 은룡은 춘양궁 안으로 들어섰다.

내전으로 인도되니 은요가 반듯하게 앉아 그를 기다리고 있었다. 익숙하지만 익숙하지 않은 기묘한 기분이 들었다. 예의를 갖춘 우아한 행실은 그의 누이로되, 황후의 복식과 무거운 장신구, 그리고 목까지 빠짐없이 칠한 화장은 도통 적응하기 어려웠다.

"황후마마를 뵙습니다."

"이리 와 앉으렴."

예를 갖추어 한쪽 무릎을 꿇고 읍을 하려는데, 은요가 만류하였다. 가까운 자리를 가리키는 손짓에서 왜인지 다급함이 느껴졌다. 은룡은 어색하게 고개를 끄덕이고 마련된 좌석으로 다가갔다. 상궁이 그의 앞에 샘물로 갓 끓여 낸 차를 따라 주고 뒤로 물러났다.

"다들 물러가 있거라. 본궁이 부르기 전까지는 누구도 내전에 접근해서는 안 된다."

은룡이 찻잔에 손을 대기도 전, 은요가 아랫것들에게 분부했다. 상궁과 태감, 그리고 시녀들이 재빨리 몸을 숙이고 뒷걸음질 쳐 물러났다. 어찌나 일사불란하던지 해일을 피해 땅속으로 숨는 게들처럼 보였다.

'자신을 본궁이라고 칭하는 누나라니.'

은룡은 다소 놀랐다가, 이내 마음을 가라앉혔다. 하긴 황후가 된 지 벌써 이 년이 넘게 흘렀다. 남려에서 가장 높은 여인의 역할에 익숙해지기 충분한 시간 아닌가.

"무슨 일이십니까, 마마?"

"사람을 물렸으니 편하게 말하렴, 룡아."

"아닙니다. 어찌 황후마마께 말을 낮추겠습니까."

"할 이야기가 있는데, 네가 솔직하게 대답해 주었으면 좋겠구나. 그래, 형식은 접어 두자."

은룡은 읍을 하던 손을 거둬들였다. 고개를 들어 누이를 바라보자, 희고 가녀린 얼굴에 가득한 수심이 보였다.

항시 침착하고 생각이 깊은 은요였다. 이렇게 난색을 표할 만큼 속을 쉽게 드러내는 사람이 아니었다. 은룡이 무슨 일이냐고 물으려던 순간, 그녀가 먼저 입을 열었다.

"관 부마에 대해 이야기를 할 때가 왔구나."

"예? 관…… 부마라니요?"

"맹 부마, 아니 이젠 부마가 아니지. 엽혁 세자가 떠난 지 벌써 보름이 넘었어. 그런데 어째서 관 부마가 출가한다는 소리가 들리지 않는 거니?"

은룡은 당황했다. 사실 춘양궁으로 불려 가면서 어떤 화제가 나올지 대략 짐작한 것은 사실이었다. 하지만 우아한 누이가 이만큼 직설적으로 나올 줄은 예상하지 못했던 것이다.

"그것은…… 제가 뭐라 답하기 어렵습니다."

"어째서? 관 부마가 네게 횡포라도 부리는 거니?"

"아니요, 그럴 리가요. 관 부마는 심성이 곧고 공평한 사람입니다. 제가 훨씬 어림에도 불구하고 항상 존중해 주십니다."

"그런데 왜 답하기 어렵다는 건지 모르겠구나."

"……."

은룡은 입을 다물었다. 뭐라 할 수 있는 말이 없었다.

맹타안이 떠나고 현희부는 묘하게 가라앉았다. 장공주는 원체 정이 많으신 분이다. 오랑캐일지라도 있던 놈이 사라지니 서운한 모양이었다. 밝은 모습을 보이려 하셨으나 조용하게 생각에 잠기는 시간이 많아졌다. 관호 역시 그런 장공주를 의식한 듯 더욱 과묵해졌고, 접근하기 어려운 분위기를 풍겼다. 가장 어린 은룡이었다. 이 가운데서 함부로 끼어들 만한 핑계가 없었다.

그런 와중에 어찌 관호더러 출가에 대해 묻겠는가.

"상황이 상황인지라 현희부가 많이 어수선합니다. 게다가 관 부마가 집안 관리에 능숙하여, 청지기며 화부, 부엌에서도 크게 의지하고요. 다짜고짜 관 부마에게 언제 나갈 것이냐 묻기가 힘듭니다."

"설마…… 그가 다른 생각을 하는 것은 아니겠지?"

"예?"

은룡의 짙은 눈썹이 찌푸려졌다.

"혹시 현희부에서 물러나지 않으려 작심했다면…… 상상만 해도 몸이 떨리는구나. 안 돼, 그럴 수는 없는 일이야. 룡아, 네가 정신을 바짝 차려야 해."

"마마, 무슨 말씀이십니까?"

"요즘 도는 소문이…… 아아, 어찌 이런 지저분한 말을 입에 담을까."

은요가 고개를 젓자, 올린 머리에 꽂힌 황금 나뭇가지들이 덩달아 흔들렸다. 은룡은 긴장하여 등을 곧추세웠다. 지저분한 말이라니? 소문이라고?

"말씀해 주십시오. 무슨 일인지 알아야 제가 해결하지 않겠습니까."

"차마 전하기도 민망한 악담이라……."

"누구에 대한 악담입니까?"

"……그게 문제란다."

은요의 눈꺼풀이 파르르 떨렸다. 창백한 분 때문인지 그녀는 더더욱 핏기가 사라져 보였다. 불안한 듯 다시금 내전을 둘러보고, 인기척이 없음을 확인한다. 그 이후에야 은요는 어렵게 이야기를 꺼냈다.

현희부에 대한 소문이었다.

"현숙한 공주라 높임을 받는 현희장공주가…… 실은 여러 사내를 현희부에 두고 방탕하게 즐기며 산다는 이야기가 떠돌고 있단다. 단순히 가벼운 흥밋거리도 아니야. 황궁에는 물론 저자에서도 적잖게 소문이 퍼지고 있다지. 이 어찌 무서운 일이니! 어떻게 이런 망측한 악담이 흘러나갈 수 있어?"

은요의 목소리가 높아지다 못해 갈라졌다. 연약한 음성이 수치심을 견디지 못한 것이다.

"얼마나 조심했는데, 얼마나 철저하게 비밀에 부쳤는데……! 어디서 새어 나간 것인지 짐작도 가지 않아. 내가 애써 단속해 폐하께서는 아직 모르신다. 하지만 이대로라면 시간 문제야. 어서 관 부마를 정리하고 현희부를 개방하는 것 외엔 답이 없어."

은룡은 순간 굳어 버렸다. 누이가 하는 말을 이해할 수가 없었다. 은요의 외침이 귓구멍으로 들어가 반대쪽으로 그대로 나와 버리는 것 같았다. 심장이 두방망이질 쳤고, 손발이 차갑게 얼었다.

그럴 수가!

"불가능합니다. 여태껏 아무 소리 없이 지냈는데, 갑자기 이런 헛소문이라니요? 현희부 식솔들은 죄다 황외숙께서 직접 고르신 터라 믿을 만합니다. 만일 그들 중 누군가 배신했다면 진작에 일이 터졌겠지요. 그런데 이제 와서요? 계절이 벌써 두 번이나 지났습니다. 황상도 강건하시고 황후께서도 현희부를 아낌이 확연한데, 어떻게 이런 때에……."

"나도 그렇게 생각했단다. 하지만 사실은 사실인데 어쩔 수 있겠니? 궁에서도 사람이 모이기만 하면 죄다 그 이야기뿐이야. 엄벌을 처하라고 명해 두었지만 사람 입을 다물리기란 어려운 법이니, 분명 조만간 폐하도 알게 되실 거야. 충격이 크실 거고, 다시 와병하실지도 몰라. 네가 먼저 손을 써야만 한다, 룡아."

"악의적으로 퍼뜨린 소문이 분명합니다. 그 근원을 찾아 제거하지 않는다면 해결이 어려울 것이고요."

그때 문득 떠오르는 것이 있었다.

'마마의 녹보석에 대해 수소문하다가 강로마까지 찾아낸 자가 있다 했지. 분명 그놈일 것이다.'

은룡은 주먹을 꽉 움켜쥐었다. 손등 위로 힘줄이 돋아났다.

과연 맹타안의 직감이 옳았다. 누군가 현희부를 공격하려는 것이다.

상스러운 소문은 시작에 불과하리라.

"그래. 나도 동의한단다. 하지만 핵심은 따로 있지 않니."

"그 말씀은……."

"엽혁 세자도 떠났으니…… 관 부마는 더 이상 머무를 필요가 없지."

은룡은 턱을 굳혔다. 조심스럽게 권유하는 은요의 심정을 이해하지 못하는 것도 아니다. 그래서 답답함은 한층 무거웠다.

은가 남매는 용중사의 오누이에게 각기 반하였다. 월하노인의 장난일까, 어찌 한 누나와 아우가 한 오라버니와 누이에게 마음을 품게 되었을까. 그들이 성장함에 따라 연정은 더욱 깊어졌고, 은요는 주영과 뜻을 통하여 혼인하였다.

지금은 황제와 황후이지만, 은요는 주영과 함께할 수만 있다면 산골 작은 집의 아낙이었다 해도 행복했을 것이다. 금 귀비가 선물한 〈심산현모애자도〉처럼, 직접 닭을 치고 손수 요리를 하며 낭군과 단둘이 아이를 낳아 키우며 정을 나눌 수 있다면. 비록 관습과 정쟁이 그들 사이를 끊임없이 갈라놓으려 애쓰고 있었지만, 그럼에도 어쨌거나 은요는 주영의 아내였다. 하나뿐인 정실이었다.

하지만 동생인 은룡은?

화영에 대한 은룡의 순정을 잘 알았고, 화영 역시 여동생처럼 어여삐 여겼다. 그런데 결국 은룡은 화영의 남편이 되지 못했다. 액막이용 부마, 그것도 세 번째를 자처하여 현희부에 없는 이름으로 그림자처럼 버티고 있지 않은가. 은요와 똑같은 사모지심(思慕之心)으로 버텨 온 세월인데, 은룡은 보답받지 못하고 있었다. 오히려 수모를 당하고 있었다.

결국은 친동생인 은룡에게 팔이 굽을 수밖에 없었다.

"애초에 관 부마를 장공주가 붙잡은 것은…… 엽혁 세자와 네 사이를 중재하고, 엽혁 세자를 제어할 인물이 필요해서였잖니. 이제 그가 떠났으니 관 부마도 할 일이 없겠지. 관 부마가 원하던 대로 불가에 귀의하고 나면,

네가 부마도위가 될 수 있어. 정당하게, 숨길 필요 없이. 그렇게 된다면 부모님도 네 혼사 때문에 마음을 졸이시지 않겠지. 내 말을 알겠니, 룡아?"

"……압니다."

정당한 부마도위! 그보다 원하는 것은 없었다. 평생의 꿈이자 목표였다. 화영의 남편이 되는 것, 세상 모두에게 자신이 그녀의 소유임을 드러내는 것, 평생을 그녀와 사랑하며 보내는 것.

세 번째 부마로, 인간 부적을 자처하면서 은룡은 결코 화영의 옆자리에 서지 못했다. 그녀 곁에 당연하다는 듯 서는 관호를 보며 배 속에서 타오르던 질투가, 견딜 수 없던 서러움이 아직도 선연했다.

하지만.

"이런 악의적인 선동이 있는 와중에 장공주께 이혼하라 청할 수가 없습니다. 여러 사내를 두었다는 헛소문이 저자까지 퍼졌는데, 마마께서 관 부마와 이연하고 저와 재혼하신다면 세상은 분명 소문이 진실이었다 믿을 겁니다. 장공주께서는 행실로 비난당하실 것이고 저 역시 혼인한 귀인과 부적절한 관계를 맺었다고 도마 위에 오르겠지요. 이는 우리 가문에도 커다란 망신이 될 것입니다."

"룡아, 그렇지만……!"

"우선은 이 소문을 뿌리 뽑은 후에라도 늦지 않습니다."

은룡은 떨림을 가까스로 제어하고 황후를 향해 읍을 올렸다.

"황후마마의 마음은 십분 이해합니다만, 상황이 이러하니 부디 이해해 주십시오. 저는 이만 물러가 보겠습니다."

"……."

일어나 물러서는 은룡을 보는 은요의 표정이 어두웠다.

좋지 않은 예감이 또다시 들었다. 황제가 쾌차하였을 때에 이어 벌써 두 번째였다.

설마, 현희장공주가 관 부마와 이혼하지 못할 이유가 있는 것은 아닌지.

순간 의뭉스러운 생각이 스쳐 지나갔다. 은요는 입술을 깨물었다.

그럴 리 없었다.

그래서는 안 되는 일이다.

설마, 그럴 리가.

* * *

이른 퇴청을 하고 돌아오니 아직도 해가 떠 있었다. 정문으로 들어오려다가 순간 멈칫하여 말머리를 돌리고, 강로 손님들이 있을 적과 마찬가지로 빙빙 돌았다. 현희부는 따지자면 부촌, 고관대작들의 자택이 있는 길에서도 한 거리 위였는데, 규모도 크거니와 주위에는 비어 있는 왕부 한 채뿐이었으므로 앞을 오가는 사람도 드물었다.

반대로 말하자면 현희부 근처에 얼쩡거리는 자신을 보면 누군가 의심하기도 쉬우리라는 뜻이었다. 오는 길에 감시하고 있는 기척은 잡지 못했지만, 만에 하나라는 것이 있으니. 은룡은 현희부를 순찰하러 온 것처럼 처신하다가 느티나무 그늘에 가려진 측문을 이용했다.

"아이고, 어째 아직도 여기루 드나드셔요?"

말고삐를 받아들며 늙수그레한 인부가 혀를 찼다. 은룡은 멋쩍은 미소만 지을 뿐 변명은 하지 않았다. 괜한 말로 현희부 일손들을 불안케 하고 싶지 않아서였다. 어차피 식료품이나 필요한 물건을 주문하기 위해 외부로 출입하는 하인은 정해져 있었다. 청지기 고 씨가 대부분이었고, 가끔은 화영의 부탁에 따라 침혜도 나섰다. 그나마도 필요한 대부분은 황제의 명으로 황궁에서 내려오니, 보름에 한두 번이나 하는 일이다. 그러니 현희부 안에서만 거주하며 정직히 일하는 자들에게 동요를 일으킬 필요는 없다.

그렇다면, 누구에게 말해야 할까.

사실 답은 정해져 있었다. 알면서도 망설이는 것뿐이다.

본채에 들어서니 인기척이 없었다. 은룡은 조심스럽게 대청에 발을 디뎠다. 아직 겨울이 아닌지라 지창들을 모두 열어 두어서일까. 옥환들이 가을 바람에 영롱한 소리로 짤랑거렸다. 기름 먹여 닦은 마룻바닥은 얼음장처럼 얼굴을 비출 수 있을 것 같았다.

대청은 서늘했다. 몇십 년간 누구도 사용하지 않은 분위기였다. 한때 여기서 세 명의 부마가 혼례복을 입고 안달하던 일이 꿈결처럼 느껴졌다.

'이쯤이면 오수에 드셨을까.'

대청 안쪽으로 이어진 복도, 옥 주렴과 비단 방장으로 겹겹이 가려진 길을 응시하며 은룡은 주먹을 꽉 쥐었다. 춘양궁에서 벗어나면서부터 어서 빨리 말씀드려야 한다고 생각했는데, 정작 대청에 올라서니 마음이 혼란스러웠다.

'말하면? 말하면 뭐가 달라질까? 내 마음만 편하겠지. 마마께 숨기는 게 없다고 말이다. 하지만 마마는 얼마나 놀라고 두려우실까. 차라리 입을 다물고 나 홀로 괴로워하는 쪽이 낫지는 않을까?'

차라리 침혜나 주아라도 오갔다면 고민을 덜었을 텐데. 어머, 은 도련님, 무슨 일이셔요, 하고 침혜가 묻는다면 더는 숨길 수도 없이 마마를 뵈러 왔네, 하고 답해야 했을 테니. 하지만 정말로 화영이 낮잠이 들었는지, 아니면 또다시 무언가 생각에 잠겨 창밖을 보고 있는지, 시녀들은 좀처럼 오가지 않았다.

은룡의 손등에 불거진 힘줄만 거세게 도드라질 즈음이었다.

"오수는 끝났을 시간이오."

억지로 숨을 멈추었던 것도 아닌데 물속에서 버티는 듯 감각이 둔해졌다. 화들짝 놀란 은룡은 그제야 정신을 차리고 곁채로 이어지는 회랑을 쳐다보았다.

관호가 서 있었다.

"관, 관 부마는 어쩐 일이십니까?"

떨리는 목소리를 애써 갈무리하며 가볍게 읍을 했다. 관호 역시 서책을

든 손으로 마주 읍했다.

"본채의 서재에서 시간을 보낼까 하여 왔소. 부인의 허락을 받으려 했는데, 마침 은 부마가 보이더군."

관호가 잠시 뜸을 들이다 말을 이었다.

"퇴청하기에는 이른 시간 같은데. 무슨 일이라도 있소?"

은룡은 입을 벌렸다. 하지만 쉬이 말이 나오지 않았다.

머릿속에서 은요의 목소리가 쟁쟁 울렸다. 설마 그가 다른 생각을 하는 것은 아니겠지? 어째서 출가하지 않는 거니? 엽혁 세자도 사라진 와중에, 어째서…….

'아니다!'

억지로 머리를 비우기 위해 고개를 흔들었다. 은룡은 턱을 단단히 굳히고 관호를 응시했다.

잿빛 일색의 상하의에, 허리를 단단하게 싸맨 요대는 익숙한 가죽이다. 현희부의 부마도위로서 사치는 일절 없고, 언제나 단정하고 흐트러짐 없는 행실이었다. 일손들도 많이 의지한다지. 그리고, 내색은 하지 않지만 화영도 그를 정신적으로 의지하고 있음이 분명했다. 먼저 나서는 법은 없지만 한 번 입을 열면 이치에 맞는 말만 하는 사내였다. 그럴 만도 했다.

'이미 같은 배를 탄 형국이다. 하물며 마마에 대한 중상모략이 판을 치는 와중. 차라리 지혜를 빌리는 것이 현명해.'

은룡이 심호흡을 한 후 입을 열었다.

"잠시 상의하고 싶은 문제가 있는데, 괜찮으실지요?"

기다리고 있었다는 듯 관호가 답했다.

"서재로 갑시다. 부인에게는 나중에 허락을 받아도 될 것이오."

격자문을 열고 들어섰다. 이미 서재는 자그마한 화로가 풍기는 열기로 따스했다. 아마 관호가 꽤나 오랫동안 여기를 이용한 모양이리라. 그러니 화부가 알아서 준비를 해 두었겠지. 화로 위에는 샘물을 머금은 항아리가 끓고 있어서 언제든 차를 마실 수 있었다. 관호에 대한 아랫것들의 존경과 정성을 가늠하기에 충분하였다.

어쩐지 속이 허했다. 은룡 그가 기도위로서 일임하는 동안 현희부를 묵묵히 관리해 온 것은 관호였다. 설령 은룡에게 그의 책임을 전가한다 하더라도 이만큼 꼼꼼하게 살림을 지시하지는 못할 것 같았다. 건물 관리나 때에 맞는 조경은 자신과 무관한 부분이라고 여기며 자랐으니 별 수 있을까. 남려의 귀족 사내라면 누구나 매한가지일 것이다.

'동생들을 부양하며 살았다더니 과연 허튼소리가 아니었군. 현희부에 알게 모르게 큰 도움이 되고 있었구나.'

입이 썼다.

"차를 들겠소?"

관호가 자연스럽게 상석에 앉아 권했다. 은룡은 고개를 저었다.

"아닙니다. 그럴 여유는 없을 듯하여."

"그렇다면 좋소."

그 역시도 별반 차를 마시고자 하는 뜻은 없던 모양이다. 그저 예의상 권유일 뿐이었다. 길쭉한 사무용 상을 가운데 두고 앉은 두 사내의 눈이 마주쳤다.

은룡은 이야기를 시작했다. 현희부에 대해 떠돌고 있다는 소문과 맹타안이 떠나기 전 남긴 경고에 대해.

이야기가 끝났을 때, 서재 안은 물이 끓는 소리와 탄이 탁탁 튀는 소리뿐. 정적이 길었다.

"우려하던 일이 벌어졌군."

관호가 눈을 내리깔고 생각에 잠긴 채 말했다.

"어쩌면 최악의 상황일지도 모르겠소."

"맹 부…… 아니, 세자의 의심이 옳았습니다. 역으로 추적하면 어떨까 합니다. 마마의 녹보석에 대해 수소문하려 했음은 반대로 말하자면 황후 탄신연에 참여한 인물이라는 뜻. 초대 명부를 확인하고 찾아본다면……."

"그들이 돌아가서 떠들어 댄 이야기를 듣고 착안했을 수도 있소. 연회 다음날부터 온 도읍이 부인의 녹보석 요대 이야기로 들썩였으니까. 물론 연회에 초대도 받지 못한 자가 부인에게 악의를 품을 이유는 없겠지만, 가능성을 무시해서는 안 된다는 말이오."

"그야 그렇지요."

"게다가 수십도 아니고, 백 명이 넘는 귀빈이 초대되었소. 후궁들을 제외하고도 말이오. 하나같이 세도가의 일원일 터. 무슨 명분으로 그들을 수사할 수 있겠소?"

"……."

은룡이 눈썹을 찌푸렸다. 스스로도 고민한 문제였지만, 관호의 입을 통해 들으니 더욱 막막하게만 느껴졌다.

"적이 누구인지도 모르고 일방적으로 공격을 받는 형세요. 심지어 악의가 없는 이들도 재미 삼아 입에서 입으로 옮기니, 뿌리 뽑기란 불가능에 가깝지."

"그렇다고 이대로 놔둘 수는 없지 않습니까?"

"방법이 하나 있긴 하오."

"어리석은 아우에게 가르침을 주시지요."

관호의 날카로운 호안이 은룡을 응시했다.

"현희부를 개방하는 것이오."

"예?!"

"은 부마도 내심 알고 있었을 터. 이 중상모략을 타파하려면 현희부의 대문을 여는 수밖에는 없소."

"……."

은룡은 입술을 깨물었다.

"쉬운 일이 아닙니다. 선대에 그러했듯 연회를 열고, 귀인들을 초대하고, 식객들을 머물게 하자면 우선 일손이 엄청나게 필요합니다. 그리고 사병들도 갖추어야 하지요. 외부인이 드나들고, 그것도 하나같이 고귀한 신분인 손님일진대 안전을 보장해야만 하니까요. 하지만 그렇게는……."

"그렇게 되면 은 부마는 더는 현희부에 머물 수 없겠지."

"……."

다 알고 있다는 듯 무거운 음성이었다.

"현희부에 부마가 셋이나 기거할 수 있었던 것은, 식솔을 최소한으로 유지했을 뿐 아니라 그들이 금정 법사께서 심혈을 기울여 선택한 이들이었기에 가능하였던 것. 하지만 현희부를 개방할 시 필요한 하인의 수는 금정 법사께서 마련하기가 불가능하오. 결국 아무 사정을 모르는, 평범한 일손들을 들여야겠지. 입이 가볍고, 돈이라면 무엇이든 파는 자들 말이오. 그 가운데서 은 부마가 현희부에 머문다면, 곧바로 조정에까지 알려지겠지."

"……그 말씀은, 현희부를 나가라는 뜻입니까?"

"아니오. 그렇지 않소."

관호와 은룡의 시선이 똑바로 마주쳤다. 과연 그 호안에서 거짓이나 기만의 그림자는 보이지 않았다. 하지만, 그러면 어쩌자는 것일까?

은룡도 생각하지 못한 방법은 아니다. 가장 확실한 해결책, 손쉽기까지 한 묘책이니까. 그러나 현희부를 개방하면 은룡은 은가로 돌아가야만 한다. 그리고 아마 다시는 현희부로 돌아오지 못할 것이다. 잠시만이라면 사모한 분과 떨어지는 아픔을 참아 보겠지만, 영영 이별은 어찌 감당하겠는가.

게다가 은요의 입에서 은룡의 혼사 문제를 부모님이 걱정한다는 소리가 나올 정도면, 분명 금청아와의 중매에 대해 어머니가 누이를 적잖게 설득한 것이 분명했다. 이 시점에서 은가로 들어갔다가는 어느 날 아침 눈을 뜨기가 무섭게 혼례 날이라며 억지로 끌려 나올지도 몰랐다. 그보다 피하고 싶은 악몽은 없었다.

관호가 말을 이었다.

"결국 이 시점에서 적극적으로 소문을 해명할 방법이 없다고 말하려는 것이오. 그러니 흥미를 잃고 사그라들 때까지 묵묵히 버텨야겠지."

"그게 다입니까? 모른 척하자는 것이?"

"다른 방법은 없소. 이러쿵저러쿵 찧고 까불어 보았자 현희부가 흔들리지만 않는다면 얼마 지나지 않아 사람들은 재미를 잃을 거요. 이런 중상모략은 대상이 발끈하여 해명하려고 나서는 순간 몰아붙여 궁지로 모는 것이 정석. 이쪽에서 반응이 없으면 소문 이상으로 진전하기 어렵지."

관호는 그제야 화롯불 위의 끓는 샘물로 눈길을 돌렸다. 역시 차가 필요하다고 판단한 모양이다. 크고 거무스름한 손이 놀랍도록 우아하고 날래게 움직였다. 금세 서재 안에 향긋한 차향이 가득하였다.

"우선은 부인에게 상황을 설명합시다. 이후 우리의 결정을 전달하면, 부인도 납득할 것이오."

밀어 주는 찻잔을 은룡은 이번에는 거절하지 않았다. 다만 일렁이는 찻물을 바라보다 답답함을 토로하였을 뿐이다.

"거기에 대해서는 잘 모르겠습니다."

"어째서 말이오?"

"관 부마의 뜻은 잘 알았습니다. 이해할 수 있습니다. 하지만 결국은 지금 이 상태로, 아무것도 달리지 않고 시간을 보내자는 것이 아닙니까. 그렇다면…… 굳이 마마께 알릴 필요가 있을까요. 확신이 서지 않습니다."

"흐음."

"사실상 터놓고 이야기하자면, 이 소문은 우리에게는 아무런 타격이 없습니다. 맹타안은 떠났고 저는 연관조차 되지 않았으니까요. 관 부마야 다소 체면이 상하겠지만 화제의 중심은 아닙니다. 문제는 마마이십니다. 몸이 약하다는 핑계로 현희부를 닫아걸고, 그 속에서 여러 사내를 들여 즐기고 있다는 소문의 주체는 마마라는 것입니다. 아마 마마께서 제일로 염려하던 상황이 바로 지금이겠지요. 이런 소문 말입니다."

그때 문득 어떠한 직감이 은룡의 뇌리를 스쳐 지나갔지만, 당시에는 뾰족하게 잡아내지 못했다. 그는 우선 말을 이었다.

"중상모략에 대해 알게 되시면 크게 상처를 받으실 것이 분명합니다. 병이 드실지도 모릅니다. 소문이 언젠가는 가라앉겠지만 그것이 내일일지, 모레일지, 달포 뒤일지, 어쩌면 일 년 뒤일지 확신할 수 없지 않습니까. 하지만 마마께서는 그때까지 마음을 졸이며 두려워하실 텐데, 군이 말씀을 드려야 할지요. 우리가 말한다 하여 달라질 것이 없는데, 괜히 속을 태우실까 염려가 됩니다."

"……부인을 걱정하는 마음은 알겠소."

잠자코 은룡의 말을 경청하던 관호가 침착하게 답했다.

"그 말은 옳소. 달라질 것은 없겠지. 하지만 언젠가는 부인도 반드시 알게 될 것이오. 오늘은 황후가 그대를 불렀으니 내일은 황제가 부인을 부를 수도 있소. 혹은 태후께서 그럴 수도 있지. 그때 부인이 앞뒤 사정을 전혀 알지 못하는 채 전해 듣는 게 낫겠소? 아니면 우리와 함께, 안전한 현희부에서 전모를 먼저 듣는 것이 낫겠소?"

"……알겠습니다."

관호가 옳았다. 당장은 화영을 지킬 수 있을지 모르나, 이는 깨지기 쉬운 살얼음이나 마찬가지였다. 황제가 불러 논의할지도 모르고, 태후가 불러들여 캐물을 수도 있다. 둘 다 벌어지고도 남을 만큼 중대한 사항이었다. 현희장공주의 행실에 이처럼 커다란 오명이 생겼다니!

은룡이 고개를 끄덕이자, 관호는 차를 한 모금 마시고 상 위에 내려놓았다. 은룡 역시 관호를 따라 하듯 한 모금이나마 차를 들이켰다. 따끈하고 향기로운 찻물이 긴장을 다소 누그러지게 도와주었다.

누가 먼저 말하지도 않았는데 두 부마는 거의 동시에 자리에서 일어났다. 그리고 서재를 나서, 화영의 처소로 향했다.

* * *

관호와 은룡이 찾아왔을 때, 화영은 낙엽 위에 눈을 그리고 있었다.

졸린 눈, 부릅뜬 눈, 반쯤 노려보는 눈, 웃는 눈, 우는 눈. 가끔은 입도 그랬다. 삐죽이는 입, 미소짓는 입, 시무룩한 입, 일자로 닫힌 입, 우스꽝스럽게 벌린 입, 악문 입. 흰 손가락 끝에 먹물이 묻었고 뺨에도 한 방울 튀었지만, 침혜는 화영을 말리는 대신 조용히 곁에서 먹을 갈고 다 그린 낙엽들이 잘 마르도록 옮겨 놓았다.

-낙엽이면 충분해. 솔방울은 아직 덜 영글었으니까. 그리고 다람쥐들도 자기 몫을 챙겨놔야지.

화영이 솔방울 장난감을 만드는 것은 언제나 겨울이었다. 눈이 하얗게 쌓이고, 도저히 나가 놀 수 없을 만큼 눈보라가 심할 즈음. 전날이나 전전날 주운 솔방울을 가지고 작업에 몰두했다. 고요하게 눈바람이 몰아치는 소리만 들리는 좁은 방 안에서, 뭔가에 집중하지 않으면 가끔은 울어 버릴 것도 같았다.

아직 겨울이 아니었다. 바람의 온도가 많이 낮아지기는 했지만, 낮에는 햇빛 받기가 좋았다. 누가 묻는다면 여행하기에 딱 좋은 시기라고 대답하겠지. 아주 멀리, 멀리 떠난다 해도 도착하기 전에는 눈이 내리지 않을 거라고.

한참 집중하여 단풍나뭇잎에 술주정뱅이 같은 딸기코를 그리고 있다가 고개를 들었을 때.

관호와 은룡을 보고 가슴이 덜컹 떨어지는 것 같던 감각.

예감이란 그런 것일까. 그들은 절대 닮지 않은 외모였지만, 비슷한 구석도 없었지만 그럼에도 공유하는 한 가지 감정으로 그녀를 응시하고 있었다.

-안 좋은 얘기, 하려고 왔죠?

소중한 사람들이 자신을 걱정하고 있다는 것은, 얼마나 큰 위로인가.

"현희장공주."

울려 퍼지는 태후의 음성은 답지 않게 날카로웠다. 불안하고, 어딘지 화가 난 것처럼 들릴 정도였다.

화영은 얌전하게 고개를 숙이며 답했다.

"예, 태후마마."

"이 어미가 어째서 장공주를 불러들였는지, 아시는가?"

"모르겠습니다."

화영은 태연한 척 눈을 깜빡이며 대꾸했다.

사실 이건 거짓말이다. 알겠다고 하면 더 이상할 상황이라 능청을 떤 것뿐이다. 현희부에서 틀어박혀 나오지 않는 장공주가, 자신에 대한 상스러운 소문을 어찌 듣겠는가?

관호와 은룡의 결심이 새삼 고마웠다. 만일 그들이 단호하게 결정하여 진실을 말해 주지 않았다면, 오늘 태후 앞에서 어떤 추태를 보였을지 몰랐다.

"현희부에 좋지 않은 이야기가 떠돌더군."

태후의 안색이 좋지 않은 것이 보였다. 태후는 좀처럼 속내를 내보이지 않는 사람이었다. 그런 모습을 보자 기분이 조금 이상했다. 차라리 역정을 내신다면 좋을 텐데. 저렇게 초조해하시는 모습은 꼭…… 염려하시는 것 같지 않은가.

화영은 연기를 계속했다.

"좋지 않은 이야기라니요?"

"정말 모르는 것이오?"

"태후께서도 아시다시피, 저는 현희부에서 잘 나오지 않습니다. 태후마마나 황제 폐하께서 부르지 않으시면요. 마지막 외출이 황후마마의 탄신연이었는걸요. 그런데 어찌 바깥의 이야기를 알겠습니까?"

좋지 않은 이야기. 바깥의 이야기.

장공주가 음란하여 현희부 내에 여러 사내를 두고 비밀리에 즐기고 있다.

화영은 쓴웃음을 짓지 않기 위해 애써 슬픈 생각을 해야만 했다.

은룡은 거의 울기 직전이었다. 화영이 충격을 받을 것이라고, 쓰러질지도 모른다고 여겨서이겠지. 관호 역시도 잠잠해 보이지만 내심 긴장한 기색이 풍겼다. 집채만 한 사내 둘이서, 반만 한 화영에게 모든 신경을 집중하여 안달하는 상황이 우습고도 고마웠다.

그래서 견딜 수 있었다.

어차피 몇 번이고 각오한 일 아니었나. 최악의 악몽이었지만 날벼락 같은 일은 아니었다. 어쨌건 이 악의를 품은 소문의 일부는 진실이었으니까. 비밀리에 여러 부마를 두고, 뭐, 목적이야 어쨌든 몸을 섞은 것은 사실 아닌가.

이제 와서 생각하건대 때로는 그들과 함께 있는 순간이 즐거웠다. 새언니의 선물을 찾기 위해 다 함께 시장에 나섰던 일도, 모두 한자리에 모여 식사를 하고 토의하던 밤도.

이혼하려 애쓰기는 했다만 이미 오랜 시간을 한 지붕 아래서 보냈다. 한마음으로 그녀를 도와주었다. 그녀가 힘들 때 마다하지 않고 최선을 다해 지탱해 주었다. 맹타안이 떠남으로써 새삼 깨달은 사실이었다. 더는 부마들은 인간 부적 액막이가 아니었다. 그녀를 이해하는 가까운 벗, 소중한 지음들이었다.

그러니 화영은 감당할 수 있었다. 가족이, 소중한 이들이 그녀를 믿고 지지해 주기만 한다면 참아 낼 수 있었다.

"어찌 듣고도 놀라지 않지?"

태후가 끔찍한 소문을 듣고도 눈 하나 깜빡 않는 화영을 탓하듯 물었다.

"너무도 기상천외한 소리라서요. 꼭 어렸을 적 들었던 귀신 이야기 같네요. 있을 수가 없는 허튼 이야기요."

적당한 시점에서 커다란 눈을 부릅뜨며 요란을 떨었다. 태후가 한숨을 쉬었다.

"오황자의 난 이래 황실 자손이 멸절되다시피 했으니, 남은 것이라고는 황상과 장공주 단둘뿐. 황실을 부흥시키고 명성을 떨쳐도 모자란데 이런 해괴망측한 소문이 도니 어쩌면 좋겠소?"

"그렇지만 너무 말도 안 되는 이야기라서 우습기까지 한걸요. 국법이 지엄한데 제가 무슨 수로 남첩들을 거느리고 놀겠어요? 그럴 배포가 있었다면 진작에-"

"그만, 그만. 이 어미의 머리를 더 아프게 할 셈이로군."

화영이 본격적으로 입을 열자, 태후는 지레 질린 듯 손을 내저었다. 태후는 그녀를 공주답게 가르치려고 부단히 노력했음에도 성공하지를 못했다. 특히 화영이 줄줄이 늘어놓는 얼토당토않은 이야기와 억지 주장이라면 학을 떼고는 했다.

뒤에서 태후의 어깨를 주무르는 방 상궁이 순간 짧게 웃음을 참는 것이 보였다. 화영은 배시시 웃었다.

"어미도 알고 있소. 현희장공주가 그런 상스럽고 부도덕한 짓을 저지를 리 없지. 하지만 사람의 입은 무서운 것이오. 낭설이라 무시하고 방치하였다간 어떤 부작용을 불러올지 몰라."

태후가 고쳐 앉으며 목소리를 가다듬었다.

"어찌 보면 이는 현희장공주의 격에 맞지 않은 혼인이 원인일지도 모르지. 부마도위가 신분이 명확지 않고 조정에 큰 공을 세운 바도 없는 데다, 맡겠다 나서는 책무가 있는 것도 아니니까."

결국은 부마도위에 대한 불만으로 돌아간다.

화영은 내심 안도의 한숨을 쉬었다. 태후가 녹보석에 대해 물으면 어찌 답해야 하나 싶었기 때문이다.

그러나 다행히 태후의 관심사는 녹보석이 아니었다. 그야 아예 무시하지는 않았으나, 어찌 되었든 간에 귀한 보화들이 장공주에게 흘러들어 가는 것이 당연함을 알아서였다. 재물은 권력의 지표이니, 권세가 높은 이에게는 끊이지 않고 흘러가는 법이다. 자식 없는 황후보다야 황실 핏줄인 장공주에게 끈을 대려는 판단도 있을 법하다고 여겼다.

"지금이라도 잘 생각해 보시오, 장공주! 이런 낯부끄러운 소문이 도는데 지금의 부마가 무엇을 해 줄 수 있소? 그저 현희부에 틀어박혀 시간만 보내고 있지 않은가! 겉모습만 웅위할 뿐 실상 곤란한 처지에서는 아무 도움이 되지 않고 있소. 이런 자를 남려의 부마도위로 두어도 가한지, 이 어미는 매우 불안하구려."

"그야 부마는—"

"어미의 말은 아직 끝나지 않았소이다."

화영이 반박하려 입을 열자 태후는 딱 잘라 말했다.

그러했다. 태후의 관심사는 부마도위를 바꾸는 일이었다. 도성에 돌고 있는 망측한 유언비어에 처음에는 크게 노했으나, 다시 생각해 보니 이마저도 기회인가 싶었다.

"솔직히 말하리다. 장공주는 내 수양딸님이시지만 정치적으로 외딴 섬이나 마찬가지요. 황상의 정이 바다처럼 넓고 깊기는 하다만, 이런 지저분한 일에 직접 나서실 수 있겠소? 황상께서 나서 엄벌하신다면 오려 세상에서는 소문이 사실이라고, 그래서 황제가 노발대발하는 거라고 믿을 게요. 결국 장공주 혼자 견뎌야 하는 상황이란 뜻이지."

"……."

화영의 아미에 곤란한 기색이 스쳤다. 태후의 말에 이치가 있어서였다.

과연 태후였다. 태후! 이 구중궁궐의 치열한 암투에서 승리한 자, 살아남은 자만이 앉을 수 있는 최고의 지위가 아니던가. 황후는 부덕하면 폐위될 수 있고, 비빈들은 정원에 핀 꽃만치 덧없지만, 태후는 아니다.

"이 어미도 고작해야 십칠황자비였소. 황후로 머물었던 시간은 이 년뿐이었고, 그나마도 선황께서는 등극하시고 얼마 가지 않아 와병하셨지. 내 가문이 지지해 주지 않았다면 버틸 수 없었을 것이오. 헌데 장공주는 외척도 없고, 가르침을 줄 대장공주들도 갖지 못했지."

태후가 담담하게 말을 이었다.

"나 역시 장공주를 염려하기는 하나 태후인지라 자녕궁에 거해야 하고, 어찌 되었건 황상과 후궁에 보다 신경을 쓸 수밖에 없소. 그러니 말하는 것이오. 장공주를 지켜 주고, 보호해 주고, 조정에서도 위상을 세워줄 든든한 부마도위가 반드시 필요하다고."

"관 부마는 좋은 사람이에요. 저에게 잘 해 주고요."

화영이 감싸듯 말하자, 태후가 씁쓸히 웃었다.

"그걸로는 부족하오. 장공주, 알아 두시구려. 황실 여인에게 제일로 무의미한 것이 바로 '좋은 사람'인 지아비요."

"……"

거기에 무엇이라 반박할 수 있겠는가? 화영의 부친인 선황 경제도 참으로 좋은 사람이었다. 생판 모르는 하주 산골의 아이들을 위해 귀한 단약을 선뜻 내놓을 만큼, 그리고 그 아비와 호형호제 했을 만큼. 하지만 그가 태후에게 어떤 남편이었는지 생각해 보면, 화영은 선뜻한 칼날을 입에 물고 있는 기분이었다.

"장공주가 이혼하겠다고만 한다면 이 어미가 알아서 해결해 주겠소. 아무런 흠도 되지 않을 것이오. 장공주가 정이 많아 마음이 약한 듯하니, 관호 그이에게도 험하게 다루지 않겠소. 원래가 중이 되려던 자였다니, 원하는 대로 보내 주면 되겠지. 산을 하나 통째로 내줄 수도 있고, 거기다 새로 절도 지어 줄 수 있소. 귀한 따님을 놓아만 준다면 뭔들 못 해 주겠소?"

"태후마마, 이런 소문이 도는데 갑자기 제가 이혼한다면 더욱 의심이 커질 거예요."

"걱정할 필요 없소. 새 부마도위가 말끔하게 해결할 테니까."

"말씀을 이해하지 못하겠어요. 죄송하지만, 믿기도 어렵고요."

팽팽한 긴장감이 내전 안을 조여 왔다. 태후는 방어적인 태세의 화영을 달래듯 말했다.

"이런, 내 그래서 진작 내 조카인 명을 만나 보라 그리 재촉해 댄 것인데. 장공주도 그 아이를 한 번만 본다면 이해할 것이오. 세상에 그보다 총명하고 사리 분별에 밝은 이가 없으니, 어떠한 난제라도 능히 해결할 수 있는 인재지."

"그리 훌륭한 인재를 제 재취로 들이라니요. 태후마마와 금씨 가문에게 실례가 되겠죠."

"봉황은 나무를 가려 깃드는 법이지. 비록 먼 길 엇갈려 만났다 해도 인연은 인연. 분명 잘 어울리는 한 쌍이 될 거라 보장하오."

"그렇다면 그 공자가 바로 해결해 줄 수 있지 않을까요? 이 난처한 상황을요."

목이 말랐지만 찻잔에는 손도 대고 싶지 않았다. 화영은 아슬아슬하게 무례와 배포 사이에서 줄다리기를 하며 대꾸했다.

"군자는 어려운 이를 그냥 지나치지 못하는 법이라고 들었어요. 재취로 맞아 주지 않는다는 이유로 저를 도와주지 않는다면? 그 사람은 진짜 군자가 아니겠죠. 그런 소인이라면 제가 어려울 때 만난 조강지처를 쫓아내고 재혼할 가치가 없는 셈이고요."

"마마!"

화영의 도발에 방 상궁이 놀라 숨을 삼켰다.

태후가 눈을 가늘게 뜨고 화영을 응시했다.

"하하!"

그러고는, 드물게 크게 웃음을 터뜨렸다. 방 상궁은 물론이고 화영조차도 당황할 정도로 호탕하고, 겉치레 없는 대소였다.

한참을 웃던 태후가 갑자기 뚝 멈추더니 말했다.

"과연 송씨 핏줄이오. 대단한 성깔이로군. 좋소, 그러면 어디 직접 도움을 구해 보시구려. 마침 적당할 때 기린이 찾아왔으니."

"예?"

화영은 놀란 나머지 당황했다. 그러고 보니 태후의 공격에 방어하느라 주위의 소음은 흘려들었다. 자녕궁 밖에 선 태감이 누군가에게 인사를 올리는 소리, 두툼한 방장이 걷히고, 내전까지 서늘한 바람이 들어오던 감각. 가볍고 우아한 발소리.

화영은 저도 모르게 고개를 돌려 내전 입구를 보았다.

"자, 명아. 인사를 올리거라. 현희장공주이시다."

그곳에, 흰옷의 공자가 서 있었다.

장공주가 당황한 기색으로 급히 나가자, 금명 역시도 드물게 목소리를 높일 수밖에 없었다.

"태후마마, 이런 말씀은 없지 않으셨습니까!?"

"현희장공주와의 대화가 예상보다 길어진 것뿐이다. 그래서 시간이 겹친 것이지. 왜 그리 화를 내느냐?"

태후는 모른 체 눈을 내리깔고 찻잔을 만지작거렸다.

언제나 침착하고 달관한 듯하던 조카가 당황한 모습이라. 이런 드문 광경을 보니, 웃음이 절로 날 수밖에 없었다.

"무슨 잘못이라도 지은 게냐? 어찌 현희장공주가 너를 보는 표정이, 꼭 저승사자라도 본 듯하더구나."

"제가 부덕한 제안을 위하여 자녕궁에 왔다고 판단하셨을 테니, 질색할 만도 하지요!"

"그렇게 짜증을 낼 시간에 직접 따라가서 오해를 풀면 어떨까? 이 자녕궁은 도망가지 않는다만 장공주는 이대로 출궁하면 끝이란다."

금명은 다른 선택지가 없었다. 태후가 짜 놓은 대로 움직이고 있음을 알았지만 어쩌겠는가. 급히 나가 버린 현희장공주를 따라가는 수밖에는.

큰 보폭으로 뛰다시피 급히 밖으로 나서니, 방장 곁에 선 태감들이 슬쩍 눈짓을 주었다. 태후가 진작에 판을 짜 놓고 준비를 단단히 해 둔 모양이었다. 금명은 이를 악물고 장공주가 향한 쪽으로 몸을 틀었다. 다행히 금명이 괜한 자존심을 세워 시간을 낭비하지 않았기에, 그녀가 궁문을 나서기 직전 불러 청할 수 있었다.

"마마."

예법에 따라 장공주를 배웅하러 따라붙은 자녕궁 시녀들이 금명의 목소리를 듣자마자 순식간에 사라졌다. 기가 찰 정도로 손발이 잘 맞는 꼴이었다. 이러니 오해를 하는 것도 당연하다 싶었다.

금명이 다급히 외쳤다.

"어떻게 보아도 의심하실 만한 상황임을 압니다."

화영은 발걸음을 멈추었다.

그래, 그 목소리였다.

서점에서 곤란에 처한 그녀를 도와준 공자의 목소리가 맞았다. 흰옷에 흰 부채를 쥐고 있던 점잖은 청년.

그 사람이 금명이었을 줄이야!

"그 날의 인연을 기억하신다면, 부디 신에게 해명할 기회를 한 번만 주시지요. 더는 귀하신 분을 노엽게 하지 않겠습니다."

할 수만 있다면 당장 자녕궁 문을 걷어차고 나가 버리고 싶었다.

해명? 해명이라고?

그가 금명이었다. 하녀 옷을 훔쳐 입고 저잣거리에 나와 봉변을 당하려던 화영을 구해 준 이가 금명이었단 말이다.

화영의 품행에 대한 난잡한 소문이 퍼지는 와중이다. 태후는 지금이라도 관호와 이혼하고 금명과 재혼한다면 모든 일이 잠잠해지리라 단언하였다. 그와 동시에 금명이 자녕궁에 행차한 것이 우연일 수가 있을까? 도망치다시피 나간 그녀를 여기까지 따라와 놓고, 때맞게 주위 시녀마저 게 눈 감추듯 사라졌는데, 여기서 어떻게 해명을 한단 말인가?

화영은 주먹을 꽉 움켜쥐었다.

-사례라니요. 좋은 뜻으로 도왔을 뿐, 보상을 바라고 한 일이 아닙니다.

-아니에요! 저를 도와주셨잖아요. 족자값도 내 주셨고요. 거창한 보상까진 안 받으시더라도, 족자값은 제가 돌려드려야죠!

망할! 그때 못한 사례 탓일까. 도저히 그의 간청을 무시할 수가 없었다.

"이 상황에서 무슨 해명을 하실 수 있을지 정말 궁금하네요."

자신의 입에서 나왔다고 믿기 어려울 정도로 싸늘한 말이었다. 얼음물이 뚝뚝 떨어지는 듯한 목소리였다. 배신감과 수치로 굳은 얼굴로 돌아서니, 금명은 여전히 그날과 똑같은 흰옷 차림이었다. 속발관 하나 없이 하나로 늘어뜨려 묶은 긴 검은 머리에, 깨끗한 부채까지. 다른 사람일 수가 없을 정도였다.

화영이 그를 노려보며 물었다.

"제가 누구인지 알고 있었던 거죠?"

"서점에서 만난 그날, 귀인이실 것이라 짐작은 하였습니다. 하지만 현희 장공주이실 줄은 채 알지 못했습니다."

"거짓말. 난 당신을 보고 기겁해서 앞에 놓인 찻잔까지 엎었어요. 그런데 당신은 당혹한 기색만 있을 뿐, 놀라지는 않던데요. 정말 내가 장공주인지 몰랐다면, 아가씨가 왜 여기 계십니까, 정도는 튀어나왔겠죠."

"마마의 말씀이 옳습니다."

금명은 화영에게서 열 걸음 정도 떨어져 있었다. 그러면서도 선불리 다가오지 않았다.

"실은 마마께서 그 아가씨임을 안 것이 얼마 되지 않았습니다. 지난 황후 탄신연에 초대되어 마마를 뵌 후에야 깨달았지요."

"……!"

"일단은 태후마마의 친지인지라. 태후께서 명하시면 거절하기 어렵습니다. 그날도 저의 사촌과 입궁하여 연회에 참여하였는데, 직책도 없이 초대받음이 민망하여 잘 보이지 않는 곳에서 잠시 소일하다 물러났지요. 그러다 마마를 멀찍이서 뵈었습니다. 그날 놀랐기에 오늘 미처 덜 놀란 듯합니다."

금명이 천천히 허리를 숙여 읍을 올렸다.

"진작 말씀을 드렸어야 하는데 그러지 못하였으니, 신의 잘못입니다."

"……왜 자녕궁에 온 거죠?"

"태후께서 긴히 부르셨습니다."

"무슨 이유로요?"

금명의 흰 얼굴에 난감한 기색이 스쳤다. 습관처럼 부채질을 몇 번 하다가 짧게 한숨을 내쉬었다. 화영은 경계를 늦추지 않고 그를 응시했다.

"사촌 누이의 혼인에 대해 의논하고자 하신다기에."

"친동생도 아니고, 사촌의 혼인 문제에 당신을 부르셨다고요?"

"사실입니다. 태후께서는 금 귀비 자매를 어여삐 여기시지요. 그러다 보니 이런저런 계획이 많으신데, 조카들 중 소일하고 있는 한량이 저뿐이다 보니 종종 부르십니다."

금 귀비 자매.

-제대로 인사드리지요. 소녀, 금가의 적녀 청아라고 하옵니다. 귀비마마의 동복 누이이지요.

소름이 돋았다. 역병처럼 불길한 예감에 화영은 몸을 떨었다.

황후 탄신연 때, 은룡과의 대화를 엿들으려 하던 여인이 아닌가. 외명부 작위도 없는 몸으로 적자색 옷에 보석들을 줄줄이 머리에 얹었던 모습이 눈에 선했다. 그뿐인가? 미혼의 규수임에도 하녀도 거느리지 않은 채 은룡을 따라 어화원까지 좇아왔다니 보통내기가 아니었다.

그 여자가 혼인을 한다고?

"귀비의 누이가 혼인을 한다는 얘기는 금시초문이에요. 상대는 어느 집 안이죠?"

화영의 물음에 금명이 살짝 눈을 내리깔았다. 확연히 곤란해하는 표정이었다.

"아직 확실히 정해진 것은 아닙니다. 매파가 드나들고, 안주인들이 사주를 보고 있다고 들었습니다."

"그러니까, 상대가 누구인지 물었잖아요."

"……은가의 장남입니다."

순간 다리에 힘이 풀렸다. 현기증이 나면 이럴까. 머리가 어지러웠고 무릎이 후들거렸다.

"마마!"

예의를 갖추어 내외하고 있던 금명이 황급히 다가와 그녀를 부축하였다. 버드나무같이 늘씬하게만 보였는데, 어깨를 감싸고 일으키는 힘이 상당했다.

아직 자녕궁 내였다. 누군가 볼까 겁이 먼저 났다. 화영은 금명을 밀어내며 고개를 저었다.

"잠깐, 발목을 접질렸나 봐요. 괜찮아요."

"어의를 부르겠습니다."

"정말로 괜찮아요."

화영이 몸을 추스르고 서자, 금명의 손이 그녀에게서 떨어졌다. 그의 부채가 포석 위에 나뒹굴고 있는 것이 보였다. 새하얀 깃털에 마침 정원에서 흩날린 마른 풀이 묻어 있었다.

"아, 부채가……."

"그저 부채일 뿐입니다. 마마께서 다치지 않으셨으니 다행이지요."

"……계속 신세만 지네요."

"그럴 리가요. 재미있는 말씀만 하시는군요."

금명이 부드럽게 웃으며 걸어가, 직접 허리를 숙여 부채를 주워 들었다. 후후 바람을 불고 탁탁 흰 손가락으로 털고는 아무렇지 않은 양 쥐었다.

권세나 부귀영화에는 전혀 관심이 없어 보이는 청렴한 태도와 맑은 외모였다. 저런 청년이 태후가 내내 부마도위로 점찍어 밀던 금명이라니 다시 보아도 믿기지 않았다.

화영은 애써 마음을 다스리고 말했다.

"아니에요, 벌써 두 번이나 큰 신세를 졌네요. 첫 번째는 그날 중경에서 도와주신 것이고, 두 번째는 지금 넘어지는 망신을 피하게 해 주셨죠. 저를 도와주셨으니 사례는 확실히 하고 싶어요. 그래야 앞으로 어떤 상황에서도 옛정 때문에 어색해지지 않을 테니까."

"……아하."

금명이 애매하게 미소지었다.

"태후께서 권하시는 일이라면 신경 쓰지 마세요. 어찌 비천한 몸이 하늘의 별을 꿈꾸겠습니까. 신이 부마도위의 자리를 넘보는 일은 없을 것입니다."

"……직설적이네요."

"마마께 무엇을 숨기겠습니까? 태후께서 마마와 저의 결합을 원하시는 바, 이미 오래된 일인 것을요. 얼버무려 보았자 좋을 것이 없지요."

금명이 잠시간 생각에 잠겼다가 말했다.

"신은 이만 돌아가 보아야겠습니다. 그러지 않으면 태후께 헛된 희망을 심어 드리게 될 테니까요. 청아의 혼인 계획에 맞장구를 쳐 드리러 가야지요. 개인적으로는 좋지 않은 수라고 봅니다만."

"사례는요?"

"아닙니다. 풍 씨에게 교훈을 주신 것만으로도 사례는 충분합니다."

순간 화영의 낯빛이 창백해졌다.

금명은 그녀가 신분을 숨기고 저자를 다닌 일이 민망한 것이리라 여기고 능숙하게 말을 이었다.

"수전노이지만 고서 골라오는 솜씨는 일품인지라, 그 서점이 없이는 큰 곤란이었을 겁니다. 헌데 마마께서 형법으로 따지는 대신 관대하게 넘어가 주셨더군요. 그 기개에 내심 감탄했답니다."

"들었나요? 주인장한테?"

"신도 일종의 관계자인지라. 저를 보자마자 크게 하소연을 하더군요. 염려는 마시지요. 크게 떠들어 좋을 일이 아니라고 입단속을 해 두었으니까요. 귀인의 금자를 억지로 빼앗으려다 벌어진 일이니, 어디에다 떠들 사안도 아니지만 말입니다."

"……."

"그러면 마마, 신은 이만 물러나겠습니다."

"……가 보세요."

금명이 법도에 맞게 예를 올리고 돌아섰다. 잠시 할 말을 잊었다는 양 걸음을 멈추기도 했으나 이내 고개를 가로젓고 발걸음을 재촉하였다. 학이 춤추듯 우아한 걸음이었으나 묘하게 느리게 보였다. 아쉬움이 묻어 있다 할 정취였다.

은인과의 만남이나 단단히 꼬인 인연이었다. 화영은 입술을 깨물었다. 어떻게 이럴 수가 있지? 정말 그의 해명을 모두 믿어야 하나?

별안간 화영의 마음속에 한 가지 의심이 떠올랐다.

그때 서점에 찾아간 것은 화영 혼자만이 아니었다. 관호와 맹타안, 은룡까지 함께였다. 돈독이 오른 사기꾼의 콧대를 눌러 주려는 가벼운 생각에서였다. 현희장공주임이 들킬 리 없다 확신했기에 강행한 으름장이었다.

현숙한 공주라더니, 여러 사내를 거느리고

그녀가 외간 사내들과 함께 다녔다는 사실을 아는 사람이 있지 않은가. 바로, 지금, 눈앞에. 그리고 그의 사촌누이가 은룡과 혼담을 주고받는다고. 녹보석에 대해 캐물었던 그 여자가, 그의 사촌누이라고.

-그처럼 크고 선명한 녹보석은 난생처음 보는지라, 어디서 구하셨는지 꼭 알고 싶다는 마음에.

이보다 합리적인 의심은 없을 것 같았다. 화영은 멀어지는 금명의 뒷모습을 바라보았다.

흰 옷자락이 바람에 날리니, 실은 모든 것이 연기였을까.

심장 뛰는 소리에 귀가 먹먹했다.

* * *

금 귀비는 소월이 상에 내려놓은 접시들을 유심히 쳐다보았다.

"좌측에서부터 무만 넣은 떡, 무를 넣고 팥을 뿌린 떡, 말려 놓은 나물과 무를 섞은 떡, 콩을 다져 무와 함께 넣은 떡이옵니다."

한입 크기로 나란히 놓인 떡들은 갓 쪄 낸 훈김을 풍기고 있었다. 달콤한 향기는 거의 없었다. 식욕이 돌기는커녕, 무 풋내에 눈가가 찌푸려질 정도였다.

황제만 아니었더라면 금 귀비는 평생에 무떡이라는 음식의 존재도 몰랐을 것이다. 곡식이 귀해 잘게 썬 무채를 뒤섞어 쪄 낸 것이다. 장양전에 매수해 둔 태감 하나가 폐께서 언급하셨다고 속살대기에 급히 만들라 명하였다. 설명만 들어도 우마나 먹일 것이지 싶었는데, 완성품을 보아도 금 귀비의 취향은 절대 아니었다.

"제대로 만든 게 확실하겠지?"

"예. 어찌 마마의 명을 허투루 이행하겠습니까."

"하지만 이…… 무떡이란 것은 민간의 잡기이니 궁인들이 알까?"

"수 놓는 계집 하나가 어려서 조모가 해 준 기억이 있다더군요. 조리법이라 할 것도 없이 단순한 요리라, 그저 채 썬 무만 섞어 찌면 된다 합니다."

"네가 먹어 보기에는 어떻지?"

"그것이……."

소월이 눈을 굴리다가 고개를 숙였다.

"맹숭맹숭하여 도통 무슨 맛인지는 모르겠사옵니다만…… 아무래도 어려서 먹은 음식은 커서도 그리운 법이니, 폐하께서는 기뻐하시겠지요. 중요한 것은 맛이 아니라 귀비마마의 정성 아니겠습니까?"

금 귀비는 대답 대신 손톱으로 상을 두드렸다.

젊은 황제가 용중사에서 자라났음은 천하가 다 아는 사실이다. 황제는 청빈한 생활이 몸에 익은 까닭에 등극하여서도 사치를 즐기지 않고, 산해진미로 넘치는 황실 요리보다는 담백한 음식을 선호하였다. 그래서 후궁들은 사가를 통해 얻은 민간 조리법으로 간식이며 식사를 준비하여 장양전에 올리고는 했다. 황제에게 제 이름이라도 한 번 더 기억시키려는 각고의 노력이었다.

'부질없는 짓이지만 그래도 어쩌겠는가. 이것도 일이라면 일이니 하는 데까지는 해야지.'

그랬다. 일은 일이었다.

금 귀비는 황제를 연모하지 않았다.

젊은 데다 반듯한 인품, 대나무처럼 맑고 난초처럼 섬세한 이목구비를 지닌 황제를 수많은 비빈들이 사모하여 병이 들었다. 하지만 금 귀비는 아니었다. 그녀는 어리석지 않았고, 승산이 낮은 도박은 취급하지 않는 성품이었다. 황제가 미청년인 것이 자신과 무슨 상관이란 말인가? 그의 마음이 어디에 있는지는 확실하지 않은가. 고모인 태후가 그리 애를 썼음에도 황제는 오랜 정인을 황후로 들였다. 거기서 이미 승부는 끝난 셈이다.

다만 금 귀비는 사내라는 족속을 별반 신뢰하지 않았다. 꽃 노래도 한 시절 아닌가. 언젠가는 황제가 다른 여인에게 눈을 돌릴 수도 있겠지. 지금의 투자는 그때를 위한 것이었다. 황제가 한 여인의 지아비가 아니라 황제임에 익숙해졌을 때, 모든 사내들이 그러하듯 부인을 저버릴 때. 진심이니 사랑은 원치 않았다. 그저 귀비 자리를 위협받지 않을 적당한 총애와 가능하다면 두어 명의 자식을 두는 것. 그것이 금 귀비의 목표였다.

'상인의 처는 물건을 팔고 농부의 처는 밭을 매지. 황제에게 시집왔으니 총애를 다투고 황자를 낳는 것이 의무. 평민의 딸이나 어사의 딸이나 여인의 운명은 매한가지야.'

애당초 그렇게 짜인 판이었다. 금 귀비 자신이나 귀하신 황후나 다를 바 없는 장기짝에 불과했다. 사내들이 움직이는 대로, 권세가 이끄는 대로 자리를 옮기고 다툴 뿐.

가엾게도 황후는 이 진리를 아직 깨닫지 못한 모양이었다. 그러니 마음이 편할 날이 없겠지. 불안에 떨고, 의심을 하고, 작은 승리를 곱씹느라 농한 상처는 손대지 못할 것이다.

예를 들자면 탄신연이 그러했다. 장공주가 면을 들어 주어 황후가 곤경에서 빠져나왔을지 몰라도, 금 귀비는 별반 손해가 없었다. 결국 그림을 볼 때마다 상처를 받을 사람은 황후 아닌가.

"쯧."

흰 얼굴을 찡그린 채로 떡들의 귀퉁이만 떼어 각기 맛을 보니, 미간이 펴지기는커녕 그 반대였다. 소월이 주인의 심기를 파악하고 바로 타구병을 가져다 대었다. 그러나 금 귀비는 역겨움을 숨기지 않으면서도 끝내 떡들을 삼켰다.

"입에 맞지 않으시면 뱉으시지……."

"폐하께 진상할 것을 뱉으라고? 너는 본궁의 목숨이 몇 개라고 생각하는 거냐?"

뒤늦은 깨달음에 소월이 바로 이마가 땅에 닿도록 절하며 사죄를 올렸다. 금 귀비는 대꾸도 하지 않고 손짓으로 여종을 일으켰다.

"그나저나, 청아는?"

"아가씨야…… 곧 오시겠지요."

금 귀비는 코웃음을 쳤다. 일부러 시간에 늦는 동생의 버릇을 그녀도 잘 알아서였다.

"그래서, 그 애의 '계획'이란 것은 어떻게 되어 가고 있지?"

"일단 국태부인은 마음이 쏠린 듯하더이다."

"하?"

달콤한 앵두고로 입가심을 하던 금 귀비가 눈썹을 치켜들었다.

"금청아가 누군지를 모르는 것은 아니고? 내 누이이고 태후의 질녀야. 원수라고 흰눈으로 봐야 마땅한데, 그것을 며느리로 들일 마음이 든단 말인가?"

"아무래도…… 아들이라고는 기도위 하나인데, 혼인은커녕 흔한 첩도 없으니 마음이 급한 것이 아닐까요."

"세상에 널린 것이 여인이다. 기도위라면 대를 이어 주겠다 맨발로 따라나설 규수들이 몇 수레일 판인데, 금청아를?"

따닥, 따닥. 잘 다듬어진 손톱이 상을 두드렸다.

머리를 굴려 보니 아예 짐작이 가지 않는 속내는 아니다.

"무인 가문이라 그런가, 은가도 참 순진하군."

"마마의 뜻은……."

"내 동생이 제 며느리가 되면, 그래서? 내가 청아를 위해 황후에게 몸을 낮추고 고분고분해질까 봐? 그런 그림을 기대하는 거라면 참으로 안 됐구나."

큭큭, 웃음이 새어 나왔다. 웃지 않을 수가 없었다.

"오히려 내 손에 무기를 쥐여주는 셈인데 그것은 못 보다니."

"무기라니요? 마마, 소인은 도통 이해가 가지 않습니다."

유쾌해진 주인을 보며 소월이 당황하여 여쭈었다.

"은가는 동기간에 끈끈하니, 마마께서 동생을 위해 숙일 거라는 착각을 했음은 소인도 알겠습니다. 그런데 청아 아가씨가 시집을 가는 것이 어떻게 마마께 무기가 되지요?"

"은씨 집안 가주들은 축첩을 썩 즐기지 않거든. 그러니 진작부터 기도위에게 첩이며 통방을 붙이려던 것이 외려 드문 일이라 할 수 있지."

"그야 기도위가 어려서 병약했으니, 대가 끊길까 염려하여서가 아닐까요."

"지금은? 병약은 무슨, 범이 내려와도 눈 하나 깜짝 않을 장골이던데."

"그렇지만 일단은 아들이 하나고, 이제 와서 국태부인이 생산을 할 것 같지도 않으니."

"소월아, 내 말이 무슨 뜻인지 모르겠느냐?"

금 귀비가 올빼미처럼 빙긋 웃었다.

"미리 들여놓은 시첩도 없는 기도위에게 청아가 시집간다면, 거기서 끝난다. 그 애가 제 서방이 다른 데에서 재미를 보도록 놔둘 성질이냐? 그러므로 은가에서 태어날 아이들은 죄다 청아 그것이 낳겠지. 말하자면 황후의 조카들은 모두 청아의 배에서 날 거라는 뜻이다."

그제야 감이 잡힌 듯, 소월이 입을 벌렸다.

"그러면 황후가 되레 마마께 얽히겠네요! 제 부모를 모시고 제 동생과 살 맞대며 사는 올케의 영향력을 무시할 수 없으니까요!"

"그래, 그렇지. 그렇게 되면 나는 귀비를 떠나서 은가 장손의 이모님이 되거든."

세상 돌아가는 일이 이렇다. 금 귀비는 입꼬리를 비틀었다.

"조카의 이모가 남편의 첩이라. 역겹지 않느냐? 황후 지위까지 올라서도 이런 수모를 피할 수가 없다니, 여인이 얻는 복이란 참으로 무의미한 것이다."

조소를 흘리며 차로 목을 축이던 찰나였다.

온헌궁 밖에 소란이 일어났다. 금청아가 도착한 것이다.

금 귀비는 자리에서 일어나지 않았다. 상을 치우라고도 하지 않았고, 일 어나려던 소월을 눈짓으로 계속 앉혀 두었다. 지정한 시간을 부러 넘기며 상대를 흔드는 것이 금청아의 특기였다. 괜한 소란이나 기다렸다는 분위기 로 동생을 기쁘게 해 줄 필요가 없었다.

과연 의기양양하게 내전으로 들어온 금청아는 먹다 남은 다과를 깨작거 리는 언니와 자신의 등장은 관심도 없다는 양 무릎을 꿇고 시중을 들고 있 는 소월을 보자마자 표정을 굳혔다.

"왔구나."

금청아의 낯빛에 불쾌함이 스치는 것을 확인한 후에야 금 귀비가 빙긋 웃 었다. 그리고는 손짓하여 저 뒤쪽에 대기하고 있던 시녀들을 불렀다. 빠르게 자리가 준비되었음에도 불구하고 금청아는 여전히 뾰로통한 기색이었다.

"귀비마마께서 청하시기에 오는데, 손님 대접이 영 좋지가 않네. 구중궁 궐 굽이굽이 고생하며 찾아온 동생에게 너무하시는 것은 아닌지?"

"툭하면 지각하는 버릇은 그대로인 듯하구나. 그래서 시집이나 가겠니?"

금 귀비는 말을 돌리지 않았다. 괜한 늑장이나 보란 듯한 무시 따위로 전초전을 치르기에는 자매는 서로를 너무 잘 알았다.

"다들 물러가라."

주인의 명에 시녀들이 우르르 내전 밖으로 뒷걸음질 쳤다. 사가에서부터 금 귀비를 시중들어 온 소월만이 남았다. 금청아가 그제야 입꼬리를 올리며 미소지었다.

"계획대로 잘 되어 가고 있어. 혹시 알아? 다음에 만날 때는 외명부 작위라도 붙어 있을지."

"기껏해야 기도위의 처로서 작위라니. 꿈이 크구나."

"기껏해야 기도위라니? 황후의 동생이고 황제가 아끼는 사람인데. 앞으로 쭉쭉 올라갈 일만 남았어. 대장군은 따놓은 것이나 마찬가지고, 어쩌면 그 위까지도 가겠지. 승상이 될지 어사대부가 될지, 그 끝을 누가 알겠어?"

금 귀비는 코웃음을 쳤다.

"그래서, 태후는 얼마나 아시지?"

태후에 대한 이야기가 나오자 금청아는 흥이 식었다는 표정이었다.

"대놓고 물으신 적은 없으나 대강 짐작은 하셨겠지. 보통 불여우가 아니잖아?"

기가 찰 노릇이었다. 제아무리 적녀라는 자부심이 커도 그렇지, 태후마저도 서출이라고 무시하다니. 금 귀비가 눈을 가늘게 떴다. 세필로 그린 듯 치켜 올라간 눈매에서 사냥 직전의 긴장감이 풍겼다.

"그 불여우가 왜 모른 척해 주는지 말해 줄까, 동생? 그 이유는 하나야. 우리의 친애하는 사촌 때문이지."

"금명?"

사촌의 이름이 나오자 이번에는 금청아가 코웃음을 쳤다.

"하, 정말 대단도 하시지. 아직껏 부마를 가문에서 내는데 연연한단 말이야? 장공주가 좋긴 하네. 진작 시집가서 진진히 뒹굴었을 텐데, 여차하면 서방도 바꿔 치울 수 있고 말이야. 되레 현희부에서 감사 인사라도 받아야 할 판일세."

"네가 속살거린 헛소문으로 인해 현희부에는 균열이 생겼지. 고모는 그 틈새에 금명을 밀어 넣으려는 생각이고. 명문 금가의 적녀인 네가 이런 지저분한 짓을 벌이는 이유야 어쨌든, 고모 본인의 목적을 위해 눈감아 주고 있다는 뜻이란다."

"정말 혀가 길어지셨네요, 귀비마마. 이게 후궁식 화법인가?"

"적당히 하란 말이다."

금 귀비의 목소리가 고요하게 내전 안을 갈랐다.

"현희장공주의 명예가 지나치게 떨어져 회복이 어렵게 되면, 금명을 현희부에 밀어 넣기 곤란해지. 핏줄을 부마도위로 삼아 든든하게 하려는 셈인데 오쟁이 진 사내 꼴이 나면 역효과이니까. 알겠니?"

금청아는 가름하게 눈을 치켜뜬 채 언니를 노려볼 뿐이었다.

"태후께서는 너를 귀엽게 여기시지만 금명만큼은 아니야. 당연하지. 그 애는 사내고, 넌 아니거든. 그 애는 황실 송씨 혈통에 고모의 피를 섞어 줄 수 있지만, 너는 그럴 수 없거든."

금 귀비는 우아한 표정으로 칼날처럼 내뱉었다.

"그러니 고모의 환대를 착각하여 주제를 넘지 마라. 은가와 연을 맺는 것보다도 현희장공주가 금명의 씨를 받아 황족을 생산하는 것이 훨씬 태후께는 중요하니까. 게다가, 이러니저러니 해도 현희장공주 역시 태후의 양딸이란다. 딸의 체면을 손상하는 일은 그 어미의 뺨을 때리는 일이나 매한가지. 과하지 말라는 소리, 알아듣겠니?"

높낮이도 없다시피 뱀처럼 말을 이어 나간 후, 금 귀비는 자신을 노려보는 동생을 똑바로 응시했다.

"자, 맛보아라. 온헌궁 부엌에서 갓 쪄 낸 간식이니 안심하고."

"거지같이 생겼는데. 우리 집 개도 안 먹겠어. 후궁에서 만드는 간식 수준이 이것밖에 안 돼?"

금청아의 말대꾸에 소월이 기다렸다는 듯 끼어들었다.

"아가씨, 말씀을 가려 하십시오. 폐하께서 즐기시는 음식입니다."

순간 금청아가 한 방 먹었다는 생각에 짜증스러운 표정을 지었다.

금 귀비는 킬킬 웃었다.

"억지로 먹여 주랴?"

"됐어!"

금 귀비가 아까 손대지 않은 접시를 소월이 청아의 상으로 옮겨 주었다. 갓 쪄 내 따끈따끈한 것을 내어 줄 수도 있었지만 그럴 가치도 없었다. 금 귀비는 무떡을 입에 넣는 동생을 유심히 관찰하였다.

"토하겠네!"

과연 예상과 한치도 다르지 않았다. 한 입 씹기가 무섭게 접시도 아니고 내전 바닥에 뱉어 버리는 꼴이란. 금 귀비는 눈썹 하나 까딱하지 않고 동생의 패악을 응시했다.

"도대체 뭘 먹는 거야?"

"무떡이란다."

"끔찍해. 차라리 비상을 먹여도 저것보단 낫겠네."

"은가는 검소하게 생활하기로 유명한데, 이런 네가 거기서 사흘이나 버틸지 모르겠구나."

은가에 대한 이야기가 나오자 금청아의 눈빛이 달라졌다.

"소녀가 사흘을 버티든 삼십 년을 버티든 마마와 무슨 상관일까요? 친동생을 두고 서녀인 고모의 편을 들지를 않나, 이제는 피도 안 섞인 은가의 편을 들기까지 하니, 이게 무슨 장난인지?"

금 귀비는 은룡에게 별반 관심이 없었다. 은룡이야 제 누이의 연적이니 그녀를 증오하겠지만 말이다. 하지만 주의가 깊은 금 귀비가 딱 한 번 은룡에게 관심을 기울인 적이 있었다. 바로 급병에 쓰러졌던 황제가 쾌차하던 날이었다.

공 의원을 불러다 치료한 금 귀비의 공을 꺾으며 하던 말이 무엇이었던가? 그 새벽에, 현희부에서 사람이 와 장공주와 부마의 제사인지 의식인지를 전해 주었다고? 그래서 황제가 나았으리라 확신하고 달려 왔다고?

말도 안 되는 소리였다.

'사람을 보낸 게 아니라, 장공주나 부마가 미리 지시해 둔 것이겠지. 어떤 연유로든 폐하가 쾌유하시면 공을 빼앗으라고.'

지난 일이니 잃은 공이야 넘어간다 쳐도, 은룡의 태도는 곰곰이 따져볼 만했다. 황후의 동생인 그가 어려서부터 장공주를 연모해 왔음은 궁에서 모르는 사람이 없었다. 그래서 장공주가 병환 중에 예상치 못한 사내와 혼인한 이래, 은가에 매파를 집어넣은 집안이 얼마나 많던가.

'장공주는 이미 다른 사내의 아내가 되었어. 그런데도 부르면 오고 가라면 가는 꼴이 기이하다. 집안에서도 적잖이 혼인에 대한 압박을 주고 있을 텐데, 이대로 수절이라도 하겠다는 건가?'

그게 아니라면.

금 귀비는 낯빛 하나 변하지 않은 채 말했다.

"네가 어디에 시집가든 말리지 않을 것이다. 계집으로 태어나 아비도 부군도 자식도 택할 수 없으니, 못자리라도 제 손으로 골라야지. 몇 번째 말하지만, 정도만 지키라는 말이다."

"아까부터 자꾸 정도를 지키라고 하는데, 한번 물어보지요. 내 어디가 선을 넘었다는 말이야?"

"현희부에 외간 사내들이 드나든다, 녹보석의 출처가 의심스럽다. 거기까지는 썩 나쁘지 않지. 듣는 이들이 상상력을 덧붙여 까부는 것이야 네 책임이 아니니. 하지만 남첩을 여럿 거느리고 있다든지, 심지어 사내질에 정신이 팔려 오랑캐까지 치마폭에 들였다느니 하는 이야기는 위험하지."

"그건―"

"네 소관이 아니라고 하지 마라. 특히 오랑캐 첩 이야기는. 녹보석과 엮어서 아주 근사하게 앞뒤가 맞더구나. 그렇다면 네 작품이 틀림없지."

"흥."

발을 빼 보려던 금청아는 빠르게 인정하고 태세를 바꾸었다.

"아니, 아예 없는 소리를 꾸며 낸 것도 아니잖아? 언니도 말했다시피 앞뒤가 지나치게 잘 맞아 들어가. 암시장에서 오황자의 녹보석을 강로마와 맞바꾼 미남자가 있다? 그런데 그 녹보석이 장공주의 요대에 달려 있다면? 어디, 다른 경로가 또 있겠어? 결국 장공주의 실수야. 현희라는 이름이 아깝지, 뒤가 구리게 무슨 짓을 하고 다니는지.”

“그건 네 알 바 아니지.”

“하, 장공주는 대놓고 황후 편에 섰는데, 언니는 고것도 시누이랍시고 편을 드시나?”

“기도위를 압박하려는 게 계획이겠지만, 몰아가는 것도 작작 해야지. 쥐도 궁지에 몰리면 고양이를 무는데, 장공주는 기도위의 약점 그 이상이니까.”

“언니한테까지 그런 말 듣기 싫어!”

금청아가 버럭 짜증을 냈다.

“국태부인은 거의 넘어왔어. 사실 이미 혼약을 맺고 진행하고 있어야 하는 단계야. 그런데 기도위 본인이 버티고 있는 거라고. 만일 그의 약점이 장공주라면 나야 반갑지. 그가 직접 찾아와 빌게 만들면 되니까. 나와 혼인하지 않으면 그 소중한 첫사랑이 어디까지 바닥에 떨어질지, 스스로 깨닫게 될 거야.”

“겁간과 다르지도 않군. 대단한 인재가 나셨어.”

“할 수만 있다면 그깟 겁간, 진작에 했어. 흥, 어차피 내 부군이 되기만 한다면 다 끝나. 몰아붙일 때 확실히 몰아붙여야지.”

“그래서 기도위가 너를 아껴 줄까? 빈 전각에 가둬 두고 평생 보지 않을 수도 있는데.”

“폐하께서 언니를 이렇게 호의호식시켜 주는 것을 보면, 꼭 그럴 것 같지도 않네.”

“아가씨!”

소월이 새된 목소리로 꾸짖었다. 하지만 금 귀비는 조용하게 손짓으로 그녀를 물렸다.

“여기서 마무리하지. 나는 네 수작에 무관하다. 알겠니? 이 모든 소란은 네가 벌인 일이란다."

"아하, 그렇게 발을 빼시려고 굳이 부르신 거로군?"

금청아가 입이 찢어져라 미소 지었다.

"장공주의 녹보석이 어디서 왔는지 궁금하면 암시장으로 가던 것이 마마 이심을 잊지 마시지요. 어리석은 소녀가 이런 지혜를 어디서 얻었겠습니까?"

그리고는 입 안에 남은 맛조차 역겹다는 듯 침을 뱉더니 자리에서 일어난다. 물러간다는 인사도 없이 도도하게 몸을 돌리고 나가 버리니, 그 모양새에 소월이 질렸을 정도였다.

"마마, 아가씨께서 날이 갈수록 심해지십니다. 그나마 마마께서 사가에 함께 지내실 때에는 이 정도는 아니었는데⋯⋯."

"부친께서 오냐오냐한 대가지. 저 자리나 치우거라."

금 귀비는 혀를 찼다. 도저히 말이 통하지 않아 선을 긋기는 했지만, 금청아의 말마따나 누가 보아도 자신이 그녀를 부추겼다 여길 상황이었다.

"기껏해야 장물 매매 정도의 사소한 일일 줄 알았지. 이런 대어가 낚일 줄은⋯⋯."

대어도 대어 나름. 자칫하다가는 낚기는커녕 되레 물속으로 끌려가기 십상이다. 은룡을 몰아가려는 생각으로 현희부 남첩 소문을 부풀고 있다만, 만일 정말로 그가 남첩 비슷한 무언가라면? 그때는 가문과 가문을 넘어서 황실마저 칼을 들고 해결해야 할 파란이 일어날 것이다.

금 귀비가 미끄럽게 말했다.

"소월. 명심해라. 온헌궁 궁인 누구도 현희부에 관련된 헛소리를 입에 내서는 안 된다. 들어서도 안 되고. 다른 궁인들이 수군대는 근처에 있기만 해도 귀를 잘라 버릴 것이니, 똑바로 처신하도록."

"예, 귀비마마."

금청아가 성공을 하든 실패를 하든 알 바 아니었다. 따지자면 성공하는 편이 금 귀비에게는 이득이었다. 하지만 어쨌거나 빠져나갈 구멍은 만들어

놓아야지 않겠는가.

기온이 점차 내려가고 있었다.

화로에 탄을 받으러 돌아다니는 궁인들이 늘었다. 그리고 불씨처럼 장공주에 대한 소문은 퍼져, 결국 황제에게까지 들어갔다.

* * *

화영은 좀처럼 깊게 잠들지 못했다.

날이 선선함을 넘어 쌀쌀해져서인지, 점차 떨어져 가는 낙엽이 쓸쓸해서인지. 눈을 감아도 잠에 쉽게 빠질 수가 없었다.

생각이 너무 많았다. 두서없이 과거의 편린들이 떠올랐고, 그때 느꼈던 감정들이 가슴을 어지럽혔다. 애써 몸을 뒤척이며 기분을 전환하려 하면 이번에는 불확실한 미래에 대한 불안이 덮쳐들었다. 그녀가 상상할 수 있는 최악의 상황들이 기다렸다는 듯 머릿속 무대에 올라와 열연을 펼쳤다. 머리 비우는 것을 포기하고 차라리 생각할 소재를 골라 보려고 했지만 소용이 없었다. 즐거운 기억과 슬픈 기억은 완전히 별개가 아닌지라 복잡함만 더해 줄 뿐이었다.

용중사에서 듣던 소쩍새 울음소리, 부엉이의 투덜거림, 풀벌레 소리. 그걸 떠올리는 순간 어린 은룡의 모습도 함께 무대에 올랐다. 작고 연약하던 소년. 생기 없는 뺨에 무리한 홍조를 걸치며 헐떡거리고, 그렇게라도 자신을 따라 함께 놀려던 아이.

은룡에게는 온통 미안한 일뿐이었다. 이럴 줄 알았다면 어렸을 때 조금 더 잘해 줄 것을. 덜 괴롭히고, 더 상냥하게 대해 줄 것을. 그에게는 해 준게 없었다. 온통 받기만 했다. 이럴 줄 알았다면, 이렇게 될 줄 알았다면…….

안 돼. 지난 일을 떠올리는 건 무의미해. 기분을 전환하러 내일은 말이나 탈까.

생각을 바꾸었지만 동시에 맹타안의 목소리가 귓가에 속삭였다.

-돌아올 거요. 내가 원해서 하는 약속이오.

부질없는 소리. 지금쯤 어디에 가 있을까?

그가 현희부를 떠나고 시일이 꽤 흘렀다. 그렇지만 남려의 영토가 광활하니 아직도 강로 초원에 닿기는 멀었겠지. 낮에는 쉬고 밤에만 달린다니, 이렇게 추운 시기에.

그가 따뜻한 옷을 가지고 있던가? 모피로 만든 피풍의나 두꺼운 전포를 챙겼을까? 기억 속의 그는 항상 말쑥하고 잘 꾸민 비단옷의 미남이었다. 반짝이는 금빛 머리카락.

아니야, 아니. 이런 생각 말고. 흐릿해지려다가 다시금 정신이 수면 위로 돌아왔다. 들락 말락 어지럽던 잠기운이 사라지고, 또다시 괴로워졌다.

침상 곁에는 침혜가 놓은 화로가 몇 개나 있었고, 금침 안에 뜨거운 물을 넣은 탕파도 있었다. 요사이 피곤해 보이는 화영이 풍한이라도 들까 염려해서 준비한 것이었다. 당연히 지창은 모두 닫혀 있었다. 곧 그 위를 두툼한 방장으로 덮어 초겨울의 냉기를 막게 되리라. 그러나 지금은 괜찮았다. 화영의 침소는 춥기는커녕 훈훈한 기운이 맴돌았다.

그런데도 까닭 없이 손발이 차가웠다. 몸을 뒤척일수록 냉기가 커졌다. 누군가 곁에 있어 주었으면. 누군가 내 손을 꼭 잡아 주고, 따뜻한 가슴을 빌려주었으면. 어린애도 아니고 부끄러운 욕심임을 알았다. 그래서 차마 내색도 하지 못했다. 안 그래도 그녀의 품행이 여기저기서 오르내리며 소문에 소문이 덧붙고 있었다. 침혜나 주아에게 부탁해서 함께 자자고 한다면 지금보다 더 난처한 소리가 나돌지도 몰랐다.

결국 무슨 일을 해도 괜찮은 대상은 남편인 부마뿐인가.

관호를 떠올리자 심란하던 와중에도 실쭉 웃음이 튀어나왔다. 어두컴컴한 침상에서 화영은 키득거렸다. 그에게 손이 시리니 손만 잡고 같이 자 달라고 부탁하는 상상을 하자, 끔찍하게 웃겼다. 생각만으로도 민망해서 손가락이 곱아들 것만 같았다.

그러면서도 한편으로는 묘하게 안심이 들었다. 만일 화영이 그렇게 부탁한다면 관호는 거절할 사람이 아니었다. 분명 알겠소, 대답하겠지. 그리고 정말로 그녀의 차가운 손을 녹여 주며 고요히 곁을 지킬 것이다…….

잠에 드는데 걸리는 시간은 길었고, 수면의 깊이도 얕았다. 아침에는 시녀들이 깨우는 것보다 일찍 깨어나서 뒤척이다가, 다시금 잠들어 정작 기침할 시간에 정신을 차리지 못할 때도 잦았다. 그래서 이날만은 그러지 않으리라 결심했다.

날이 추워질수록 새벽은 어두웠다. 온통 푸르스름한 너울로 둘러싸인 듯한 서늘함에 화영은 잠에서 깨어났다. 어쩌나 주위가 검푸른지 심해에서 눈을 뜬 것 같은 기분까지 주었다. 밤새 열심히 타오르던 화로 속 탄들은 희게 변했고, 마지막 미약한 온기만 내뿜고 있었다. 다시 눕고 싶다는 마음이 들었지만 고개를 저었다. 화로를 넘어뜨리지 않도록 조심하며 침상에서 내려왔다.

촛대 하나에 불을 밝히니 어두웠던 시야가 확 밝아졌다. 갑자기 그녀의 처소에 불빛이 비치자, 불침번을 서던 바깥의 시녀들이 조심스레 문을 두드리며 기침을 확인하였다. 화영은 그녀들의 시중을 물렸다. 따뜻한 죽을 올리겠다는 것도 거절했다. 더듬더듬 옷 함을 열어, 만들어 두기만 한 평복을 찾아 입었다.

연한 회색에 흰 허리. 용중사에서 입고 자랐던 무채색의 법복들을 떠올리게 하는 색이었다. 혼자 입기도 쉬웠다. 경대를 찾아 빗을 들었다. 간밤에 뒤척이느라 흐트러진 머리를 두어 번 빗어 내리자 준비가 끝났다.

화영은 정원으로 나섰다.

피풍의를 걸칠 걸 그랬다. 새벽이 풍기는 냉기에 오소소 몸이 떨렸다.

몇 년 전만 해도 한겨울 새벽에도 무서울 것 없이 뛰쳐나오곤 했다. 쌓인 눈 위로 사슴처럼 펄쩍대며 달려가 아침 공양을 하러 굴러다녔다. 그렇게 뛰다가 다친다, 하는 오빠의 목소리가 지금도 생생했다. 오빠는 좀처럼 뛰는 법이 없었다. 언제나 차분하고 품위가 있었지. 정말 혈통이라는 게 있는 걸까. 그렇다면 황실의 우아함과 품격은 죄다 오빠에게 간 게 분명했다. 화영은 피식 웃었다.

이슬이 맺힌 풀밭 위로 들어가자 신발이 젖었다. 화영은 어깨를 움츠리며 양손으로 팔을 쓸었다. 그렇지만 회색으로 고요한 이 순간의 정취가 좋았다. 온 세상이 멈춘 것만 같은 적막함이, 회색과 푸른색으로 뒤덮인 나무와 키 작은 덤불들이, 어스레하게 낀 안개로 덮인 담 너머가 말로 표현하지 못할 그리움을 주었다. 이대로 굽이굽이 돌아가다 보면 어스름 속에 불을 밝힌 대웅전이 보일 것 같았다. 향냄새. 새벽 예불이 끝나 가는 소리. 외삼촌과 오빠를 기다리며 돌계단에 앉아 있던 시간들.

그때는 이런 삶이 기다리고 있을 줄 알지 못했다.

하루아침에 천지가 뒤바뀐 삶. 가장 낮은 곳에서 가장 높은 곳으로. 사생아에서 황제가, 그리고 장공주가 되기까지.

'괜찮아.'

화영은 호, 하고 입김을 불었다. 창백한 대기 속으로 흩어지는 체온을 바라보며 마음을 다잡았다.

'괜찮아. 가족은 내 편이니까. 장공주라는 지위와 명예도, 현희부라는 호사도, 결국 나중에 주어진 것뿐이야. 원래부터 내 것은 아니었어. 하지만 가족은 아니야. 가족은 변하지 않아.'

오빠. 화영은 핏기 없이 눈을 감고 있던 주영의 모습을 떠올렸다. 그랬다. 오빠를 구할 수 있다면 무엇이든 할 수 있었다. 그래서 감당한 일이었다. 각오한 일이었다. 부끄러울 것 없었다. 부끄러워 하고 싶지 않았다.

'세상 모두가 의심하고 비난한다 해도, 내 가족만 믿어 준다면 참을 수 있어.'

화영은 높은 담 너머의 하늘을 응시했다.

그녀가 추측했던 것보다 아침에 가까운 시간이었던 걸까. 축축하던 안개의 흐름이 엷어지고, 창백한 흰 빛과 수레국화 같은 푸른빛이 뒤섞여 동쪽

하늘 끝을 물들이고 있었다. 태양이 나올 왕도를 준비하듯 새들이 날아올랐다. 그러다가 급히 하강하여 각기 찢어진 채 사라져 버렸다.

별안간 설명할 수 없는 예감이 화영을 덮쳤다.

그리고 뒤를 돌았을 때, 그녀는 자신과 너무도 닮은 눈을 마주쳤다.

오빠가 거기에 있었다.

놀라움보다 반가움이 앞섰다. 화영은 자신도 모르게 한 걸음 앞으로 나섰다.

"오빠……!"

눈앞의 주영은 남려의 황제 폐하가 아니라 그녀의 오빠처럼 보였다. 용포 대신 무늬 없는 남색 옷에 가죽 허리띠를 둘렀고, 면류관 대신 옥으로 된 속발관으로 머리를 틀었다. 화영에게 찬찬히 오빠를 관찰할 여유가 있었다면 그것이 기도위 복식임을 알아봤을 것이다.

하지만 모든 색과 윤곽이 흐려지는 동틀 녘이었고, 그녀의 마음은 흔들리고 있었다. 황제의 의복을 하지 않은 주영이 너무도 오랜만이라, 용중사에서 그녀를 마주 보며 빙긋 웃어 주던 쌍둥이 오빠로만 보였다.

"언제, 아니, 여기 어떻게 왔어?"

곁에서 떨어지지 않고 시중을 들며 따라붙는 태감도 상궁도 없었다. 황제를 받들어 지키는 근위대도 보이지 않았다.

혹시 오빠도 내 마음을 알고 찾아온 걸까? 나를 위로해 주려고?

그렇게 생각하니 감동과 기쁨으로 눈물이 날 것만 같았다. 쌍생아는 멀리 떨어져서도 서로의 마음을 읽는다더니 풍문이 거짓이 아니었나 보다. 화영은 반가움을 숨기지 않고 주영에게 서둘러 다가갔다.

그때였다.

"긴히 할 말이 있어서 왔다."

주영이 입을 열었다. 초조함과 긴장으로 인해 갈라진 목소리였다.

오빠답지 않은 음성에 순간 화영이 발을 멈추었다.

"나는 여기 있어서는 안 돼. 머리가 아프다고 조회를 빼고, 변장까지 해서 홀로 나온 길이다. 이래서는 안 되는데. 이건 옳지 않아. 나는 남려를 위험에 빠뜨리고 있어."

"오빠?"

둥그렇게 커진 화영의 눈에 주영은 시선을 피해 버렸다.

도저히 누이를 똑바로 볼 수가 없었다. 아직도 가슴이 쿵쿵 뛰었다. 어제 저녁 태후의 갑작스러운 방문 이후로 내내 그러했다.

진작 이혼을 시켰어야 했는데!

태후가 꺼내 놓은 이야기란, 현희부에 얽힌 소문은 끔찍하고 치욕스러운 것이었다. 그의 여동생에게 그런 불명예가 있어서는 안 될 일이었다. 하지만 태후의 앞이었다. 놀라움과 불쾌함 이상의 감정을 드러낼 수는 없었다. 실은 주영 그가 시작한 일이라고, 누이를 살리기 위해 세 명의 부마를 붙였다고 어찌 밝히겠는가. 그러니 필사적으로 반응을 억누르며 태후가 제시하는 해결책을 경청하는 척해야만 했다.

-이혼만이 답입니다.

-어마마마.

-공주는 반대하더군요. 하지만 황상은 아실 것입니다. 관 부마는 부마도 위에 어울리는 사람이 아니에요. 궁중 법도에 무지하고 예법에도 관심이 없지 않습니까.

-하지만 관 부마는…….

-설령 장공주가 다소 병약하고 세상 이치를 잘 모른다 해도, 명문가 태생의 부마가 바깥일을 잘 처리하였다면 이런 소문은 돌지 않았을 것입니다. 장공주를 보살피면서도 현희부를 개방하고, 종종 손님을 초대하고, 연회를 벌이며 현희부의 이름을 드높였겠지요.

-그는 선황의 의형제의 아들입니다. 선황의 은인이기도 하고요. 그보다 큰 공을 세운 가문이 어디 있겠습니까?

-태생이 중점이 아닙니다, 황상. 관 부마는 장공주 핑계로 현희부를 닫아

걸고 소일하고 있습니다. 그래서는 안 되지요. 부마도위의 녹을 받으면서, 어림도 없는 일 아닙니까. 따져 보면 모두 그가 맞지 않는 자리에 있기에 벌어진 소란입니다. 해결책은 하나뿐임을 이시지 않습니까.

태후의 말이 옳았다. 비록 태후는 자신의 조카를 부마로 지지하고 있었지만, 명문가 출신 부마는 이미 현희부에도 하나 있지 않은가. 매일 황후의 얼굴을 볼 때마다 드리운 수심이 깊어지는 것이 확연했다. 이제는 결단을 내릴 때였다.

절대 떠나지 못하겠다고 버티던 엽혁 세자가 제 발로 사라졌고, 남은 것은 관호와 은룡뿐이다. 관호만 순순히 물러나 준다면 모든 일이 해결된다. 은룡과 정식으로 혼인하여 현희부를 개방하면 된다. 은룡의 벼슬을 높여 준다면 현희부에 머물며 집안일에 신경 쓸 시간도 늘어나겠지. 그러면 화영은 골치 아픈 손님 접대나 사병 훈련 따위에 골머리 썩지 않아도 된다. 은룡이 도맡아서 기쁘게 해결해 줄 테니까.

그것이 주영이 밤새 고민하며 내린 결정이었다.

"오빠, 요즘 아침이 얼마나 추운데 뭐 걸치지도 않았네. 들어가서 차라도 마실까?"

주영의 심기를 살피던 화영이 머뭇거리다 웃으며 제안했다.

"빨리 이야기하고 돌아가야겠다. 내가 몰래 황궁을 나왔다는 사실이 밝혀져서는 안 되니까."

"아⋯⋯."

분위기가 어색해졌다. 여전히 모든 것의 경계가 흐렸다. 뒤죽박죽이었다.

"여기까지 어떻게 왔어?"

"말을 타고."

화영의 제안을 지나치게 단호하게 잘랐다 싶었는지 주영이 다소 부드럽게 대답했다.

"청지기가 들여보내 줬어? 오빠가 누군지 어떻게 알았지?"

"우리가 괜히 쌍생아가 아니니까. 눈치가 빠른 하인이더구나."

답을 끝낸 주영이 짧게 숨을 골랐다. 화영이 애써 다정한 화제를 꺼내기 전에 빠르게 결판을 봐야만 했다.

"화영, 내 동생아."

주영과 화영의 눈이 그제야 마주쳤다. 누구보다도 닮은 듯하면서도 그렇지 않은 눈. 어려서는 거울을 보듯 했으나 자라나며 달라진, 이제는 그 차이가 피할 수 없이 선명해진 쌍둥이 오누이의 눈이었다.

"자세한 이야기는 않으마. 너도 다 알고 있다고 들었으니. 나도 어제 태후께 전해 들었단다. 그 소문에 대해."

"오빠, 그건-"

"길게 말하지 않겠다. 입에 올려 보았자 너만 체면이 상하니까."

"체면이…… 상한다고?"

화영이 당황한 기색을 보였다.

"그건 그냥 헛소문이야. 누군지는 모르겠지만 나를 음해하려는 헛소문. 그게 진실이 아니라는 걸 나도 알고 오빠도 아는데, 왜 그 얘기를 하면 내 체면이 상한다는 거야? 왜 그렇게 얘기해?"

"중요한 건 그게 아니야."

주영이 단호하게 말을 끊었다. 그리고 새벽같이 현희부에 달려온 목적을 밝혔다.

"관 부마와 이혼하거라."

"뭐?!"

화영의 목소리가 커졌다. 비명처럼 날카로운 되물음이었다. 새벽잠에 젖어 있던 새들이 나무에서 튀어나와 담 밖으로 사라졌다. 탁 트인 후원이 아니었다면 여기저기서 놀란 하인들이 달려 나왔을 법한 소리였다.

"목소리를 줄이렴. 소란은 피하고 싶구나."

"오빠, 오빠마저 그게 무슨 소리야? 갑자기 이혼이라니? 정작 내가 원할 때는 넘어가 놓고, 이런 힘든 때에 신의를 배반하라고?"

"관 부마에게 입은 은혜는 평생 갚을 거다. 이미 하주에 있는 그의 식구들에게 큰 상을 내렸지 않니. 매년 비단과 쌀을 보냈고, 앞으로는 두 배 세 배로 더 보내도록 할 것이야. 그 누이들이 시집을 갈 때가 되면 지참금도 마련해 주리라 약속했단다. 이 정도면 그가 액막이 혼인으로 너를 살려 준 대가는 충분히 치르는 셈이지. 나를 위해 기도했던 일도 물론이고."

"아냐, 오빠, 그건―"

반박하려던 화영이 멈칫 말을 멈추었다. 주영은 차근차근 이야기를 계속했다.

"현희부를 열어 교류하는 것만이 지저분한 소문을 가라앉힐 방법이다. 헌데 지금 같은 상황으로는 불가능해. 관 부마와 이혼하고, 은 기도위와 혼인을 올리자꾸나. 그러면 모든 것이 해결되지. 당장은 유언비어가 쏟아질지 몰라도, 장기적으로 보면 결국 승리는 이쪽이 될 거야."

"……그 이야기는 태후께서 이미 하셨어. 추천하는 대상은 달랐지만."

화영이 고개를 돌렸다. 주영은 눈가를 찌푸렸다.

오빠의 말이라면 무엇이든 잘 따르던 아이였다. 차라리 외숙의 꾸짖음은 한 귀로 흘리더라도, 오빠가 하는 소리는 의심 없이 믿고 좋아했다. 그래서 이번에도 쉽게 설득할 수 있으리라 믿었는데. 느낌이 좋지 않았다.

"금명에 대해서는 신경 쓰지 말거라. 어마마마의 욕심이니. 금명 본인은 욕심이 없고 명철한 인재이니, 짐의 눈 밖에 나면서 무리하지 않을 거야."

"그렇게 말하니 정말 황제 같다."

"오라비를 비꼬는 것이니?"

"……그런 건 아냐. 그렇게 들렸으면 미안해."

이상한 일이었다. 말썽꾸러기였지만 심성이 착하고 따뜻한 여동생이었다. 그런 아이가 하나뿐인 친혈육인 오빠에게 날을 세우면서까지 이혼에 망설이는 이유를 이해할 수가 없었다.

불길한 예감이 들었다. 그것은 누이를 어린 소녀가 아닌, 완연히 성장한 여인으로 상정하자 더욱 치명적으로 커지는 불안함이었다.

현숙한 공주라 하시더니, 부마로도 모자라 여러 사내를 들이고 문란하게…… 오랑캐마저 치마폭에 들이고 재미를 본다더라…… 현희부 밖으로 나오지 않는 것도 당연하지, 종일 이놈 저놈 침상에 들이는데 시간이 있겠느냐…….

역겹기 짝이 없던 모함들이, 소름 끼칠 정도로 설득력을 지녀 버린다.

"관 부마와의 이혼을 망설이는 이유가 있더냐?"

"뭐?"

"혹시 너와 그의 관계에, 내가 아는 그 이상이 있는 것이냐?"

말라붙은 입으로 물었으나 대답이 돌아오지 않았다.

곧 죽어도 할 말은 있을 아이라고, 물에 빠져도 입만은 동동 뜰 아이라던 동생이 아무 말도 하지 못하고 있었다.

화영의 얼굴이 백지장처럼 새하얗게 변했다. 커다란 눈은 안쓰러울 정도로 검게 가라앉아, 벌벌 떨고 있는 것이 보였다.

"오빠……."

가까스로 입술을 연 화영이 떨리는 음성으로 주영을 불렀다.

거기서 이미 끝난 일이었다.

주영은 누이가 저렇게 자신을 부르는 이유를 알았다. 잘못을 저지르고, 그 잘못을 고백할 때. 숨겨 두었던 비밀을 털어놓을 때의 목소리였다.

코라도 얻어맞은 듯 안면이 얼얼했다. 차마 동생을 보고 있을 수도 없어, 주영은 몸을 옆으로 틀었다.

"오빠, 사실은……."

"거기까지. 거기까지만 해라."

"아니야, 들어봐. 사실은, 사실은 그게."

"어떻게 그럴 수 있어!"

화영이 놀라 숨을 집어삼키는 소리가 들렸다. 하지만 주영의 마음은 충격과 배신감으로 엉망이었다.

언제까지고 착하고 순진한 누이일 줄 알았는데. 제 입으로 가짜 혼인이다, 당장 이혼하겠다고 우기던 사내와 야합하다니. 지금 퍼진 끔찍한 유언비어 속에 일말의 진실이 있었다니. 믿을 수가 없었다.

"제정신이냐? 어찌 네가 그럴 수가 있어! 정식으로 한 혼례도 아닌데, 그 사이에 정을 통해? 그럴 수는 없어. 내가 너를 그렇게 가르쳤단 말이냐!"

"아니야! 오빠가 생각하는 그런 게 아니란 말이야!"

절망으로 거칠어진 주영의 노화에 맞서 화영의 목소리도 찢어질 듯 커졌다.

"그러지 않으면 오빠가 죽었을 거라고! 난 오빠를 살리려고 했던 거야! 오빠를, 살리려고 그랬던 거라고……!"

숨기고 또 숨겼던 비밀이 이렇게 드러나고야 말았다.

화영은 모든 것을 밝혔다.

핏기가 사라진 얼굴로, 어느 때보다도 커진 눈으로, 벌벌 떨면서.

화영의 고백을 들으며 주영은 아무 말도 할 수가 없었다. 선 채로 굳어 버려 다시는 움직이지 못할 것만 같았다.

"관 부마 하나만도…… 아니라고?"

주영의 음성이 엉망으로 깨졌다. 애초에 액막이 혼인이 제대로 이루어지지 않았고, 그래서 화영 몫의 불운이 자신에게 찾아온 거라는 말도, 이 사실을 눈치챈 화영이 자신을 구하기 위해 세 명의 액막이 남편들과 잠자리를 가졌다는 말도 도저히 받아들일 수가 없었다.

주영의 뺨으로 뜨거운 눈물이 쏟아졌다. 그는 비틀거렸다. 지나친 충격에, 상상조차 해 본 적 없던 비참한 사실에 쓰러질 듯했다. 그가 중심을 잃자 화영이 기겁하여 달려왔다. 주영은 화영의 손을 거부했다. 그와 마찬가지로 누이의 손도 눈물에 젖어 있었지만 그마저 끔찍하게 느껴졌다.

"차라리 내가 죽었어야 했다."

중심을 잡지 못해 몸을 숙였다. 그리고 힘겹게 양 무릎을 짚은 채 호흡하며 주영이 중얼거렸다.

"네가 그런 수모를 겪게 하느니, 내가 죽었어야 해."

"내가 오빠가 죽게 놔뒀어야 한다고, 그렇게 말하는 거야……?"

"그래!"

고함을 내지르자 머리가 울렸다. 머릿속을 토해 내고 싶을 정도로 메스 거렸다. 여동생의 발이, 아침 이슬에 젖은 회색 치맛단이 주춤주춤 멀어지 는 것이 곁눈으로 보였다.

"난…… 각오를 했어."

화영의 목소리가 작아졌다.

"가족이 우선이니까. 오빠가 내게 유일한 가족이니까…… 오빠도 나를 살리기 위해서라면 뭐든지 했을 테니까…… 그래서 부마를 셋이나 구해 준 거니까……."

"인간 부적을 들인 것과 그자들과 동침하는 것은 전혀 다른 문제다!"

언제나 온화하던 주영의 절망이었다.

"네가 사내를 셋이나 받는 굴욕을 당해야 내가 살아난다고, 어째서 말하 지 않았니! 그랬다면 나는 진작 너에게 양위라도 하고 죽음을 준비했을 거 다. 세상에, 어찌 오라비가 되어 누이를 팔아먹고 목숨을 부지하게 되었단 말인가. 이럴 수는 없어. 이럴 수는……."

뒷걸음질 치던 화영의 발이 멈추었다.

"……오빠도 후궁들이 있잖아."

"……뭐라고?"

"나는 수모를 겪지 않았어. 굴욕을 당한 것도 아니야. 나는…… 오빠를 구했어."

"아니야. 너는 나를 살리려고 치욕을 감내한 거다. 가여운 것, 너는 회피 할 수 있을지 몰라도 나는 그럴 수가 없음을 어째서 모르니! 돌아가신 어머 니와 선황을 어찌 뵐까. 무슨 낯으로, 내가……."

끝내 주영은 풀밭 위로 쓰러졌다. 짐승처럼 엎드려 통곡하기 시작했다.

가을의 끝머리에서 죽어 가는 풀들을 움켜쥐고 몸을 흔들며, 무릎을 흙으로 더럽히며 그는 수치심과 죄책감으로 울었다. 목구멍 깊은 곳에서부터 탄식이 걷잡을 수 없이 터져 나왔다.

하나뿐인 누이를 지키지 못했다! 옥구슬처럼 소중하게 보살피고 좋은 배필을 만나게 해 주려 노력했는데, 모두 엉망이 되어 버렸다! 황위가 다 무엇이란 말인가! 이런 부끄러움을 어찌할 수 있을까!

화영의 회색 치맛자락은 한동안 움직이지 않았다. 그러나 주영이 고개를 들었을 즈음, 그녀는 사라져 있었다.

* * *

여기서 벗어나고 싶었다.

어디로 가든 높은 담과 화려한 전각이 길을 막았다. 그녀의 것이 아니었다. 오빠가 준 것들이었다. 내 집이라고 생각했는데, 내 소유라고 생각했는데. 착각은 얼마나 허망한가. 오빠는 여전히 황제였지만 오빠의 말 한마디에 화영은 존귀한 장공주였다가 치욕을 당한 어리석은 여자가 되어 버린다.

운명의 주인은 자기 자신이라고 믿었건만 사실이 아니었다. 용과 봉황은 함께 난다지만 인세의 규율은 오라비와 누이 사이를 칼같이 잘라 상하를 나누었다. 오빠의 질책에는 피붙이로서의 슬픔뿐 아니라 통제를 실패한 지배자로서의 충격이 스며 있었다. 그것이 참을 수가 없었다. 순수한 남매간의 정이 천하의 이목과 법도에 얽매여 버린 것이다.

오빠가 황제가 아니었더라도, 죽어 가는 오빠를 살리기 위해서라면 똑같이 했을 것이다.

이 순간 과거로 돌아가게 된다 해도 화영은 똑같은 선택을 할 것이다. 하지만 오빠는 그렇게 생각하지 않는 모양이었다. 화영이 세 명의 부마와 잠자리를 가진 일을 용납할 수 없다고 한다. 차라리 오빠 자신이 죽는 것이 낫다고 한다. 항상 한마음 한뜻이라고 믿었는데 그렇지 않았다.

용중사를 벗어나 장양전과 현희부로 갈라지며 그들 쌍둥이 역시 갈라지고 말았다. 다시는 눈빛만 보고도 서로의 생각을 읽지 못할 것이다. 서로를 지키기 위해 머리보다 몸이 앞서 나서지 못할 것이다.

어쩌면 이야말로 자연스러운 이치일지도 모른다. 한 배에서 난 남매가 성장하여 각기 다른 길로 가는 것. 다른 눈을 가지고, 다른 견해를 가지고, 다른 가족을 이루는 것. 그렇지. 오빠는 이제 화영만의 가족이 아니었다. 은요와 혼인하여 새로운 가정을 가졌다. 이제 곧 아이도 생기겠지. 그러면 새로운 가족을 위해 헌신하고 제일 순위로 둘 것이다.

하지만, 그렇다면, 나는.

화영에게는 아무것도 남지 않았다.

눈물을 줄줄 흘리면서, 술에 취한 듯 비틀거렸다. 헤매던 발걸음이 인도한 곳은 우습게도 마구간이었다. 말 구유에 건초를 채우고 있던 종효가 화들짝 놀라 화영을 향해 몸을 돌렸다. 하지만 화영은 인사말 하나 건넬 여유가 없었다. 사실 종효가 있는지조차 인식하지 못했다.

휘청이면서도 억지로 똑바로 걸었다. 불투명한 시야로 즐겨 타던 암말을 필사적으로 찾으며 두 손을 휘휘 저었다. 마치 시력이라도 잃어버린 듯 위태로운 모양새였다.

가까스로 찾아낸 암말을 끌어냈다. 암말은 놀란 듯했지만 순순히 따라 나와 섰다. 벽에 걸려 있는 안장 중 손에 닿는 대로 빼내서 말 등 위에 얹었다. 그리고, 이제. 손이 어수선하게 어물거렸다. 매 보려고 하는데 마음처럼 되지를 않았다.

분명히 배웠는데.

정말로, 진짜로 배웠었는데.

화영은 몸을 옹송그렸다. 속에서부터 끅끅 끓어오르는 통곡으로 무너졌다.

맹타안에게 승마를 배우며 제일 먼저 시작했던 것이 안장을 매는 방법이었다. 썩 잘했던 것 같았다. 맹타안뿐 아니라 항상 멀찍이 있던 맹영대도 드물게 칭찬을 했으니까. 그런데 왜 지금은 기억이 나지 않을까? 제대로 매듭을 조여 묶지를 못할까?

그야 항상 누군가 미리 해 주었으니까. 말을 타고 나갈 일이 있으면 항상 완벽하게 준비한 마필이 기다리고 있었으니까. 아, 이렇게 멍청하고 바보 같을 수가 있을까! 도대체 내 손으로 할 줄 아는 일이 뭐가 있단 말인가.

스스로의 무력함에 숨이 막혀 왔다. 태후의 말이 옳았다. 지저분한 솔방울을 만지작거리는 것 외에는 도대체 재주란 게 없다. 요리를 잘하는 것도 아니고, 자수는 재앙이고, 악기도 엉망이다. 그나마 잘 배웠다고 자신하던 승마조차 정작 제일 중요한 안장조차 못 매서 쩔쩔매고 있다.

이래서야 어디로 갈 수 있단 말인가.

설령 제 손으로 안장을 매고 현희부 대문을 벗어난다 해도, 도대체 어디로 갈 수 있을까. 천하의 주인인 황제가 그녀를 부끄럽게 여기는데, 천하 어디에 몸을 의탁할 수 있다는 말인가. 용중사? 외숙이라고 믿을 수 있을까? 오빠가 저렇게 기겁할 정도라면 외숙은 어떻게 반응할까?

그러고 보니 오빠가 완치되자 외숙은 화영의 얼굴도 보지 않고 용중사로 가 버렸다. 그때에도 이상하다 싶었는데, 이제와 생각하면 배 속을 쥐어짜 듯 확실한 의심만 부푼다.

삼촌은 이미 짐작했을지도 몰라. 알아채셨을지도 몰라. 은룡은 도통 연기를 잘 못 하니까, 어려서부터 은룡을 봐 온 삼촌이니까, 뭔가 눈치챘다 해도 이상하지 않지. 그래서 가 버린 거야. 내가 꼴도 보기 싫은 거지. 오빠처럼, 내가 부끄러우셨던 거야.

힘이 풀렸다. 흙바닥에 주저앉았다. 아침 이슬로 젖었던 치맛자락이 온통 흙에 번져 지저분해졌다. 이대로는 엎어질 것 같아 가까스로 손바닥을 땅에 짚고 버텨 보려던 중이었다.

"마마!"

익숙한 목소리가, 저쪽에서부터 커지며 달려와 그녀를 붙잡았다. 침혜였다.

"아니, 갑자기 종효가 찾아와서 뭔 일인가 했는데! 마마, 왜 그러세요? 무슨 일이에요? 응? 누가 못된 장난이라두 했어요? 말만 하세요, 내가 다 두들겨 패 줄 테니까."

침혜는 자신의 소매로 화영의 젖은 얼굴을 닦아 주었다.

"세상에, 이 예쁜 얼굴이 온통 얼겠네. 홍시두 얼면 못 쓰는데, 어쩌려구 이 새벽부터 그러셔요, 응?"

왜 홍시가 얼면 못 써. 얼마나 맛있는데. 한겨울이면 오빠와 이불을 뒤집어쓰고 몰래 아껴 먹던 기억이 떠올랐다. 눈물이 제멋대로 철철 흘러내렸다. 화영은 침혜의 어깨에 이마를 묻고 엉엉 울었다.

"마마, 왜 이러실까, 응? 일어나요. 손발 죄다 흙 태배기네. 가서 뜨신 물에 씻읍시다. 그러면 다 나아질 거예요. 그리구 나서 마마 하고 싶은 대로 뭐든지 합시다. 장터에 구경이나 갈까요? 뭐 군것질거리라도 사 먹을까?"

"나, 가고, 싶어⋯⋯."

"그래요, 시장 가자. 얼른 씻구요."

"아니야, 시장이 아니라⋯⋯."

울음이 북받쳐서 말을 드문드문 내뱉을 수밖에 없었다. 답답함에 숨이 찼다. 침혜는 인내심을 가지고 화영의 등을 문지르며 기다렸다.

"어디든, 가고 싶어. 여기만 아니면, 여기가 아니면 다 될 거 같아. 용중사라도⋯⋯ 용중사라도 갈래."

"용중사요? 법사님이 보구 싶으셔서 이러시나?"

침혜가 안됐다는 목소리로 혀를 찼다.

"그 소식 못 들으셨구나. 금정 법사님은 지금 용중사에 안 계세요. 조석사루 가신 지 벌써 보름이 넘었는데요. 서신 못 받으셨어요? 두어 달은 거기 계시면서 설법을 하실 거래요. 법사님이 뵈구 싶으셔도 조금만 참으세요. 아이구, 하필 가는 날이 장날이라더니⋯⋯."

외숙은 떠나 버렸다. 변명할 기회를 주지도 않고, 그녀를 피해 사라져 버렸다. 결국 가족들 모두가 그녀를 떠났다. 그녀는 혼자였다.

화영은 침혜를 끌어안았다. 그리고 떠나가라 울기 시작했다. 영문을 모르는 침혜가 화영의 등을 두드리며 고개를 갸웃거렸다.

"아이구, 도대체 무슨 일이실까, 우리 공주님이……."

화영은 씻고 옷을 갈아입었다. 용중사 소녀가 입을 법한 회색 옷은 버려 두고 현희장공주다운 화려한 비단옷을 입었다. 붉은색에 주홍 허리띠. 주아가 내온 옷을 화영은 굳이 돌려보내지 않았다. 좋은 일에나 입을 법한 길한 색깔 아닌가. 그 역설에 웃음도 나지 않았다.

식사는 하는 둥 마는 둥 하고, 종일 우리에 갇힌 늑대처럼 빙글빙글 돌았다. 은룡이 퇴청할 시간만 기다렸다. 침혜가 바깥 구경이나 갈까요, 했지만 고개를 저을 뿐이었다. 지금 그녀의 머릿속을 채우고 있는 생각은 이전과는 전혀 다른 방식으로의 탈출 욕구였다.

은룡이 퇴청할 즈음이 되자 화영은 도저히 기다리지 못하고 대문까지 직접 나갔다. 그때 청지기 고 씨와 마주쳤다.

고 씨는 화영의 눈치를 몹시 보는 기색이었다. 처음 보는 사내를 주인과 닮았다는 이유만으로 일단 들여놓았으니 혹 꾸짖으실까 염려하는 것이다. 하지만 화영은 아무런 질책을 하지 않음으로써 고 씨를 책임에서 놓아주었다. 고 씨가 주영을 소란 없이 들여 주었기에 그의 방문은 그녀만이 아는 일이 되었다. 그녀만 되새기는 상처가 되었다.

"혹시 은 부마를 기다리신다면, 측문으로 가시는 것이 좋겠습니다. 은 부마께서 정문으로 출입하지 않으신 지 벌써 한참 되었습니다, 마마."

고 씨는 눈치가 빨랐다. 화영은 고 씨의 말을 듣고 다소 놀랐지만 아무 말 없이 고개만 끄덕였다. 그리고 화영이 노란색 피백을 흩날리며 도착하였을 때, 마침 은룡이 극도로 주의를 기울이며 측문으로 들어서는 중이었다.

"마마?"

"이리 와."

예상치 못한 화영의 마중에 은룡의 귓가가 붉어지기도 전이었다. 화영은 그의 손목을 붙잡고 질질 끌었다. 치맛자락을 몇 번이나 밟으면서도 앞장을 섰다. 은룡은 마땅히 되묻지도 못한 채 그녀의 작은 손에 잡혀 끌려갔다. 자칫 그녀보다 걸음이 앞설까 봐 보폭까지 종종 줄여 가며, 어정쩡하게 허리를 숙인 채 뒤따랐다.

화영이 은룡을 끌고 간 곳은 본채였다. 성급하게 두 칸씩 석계를 올라가는 바람에 끌려가는 은룡의 심장이 몇 번이나 걱정으로 덜컹 내려앉았다. 혹시 넘어지시기라도 할까, 다치면 어쩌나 그는 내내 마음을 졸였다. 넓은 대청을 가로질렀다. 그녀가 벌컥 문을 여니, 그곳은 은룡도 낯설지 않은 장소였다. 가주의 서재였다.

그 가운데에는 당연하다는 듯 관호가 있었다.

"앉아."

화영이 그제야 은룡의 손목을 놓아주었다. 은룡은 어색하게 그녀에게 떨어져서는 잠시 머뭇거렸다. 관호가 조용히 자리에서 일어나 상석을 화영에게 양보했다. 그리고 키 작은 상의 맞은편으로 옮기니, 그제야 은룡은 관호의 옆에 가 앉았다.

관호와 은룡을 번갈아 쳐다보던 화영이 핏기 없는 얼굴로 입을 열었다.

"당장 나와 이혼해 줬으면 해요. 두 사람 다."

"네?! 그게 무슨 말씀이십니까?"

"……."

은룡은 칼에 찔린 듯 곧바로 반응했고, 관호는 우선 침묵을 지켰다.

"어렵게 말하지 않았잖아. 이혼하자는 말이야. 이혼장을 써 달라면 써 줄 거고, 이대로 나가겠다고 해도 괜찮아. 필요한 게 있다면 모두 가져가도 좋아요. 이혼 사유를 내 탓으로 명시해 달라고 해도 그렇게 해 줄게요.

이혼해요. 지금 당장이요."

"마마, 도저히 납득하지 못하겠습니다. 어떤 일이라도 있었습니까? 이리 갑작스럽게-"

은룡이 당황한 듯 미간을 찌푸렸다.

"내 마음이야. 난 남려의 장공주고 현희부의 가주야. 내가 이혼하고 싶으면 그렇게 하는 거지. 오래됐잖아. 진작 헤어졌어야 하는데 상황이 여의치 않아서 이렇게 어영부영 이어진 것뿐이니까. 정리할 때가 됐어."

"이미 상의한 이야기 아니오. 그럴 수는 없소."

화영이 드물게 고집을 부리자 관호가 단호하게 끊었다.

"장공주의 행실에 대한 유언비어가 도는 와중이오. 이런 상황에서 이혼한다면 세간에서는 헛소문이 참이라고 믿을 것이오. 부인도 인정하지 않았소."

"소문 따위에 휘둘리고 싶지 않아요. 지겨워. 남들이 뭐라고 생각하든 상관없어요. 어차피 자기들 멋대로 생각하고 판단할 텐데, 맞춰줘 보았자 남는 게 뭐죠? 난…… 나는 싫어요."

"마마."

"이혼하고, 현희부도 반납할 거예요. 그리고 가 버릴 거야. 용중사에서 받아 주지 않는다면 어디 비구니만 있는 절이라도 갈 거야. 이, 이렇게는. 이렇게는 못 살 것 같아요. 더는, 나는."

애써 갈무리했던 울음이 또다시 터질 것 같아 화영은 입술을 깨물었다. 그 모습을 유심히 지켜보던 관호가 물었다.

"무슨 일이 있었군."

"아니야, 아무 일도 없었어요."

"아니. 분명히 뭔가 있었어. 부인의 얼굴을 보면 알 수 있소."

화영은 순간 눈을 질끈 감았다. 관호의 날카로운 시선이 찬찬히 자신을 확인하는 것이 느껴졌다.

"누군가 부인을 상처입혔군."

관호가 그렇게 말하는 순간 만신창이가 된 가슴에서 통증이 차올랐다. 너무나도 간결하고 담백한 진실이라 기가 찼다.

오빠와 그녀 사이의 이십일 년 평생이, 떼어 낼 수 없으리라 여겼던 정이, 오빠를 위해 세 명의 남편을 취했다는 것만으로 산산조각 났다. 어쩌면 부마들을 탓하고도 싶었고, 그러면서도 동시에 이 상황에 대한 반발감이 치밀었다.

오빠는 부마들이 그녀를 욕보였다고, 그녀가 치욕을 당한 것이라고 말했다.

하지만 그것만은 아니었다. 그들은 절대 그녀에게 수모를 입히지 않았다. 억지로 요구한 것은 화영 자신이 아니었던가. 그럼에도 그들은 최선을 다해, 할 수 있는 모든 배려를 해 주었고, 줄 수 있는 모든 것을 주었다. 관호도, 은룡도. 이 자리에 없는 맹타안까지도.

사흘의 초야 동안 그녀는 한 번도 수치심을 느끼지 않았다. 모욕을 당했다고 느끼지도 않았다. 그러나 존귀한 장공주가 어찌 이렇게 변명할 수 있겠는가? 차라리 겁간을 당했다고 변명했다면 오빠의 마음이 편했으리라. 세상 물정 모르는 화영도 알았다. 언제까지나 누이가 순진하고 순결하기만을 바라는 오라비들의 고집. 머리로는 이해하지만 가슴은 그러지 못했다.

화영이 사흘의 초야 동안 사랑을 느꼈다고, 아주 특별한 경험이었다고 말한다면 오빠는 그녀를 지금보다 더욱 끔찍하게 여길 것이다. 어쩌면 다시는 얼굴조차 보지 않으려 할지도 모른다. 그래서 단장(斷腸)의 통곡을 하는 주영을 멍하니 쳐다보면서도 차마 그 말만은 할 수가 없었다.

투둑, 화영의 눈에서 눈물이 떨어졌다.

"마마. 마마, 어찌 우십니까. 마마……."

은룡이 급하게 일어나 화영의 옆으로 다가왔다. 그리고 어떻게든 그녀를 달래려 애를 썼다. 정결하게 품속에 넣어 두었던 비단 수건을 꺼내 눈물을 닦아 주고, 그러면서도 차마 어깨는 함부로 감싸지 못해 큰 손을 어쩔 줄 모르고 허공에 허둥거린다.

"마마, 울지 마십시오. 제가 다 잘못했습니다. 제 잘못입니다. 마마, 제발 울지 마십시오……."

뭔지도 모르면서 왜 자기 잘못이라는 걸까. 자기 잘못이 아닌 걸 알면서도 왜 자기 잘못이라고 하는 걸까. 은룡의 애정이 그녀의 서러움을 더욱 자극했다. 오빠도 경악하는 짓을 벌인 자신을 어째서 그는 아직도 사랑하는 걸까.

"……고 씨에게 이야기를 들었소."

은룡의 품에서 눈물을 닦고 있는 그녀를 보며 관호가 말했다.

"부인께 먼저 보고를 드리려 했는데, 아침 욕간 중이라 그럴 수 없었다더군. 그래서 내게 왔소. 젊은 청년이 새벽녘에 찾아들었는데, 부인과 매우 닮아 첫눈에 황제 폐하임을 알았다고. 그래서 들여보냈다고 하더군."

화영은 아무 말도 하지 않았다. 은룡의 표정이 일그러졌다. 황제가 평복을 하고 혼자 현희부에 왔다는 사실만으로도 충분히 짐작 가는 파국이었다.

관호가 말을 이었다.

"얼마인지 시간이 지나 다시 나갈 때 폐하를 보았는데, 상태가 말이 아니었다 하였소. 닦아 내긴 했으나 크게 비통하고 열이 오른 얼굴이었다고. 차마 나라님께 이러니저러니 할 수 없어 조용히 보내드렸는데 도리에 맞는 처사였냐고 물어보더군. 마땅히 행동했다 답하였소. 그리고 부인이 언제쯤 이야기를 꺼낼지 기다리고 있었지."

"그럼, 당신은……."

화영이 울음기가 섞여 떨리는 목소리로 물었다. 하지만 딸꾹질마저 겹쳐 제대로 문장을 잇지를 못했다. 그럼에도 관호는 부드럽게 대답했다.

"그렇소. 당신과 처남이 크게 다투었구나 예상했지. 그렇다면 두 오누이가 다툴 일이 무엇이 있겠소. 분명 우리와의 일이 드러났겠지. 처남은 펄쩍 뛰며 경악했을 것이고. 그렇기에 먼저 나서지 않고 기다리고 있었던 거요."

"……."

"마마, 진실입니까? 정말로 폐하께서…… 아셨습니까?"

화영은 입술을 깨물었다. 그리고 고개를 작게 끄덕였다.

은룡이 이를 악물었다.

"이렇게 된 이상 어쩔 수 없군."

관호가 물끄러미 화영을 바라보았다.

"하주로 갑시다."

화영이 그 말뜻을 이해하기도 전에 은룡이 놀라 되물었다.

"하주라니요? 갑자기 그 무슨 뜻이십니까?"

"당장은 유언비어를 잠재울 수 없소. 기다리는 것이 상책이었지. 헌데 황제인 처남이 부인이 우리를 가졌음을 알았소. 더는 헛소문을 헛소문으로만 여기지 못할 것이오. 이성적인 판단을 내리기 어려울 테니 어쩔 수 없지. 부인이 도성에 있을수록 더욱 신경이 쓰일 것이고, 오해와 편견만 커질 것이오."

"그야 그렇지만…… 현희부를 놔두고 하주로 가자니요. 폐하께서 허락하시지 않을 것입니다."

"허락은 필요 없소. 부인이 중상모략에 마음이 다쳤으니 내 고향 집에 데려가는 일이오. 남편으로서 정당한 보호이고, 내 집안의 가내사요. 처남에게 허락을 받을 필요도 없소."

감히 남려의 황제를 처남이라고 칭하다니. 대역무도한 죄였으나 관호의 음성에 담긴 분노가 어찌나 고요한지 반박할 수 없었다. 내심 은룡 역시도 황제에 대해 서운한 와중이니 더욱 그러했다.

"하지만 은 부마는 도성에 남아야 할 것이오."

"……그렇겠지요. 제가 동행한다면 소문에 힘을 싣고, 폐하의 눈 밖에 더욱 나는 짓일 테니."

"괜찮겠소?"

"……이렇게 된 이상 다른 방법이 없으니까요."

은룡은 화영의 눈물을 닦던 수건을 강하게 움켜쥐었다.

"제가 도성에서 할 수 있는 일이 있을 것입니다. 하루속히 깨끗한 명성으로 돌아오실 수 있도록 노력하겠습니다."

욕심만 같아서는 결코 화영을 관호와만 보낼 수 없었다. 사모하는 분을 다른 사내와 천 리 먼 땅으로, 그자의 집으로 보내야 한다니! 하지만 관호의 제안보다 뾰족한 방책이 없었다.

무엇보다도 자신이 반대한다면 화영이 선뜻 관호를 따라 하주로 가지 않을 것 같았다. 안 그래도 위태롭던 화영이었다. 세상에서 제일로 믿고 따르던 오라비와의 사이에도 금이 가 버렸다. 일단 이 상황에서 멀리 떨어진 곳으로 가서 마음을 달래는 것이 좋을 듯싶었다. 맹탕안도 아니고 군자다운 관호이니 억지로라도 안심할 수 있을 것이다.

"마마."

은룡은 목소리를 가다듬고 화영을 불렀다.

"다 괜찮아질 것입니다. 저와 관 부마가 안팎으로 마마를 지켜 드릴 것입니다. 그러니 부디 염려하지 마시고……."

태연한 척했으나 말끝이 떨렸다. 흔들리는 은룡의 음성에 화영은 고개를 들었다. 눈물이 그렁그렁한 눈으로 은룡을 보고, 또 관호를 보았다.

마치 저 자신이 상처받은 듯한 눈빛들이었다. 그러면서도 그녀를 최우선으로 지키고자 하는 단호한 결심이 드러난 얼굴들이었다.

여기서 벗어나고 싶었다. 여기서 계속 있으면 오빠가 오열하며 부끄러워하던 모습만 머릿속에서 지독하게 반복될 것 같았다. 아무도 그녀가 누구인지 모르는 곳으로, 그녀에게 어떤 소문이 퍼졌는지 들어 본 적도 없는 곳으로 가고 싶었다.

화영은 고개를 끄덕였다.

* * *

떠나기로 결심했으니 이제 집안을 정리해야 한다.

하인들이 가장 큰 문제였다. 정직하고 충실하게 현희부 살림을 맡아 준

이들이다. 그들도 현희부에서 일하는 것을 크게 자랑스러워했고, 만족스럽게 여겼다. 그런 만큼 떠나 보내기가 어려웠다. 하지만 화영은 관호와 오랫동안 상의한 끝에 식솔들을 내보내기로 했다.

그녀가 하주에서 한 달을 머물지, 일 년을 머물지 지금으로서는 아무도 단언할 수 없다. 그러니 주인 없는 현희부에 하인들만 남겨 놓는다면 그들을 제대로 보호하지 못할 것이다. 현희부에 얽힌 지저분한 소문이 흉흉한 가운데, 작정하고 하인들을 붙잡고 정보를 캐내려는 시도도 있을지 몰랐다.

그러니 일 년 치 삯을 챙겨 주고 내보내기로 결정했다. 다들 아쉬워하며 눈물로 남겠다 청했으나 화영이 조리 있게 이유를 설명하니 다들 슬픈 얼굴로 납득하였다. 대신에 현희부로 돌아오면 반드시 연락하리라 다짐하니 그제야 마음이 가벼워졌다.

온 전각을 청소하고, 귀한 물건을 창고에 넣어 닫아걸고, 가구 위에는 먼지가 슬지 않도록 천을 덮느라 한동안 일손들이 바빴다.

침혜는 당연히 하주까지 화영을 따라가 시중을 들겠다고 우겼다. 화영도 솔직히 침혜만은 동행했으면 하는 마음이 은근 있었다. 하지만 관호의 말을 들어 보니 하주는 도읍에서 까마득하게 멀고, 그중에서도 관호의 고향 집은 벽지 중의 벽지란다. 그런 곳까지 침혜를 데려가는 것은 안 될 일 같았다. 무엇보다도 침혜는 용중산에 남편과 딸아이가 있는 몸이었다. 현희부에 머무는 지금도 좀처럼 시간을 내어 그들을 보지 못했는데, 하주까지 가면은 어떻겠는가.

결국 화영은 굳게 마음을 먹고 침혜와 이야기를 나누었다.

-삯은 물론이고 은자와 비단, 식량과 땔감까지 다 가져가. 우마차로 옮기면 될 거야. 용중산으로 가서 가족과 지내.

-마마, 무슨 말씀이세요? 마마를 혼자 그 촌구석으로 보내구 제가 맘 편히 밥술이나 뜨겠어요?

-영영 안 오는 것도 아니고, 잠시만이야. 휴가라고 생각해.

-아이구, 싫어요! 누가 달랬나, 그런 휴가. 그것도 이런 상황에!

-어쩔 수가 없는걸. 나도 다른 방법이 있었다면 너를 떼어 놓지 않았을 거야.

-……마마.

-돌아오기 전에 반드시 서찰을 보낼게. 침혜 네가 현희부 일손들을 모아 준비해 줘. 현희장공주가 돌아왔을 때 따뜻한 밥이랑 목욕물은 차려져 있어야지. 응? 너 말고는 부탁할 사람이 없어. 고 씨 혼자 현희부를 단장하기 어려울 거야. 네가 도와줘.

침혜는 몇 번이고 거절하다 못 이겨 수락하였다. 돌아서며 코를 훌쩍이니, 화영과 헤어지는 일이 진심으로 섭섭한 모양이었다.

기온이 낮아졌다. 낙엽이 하나둘 떨어지며 가지들이 벗은 몸을 드러냈다. 떠나기로 정한 날이 지적으로 다가왔다. 환궁한 이후 황제는 어떠한 기별도 보내지 않았다. 그것이 외면인지 혐오인지, 누구도 입 밖에 꺼내지 않았다.

그 가운데서 화영은 은룡과 마주 섰다.

그들은 누가 말할 것도 없이, 조용히 함께 걷기 시작했다.

"많이 추워졌네."

"예. 그렇습니다."

은룡이 잠시 망설이다 덧붙였다.

"곧 눈이 내릴 날이 머지않은 듯합니다. 부디……."

부디, 옥체를 보중하십시오. 차마 덧붙이지 못하는 요청이란 얼마나 안타까운가. 화영은 말끝을 내려다보다가 입을 열었다.

"있잖아."

"말씀하십시오."

"내가 줬던 노비 문서 기억해?"

"……물론입니다. 어찌 잊겠습니까."

아직도 소중하게 보관하고 있다고, 할 수만 있다면 제 관 속에 넣어 함께 묻힐 생각이라고. 차마 내뱉지 못하는 사모지심은 얼마나 서글픈가.

회랑 밖으로 펼쳐진 아름다운 풍광이 선듯하게 다가왔다. 언제가 되어야 다시 이곳에서 연모하는 분과 산책할 수 있을까. 벌써부터 가슴이 터질 듯 아팠으나 내색하지 않았다.

"그때 내가 한 말도, 기억해?"

"……예."

"은룡."

"……."

"너 자신을 최우선으로 행동할 거라고 약속해."

화영이 멈추어 섰다. 은룡은 입술을 깨물었다.

"넌 이제 자유야. 원래 있어야 할 네 자리로 돌아가는 거야. 어디에도 묶이지 않은 거라고. 내 말 알겠어?"

화영은 말을 마치고 잠시 머뭇거렸다. 생각해 보면 은룡은 애초부터 자유였다. 어디에도 묶이지 않은 채였다. 액막이 부마, 그림자 속의 세 번째 부마로서 그는 정당한 혼인 상대가 아니었으므로 이혼장조차 받을 까닭이 없었다. 흠 하나 없는 미혼의 청년이었다.

"……."

"지금까지 내 곁에 있어 준 걸로 충분해. 더 바란다면 벼락을 맞을 짓이지. 넌 자유야, 알겠어? 자유라고. 너는 누구와도 혼인한 적 없는 깨끗한 몸인 거야. 그러니까 이제 너를 위해서 살겠다고, 힘든 길을 자처해서 걷지 않겠다고 약속해."

은룡은 화영에게서 시선을 피했다. 답할 수 없는 요구였다. 그럼에도 무심하다 탓하지 못했다. 자신을 바라보는 그녀의 눈은 진심이었다. 이 진흙탕에서 그만큼은 무사히 구조하여 내보내고 싶어 하는 간절함이었다.

오랫동안 지켜보고 사모한 분이다. 은룡은 화영의 성격을 잘 알았다.

솔방울로 만든 낡은 장난감조차 버리지 않고 꼭꼭 챙겨 황궁으로 들어가신 분이다. 자신의 손을 탄 것들, 소중히 곁에 두었던 것들을 결코 저버리지 않는 분이다. 그런 분이, 십수 년 동안 자신만을 바라본 은룡을, 한 번이나마 몸까지 이은 그를 끊어 내려는 것이다.

이보다 사랑스러울 수 있을까.

그녀가 돌려주는 애정과 희생에 마음이 벅차 눈물이 날 것 같았다. 은룡은 꼿꼿이 서서 마음을 진정시켜야만 했다.

"은룡, 대답해."

평소라면 대답을 기다리지도 않을 화영이었다. 언제나 그랬다. 그녀가 시키면 은룡은 그대로 했다. 같은 말을 두 번 하는 것도 화를 낼 만한 타당한 이유였다. 그들의 관계는 그러했다. 그러나 지금, 은룡의 작은 폭군인 그녀가 눈치를 살피며 동의를 바라고 있었다.

은룡은 심호흡을 했다. 그리고 입을 열었다.

"싫습니다."

"너……!"

"제게는 마마뿐입니다. 용중사에서 마마를 처음 뵌 순간부터 그랬습니다. 잘 아시면서 어찌 순종치 못할 요구를 하십니까."

"기껏 생각해 주는데, 그렇게 버릇없이 굴 거야?"

화영이 은룡의 팔뚝을 찰싹 후려갈겼다. 하지만 은룡은 아픈 줄도 몰랐다. 화영도 그것을 알기에 답답하다는 듯 입술을 깨물었다.

"바보야, 넌 빨리 나와 떨어져야 해. 난 하주로 도망가지만 넌…… 넌 계속 도성에 머물러야 하잖아. 아무것도 모른다는 듯 살란 말이야. 적어도 퍼진 헛소문에 네 자리는 없으니까. 관호도 체면을 구겼고, 맹타안이 뻔한 오랑캐 이야기도 떠돌지만, 그 외에도 내가 거느렸다는 이런저런 남자들 목록이 오르내리지만…… 너는 거기 포함되지 않았잖아. 천만다행으로."

"……아."

그때였다. 문득 어떤 날카로운 빛이 그의 뇌리를 꿰뚫고 지나갔다.

그랬다. 뭔가 이상했다. 진작부터 무의식적으로 느끼고는 있었지만, 뾰족하게 짚어 내지 못했다. 하지만 화영의 이야기를 들으니 명확하게 깨닫고 말았다.

어째서 은룡은 유언비어에 포함되지 않았을까?

혼인도 하지 않았으면서 두루뭉술한 핑계로 은가에서 떠났다. 어디인지 모를 곳에서 숙식하며 황궁을 오가고, 멋대로 일찍 퇴청하기도 일쑤다. 따지자면 은룡 그야말로 충분히 의심스러운 정황을 보이고 있지 않은가?

그런데 왜 그의 이름은 현희부와 엮이지 않았을까? 그는 어째서 언급되지 않았을까?

마치 일부러 배제한 것처럼.

"왜…… 왜 그래?"

갑자기 굳어 버린 은룡의 표정을 보고 화영이 놀란 듯 물었다.

은룡은 주먹을 움켜쥐었다.

"잠시 다녀와야 할 곳이 생겼습니다. 마마, 이만 가 보겠습니다."

직접 확인해야만 한다. 분노와 경악으로 피가 식었다.

은룡은 급히 현희부를 나서 은가로 향했다.

* * *

오랜만에 도착한 은가였다. 단정한 연회색으로 칠해진 담은 얼룩 하나 없었고, 검은 나무 기둥과 남색 기와들은 오랜 세월을 겪으면서 품위가 흘렀다. 은룡과 은요의 아버지인 은역이 강로 초원과 국경을 맞댄 의주로 나가 있었다. 황후의 부친이 되었음에도 특별 대우를 거부하고 무장으로서의 의무를 다하니, 그의 충심과 결기는 많은 이들에게 존경받았다. 그래서 은가는 지금 국태부인이 총괄하고 있었다.

일단은 어머니께 확실히 의사를 전해야겠다고 생각했다. 금청아의 지저분한 속내를 지적하는 것은 뒷일이다. 지금 은룡에게는 심증뿐이었다. 금청아를 소문을 퍼뜨린 범인으로 지목하기는 쉽지 않으리라. 그러니 일단은 금청아의 청혼을 단호하게 거절하는 것이 우선이다.

은룡의 얼굴을 알아보고 황급히 모여드는 하인들 중 하나에게 말고삐를 넘겼다. 그리고 말을 타고 오느라 흐트러진 옷매무새를 가다듬으며 익숙한 청지기에게 물었다.

"국태부인은 어디 계신가?"

"도련님, 실은 그것이……."

눈썹이 희끗희끗해진 청지기가 어물거렸다. 그것은 천 마디 말보다 효과적으로 은룡을 긴장하게 만들었다. 은룡은 급히 안채로, 어머니의 거실로 향했다.

은룡의 기억 그대로 깔끔하고 단정한 곳이었다. 마루는 먼지 하나 없이 깨끗했으며 높은 곳의 들창이 열려 있었다. 묵직한 청동화로에는 서늘한 기운을 몰아내기 위해 탄이 한가득 타오르고 있었고, 은은한 향 태운 냄새가 가구에 배어 있었다.

거기에서 이 사태의 원흉이 뻔뻔한 낯으로 차를 들고 있었다.

금청아였다.

그리고 어머니의 상 위에 열린 채 놓여 있는 상자를 보았을 때, 은룡은 단전에서부터 피가 끓어오르는 것을 느꼈다.

그가 침실에 소중히 보관하고 있었던 보물상자였다. 화영에게 넣었던 청혼서와 수피로 만든 노비 문서가 담긴 나무함이었다.

"어떻게 된 일입니까."

다짜고짜 들이닥쳐 인사도 없이 흉흉한 기색을 내뿜는 아들을 보고도 국태부인은 당황하지 않았다. 아니, 오히려 당황하던 기색이 은룡의 등장으로 인해 가라앉았다고 해야 옳겠다.

"나야말로 묻고 싶구나. 이게 무엇이냐."

국태부인이 상자 안의 물건들을 턱짓하며 물었다. 은룡이 거칠게 대꾸했다.

"제 침소를 어떤 쥐새끼가 뒤지고 다녔는지, 저도 여쭈어 보고 싶습니다만."

"나가 살더니 말버릇이 고약해졌구나. 손님 앞에서 할 소리가 아니다."

"당신입니까?"

은룡은 금청아에게로 시선을 돌렸다. 어찌나 매서운 눈빛이던지 태연하던 금청아도 내심 흠칫하는 기색이었다.

은룡의 어머니는 자식의 물건에 함부로 손을 대는 사람이 아니었다. 그런 안주인의 영향인지, 은가의 하인들 역시 청소를 하면서도 주인 가족들의 사적인 물품을 건드리지 않도록 세심한 노력을 기울였다.

대우가 후하고 하인이라 낮잡아보는 일 없었으므로 은가의 식솔들은 신의가 깊었다. 황후가 된 은요의 방 경대에 남은 장신구들도 누구도 손을 대지 않았다.

그런데 은룡의 침소에서 손때가 묻은 낡은 나무 상자를 건드렸다고? 그리고 그것을 어머니에게 가져다 바쳤다고? 마침 금청아가 찾아온 이 시점에서? 아니, 말도 안 된다.

"외간 사내의 침소에 멋대로 들어가는 것도 모자라 도둑질이라니. 명문가의 규수가 할 짓은 아니로군요."

은룡의 어조가 격해졌다. 금청아가 변명하기도 전에 국태부인이 나섰다.

"내가 허락했다."

"어머니!"

"네가 평소에 무엇을 좋아하는지, 어떤 책을 가까이하는지 알고 싶다기에 처소를 구경하라 허락했다. 이런…… 처치 곤란한 것들을 발견하고 당황하여 내게 가져온 것이니 금 소저를 나무라지 말거라."

"발견이라고요?"

말도 안 되는 소리다. 은룡은 턱을 분노로 굳혔다.

"침상 옆의 무거운 함에다 넣어 둔 것을, 어떻게 '발견'할 수가 있습니까? 이리저리 쑤시고 열어 보고 뒤지다 건진 것이겠지요!"

"언제까지 선 채로 역정을 낼 셈이냐? 앉아서 이야기해라."

"이 여자와 한 공간에 있다는 것만으로도 역겹습니다. 앉고 싶지 않습니다."

은룡은 곧바로 말을 이었다. 금청아를 노려보면서였다.

"당신이 저지른 짓을 압니다."

어머니의 앞인 것이 한탄할 일이었다! 쏘아붙일 말이 한가득인데 그럴 수가 없으니.

어머니는 은룡과 현희부의 관계에 대해 전혀 알지 못했다. 그러니 금청아가 일부러 자신만 빼놓은 채 유언비어를 퍼뜨렸다고 비난한다면, 현희부의 소문에 네가 어째서 포함된다 주장하는 것이냐고 되물으실 것이다. 은룡은 예상치 못하게 손발이 묶인 상황이었다. 결국 금청아가 눈치 빠르게 알아들을 수 있을 정도로만 경고해야 했다.

"당신이 어떤 속셈으로 저지른 짓인지 알았으니, 작작 하시오. 더는 관망하지 않을 겁니다."

하지만 금청아는 만만한 상대가 아니었다.

갑자기 불쑥 자리에서 일어나더니, 가증스러운 눈물을 뚝뚝 뽑아내며 피백으로 칭칭 몸을 비튼다. 그러며 한다는 말이 이러했다.

"장군, 무슨 말씀인지 소녀는 모르겠어요. 부디 어리석은 청아가 이해할 수 있도록 설명해 주시어요. 그렇게만 해 주신다면 무엇이든 고치겠어요. 다짜고짜 매도하시니 무섭고 놀라 간이 졸아들 것 같아요."

지독하군! 은룡은 금청아를 쏘아보았다. 금청아도 머리 회전이 보통 빠른 것이 아니었다. 은룡이 국태부인 앞에서 자신을 현희장공주를 모독한 범인이라고 지적할 수 없음을 파악한 것이다.

국태부인의 목소리가 커졌다.

"룡아, 어서 금 소저에게 사과하거라!"

"아닙니다. 이 자리에서 명확히 해야겠습니다. 어머니께서 무엇을 기대하시든, 이 여인이 어떤 음모를 꾸미고 있든, 저는 결단코 받아들이지 않을 거라고요."

강하게 나가야 했다. 금청아는 이쪽의 약점을 이미 파악했으니, 한 걸음만 양보해도 그녀가 그린 그림대로 흘러갈 수 있다.

사과를 하면 앉아야 할 테고, 앉으면 차라도 한 잔 마셔야 할 것이고, 미혼인 명문가 남녀가 사적으로 만난 셈이니 혼인으로 등을 떠밀 근거만 만들어 주게 된다. 설령 어머니에게 크게 꾸지람 받는 한이 있어도, 어서 금청아를 쫓아내야만 한다.

"세상에 남은 여인이 당신 하나뿐이라 해도 내가 당신과 혼인하는 일은 없을 겁니다. 당장 은가에서 꺼지시오!"

그야말로 난장판이었다.

금청아는 울 기회만 노리다 뺨 맞은 격으로 아예 주저앉아 흐느꼈고, 국태부인은 결국 자리에서 일어나 금청아에게 다가가 어깨를 쓸어 주었다. 그러다 깨질 대로 깨진 상황에 도리가 없어 금청아에게 돌아가라 하였다. 눈물을 그렁그렁하면서도 국태부인과 은룡에게 인사까지 올리며 나가니, 사정 모르는 이가 보기에는 안타깝다 할 일이었다.

은룡은 금청아가 안채를 나갈 때까지 눈썹 하나 꿈쩍 않고 팔짱을 끼고 선 채 버텼다. 그 앞으로 국태부인이 다가왔다. 그리고 순간 번쩍, 화끈한 감각에 은룡은 고개를 틀었다. 어머니가 뺨을 때린 것이었다.

"네 아버지가 의주에 계시나마 아직 정정하시거늘, 이 은가가 네 것이더냐? 내가 모신 객에게 그 무슨 말버릇이냐?"

체벌 당할 일이라고는 해 본 적 없이 자란 은룡이었다. 어려서는 병약했고 자라나면서는 제 할 일을 알아서 찾아 열심이니 부모가 꾸짖을 일이 없었다. 그런 만큼 국태부인에게 얻어맞은 뺨은 고통보다도 충격이었다.

"어머니. 금청아가 누구 동생인지 잊으셨습니까? 탄신연에서 황후마마께서 당한 조롱이 아직도 생생한데 어찌 그 누이를 이 집에 들이십니까!"

"닥치거라. 어미라고 생각이 없는 줄 아느냐!"

국태부인은 키가 컸고 체격이 당당했다. 선이 진한 눈썹과 단호한 윤곽이 은룡과 닮아 있었다. 그럼에도 엄격한 눈빛은 아들보다 강하니, 문무백관 누구라도 기를 죽일 풍모가 있었다.

"네 누이에게 힘이 되어 줄 수 있는 것은 너뿐이다. 닳도록 말했건만 잊었느냐? 지금 후궁은 태후께서 간택한 이들로 가득하니, 선두에서 조종하는 것이 금 귀비다. 헌데 그 금 귀비의 동생이 우리 집안의 비위를 맞추며 노력하는 것이다."

"뱀도 사냥감을 끌어당기려 꼬리를 흔들지만, 집 지키는 개가 될 수는 없는 법입니다."

"그래서? 적어도 더 많은 뱀들을 불러모으지는 않겠지."

은룡은 맞은 뺨이 따갑게 달아오르는 것을 느꼈다.

"금가에서 저렇게나 숙이고 들어오니 마냥 거절할 수도 없다. 금 귀비의 동복이고, 금가의 적녀. 말 그대로 금지옥엽, 귀하게 자란 아가씨다. 시집살이에 고통받으라고 던져 넣진 않으리라는 말이다."

국태부인이 엄한 목소리로 말했다.

"그 애가 우리 집안에서 잘 지내기를 원해서라도 금 귀비가 황후께 함부로 굴지 않을 것이다. 또한 금가는 문관 집안이니, 조정에서도 균형을 맞출 수 있겠지."

"금청아는 악랄한 계집입니다. 어머니의 품성이 점잖아 결코 박대하지 않을 것을 알고 들이대는 것입니다. 생각을 해 보십시오, 어머니! 교묘한 핑계로 외간 사내의 침소를 헤집는 여인이 어찌 은가의 며느리가 되겠습니까? 어머니, 저 역시 황후마마를 항상 염려하고 있습니다. 하지만 황후마마를 괴롭히는 귀비의 누이와 혼인한다면, 그것이 황후께 도움이겠습니까, 아니면 모욕이겠습니까?"

"금가에 주의할 권세가 금 귀비뿐이더냐? 태후가 중심에 계신다. 태후께서 금 소저를 아끼신다니 태후의 체면을 위해서라도 거절을 삼가야 해."

"제가 금청아와 혼인한다면 태후께서 황후마마를 위해 주실까요? 그건 아닐 겁니다."

"금 소저의 모친과 이미 서면으로 끝낸 이야기다. 금 귀비의 처신을 단단히 당부하겠다고 약조했다. 태후께도 잘 말씀드리겠다더구나."

국태부인은 바위처럼 움직이지 않았다. 은룡은 숨을 몰아쉬었다.

"그깟 말뿐인 약조를 믿고 독사 같은 여인과 혼인할 수는 없습니다."

"말을 가려라. 언약의 중함을 모르지도 않으면서 어린애처럼 구는구나!"

"저는 결코 금청아와 혼인하지 않을 겁니다. 그 여자와 혼인하느니-"

"왜? 출가라도 할 생각이냐? 가문도 버리고, 부모도 버리고, 누이도 버리면서?"

"……못 할 것도 없지요."

잠시 팽팽한 긴장감이 실내를 채웠다.

국태부인이 침착하게 입을 열었다.

"그렇다면, 금 소저가 아닌 다른 규수라면, 받아들이겠느냐?"

"……!"

예상하지 못한 질문에 은룡은 머뭇거렸다. 홧김에 그리리라 답한다면 어머니가 정말로 당장이라도 다른 집안의 여인을 데려올 것임을 알아서였다.

망설이는 아들을 보며 국태부인이 선명한 눈썹을 찌푸렸다.

"그래. 결국은 다 핑계요 변명이다. 내 속으로 낳은 자식을 모르겠느냐?"

"……어머니."

"너는 장공주에게 수절하고 싶은 거다. 너를 봐 주지도 않는 장공주에게 일생을 바치고 싶은 거지. 그래서 최악에 최악만을 가정하며 금 소저를 밀어내는 것이야. 금 소저를 받아 주는 일만이 네 누이를 지키는 방법이라 해도 말이다."

"마마를 향한 제 마음과는 무관합니다. 금청아는 대역무도한 죄인입니다. 자세히 말씀드릴 수는 없지만-"

"그렇다면 어째서 금 소저를 고발하지 않느냐? 연약한 규수를 윽박지르는 대신 관아에 가서 그 죄를 고해야지, 여기서 뭘 하고 있는 것이냔 말이다!"

"그럴 만한 사정이 있습니다!"

"금 소저도 싫다, 그렇다고 다른 규수도 싫다. 막무가내로구나. 정녕 부모 가슴에 못을 박으려 작정을 한 것이냐!"

그 말과 동시에 국태부인이 은룡으로부터 등을 돌렸다. 평생 약한 모습을 보이지 않던 어머니였다. 어머니의 어깨가 미세하게 떨리는 것이 보였다. 참담한 기분이었다.

어려서부터 몇 번이고 생사의 위기를 넘겨 왔던 그였다. 나서부터 병치레가 잦아 부모가 더욱 귀하게 키웠음을 본인도 잘 알았다. 어머니는 은가의 안주인으로 맡은 업무가 많음에도 꼬박꼬박 용중사에 가 간절하게 기원하고는 했다. 모두 은룡이 건강하게 자라 주기를 바라는 마음이었다.

부모에게 순종하는 것이 효임을 어찌 모르겠는가. 하지만 그는 여덟 살이래 평생을 단 한 가지 목적을 가지고 살아왔다. 피땀을 흘리며 노력해 왔다. 오로지 한 분의 사랑을 받기 위해, 그분께 어울리는 사내가 되기 위해.

사실상 화영에 대한 사랑은 그의 삶이었다. 호흡이었다. 부모를 위해 살은 베어 바칠지언정 숨을 멈출 수는 없지 않은가.

"조금만 더 시간을 주십시오. 제가 곧 해결하겠습니다."

"무엇을? 네 혼인을? 은가의 대를?"

"……."

"이렇게 될 줄 알았다면, 너를 데리고 용중사에 가지 않았을 거다."

국태부인의 음성은 비통하면서도 엄격했다. 그 말과 동시에 그녀가 무언가를 화롯불 위에 던졌다. 타닥, 타닥 하는 소리와 함께 순식간에 불꽃이 내용물을 살라 먹었다.

은룡의 눈이 커졌다. 그가 화영에게 썼던 청혼서와 추억이 깃든 노비 문서였다.

"안 됩니다!"

은룡이 달려들어 쏘시개로 끌어냈으나 이미 늦은 일이었다. 낡은 비단과 얇은 나무껍질은 순식간에 흰 재로 변했다. 형태를 알아볼 수 없었다. 불티가 튀는 재 뭉치를 마룻바닥에 꺼내 놓고, 손을 데어 가며 헤집었지만 무의미했다. 어린 은룡이 마음을 담아 한 자 한 자 써 내린 글자 어느 것도 살아남지 못했다.

"금 소저가 그것들을 가져왔을 때, 얼마나 부끄러웠는지 아느냐? 은가의 장손인 네가, 아무리 철없는 시절이었다지만 제 손으로 노비 행세를 해? 부모에게 상의도 없이 멋대로 혼담을 넣어? 그것도 불순한 소문이 도는 장공주에게?"

무언가 쩌적, 하고 갈라지는 소리가 들렸다. 땅 거죽이 벌어져 협곡이 되듯, 빙하가 깨져 외로운 얼음산이 되듯, 다시는 돌이킬 수 없는 징조의 경고음.

"……장공주께 삿된 말을 삼가십시오. 진실이 아님을 어머니도 잘 아실 것입니다."

은룡은 타인의 음성을 듣듯 자신의 목소리를 들었다.

"부모님이 그리 자랑스러워하는 장손은, 기도위는 장공주마마 없이는 존재하지 않았습니다. 이 역시도 아실 것입니다."

"그게 어미 앞에서 할 말이냐?"

"진실이자 진심이니까요."

피가 식었다. 은룡은 화상을 입어 물집이 돋는 손끝을 바라보다 몸을 일으켰다. 손의 고통은 느껴지지 않았다. 머리가 차가워졌다.

은가의 자랑인 은룡은 실상 화영을 위해 일구어 낸 존재였다. 용중사에서 그녀와 뛰놀며 병약함을 극복했고, 그녀에게 어울리는 상대가 되고 싶어 이를 악물고 문무를 정진했다. 부모도 알고 있는 일이었다. 그렇기에 주영에게 은요를 허락했고, 통방도 거절하는 은룡의 지조를 인정하고 넘겨 주었지 않았는가.

그런데 이제 와서 말을 바꾸다니. 그저 그를 속히 장가보내기 위해, 집안의 대를 잇고 누이에게 힘을 보태 주기 위해 불순한 소문을 운운하다니.

화영이 국법을 우롱하며 음란한 짓을 벌일 사람이 아니라는 것은 국태부인 본인야말로 잘 알지 않은가. 부모 없이 용중사에서 자라는 어린 오누이가 안타까워 철마다 옷이며 간식거리를 챙겨 넣어 주던 것이 본인 아닌가. 주영의 맑고 강직한 성품과 화영의 밝고 정다운 성격을 바로 옆에서 봐 오지 않았던가.

'그렇구나. 이런 기분이셨을까.'

은룡은 잠시 눈을 감았다. 그와 관호 앞에서 이혼하자고 고집을 부리던 화영을 떠올렸다. 핏기 없이 식은 이마와 눈물로 일어난 뺨. 시린 아픔으로 떨리던 눈동자.

피를 나눈 가족과 대립하고, 끝내 등을 돌린다는 것이 이처럼 괴로움을 겪어 보기 전에는 몰랐다. 어렴풋이 상상했던 것보다 날카로운 자상이었다. 그 여린 몸으로 혼자 해결하려 애쓰던 화영을 생각하니 당장 달려가 품고 보듬어 주고 싶었다.

은룡은 높낮이 없이 말했다.

"그 여인과 혼인하지 않을 겁니다."

"네 뜻을 꺾을 때까지, 너야말로 이 집 대문을 넘을 생각 말아라."

"그렇다면 어쩔 수 없지요."

예상 못 한 대답에 국태부인이 드물게 평정을 잃었다. 그녀는 황급히 아들을 향해 돌아섰다.

은룡이 침착하게 바닥에 무릎을 꿇고 큰절을 올리고 있었다. 온통 까지고 물집 잡힌 손이 바닥에 닿으니 진물이 떨어졌다.

"그간 큰 은혜를 입었습니다."

잿더미가 된 보물을 움켜쥔 채, 그 말을 마지막으로 은룡은 집을 나섰다.

* * *

주아가 제 발에 걸려 넘어지면서 들어왔을 때, 화영은 관호와 침소에 있었다. 물론 침혜도 함께 말이다. 화영의 짐을 챙기는 일 때문이었다.

다른 문제에 있어서는 큰 갈등 없이 착착 맞아 들어가던 관호와 침혜였으나 화영의 짐에 대해서만은 입장이 크게 갈렸다.

침혜의 주장은 이러했다. 두툼한 이불이며 깨끗한 요, 향을 입힌 베개 등의 침구를 넣은 함 하나. 실내에서 편히 입을 옷가지들과 장공주로서 품격을 지키기 위한 화려한 예복 다섯 벌-이것도 침혜가 가슴 아파하며 줄이고 줄인 개수였다-, 그리고 머리 장식과 요대까지 넣은 함 하나. 하주 산골에서 춥지 않도록, 모피를 덧댄 갖가지 색깔의 피풍의 열 벌과 겨울용 신발 스무 켤레를 넣은 함도 하나. 이렇게 커다란 함이 총 세 개였다. 벌써 소가 끄는 수레 하나 분량이었다.

당연히 관호는 침혜의 요구를 가차 없이 기각했다. 그들이 하주까지 이용할 탈것은 말 한 마리가 모는 소형 마차였다. 말을 모는 것은 관호가 할 것이고, 화영은 마차를 탈 것이다. 그러니 우마차에나 실을 법한 무게의 짐은 당연히 안 된다. 게다가 하주로 가는 여정 내내 장공주 신분을 감출 것이니 값비싼 예복도 필요 없다. 결국 마차 안에 넣을 만한 중간 크기의 함에 맞추어 짐을 싸야 한다는 요지였다.

도저히 합의가 어려운 사항이니 어쩌겠는가. 결국 화영이 두 사람을 데리고 처소로 들어왔다. 침혜가 줄줄이 옷이며 신발이며 피백에 장신구를 꺼내 들면 관호가 고개를 끄덕이거나 가로저어서 함 안에 채우기로 한 것이었다. 물론 쉽게 진행되지는 않았다. 어쩌나 불꽃이 튀는 긴장감이던지, 정작 장본인인 화영은 끼지도 못한 채 눈치를 보며 솔방울 장난감을 만지작거리고 있었다.

그러던 와중에 주아가 문을 벌컥 열고 들어온 것이다. 정확히는 문을 열고 바닥에 쓰러졌다는 게 옳겠지만 말이다.

"은 도련님 손에, 피가 철철 나요!"

한창 예민해진 침혜가 무슨 소란이냐고 짜증을 내기도 전이었다. 주아가 펄떡거리며 외쳤다.

"멀쩡한 손가락이 없다니까요! 아주 못 쓰게 되면 어쩌지! 세상에, 너무 끔찍해서 심장이 벌렁거려요!"

그 소리를 듣자마자 화영은 벌떡 일어났다. 마치 새끼가 우는 소리를 들은 암호랑이 같은 얼굴이었다.

머리부터 몸이 먼저 움직여, 자초지종을 묻지도 않고 그대로 달려 나갔다. 침혜가 뭐라 말을 붙일 여지도 없는 순식간이었다.

관호는 아무 말도 하지 않았다. 화영이 망설임 없이 뛰쳐나간 문을, 그 너머의 복도와 주렴을 응시하고 있을 뿐이다.

급속도로 어색해진 분위기에 침혜가 주아를 타박했다.

"아니, 무슨 난리람? 똑바로 말하지 못하구, 깨빡이나 치구!"

"그치만 정말인걸요! 주아도 얼마나 놀랐다구요! 의원에게나 가셔야지 현희부로 오시면 어떡한담, 일단 고 씨에게 가 보시라구 주아가 말씀은 드렸어요. 그리구 바로 마마께 알려드리려고 온 건데요, 뭐!"

방정맞기는 했으나 주아의 판단은 썩 나쁘지 않았다. 청지기인 고 씨는 비상시를 위한 간단한 약재와 연고들을 어디에 보관하는지 잘 알고 있었고, 아버지가 의원이었던 까닭에 상처 정도는 대략적인 가늠이나마 대처할 수 있었다.

고 씨는 은룡의 손을 보더니 깜짝 놀라더니, 당장 처소로 돌아가 깨끗한 찬물로 씻고 계시라 권했다. 은룡은 소중하게 챙겨 온 잿더미를 작은 옥 단지에 넣고 난 후 찬 물에 손을 담갔다.

화로에서 타고 있던 것을 만지지 않고, 끄집어내 불을 끈 후 그러모은 것이 다행이었다. 물집이 잡히고 살갗이 까지기는 했으나 손가락 끄트머리들이었고 심한 화상은 아니었다. 다만 다친 손으로 재를 만졌기에 혹시 덧날까 염려가 되었다. 고 씨가 연고와 붕대를 가지고 왔다. 은룡은 고 씨의 손에 환부를 얌전히 맡겼다.

화영이 대문과 중정, 청지기 숙소를 뒤지다 끝내 곁채 은룡의 처소로 찾아왔을 때에는 치료가 막 끝난 참이었다.

"다쳤다며?!"

벼락같은 화영의 등장에, 고 씨는 황급히 고약 상자며 남은 붕대를 챙겨 뒷걸음질로 물러났다. 화영은 고 씨에게 눈길도 주지 않고는 성큼성큼 걸어 들어왔다.

"마마."

은룡이 어색하게 웃었다. 그리고는 붕대로 감싼 열 손가락을 슬쩍 등 뒤로 숨겼다.

"별 것 아닙니다. 주아가 다소 과하게 말한 모양이군요. 염려치 마십시오."

"별 것 아니라면서 왜 손은 감춰? 이리 내놔."

"정말 괜찮습니다."

입은 괜찮다고 말하면서도 몸은 순종적으로 손을 내밀었다. 화영이 두 번 같은 말을 하기 전에 따라야 한다는 오랜 습관 덕분이었다. 게다가 여기까지 온 이상 직접 확인하지 않고는 물러서지 않으실 것도 알았다.

화영은 은룡 앞에 털썩 주저앉았다. 그리고 은룡이 내민 커다란 손을, 마디 끝마다 붕대가 감긴 손가락을 하나하나 조심스레 만져 보았다.

"많이 아파?"

"아닙니다."

"어떻게 된 거야?"

"바느질을 하다 찔렸습니다."

"얼굴에 난 손자국은?"

"하하……."

"어떤 바늘이 그렇게 손이 큰가, 나도 봐야겠네."

미처 얼굴은 확인할 여유가 없었다. 은룡은 화영의 매서운 시선에 멋쩍게 웃었다.

"은가에 다녀왔습니다."

담백한 대답이었다.

"어머니와 다소 의견 차이가 있어 다투었습니다. 그뿐입니다."

"국태부인이 너를 때리셨다고? 그것도, 뺨을?"

화영이 놀라 눈썹을 찌푸렸다. 도저히 믿기지가 않는다는 얼굴이었다.

"그럴 리가 없어. 널 얼마나 예뻐하시는데…… 다 큰 아들 뺨을 왜……."

문득 그녀의 얼굴빛이 어두워졌다.

"혹시 나 때문이야?"

"아닙니다. 마마와는 무관한 일이었습니다. 신경 쓰지 마세요."

"나 때문이 아니면 네가 국태부인께 얻어맞을 일이 없잖아."

"그것이……."

은룡은 머뭇거렸다. 그러다 이내 마음을 다잡고 입을 열었다.

"어머니께서 맞지 않는 혼담을 강권하시기에 다투었습니다. 마마께는 책임이 없으니 마음 쓰지 마십시오."

그러나 은룡의 달래는 듯한 말은 별반 효과가 없었다. 은룡의 손끝을 솜털처럼 확인하던 화영이 손을 떼어 냈다.

"그게 왜 내 책임이 아니야. 네가 장가가지 않으려는 건데, 나 때문이 맞잖아. 아니라고 할 수 있어?"

"금가의 여식을 권하셨습니다. 그래서 거절했고요."

결국 금청아에 대해 말할 수밖에 없었다. 화영에 대한 감정과 무관하게, 그 자체만으로도 끔찍한 혼담임을 강조하기 위해서였다.

은룡의 예상과는 달리 화영은 별반 놀라지 않았다. 오히려 예상했다는 듯 착잡한 표정이었다.

"금청아, 라. 너를 많이 좋아하더라. 황후마마의 탄신연에서도 살금살금 뒤를 좇아왔었어. 덤불 뒤에 숨어서 네가 누구를 만나는지 관찰하고 있었지. 핑계야 내 녹보석 때문이라고 했지만…… 바보가 아닌 이상 목적은 너였지."

"그런 일이 있었습니까?"

은룡이 미간을 일그러뜨렸다.

"어째서 제게 말씀해 주시지 않았습니까?"

"그냥. 굳이 너한테 그 여자 얘기를 하고 싶지 않았나 봐. 연회석에서도 착 붙어 있었으니까 말이야. 좀 꼴 보기 싫었거든. 그러다가 잊어버린 거겠지."

화영의 대답은 평이했으나 듣는 은룡은 목까지 붉어지고 말았다. 그녀가 질투했다는 듯 한 이야기 아닌가.

"모르겠어. 어쩌면 좋은 사람일 수도 있겠지. 난 판단할 수 없어. 이미 선입견을 가져 버렸으니까. 나는 딱히 공정한 성격도 아니고. 그러니까, 내 말은. 금 귀비의 동생이라고 해서 반드시 못된 건 아닐 수도 있다는 거야."

화영은 곰곰이 생각하는 듯했다. 문장 사이의 침묵이 어지러웠다. 힘겹게 무거운 짐을 옮기는 사람처럼.

"마마."

이번에는 은룡이 화영의 손을 감쌌다. 화영이 붕대의 감촉을 느끼지 못하도록 손 우물 안으로 그녀를 소중히 덮었다.

"저에게는 오직 마마뿐이십니다. 금청아가 설령 달에서 내려온 선녀라 할지라도 싫습니다. 제게는 굴러다니는 돌이나 마찬가지입니다."

"그렇지만."

화영이 숨을 들이켰다.

"너도 네 인생을 살아야. 아까도 말했잖아. 넌 자유라고."

"마마 없는 제 인생에 어떠한 의미도 없습니다."

"너는 은가의 적장자야. 황후마마의 하나뿐인 동생이라고. 폐하가 큰 기대를 걸고 있는 인재이기도 해. 너는…… 나를 버려야 해. 내가 네 발목을 잡고 있잖아."

"마마."

몇 번이고 말할 수 있었다. 화영이 납득하지 않으면 납득할 때까지, 영원토록 몇천, 몇만 번이라도 다짐할 수 있었다. 은룡의 눈은 선한 동시에 결기가 서려 있었다. 어쩔 줄 몰라 하는 화영과 조심스레 시선을 맞추며 다시금 또박또박 말했다.

"아닙니다. 저는 그냥 은룡일 뿐입니다. 실은 은룡이라는 이름도 중요치 않습니다. 제 모든 것은 마마를 위한 것이니까요."

은룡은 화영이 자꾸 자신을 놓아주려는 까닭을 알았다. 그녀는 죄책감을 가진 것이다. 은룡이 쏟아붓는 사모지심과 정성을 자신이 갚을 수 없다고 여겨 미안해하는 것이다. 하지만 정말 그런가? 그의 시선이 화영을 다시금 응시했다.

어찌나 급히 달려오셨는지, 머리에 꽂은 비녀가 빠질락 말락 아슬아슬하다. 계화유로 말끔하게 빗겼을 머리카락도 이리저리 삐져나와 고운 이마 앞을 간지럽히고 있었다. 뺨에는 홍조가 돌고, 오르내리는 호흡이 채 진정되지 않았다.

내가 다쳤다는 소리에 이리도 놀라셨구나. 이리도 빨리 달려오셨구나.

이렇게 나를 행복하게 해 주시건만, 어째서 항상 미안해만 하실까.

"저는 마마를 위해 병마를 이겼고, 마마를 위해 몸을 단련하며 법과 도리를 익혔습니다. 오로지 마마께 어울리는 사내가 되기 위해서였습니다. 그런데 어찌 마마께서 제게 족쇄가 되겠습니까. 봉황을 연모하는 묘목이 자신의 미약함에 대해 어찌 하늘을 탓하겠습니까."

은룡이 짙고 일렁이는 눈빛으로 화영을 바라보며 말했다.

"마마를 만나지 못했다면 저는 결코 지금 같은 모습이 아니었겠지요. 이런 상황을 직면하니 더욱 체감하게 됩니다."

"은룡."

"마마, 제가 그저 마마를 사모하며 살도록 허락해 주십시오."

화영의 눈동자가 크게 열리더니, 작약 꽃봉오리를 닮은 입술이 파르르 떨렸다. 은룡은 그녀가 애써 울컥하는 마음을 숨기고 있음을 알았다.

그래서 소리 없이 미소만 지었다.

"며칠 뒤면 난 떠나."

"알고 있습니다."

"네가 여기서 무슨 고생을 하든 난 하나도 모를 거야."

"그래야지요."

"네가 성취한 모든 것들을 희생할 만한 가치가, 나한테 있다고?"

"차고도 넘칩니다."

"넌 바보야."

"네."

모란이 쓰러지듯 화영이 은룡의 품에 기대었다. 은룡은 다친 손으로 소중히 그녀를 끌어안았다. 서로 다른 생각과 한 가지 마음. 그러나 그들은 말없이, 아주 오랫동안 서로를 품에 안고 있었다.

그날 밤부터 화영이 은룡의 처소에 찾아오기 시작했다. 떠나기까지 나흘을 앞둔 시점이었다.

"마, 마마, 이 늦은 시간에 여기는 어쩐 일로 오셨습니까?"

침의로 갈아입고 잠자리에 들 준비를 하던 차였다. 제집 안방이라는 양-물론 현희부가 모두 그녀의 것이니 썩 틀린 말도 아니다- 자연스럽게 등장한 화영 때문에 은룡이 당황하는 것도 당연하였다.

"그냥. 같이 자려고."

"예, 예?!"

어찌나 당황했는지 은룡의 밀빛 피부가 목부터 얼굴까지 달아오르는 것이 화영의 눈에 보였다. 순식간에 손까지 붉어지니, 침의 밑도 참 볼 만하겠구나 싶었다.

"생각해 보니까 나흘 뒤면 너를 다시 못 보잖아. 언제 다시 돌아올 수 있을지도 모르고. 그래서 며칠만이라도 옆에서 잘까 하고."

뻔뻔함이 지나쳐 순진하게까지 들리는 발언이었다. 화영은 그 말을 하면서 겉에 걸친 옥색 피풍의를 끌렀다. 그러자 눈부시게 흰 침의가 드러났다.

은룡이 목이 부러질 기세로 급하게 고개를 돌리며 말을 더듬었다.

"하, 하지만, 남녀가 유별한데 어찌."

"언제부터 그런 걸 따졌다고 그래? 유별 어쩌고 하기에는 저번에 용중사에서도 같이 잤잖아. 귀신 나오는 암자, 기억 안 나?"

"제, 제 처소는 불편할 것입니다. 먼 여행을 앞두셨으니 익숙한 침상에서 편히 주무시는 것이……."

"이것 봐. 베개도 가져왔어. 그러니까 비키기나 해. 난 바로 잘 거야."

팔척장신의 건장한 사내가 손도 쓰지 못하고 말려들었다. 마치 새끼 고양이의 패악에 쩔쩔매는 사냥개를 보는 듯하였다.

화영은 어쩔 줄 모르는 은룡을 지나치며 속으로 키득키득 웃었다. 사실 은룡은 제대로 완력을 쓸 필요도 없었다. 그저 팔을 뻗어 막기만 한대도 화영은 그의 침상으로 올라가지 못했을 것이다. 결국 진심으로 거부하지 못한 셈이다. 화영도 알고 은룡도 알았으니 어쩌겠는가.

결국 화영이 먼저 침상에 자리를 잡고 눈을 감았다. 정갈한 이불에서는 따스한 햇볕 냄새와 선선한 늦가을 바람의 냄새, 그리고 은룡의 은은한 체취가 느껴졌다. 어린 시절이 떠올랐다. 은룡을 골리며 그가 당황하는 모습을 구경하고는 했지. 그때나 지금이나 한결같이 재미있다는 사실이 놀라웠다.

한참이나 안절부절못하던 은룡은 결국 분주하게 없던 일을 찾아 하기 시작했다. 갑자기 곁창을 죄다 열었다 닫질 않나, 침소 밖의 소청으로 나가 한참을 부스럭대다가, 결국 화영이 꼼짝도 하지 않고 정말 잠든 것을 깨닫자 우물쭈물 돌아왔다. 그제야 그는 조심스럽게 침소 안의 촛불을 하나하나 끄고 침상 곁으로 다가왔다.

무엄하게도 장공주 옆에 누워도 될 것인가? 마룻바닥에서 밤을 지새워야 하는 것은 아닌가? 아니면 아예 작은 난각으로 가서 자야 할지도 모르겠다.

하지만 마마께서는 옆에서 자겠다 하셨는데. 내가 피해 버리면 명령에 불복종하는 셈이 아닌가?

이전이었다면 그는 침소 밖으로 나가 뜬눈으로 밤을 새웠으리라. 마치 용중사에서 홀로 불침번을 서겠다 고집했던 것처럼 말이다. 하지만 그는 이제 사모하는 분의 체온을 알았으며, 그저 곁에서 눈만 감고 보내는 밤이라도 어찌나 설레는지 경험하였다. 화영의 말대로 나흘 뒤면 오랫동안 재회하지 못하리라는 점도 크게 작용했다. 그래서 결국 조용히 이불을 걷고 화영의 옆에 누웠다.

시간이 얼마나 지났을까. 반듯하게 누워 쿵쿵대는 심장을 진정시키려던 중이었다. 똑바로 몸에 붙여 두었던 그의 손을 화영이 가만히 잡아 왔다.

"많이 아프지."

은룡은 대답하지 못했다. 사랑스러움과 욕망으로 목구멍이 틀어 막혀, 제어하지 못하고 분출할까 덜컥 겁이 났다.

화영은 딱히 답을 기다리는 것 같지 않았다. 어쩌면 은룡이 그새 잠들었다고 여길지도 몰랐다. 밤의 어둠 속에서 그녀가 뭔가 골똘히 생각하는 듯했다.

"내가 떠나기 전에 다 나을 수 있을까?"

이번에도 은룡은 대답하지 못했다. 하지만 무슨 뜻인지는 알 것 같았다. 피가 뜨거워졌다.

고 씨가 아침저녁으로 고약을 바르고 붕대를 갈아 주었으므로 은룡의 화상은 신기하리만큼 빨리 나았다. 원체 살성이 좋은 것인지, 아니면 본인의 낫고자 하는 의지가 강렬한 것인지 고 씨조차 헷갈릴 정도였다.

딱 현희부가 폐쇄되기 전날이었다. 은룡은 손가락에서 붕대를 모두 풀어 냈다. 조심스럽게 자신의 손끝을 만져 보았다. 물집이 가라앉아 딱지가 되었다. 딱딱하고 거칠거칠한 느낌이었다. 원래도 무인의 손이니 부드럽지는 않았다만 이런 식으로 굳은살이 늘어날 줄이야.

그날 밤에도 화영이 찾아왔다. 그녀는 은룡의 쾌유를 알아보았다. 화영이 명령하기도 전에 손이 먼저 나갔다. 얌전히 두 손을 내미니, 꼭 흙구덩이에서 놀다가 식사하기 전 검사를 받는 소년 같은 형색이었다. 은룡의 귀가 붉어졌다.

"많이 거칩니다. 나무껍질처럼……."

은룡의 목소리는 욕망으로 잠겨 있었다.

화영이 눈을 동그랗게 뜨더니 몇 번 깜빡였다. 그 모습이 어찌나 맑아 보이던지. 순간 은룡은 모든 것이 자신의 착각이 아니었나, 정욕에 눈이 멀어서 환상을 믿어 버린 게 아닌가 덜컥 놀라 움츠러들었다.

하지만 이내 화영이 웃으며 되물었다.

"그래서?"

그래서.

은룡은 허리를 숙여 그녀에게 입을 맞추었다. 그리고 그대로 안아 들어 침상으로 향했다.

대다수의 하인들이 제 몫을 받고 떠나간 뒤였다. 최소한의 인원만 남았으니, 이 슬픈 밤 곁채의 전각 중 하나에서 벌어지는 남녀지사를 누구도 모를 것이다. 아마도.

"누가, 알고 있습니까?"

가쁜 입맞춤과 그보다 서툰 탈의 와중에 은룡은 물었다. 화영은 잠시 숨을 헐떡이다가 곧이곧대로 대답했다.

"몰라. 누가, 알겠어?"

침의와 속곳을 찢어 내듯 벗겨 내고는, 곧바로 커다란 사내의 손이 가슴을 쥐고 다리 사이를 갈랐다. 채 가라앉지 않아 거칠기까지 한 감각이 각오보다 무서웠다. 그녀가 헛숨을 머금고 말을 이었다.

"불침번을, 서는, 아, 시녀들은, 다, 갔는걸. 응, 침혜도, 아아, 가서, 자라고, 아! 했단 말이야, 그러니까-"

누가 이 늦은 밤에 내 침소에 오겠어, 아무도 모르지. 마지막 문장은 혀 끝에서 뭉개져 헐떡임과 뒤섞였다.

삽입은 다소 급했다. 분명 초야에서도 그 다급함에 몇 번이고 자책했던 것 같지만, 어쩔 수가 없었다. 등을 대고 누운 화영에게 구겨진 주름이나 불편한 둔덕이 없도록 급히 제 손으로 금침을 밀어 올리는 것이 다였다. 쑤셔 박고 있는 흉흉한 성기는 어쩔 줄 모르면서 말이다.

"―아파."

참다못한 화영이 앓는 소리를 냈다. 접합된 부분을 내려다보니 과연 무리인 것도 같았다. 좁은 틈새가 검붉게 발기된 남성을 반쯤 머금은 채 굳어 있었다. 충분히 젖지 못한 것이다.

"죄, 죄송합니다."

첫 밤에도 이렇게 막무가내로 굴지는 않았다. 머릿속 한구석에서 그렇게 혀를 차는 소리가 들리는 것 같았다. 은룡은 어쩔 줄 몰라 하며 진입을 멈추었다. 하지만 허리를 물려 빼내기에는 일부이나마 꽉 죄어 있는 성기의 선단이 미칠 듯이 기분이 좋았다.

어떻게든 그녀가 이완할 수 있도록 도와야만 했다. 그렇게 판단하자 다시금 초야의 기억이 떠올랐다. 자신의 성기를 뿌리 끝에서부터 귀두까지 어루만져 주며 적셔 주던 그녀의 손길이 기억났다. 그 순간 성기가 더욱 부풀어, 아프다며 울상이던 화영이 잇소리를 내었다.

골반을 움켜쥐고 있던 손을 급하게 내렸다. 창검을 쥐느라 굳은살이 박이고, 이제는 화상이 아물어 딱딱한 딱지가 앉은 손길이었다. 도저히 받았던 수음만큼 부드럽지는 못하겠으나, 이대로 있는 것보다는 나으리라 싶었다.

삽입을 멈춘 접합 면에 손가락이 닿았다. 힘겹게 선단을 머금은 질구를 훑고, 긴장하여 움츠린 음순을 더듬어 만졌다. 억지로 비집어져 벌려진 틈새를 손끝으로 모조리 더듬어 익혔다.

"아, 너, 웃, 거긴⋯⋯!"

그녀가 고개를 저었다. 뺨도 가슴도 온통 분홍빛으로 젖어 야하기 그지없는 모양새였다. 조금 더 욕심을 내어 느리게 전진을 시작했다. 그리고 아픈 신음이 새어 나오기 전에 음핵을 문지르며 입을 맞추었다.

"아, 앗, 흐읏……."

"마마……."

신음이 온통 혀끝에 매달려 녹았다. 버겁던 삽입이 차차 젖어 들어, 끈적끈적한 감각으로 머리까지 몽롱해진다. 좁은 틈 사이로 인내심을 가지고 파고들었다. 수축하는 내벽의 감각에 술이라도 취한 듯 어지러웠다.

은룡이 끝까지 성기를 밀어 넣었을 때, 화영은 반쯤 기진맥진하여 모든 힘을 잃은 듯했다. 유두와 음부를 애무하던 손을 떼어 무릎 밑을 잡고 침상 위로 내리누르는 데에도 거의 저항이 없었다. 그가 살짝 손을 떼었음에도 음란하게 벌어져 접힌 그녀의 하체는 채 움직이지 못했다. 그렇다면.

"잠깐, 지금 뭐 하는, 읏!"

욕심이 생긴다. 하체를 바짝 붙여, 음낭까지 쑤셔 넣을 기세로 더욱 깊이 접한다. 그러면서 허벅지 안쪽의 움푹 파인 부분을 엄지로 문질러 본다. 완벽하게 하나가 된 모습이 은룡의 눈에 가감 없이 드러났다. 끈적한 액으로 젖어, 버겁게 제 성기를 죄어 무는 음부가 노골적으로 보였다. 선홍빛 틈새가 뻐끔거리며 수축과 이완을 반복한다.

아찔할 정도로 음탕한 광경이었다. 은룡은 홀린 듯이 그것을 응시하였다.

"왜, 그런 걸, 보고 있어……!"

화영이 울 듯 말했다.

가득 채워 넣은 채 움직이지 않는 남성이 일종의 배려라고 생각했다. 배 속이 온통 가득 찬 느낌을 가까스로 받아들이려던 차인데, 은룡의 시선을 느끼자 바로 열기가 치솟는다. 부끄럽고 창피했다. 언제나 온화하고 곧던 은룡의 눈이, 안개에 뒤덮인 듯 불투명하게 변하는 것이 두려웠다. 그가 뚫어져라 보고 있는 밀부가 새삼 의식된다.

구멍이 움찔거리며 더 큰 자극을 원하는 것이 느껴졌다. 내벽을 꽉 채운 남성이 움직여 주기를 바라는 감각에 입이 말라 왔다.

역시 괜한 짓이었을까? 괜히 그를 자극하여 동침한 건가? 이렇게라도 해야 어떤 선택을 하든 미련이 없을 거라고 생각했다. 한 번뿐이라면 평생 잊지 못하고 환상을 가질지 모르나, 두 번이라면 아니니까. 환상에서 현실로 받아들일 수 있을 테니까. 적어도 그가 마음을 정리할 때 어떤 식으로든 도움이 될 거라고 생각했다.

화영은 개구리처럼 접어 벌린 다리를 벌벌 떨며 수습하려 애썼다. 일단은 그의 시선을 피하고 싶었다. 무릎을 한쪽으로 모아 비스듬히 치웠다. 그러다가 무슨 생각에선지 입술을 깨물고, 더듬더듬 몸을 일으킨다. 그리고는 아예 상체까지 비틀어 옆으로 기울이다가, 자극을 감당하지 못하고 베개에 얼굴을 푹 묻어 버린다.

"마마?"

남성을 문질러오는 자극에 은룡은 퍼뜩 정신을 차렸다. 정면으로 그와 마주 보고 있던 화영이 반쯤, 아니 거의 엎드리다시피 하여 시선을 피하고 있었다. 길게 풀어진 머리카락이 엉망으로 흐드러졌다. 가녀린 등, 그리고 둥근 엉덩이가 야릇한 선을 그리며 금침 위에서 헐떡인다.

"그냥, 해……."

은룡의 목소리를 듣자 더욱 부끄러운지 그녀가 베개에 얼굴을 파묻으며 중얼거렸다.

"빨리……."

가까스로 억누르던 욕망이 한 마디에 넘쳐 흐른다. 은룡은 순식간에 허리를 물렸다. 질척하게 젖은 입구 끄트머리에 귀두가 걸칠 정도로 아슬아슬하게 물러섰다가, 곧바로 한계까지 처박는다. 동그랗고 부드러운 엉덩이에 음모가 문질러질 정도로 깊고 거친 삽입이었다. 채 제대로 엎드리지도 못한 그녀가 비명 같은 신음과 함께 굳어 버리는 것이 느껴졌다.

애매하게 무너진 자세에 추삽질이 어려웠다. 은룡은 그녀의 허리를 양손으로 움켜쥐었다. 양 손가락 끝이 닿을 만큼 가녀린 몸이다. 더욱 음심이 치솟았다. 저도 모르게 취한 후배위에 당황한 여체를 억지로 자세를 갖추게 만들었다. 무릎을 세우도록 허리를 잡아 올리고, 숨을 제대로 쉴 수 있도록 베개를 조정하여 여유를 만든다.

"자, 잠깐만, 이건, 아, 아!"

작은 손끝이 발갛게 물든 것이 보였다. 허둥대는 숨결이, 내뱉는 신음이 그녀의 당혹스러움을 드러냈다. 하지만 그는 그녀의 말을 더 듣지 않았다.

젖은 살결이 맞부딪히는 소리가 단정한 침소를 가득 채웠다.

"아, 아응, 이건, 아, 싫…!"

짐승처럼 음란한 자세. 개나 말이 접붙을 때나 취하는 자세였다. 완연히 엎드려져 엉덩이만 치켜든 채 은룡을 받아내면서야 뒤늦게 깨달은 모양이다. 화영의 흰 몸이 온통 발긋하게 물들었다. 그와 동시에 남근을 무는 내벽도 더욱 예민해져, 두 사람 모두 제대로 된 단어를 뱉을 수 없을 정도로 정사에 집중하게 된다.

그녀는 다리를 벌리고 음부를 보여 주는 자세가 부끄러웠을지 모르겠지만, 뒤로 사내를 받는 이 체위 역시도 음란한 것은 만만치 않았다. 삽입이 더욱 깊어지고 야만스러운 욕망이 자극되어, 핏줄이 바짝 솟은 남성이 드나들 때마다 질척한 애액이 흘러 허벅지 안을 적신다.

"아, 윽, 흐읏, 너, 아……!"

우는지 앓는지 모르는 신음을 내뱉으며 작은 손이 베갯잇을 움켜쥔다. 은룡은 그녀의 등에 완전히 밀착하며 사랑스러운 귓바퀴를 찾아 물었다. 아플 정도로 죄어 오는 내벽의 감각에 당장이라도 씨물을 쏟아 낼 것 같았다.

커다란 손에 부드러운 젖가슴을 움켜쥐고 주무르자 그녀가 고개를 흔들었다. 바짝 도드라진 젖꼭지의 감촉에 입이 말랐다. 미칠 듯이 성기를 조여 대는 내벽의 감각에 은룡은 가쁜 숨을 내뱉었다. 거칠게 추삽질을 하다 끝을 가장 깊은 곳에 박고 윽, 짧은 신음을 내뱉었다. 눈앞이 하얗게 번지는 듯한 쾌락과 함께 절정이 찾아왔다.

"마마, 괜찮으십니까."

헛된 중얼거림과 함께 헐떡이며 성기를 빼내었다. 백탁액이 질구와 선단을 길게 잇다가 뚝, 하고 떨어졌다. 순간 욕망이 치솟았지만 입 안의 여린 살을 악물며 참았다. 당장 새벽에 먼 길을 떠나셔야 하는 분이다. 더는 제 욕심을 채울 수가 없었다.

"하……."

완전히 기운을 소진한 듯한 화영은 그대로 침상에 엎드린 채 가쁘게 숨만 내쉬고 있었다. 간헐적으로 떨리는 가는 허리와 헐떡이는 숨결만이 그녀가 느낀 쾌감을 드러내고 있었다.

"씻을, 물이라도, 제가."

벌어진 그녀의 다리 사이로 체액으로 번들거리는 음부가 엿보였다. 은룡은 어쩔 줄 모르고 그녀에게서 멀어지려고 했다. 그녀의 몸을 닦을 수건이라도 가져오고, 그러면서 욕망을 절제하려는 것이었다.

그때 헐떡대던 화영이 가늘게 속삭였다.

"……가지 마."

무릎을 세워 물러나려던 은룡이 벼락이라도 맞은 듯 멈출 수밖에 없는 음성이었다.

"……가지 마, 이대로 자자……."

"몸을 닦으셔야……."

"……안아 줄래?"

더는 거부할 수 없는 부탁이었다.

은룡은 체액으로 질척해진 손끝으로 촛불을 껐다.

침상 가까이서 흔들리고 있던 불이 꺼지자, 금세 침소가 어둠에 잠겼다. 열기에 젖은 몸을 서로 껴안는다. 화영의 가녀린 몸은 여전히 떨고 있었고 수치스러운 자세로 얻은 쾌감으로 인해 엉망이었다. 칠흑 같은 밤이었다. 벗은 가슴과 가슴이 맞닿고, 서로의 이마에 이마를 마주 대었다.

마지막 밤.

누구도 언급하지 않았지만 두 사람 다 각오한 밤이었다.

은룡은 눈을 감았다. 화영이 뒤늦게 속삭이는 소리를 들었다.

너와 혼인했어야 하는데.

진작에 그랬어야 하는데. 그렇다면 네가 조금 덜 아팠을 텐데. 조금 덜 다쳤을 텐데. 미안해. 내가 너무 이기적이었어. 어머니도 잃었고 아버지는 곁에 없어서, 부부란 것이 무엇인지 항상 아리송했어. 내 일이라고 생각하면 머리가 뿌연 연기로 꽉 차는 것 같았어. 무서웠어. 어떻게 아내가 되고 어떻게 남편을 대해야 하는지 도통 어려워서, 미뤄 버렸어. 그래도 네가 항상 내 곁에 있을 거라고 생각했어. 네가 기다려 줄 거라고 생각했어. 미안해. 모두 내 책임이야. 그러니 나는, 네가 무슨 선택을 해도 이해해.

이걸로 충분했다.

은룡은 소리 없이 눈물을 흘렸다.

그녀와 이대로 헤어진다 해도, 그녀가 자신이 아닌 다른 사내와 함께 떠나 그의 고향으로 향한다 해도, 그의 가족과 머물며 오래, 아주 오래 살게 된다 해도.

내세까지도 그녀를 사랑할 충분한 보답이었다.

* * *

현희부는 그렇게 잠겼다.

채 어스름이 걷히지 않은 차가운 새벽이었다. 문을 닫아걸고 나서도 한동안 다들 아무 말도 하지 않았다. 이상한 기분이었다. 몸의 일부가 사라지기라도 한 듯, 결코 익숙해지지 않을 듯한 상실감이 느껴졌다. 그러나 누구도 내색하지 않았다.

남아 있던 하인들은 최대한 조용히, 그리고 짧게 인사를 올린 후 떠났다.

그래야만 함을 알아서였다.

침혜는 화영 앞에 크게 절을 한 후, 곧바로 일어나 그녀를 꽉 끌어안았다. 용중산까지 청지기 고 씨가 동행해 주기로 한 터라, 침혜는 무사히 남편과 딸에게 돌아갈 수 있을 것이다. 화영은 울지 않기 위해서 막히지도 않은 코를 억지로 들이마셨다. 콧등으로부터 얼얼한 통증이 얼굴에 퍼졌다.

침혜를 태운 수레가 무겁게 출발했다. 일부러 짐칸에 앉아 오래오래 손을 흔드는 침혜를, 그 모습이 어슴푸레한 그림자로 멀어질 때까지 화영은 마주 배웅하였다.

그렇게 현희부 앞 대로에는 세 사람만이 남아, 서로를 바라보았다.

"어디에서 지낼 계획인지 물어도 되겠소?"

먼저 입을 연 것은 관호였다. 흑색으로 몸을 감싼 그는 긴 머리카락을 하나로 바짝 묶고, 가죽 투수로 소매까지 단단히 싸맨 채였다. 고향으로 돌아가는 길이라서일까. 어느 때보다도 강호인처럼 보이는 분위기였다.

"현희부는 닫혔고, 본가도 거리끼는 듯한데."

"걱정하지 마십시오."

은룡이 반듯하게 선 채 대답했다.

"황궁에 숙직하는 시위들을 위한 처소가 있습니다. 당분간 거기서 머물며 지낼 곳을 찾을까 합니다."

"기도위처럼 높은 신분으로 불편할 것이오."

"정 어렵다면 은자로 해결해야겠지요."

은룡은 최대한 밝게 웃어 보였다. 관호 옆에서 숨을 죽인 채 자신을 바라보고 있는 화영의 시선을 느껴서였다.

"감사하옵게도 폐하께서 그간 많은 은자를 하사하셨으니, 작은 방 하나 빌리는 것쯤이야 쉬울 것입니다. 이 번화한 도성에서 저 한 명 묵을 거처가 없겠습니까."

"고생이로군."

"마마께서 감내하시는 희생에 비하겠습니까. 이 정도는 아무렇지도 않습니다."

관호에게 대답하고 눈을 돌려 화영을 바라보았다. 해가 뜨기에 이른 시간, 물속처럼 짙은 어둠이이었다. 그 가운데서 청색 옷을 입은 그녀는 그대로 사라질 듯 연약하고 사랑스러워 보였다.

평복에 화려한 비녀 하나 없는 모습은 용중사에서의 과거를 떠올리게도 하였다. 그때는 언제나 환하게 웃고 계셨는데. 이처럼 걱정으로 가득한 얼굴은 아니셨다.

"부디 옥체를 보중하십시오, 마마. 그것이 일 순위입니다. 참으로 요양을 가셨다 여기고 편히 지내십시오. 어떤 것도 염려하지 마시고, 누구도 걱정하지 마십시오."

"그건 너야말로……."

대꾸하던 화영이 말을 흐리더니 쓰게 웃었다. 그리고는 소매를 뒤적이더니, 무언가를 불쑥 꺼내 은룡에게 내밀었다.

"너 줄게. 가져."

화영이 용중사에서 만들었던 솔방울 장난감이었다. 밑에는 은룡이 딱 맞게 조각한 받침대까지 소중히 고정된 채였다.

예상하지 못한 선물에 은룡이 눈을 깜빡였다.

"제게 주셔도 됩니까? 마마께서 아끼시는 장난감이 아닙니까."

"하주에 가서 또 만들면 돼. 가져가다 망가지면 안 되니까, 너 줄게."

당장 잘 데도 없는 놈한테 너무 큰 선물인가. 화영은 우스갯소리처럼 이러려 했지만 목소리가 너무 떨렸다. 그래서 그녀가 기대했던 밝은 효과는 내지 못했다.

"감사합니다. 목숨보다 소중히 간직할 것입니다."

"그럴 건 없어. 버려도 돼. 곤란한 물건을 너한테 밀어 두는 거니까."

"아닙니다. 마마께서 주신 어느 것도 곤란한 적이 없었습니다. 모두가 제게는 보물입니다."

은룡은 눈물을 보이지 않기 위해 음절마다 힘을 주었다. 화영은 차마 시선을 계속 마주하지 못하고 고개를 돌렸다. 그리고 조심스레 받아드는 그의 손에 장난감을 놓고 뒤로 물러섰다.

"그러면 우리는 이만 가 보겠소."

조용히 그들을 응시하던 관호가 말했다.

"부인, 마차에 타시오."

잘 있으라는 말도 차마 하지 못한다. 화영은 관호의 말에 고개를 끄덕이고 마차로 다가갔다. 이미 짐이 실린 작은 마차였다.

습관적으로 은룡이 한 걸음 나섰으나 관호가 먼저였다. 그가 문을 열고 화영의 손을 잡고 타도록 도와주었다. 은룡은 입술을 깨물었다.

"관 부마. 마마를 잘 부탁합니다. 부디 안전하게 지켜 주십시오. 그리고 그분이 남려의 장공주임을 항시 명심하십시오. 어떠한 일에서건, 결단코……."

은룡의 말문이 막혔다. 뜨거운 불덩이가 목구멍을 꾹 막아 버린 기분이다.

그분이 뭘 좋아하는지, 뭘 싫어하시는지, 어떤 음식을 좋아하시고, 어떤 요리는 기피하시는지, 이런 점은 주의하고, 이런 변명을 늘어놓으실 때에는 과감히 무시해야 하며, 그럼에도 불구하고 언제나 그분을 공경하고 보살펴 달라고.

하고 싶은 말이 너무 많았다. 그래서 그는 차마 문장을 이을 수가 없었다.

관호의 호박색 눈동자가 길게 찢어진 눈꺼풀 밑에서 고요히 빛을 발했다.

"더는 말할 필요 없소."

담담하고 짧은 대답이었다. 하지만 그것으로 족했다.

관호와 은룡은 서로에게 읍을 하며 작별하였다.

관호가 마부석에 올라탔다. 구척장신의 탑승으로 더해진 무게에 말이 흠칫 놀라 고개를 저었다. 이랴. 짧은 명령과 함께 바퀴가 굴러가기 시작했다. 아직도 어두웠다. 마부석 앞에 걸어 놓은 작은 등만이 유일한 빛이었다.

드르륵 작은 창이 열린다.

그 속에 보이는 사모하는 분의 모습을, 은룡은 눈조차 깜빡이지 않고 쳐다보았다. 온 마음에 담아 두기 위해 노력하였다.

그러다 자신도 모르게 발이 떨어졌다. 반듯하게 선 채 배웅하려 했는데, 어미를 놓친 어린애처럼 몸이 먼저 움직였다. 차마 손을 내밀어 잡지도 못하면서, 멍청하게 마차를 따라가기만 한다. 지금 자신의 얼굴이 얼마나 꼴사나워 보일지 가늠조차 불가능했다. 알면서도 그는 작은 창 안에 드러난 화영의 얼굴을 조금이라도 더 보기 위해 걸었다.

마차에 속력이 붙었다. 은룡은 거의 뛰기 시작했다.

그 모습을 보다 못한 화영이 크게 입 모양으로 속삭였다.

바보야, 오지 마.

그리고 차마 더는 참지 못해, 열었던 창을 닫아 버렸다. 창도 문도 꽁꽁 닫힌 작은 마차는 새벽녘 어둠을 향해 멀어졌다. 말발굽이 포석을 밟고 달리는 소리, 기름칠해 둔 바퀴가 미끄럽게 돌아가는 소리, 그리고 어쩌면, 사모하는 분이 눈물을 참는 소리.

은룡은 멈추어 섰다. 오지 말라 하시기에 멈출 수 있었다.

각오한 이별이었지만 쉽지가 않았다. 아직도 품 안 가득 그분을 안고 있는 것만 같은데.

함께 지샌 밤에 이어진 새벽이었다. 어째서 멀리 떨어져 기약할 수 없는가. 마차 소리가 사라진 후에야 은룡은 울음을 터뜨렸다.

그리고 아주 오랫동안 울었다.

하주로 가는 길은 멀었다. 낙엽들은 하나둘 떨어졌고 빽빽한 침엽수림과 저지대를 지났다. 보지 못한 산세와 낯선 억양을 가로지르며 관호와 화영은 많은 말을 하지 않았다.

바람이 빠르게 차가워졌고 새벽마다 진눈깨비가 내렸다. 관호가 함을 열어 화영에게 모피로 감침질한 피풍의를 둘러 주었다. 유일하게 포함한 사치품이었다. 화영을 위하여 최대한 노숙은 피하였지만, 사정이 여의치 않을 때도 있었다.

그럴 때면 관호는 무거운 함을 찻잔 들듯 꺼내고, 좁은 마차 안에 두툼한 겨울옷을 깔아 그녀가 누울 수 있도록 하였다. 마차 문 바로 앞에 화롯불을 피우고, 자신은 밤새도록 불과 그녀를 지켰다. 그리고 새벽녘 바로 출발하였다. 여전히 그들 사이에는 대화보다 정적이 더 많았다.

점차 크고 작은 강을 마주치는 일이 잦아졌다. 하나같이 하나의 커다란 물길로 이어지는 강들이었다. 멈추어 들리는 객잔과 음식점에서 접하는 이들의 복식은 검소하면서도 날렵했고, 등이나 허리춤에 무기를 맨 자들도 적지 않았다. 침혜가 겁주었던 것과 달리 누구도 화영에게 시비를 걸거나 집적대지 않았다. 아마 항상 관호가 곁에 있어서일 거라고 화영은 생각했다.

기온이 한층 더 낮아졌다. 관호는 화영을 위하여 장난감처럼 자그마한 화로를 샀다. 비록 화로가 마차 안에서 넘어지거나 큰 불티가 튀지 않도록 신경을 써야 하긴 했지만, 추워서 덜덜 떠는 것보다는 나았다.

문득 화영은 마부석에 앉아 매서운 바람을 묵묵히 마주하고 있을 관호를 생각했다. 그는 피풍의는커녕 전포조차 두르고 있지 않았다. 애초에 마차에 실은 함 안에는 온통 화영의 물건뿐이었던 것이다.

첫눈이 내리던 날이었다. 그들은 하주 미령에 도착하였다.

9. 눈이 내리고
해가 지나고

현희부가 폐쇄되었음을 황제가 알기까지는 상당한 시일이 걸렸다.

우선은 의식적으로 현희부와 누이를 머릿속에서 지웠기 때문이었다.

황제로서도, 남성으로서도, 오라비로서도 쉽사리 받아들일 수 없는 탈선이었고 부도덕이었으며 방종이자 문란이었다. 아무리 목적이 옳은 것이었다 해도 과정을 무시할 수는 없지 않은가. 그렇기에 아예 그는 화영에 대해 생각하지 않기로 하였다. 섣불리 누이에 대해 고민하다가는 돌이킬 수 없는 선을 넘을까 두려웠다.

피차 마음이 진정된 이후, 조금이라도 거리를 벌려 놓고 객관적으로 판단할 수 있을 때까지 어떠한 교류도 하지 않을 작정이었다.

온 전각의 입구마다 두툼한 방장이 붙은 초겨울의 어느 날이었다. 내무부를 도맡은 태감이 곤란한 얼굴로 장양전에 찾아왔다. 현희부가 꽁꽁 닫혀 있으며, 어떠한 인적도 찾을 수 없다는 이야기였다.

누이를 애써 외면하고 있기는 하였으나, 그렇다고 해서 현희부로 가는 봉록을 줄이거나 재화를 끊을 만큼 못난 오라비는 아니었다. 아무리 누이가 잘못했더라도 굶길 수는 없지 않은가. 그러므로 매달 황궁에서 현희부로 내려가던 갖가지 귀한 식료품이며, 쌀과 비단 등의 생필품은 정해진 날짜가 되자 어김없이 출발하였다. 헌데 완전히 문이 잠기고 폐쇄된 것이 명명백백한 상황인지라 당황하여 급히 아뢰는 것이다.

-그게 무슨 뜻이냐? 현희부가 닫혀 있다니?!

젊은 황제는 드물게 평정을 잃고 자리에서 일어났다.

태감은 바로 바닥에 엎드렸다.

-말씀드린 그대로이옵니다, 폐하. 정문은 물론이고 측문들도 모두 단단히 잠기었으며, 인기척도 전혀 없었사옵니다. 건물 자체에 온기가 전혀 없는 것이 한동안 사람이 기거하지 않은 듯하였사옵니다.

-그렇다면 현희장공주는? 내 누이는 어디 있느냐?

-그것은……

가슴이 쿵 하고 떨어졌다. 주영은 순간 비틀거렸다.

현희부가 잠겨 있다니! 사람이 살지 않는다니! 그렇다면 화영은 어디로 갔단 말인가!

그날 다툼으로 인해 화영이 크게 상심하였을 것은 알았다. 많이 울 것이고, 종일 침상에 누워 몸을 옹송그리고 있을지도 몰랐다. 말수도 적어지고, 예민해지겠지. 영영 남매의 정을 잃게 되는 것일까 두려워 밥 한술 떠 넣을 때마다 가시를 씹듯 할 것이다. 마치 주영 그가 그러하듯이.

하지만 사라지다니! 이럴 수는 없지 않은가!

주영은 저를 부축하려 드는 태감들을 급히 물리쳤다. 그리고 이 일에 대해 발설하지 말라고 엄중히 경고하였다. 아직도 현희부에 얽힌 음습한 소문이 잦아들지 않은 채였다. 많은 이들이 목격한 녹보석 요대에 얽힌 이야기가 상당히 설득력이 있었기 때문이다. 그런 와중에 현희장공주가 황제에게 말도 없이 잠적했다면 무슨 소란이 일어날지 몰랐다. 그것만은 막아야 했다.

현희부의 상황을 가장 잘 알고 있을 사람이 필요했다. 주영은 은룡을 불렀다.

은룡은 황제가 자신을 부른 까닭을 이미 알고 있는 얼굴이었다.

사실 화영의 진실을 알게 된 이후, 은룡마저 은근히 피한 면이 없지 않았다. 은룡도 성심을 아는지 이전처럼 곁에서 모시기보다는 순찰이나 외근을 맡아 하고 있었다.

어쩔 수 있겠는가? 은룡은 그에게 어린 시절 벗이었고 처음 가져 보는 남동생이었으며 아내의 친우였다. 누구보다 믿는 청년이었다. 그런 은룡이 화영의 세 초야에 참여했으며, 여태껏 황제인 자신에게 입을 다물고 있었다는 사실에 배신감을 아니 느낄 수 없었다.

"기도위. 어떻게 된 일인가?"

주위를 물리고도 주영은 황제다운 어조를 흩트리지 않았다. 자신의 감정을 드러내고 싶지 않아서였다.

은룡은 언제나처럼 키가 컸고 어깨가 넓었으며 대나무처럼 반듯하게 서 있었다. 하지만 소년미가 넘치던 눈매가 다소 어두워졌고, 진중함과 고독함이 광대뼈 밑을 칠하여 보다 사내다운 분위기가 풍겼다.

"현희부가 닫혀 있다는 보고를 받았네. 짐은 그에 대해 어떠한 이야기도 들은 적이 없소. 헌데 어찌 이런 일이 생길 수 있다는 말인가?"

"용서하십시오, 폐하."

은룡이 무릎을 꿇고 읍을 하며 대답했다.

"현희장공주께서 크게 심신이 상하신 터라, 도읍에 계속 머물렀다가는 병이 깊어질 듯 하였습니다. 그리하여 관 부마가 결정한 일입니다. 고향의 사가(私家)로 마마를 모셔, 편히 요양하시도록 하겠다 하였습니다. 벌써 현희부를 폐쇄하고 하주로 떠나신 지 보름이 넘었습니다."

"어찌!"

주영이 저도 모르게 비명을 질렀다.

"짐이 천하의 주인이거늘, 어찌 그런 중대사를 멋대로 처리할 수가 있나! 장공주야 철이 없고 관 부마야 속세에 무심하니 그렇다 쳐도, 기도위 그대는 말리지 않고 무얼 했소? 그리고 짐에게 보고하지도 않았으니 이는 책임을 물을 수도 있는 큰 죄요! 알고 있는 것이오?"

"알고 있습니다. 어떠한 처벌을 내리셔도 달게 받겠습니다."

그러나 은룡은 조금도 흔들림이 없이 말을 이었다.

"허나 폐하께서 크게 상심하심을 알고 있었기에, 섣불리 현희부에 대한 화제를 꺼내기 어려웠습니다. 장공주께서도 떠나시기 전에 제게 명하셨지요. 절대 폐하께 알리지 말라고 말입니다. 차라리 시일이 지나서 폐하께서 진정이 되셨을 때 자연스럽게 드러나는 편이 나으리라 판단하였습니다. 어리석은 신을 꾸짖어 주십시오."

"화영이…… 알리지 말라 했다고?"

주영의 목소리가 떨렸다. 은룡은 그제야 고개를 들고 그를 바라보았다.

"예."

"어째서? 내가 가지 못하도록 막을 거라고, 그렇게 생각한 것인가?"

"폐하께서 근심하실까 저어하신 것이겠지요."

황제에서 오라버니로 변한 주영의 어조를 은룡은 놓치지 않았다.

"마마는 한 분뿐인 오라버니신 폐하를 세상 무엇보다도 염려하십니다. 그러니 건강치 못한 상태로 멀리 떠나는 자신의 소식을 최대한 숨기고 싶어 하셨지요."

"아픈 것을 알았다면 어의를 보냈을 터인데……."

"심병(心病)입니다. 약과 침으로는 낫기 어려우니, 요양만이 해법이라 합니다."

"그렇군."

주영이 마른세수를 했다.

"마음의 병이라. 그런가……."

차마 말을 잇지 못하는 모습이었다. 은룡은 잠자코 기다렸다. 주영이 진실로 묻고자 하는 이야기는 이후에 나올 것임을 알아서였다.

"은룡."

"예. 하문하십시오."

"어째서…… 말하지 않았지?"

명시하지 않았음에도 두 사람 다 무엇에 대해 묻는지 알았다.

은룡은 눈을 내리깔고 입을 열었다.

"폐하의 상태를 확인하고자 새벽같이 등청하였을 적에, 그 자리에는 황후마마와 황외숙뿐 아니라 금 귀비까지 있었지요. 그렇기에 결코 언급할 수 없었습니다."

"그 이후라도 비밀리에 말할 수 있었지 않나."

"압니다. 하지만 신의 입을 통할 사안이 아니라고 생각했습니다. 가장 큰 결심을 하고 희생을 하신 장공주께서 직접 가려 밝히셔야 마땅하다고 보았습니다."

"……."

"당시 마마께서는 그 일을 비밀에 부치고자 하셨고, 부마들은 그 결정에 따랐습니다."

"부마들, 부마들이라니…… 하늘이시여."

주영이 상 위로 팔꿈치를 대고는 양손에 얼굴을 묻었다. 천자의 위엄을 드러내는 화려한 차림새에도 불구하고 그 순간 그는 스물한 살의 청년에 불과하였다. 그는 도저히 받아들일 수 없는 비극에 괴로워하고 있었다.

"비밀로 두자고? 거기에 동의를 했다고? 그렇다면 어쩌려고 했단 말인가? 영영 네 사람의 비밀로 숨기려 했나? 그럴 수가 없는 일 아닌가. 액막이로 들인 세 남편과 모조리 동침해 놓고, 이후로는 어쩌려고 했느냐 말이다. 이대로 화목하게 현희부에서 지낼 수 있으리라 여겼는가? 민간의 처첩들이 한 부군을 섬기듯, 그렇게?"

"……잘 모르겠습니다."

솔직한 대답이었다.

"하지만 확실하게 말씀드릴 수 있습니다. 저뿐 아니라 다른 두 부마 모두 지극히 장공주를 공경하며 사모했습니다. 설령 앞으로 십 년은 더 그림자 같은 첩으로 지내야 한대도 그리 살았을 것입니다."

주영이 손바닥 위에 파묻었던 얼굴을 들었다. 혼란스러운 기색이 역력했다.

"엽혁 세자도 말인가?"

"오만하기 짝이 없는 오랑캐이기는 하나, 마마께는 무척…… 성의를 보이더군요."

화영 역시도 맹타안에게 가장 스스럼없었다고, 말썽꾼 두 아이가 몰려다니며 소란을 피우듯 웃고 사고를 치기 일쑤였다고 까지는 말하지 않았다. 그러기에는 아직 은룡은 질투심이 강한 스무 살 청년이었다.

"믿기 어려워. 어찌…… 그럴 수는 없는데."

주영은 사내에게 진심이 없다고 믿는 사람이 아니었다. 그 자신도 정인이자 아내인 은요만을 사랑하고 지조를 지키고 있었으니, 사내도 의지만 있다면 평생을 한 여인만 바라보고 살 수 있다고 믿는 쪽이었다.

그렇기에 은룡의 대답이 혼란스러웠다. 사랑이란 서로에 대한 정조와 신뢰가 바탕 되는 것 아닌가.

만일 주영 그가 태후와 조정의 압박에 못 이겨 후궁 누군가를 찾는다면, 그 잠자리에 애정이 없었다 맹세할지라도 은요와의 관계는 결코 이전과 같지 못할 터였다. 주영은 은요의 진심을 무엇보다 소중히 여겼다. 결코 잃고 싶지 않았다. 그래서 즉위 후 후사가 없음에도 묵묵히 사방에서 들어오는 강권을 묵살하고 있었다.

입장을 바꿔 보아도 마찬가지 아닌가. 만일 은요가 다른 사내와 동침한다면, 그 어떤 이유가 있더라 해도 주영은 상처받을 것이다. 사랑이 식지는 않겠지만, 금이 간 자리는 영영 그대로이리라.

이렇듯 주영은 꽉 막힌 사내가 아니었다. 오히려 감수성이 높고 이해력이 강한 편이었다. 그래서 더욱 자신의 처신을 청결하게 했고, 은요에 대한 정절을 지키고 있는 것이었다.

"부마들이 화영에게 호감을 가졌다는 것은 이해할 수 있네. 그 아이는 밝고 재치가 넘칠뿐더러, 사랑스러운 성품이니까. 하지만…… 나는 모르겠군. 부마들도 알지 않는가? 그 아이가 자기뿐 아니라 다른 부마와도 동침했다는 것을. 그런데도 사모함이 변치 않았다고, 그리 확신하는 것인가?"

"예."

단호하기까지 한 대답이었다.

"오히려 깊어졌으면 깊어졌다고 생각합니다."

"……."

"아마 강로에서 야친 공주가 찾아오지 않았다면, 그리고 지저분한 모함이 퍼지지 않았다면…… 여전히 세 부마 모두 현희부에 머물렀을 것이고 누구도 떠나기를 원치 않았을 것입니다. 이렇게 된 상황에서 가정을 하는 것도 우습지만, 그렇습니다."

주영은 혼란이 가시지 않은 시선으로 은룡을 쳐다보았다.

"그렇다면 지금은?"

은룡도 내리깔았던 눈을 들었다.

"엽혁 세자는 다른 부족의 공주와 떠났지. 현희부에 대한 추문도 퍼져 있어. 우리도 알다시피 일부는 사실인, 그래서 더욱 유독한 비방이지. 지금 그 아이는 관 부마와 단둘이 머나먼 하주로 가 버렸네. 자네만 홀로 내 앞에서 모든 일을 해명하고 변호해 주고 있어. 그런데도 아직…… 내 누이를 사랑하는가?"

두 청년의 시선이 마주쳤다.

은룡에게는 일말의 망설임도 없었다.

"예. 물론입니다."

주영은 여전히 복잡한 기색이었다.

"황후에게 듣기로, 좋은 혼처가 들어왔다던데. 어쩌면 평범한 가정을 꾸리고 가장이 되는 것이 자네와 가문에게 행복이 아니겠는가?"

"신의 마음은 변함이 없습니다."

"……그런가."

정적이 맴돌았다. 주영은 한동안 아무 말도 없었다.

자신을 살리기 위해 누이가 욕을 당했다고 믿었다. 액막이 부적으로 들인 사내들에게 차례로 수모를 겪고, 더 나아가 그들을 쫓아내지도 못한 채 한집에 살며 누이가 느꼈을 치욕스러움을 생각하니 억장이 무너지는 것만 같았다.

그런데 정작 그가 생각했던 것과는 달랐다고 한다. 그 일이 있은 후로도 세 부마가 모두 누이를 사모하고 존중했다고, 결코 떠나지 않기를 바랐다고 한다. 당당한 사내대장부로서 차라리 첩 취급을 받는다 하여도 그 아이의 곁에 머물고 싶었다고 말이다.

모든 것이 혼란스러웠다.

은룡을 물린 후에도 주영은 한참 동안 자리에서 일어나지 못했다.

도저히 머리가 정리되지 않았다. 이대로는 정무를 보다가도 실수를 할 것 같았다. 그럴 수는 없는 일이다. 주영은 결국 장양전을 나섰다.

황제로서 그가 누리고 있는 특권과 호사는 주어진 의무에 대한 대가였다. 국사에 임하면서 마음이 어지러워서야 어떤 오류를 범할지 몰랐다. 그가 저지른 작은 오판이 백성들에게 커다란 고통이 될 수 있었다. 태어나서부터 권력에 익숙했던 선황들과 달리 주영은 항상 노심초사 주의를 기울였다. 그의 손에 쥐어진 힘이 얼마나 무시무시한지 잘 알아서였다.

그는 용중사에서 자라며 전국 각지에서 모인 이들의 갖은 사연을 보고 들어왔다. 비천한 사생아로서 관직에 나아갈 자격조차 없으면서도 끊임없이 학문을 정진했던 원인이기도 했다. 불합리한 세상을 바꾸고 싶다는 욕망이 심중에 싹텄던 것이다. 남들이 들으면 비웃을 일이었지만 외숙은 그의 학구열을 꾸짖지 않았다. 오히려 격려하고 지지해 주었다.

하지만 무슨 의미가 있을까. 어화원으로 향하는 어가 위에서 주영은 괴로움을 삼켰다.

화영이 그 먼 하주로 떠나면서도 자신에게 전하지 말라 다짐했다는 은룡의 말이 자꾸 떠올랐다. 하주라니. 여태껏 용중산을 벗어나 본 적이 없는 아이다. 평생을 용중산에서 자라고, 황궁으로 끌려갔다 현희부라는 새장으로 옮겨졌다. 어디든 구속이라는 것을 주영도 알았다. 어찌 모르겠는가.

당장 제 발로 혼자 걷고자 하여도 어화원까지 가는 길이 멀다며 태감들이 엎드려 만류하였다. 고작 산책하는 일조차 지극히 부자유스러운 것이 황실의 삶이었다. 그래도 현희부에서는 장공주가 주인. 조금이나마 숨이 트이기를 기대했다. 국사의 무거운 짐은 오라비가 죄다 질 터이니, 하나뿐인 누이는 행복하고 안온한 삶을 살기를 바랐다. 하지만 지금 그 누이가 어느 길, 어느 등성이에 있을지도 그는 알지 못했다. 억장이 무너졌다.

'낯설디낯선 곳일 터인데, 그야말로 오지 중의 오지일 터인데. 하주라면 도성과 비교할 수 없이 춥고 척박할 것인데, 하필 겨울을 앞둔 이때에……'

하물며 관호에게 유난히 낯을 가리던 화영이었다. 그런 그녀가 관호의 고향으로 가자는 제안을 수락했다니 믿기 어려웠다. 그만큼 속이 상했던 걸까. 그만큼 상처가 커서, 도저히 오라비와 같은 땅에 있을 수 없었던 것일까.

충격에서 벗어나지 못해 일부러 동생에 대해 생각하지 않으려 한 것은 사실이다. 그러나 누이가 이런 식으로 자취를 감추기를 바란 것은 결코 아니었다. 죄책감이 커졌다.

어화원에 도착하자 주영은 어가에서 내렸다. 그리고 태감과 시위들에게는 최대한 멀찍이서 따르도록 명한 후, 홀로 차가운 공기를 마시며 걷기 시작했다.

무채색으로 겨울을 준비하는 초목들 가운데 솔잎만이 짙게 푸르렀다.

그 와중에도 다가올 제철을 기대하는 매화나무와 동백나무가 생명력을 모으고 있었다.

하늘 너머로 철새들이 길게 비상하며 흔적을 남긴다. 주인을 잃은 둥지들이 가지만 남은 나무의 쓸쓸함을 배가시켰다. 천하의 가장 귀하고 아름다운 것들만 모아 장식한 황궁의 정원이었으되 겨울에 들어가는 이 시기만큼은 고독함을 숨길 수 없었다.

홍매화가 군락을 지은 구름다리 근처에 닿았다. 주영은 저도 모르게 걸음을 멈추었다. 향긋한 매화향이 풍겨서였다. 아직 매화 철이 아닌데, 무슨 일일까?

바로 그에게 상황을 설명해 줄 도태감은 명대로 한참 뒤에서 따라오고 있었다. 그래서 주영이 매화향의 정체를 깨달았을 때에는 늦었다.

"폐하를 뵈옵니다."

구름다리 곁의 전각에서 금 귀비가 나타난 것이다.

"귀비?"

상당히 어색한 상황이었다. 주영은 당황하여 순간 대처할 방법을 찾지 못했다. 금 귀비가 그 균열을 놓치지 않고 매끄럽게 물었다.

"혹 신첩이 폐하를 방해하였습니까?"

"아, 아니오. 잠시 산책 중이었소."

"신첩이 모시겠습니다. 날씨가 쌀쌀하니, 따뜻한 차를 드셔서 원기를 보하시는 것이 좋겠습니다."

"아니, 짐은 사실—"

"작년 겨울에 처음으로 핀 매화를 말려 두었답니다. 바로 그 매화차를 마실 참이었습니다. 신첩의 성의를 봐서라도 잠시 쉬었다 가시옵소서."

짙은 감람색 당의를 입은 금 귀비가 살짝 무릎을 숙였다.

주영은 망설였다. 처음부터 바쁘다고 대답하지 않은 것은 자신의 실책이었다. 제 입으로 산책 중이라 해 놓고 그녀의 초대를 거부할 당위가 마땅찮았다. 어쨌거나 금 귀비는 그의 후궁 중 가장 지위가 높았고, 태후의 질녀였다. 금 귀비의 체면을 대놓고 무시할 수는 없었다. 결국 주영은 금 귀비를 따라 구름다리 근처의 전각으로 향했다.

바짝 긴장한 그와 달리 귀비는 태연해 보였다. 직접 끓인 샘물을 따라 그의 차를 내어 시중을 들고, 자신의 자리로 돌아가 앉았다. 그리고 별말 없이 제 몫의 매화차를 마시며 수로 너머의 홍매화 나무들만 감상하는 것이었다.

솔직히 말하자면, 주영은 내내 금 귀비와의 독대를 피해 왔다. 분명 황후에 대한 험담을 늘어놓거나 교태를 부리며 유혹하리라 생각해서였다. 그런데 정작 그녀는 어떤 수작도 부리지 않았다. 주위에 인적도 드물고, 고작해야 귀비 자신의 시녀들만 있음에도 불구하고 말이다. 장양전을 찾아오며 보였던 호전적인 모습과 정반대되는 것이었다.

"신첩에게 뭐가 묻었습니까?"

주영의 당혹스러운 시선을 느꼈는지, 금 귀비가 피식 웃었다.

"아니오. 그저 짐은…… 조금 놀랐소."

주영은 거짓말과는 거리가 먼 성품이었다. 자신의 감정과는 별개로, 후궁들을 존중 없이 막 대하지도 않았다.

"신첩이 조용한 것이 이상합니까?"

"이상한 것은 아니오. 오히려 그래서 마음이 편하군. 다만 예상하지 못했을 뿐이오."

"누구든 고적한 것을 좋아하지 않겠습니까. 다만 후궁들이 새처럼 지저귀는 것은, 그래야 먹이를 하나라도 더 얻을 수 있기 때문이지요."

금 귀비가 눈을 가늘게 뜨며 미소지었다.

"그렇다면 귀비는 지금은 먹이가 필요하지 않다는 뜻이로군."

"일단 신첩은 귀비이니까요. 후궁 간의 존비가 분명하니, 귀비란 비빈들이 평생을 그릴 만한 자리입니다."

뜨거운 물 속에서 피어나는 매화향이 그윽하였다. 주영은 곰곰이 생각하며 차를 한 모금 마셨다.

"귀비가 된 것을 후회하지 않소?"

이번에는 귀비가 의외라는 시선으로 주영을 쳐다보았다.

"물론 귀비의 답이 정해져 있다는 것은 알고 있소. 달리 대답할 자유가 없으니까. 하지만 이렇게 차담을 나누니 미안해지는군. 짐이 아닌 다른 사내와 혼인하였다면, 귀비는 지금보다 훨씬 행복했을 것이오. 똑똑한 사람이니 사랑받으며 집안을 잘 통솔했겠지."

순진하기까지 한 이야기였다. 실로 그렇게 말하는 황제의 표정은 때 묻지 않은 아이와도 같았다.

귀비가 기묘하게 얼굴을 찌푸리더니 입가를 비단 소매로 가리며 웃었다.

"다른 사내와 혼인하였다 해도 뭐가 다르겠습니까? 어차피 여인의 팔자는 다 비슷한 것을요."

"그의 정실로 사랑받으며 살 수 있지 않겠소."

"하지만 그도 첩을 들이겠지요. 하나, 둘, 어쩌면 더 많이요. 그렇다면 나을 것이 없지 않습니까? 어린 첩들에게 치이며 궂은일만 하느니, 귀비로 편히 사는 쪽이 낫지요."

"부군이 첩을 들이지 않고 귀비와 해로할 수도 있지 않소?"

"그러지는 않을 것입니다. 사내란 결국 열 여인 거절하지 않는 법이라지 않습니까."

황제와 후궁이 나누기에는 다소 어색한 화제였다. 하지만 오히려 그렇기에 주영과 금 귀비에게는 편한 대화가 가능했다. 괜한 유혹과 거부로 날을 세우기보다는 서로의 입장을 배제한 채 토의할 수 있는 주제가 나왔다.

사내의 신의를 조소하는 금 귀비의 발언에 주영이 고개를 저었다.

"짐은 아니오. 평생 황후만을 사랑하리라 맹세했소."

"하지만 폐하, 주위를 둘러보시지요. 매일 조정에 나서 마주하는 문무백관 중에, 첩이 없는 자가 누가 있습니까? 신첩은 확률과 보편성에 대해 논하는 것입니다."

여기서는 주영도 멈칫할 수밖에 없었다. 잠시간 아미를 찌푸리며 고민하였으나 딱히 떠오르는 인물이 없었다. 고심하는 그를 바라보며 금 귀비가 그것 보라는 듯 빙긋 미소 지었다. 그러자 은근히 다급해져, 일단 대구한다.

"은 기도위가 있소. 그는 은가의 하나뿐인 장손임에도 시첩 하나 두지 않고 청결한 몸이오."

"기도위야 아직 장가도 가지 않은 어린아이가 아닙니까? 말할 가치도 없지요. 그가 들이지도 않은 아내에게 성실할지 않을지 어찌 알 수 있답니까?"

"짐은 기도위와 함께 자라다시피 했소. 그는 마음에 품은 정인을 결코 잊지 않을 것이오."

"그렇다면 그는 평생 혼인하지 못하겠군요."

은룡이 현희장공주를 연모하고 있음은 익히 유명한 이야기였다. 그러므로 금 귀비는 적절하게 꼬집은 것이다.

주영은 입을 벌렸다가 이내 다물었다. 차마 그리리라고 단언하기가 어려운 문제였다.

분명 은룡은 평생 화영만을 바라보리라 단호하게 말했다. 하지만 은룡에게는 적지 않은 의무와 책임이 있었다. 명문가 출신의 적장자, 훤칠한 외모와 날 선 재주를 지닌 청년이었다. 그가 과연 언제까지 정혼을 미룰 수 있을까? 확신하기 어려웠다. 언젠가는 은룡도 원치 않는 처첩들을 맞아야 할지 모르는 노릇이다. 당장 주영이 금 귀비를 마주하고 있듯 말이다. 은가에서는 장공주가 이혼하리라고는 생각조차 하지 않을 테니, 더는 아들의 방황을 기다려 주지 않겠지.

급하게 대상을 바꾸어 보았다.

"음, 짐의 국구(國舅)는 어떻소? 기도위의 부친이기도 하시지. 그분이 국태부인께 충실하기로는 유명하지 않소."

"그렇지만 국구께서도 젊은 시절 품었던 하녀 하나쯤은 있었겠지요."

"그것은······!"

일리가 있는 논파였다. 주영이 아버지뻘인 국구의 젊은 시절을 모두 파악하기란 불가능했다. 대부분은 은요에게서 전해 듣고, 황위에 오른 후 기록에 남은 전적으로 판단한 사항이었다. 어쩌면 뼈대 있는 귀사족인 금가 출신의 귀비야말로 은가의 가내사에 대해 아는 점이 더 많을 수 있었다. 그러므로 주영은 섣불리 의견을 말하기 어려웠다.

금 귀비가 소리 없이 웃으며 말했다.

"결국 그 많은 신하들, 남려의 빼어난 인재들 가운데서도 국구 외에는 꼽을 자가 없다는 것이로군요. 그렇다면 조정에 나서지도 못한 흔한 사내들은 어떨까요? 진흙보다 나을 것도 없는 자들입니다. 그들 중에 과연 처에 대한 정조를 지킬 이가 있을까요? 하다못해 농부도 풍년이 들면 늙은 아내를 갈아치우고 싶어 한답니다. 여인들은 모두 알고 있지요. 대놓고 말하지 못할 뿐."

"귀비는 사랑을 믿지 않는 것이오?"

주영이 눈가를 찌푸리며 물었다. 다소 격렬해진 목소리였다. 어려서부터 사모해 온 정인과 혼인하고, 지조를 지키고 있는 청년의 음성이었다.

금 귀비는 올빼미처럼 싱긋 미소지었다.

"부군이 처를 존중할 수 있다고는 믿습니다. 정이 있을 수도 있지요. 하지만 그것은 폐하께서 믿으시는 사랑과는 다를 듯하군요."

"그렇소. 나는 서로에 대해 정조를 지키는 사랑을 믿소."

"폐하. 신첩의 부친은 모친을 사랑한다고 언제나 말씀하신답니다. 그리고 적자인 신첩과 누이를 보배처럼 키우셨지요. 하지만 제게는 열두 명의 이복형제가 있사옵니다."

주영은 잠시 말을 잃었다.

귀족들이 즐비하게 첩들을 들인다는 것은 대략 알고는 있었다. 단순히 자신과는 무관한 방만한 풍습으로만 여겼다. 헌데 당장 직접적인 사례를 듣게 되니, 문자로만 알던 축첩의 거부감이 바로 실감되었다.

입장을 바꾸어 주영 그가 금 귀비의 환경에서 태어나고 자랐다면? 그래도 지조를 지키는 사모지심을 숭앙했을까? 주영의 이마가 어두워졌다.

금 귀비가 빙글빙글 미소를 띤 채 말을 이었다.

"금가의 장손으로는 백부가 계시고, 백부께는 명이라는 특출난 아들도 있지요. 그러니 금가의 대를 잇는 데에는 문제가 없사옵니다. 그 아래로는 숙부들도 계시고요. 헌데 왜 부친께서는 모친을 사랑하신다면서도 첩을 일곱이나 들이셨을까요? 서자와 서녀들을 가득 낳아 금가를 드높이실 생각이셨을까요?"

"그것은…… 미안하오. 하지만 짐이 보기에는 귀비의 부친이 모친을 진실로 사모하는 것 같지 않군."

조심스러우나 여전히 믿음을 잃지 않은 대답이었다. 금 귀비는 내심 혀를 찼다.

황제다. 모든 사내가 꿈꾸는 자리다. 황금으로 만든 궁전에 천하절색 수천 명을 몰아넣고 마음껏 즐기며 살아도 흠이 아닌 위치다. 그런 황위에 벌써 이 년이나 있었음에도 주영은 흰 사슴처럼 청백하기 그지없었다.

과연 이 맑음이 얼마나 오래갈 수 있을까? 앞으로 이 년이나 더 갈까? 금 귀비의 눈매가 가늘어졌다. 갓 내린 첫눈을 짓밟아 더럽히고 싶은 마음과 진귀한 생물에 감탄하듯 오랫동안 보존하고픈 마음이 충돌한다.

"보신 적이 있습니까, 폐하? 사모지심, 그, 사랑이라는 것을요."

아직까지는 후자가 우세했다. 금 귀비는 젊은 황제의 신념을 흔들어 보고자 질문하였다.

그러자 주영이 되물었다. 귀비의 의도를 의심하지 않는 채였다.

"감정을 어찌 눈으로 본다는 말이오?"

"보이지 않으니 있다고 확신할 수도 없지요."

"그것은 궤변이오."

"설령 있다고 믿는다 하여도 사람마다 그 의미는 다르지 않겠습니까? 그렇다면 그것이 하나의 개념일 수 있을까요? 천 명이 생각하는 사랑은 천 가지쯤 될 겁니다. 그들 중 대다수는 처를 두고, 첩을 두고, 그러면서도 그들을 아끼고 사랑하고 있다 자부심을 가지고 있겠지요. 자칭 애처가라는 자들의 행태가 그렇지 않습니까."

팽팽한 긴장감이었다.

전각 기둥에 등을 붙이고 선 귀비의 시녀들은 불안해서 어쩔 줄을 모르고 있었다. 총애를 갈구해야 할 귀비가 황제와 사랑의 유무에 대해 논쟁하다니! 하지만 어찌 보면 황제와 단둘이 이토록 오래 말을 나누는 것은 처음이라, 이를 반겨야 할지 말려야 할지 도통 감을 잡지 못하는 것이다.

금 귀비의 주장을 곰곰이 생각해 보던 주영이 답했다.

"귀비의 의견은 알겠소."

그러나 주영은 쉬이 흔들리는 성품이 아니었다.

"하지만 나는 사랑을 믿소. 그러니 귀비는 나를 지켜보면 될 것이오. 십년, 이십 년, 삼십 년이 지난 후에는 귀비도 믿을 수 있겠지. 평생을 아내만 사모하며 충실한 사내도 있다는 것을, 그리고 그것이 사랑이라는 것을."

아하. 금 귀비가 묘한 소리를 냈다.

이렇게까지 정론으로 나오는 상대를 보면 함정에 빠뜨리고 싶어진다. 어쩔 수 없는 사람의 마음이다. 금 귀비는 매화차를 한 모금 마시고, 부드럽게 찻잔을 내려놓으며 말했다.

"신첩은 규방에서만 살아온 어리석은 여인에 불과합니다. 그러니 무엇을 알겠습니까? 맞습니다. 제가 미처 보지 못하였을 뿐, 혹시 모르지요. 여러 처첩을 모두 공평하게, 진심으로 사랑하는 부군이 있을지도요."

"그것은 진정한 사모지심이라 할 수 없소. 어찌 여럿에게 동등히 진심일 수 있겠소?"

"사랑이라는 감정 자체를 의심하는 신첩에게는, 폐하께서 주장하시는 사랑도 이와 마찬가지로 믿기가 어렵답니다."

"음……."

애처가라며 첩을 일곱이나 들이고, 서자를 열둘이나 보았다는 부친을 둔 금 귀비였다. 주영은 어찌 설득해야 할지 난처하다는 듯 고개를 기울였다.

금 귀비는 즐겁게 말을 이었다.

"천하는 넓고 사람은 많으니, 사랑도 형태가 다양하지 않겠습니까? 고산 지대에 사는 어떤 민족은 유난히 여아가 적게 태어나, 신부 하나에 신랑 여럿으로 혼례를 올리고 산다더군요. 남려인으로서는 언급하는 것도 민망한 기이한 풍습이나, 그들에게는 그게 당연하겠지요. 어쩌면 그런 사랑도 가능할지 누가 알겠습니까."

금 귀비는 어차피 황제의 사랑은 바라지 않았다. 그러니 기회가 있을 때 솔직하게 자신을 드러내는 것이 차라리 나았다. 적어도 다른 후궁들과 차별화가 될 것이다. 간혹 누구와도 쉬이 토의할 수 없는 화제가 생기면 그녀가 떠오르리라. 큰 이득 아닌가. 그렇다면 후에 기회를 잡기 편할 것이다. 정말로 황제가 평생토록 진실한 사랑의 가능성을 입증한다면 모를까.

이러한 판단으로 던진 노림수였다.

하지만 주영에게 금 귀비의 도발은 전혀 다른 의미로 다가왔다.

'천하는 넓고 사람은 많으니, 사랑의 형태도 다양하지 않겠냐고?'

기묘한 깨달음이었다.

누가 옳고 누가 그른가. 과연 귀비의 말대로 천 명에게는 천 가지의, 만 명에게는 만 가지 방식의 사랑이 있을지도 모른다. 어쩌면 그 가운데에는 은요를 향한 주영 자신의 사랑만큼이나 진실하고 고집스러운 진심이 있을지도 모른다.

주영 역시도 남편으로서는 모르나, 황제로서는 비난받아 마땅한 사랑 중이었다. 감정에 치우쳐 황실을 부흥시켜야 할 의무를 방치하고 있었다. 비판받아도 할 말이 없었다. 그렇다면 반대로, 자신이 꾸짖고 멸시한 형태에도 사모지심이 존재할 수 있지 않을까.

울며 고개를 젓던 화영이 떠올랐다.

-나는 수모를 겪지 않았어. 굴욕을 당한 것도 아니야.

흔들리지 않는 음성으로 고백하던 은룡이 떠올랐다.

-저뿐 아니라 다른 두 부마 모두 지극히 장공주를 공경하며 사모했습니다. 설령 앞으로 십 년은 더 그림자 같은 첩으로 지내야 한대도 그리 살았을 것입니다.

앉아 있음에도 현기증이 돋았다.

주영은 질끈 눈을 감았다.

'귀비가 나를 믿지 않듯, 나 역시 화영과 부마들을 불신한 것인가. 아, 모르겠구나. 남녀 간의 정이 그러한 상황에서도 가능한 것인가.'

만일 그렇다면 이제 어떡해야 좋다는 말인가?

이미 물은 엎질러진 후였다. 그들의 관계를 경멸하고 치욕스럽다 하였다. 그 때문에 산산조각 찢어져 갈라진 누이와 부마들을, 어떻게 받아들여야 할까.

"바람이 많이 차갑습니다."

묵묵하게 생각에 잠긴 주영을 바라보던 금 귀비가 입을 열었다. 이쯤에서 헤어지는 것이 좋으리라는 판단이었다.

할 이야기는 다 끝났다. 더 있어 보았자 슬슬 짜증나는 승강이만 계속될 터였다. 의미 있는 정적이 흐르는 이때가 접기에 최적이다.

"이만 장양전으로 돌아가시는 것이 좋겠습니다. 풍한이라도 드시면 큰일이니까요. 신첩도 이제 온헌궁으로 갈까 합니다."

"그게 좋겠군. 매화차는 잘 들었소."

"폐하께서 즐기셨다니 신첩의 복이옵니다."

주영은 자리에서 일어났다. 금 귀비 역시 일어나, 예의에 맞게 절을 올리며 배웅했다.

금 귀비와 헤어져 장양전으로 돌아오면서도 주영은 갈피를 잡을 수 없었다.

평소라면 그 어떤 곤란한 이야기라도 은요와 상의하고는 했다. 하지만 화영이 자신을 살리기 위해 세 부마들과 동침했고, 그럼에도 부마들은 화영을 존중하며 연모한다고 주장하며, 자신의 섣부른 편견 때문에 상처받은 화영이 관호와 멀리 떠난 까닭에 은룡이 홀로 남았다고, 그렇게 어찌 말하겠는가.

'황후는 분명 경악하리라. 정숙하고 단정한 사람이니 분명…… 충격받을 것이다. 어쩌면 나보다도 더.'

당연한 일이었다. 하지만 이상하게도, 화영이 저지른 일에 대해 경악하고 몸서리칠 은요를 보고 싶지 않았다. 이기적인 마음일까. 제 누이에게 고함을 치고 비난한 주제에 정작 처가 같은 반응을 보이는 것은 싫다니. 주영은 속으로 불경을 외웠다. 처음으로 황후에게 털어놓을 수 없는 고민이 생긴 것이다.

한편 금 귀비는 황제와 기도위, 사내의 정조를 믿는 두 청년에 대해 곰곰이 생각해 보기 시작했다.

금청아가 벌여 놓은 판에서, 가문의 압박과 사내라는 종자가 타고난 욕망은 강력한 무기였다. 하지만 쉬운 길을 가려는 욕망, 젊은 육욕이 굳건한 사모지심에 꺾이게 된다면? 만에 하나라도 그럴 가능성이 있다면?

평소라면 코웃음 치고 넘길 발상이었다. 사내를 불신하는 그녀가 아닌가. 하지만 금 귀비가 주영에게 그러했듯 주영 역시도 금 귀비에게 영향을 끼쳤다.

비록 십 년 뒤에는 어떨지 몰라도, 지금 당장 황제는 청결하고 맑았으며 황후에 대한 지조를 지키고 있었다. 그런 황제가 첫손에 꼽은 기도위 역시 비슷한 사내이겠지.

금 귀비는 온헌궁에 돌아와 붓을 꺼내 들었다. 그리고 어느 쪽이 승기가 있을지 본격적인 계산을 시작하였다. 승자의 편에 서기 위해서였다.

* * *

새하얀 눈이 천지를 덮었다. 투명하고도 입자가 두꺼운 눈송이였다.

말이 한 발 한 발 밟을 때마다 과자가 깨지듯 와작거리는 소리가 들렸다. 화영은 호기심을 참지 못하고 창을 열었다. 신선들이 사는 선계에 들어온 것은 아닐까. 아름답기 그지없는 광경이었다. 검은 나무와 푸른 죽림이 달빛으로 짠 너울을 쓴 듯 온통 희고 푸르렀다.

화영이 문을 여는 소리를 들었는지 관호가 말을 몰며 말했다.

"십 리도 남지 않았소. 금방 도착하오."

다시 눈송이가 떨어지기 시작했다. 창을 열자 몰려드는 한기에 금세 뺨이 발갛게 얼었지만, 눈 앞에 펼쳐지는 신비한 풍경을 놓치고 싶지가 않았다.

"강은요?"

문득 궁금한 것이 생겼다. 화영이 창밖으로 고개를 내밀다시피 하고 물었다.

"집 앞에 강이 있다고 하지 않았어요?"

"그렇소."

관호의 음성이 답했다.

"얼마 전에 건넌 시내를 기억하오?"

그러고 보니, 나무로 된 다리가 놓인 자그마한 개천을 건너기는 했다. 화영은 눈을 깜빡였다.

"그게 강이라고요?"

"물론 아니오. 일부러 좁은 상류로 돌아 넘어온 것이지. 그래서 며칠 더 소비한 셈이오."

"왜요?"

"마차와 말을 함께 옮길 만한 배를 구하기 어렵기 때문이오. 게다가 부인을 깊은 물 위에 두고 싶지 않았소."

관호의 음성이 덧붙여 말했다.

"아쉬워 마시오. 강을 구경하고 싶다면 언제든 할 수 있소. 집에서 곧장 직진한다면 삼 리도 되지 않은 곳이니까. 다만 혼자서는 가지 마시오. 폭이 넓고 수심이 깊은 데다 이 근방은 인적도 드물어, 사고라도 나면 큰일이니."

화영은 알겠다고 대답했다. 그러자 다시금 익숙한 정적이 그들 사이를 채웠다.

말발굽 소리, 바퀴가 돌아가며 나는 소음, 마차 안의 작은 화로에서 탄이 타오르며 내는 탁탁 소리. 창밖은 온통 푸른 대숲이었고, 보이지 않는 새들이 푸르르 눈을 털며 날아다녔다. 청명하기 그지없던 찬 공기 속에 연기 냄새가 섞였다. 아궁이에서 장작이 타는 냄새였다. 인가가 가까워졌다는 뜻이었다.

화영은 저도 모르게 창문을 꽉 닫아 버렸다. 잊고 있었던 긴장에 심장이 쿵쿵 뛰었다. 관호의 고향 집이라니! 그의 동생들이 사는 집이라니! 거기서 함께 지내야 한다니, 정말 괜찮은 걸까? 내가 지나친 상심으로 잘못 판단한 것은 아닐까? 하지만 이제 와서 갈등한들 무슨 의미가 있겠는가?

얼마 지나지 않아 마차가 멈추었다. 관호가 내리는 소리가 들렸다. 그리고 인기척과 낯선 목소리들이 모여들었다.

말이랑 마차가 생겼네! 손뼉을 치며 반기는 소녀의 목소리, 그리고 소란을 피우며 마차 주위를 뛰어다니는 발소리와…….

"부인, 내리시오."

덜컹 하는 소리와 함께 마차 문이 열렸다. 새하얀 설경 가운데 관호가 보였다. 그가 크고 거무스름한 손을 내밀었다. 화영은 머뭇거리다가 그의 손을 붙잡았다. 그리고 조심스럽게 마차 밖으로 내려섰다.

먼저 보인 것은 싸리나무 울타리로 둘러싸인 자그마한 가옥이었다. 푸른 대숲이 주변을 감싸고 있었고, 뒤쪽으로는 검푸른 산이 보였다. 주변에 다른 인가는 없는 듯한 환경이었다. 누군가 인세의 소란을 피해 훌쩍 떠난다면, 바로 이런 곳에 집을 짓고 머물렀을 것 같았다. 낡고 투박한 집이었지만 정성 들여 관리한 태가 났고, 어쩐지 마음이 끌리는 따스함이 느껴졌다. 화영은 긴장이 조금 누그러드는 것을 느꼈다.

관호가 자연스럽게 그녀의 어깨를 감쌌다. 몸을 부드럽게 돌려세우니, 앞에 줄지어 선 낯선 이들과 마주하게 되었다.

"이쪽부터 내 아우인 훈, 그리고 누이들인 옥과 향이오. 열일곱, 열다섯 살들이니 편하게 대하도록 하시오."

피는 못 속인다더니! 입을 벌리고 놀랄 수밖에 없는 광경이었다.

세 동생 모두 관호와 똑같은 틀에서 나온 듯 닮아 있었다. 하나같이 키가 크고 체격이 탁월했으며, 까무잡잡한 피부는 결이 좋았다. 청동빛 윤이 흐르는 머리카락은 떨어지는 눈송이들이 묻어 더욱 색이 진해 보였다.

게다가 무엇보다도 놀란 점은 따로 있었다.

화영을 신기하다는 듯 쳐다보고 있는 두 소녀는 거울에 비춘 듯 똑같이 생긴 쌍둥이였다. 놀라울 정도로 색이 밝은 연갈색 눈동자 두 쌍이 반짝거리며 화영을 쳐다보고 있었다. 한 명은 청동색 머리카락을 말꼬리처럼 높이 묶었고, 다른 한 명은 양쪽으로 나누어 동그랗게 말아 두었다는 것이 유일한 차이였다. 그게 아니었다면 부모 형제라도 헷갈렸으리라 화영은 확신했다.

화영 자신도 쌍생아이기는 했지만, 남녀 쌍생아인지라 이렇게까지 서로 닮지는 않았다. 쌍둥이가 얼마나 희귀한지도 잘 아는 까닭에 더욱 놀라웠다.

그리고, 열다섯 살이라고?

화영은 저도 모르게 마른침을 삼켰다. 쌍둥이들은 칠 척이 훌쩍 넘어 보였다. 팔다리가 늘씬하게 쭉 뻗은 것이 꼭 대나무 같아, 앞으로도 더 성장할 것이 분명했다.

구 척에 가까운 관호는 물론이고, 그 동생들도 하나같이 장신이라니. 관씨 남매들에 둘러싸여 있자니, 꼭 매 우리에 잘못 들어간 메추리가 된 기분이었다.

화영은 어색함과 놀라움을 숨기기 위해 관호를 탓했다.

"왜 누이들이 쌍둥이라고 얘기하지 않았어요?"

관호는 고개를 미세하게 기울였다. 눈썹을 슬쩍 찌푸리는 모양새가, 그게 꼭 고지했어야 하는 정보인가 의문하는 듯했다.

그때 누군가가 적절하게 끼어들어 주의를 돌렸다. 열여덟 살의 관훈이었다.

"잘 오셨습니다. 진작 인사를 올렸어야 하는데 길이 멀고 누이들이 어려

찾아뵙지 못했습니다. 용서해 주십시오. 관훈이라고 합니다."

화영은 어색하게 그의 인사를 받았다. 뭐라고 불러야 할지도 난감해서 고개를 끄덕이고 고맙다고 말했다. 그리고 슬쩍 그를 살펴보았다.

처음에는 형인 관호와 똑같이 생겼다고 놀랐지만, 차근차근 뜯어보니 다소 차이점도 보이긴 했다. 관호보다 부드러운 느낌이 드는 눈매에, 머리카락도 어깻죽지 길이로 다듬어 반만 묶은 터라 확실히 어려 보였다. 물론 키는 집안 내력인 듯 벌써부터 팔 척은 되는 듯했다. 그러나 어깨가 딱 벌어지고 몸피가 두툼한 관호에 비해 날렵한 체형이었다.

관훈도 성품만큼은 형처럼 점잖은 모양이었다. 호기심 어린 화영의 시선에도 개의치 않고 예의 바르게 말했다.

"형님께서 지시해 두신 대로 일단 안방을 청소해 두었습니다. 누이들은 그 곁방으로 처소를 옮겼고요. 가구가 낡긴 했지만 잘 닦아 두어 깨끗합니다. 형수님이 쓰시기에 크게 불편하지는 않을 것입니다."

"형수님?"

화영의 입에서 순간 의문이 튀어나왔다.

설마 나더러 하는 말인가? 형수라고? 내가?

화영은 당황한 나머지 관훈과 관호를 번갈아 쳐다보았다. 둘 다 한참 높은 곳에 있었기 때문에 올려다보느라 목이 아플 지경이었다.

그 반응에 관훈이 당황한 듯 되물었다.

"혹시 제가 말실수라도 했는지요?"

"저더러 형수라고 하신 거예요?"

"예. 말을 편히 놓으십시오, 형수님."

"아니, 제가 왜……."

화영의 귓가가 새빨갛게 달아올랐다. 추위 때문이 아니라, 다른 감정 때문이었다.

그제야 관호가 입을 열었다.

"부인의 신분을 굳이 강조하지 않는 게 좋다고 판단했소. 이곳이 인적이 드물기는 하나 만에 하나가 있으니까. 부인도 오면서 보았겠지만, 길이 험하고 외진 곳이오. 그래서 방문 전에 서찰을 보내기보다는 직접 들이닥치는 객들이 가끔 있소."

"그, 그건 그렇지만……."

"그리고 틀린 호칭도 아니지 않소."

"그, 그래요?"

"형의 부인을 형수라고 부르는 것은 당연한 일이오. 황실이라고 다르지 않을 터인데."

관호가 그렇게 말하며 가만히 화영을 내려다보았다. 그의 호박색 눈과 시선이 마주치자 화영의 당황스러움은 더욱 커졌다.

형수님이라니! 내가 누군가에게 형수 소리를 듣게 되다니!

이상한 기분이었다. 뭐라고 표현해야 할지 모를, 간지러워 참기 어려운 부끄러움이었다. 낯설기도 했다. 현희장공주가 아니라 누군가의 아내로 대해진 적은 처음이었기 때문이다. 형수. 관호의 말마따나 틀린 호칭도 아니긴 했다. 어쨌든 신분을 숨겨야 한다면, 관호의 아우가 그녀를 형수 이외의 무엇으로 부르겠는가?

"싫소?"

그때 관호가 쐐기를 박듯 물어왔다. 그의 시선뿐 아니라, 동생들의 눈길도 쏟아지는 것이 느껴졌다. 어떻게 싫다고 답할 수 있겠는가?

몸이 비비 꼬일 것만 같았다. 얼굴이 달아올랐다.

"아니, 시…… 싫은 게 아니라, 낯설어서요. 그런 호칭은 처음이라……."

웅얼거리듯 작은 대답이었지만 관호는 충분히 알아들은 듯하였다. 항시 무심하던 그의 얼굴에 작은 미소가 스쳐 지나갔다.

"시골에서 태어났으나 심성이 반듯하고 도리를 아는 아이들이오. 부인을 곤란하게 할 일은 없을 것이오. 필요한 일이 있거든 누구에게나 편히 청하면 되오."

화영은 고개를 푹 숙였다. 어쩐지 진땀이 나는 것만 같았다.

대략 소개가 끝났다 싶었는지 관호가 이번에는 아우에게 고개를 돌리고 말했다.

"마차 둘 장소가 여의치 않거든 당분간 여기에 두어라."

"예, 형님."

"말은 마구간에 들이고 물을 먹여라."

"예, 그렇게 하겠습니다."

화영에게 보였던 미소는 찾아볼 수 없이 엄한 어조였다. 그럼에도 관훈은 익숙하다는 듯 순종하며 바로 움직였다. 원체 엄격한 분위기를 풍기던 관호였지만 새삼 무서울 정도였다. 어쩌면 그가 현희부에서는 최대한 부드러운 태도로 노력했던 것이 아닌가 싶었다.

"향! 옥! 무슨 짓이냐? 당장 그만두지 못해?"

그때 마구를 풀어놓으려 마차로 다가선 관훈이 크게 꾸지람하는 소리가 들렸다. 뒤를 돌아보니, 열어 둔 마차 문 안으로 삐죽이 들어찬 쌍둥이가 보였다. 하나로 머리를 묶은 쪽이 안에 들어가 함을 열고 있었고, 양쪽으로 둥글게 말아 고정시킨 쪽은 그 안에 든 화영의 물건을 꺼내어 감탄하고 있었다.

"형수님의 물건에 멋대로 손을 대다니! 이게 무슨 무례냐?"

화영의 눈이 동그랗게 커지자, 관훈은 제가 더 부끄러운지 얼굴을 붉히며 급히 쌍둥이들에게 다가가 혼을 내기 시작했다. 그렇지만 누이들은 둘째 오빠는 영 무서워하지 않는 모양이었다. 한 치도 지지 않고 대꾸를 하는 게 아닌가.

"아니, 미리 가져다 놓으려고 그랬지!"

"맞아! 그런데 함이 너무 무거워서, 열어서 옮기려 한 거라고!"

"당연히 새언니를 도와주려는 건데, 우리를 뭘로 보고!"

"맞아! 하여간 눈치가 없다니까, 관훈!"

양측에서 바쁘게 떠드는 소리에 관훈은 더욱 당황스러워하는 표정이었다.

급한 대로 마차 안에 들어간 관옥의 뒷덜미를 잡아 끌어내니, 함 뚜껑이 덜컹하고 떨어져 부딪히는 소리가 울렸다.

"이거 봐! 새언니 함이 다 깨지겠네!"

"관훈 때문이야! 책임져!"

"너, 너희들! 빨리 나와서 사과드리지 못해!"

도저히 진정되지 않을 듯한 소란이었다. 화영은 눈을 크게 뜬 채 흥미진진하게 그 모습을 구경하였다. 남매가 저렇게 크게 다투며 아옹다옹하는 모습은 처음이었다. 주영은 항상 차분했고, 화영은 그런 오빠의 말을 잘 들었다. 그리고 은요와 은룡은 아마 태어나서 한 번도 싸운 적이 없을 터였다.

관훈과 쌍둥이들을 보고 있자니 신기했다. 어쩐지 가슴 한구석이 따끔하게 아프기도 했다.

'저래도 되는 건가? 오빠 이름을 맘대로 부르고, 싸우고, 억지를 써도 괜찮은 걸까?'

마지막으로 보았던 주영의 얼굴이 떠올랐다. 그렇게 오빠와 싸웠던 것은 처음이었다. 이제 영영 끝이겠구나, 다시는 서로를 용서하지 못하겠구나, 하고 체념했는데.

관향과 관옥이 떠드는 소리에 눈송이마저 멎었다. 새들이 시끄럽다고 불평하듯 찌르르 한꺼번에 하늘로 날아올랐다.

관호가 한숨을 쉬었다. 그리고 짧게 누이들을 호명했다.

"관향. 관옥."

그 순간 모든 소란이 멈추었다. 마차 안으로 들어가 버티려던 쌍둥이들이 후다닥 내려와 똑바로 섰다. 두 손을 얌전히 앞에 모으고, 눈마저 내리깔아 바닥을 내려다본다. 영락없이 조신한 모습이었다.

그 변화에 관훈이 어이가 없다는 듯 하, 하고 한숨을 쉬었다. 화영도 놀란 나머지 눈을 끔뻑였다. 같은 오빠인데 이렇게 태도가 다르다니. 관호가 관가에 끼치는 영향력이 어느 정도인지 체감이 되었다.

"함은 내가 안방에 가져다 두겠소. 정리는 후에 누이들의 도움을 받아서 하면 될 것이오. 향, 옥. 부인께 주변을 안내해 드려라."

관훈은 쌍둥이들이 행패를 마치자 그제야 마구를 끌러 말을 풀었다. 지친 말을 이끌고는 집 뒤쪽의 마구간으로 인도했다. 관호는 바닥에 떨어진 함의 뚜껑을 잡아 눈을 털었다. 그리고 잘 맞추어 함을 닫은 후 통째로 들어 집 안으로 향했다.

눈이 쌓인 마당에 화영과 관옥, 관향만 남았다. 오라비들이 시야에서 사라지자 곧바로 고개를 치켜들더니, 눈을 또록또록 굴리는 것이 범상찮은 말괄량이들이 틀림없었다.

어색한 침묵이 흐르던 와중이었다. 갑자기 쌍둥이 중 누군가가 입을 열었다.

"그러면 이제 오라버니도 새언니랑 안방에서 지내나요?"

화영의 얼굴이 새빨갛게 달아올랐다.

어떻게 대답해야 할지 알 수가 없었다. 당연히 아니라고 해야 하나? 하지만 아니라고 하면 이상하지 않나? 집이 크지 않은데, 관호가 따로 쓸 방이 남을까?

결국 침묵이 다시금 자리를 채웠다. 결국 서먹함은 관훈이 돌아올 때까지 계속되었다.

멀리서 소쩍새가 웃었다.

눈송이가 다시 떨어지기 시작했다.

관향과 관옥의 손에 이끌려 돌아보게 된 집은 크게 두 선으로 이루어져 있었다. 본채는 큼직한 안방과 가운데를 잇는 청방, 그 곁에 작은 방으로 이뤄진 일직선 구조였으며, 그 끝에 세로로 부엌과 하인방, 창고와 마구간이 자리하고 있었다.

문제는 이 자그마한 시골집에 화영이라는 손님이 들어옴으로써 방 배치가 다소 난감하게 되었다는 것이었다.

이전에는 관호의 부모가 안방을 썼고, 어렸던 쌍둥이들을 그곳에서 키웠다. 그러한즉 두 번째로 어린 관훈이 작은 방에 머물었고, 상대적으로 다 큰 관호가 하인방을 썼다. 말이 하인방이지 당시 하인을 둘 여유도 없었고 생각도 하지 않았으므로, 그저 부엌과 가까운 두 번째 작은방이나 마찬가지였다. 그래서 관호도 불만이 없었다. 나이 차가 많이 나는 동생들이었다. 아버지와 어머니의 손길이 닿는 곳에 지내야 함이 당연했다. 하인방은 마구간이 지척이라 가축들을 신경 쓸 수 있어 유용하였다.

그리고 부모상을 치른 후에도 방 배치는 달라지지 않았다. 쌍둥이들은 막내인 데다 계집아이들이었으므로 계속 안방에서 지내게 했다. 관호와 관훈은 각기 어려서부터 쓰던 방에 익숙했다. 큰 공간을 막내들에게서 빼앗을 생각이 전혀 없었다. 다만 관훈이 가주인 큰형이 제 대신 작은방을 쓰는 게 낫지 않을까 몇 번이고 청하였다. 관호는 매번 거절했다.

그러한즉 직접 안방을 확인한 화영은 격하게 거부반응을 보일 수밖에.

안방은 영벽을 놓아 공간을 분리하지도 않은, 정말로 하나의 공간이었다. 정이 깊은 부부간에 허물없이 지내는 곳이었다. 당연히 침상은 하나뿐이었고 말이다.

황실이나 귀사족은 물론이고, 돈푼깨나 생겼다 하면 평민들조차 안채를 따로 나누어 부부 각기 사적인 공간을 부여하는 것이 일반이었다. 그러니 아무리 남편이라도 항시 같은 공간에서 지내라면 거리껴하는 것이 당연하였다. 하물며 화영은 관호와 어색하기 짝이 없는 액막이 부부 사이 아닌가!

말을 마구간에 넣어 두고 돌아온 관훈은 쌍둥이들과 입씨름 중인 화영을 보고 어렵지 않게 상황을 눈치챘다. 그 역시 출신이 한빈할 뿐 형만큼이나 춘추에 대한 애정이 깊었으므로, 장공주인 형수의 난색을 도리에 어긋나지 않게 여겼다.

남려의 한 분뿐인 장공주이시니 극히 귀한 분이다. 처음 접하는 시집 식구들 앞에서, 게다가 이렇게 작고 구분 없는 집에서 남편과 한 방에 거해야 한다니 당황하실 만도 하다. 그래서 관훈은 공손하게 읍을 하며 말했다.

-형수님께서 저어하시는 것도 당연합니다. 그러면 제 방을 형님께 양보하겠습니다. 형님이 오가며 잠시라도 쉬실 공간이 있다면 형수님도 덜 불편하시겠지요.

관훈은 서글서글한 성품에 제법 눈치도 빨랐으나, 남녀관계에 대해서는 잘 알지 못했다. 그야 가까이 지낸 여인이라고는 돌아가신 어머니와 골치 아픈 쌍둥이들뿐이니 당연도 할 터였다. 그래서 형과 형수가 어쩐지 내외하는 분위기인 것도 별반 의심하지 못했다. 황실의 예법은 복잡하고 까다롭다 하니, 제약 없이 정을 드러내는 일이 금지되어 있나 보다 싶었을 뿐이다.

-그러면 오빠는 어디서 자게?

-역시 마구간이지?

관향과 관옥이 끼어들었다. 그 말에 놀란 화영이 되물었다.

-정말인가요? 마구간에서 지내야 해요?

-아, 아닙니다. 그 옆에 창고가 하나 있으니 치우면 될 겁니다.

-창고라고요?

아까 집 안을 안내받으면서 슬쩍 보았던 창고를 떠올렸다. 창 하나 없이 어두컴컴한 데다 손바닥만큼 좁고, 농기구가 잔뜩 쌓여 있을 뿐 아니라 흙바닥 그대로였다. 거기서 사람을 재울 수는 없는 노릇이었다. 하물며 생판 남도 아니고, 어쨌든…… 가족이 아닌가. 관호가 황실 옥첩에 이름을 올린 정식 부마이니, 그의 동생들도 화영에게는 가족이 되는 셈이었다.

관호와 매우 닮았지만 성격은 훨씬 사교적인 관훈을 보니 여러모로 심정이 복잡했다. 누이들에게 좋은 오빠이자, 형에게는 반듯하고 충실한 동생이라서일까. 이상하게 오빠가 생각났고, 은룡도 생각났다. 도저히 자기 혼자 편하자고 열일곱 살짜리를 마루도 없는 창고에서 지내게 할 수는 없었다.

그녀가 여기에 얼마나 머물게 될지도 모르는 데다, 지금은 한겨울이었다. 아무리 튼튼한 장정이라도 거기서 머물면 병이 날 터였다. 하루 이틀도 아니고 말이다.

그래서 결국 화영은 관호와 같은 방을 쓰게 된 것이다.

인가 없는 자연 속, 해는 무서울 만큼 빨리 졌다. 천지가 새하얗게 빛나며 눈으로 얼어붙은 옷자락을 자랑할 때가 언제인데, 마차를 들여놓고 각기 옷을 갈아입고 나니 깜짝할 새에 어둠이 찾아왔다. 여행에 지쳤을 형님 부부를 위한 간단한 죽이 요기로 나왔다. 후루룩 넘기고 나니 이제는 자는 일 외에는 도저히 할 만한 게 없을 듯했다.

관호가 문을 열고 들어왔다. 그때 화영은 함에 넣어 둔 주머니에서 머리빗을 찾고 있었다. 드르륵 하는 소리에 본능적으로 고개가 돌아갔고, 이내 관호와 눈이 마주쳤다. 바짝 긴장에 몸이 굳었다.

관호는 자신이 안방에 왔는데도 화영이 놀라거나 화내지 않는다는 사실에 의외라는 표정이었다. 하지만 굳이 캐묻거나 따지지 않았다. 그 대신 들어와 문을 닫고, 그녀에게 가까이 걸어왔다.

"필요한 것은 따로 없소?"

"아뇨, 딱히…….."

화영은 가까스로 찾은 머리빗을 움켜쥐고 덩달아 자리에서 일어났다. 그리고는 관호의 질문에 이끌리듯 저도 모르게 방 안을 다시금 돌아보았다.

나무로 짠 낮은 침상이 하나 있었고, 방 중앙에는 차를 마시거나 책을 읽을 때 쓴 듯한 키 작은 상이 놓여 있었다. 손을 타 반들반들 윤기가 나는 농은 벽 쪽에 붙어 있었고, 검과 창을 걸어 놓는 걸대도 근처에 위치했다. 조그마한 수납장과 대나무로 짠 한 칸짜리 서가까지. 검소하기는 하지만 크게 부족한 가구는 없었다. 짙은 어둠에 대비하기 위해 키가 저마다 다른 촛대도 있었다. 침상 주위에 하나, 상 주위에 두 개, 그리고 농 주위에 하나, 총 네 개였다. 비록 지금은 침상과 상 옆의 촛대에만 불이 붙어 있었지만.

용중사의 요사에서 살 때에는 이것의 반도 안 되는 가구로도 충분했다. 그러니 화영은 고개를 흔들며 괜찮다고 대답했다.

그럼에도 관호는 무언가 곰곰이 생각하는 기색이었다.

"내일 아침 일어나는 대로 가림막을 만들어 주겠소. 그러면 부인이 다소나마 편하겠지."

"가림막……?"

화영은 아, 하고 입을 벌렸다. 하긴 앞으로 같은 방을 쓰게 된다면 옷을 갈아입을 때마다 곤란할 터였다. 영벽까지는 아니더라도 가림막 정도면 큰 도움이 되리라. 정작 자신은 미처 생각하지 못한 부분까지 헤아려 준 관호가 고마웠다. 화영은 순순히 마음을 표시했다.

"고마워요. 난 생각도 못 했는데. 확실히 있으면 좋겠네요. 그런데, 직접 만들려면 손이 많이 가지 않겠어요?"

"주위가 온통 대숲이니 재료는 걱정 없소. 끈으로 엮어 세우면 금방 완성이오."

"그러면 다행이구요."

화영이 고개를 끄덕이자 관호가 희미하게 눈으로 미소를 지었다.

이 사람이 이렇게 잘 웃는 사람이었나? 순간 귓가가 뜨거워져, 화영은 저도 모르게 급히 시선을 돌렸다. 왠지 관호의 온화한 얼굴을 계속 보아서는 안 될 것만 같아서였다. 이유는 모르겠지만 하여간 그랬다.

관호가 부드럽게 말했다.

"오늘은 이미 늦었소. 부인도 많이 곤할 것이오. 그러니 어서 잠자리에 듭시다."

"뭐, 뭐, 벌써요?"

"해가 진 지 오래인 것을. 달리 할 일이 있소?"

화영은 퍼뜩 고개를 들었다. 하지만 아니 그런데, 어디서? 진짜로, 같이 자는 거야? 화영의 시선이 황망하게 주위를 맴돌았다.

침상은 정말로 하나뿐이었다. 게다가 여긴 관호 그의 집이었다. 집주인에게 바닥에서 자라고 할 수는 없는 노릇 아닌가. 그렇지만 정말로? 관호와 나란히 한 침상에 누워서 자야 한다고? 그것도 앞으로, 내내?

'차라리 창고에 내가 들어갈까? 가림막 대신 대나무로 작은 침상이나 하나 짜 달랠까? 이 집 사람들 중에서 내가 제일 작으니까 창고에서 자는 것도 내가 되어야 하는 것 같은데. 그게 현명한 일 아닌가?'

되지도 않는 해결책으로 머리가 빙빙 어지러웠다. 달아오른 귓가는 점점 더 온도가 올라가기만 할 뿐, 도저히 진정되지 않을 것 같았다. 화영은 선 채로 어쩔 줄을 모르고 주위만 눈을 굴리고 있었다.

관호가 먼저 움직였다. 그는 조용히 침상으로 다가가서, 준비된 이불을 열고 자리 위에 걸터앉았다. 그리고 어색하게 서 있는 화영에게 물었다.

"많이 불편하오?"

그는 담담하게 말을 이었다.

"부인이 크게 불편하다면 내가 다른 곳에서 묵겠소. 어려워하지 말고 말씀하시오."

"다, 다른 곳이요?"

화영은 속을 들킨 것 같아 찔끔하며 되물었다.

"아까 보니까 빈방이 없던데…… 어디로 가려고요?"

관호가 침착하게 답했다.

"창고가 있으니 거기서 지내면 되오."

아니, 이 집안 남자들은 뭐 툭하면 창고로 간대? 관훈과 똑같은 이야기를 하는 관호를 보자 어이가 없었다. 설마, 하던 기대가 사라지고 그럼 그렇지, 하는 체념이 몰려왔다.

화영은 격하게 고개를 저으며 대꾸했다.

"무슨 창고예요, 창고는! 나도 아까 봤어요. 거기서 당신이 어떻게 살아요?"

"농기구를 다른 곳으로 옮기면 될 거요. 화로도 하나 들이고."

"됐어요! 집채만 한 사람이 무슨 한 뼘만 한 데에서 자겠다고……."

어이가 없어, 정말……. 화영의 목소리가 점차 줄어들었다. 결국 자기 입으로 같은 방, 같은 침상을 쓰자고 적극 동의해 버린 셈이었다. 뒤늦게 창피함에 목까지 달아올랐다.

"알겠소. 부인이 불편하지 않도록 처신하겠소."

관호의 눈가에 온기가 느껴졌다. 항시 무뚝뚝하던 얼굴이 어째서인지 다정하게 보였다. 그러자 화영은 더 죽을 맛이었다.

관호가 여전히 서 있는 채인 화영을 향해 손을 내밀었다.

"그러면 이리 오시오. 많이 곤할 터인데, 잡시다."

얼굴이 터질 것 같았다!

화영은 자신의 뺨이 달아오르는 소리를 들었다. 침실 안에 촛불이 오로지 두 개뿐인 것이 다행이다 싶었다. 방이 어두우니 새빨갛게 물든 얼굴이 조금은 가려지겠지! 아, 하지만 이게 무슨 꼴이람? 이 긴장감과 부끄러움은 도대체 뭐란 말인가! 화영은 이러지도 저러지도 못한 채 입술을 깨물었다. 입 안이 바짝 말랐다.

관호는 화영을 기다리며 여전히 손을 허공에 내밀고 있는 채였다. 아마 그녀가 다가오지 않으면 밤새라도 그렇게 버틸 것처럼 단호해 보였다.

문득 손안에 쥔 머리빗이 떠올랐다. 화영은 변명하듯 웅얼거렸다.

"머, 머리 좀 빗으려고요. 먼저 자요."

그러나 관호는 넘어가 주지 않았다.

"그럴 필요 없소. 지금도 충분히 어여쁘니. 자. 오시오."

어쩔 도리가 있겠는가! 온몸이 화롯불처럼 붉어지는 것 같았다. 이럴 바에야 차라리 불을 다 꺼 버리고 빨리 자는 게 낫지 않을까? 계속 버티고 있다가는 관호가 또 어떤 답지 않은 소리로 그녀를 창피하게 만들지 모르니 말이다.

결국 화영은 주춤거리며 침상으로 다가갔다. 그 와중에 상 근처의 촛불을 끄는 것을 잊지 않았다. 침상 머리맡에 흔들리는 작은 불빛에 의지하여 다가서니, 여전히 관호의 커다란 손바닥이 그녀를 향해 열려 있었다. 어쩔 수 없이 그녀는 자신의 손을 그 위에 올려놓았다.

관호가 화영의 손을 잡고 차분히 자신의 옆에 앉혔다. 그리고는 침상의 이불을 좀 더 걷어 주었다.

"안쪽에서 주무시오. 그게 더 안전하니까."

그는 그렇게 말하며 허리를 숙여 화영의 신발을 벗겨 주었다. 화영은 놀란 나머지 비명조차 지르지 못했다. 그저 가만히 굳어 그가 하는 일을 도왔을 뿐이다. 관호는 이내 화영이 안쪽으로 눕도록 한 후 촛불을 불어 껐다. 그리고 나서야 그녀의 옆에 누웠다.

화영은 그때까지도 눈을 깜빡이며 숨을 죽이고 있었다. 꽁꽁 묶이기라도 한 것처럼, 손끝 하나 움직일 수가 없었다. 도대체 무슨 일이 일어난 거지?

심장이 쿵쿵 뛰었다.

그녀는 오랫동안 잠들지 못했다.

다음날 새벽처럼 일어난 관호는 약속대로 대나무를 베어 가림막을 만들어 주었다. 어찌나 손이 빠르던지, 사실상 화영은 아침에 깨어 일어나 이미 완성된 물건만 보았을 뿐이다. 대가 가늘고 색이 예쁜 대나무로만 촘촘히 엮고, 윗부분은 옷을 걸치기 편하도록 물결무늬로 다듬은 가림막이었다. 농 옆의 방 귀퉁이에 가져다 놓으니 탈의하고 변복하기에 참으로 편할 듯했다. 화영은 크게 놀라며 기뻐했고, 관호는 별말 하지 않았으나 만족한 기색이었다.

아침 식사는 안방과 작은방 사이의 작은 청방에 모여서 가졌다. 헌데 상을 나르는 것은 관훈뿐이었고, 가끔 관향과 관옥이 기웃거리며 부엌을 오갔다. 가만히 앉아 있으려니 어쩐지 민망한 기분이었다. 하인이 한 명도 없는 건가? 하지만 관호가 부마가 된 이래 적잖은 하사품이 내려갔을 텐데. 이상한 일이었다.

'특히 오빠가 병에서 쾌유하고서는 봉토까지 내렸잖아. 가족의 정이 돈독한 듯하니 옛집에 머무는 거야 그럴 수 있지만, 하인이 없는 건 불편할 텐데.'

하여간 마냥 앉아서 대접받기는 면구했다. 관호의 식구들이라 더욱 그러했다. 그래서 식사가 끝난 후 화영은 관훈을 따라갔다. 설거지라도 도우려는 것이었다.

"필요하신 것이 있으십니까, 형수님?"

"아니요. 도와드리려고요. 얻어먹기만 할 수는 없잖아요."

"큰일 날 말씀이십니다!"

그러나 관훈이 펄쩍 뛰었다.

"사사로이 형수이시지만 지엄한 장공주이심을 하늘이 알고 땅이 압니다. 친림하여 주신 것만으로도 영광인데, 형수님의 손에 물을 묻힐 수는 없지요."

황실에 대해 별 감흥이 없어 보이던 관호와 달리 깍듯한 반응이었다. 화영은 내심 놀라 물었다.

"왜 그렇게 내게 잘해 주는 거예요? 강호인들은 다 관호처럼 신분 고하에 연연하지 않는 줄 알았는데."

"그야…… 폐하께 입은 은혜가 크니까요."

관훈이 멋쩍은 듯 뒤통수를 긁적이며 답했다.

"그리고 저는 강호인이라 할 수 없지요. 일개 백성일 뿐이니, 형님의 기개에는 따라가기 어렵습니다."

관호의 부친은 이곳에 자리 잡아 가정을 꾸린 후 강호의 세계에서 물러났다. 부인이 그가 몸담은 세력과 불화한 가문의 출신이었기 때문이다.

강호 제일이 되고자 했던 야망도 접고 한 여인의 남편으로 살아가던 그는 의형제인 선황을 구하기 위해 딱 한 번 움직였고, 그로 인해 병든 부인이 눈을 감을 때 곁을 지키지 못했다. 후계자로 여겨 모든 것을 전수한 큰 아들 역시 그와 함께 있었기에 모친의 마지막을 지키지 못한 것은 마찬가지였다. 그러니 아직 어린 자식들은 결코 이 세계에 들이지 않기로 결심하였고, 얼마 안 가 부인을 따라갔다.

관호 역시도 동생들의 소속에 있어서는 선친의 뜻에 동의한 모양이었다. 그래서 호신술 이상의 무예는 가르치지 않았고, 대신 학문을 중시하도록 아우를 격려했다.

관훈은 이런저런 이야기도 솔직하게 해 주었다.

"원래는 얼마간 삯을 주고 근처 마을의 노파를 고용하여 잡일을 부탁하고 있었습니다. 제가 작은방에 머물고, 노파를 하인방에 묵게 했지요. 그러다 형수님이 쉬러 오신다기에 돌려보낸 것입니다."

"나 때문이라니, 더 미안한데……."

"원래는 저희 남매들이 알아서 나누어 하던 일들이었습니다. 폐하께서 성은을 내리셔서 사람을 고용할 수 있게 된 것이지요."

관훈이 말했다.

"게다가 매번 은자며 식량을 넉넉히 보내 주시고, 이번에는 땅까지 내려 주시어 은혜에 감사할 뿐입니다. 누이들을 시집보낼 지참금을 걱정하지 않아도 되니까요."

"생각해 둔 혼처는 있나요?"

"아니오. 아직은 머나먼 일처럼 느껴져서…… 형님께서 맡아 처리하시겠지요."

무언가를 곰곰이 생각하듯 관훈의 눈매가 가늘어졌다.

"아마 누이들이 시집가고 나면 이 집도 빌지 모르겠습니다. 저는 할 수만 있다면 혼인 이후에도 이곳에서 살고 싶습니다만…… 형님께서 결정하실 일이니까요."

황제로부터 큰 상을 받고도 여전히 검소한 삶을 이어나가는 모습이 인상적이었다. 화영은 점차 미령에서의 일상에 익숙해지게 되었다.

조숙하고 배려심이 많은 관훈은 물론이고, 말썽꾸러기인 쌍둥이들도 장난이 심할 뿐 욕심을 부리거나 불평하는 성품이 아니었다. 화영이 짐을 푸는 것을 도와주며 옷가지를 구경했으나 그뿐, 어느 하나 탐내지 않았다. 혹시 달라는 것이 있으면 주어야겠다 내심 결심한 것이 무색해질 정도였다.

쌍둥이는 화영의 마차를 끄느라 데려온 젊은 암말 한 마리로도 기뻐서 이름 붙이는 데에만 며칠이 걸렸다. 그리고 화영에게 자랑스럽게 기존의 가축에게 붙인 이름들을 알려 주었는데, 참으로 독특한 작명 감각이었다.

늙은 소는 송아지, 참견쟁이 염소는 승상, 게으른 거세마는 돼지, 허세를 부리는 수탉은 참새, 추위를 싫어하는 암탉은 겨울이라고 불렀다. 그리고 부엌 근처를 어슬렁거리는 노란색 고양이는 용왕이었는데, 어쩌다 나온 이름인지 짐작도 하기 어려웠다.

화영은 금방 관옥, 관향과 친해졌다. 나름 말괄량이라고 자부하고 있던 화영도 쌍둥이들 앞에 서니 천상 요조숙녀가 따로 없었다. 쌍둥이는 그야말로 화영에게 홀딱 넘어갔는데, 결정적인 이유는 강로식으로 머리 구슬을 섞어 머리카락을 땋아 주어서였다.

미령에 도착한 지 이틀째 오후였다. 안방에 들이닥쳐 화영에게 놀자고 조르던 관옥이 비단 주머니 안의 구슬들을 발견했다.

"새언니, 이게 뭐예요? 공주도 구슬치기를 하나?"

손바닥 위에 몇 개 올려 보니 색도 다양하고 나무로 된 것도 섞여 있었다. 관옥이 고개를 갸웃거렸다.

"그치만 크기도 작고 모양도 다 다르네. 이러면 승부가 어렵겠는데요."

"구슬치기를 하는 용도가 아니라, 머리를 장식하는 거예요."

"이걸로요? 도성 사람들은 희한하네요!"

눈매를 찌푸리는 관옥의 표정이 어찌나 관호와 닮아 보이던지! 화영은 웃음을 참을 수 없었다.

"도성에서도 비녀와 보요로 머리를 트는 건 마찬가지예요. 이 머리 구슬들은 강로에서 온 거죠. 강로 여인들은 머리를 화려하게 땋는 데는 일품이거든요."

"강로! 우와! 이걸 어떻게 얻었어요, 새언니?!"

"친구가 선물로 줬어요."

"강로족 친구도 있단 말이에요? 대단하다!"

세상에서 제일로 존경하는 큰 오라버니가 장공주와 혼인한 것도 자랑스러운 일인데, 새언니가 된 장공주는 예쁠뿐더러 거들먹대지도 않고, 오랑캐 친구까지 두고 있단다. 이보다 신나고 멋진 일이 있을까! 관옥은 감탄을 숨기지 않았다.

소녀가 보내는 동경의 눈빛에 화영은 슬쩍 웃었다.

"이 구슬들로 머리를 해 줄까요?"

"정말요?!"

관옥이 좋아서 방방 뛰었다. 화영은 호쾌하게 관향까지 불러들였다. 관향은 닭들에게 모이를 주던 것도 팽개치고 한달음에 굴러들어왔다. 관호는 강가에서 나루터를 보수하고 있었기 때문에 안방은 세 여자들의 수다로 가득 찼다.

관옥과 관향 둘 다 숱이 무척 많고 머리카락이 굵었기 때문에, 화영은 공평하게 구슬을 미리 둘로 나누어 두고 머리를 꾸며 주기 시작했다. 관옥은 머리카락 아랫부분을 위주로 땋아 수를 놓은 듯 빙 둘러 주었고, 관향은 머리카락 윗부분부터 땋아 반으로 묶어 꽃 관을 쓴 듯 해 주었다. 야친 공주가 가르쳐 준 기술을 아직 잊지 않은 것이었다.

다행인지 불행인지 쌍둥이도 화영만큼이나 손재주가 없었다. 그래서 알록달록 신기한 구슬을 섞어 머리카락을 땋아 주자, 새언니의 위엄은 말 그대로 폭발하고야 말았다. 황제가 내려 준 두 땅보다도 한 줌 머리 구슬이 더 위력적이었다. 관향과 관옥은 새언니에게 푹 빠져 어미 닭을 따라다니는 병아리처럼 쫓아다녔다.

관훈은 누이들의 오랑캐스러운 머리에 당황한 듯했으나 화영의 솜씨임을 알고 입을 다물었다. 쌍둥이는 일부러 그를 쫓아다니며 짤랑거리는 머리를 흔들어 괴롭혔다. 오후에 돌아온 관호는 놀란 기색을 숨기지 않았다. 하지만 별말 없었으므로 쌍둥이들은 물론이고 화영도 내심 안도하였다. 엄한 관호가 누이들에게 오랑캐 머리를 해 주었다고 꾸짖을까 긴장했던 것이다. 쌍둥이는 큰 오라버니의 관대한 처사가 새언니 덕분이라고 여겼다. 그래서 더욱 화영을 좋아했다.

미령에 도착한 지 나흘째였다. 관호가 외출하여, 며칠간 집을 비우게 되었다. 오랜만에 하주로 돌아왔으니 잠시 지인들에게 인사를 하고 와야 한다는 것이었다. 동생들은 잘 모르지만, 그가 출타한 동안 알게 모르게 옛 강호 친구들이 도움을 주었다는 듯했다.

"오래 걸리지는 않을 거요."

관호가 화영에게 말했다.

"길게 머물거나 대접받는 일은 사양할 생각이니까. 최대한 빨리 돌아보고 오겠소."

그러면서 그는 대나무로 만든 새장을 하나 주었다. 눈처럼 흰 비둘기가 그 안에 들어 있었다. 예상치 못한 사태가 벌어진다면 곧바로 소식을 전할 수 있도록 한 것이다.

"그럴 일은 없겠지만, 혹시 모르니."

"괜찮겠죠, 뭐."

"음."

잠시 정적이 흘렀다. 관호는 짙은 재색 옷을 입고 머리는 하나로 높게 묶은 채였는데, 어딘지 현희부에서는 볼 수 없던 분위기가 풍겼다. 뭐라고 해야 할까? 꼭…… 먼 길을 떠나게 되어 아쉬운 새신랑 같은 느낌이랄까. 물론 말도 안 되는 가정이지만! 화영은 새장을 받아든 채 안절부절 눈을 굴렸다. 자신을 뚫어져라 응시하는 관호의 시선에 발이라도 구르고 싶었다.

관호가 결국 작별 인사를 건넸을 즈음엔, 안도의 한숨이라도 쉬고 싶은 심정이었다.

"그러면 다녀오겠소, 부인."

"잘 다녀와요."

그래서 방심한 나머지 쓸데없는 말까지 덧붙이고야 말았다.

"오며 가며 조심하고요."

관호의 눈이 슬며시 커졌다. 화영이 자신이 얼마나 다정한, 새신부다운 마중을 했는지 깨닫기도 전이었다. 그가 소리 없이 웃었다.

"빨리 오겠소."

"아, 아니, 그럴 건 없는데-."

"최대한 빠르게 돌아올 것이오."

"아니!"

홍시처럼 빨개진 화영을 두고 관호가 돌아 나섰다. 아! 화영은 조용한 비명을 지르며 애꿎은 새장만 꽉 끌어안았다. 제발 말하기 전에 생각 좀 하자, 송화영! 자신을 원망해 보아도 이미 엎어진 물이었다. 결국 화영은 마당 가운데 서서 한동안 얼굴만 붉히고 있었다.

관호의 부재에도 크게 일상에서 달라지는 점은 없었다. 작고 소박한 미령에서의 생활은 항상 비슷비슷했고, 그래서 마음을 쉽게 놓을 수 있었다.

새벽이면 관훈이 일어나 아궁이에 불을 지폈고, 소와 말에게 여물을 챙겨 주었다. 바느질 솜씨는 꽝이지만 가축 돌보는 것은 좋아하는 쌍둥이들도 일찍 일어났다. 암탉이 공들여 숨겨 놓은 계란들을 여기저기서 찾았고, 투덜대는 염소의 젖도 짰다.

겨울이었으므로 밭일도 할 것이 없었다. 그래서 많은 시간을 실내에서 보냈다. 화영은 안방에서 쌍둥이들과 이야기를 나누거나, 쌍둥이들을 따라 마구간으로 가서 놀거나, 흰 눈이 쌓인 대숲을 돌아보며 서늘하고 청명한 공기를 만끽했다.

관호가 없으니 관훈은 더욱 자신의 처신에 주의했다. 화영의 식사는 쌍둥이들이 가져가도록 했고, 필요한 집안일을 마치면 방으로 돌아가 공부에 집중하였다. 어지간해서는 젊은 형수와 마주치는 일이 없도록 신경을 쓴 것이다. 극진한 배려였다. 그러다 보니 여기가 관가인지 아니면 화영 자신의 집인지 헷갈릴 정도였다.

마음이 놓였다.

현희부에서 지고 있었던 책임감과 부담이, 견뎌야만 하는 하중이 사라진 것 같았다. 남려의 장공주가 아니라 용중사에서 자란 소녀에게 어울리는 곳이다. 어째서 관호가 이곳에 화영을 데려오겠다 결정했는지 이해할 수 있었다.

화영은 홀로 누운 침상에서 뒤척거리며 생각하고는 했다. 만일 화영 그녀가 황실 자손이 아니었다면, 혹은 선황에게 더 많은 자식이 있어 태후가 그들을 입적하지 않았다면. 그랬다면 이런 곳에서 살게 되지 않았을까. 소담하고 정겨운 촌가에서, 소와 닭과 말을 키우면서.

물론 세상 모든 여인들이 이처럼 소박한 복을 누리고 살지는 못한다는 것은 알았다. 일반적으로 따져 볼 때, 그리고 용중사에서 보고 들은 수많은 여인네들의 사연을 감안하면, 이 정도 집에 시집을 갈 수 있다면 운이 좋은 축이었다. 황실의 은인으로서 받은 영지를 제외하고 보아도 그랬다.

가옥의 규모가 크지 않을 뿐이다. 빚을 진 것도 아니고, 일손 한 둘은 언제든 들일 수 있다. 다소 늙기는 했지만 소와 말이 있다는 것도 장점이다. 들들 볶는 시부모도 없고, 시누이나 시동생은 하나같이 착하다.

그리고, 무엇보다도 남편이 관호라는 점이.

'하긴, 장공주가 아니었다면 관호와 혼인할 일도 없었겠다. 외숙이 항상 그러셨지. 이렇게 사고만 치고 놀기만 좋아하면 제대로 된 신랑감을 구할 수 없다고 말이야. 반반한 얼굴에 홀랑 넘어가 앞뒤 구분 못 하는 덜떨어진 놈이나 달라붙을 거라고.'

생부가 십칠황자였음을 제외한다면 화영은 사생아일 뿐이었다. 일개 백성들도 자식을 시집, 장가보낼 적에 상대의 집안을 따져 혼담을 맺었다. 아버지의 성도 받지 못하고 외숙 손에 자란 화영의 처지는 최악에 가까웠다. 그나마 주영은 사내이니 어쨌든 척박한 가운데서도 제 삶의 고삐를 쥘 수 있었겠지. 하지만 화영은 아니었다. 빼어난 외모를 지닌 천한 여인이 얼마나 큰 비극을 겪을 수 있는지 모두가 알았다.

은룡이 그녀와 혼인하고 싶다고 고집을 피운다 해도 첩으로나 가당했을까. 그나마도 아슬아슬 어려웠겠지.

화영은 모로 누웠다. 칠흑처럼 어두운 가운데 침상 곁에 둔 화롯불만 깜빡였다. 멀리서 부엉이가 우는 소리가 들렸다. 쌓인 눈이 지붕 위에서 떨어지며 부서진다.

'현희장공주가 아니라 그냥 화영이었다면 은룡은커녕 관호 같은 남편도 꿈도 못 꿨겠지. 강호인은 신분을 따지지 않는다지만, 듣자 하니 손 떼고 물러난 지 좀 된 것 같으니까. 동생들도 무관하게 키웠고. 다들 착하니 내 출생으로 거리끼지는 않겠지만…… 어쨌든 접점 자체가 없으니까.'

하주 미령과 용중사는 너무 멀었다. 어떠한 교접점도 없었다. 겨울밤은 너무 길었다. 잠이 잘 오지 않았다.

'아니지. 관호 그 사람이 용중사에 찾아오긴 했었지. 내가 공주가 아니었다면 아마 그때도 계속 용중사에 살고 있었겠지? 거기서 만났다면 어떻게 되었을까?'

흐음. 화영은 곰곰이 생각해 보았다. 불가에 귀의하기로 마음먹은 관호와 자신이 마주쳤다면?

모르겠다. 그냥 그대로 머리를 밀지 않았을까? 애초에 관호가 그녀에게 액막이 장가를 온 것은 선대에 얽힌 의리를 지키기 위해서였다. 그마저도 꽤나 고민을 했다고 들었다.

'딱히…… 뭐, 여자에게 한눈에 반해서 결심을 꺾을 성격은 아니지. 어차피 나한테 반하지도 않았잖아. 용중사에서 만났다고 해도 별 차이가 있겠어?'

입맛이 썼다. 화영은 괜히 이불을 끌어안았다.

관호는 분명 자신의 책임을 다하고 있었다. 옥첩에 기록된 부마로서, 그녀의 남편으로서 할 수 있는 모든 일에 최선을 다해 주었다. 화영이 살아났으니 그대로 물러나 자신의 원래 목적인 출가를 할 수도 있었다. 그러나 화영이 맹타안과 은룡의 사이에서 어려워하자 기꺼이 부탁대로 머물러 주었다.

관호는 신실한 벗이었다. 오빠와 외숙을 제외하면, 처음으로 의지하게 된 사람이었다. 그와 함께라면 안심할 수 있었다.

관호는 맹타안이나 은룡과는 조금 달랐다.

맹타안은 뜻이 통하는 사람이었다. 얽매임 없이 자유로운 영혼, 호방하고 시원시원한 성품이 화영과 잘 맞았다. 다른 땅, 다른 문화에서 태어났음에도 그들은 생각하는 방식이 비슷했다. 그래서 항상 즐거웠다. 그런 만큼 그녀가 걱정하는 부분을 그도 걱정할 것이고, 그녀가 약한 부분은 그 역시 고전할 터였다. 맹타안과의 관계는 일방적인 의지보다는, 함께 머리를 맞대고 고민하는 쪽이 어울렸다.

반면 은룡 앞에서 화영은 항상 손윗사람답게 행동하고 싶었다. 약한 모습, 흔들리거나 두려워하는 마음을 드러내고 싶지 않았다. 그래서 항상 괜찮은 척했다. 자신을 동경하던 여덟 살 소년의 눈빛을 언제까지나 지켜 주고 싶어서였다. 그녀를 사모하는 은룡의 마음을 알기에 더욱 그랬다. 보답할 길이 없는 상황이었다. 어찌 그에게 지금보다 더 큰 희생을 바라겠는가. 쌀알만큼의 작은 걱정이라도 은룡은 연자 맷돌처럼 무겁게 받아들이고 제가 더 속을 끓일 터였다.

그래서일까.

관호는 뭔가 특별했다. 그는 항상 화영의 심정을 잘 파악하고 있었다. 두려워하는 것도, 긴장하는 것도, 걱정과 근심도, 슬픔까지도 그는 이미 말하기 전에 알고 있었다. 그러면서도 먼저 나서는 법 없이 묵묵히 기다려 주었다. 관호 앞에서는 솔직해질 수 있었다.

'그치만 어쨌든, 내가 죽어 가는 장공주가 아니었다면 나와 혼인할 일은 없었겠지?'

생각해 보면…… 그럴 것 같았다.

관호는 묘하게 다른 부마들과 온도 차이가 났다. 어려서부터 그녀를 좋아한 은룡은 차치하더라도, 같은 액막이 부마로서 처음 만난 맹타안만 봐도 그랬다.

그야 입장 차이가 있기는 하겠지. 맹타안은 강로 왕위를 되찾아야 한다는 목적 때문에라도 화영을 유혹할 필요가 있었다. 하지만 백련호에 간 날,

붉은 옷을 입은 화영을 바라보던 맹타안의 눈빛은 연기가 아니었다. 그가 선물한 녹보석을 요대로 만들어 처음으로 차고 나섰던 날도 그러했다. 사내가 여인을 좋아하면 결코 숨기거나 꾸밀 수 없다는 말을, 매 순간 화영은 실감할 수 있었다.

으음.

고민할수록 기분이 우울해졌다.

그야 잠자리를 나누기는 했다. 그 초야에서도 관호는 묵묵하게 그녀를 배려해 주었다. 하지만 피차 원해서 가진 관계는 아니었지. 황제를 살리기 위해서라는 대의 아래 벌인 일이었으니까. 떠오르려는 초야의 기억을 애써 누르며 화영은 고개를 흔들었다.

그 이후로 더욱 그녀를 존중하고 안팎으로 지지해 주기는 했다. 지금처럼 가장 난처한 상황에서도 그녀를 버리지 않고 어려운 결정을 내려 주었다. 황제에게 허락도 받지 않고, 자신의 책임으로 돌리며 장공주를 데리고 떠나 버렸으니.

하지만 뭔가…….

자기가 무슨 생각을 하고 있는지도 파악이 잘 되지 않았다. 정신없이 여기저기로 뻗어 나가는 의식의 흐름에 여전히 잠은 오지 않았다.

'내 외모가 취향이 아닌가? 좀 더 청초한 여인을 좋아하려나? 아니면 막…… 관능적인 여자?'

관호를 떠올려 보았다. 거무스름한 피부에 윤기가 나는 청동색 머리카락, 산을 그리는 눈썹에 쭉 찢어진 매 같은 눈. 장신도 장신인 데다가 몸피도 두터운 사내다.

관호에게는 어떤 여인이 어울릴까? 그는 어떤 여인을 선호할까?

버드나무처럼 가녀리고 바람이 불면 날아갈 듯한 여인을 상상으로 그려 보았다. 육감적인 몸매에 도발적인 시선을 한 여인도 상상으로 그 옆에 두어 보았다. 강호에는 다양한 사람들이 섞여 있으니, 어쩌면 이민족 여인도 괜찮을지도 모르지. 하지만 거기까지 열심으로 상상해 보고 싶지는 않았다.

어떤 종류의 여인이든 그 여자에게 맹타안 같은 눈빛을 보내는 관호를 생각하면 속이 불편했다.

"아!"

화영은 결국 외마디 소리를 지르며 이불을 머리끝까지 뒤집어썼다.

도저히 잠이 오지를 않았다.

* * *

관호가 떠난 지 열흘이 지났다. 결국 미령에서 그와 함께 지냈던 날보다 혼자 보낸 시간이 더 길어진 셈이다. 따지자면 안방을 홀로 쓰고 속 편해야 하는 일이다. 불평할 생각은 없었다. 그저 언제쯤 돌아올지 알 수 있다면 좋을 텐데, 그뿐이었다.

날이 점점 추워졌고, 아침나절에 지창을 열면 금방 코가 빨갛게 얼었다. 마구간이 얼지 않도록 관훈과 쌍둥이들은 싸리 풀로 바람막이를 만들었고, 노쇠한 송아지를 위해 뜨거운 쇠죽을 끓여 주었다. 뒷산을 돌아다니기 좋아하는 고양이 용왕조차도 요즘에는 부엌 언저리를 맴돌며 온기가 남은 자리에 앉아 꾸벅꾸벅 졸기 일쑤였다.

조만간 한번 크게 폭설이 올 거라고 관향이 말했다. 그 전까지 관호가 돌아올까? 궁금했지만 화영은 차마 물어볼 수 없었다. 꼭 자신이 그에게 엄청난 관심을 쏟고 있는 것처럼 보이지 않는가. 사실은 그냥 가벼운 궁금증일 뿐인데 말이다.

안 그래도 관가의 동생들은 관호와 화영의 혼인에 대해 잘 알지 못했다. 그저 화영이 크게 아팠을 때 관호와 결혼했다고만 알았다. 혼례 이후 극적으로 화영의 상태가 좋아져, 황제가 감사의 표시로 숱한 선물과 땅을 내려 준 거라고 말이다. 방력 대사의 예언이나 액막이에 대해서는 일절 모르니,

그들은 당연히 관호와 화영이 정다운 신혼이라고 여겼다.

특히 쌍둥이들은 화영과 친해지기가 무섭게 조카 타령을 시작했다. 얼마나 진심인지 무서울 정도였다. 아마 관호가 집을 비워 눈치 보지 않아도 된다는 점도 크게 작용했으리라. 저희들 맘대로 남자아이면 '신', 여자아이면 '희'라고 짓자며 열을 내는데, 뭐라고 반박할 수도 없으니 얼굴만 붉어진다.

이러니 관호가 빨리 돌아와 주길 바라는 마음이 들 수밖에. 비록 침상을 나누어 쓰는 어색한 밤이 돌아오겠지만, 시도 때도 없이 조카와 놀아 줄 계획을 늘어놓는 쌍둥이들의 입을 조금은 다물게 할 수 있지 않겠는가.

아침 식사를 마치고, 꺼진 화로를 비우러 나서던 참이었다. 관훈이 부지깽이를 들고 부엌에서 나왔다.

"이리 주세요, 형수님. 제가 바꾸어 드릴게요."

"아, 고마워."

관훈이 끈기 있게 말을 낮추어달라 요청했으므로 며칠 전부터 화영은 관가의 동생들에게 편하게 말하고 있었다. 관훈은 그제야 자신이 더 편하다는 눈치였고, 쌍둥이들은 차이를 느끼지도 못했는지 전혀 신경 쓰지 않았다.

기온이 크게 추워졌기에 밤낮없이 화로를 피워야 했다. 화영은 순순히 관훈에게 맡기고 잠시 마당에서 기다렸다.

살얼음이 껴서 흙바닥이 희고 딱딱하게 굳어 있었다. 축사 근처에서 암탉이 진저리를 내는 소리가 들렸다. 아마 오늘은 따뜻한 지푸라기 속에서 지낼 모양이었다. 대숲으로 둥그렇게 둘러싸인 하늘을 올려다보았다. 그나마 하늘이라도 청명해서 다행이었다. 눈은 내리지 않을 듯했다.

"가져다드릴까요?"

발갛게 열이 오른 새 탄을 채워다 준 관훈이 물었다. 다른 장소였다면 여쭐 것도 없이 옮겨다 드렸겠지만, 형도 없는 때에 안방에 멋대로 들어가는 것은 큰 무례여서였다.

"아니야. 내가 들 수 있어."

화영도 관훈의 처신을 잘 알기에 굳이 부탁하지 않았다. 마당에서 안방까지가 먼 길도 아니었고 말이다. 화로가 탄의 열기를 머금고 뜨거워지기 전에 어서 옮길 생각이었다.

화로를 넘겨주려다가 관훈이 멈칫했다. 무언가 마침 생각이 난 모양이었다. 그리고는 이참에 말하려는 듯, 곧바로 입을 열었다.

"이따가 잠시 외출을 하려고요. 저녁 식사 전까지는 돌아오겠습니다."

"외출? 어디로?"

"장터에 들리려고요. 오늘 아침에 보니 저장해 둔 푸성귀들이 많이 얼었더군요. 그러면 금방 썩게 되지요. 급한 대로 장을 좀 봐 오려고 합니다."

아하. 화영은 고개를 끄덕였다.

"혼자 시장을 보려면 힘들지 않겠어? 짐도 많을 텐데."

"이전이라면 그랬을 텐데, 지금은 괜찮습니다. 형수님이 데리고 오신 말에 수레를 얹고 다녀오면 될 겁니다. 송아지는 수레를 끌고 먼 길을 오가기엔 늙었고, 돼지는 십 리도 안 가서 발목이 접질린 척 주저앉을 테니 곤란했는데, 그 녀석은 힘도 좋고 온순하여 다행이지요."

"향과 옥을 데려가는 건 어떨까? 그래도 여러 물건을 사려면 손이 필요할 거야."

"그 녀석들은 도움은커녕 방해만 될 겁니다. 시장에 눌어붙어서는 아주, 한밤중까지 돌아오지 못할걸요."

관훈이 고개를 절레절레 흔들었다. 화영은 키득거렸다.

물론 쌍둥이가 말썽꾼이긴 하지만, 귀한 형수를 외진 곳에 홀로 두기 저어하는 마음이 컸으리라. 그것을 알기에 화영은 더는 말을 얹지 않았다. 내심 미령 장터가 궁금하기도 했지만 자신을 데리고 가라는 말은 더욱 안 될 소리였기에 꾹꾹 참았다.

"혹시 필요한 것이 있으신가요? 드시고 싶은 음식이라든가? 외진 하주에서도 미령이 제일 오지이니, 먹을거리도 대단치는 않지만 어떻게든 찾아보겠습니다.”

“아니, 괜찮아. 신경 쓰지 말고 빨리 다녀와. 겨울이라 해도 일찍 떨어지는데, 늦으면 큰일이니까.”

“예, 형수님. 그러면 그렇게 하겠습니다.”

사실 달콤한 계화떡이나 고소한 녹두고 같은 간식거리가 그립던 참이기는 했다. 하지만 관훈 혼자 온 식구의 먹거리를 사야 하고, 말이며 수레도 신경 써야 할 텐데 심부름을 얹을 수는 없었다.

‘그나저나 정말 집에 여자들만 남네.’

쌍둥이들과 함께 관훈을 배웅하며 화영은 문득 생각했다. 이럴 때 무슨 일이라도 나면 어쩌지?

‘어쨌든 내가 이 중에서 제일 어른이고, 향과 옥은 어린애니까 지켜 줘야 해. 괜한 소동 없도록 주의해야겠다.’

평생 말썽을 부리는 장본인으로 살았지, 남들에게 얌전히 있으라고 가르치는 입장은 처음이었다. 관향과 관옥은 화영의 말에 대답은 잘 했다. 하지만 화영의 말괄량이 경력으로 비추어 볼 때, 쌍둥이는 대답‘만’ 잘 하는 것이 분명했다. 하긴, 관훈에게는 그 대답도 안 하니 낫다고 해야 할지도.

그런데 문제는 전혀 예상하지 못한 곳에서 터졌다.

고요한 실내에 탄이 탁탁거리다 소리만 간혹 울리던 차였다. 괜히 빗만 만지작거리고 있었는데, 저 멀리서부터 쿵쾅거리며 급히 뛰어오는 소리가 들렸다. 과연 얼마 지나지 않아 드르륵 소리와 함께 문이 열리고 쌍둥이들이 등장했다. 그렇게 조심히 놀라고 다짐을 받았건만, 뺨이 붉게 달아오른 것을 보니 꽤나 뛰어논 모양이었다. 헌데 어째 표정들이 심상치 않았다.

화영은 쥐고 있던 빗을 내려놓고 일어났다. 거의 반사적인 행동이었다.

“무슨 일이야?”

“새언니, 도와줘요!”

“새언니, 큰일 났어요!”

어찌 된 일이냐고 영문을 묻기가 무섭게 쌍둥이들이 발을 구르며 외쳤다. 피풍의를 제대로 두르지도 못한 채 그 손에 잡혀 끌려 나오니, 넘어지지 않기 위해서라도 발을 재게 움직여야 했다.

얼어붙은 마당을 넘어, 싸리나무 담 사이로 열린 대문 밖으로 나갔다. 길게 뻗은 초록색 대나무들이 찬 바람에 흔들리고 있었다. 이대로 어디까지 끌려가야 할지 알 수가 없었다. 일단 자초지종은 알아야겠다는 생각에, 화영은 발에 힘을 주고 버텼다.

"왜, 도대체 뭐길래 그래?"

"용왕이!"

"용왕이 죽게 생겼어요!"

"뭐?!"

화영의 손을 양쪽에서 하나씩 잡고 뛰다시피 하던 쌍둥이가 돌아서 울먹였다. 화영은 놀라서 되물었다.

"용왕이 왜? 아까만 해도 부엌 근처에서 졸고 있던데?"

"몰라요, 갑자기 무슨 바람이 들었나!"

"관훈도 없는 김에 낚시나 해 볼까 하고 나갔는데, 우리를 따라오더니!"

"그게 웃겨서 장난을 좀 쳤죠! 강물을 손으로 튀겼는데, 그게 좀 차가워서 놀랐나 봐!"

"그러더니 옆에 있던 버드나무로 파파박 올라가서는!"

"이 멍청이가 못 내려오잖아요! 울기나 하면서!"

양쪽에서 쏟아지는 아우성에 귀를 막고 싶을 정도였다. 하지만 하나는 확실했다. 어쨌든 용왕이 위험에 처했다는 사실이었다.

"그치만 고양이잖아? 알아서 내려오지 않을까?"

"아니에요! 걘 겁쟁이라 높은 데 못 올라가요. 이번에도 관옥이 물방울을 튀기지 않았다면 절대 나무를 타지 못했을 거라구요."

"야, 니가 해 보랬잖아!"

"적당히 해야지! 넌 바보냐? 물이 그렇게 차가우면 하면 안 되지!"

"너야말로 바보냐? 그럼 한겨울 강물이 따뜻할 줄 알고 부추긴 거야?!"

"아니, 일단 진정 좀 해!"

결국 제 발로 급히 걸으며 화영이 목소리를 높였다.

"아무리 겁쟁이라도 고양이는 고양이잖아. 놀라서 나무를 탔다면, 급하면 내려도 올 수 있을 텐데. 이렇게까지 걱정하는 이유가 있어?"

"어렸을 때 떨어져서 크게 쳤거든요."

"그것도 관옥 때문이에요."

"야! 너도 옆에 있었잖아!"

"용왕을 데리고 올라간 건 너였거든?"

"아니, 어디서 떨어졌는데? 그보다, 용왕이 혼자 떨어진 게 아니고 옥, 향, 너희까지 같이……?"

"관향이 지붕 위에 올라가 보자고 해서!"

"야, 관훈이 사다리를 안 치운 걸 발견한 건 너였어!"

"뭐야, 그럼 결국 관훈 잘못이네!"

"맞어!"

옥신각신하다가 결국 둘째 오빠를 탓하기 시작하는 쌍둥이들 사이에서 정확한 정보를 얻어내기는 무척 힘든 일이었다. 하지만 대략 파악은 가능했다.

지붕 보수가 끝난 어느 봄날이었다. 관훈이 사다리를 치우는 것을 깜빡했다고 한다. 당시 열 살이던 쌍둥이들은 아기 고양이였던 용왕을 굳이 데리고 그 위로 올라갔다가 떨어졌다. 그 이후로 쌍둥이들이 유일하게 기를 못 쓰는 곳이 지붕, 나무 위, 아래가 내려다보이는 높은 장소가 되었다는 이야기다. 우습게도 용왕까지 그 두려움이 옮았는지, 고양이인 주제에 절대로 사람의 가슴팍보다 높은 곳은 올라가지 않는다고 했다.

한참을 뛰다시피 걷자 죽림이 잦아들고, 탁 트인 강가가 나왔다. 어찌나 강폭이 넓은지, 반대편이 보이지도 않았다. 창백한 겨울의 햇빛을 받아 물결이 금속의 차가운 색으로 흔들리고 있었다. 근방에 인가가 없어서일까. 강에서 적막하니 위압감까지 느껴졌다. 관호가 혼자서는 강가를 거닐지 말라고 한 이유가 있었다. 발이라도 잘못 헛디뎠다가는 영락없이 물귀신이 될 판이었다.

"아니, 여기서 낚시를 하려고 했어? 위험하게!"

화영이 기가 차서 한소리를 하자, 관향과 관옥이 자기들끼리 눈빛을 주고받았다. 분명 '새언니도 오라버니를 닮아가나, 잔소리를 하네' 따위의 의미였겠지만 어쩌겠는가.

쌍둥이들이 내던진 낚시 도구는 그나마 무사했다. 나루터 위에 그대로 놓여 있었다. 이 작은 나루터는 관호의 선친이 만들었고 그 이후로는 관호와 관훈이 관리하는 것이었다. 조각배나 오고 갈 수 있는 크기였다. 그 옆에 연치가 상당해 보이는 거대한 버드나무가 자리하고 있었다. 멀리서 도착지를 알아보도록 한 것이다.

화영은 그 버드나무 꼭대기에서 애처롭게 웅크리고 야옹거리는 노란색 털 뭉치를 보았다. 자신도 모르게 혀를 차며 탄식했다.

"엄청 높게도 올라갔네!"

관옥과 관향도 그녀를 따라 절망적으로 중얼거렸다.

"아까보다 더 올라간 거 아냐?"

"아냐, 처음부터 저기였어."

용중사에서 부렸던 말썽을 이렇게 돌려받는구나. 화영은 한숨을 쉬며 양손을 허리에 얹었다. 그리고 눈을 가늘게 뜬 채 버드나무와 용왕의 상태를 파악했다.

집에서 사다리를 찾아 가져올까? 아니, 이리저리 휘고 어지러운 가지들 때문에 안정적으로 기대기 어려울 터였다. 자칫하다가는 더 큰 사고를 부를 수 있었다.

용왕에게 내재된 고양이로서의 본성을 믿어 보고 기다리는 건 어떤가?

글쎄, 쌍둥이들의 말에 의하면 벌써 반 시진은 밑에서 부르고 어르고 용을 썼다고 했다. 그러다 도저히 안 되겠다 싶어 화영에게 도움을 청하는 거라고 말이다. 함께 자란 쌍둥이들에게도 꿈쩍 않는 것을 보면 용왕이 적잖이 겁에 질린 모양이었다. 그러면 알아서 내려올 가능성은 낮았다.

게다가 강가라서인지 바람이 어찌나 차고 매서운지! 부뚜막에서 그을린 용왕의 털이 삐죽삐죽 서서 한껏 웅크린 것이 보였다. 버드나무 가지가 흔들릴 때마다 더욱 동그랗게 몸을 마는데, 미약한 야옹 소리가 안쓰러웠다.

"새언니, 이제 어떻게 하죠?"

관향이 조심스레 물었다. 일단 새언니가 해결해 줄 수 있지 않을까, 하는 생각으로 앞뒤 안 따지고 모셔왔는데, 이제 와서 보니 방법이 없기는 매한가지 같았다. 귀한 공주님이신 데다 저희들보다 키도 훨씬 작은데, 도술이라도 부리지 않는 한 어찌 용왕을 구하겠는가?

관옥이 눈물을 찔끔 보이며 서럽게 말했다.

"관훈은 저녁 늦게야 올 텐데. 그때까지 있다간 용왕은 얼어 죽을 거야."

"안 돼……."

쌍둥이들이 순식간에 절망의 나락으로 빠져 버렸다. 털썩 자리에 주저앉아 금방이라도 땅을 치며 곡이라도 할 기세였다.

화영은 허리에 얹어 두었던 손을 뗐다. 그리고 한숨을 푹 쉬며 아슬아슬하게 매어 두었던 피풍의의 매듭을 풀었다.

"자, 이거 잘 갖고 있어."

갑자기 피풍의를 맡기는 새언니의 태도에 쌍둥이의 눈이 휘둥그레 커졌다.

"새언니, 뭘 하려고요?"

"방법이 있어요?"

벌떡 일어나 고개를 갸웃거리는 쌍둥이를 보며 화영이 어깨를 으쓱했다.

"올라가서 구해 와야지."

"나무를 탈 수 있단 말이에요?!"

"그치만 새언니는 공주마마잖아요!"

"나무도 탈 줄 아는 공주야. 자, 위험하니까 좀 떨어져 있어."

대충 대답한 후 화영은 버드나무로 다가갔다. 쌍둥이는 홀린 듯 그녀를 따라가며 놀라움과 경탄의 시선을 나누었다.

다행히 몸피가 굵고, 갈라진 부분이 많아 올라가기에 큰 난항은 없을 듯했다. 화영은 버드나무 밑동을 한 바퀴 돌아가며 만져 보았다. 버드나무 뿌리가 나루터 밑, 곧바로 강가로 이어지는 여울로 기울어져 있었다. 자칫하다가는 미끄러져 빠질 위험이 컸다.

화영은 신발을 벗었다. 언 땅을 밟은 신발 밑창이 혹시라도 미끄러질까 염려해서였다. 그리고 잠시 망설이다가, 말(襪)2)까지 벗어 옆에 두었다. 희고 작은 발이 강바람의 냉기에 금세 발갛게 얼어붙었다.

파격적인 준비에 쌍둥이조차 놀랐다. 여인이, 그것도 귀한 신분의 여인이 맨발을 드러내다니! 너무 경악한 나머지 무어라 말리지도 못하는 와중이었다. 화영이 나무를 오르기 시작했다.

화려한 나삼 차림이 아니라 얼마나 다행인지! 치렁치렁한 비단옷을 입었다면 시도조차 못 했을 일이다.

화영은 머릿속을 비우고 오로지 몸을 움직이는 데 전념했다. 움푹 들어간 곳을 발 날로 잘 걸치고, 도약하듯 두 팔을 뻗어 위의 가지를 움켜잡았다. 그리고 두꺼운 가지를 꼭 붙잡아 안은 채 발을 놀려 나무 기둥을 타고 올라, 종래에는 아예 가지에 올라타 몸을 뒤집기를 반복했다. 점차 고도가 높아졌다. 손발이 새빨갛게 얼었다. 감각이 점점 둔해졌다. 이러다가 자칫하면 놓쳐 떨어질 수 있었다. 한시라도 빨리 용왕을 구해야 했다.

가까스로 용왕이 끄트머리에 웅크리고 있는 가지까지 올라왔다. 화영은 잠시 그 위에 앉아 숨을 골랐다. 밑에서 응원도 못 하고 바짝 긴장하고 있는 쌍둥이들이 보였다. 높이 올라오긴 올라온 모양이었다. 저 멀리까지 탁

---

2) 말(襪)- 버선

트인 강물을 보니 순간 머리가 어찔했다.

올라오긴 올라왔는데, 용왕이 있는 가장자리까지 기어갈 수 있을까? 그제야 걱정이 꾸물꾸물 올라왔다. 나무껍질에 긁히고 찬바람에 곱은 손발은 이제 슬슬 돌덩이처럼 느껴지고 있었다.

'일단 팔이 닿을 거리까지만 가서, 용왕을 잡아서 옆구리에 끼자. 그리고 곧바로 뒤로 빠져서 여기까지 돌아오는 거야. 그다음에 차례차례 생각해 보자. 치마폭에 감싸서 내려가든지, 아님 소매 안에 넣어서 내려가든지……일단은 용왕을 구한 다음에…….'

시간이 지날수록 두려움이 커진다. 화영은 입술을 깨물고, 두 손을 마주 비벼 조금이라도 녹이려 했다. 별반 소용은 없었지만 정신은 다소 들었다. 바짝 엎드리고 무릎으로 가지를 한껏 조인 채, 포복 전진하기 시작했다.

"어, 어!"

밑에서 관옥이 기겁하는 소리가 났다. 서서히 가지가 쳐지기 시작하는 것이었다. 화영 역시도 체감이 될 정도였다. 무서워서 순간 숨이 막혔다. 하지만 돌아갈 수도 없는 노릇이었다. 일단은 눈앞의 움츠린 용왕에만 집중하려 했다.

영원처럼 느껴지는 시간이었다. 뺨까지 얼다 못해 트기 시작했고, 눈이 시렸다. 상대적으로 가녀린 바깥쪽으로 갈수록 화영의 무게를 받아 가지가 흔들거렸다. 화영은 발목과 무릎으로 가지를 꾹 휘감고, 상체만 최대한 늘려 용왕에게 가까워지려고 노력했다.

"용왕, 착하지? 이리 와, 내려가자, 응?"

보슬보슬한 노란 털 뭉치에 아슬아슬하게 손끝이 닿을락 말락 했다. 용왕이 몸을 웅크린 것을 풀기만 한다면 어떻게든 잡을 수 있을 것 같았다.

그때였다.

"새언니!"

관향이 비명을 질렀다. 그와 동시에 화영은 뭔가 잘못되었음을 느꼈다.

분명히 나뭇가지를 꼭 끌어안고 있었음에도, 갑자기 온몸이 아래로 떨어지는 것 같았다. 버드나무의 탄성으로 인해 가지가 완전히 휘어지기 시작한 것이다. 마음이 급해졌다. 뒤로 물러나야 할 텐데 용왕이 코앞이었다.

"용왕, 이 멍청한 고양이야! 빨리-"

순간 용왕이 몸을 피더니, 툭 하고 도약했다. 화영은 자신의 정수리를 쿡 하고 밟는 작은 솜 발과 결코 적지 않은 체중을 느꼈다. 사랑을 받으며 자란 용왕은 작은 개만큼 토실토실했던 것이다.

화영의 몸을 밟고 용왕이 넘어가는 그 순간 가지는 채찍처럼 미끄러졌다. 더는 지탱하지 못하는 발과 무릎이 까지며 밀려나는 것이 아주 느리게, 그러면서도 선명하게 보였다. 그녀를 지지대 삼아 위험지대를 벗어난 용왕이 재빨리 아래로 타고 내려가는 것도.

뭐야, 혼자 내려올 수 있었잖아!

소리 없는 분통과 함께 화영의 몸이 공중으로 튕겨 나갔다.

그리고 곧바로, 죽음처럼 차가운 물 속으로 거세게 빠져들었다.

나무 타기는 곧잘 했지만 수영은 아니었다.

용중산에도 계곡이 있긴 했지만 바위가 험해 물장난엔 적합하지 않았다. 게다가 스승에게서 주지 자리를 물려받은 외숙은 도맡은 일이 많았다. 어린 조카들을 데리고 수영을 가르치러 사찰을 비울 수 없었다.

화영이 나이를 먹고 여인의 태가 나기 시작한 이후로는, 사실상 수영을 배울 기회가 사라진 셈이었다.

그래서.

수면에 부딪히는 통증에 연이어 온통 새까만 강물로 시야가 뒤덮였다. 도톰한 천으로 만든 겨울옷은 순식간에 물기를 머금어 화영을 바닥으로 끌어당겼다. 몸부림을 쳐 보려고 노력했지만 쉽지 않았다. 이미 나무를 타고 오르느라 많은 기력을 소진한 까닭이었다. 게다가 어떻게 몸을 움직여야 수면 위로 올라갈 수 있는지 알 수가 없었다. 숨을 쉬려는 본능 때문에 되레 물만 들이켜게 되었다. 순식간에 의식이 흐려졌다.

이렇게 죽는 건가? 정말?

바로 그때였다. 무언가가, 아니 누군가가 그녀의 허리를 움켜쥐었다. 어찌나 힘이 세던지 밑바닥으로 내려가려는 몸을 억지로 붙들어 세우고, 창백해진 얼굴을 물 바깥으로 내보냈다.

숨을 쉬시오.

어딘지 익숙한 목소리. 화영은 언제 감았는지 기억도 안 나는 눈꺼풀을 움직이려 노력했다. 하지만 잘 되지 않았다.

무겁고 커다란 열기가 가슴팍을 강하게 눌렀다. 얼어붙은 입술 위로 뜨거운 체온이 닿았다. 그녀의 입술을 벌리고, 숨결을 불어넣으며 그가 억눌린 음성으로 말했다.

부인.

그와 동시에 울컥, 하고 목구멍으로 비린 물이 올라왔다. 화영은 캑캑거리며 고개를 돌리고 강물을 뱉어 냈다. 그녀의 가슴을 누르던 큰 손이 곧바로 등허리를 받치더니 그녀를 일으켜 앉혔다.

"정신이 드시오?"

대답할 여력은 없었지만 화영은 콜록거리며 고개를 끄덕였다. 관호가 그제야 누이들을 향해 고개를 돌렸다.

관옥은 용왕을 꽉 붙들어 안고 있었고, 관향은 화영이 맡긴 피풍의를 든 채 숨죽이고 있었다.

"향. 피풍의를 다오."

사실 화영이 강물에 빠진 절대적인 시간은 길지 않았다. 거의 순식간에 모든 일이 벌어진 까닭이었다.

나룻배를 타고 강을 건너 돌아오던 관호는 멀리서부터 익숙한 버드나무 위의 이상한 형체를 주시하고 있었다. 그러자 점차 거리가 가까워질수록 그것이 사람임을 파악했고, 더 나아가 나무 밑에서 기다리는 익숙한 두 소녀를 본 순간 나무 위에 아슬아슬하게 올라간 것이 화영임을 깨달은 것이다.

그래서 화영이 나뭇가지 끝으로 기어가다가 고양이에게 밟혀 떨어지자마자 그는 망설임 없이 강물로 뛰어들었다. 빠르게 그녀를 잡아채어 나루터까지 끌어 올리는 데에 성공했다.

향의 손에서 피풍의를 받은 관호는 화영을 둘둘 감싸 매고 안아 올렸다. 그리고 누이들에게 아무 말도 없이 그대로 집으로 직행하였다.

제 잘못을 아는 강아지처럼 끼끼거리는 쌍둥이를 무시하고 관호는 온통 물에 젖은 채 안방에 들어섰다. 그는 온기가 훈훈한 화로 앞에서야 화영의 피풍의를 벗겨 냈다.

갑자기 주위가 따뜻해지자 화영이 재채기를 했다. 관호가 그녀의 젖어서 달라붙은 머리카락을 쓸어 주며 말했다.

"누이들이 수건과 옷을 가지고 올 것이오. 조금만 기다리시오."

안방 문 앞에서 귀를 기울이고 있던 쌍둥이들이 와장창 뛰어나가는 소리가 들렸다. 그제야 저희가 뭘 해야 하는지 깨달은 모양이었다.

화영이 콜록거리다 말했다.

"용왕은요? 괜찮아요?"

"……그게 중요하오?"

"당연하죠. 그 망할 놈 때문에 이 꼴이 났는데."

관호가 물끄러미 화영을 응시했다. 화영이 침혜의 보따리를 사수하려 안간힘을 썼음을 알게 되었을 때의 표정과 비슷했다.

"무사한 것 같군. 적어도 용왕보다는 부인의 상태가 심각하니."

"그럼 됐어요."

화영이 다시금 기침을 하자, 관호가 그녀를 고쳐 안아 지지해 주었다. 강에 뛰어들어 그녀를 구한 관호 역시 머리부터 발끝까지 젖어 있는 것은 마찬가지였다.

문득 화영은 자신이 그에게 안겨 있음을 깨달았다. 푹 젖은 옷감 너머로 관호의 단단한 가슴 근육과 강인한 팔이 그대로 느껴졌다. 순간 확 하고 열이 올랐다.

"다, 당신도 어서 옷 갈아입어요. 한겨울에 난리도 아니네."

일단 그를 밀어내려 했지만 어디에 손을 가져다 대도 달라붙은 천 밑으로 두툼한 근육이 노골적으로 느껴졌다. 화영이 손끝으로 자신을 슬쩍 미는 것을 본 관호가 한숨인지 웃음인지 모를 소리를 냈다.

"알겠소. 나는 훈의 방에서 환복하고 오겠소."

"아, 동생은 지금 미령 장터에 갔어요."

"……그렇군. 하긴, 그 아이가 있었다면 당신이 이런 수난을 겪지 않았겠지."

"수난까지는…… 아니고. 수영을 못 배운 것이 완벽한 이 몸의 유일한 단점이라는 걸 까먹고 있었지 뭐예요."

평소 관호에게 하는 대답 같지 않게 재치 넘치는 말이었다. 혹시라도 관훈과 쌍둥이들에게 불벼락이 떨어질까 염려해서였다.

"나무타기는 완벽했는데, 하, 산골 태생이라는 게 이렇게 티가 나버리네요. 현희부 연못에서라도 연습해볼 걸 그랬나 봐요. 말 타는 것만 배우고, 정작 수영은 깜빡했네."

관호가 눈을 가늘게 떴다.

"내가 향과 옥을 혼내지 않기를 바라는군."

눈치는 빨라서!

화영은 찔끔했지만 순순히 고개를 끄덕였다.

"어쩔 수 없는 사고였잖아요. 나무를 못 타는 게 그 애들 잘못도 아니고."

"올케가 맨손에 맨발로 나무에 오르도록 놔두는 것은 잘못이오."

"나무를 타 달라고 하지는 않았어요. 그냥 용왕이 위험한데 어쩌면 좋겠냐고 한 거지. 그러니까, 내가 봤더니 다른 방법이 없었고, 일단 안전하게 올라가려고 신발을 벗은 것도 나고……."

이러면 나만 혼나려나? 아니, 솔직히 나도 별로 혼나고 싶지는 않은데……

화영의 목소리가 점차 작아지더니 어물어물 문장이 끝났다.

관호는 여전히 못마땅한 기색이었지만 크게 화가 난 것 같지는 않았다.

"됐소. 우선 옷을 갈아입고 이야기합시다."

그가 말을 끝내자마자, 문이 열리고 쌍둥이가 더할 나위 없이 공손한 자태로 바리바리 수건과 새 옷을 가지고 들어왔다. 관호는 화영이 스스로의 힘으로 앉아 있을 수 있음을 확인하고는 그녀에게서 떨어져 일어났다. 그리고 쌍둥이들을 지나쳐 나갔다.

화영은 혼자서 하겠다고 우겼지만 쌍둥이들이 버텼다. 결국 꽁꽁 얼어붙은 옷을 벗겨 내는 것은 쌍둥이가 도왔고, 속옷을 벗고 맨몸을 닦는 일은 화영 혼자서 했다. 새 옷으로 갈아입고 나자 다시 쌍둥이가 들어왔다. 화영의 젖은 머리를 수건으로 감싸 말리며 체온이 돌아오도록 도와주었다. 관옥은 아예 제 방에 있던 화로까지 들고 왔는데, 큰 도움이 되었다.

화영의 머리카락이 다 말랐을 즈음이었다. 관호가 안방으로 돌아왔다. 암녹색 옷으로 갈아입은 채였다. 쌍둥이는 눈치를 보다가, 큰 오라버니가 따로 질책하지 않는 기색이자 재빨리 뒷걸음으로 물러서 도망가 버렸다.

"풍한이 올까 걱정이군."

관호는 화영의 곁으로 다가와 앉았다. 그리고 너무도 자연스럽게 그녀의 머리카락을 만져 보았다.

"내일까지 방 밖으로 나가지 마시오. 화롯불만 쬐고, 가능한 한 많이 자도록 하시오."

화영은 입 속으로만 웅얼거리다 말았다. 관호와 말씨름을 하기에는 불리한 상황이었던 것이다.

"향과 옥을 꾸짖지는 않겠소."

관호가 가만히 그녀를 바라보다 말했다.

"정말요?"

"하지만 어떤 식으로든 대가는 치르게 될 거요."

"아니, 혼내지 않는다면서……."

"당신에게 줄 것이 있소."

이 대화가 제대로 성립은 하고 있는지 의문이었다. 화영은 눈을 깜빡거리며 이마를 찌푸렸다.

"상자에 담아 오긴 했는데 물에 뛰어드느라 어떨지 모르겠군."

관호가 소매 속에서 길쭉한 상자를 하나 꺼냈다. 밋밋하고 별 무늬가 없는, 평범한 나무 상자였다.

"이게 뭐예요?"

화영은 묻는 동시에 상자를 열었다. 그리고 아, 하고 입을 다물었다.

"간혹 은 부마가 부인에게 사다 주던 것이 기억이 났소. 부인이 항상 좋아했던 것도."

갖가지 모양의 과자들이었다. 곡물 가루를 꿀과 섞어 틀에 넣고 굳히는 종류인 듯했다. 다소 부서져 있긴 했지만, 다행히 물에 젖지 않고 고소한 냄새를 풍기고 있었다.

관호가 담담한 목소리로 말을 이었다.

"중경에서 팔던 것처럼 화려하진 않으나 그럭저럭 기분 전환이 되었으면 하오. 내가 차를 끓여 줄 터이니 함께 드시오."

그랬다. 맹타안이 떠난 이후, 은룡은 퇴청할 때마다 시장에 들러 무엇이든 사 오고는 했다. 시시한 장난감이나 각종 군것질거리들을 말이다. 그걸 이 사람도 알고 있었구나.

하여간 무심한 것 같으면서도 섬세한 사람이었다. 화영은 기쁨을 감추지 않고 솔직하게 인사했다.

"안 그래도 먹고 싶었어요. 고마워요."

"부인 혼자서만 드시오."

관호가 덧붙였다.

"누이들은 규율을 배워야 하오. 더는 어린아이가 아닌 것을. 단 음식을 제일 좋아하니, 오늘 일을 크게 후회할 거요."

"그러니까, 혼나는 대신 치를 대가라는 게…… 과자를 나눠 주지 않겠다는 거예요?"

"그 애들은 그렇게 받아들일 것이오."

관호가 화로 위에 물을 올리며 대꾸했다. 화영은 웃음을 참느라 입술을 깨물어야 했다.

얼마 지나지 않아 향긋한 차향이 방 안을 가득 채웠다.

* * *

황궁에도 첫눈이 내린 지 오래였다. 쌀가루처럼 얕은 눈을 보고도 궁인들은 어린아이처럼 기뻐했다. 건장한 사내들인 시위들마저 개구쟁이 시절을 떠올리듯 눈을 던지며 장난을 치고는 하였다. 다들 좀 더 폭신한 눈송이가 내려 주기를, 그래서 곡식을 갉아먹는 해충을 얼어 죽게 만들고 저희들이 맘껏 눈싸움을 할 수 있기를 바랐다.

온화한 도읍에 내리는 싸락눈을 보며 하주를 뒤덮을 폭설을 생각하는 이들은 많지 않았다.

"이게 뭐지?"

은룡은 짙은 눈썹을 찌푸렸다. 그리고 자신의 책상 위에 놓인 동그란 옥팔찌를 노려보았다.

은룡이면 비번이면 으레 그러하듯 돌아와 업무를 정리할 참이었다. 그런데 말끔한 그의 상 위에, 어떻게 보아도 이질적인 물건이 올려져 있었다.

사내들만 가득한 곳이 바로 이 광록훈 집무처였다. 어디로 보나 여인의가는 손목에나 들어갈 만한 옥팔찌가 어울리는 장소가 아니었다. 하물며 광록훈에 속하는 사내들은 일반 시위들도 아니었다. 중랑장이나 기도위 등 맡은 바가 무거운 자들이니, 철없는 시위 한둘이 그러하듯 궁녀들과 연애놀음을 할 리도 없다.

개중에서도 은룡의 철저한 몸가짐은 유명한 터였다. 물론 그의 단정한 외모와 반듯한 태도를 사모하는 궁인들이 적지 않기는 하였다. 하지만 누가 감히 장공주와 비교되려 하겠는가? 그러므로 여태껏 이런 난처한 상황은 일어난 적이 없었다.

"중랑장. 혹시 이 물건에 대해 아십니까?"

은룡은 주위를 둘러보다가, 반대쪽 상에 앉아 무언가를 쓰고 있는 노석에게 물었다.

"아니. 내가 반 시진 전에 들어왔을 때 이미 거기에 있었는데. 그래서 당연히 기도위의 것인 줄 알았소."

노석이 콧수염을 만지며 고개를 갸우뚱했다. 은룡이 되레 자신에게 물어오니, 그제야 이상하다 싶은 모양이었다.

"여인이 사내에게 하는 선물이라기엔 어울리지 않고, 하다못해 비단 주머니에 담겨 있지도 않은 채 너무 당당히 있지 뭐요. 그래서 기도위가 제 물건을 잠시 두고 나갔구나, 싶었지."

"난처하군요. 저도 처음 보는 옥팔찌입니다."

"흐음."

노석이 붓을 내려놓고 자리에서 일어나 다가왔다. 그리고는 은룡의 상 위에 놓인 옥팔찌를 요모조모 뜯어보았다.

"색이 짙고 불순물이 섞이지 않은 청옥이니, 분명 값어치가 상당한 보석이군."

"그런 듯합니다."

"주위를 좀 살펴보시오. 함께 놓아 둔 서신 같은 것은 없는지?"

"아침에 정리한 빈 상 그대로입니다. 그 위에 이 팔찌만 있더군요."

담갈색 나무 상 위에 교교하게 빛나는 옥팔찌를 보고 있자니 까닭 없이 오싹해진다. 은룡은 손을 일절 대지 않았고, 노석조차 허리를 숙이고 고개를 요모조모 돌려 볼 뿐 만지지 않았다. 어쨌거나 기이한 등장 아닌가.

"그러면 잘 모르겠구만. 의외의 이득이니, 그냥 기도위가 가져 버리세나. 가져다 팔아도 짭짤할 것이고, 누구에게 주어도 기뻐할 상등품이 아니오."

"좋은 물건이기에 더욱 조심스럽습니다. 반 시진 전에 여기 오셨다고 하셨지요? 그러면 광록훈 근처를 지키고 있던 시위들에게 좀 물어보아야겠습니다. 혹시 누가 드나드는 것을 보았는지……."

"음, 그게 좋겠군. 뭐 도울 일이라도?"

"아닙니다. 가벼이 묻는 일이니 혼자서도 충분합니다."

"그렇다면 일단은 내 일을 보고 있겠네."

노석은 그렇게 말하면서 돌아가 앉았다. 하지만 여전히 은룡과 의문의 옥팔찌에 적잖이 호기심을 느끼는 모양이었다.

그들 외의 여러 자리가 있었으나 하나같이 빈 상태였다. 하긴, 보는 눈이 있었다면 결코 이런 당혹스러운 사고가 일어나지 않았겠지. 결국 은룡은 집무처 바깥에 서 있는 젊은 시위 둘을 불러들였다.

"이 옥팔찌를 본 적이 있나?"

은룡의 호출에 바짝 긴장한 듯한 시위들은 고개를 가로저었다.

"없습니다, 장군."

"누군가 집무처에 무단으로 들어와 이 팔찌를 놓고 갔다."

간단하지만 결코 가볍지 않은 말이었다. 시위들의 얼굴이 새파랗게 굳었다.

"나와 노 중랑장 이외에 누가 출입했는지 기억하나?"

"그, 그것이……."

기도위라는 직책 자체는 아주 높지 않지만, 갓 스무 살인 청년이 맡았음은 그가 성공으로 향하는 대로에 서 있음을 의미하는 것이었다. 하물며 황후의 하나뿐인 아우라면 무슨 말이 필요하겠는가? 바짝 굳은 시위들은 어쩔 줄을 모르고 말을 더듬었다.

"저희는…… 잘……."

"폐하께서 거하시는 황궁이다. 자기가 지키는 곳에 누가 드나드는지조차 모른다고 말하는 것인가?"

은룡의 목소리가 사나워졌다. 평소에는 예의가 바르고 부하들을 존중하는 그였지만 잘못을 따지는 일에서는 예외였다. 커다란 체격에 싸늘한 눈빛만으로도 군병들을 복종시키기에는 충분했다.

그때였다. 집무처에 어울리지 않는 발소리가 살랑살랑 들렸다.

한 시녀가 기다렸다는 듯 열린 문 사이로 들어왔다. 그리고는 은룡과 노석을 향해 가볍게 무릎을 숙이며 절을 올렸다.

"소녀는 온헌궁에서 일하는 소월이라고 하옵니다. 밖에 사람이 없기에 고하지 못하고 방문하였습니다. 부디 용서해 주시지요."

온헌궁?

은룡의 눈이 가늘어졌다. 온헌궁이라면 금 귀비의 거처다. 게다가 소월이라는 시녀는, 척 보아도 일개 궁녀답지 않게 자잘한 장신구를 걸치고 있었다. 분명 주인의 측근에서 총애를 받는 것이 분명했다.

금 귀비의 측근 시녀가 이곳엔 무슨 일로 찾아온다는 말인가?

헌데 소월이 등장하자마자, 안절부절못하던 시위들이 짜기라도 한 듯이 슬쩍 뒤로 물러났다. 마치 그녀더러 이 앞에 서라는 듯 말이다. 은룡이 고쳐 물을 틈도 없이 소월이 곧바로 그의 앞에 서더니, 갑자기 놀란 표정을 지었다.

"장군, 혹시 저 옥팔찌를 보여 주실 수 있겠습니까?"

"당신 것이오? 그렇다면 가져가시오."

"어찌 저리 귀한 물건이 하찮은 시녀의 물건이겠습니까? 다만 어디서 본 듯하여, 가까이 보여 주시기를 부탁드립니다."

"직접 보시오."

"장군의 자리에 있는데, 귀물에 천것이 함부로 손을 대기 어렵습니다."

어쩐지 기분이 좋지 않았다. 누군가가 그려놓은 그림대로 움직일 수밖에 없는 묘한 거부감이 들었다. 하지만 소월의 말은 이치가 있었다. 기도위의 상에 놓인 보물을 한낱 시녀인 그녀가 마음대로 만질 수는 없었다.

결국 은룡은 인상을 찌푸리고 옥팔찌를 집어 올릴 수밖에 없었다.

"자, 보시오."

은룡이 옥팔찌를 들어 건네는 순간, 소월이 크게 미소지었다. 마치 입질을 기다리던 어부와 같은 표정이었다.

"장군, 참으로 감사드리옵니다."

그녀는 은룡의 손에서 옥팔찌를 받아들기는커녕, 한 걸음 뒤로 물러나 크게 절을 올렸다.

"이는 금 귀비마마께서 잃어버린 팔찌가 분명하옵니다. 감사드립니다!"

"뭐라고?"

"마마께서 무척 아끼시는 보물이라, 여기저기서 찾고 있었습니다. 마마께서는 이 팔찌를 찾는 이에게 큰 상을 내릴 터이니, 꼭 온헌궁으로 직접 가져오라 명하셨지요. 온 궁인들이 매달렸는데도 도통 발견하지 못한 것을, 장군께서 찾으셨을 줄 누가 알겠습니까?"

이런 계획이었나! 은룡의 얼굴이 굳었다.

금 귀비의 옥팔찌를 미리 가져다 놓고, 자신이 당황하여 주위에 묻고 따질 때까지 기다렸다가 끼어들다니. 단순히 은룡 혼자만 있었다면 어떻게든 고집을 부렸겠지만 주위에는 중랑장 노석뿐 아니라 불러들인 시위들도 있었다.

그야말로 덫이었다.

옥팔찌를 잡고 있는 손에서부터 소름이 오싹 돋았다. 할 수만 있다면 당장 이 징그러운 물건을 손에서 떼어 놓고 싶었다. 미끄럽고 차가운 옥의 감촉이 살찐 거미처럼 역겹고 소름 끼쳤다. 그럼에도 옥팔찌를 떨어뜨리지 않도록 크게 인내해야만 했다. 자칫하여 금이라도 간다면 그 책임을 옳다구나 물 것이 분명하였다.

"나는 이력을 알지 못하는 물건이오. 갑자기 내 책상 위에 놓여 있어 의아해하던 참이오. 내가 찾은 것도 아니니 상은 가당찮소. 소저가 가져가시오."

"아니 될 일입니다. 이러 보는 눈도 여럿인데, 귀비마마의 명을 어떻게 무시하겠습니까?"

소월은 은룡의 거부를 기다렸다는 듯 받아쳤다.

"장군께서 어찌 찾아 갖고 계신지는 상관이 없사옵니다. 소녀는 귀비마마께 명을 받았고, 장군께서 그 조건을 충족하셨음을 보았습니다. 그러니 저와 함께 온헌궁으로 가시지요. 오래 시간을 빼앗지는 않을 것입니다."

"외간 사내로서 후궁에 함부로 드나들 수 없소. 귀비마마의 명성에도 누가 될 터이니 소저가 받아 돌아가시오."

"어찌 외간 사내라 하십니까? 장군께서는 황후마마의 아우가 아니십니까? 귀비마마는 황후마마와 함께 폐하를 섬기고 계신 자매지간인데, 그렇다면 장군께서도 귀비마마와 인척이 되는 셈이지요. 귀비마마의 보물을 찾은 일로 온헌궁에 잠시 방문한다 해도 천하의 누가 흠을 잡겠사옵니까?"

저쪽에서 노석이 눈썹을 모은 채 고개를 흔드는 것이 보였다. 퇴로가 막혔으니 적당히 따르라는 뜻이었다. 금 귀비는 이미 은룡이 내놓을 수 있는 거절에 죄다 반박을 달아 놓았다. 소월이라는 시녀는 주인이 일러둔 대로 대꾸하고 있을 뿐이다. 실상 은룡과 기 싸움을 하고 있는 것은 금 귀비였다.

은룡은 입술을 깨물었다.

다른 방도가 없었다.

은룡은 불편하기 짝이 없다는 표정으로 온헌궁에 들었다. 후궁에 사내가 사사로이 들다니. 은룡 그가 금 귀비의 친동생이었다 해도 있을 수 없는 일이다. 물론 황제는 이 일로 은룡을 의심하거나 탓하지는 않을 것이다. 허나 정결한 처신을 자랑스레 여기는 은룡 자신의 불쾌감만큼은 어쩔 수 없었다. 아마 이것까지도 금 귀비의 계산이겠지. 초장부터 기를 꺾어 놓는 것이 그녀의 방식인 모양이었다.

과연 금 귀비 역시 은룡을 불러들이는 것이 추문을 불러일으킬 수 있음을 잘 아는 게 확실했다. 은룡이 내전에 들어 인사를 올리자마자, 곧바로 자리를 옮기자 권하는 것이었다.

"동백이 일찌감치 피었더군요. 상을 내리기에 좋은 풍경이 아니겠소?"

뻔뻔한 낯으로 빙긋 웃으며 권하니, 오가는 나인들이 적지 않은 위치의 정자였다. 은룡을 제 영역 온헌궁에서 무릎 꿇렸으니 이 이상 괜한 위험은 무릅쓰지 않는 것이다.

이미 준비를 해 두었던지 정자 안에 자리가 준비되어 있었다. 가운데에 화로까지 활활 타고 있었으며, 사방에서 그들을 볼 수 있도록 한겨울임에도 방장은 드리우지 않은 채였다. 온 궁인들이 은룡이 제 누이의 적수인 금 귀비와 한 자리에서 이야기를 나누는 꼴을 보겠지만, 젊은 남녀에게 따라붙을 수 있는 오해는 일절 방지될 것이다. 금 귀비는 일절 손해를 보지 않는 셈이다.

금 귀비는 무슨 생각을 하는지 알 수 없는 얼굴이었다. 결코 만만히 볼 상대가 아니다. 참으로 용의주도하고, 그러면서도 벌써 효과적으로 그를 몰아붙였다. 은룡은 긴장을 놓지 않았다.

"상은 원치 않습니다. 애초에 이 팔찌는 제가 찾은 것이 아니니까요."

"아, 누가 그딴 장난감에 신경 쓰겠습니까? 잊어버리세요, 기도위."

금 귀비가 코웃음을 치며 대꾸했다.

"어차피 진작 짐작했을 것이 아닙니까? 본궁이 설마 그깟 것이 고마워 기도위를 불렀을까. 괜히 말꼬리를 잡으며 시간 낭비하지 맙시다. 어쩌면 가까운 훗날에 처형과 매제 사이가 될지도 모르는 사이이니."

"그럴 일은 없을 겁니다."

금청아가 언급되자 은룡은 곧장 날을 세웠다.

"마마께서 어찌 들으셨는지는 모르나, 저는 금 소저와 혼인할 생각이 전혀 없습니다."

"그래서 멀쩡한 집도 놔두고 떠도시는가? 고작해야 성질 나쁜 계집 하나가 무서워서?"

금 귀비가 거침없이 몰아붙였다. 은룡은 눈을 가늘게 떴다. 그가 은가에서 나와 따로 머물고 있음을 금 귀비 역시 알고 있는 모양이었다.

"기도위가 어찌 고집하든, 양가에서는 이미 혼인 준비를 하고 있더군요. 신랑은 몸만 들어와도 언제든 진행될 수 있도록 말입니다. 이렇게까지 몰린 상황인데 언제까지 버틸 수 있겠습니까?"

"아무리 준비가 다 되었다 해도 제가 싫다면 진행될 수 없습니다. 양가에서 들이는 시간과 재화는 유감입니다만, 진작 뜻을 밝힌 일입니다. 이렇게까지 장본인의 의사가 무시당하는 것이 오히려 당혹스러울 뿐입니다."

"귀사족의 혼사란 부모와 가문의 행사. 총각이든 처녀든 그저 가라면 가고, 오라면 오라는 대로 따를 뿐. 그 울분은 제 자식의 혼인을 주무르는 것으로 푸는 것이 세상 돌아가는 방식이더군요. 혹시 압니까? 기도위도 결국은 부모의 뜻에 꺾일지. 그러면서도 후에 아들을 장가보낼 적에는 기도위의 마음에 차는 규수로 점찍어 맺어 주겠지요."

"저는 꺾이지 않을 겁니다. 그리고 만일 아들이 원하는 여인이 있다면 기꺼이 혼인을 허락할 것이고요."

은룡과 금 귀비의 시선이 날카롭게 마주쳤다.

"제가 아들을 잘 키웠다면, 그리고 아들이 반듯하게 자라 주었다면 응당 자신에게 어울리는 사람을 사모하겠지요. 그렇다면 부모로서 자식을 믿고 행복하기를 바라는 것이 바람직하다고 생각합니다."

"흐흠, 아들을 볼 생각은 하고 있다니 놀랍군요. 그렇다면 그 아들의 어미로는 누구를 생각하셨답니까?"

"......!"

순간 은룡의 목이 붉어졌다. 짙은 눈썹을 사납게 찌푸리고 금 귀비를 노려보았지만, 금 귀비는 그보다 몇 살이나 연상이었다. 귀비 신분이라는 방패막이뿐 아니라 배짱도 있었으므로 물러서지 않았다.

은룡이 마침내 입을 열었다.

"누가 되었든 금 소저는 아닙니다."

그의 으르렁거림이 어찌나 낮고 거칠던지, 금 귀비 옆을 지키던 소월마저 흠칫할 정도였다.

"귀비마마께서 신경 쓰실 문제도 아니지요. 더 하실 말씀이 없다면 저는 이제 물러가겠습니다."

앞에 놓인 상 위에 옥팔찌를 소리 나게 내려놓았다. 그리고 대답을 기다리지도 않고 일어서려던 참이었다.

"일전에 폐하와 이야기를 나누었습니다. 진정한 사모지심에 대해서 말이지요."

금 귀비가 나긋나긋한 목소리로 말했다.

"과연 한 여인만을 무조건적으로 사랑하며, 끝까지 정조를 지키고, 평생 어떠한 첩도 들이지 않을 사내가 있는지 토론했습니다. 폐하께서는 폐하 자신과 바로 기도위 당신이 그러한 사내라 말씀하시더군요."

도대체 금 귀비가 꺼내려는 말이 무엇인지 알 수가 없었다. 은룡은 얼굴을 찌푸렸다. 당장 떠나고 싶었으나 황제에 대한 이야기가 나오니 그러기 어려웠다. 그는 일어나려던 것을 잠시 멈추었다.

그보다, 언제 금 귀비가 황제와 둘이 머리를 맞대고 토의할 만큼 친한 사이였단 말인가? 그것도 남녀 간의 정에 대해, 사내의 지조에 대해 논하였다고? 황후의 아우로서도 허투루 듣고 넘길 수 없는 소리였다.

은룡이 멈칫하는 모습에 금 귀비가 빙글빙글 웃었다.

"어떻게 생각합니까, 기도위? 폐하께서 옳은 말씀을 하셨다고 봅니까? 어떠한 상황에서도 오로지 한 사람만을 은애하고, 평생 정절을 지킬 수 있는 사내가 있다고 생각하나요? 그리고 자신이 그런 사내라 자신합니까?"

"귀비마마와 사모지심에 대해 논하는 것은 예법에 어긋나는 일입니다."

"본궁은 기도위에게 묻고 있는 겁니다. 논하는 것이 아니지요. 본궁은 사내를 믿지 않으니까."

"폐하께도 그리 말씀하셨습니까?"

"못 할 게 있겠습니까?"

은룡은 금 귀비를 의아한 눈빛으로 쳐다보았다. 도저히 속을 알 수가 없는 적수였다. 태후와 금가의 뒷배를 제외하고도, 개인으로서의 역량도 대단하다. 손해 보는 싸움은 결코 하지 않을 사람이라고 은룡은 생각했다. 이런 계략가가 귀비이니, 조용하고 다툼을 싫어하는 은요가 곤혹스러울 수밖에.

"마마께서 하고자 하시는 말씀이 무엇인지 모르겠군요. 제가 설령 지조를 지키고 정결하게 사모한다 해도 그것을 마마께 입증해야 할 필요가 있습니까?"

"있습니다."

금 귀비가 은룡을 직시하며 말했다.

그녀는 실제로 알아야만 할 필요가 있었다. 은룡이라는 사내의 각오를.

금청아의 계획은 성공할 가능성이 무척 높았다. 은가와 금가 양 집안에서 모두 합의하였으며, 심지어는 태후마저도 호의적인 혼인이었다. 이대로 성공한다면 금 귀비는 손 하나 까딱하지 않아도 되었다. 후일 은가 후계자의 이모로서, 황후를 곤란하게 만들 무기를 더 얻게 되는 셈이니까. 비록 금청아가 주제 모르고 까부는 꼴은 성가시겠지만 어차피 그의 몸은 가져도 마음은 갖지 못할 테니 차차 비웃어 주면 될 일이다.

하지만, 만에 하나. 정말로 은룡이 버틴다면?

그 사랑이라는 것을 위해 부모를 등지고 가문과 연을 끊을 각오가 되어 있다면?

그렇다면 이야기는 달라졌다.

은가와 금가에는 상처만이 남을 것이고, 시간이 갈수록 금청아가 깔아놓은 헛소문은 되레 그녀를 가리키는 족적으로 변할 것이다. 기도위를 손에 넣기 위해 장공주를 음해하다니! 태후라 해도 막아주지 못할 일이다. 금가에 커다란 누가 될 것은 물론, 금청아의 언니인 금 귀비 그녀도 발을 뺄 수 없는 대죄다. 냉궁으로 내쫓기거나 사약을 받지는 않겠지만, 귀비 자리를 잃고 한참 낮은 미인이나 재인 따위로 밀려날 수도 있었다. 차라리 죽는 것보다 못한 처분이다. 황제에게 총애를 받을 가능성도, 미래를 보장해 줄 황손을 낳을 가능성도 아예 영영 사라진다.

그러므로 금 귀비는 지금 입장을 정해야 했다. 은룡을 직접 보고 판단하고자 한 것이다. 도박이 아닌, 투자를 하기 위하여.

"본궁은 알아야만 하겠습니다. 폐하와 당신에 대해. 그리고, 우리 황실의 보배인 현희장공주에 대해서."

현희장공주라는 말이 나오자마자 은룡의 기세가 달라졌다.

"말씀을 가려 하십시오. 아무리 귀비마마일지라도 장공주께 무례할 수는 없습니다."

"혼인한 장공주를 여즉 잊지 못하는 것은 무례가 아닌가? 아무리 기도위라고 해도 말이지."

금 귀비 역시 본색을 드러냈다. 더는 숨길 것이 없었다.

"이상하다고 생각은 했지. 폐하께서 쾌유하신 그 새벽부터 말이야. 어떻게 장공주 본인도, 하다못해 부마도위도 아닌 기도위가 달려왔을까? 현희부 소식을 직전까지 직접 보고 들은 사람처럼 말이야. 공주가 기도에 지쳐 아프고, 부마도위도 그 곁을 떠나지 못한다면 하인을 보낼 일 아닌가. 생판 남인 기도위를 그 새벽에 현희부로 불러 황궁까지 심부름까지 보낸다고?"

"억측입니다!"

"아아, 어려서부터 벗이었다느니, 인척으로 엮였다니 하는 멍청한 변명은 꺼내지도 말게. 그런 소리에 넘어갈 본궁이 아님을 알지 않은가?"

은룡이 금청아가 은가에 초대된 일로 국태부인과 크게 다투고, 아예 집을 나서 버렸다는 정보가 들어왔다. 뜻을 꺾고 혼인을 받아들이기 전까지는 은가에 들어오지도 말라는 소리가 나왔다고도 했다. 그런데도 망설임 없이 돌아 나왔던가.

하나뿐인 아들이라지만 명문가요 대가문이었다. 양자 삼을 젊은 친척 하나 없겠는가. 부모의 명을 거역하는 불효자를 후계로 삼지 않겠다면 그만이다. 그렇게 되면 은룡은 물려받을 가문의 이름도, 땅도, 재물도 하나 없는 떠돌이 개 신세가 된다. 그도 모르지 않을 것이다. 자식 이기는 부모 없다는 말은 가진 것이 많은 자들에게는 해당되지 않았다.

단순히 고집 센 철부지라고 여길 수도 있었다. 아니면 금청아의 악랄함을 꿰뚫어 보고 스스로를 방어하려고 강수를 두는 상황이라 볼 수도 있었다.

하지만 내내 금 귀비를 의심쩍게 했던 것은 현희장공주와 은룡의 연결 고리였다. 은가를 이제 걷어차고 나왔다고는 하나, 이미 반년도 전부터 드물게만 귀가하여 지냈다고 한다. 그동안은 어디서 숙식했을까? 아무도 아는 이가 없었다. 하다못해 그가 삯을 내고 지낸 가옥이라도 있어야 할 터인데 도성을 죄다 뒤져 보아도 찾지 못했다. 가까운 동료나 부하들마저 그가 계속 은가에서 지내는 줄 알고 있었다고 한다.

만일 그가 현희부에서 지냈다면?

그렇다면 모든 것이 맞아 들어간다.

집안에는 임무 핑계를 대고 나와 현희부에 기거하였다면 따로 방을 빌릴 필요도 없다. 새벽처럼 황궁에 들어와 현희부 사정을 대변해 줄 수도 있다. 그리고 장공주가 혼인한 지 반년이 다 되어 가는 지금껏 미련을 가지고 버틸 만도 하다.

금청아가 퍼뜨린 소문에는 분명 일말의 진실이 있었다. 장공주의 녹보석을 외간 사내가 강로마와 맞바꾸어 샀다는 것. 소가 뒷걸음질하다 개구리를 밟듯, 다른 진실 역시도 걸려 나온 게 아닐까? 현희부에 부마 외에 다른 사내가 머무르고 있었다던가, 하는.

그리고 그것이 은룡이라는.

이전과는 전혀 다른 기세로 고요히 불타오르는 은룡을 보자 금 귀비의 확신은 더욱 강해졌다. 어지간한 이에게는 눈썹 하나 까딱 않는 그녀였지만 지금의 은룡은 두려울 정도로 위압적인 살기를 풍기고 있었다. 단순히 모함을 받아 불쾌한 자의 반응이 아니었다. 자신과 짝에게 위협을 느낀 맹수가 보이는 분노였다.

금 귀비가 말을 이었다.

"본궁이 묻고자 하는 것은 하나뿐이야. 시누이야 알아서 앞가림을 하시겠지. 하지만 기도위가 대답을 피한다면 어쩔 수 없이 계속 현희장공주를 언급해야지, 별수 있겠나?"

"무슨 대답을 원하십니까?"

"사랑을 믿는가?"

은룡은 금 귀비를 노려보았다. 그러면서도 어깨를 똑바로 펴고, 허리를 세웠다. 마치 지금 입에 올리는 신념이 향한 사람을 떠올리듯이.

"믿습니다."

"그렇군."

그 대상이 누구일지는 물을 필요도 없다. 금 귀비는 잠시 생각에 잠겼다.

"보이지도 않고, 변절하기도 십상인 것이지. 평생 절조를 강요당하는 여인의 정도 세월과 시련과 배신으로 닳고 끊어지거늘, 하물며 호색을 자랑으로 배우는 사내의 사랑을 믿는다는 것이군."

"저는 그런 사내들과 다릅니다."

"목숨을 버릴 각오가 되어 있나, 기도위? 그 사랑을 위하여 말이야."

은룡이 담담하게 대답했다.

"그렇습니다."

너무도 태연한, 고민할 가치도 없다는 어조였다. 진작에 결정한 지 오래라 새삼스럽지도 않다는 목소리였다.

금 귀비는 현희장공주를 떠올려 보았다. 말이나 시누이이지 황제와도 가깝지 못한 귀비에게 현희장공주는 상당히 먼 상대였다. 게다가 장공주는 황후와 정이 깊어 귀비를 적대하고 있었다. 금 귀비 본인은 별반 감정이 없지만 말이다.

'장공주에게 그만한 가치가 있다는 말인가?'

이미 부마가 있는 장공주다. 지금은 명성을 진흙탕에 떨어뜨리고 소리 소문 없이 하주 산골로 사라진 여인이었다. 그 사실을 알면서도 황제가 돌아오라 명하지 않으니, 남매지간의 정이 깨어진 게 아니겠냐고 수군대는 소리가 많았다. 이렇듯 현희장공주에 대한 연정을 지킨다 해서 은룡에게는 어떠한 이득도 없었다. 오히려 세상 모두를 적으로 돌리고, 맨손으로 버텨야만 하는 승산 없는 싸움만 남았다.

'그런데도 좋다는 말인가. 목숨을 버릴 각오가 되어있다고.'

단순히 어려서부터 연모해서라고 치부하기엔 너무 강했다. 다른 사내의 부인이 된 여인을 위해서, 보답받지 못할 외사랑으로 이렇게까지 버틸 수는 없는 법이다. 그와 현희장공주 사이에 참으로 뭔가 있기는 한 모양이었다.

재미있는 일이었다. 마냥 철없이 행복하게만 보이던 현희장공주였는데, 어쩌면 그녀도 제법 비뚤어진 존재일지 모르겠다. 사내들이 규정한 세상에서 그녀 역시도 금 귀비 자신만큼이나 탈선했을지 누가 아는가.

금 귀비는 문득 현희장공주와 이야기를 나눠 보고 싶다고 생각했다.

"미친개를 다루려면 목을 잡아 눌러야지."

예상치 못한 대답에 은룡이 눈가를 찡그렸다.

"지금은 어디서 지내는지 모르겠지만, 조언을 하나 할까. 내 사촌 금명에게 가 보시게. 본궁이 보니 기도위와 잘 맞을 듯하군. 분명 이 사태에 대한 도움도 얻을 수 있을 거야."

"금명이라면……."

태후가 진작부터 부마도위로 밀었던 자의 이름이다. 은룡이 단박에 불쾌한 기색을 띠었다.

"그럴 필요 없습니다. 금가의 일원과 만나고 싶지 않습니다."

"아, 내 동생이 세상에서 제일 싫어하는 게 누구인지 아나? 바로 명 그 아이라네."

"……!"

"그리고 금명도 우리 자매를 혐오하지. 따지자면 동생 쪽을 더 말이야. 그러니 청아가 세상 모든 쥐구멍까지 들쑤신다 해도 금명의 자택만은 발걸음도 하지 않으리라 확신하네."

은룡은 망설였다. 그 모습을 보던 금 귀비가 가볍게 말을 이었다.

"혹시 아나? 그가 금청아의 목줄을 움켜쥘 묘안을 제시할지."

결과적으로 말하자면, 은룡은 금명을 만나게 되었다.

우선 가장 큰 원인 제공으로는 금청아가 있었다. 그녀가 기어코 은룡의 숙소를 찾아내려 한 것이다. 은룡을 찾기 위해서라면 쥐구멍까지 들쑤시리라는 금 귀비의 예상이 맞았던 셈이다.

현희부가 닫힌 이후 은룡은 얼마간은 황궁의 시위 당직처에서 머물렀다. 궁내이니 청결하였으나 여러 사내들이 쓰는 곳이었다. 또한 다들 은룡보다 지위가 낮은 편이니 피차 불편했다. 게다가 황후의 아우라는 사실이 큰 짐이라, 평범한 기도위라면 그럭저럭 넘어갈 외박이 호기심 가득한 시선을 끌어당겼다. 그래서 결국은 객잔에 방을 하나 빌릴 수밖에 없었다.

중경에서 다소 떨어져 있었지만 조용하고 깔끔한 곳이었다. 은룡은 모르지만, 한때 야친 공주와 후란무흠이 머물렀던 바로 그 객잔이다. 여하튼 건물 주위에 시끄러운 장터도 없고, 주인장도 눈치가 빠른 자라 부유한 손님을 귀찮게 하지 않았다. 식사도 먹을 만했고 세탁이니 침구를 갈아 주는 일도 방값에 덧붙인 은자로 충분히 해결되었다.

그런데 어찌 냄새를 맡았는지, 금청아가 찾아온 것이다.

금 귀비와 대면하고 채 이틀도 지나지 않은 날이었다. 은룡은 퇴청 이후 중경에 들려 편히 입을 의복 몇 벌을 맞추었다. 그것이 참으로 다행이었다. 조금이라도 일찍 객잔에 도착했다면 잠복해 있던 금청아와 영락없이 맞닥뜨리게 되었을 것이다.

객잔 대문 앞에서부터 좋지 않은 예감이 들었다. 아침까지만 해도 보이지 않던 장정 몇이 건물 근처에 서 있던 것이다. 입성으로 보나 태도로 보나 귀족들이 호위로 거느리고 다니는 사비가 분명했다. 그야 호위를 거느린 귀족 도령이 객잔에 발걸음하지 못할 이유는 없다. 하지만 불길하였다.

술판을 벌이자면야 중경 거리로 가는 쪽이 훨씬 나았고, 방을 구하려 한다면 직접 행차할 필요 없이 하인을 보내 계약하면 된다.

혹시 여기에 머물고 있는 누군가를 만나러 온 것은 아닐까?

거기까지 생각이 미치니 바로 얼굴이 굳었다. 그래서 은룡은 정문이 아닌 측문으로 돌아 들어갔다. 하인들이 음식 재료며 빨랫감을 들고 나는 문인지라 정문과는 시야가 차단되어, 가게 한복판에서 들리는 소리만 들을 수 있었다.

거기서 은룡은 금청아의 목소리를 알아챘다. 그녀는 객잔 주인에게 은룡에 대한 정보를 캐묻고, 그를 만나게 해 달라고 요구하고 있었다. 주인은 극구 부인하고 거절했으나 금청아는 막무가내였다. 자신이 은룡의 정혼자라고 말하며 당장 남편을 보아야겠다고 소리를 높였다. 분명 은룡이 있든 없든 소문 좋아하는 이들에게 좋은 먹거리를 제공하려는 셈이리라.

금청아는 기도위의 퇴청 시간을 미리 파악해 그때에 맞추어 객잔에 와 있던 모양이었다. 마침 은룡이 옷을 몇 벌 맞추느라 한참 늦게 귀가한 것이 다행이었다. 그녀와 정면으로 마주쳤더라면 적잖은 소란이 일었으리라. 안 그래도 집을 나온 일로 이목이 집중되었는데, 은가에 이보다 더한 불명예를 끼칠 수 없었다.

끝까지 은룡이 돌아오지 않고, 객잔주가 고집을 부리자 금청아는 일단 물러났다. 겨울이라 해가 일찍 지는 와중이었다. 어쨌거나 그녀는 금가의 여식이었던 것이다. 그 뒤에야 모습을 드러낸 은룡은 객잔주에게 미안하다고 사과를 했다. 그리고 며칠 내에 방을 빼겠다고 말했다. 꼬리가 잡혔으니 이제 금청아는 언제든 습격할 수 있었다. 아마 어디로 가든 비슷할 것이다.

그렇다면.

그다음 날, 은룡은 일찍 퇴청했다. 그리고 금명을 찾아갔다.

금명의 처소는 금가에서도 가장 조용하고 멀리 떨어진, 남채에 있었다. 아예 드나드는 대문이 따로 존재했고, 금명의 숙부 일가 즉 금청아가 기거하는 서가와 큰 담으로 나뉘어 있었다. 그래서 은룡이 직접 찾아가 문을 두드리는 것이 가능했다.

내심 그가 자신을 만나주지 않으면 어쩔까 걱정이 되었다. 은룡과 금명은 이전에 일체의 접점도 없었으며, 심지어 세간에서는 적수로 여겨질 입장이었다. 한 명은 어려서부터 장공주를 사모해 온 자이고, 다른 한 명은 태후가 부마도위로 강력히 지지하던 자가 아닌가.

금명이 학식이 높고 현명한 자라고 듣기는 했다. 허나 따지고 보면 이 시국에서는 은룡 자신과 어떠한 접촉도 하지 않는 편이 영리한 선택 아닌가. 은룡은 초조한 심정으로 용건을 전하러 간 종자를 기다렸다. 차라리 거절당하면 속이 시원하겠다 싶던 순간에 아이가 돌아왔다. 그리고 그를 금명의 처소로 안내했다.

고즈넉하고 청명한 연못가에 자리 잡은 처소였다. 사군자가 운치 있게 심겨 있었으나 인공적이지 않고 자연스러웠다. 건물 자체도 말끔하나 연식이 있어 보이는 것이 은가의 가옥들을 떠올리게 하였다. 마음이 편안했다. 하긴, 원래 금가 역시도 청렴한 문인 집안이 아닌가. 태후가 본격적으로 집안을 부흥시키려 떠밀고, 금 귀비와 금청아의 아비가 그 재화를 쓸어 담기 시작하면서 명성이 어지러워졌을 뿐.

동자의 인도를 받아 대청으로 들어가니 흰옷을 입은 청년이 기다리고 있었다.

"어서 오십시오."

"은룡이라고 합니다. 기꺼이 만나 주셔서 감사합니다."

은룡과 금명은 서로를 향해 예를 갖추어 인사했다.

"장군의 명성은 전부터 익히 들었습니다. 이렇게 직접 뵙게 되어 영광입니다."

약삭빠른 샌님일 거라는 추측과는 달리 금명은 키가 크고 균형이 잡힌 몸을 하고 있었다. 무인인 은룡에 비하자면 호리호리했지만, 그럼에도 결코 붓만 잡고 단련에 소일한 자는 아니리라는 것이 보였다. 온통 백색으로 차려입었음에도 과하지 않고 단정했고 기품까지 느껴졌다. 무엇보다도 초면인 데다 껄끄러운 사이인 은룡에게 극진히 높은 대접을 한다는 것이 더욱 범상치 않게 느껴졌다.

은룡은 금명이 그러하듯 담백하게 예의를 지켰다.

"저야말로 공자의 시문에 크게 감명을 받았습니다. 그야말로 하늘이 내린 재능이더군요."

"하하, 벼슬길에 나가지 않고 소일하는 한량일 뿐입니다. 맡은 일도 없는데 남는 시간에 무엇을 하겠습니까? 변변찮은 재주이니 과찬은 거두어 주십시오."

금명이 자리와 차를 권했고 은룡은 기꺼이 따랐다. 별생각 없이 받은 차였지만 무척이나 향이 좋았다. 차에서 주인의 심성을 읽을 수 있다면 금명은 만년설의 청명함과 대나무 같은 절개를 갖춘 인물일 것이다.

한편 금명도 은룡을 보며 내심 감탄했는데, 그에게서 풍기는 기세와 강렬한 의지가 영걸이라 칭하기 아깝지 않아서였다. 과연 곁에 이런 청년이 있으니 그간 태후께서 아무리 압박을 주셔도 장공주께서 혼인을 않으셨구나 싶기도 했다. 선명하고 두툼한 눈썹과 단단한 턱선을 보면 대략 성격을 파악할 수 있었다. 이 자라면 목이 떨어지는 한이 있어도 장공주의 명에 충실할 것이다. 그리고 장공주께서는 이런 맹목적인 충성을 아꼈으리라.

"실은 오늘 금 공자를 찾아온 이유가 있습니다."

은룡은 잠시 차를 음미하다 상 위에 내려놓았다. 그리고 자세를 똑바로 가다듬었다. 금명도 그럴 줄 알았다는 듯한 얼굴이었다.

"아시겠지만 공자의 사촌이 혼담을 넣어, 제가 거절하였음에도 혼사를 강행하고 있습니다. 반대하는 뜻으로 본가에서도 떠나 객잔에 묵고 있었습니다만…… 어제 보니 거기까지 찾아내어 오셨더군요. 도성 안이라면 어디로 간다 해도 마찬가지일 성싶어, 공자의 지혜를 빌리고자 왔습니다."

"그런 일이 있었군요. 금가를 대신해서 사과드립니다, 장군."

금명의 흰 이마가 찌푸려졌다.

"청아 그 아이는…… 숙부의 총애를 받으며 컸을뿐더러, 어려서부터 유난히 욕심이 강했지요. 한번 갖고 싶은 물건은 무슨 수를 써서라도 손아귀에 넣어야 하는 아이였습니다."

"지금은 제가 바로 그 물건이 된 듯싶습니다."

"예, 솔직히 그런 상황이지요."

간결한 동의에 은룡이 한숨을 쉬었다. 그리고는 잠시 망설이다 말했다.

"이 말을 해야 할지 많이 고민했습니다만…… 그래도 사실은 사실이니 공자도 아셔야 할 듯하여 말씀드리겠습니다. 실은 제게 공자를 방문해 보라 권한 것이 바로 귀비마마이십니다."

"아하?"

"얼마 전 군이 저를 불러내서서 이런저런 뜻 모를 질문을 하시더군요. 그러더니 제게 공자를 만나 보라 하셨습니다."

"어떤 문제에 대해 이야기를 나누셨습니까?"

"그것이……."

은룡은 머뭇거렸다. 그러나 여기까지 온 이상 숨길 수 없었다. 둘러대 보았자였다. 사촌인 금 귀비에게 직접 확인할지도 모르니.

"정절을 지키고자 목숨을 버릴 뜻이 있는지 물으시더군요. 그렇다 했더니 코웃음을 치셨습니다. 그러면서도 공자가 금 소저의 목줄 쥘 묘안을 주실 것이라더군요. 아, 귀비마마의 표현 그대로 옮겼을 뿐입니다. 오해는 말아 주십시오."

금명은 잠시 흠, 하며 입을 다물었다.

금청아를 피할 방법이야 어렵지도 않다. 당장 금명 그가 소유하고 있는 건물이 여러 채였다. 집 밖에서 신분이 낮은 스승들을 몰래 모셔 여러 재주며 이국의 학문을 배울 적에 쓰던 공부방이었다. 외지고 규모가 작기는 하나 깔끔하게 잘 관리를 해 놓았다. 그중 하나를 기도위에게 빌려주면 그만이다. 금명의 명의이니 자신이 입을 다문다면 그곳에 누가 머무는지 모를 것이다.

하지만 금 귀비는 은룡에게 정절에 대해 물었다고 했다. 이것이 금명을 묘하게 신경 쓰이게 만들었다.

'금 귀비가 설마 현희부에 대해 눈치를 챈 것인가?'

그간의 소문도 소문이었으나 금명에게는 서적상 풍 씨의 목격담이 결정적이었다. 어쨌거나 현희장공주는 부마 외의 사내들을 현희부에 두고 있었을 것이다. 그 관계가 도성에 퍼진 모함처럼 성적인 것이라고는 확신할 수 없어도 말이다.

풍 씨는 세 명의 사내가 그녀와 함께 왔다고 말했다. 하나는 인상착의로 보아 부마가 분명했다. 나머지 둘 중 하나는 분명 연회장에서 만난 파사 복장의 강로인일 것이고, 다른 하나는 눈앞의 이 청년이리라.

큰 키에 짙은 눈썹, 귀한 신분임을 드러내는 우아한 옷차림.

'하지만 부마도위도 백 년에 한 번 날까 한 사내였다. 그런 자가 부인이 다른 사내들을 가까이 두게 놔둘 리 없지. 결코 소문처럼 문란한 관계는 아닐 것이다.'

금명은 서점에서의 첫 만남과 자녕궁에서의 두 번째 만남을 떠올렸다.

현희장공주는 별처럼 빛나는 사람이었다. 직설적이고 가식이 없으며 요령도 부족했다. 그녀는 산골에서 자란 맑은 태를 간직하고 있었다. 설령 의문의 오랑캐와 눈앞의 기도위 모두 현희부와 연관되었대도 하늘에 부끄러운 일은 아니었으리라. 금명은 그렇게 믿었다.

'그렇다면 아마도 나름의 인연이 있을 터. 강로인이 탄신연까지 초대된 것을 보면, 분명 황제 폐하께서도 그자의 거취를 알고 계신 것이다. 어쩌면 처음부터 폐하와 관련된 일일지도 모르지. 현희부의 자세한 속사정을 알 수 있으면 좋으련만……'

금 귀비는 동생 금청아와 달리 교묘한 통찰력이 있었다. 남녀지사에 있어서는 더욱 그러했다. 금 귀비는 어떤 근거인지 몰라도 은룡이 현희장공주와 여전히 긴밀한 사이라고 판단했으리라. 그러니 그에게 정조를 지킬 자신이 있느냐 물은 것이다.

'그리고 금청아의 목줄 쥘 묘안을 찾으라 했다면…… 그렇군. 단순히 기도위와 청아의 혼인을 깨는 문제가 아니야. 거기에 현희장공주가 엮여 있다는 뜻이군.'

금명이 눈을 내리깔고 있다가 고개를 기울였다.

"금 귀비께서 편을 정하신 것 같군요."

"공자의 뜻은……."

은룡이 짐짓 앞서지 않고 말을 흐렸다.

금명이 고개를 끄덕였다.

"귀비마마는 청아와는 다릅니다. 냉철한 분이십니다. 단순히 청아가 장군을 괴롭히는 일이라면, 저까지 끌어들이지 않았겠지요. 장군이 집안과 연을 끊을 기세로 버티신다면 그걸로도 충분하니까요. 하지만 청아가 귀비마마까지 얽혀 들어갈 수 있는 악행을 저질렀다면? 그렇다면 곤란하지요. 놔두어 보았자 고름만 커지고, 후폭풍은 지독해질 것입니다."

과연 명철한 사내였다. 은룡은 굳이 덧붙이지 않았다. 금명이 스스로 말하도록 기다렸다.

"또한 장군께 굳이 정절에 대해 물은 까닭은, 외람되오나 현희장공주와 이 혼인 문제가 관련이 되어 있음을 돌려 표현하기 위해서입니다. 제가 보기에 장군이 좀처럼 청혼을 허락하지 않자 청아가 악수를 둔 것 같군요. 현희장공주의 순결한 이름을 모욕하여, 오랫동안 그분을 사모해 온 장군을 흔들려는 것이지요. 맞습니까?"

금명이 명확하게 추측을 밝히자 은룡도 망설임 없이 동의했다.

"그렇습니다. 실은 저도 진작부터 금 소저가 장공주마마를 향한 음해를 시작했다고 의심하고 있었습니다. 실제로 그 소문 때문에 장공주께서는 크게 상심하셔 낙향하셨지요. 현희부마저 떠나셨으니⋯⋯."

이 대목에서 은룡의 목소리가 떨리는 것을 금명은 놓치지 않았다. 그럼에도 짐짓 모르는 척했다.

"다만 물증이 없이 심증뿐인지라 어디에 대고 털어놓기도 어려웠습니다. 공자께서 과연 명석하셔서 상황을 꿰뚫어 보시니 다행입니다. 이제야 속이 좀 편해지는군요."

"만일 청아가 현희장공주를 음해하였다는 증거만 있다면 모든 일이 해결됩니다. 장군께서는 그 아이와의 혼인을 거부하실 명분이 생기시겠지요. 은가에서도 단번에 돌아설 것입니다. 금가에서도 여태껏 준비한 혼수가 몇이든 물러서야 할 것이고요. 오히려 황제 폐하와 장공주께 바짝 엎드려 벌을 청해야만 하겠지요."

"공자께서도 금가의 일원 아니십니까. 헌데 제게 조언을 해 주셔도 될는지⋯⋯."

은룡이 망설이며 묻자, 금명은 명쾌하게 대답했다.

"청아는 어려서부터 뒤처리가 깔끔하지 못했습니다. 일을 저질러 놓고 남에게 돌리기는 곧잘 하였으나, 딱 그뿐이었지요. 서재에 조청이 엎어져 있고, 그 위에 제 신발 자국이 있는데도 하녀를 탓하면 하녀가 벌을 받지요. 그러니 그걸 굳이 닦아 낼 까닭이 있겠습니까? 이번 일도 마찬가지일 것입니다."

옛일이 떠올랐는지 금명의 표정이 잠시 어두워졌다. 청아의 악명은 사촌인 그에게도 참으로 질색할 만한 것이었다. 금명이 고개를 저으며 한숨을 쉬었다.

"하지만 이번엔 다르지요. 숙부의 저택이 아닌 도성을 배경으로 벌인 일입니다. 상대는 하녀가 아니라 현희장공주, 그리고 그 뒷배이신 황상이십니다. 이대로라도 언젠가는 꼬리가 잡히겠지요. 그 전에 하루속히 진상을 파악하여 자비를 구하는 것이 현명합니다. 그러니 금 귀비도 이쪽 편에 서서 조언한 것일 테고요."

"확신하십니까? 귀비마마가 금청아의 반대편에 서셨다는 것이?"

"귀비의 동생이라는 것이 청아의 가장 큰 무기지요. 은가를 현혹하는 강력한 미끼이기도 하고요. 반대로 말하자면, 청아의 죄가 밝혀졌을 때 귀비역시 연좌를 피할 수 없다는 뜻입니다. 선을 지켰다면 모를까…… 과했지요. 장군과 청아의 혼인을 반기는 태후께서도 장공주께서 하주로 떠나셨다는 소식에 무척 심기가 불편하시더군요."

"……."

은룡은 묵묵히 고개를 끄덕였다.

금명이 말을 이었다.

"청아가 퍼뜨린 소문이라고 하니 명확하게 보입니다. 일단 장공주를 투기하고 또 미워하니 몇 가지 재료를 뒤섞어 부풀려 헛소문을 낸 거지요. 그렇게 하면 장군께서 제발 그만하라 부탁하며 혼인에 동의할 거라 믿었을 테니까요. 일단은 이 소문이 교묘하게 설득력이 있다는 점이 가장 큰 문제입니다."

"요대의 녹보석 말씀이시군요."

"예. 연회석에서 먼발치에서나마 저도 보았습니다만. 무척이나 인상 깊더군요. 사람들이 쉬이 잊을 수 없는, 그리고 더 나아가 직접 보지 못한 자들도 떠들 법한 귀물이었습니다."

금명이 곰곰이 생각하다가 입을 열었다.

"그 녹보석을 어찌 구하셨는지 아십니까, 장군? 장군이라면 장공주마마와 친분이 있으시니 아실 것도 같습니다만……."

"……선물받으신 것으로 알고 있습니다."

"그렇군요."

한동안 정적이 흘렀다.

은룡으로서는 아무래도 당장 맹타안에 대해 언급하기가 꺼려졌다. 금명이 어디까지 알고 있을지, 어디까지 짐작하고 있을지 가늠하기 어려운 데다가 일단은 초면이었던 까닭이다. 인상으로는 선하고 믿음직해 보였지만 자신만의 비밀이 아니니 지킬 수 있는 한은 지키고 싶었다.

금명도 은룡의 방어적인 태도를 이해는 했다. 그러므로 짐짓 부드럽게 말을 시작했다.

"우선은 그 선물을 구한 장소를, 그리고 판 사람을 추적해보아야 할 듯합니다. 청아가 녹보석의 출처를 꾸며 낸 것이라면 곧바로 반박할 증인이 되어 주겠지요. 만에 하나 소문의 일부대로 겹치는 점이 있다 해도-"

여기서 금명은 최대한 말을 가렸다.

"분명 파훼할 만한 지점이 있을 것입니다. 거기를 파고들어야 합니다. 일단 증인의 신병을 확보하는 것도 중요하고요. 자신이 막다른 곳에 몰렸음을 깨닫는다면 당장에 증인부터 없애려 할 테니까요."

금명의 말에 은룡이 뭔가 기억이 났다는 듯 급히 대답했다.

"아, 상인 본인은 죽었지만 그 조수는 남았다고 들었습니다! 또한 어느 유력인사의 집에 조수가 불려갔다고도 하더군요! 왜 미처 생각을 못 했는지……! 당장 그자를 수소문해야겠습니다."

맹타안이 전해 준 야친 공주의 이야기! 야친 공주와 그 숙부는 맹타안의 강로마를 되찾기 위해 암상인을 처치했다. 마침 상인의 조수가 녹보석의 행방을 찾는 세력가에게 초대를 받아, 힘쓰는 호위들을 죄다 데려간 까닭에 일이 수월했다고 말이다.

어째서 진작 알아채지 못했을까? 태후의 질녀이자 금가의 적녀인 금청아라면 유력인사 그 자체 아닌가!

은룡이 곧바로 조바심을 내며 뛰쳐나갈 기세이자, 금명이 침착하게 그를 말렸다.

"우선은 진정하십시오. 타초경사, 급히 뒤져서 될 일이 아닙니다. 우선 장군께서 청아의 눈을 피해 계실 곳을 안내해 드리겠습니다. 제 이름으로 된 곳이니 서류나 여관명부로는 찾지 못할 겁니다. 거기에 유숙하면서 계획을 준비하시지요."

"이미 공자께 조언까지 얻었는데 그런 과분한 호의를 받아도 될지 모르겠습니다."

"별 것 아닙니다. 제가 간혹 금가가 지루할 때 틀어박혀 공부나 하는 골방인지라, 다소간 좁고 낡습니다. 오히려 장군과 같은 분을 그런 곳에 머물러 달라 하는 제가 실례인 셈이지요."

"큰 은혜를 입었습니다."

"이것도 다 인연이겠지요."

금명은 은룡을 따라 자리에서 일어났다. 그리고 다시 한번 서로에게 깊이 읍을 하며 그를 관찰하였다. 은룡에게서 장공주의 모습을 찾을 수 있지 않을까 하는 생각이 문득 들었다. 그러나 솔직한 태도 외에는 비슷한 구석이 전혀 없었다. 당연하지, 혈연도 아니거늘…… 금명은 속으로 한숨을 쉬었다. 알면서도 헛된 그림자를 찾으니, 이 마음은 무엇일까. 미련이란 말인가?

어쩌면 은룡과 지기가 됨으로써 그녀에게 신뢰를 얻을지도 모른다. 금청아가 퍼뜨린 악담을 정죄하고, 장공주의 명예를 수복하는데 힘을 다한다면. 혹여 다시 한번 만날 기회가 생길지도 모른다. 이미 그분은 자신이 금명이라는 사실에 크게 배신감을 느낀 듯하지만 말이다.

'그리고 그분이 이미 혼인하셨음도 달라지지 않겠지만…….'

씁쓸한 마음이었다. 하지만 그렇게 따지면 은룡 역시 자신과 다르지 않은 처지가 아닌가. 괜한 감상은 접어 두어야 했다. 금명은 우선 행동에 나섰다.

믿음직한 종자를 시켜 시내의 처소 하나를 단장하도록 하고, 은룡이 그곳으로 이사하도록 도왔다. 입구가 이리저리 꼬여 짐짓 밖에서 보면 다른 건물로 이어지는 듯하니 바로 뒤까지 쫓아와도 종적을 찾기 어려운 터였다.

은룡도 금명이 내어준 방을 무척 만족스러워했다. 금명이 말한 대로 규모가 작기는 하나, 깔끔한 데다 서책이 많고 조용하여 마음을 놓을 수 있는 분위기였기 때문이다.

그리고 이사가 끝난 후, 은룡은 암상인의 조수를 찾는 일에 착수하였다.

*　*　*

주인을 잃고 미꾸라지처럼 숨어 버린 암상인 조수를 찾는 일은 쉽지 않았다. 금청아의 인내심이 하루하루 닳아 가고 있는 와중에서는 더욱 그러했다. 그래서 금명은 은룡에게 여지를 주라고 제안하였다. 결사반대였던 입장을 다소 누그러뜨리라는 것이었다.

-허락하겠다고 할 것까지는 없습니다.

예민하게 반응하는 은룡에게 금명이 다급히 덧붙였다.

-그저 '생각할 시간이 필요하다' 정도로만 전하라는 것이지요. 이는 거절도 아니지만 수락은 더더욱 아니지 않습니까. 하지만 그간 장군의 반대에 애가 탔던 이들은 이 온건함을 기쁘게 받아들일 것입니다. 그러면 설렌 나머지 뒤처리에 대한 생각도 잊어버리겠지요.

은룡으로서는 최대한 피하고 싶은 일이었다. 그러나 얼굴 한 번 본 적 없는 작자를 찾는 일은 쉬운 게 아니었다. 하다못해 맹타안 그 오랑캐라도 있었다면 훨씬 나았을 텐데, 하고 생각할 정도이니 말이다. 시간은 필요했고 금명의 말은 일리가 있었다. 은룡이 증인을 확보할 때까지 금청아가 행복한 단꿈에 젖어 있어야 했다.

그래서 그는 은가에게 생각해 볼 시간이 필요하다는 서신을 부쳤다. 온 도읍을 들쑤시고 다니던 금청아의 작태도 순식간에 가라앉았다. 그 대신 은가와 금가의 혼인에 대한 소문이 금칠을 하고 퍼지는 것이었다. 두 집안에서도 은룡이 이제 수그러들 것이라 예상하였고, 금청아가 자신의 승리를 확신하여 온 데 사방 자랑하고 다녔기에 그러했다.

은룡은 마음이 편치 않았지만 어쩔 수 없었다. 화영에 대해 황제와 논의하기 어색해진 상황이었으니, 기도위 업무를 감해 달라고 부탁하기도 어려웠다. 그러므로 낮에는 기도위로서 일을 다하고, 퇴청 이후로는 쥐잡듯이 뒷거리를 수색하며 발로 뛰었다. 남들이 어찌 떠들건 보다 중요한 일에 신경을 집중한 것이다.

문제는 입에서 입으로 퍼지는 소문이 바람보다도 빠르다는 점이었다. 천리 밖 하주까지도 알음알음 이야기가 전해졌을 만큼.

미령 장터의 포목점 주인은 서너 달에 한 번씩 직접 도성으로 올라가 유행하는 비단을 떼 오고는 했다. 하필 그게 이즈음이었다. 관훈이 예상보다 일찍 장터로 향했다. 지난번 장을 봐 온 신선품들은 아직 남았으나, 형님께서 형수의 옷을 맞춰 오라 지시하신 까닭이다.

미령의 추위는 도성에 비해 훨씬 지독했고 겨울 의복은 몇 벌이나 있어도 아쉬웠다. 짐을 많이 가지고 오지 못해 형수의 피풍의도 하나뿐이니, 따뜻한 모피로 덧붙인 물건이 있다면 가격을 아끼지 말고 사 오라 하셨다. 특히 답지 않게 색상을 지정하기까지 하셨다. 선명한 붉은색이 있다면 반드시 그것으로 구하라는 말이었다.

원래라면 관호도 장터에 함께 가겠으나 일전에 형수와 쌍둥이들만 집에 남아서 친 사고의 여파가 아직까지 남아 있는바, 그는 집에 머물며 이들을 지키기로 했다. 그렇게 관훈은 홀로 장터로 향했고, 형님이 시키신 대로 형수의 새 옷을 맞추다가 재미있는 이야기를 듣게 된 것이다.

황후의 남동생과 귀비의 여동생이라니, 이보다 흥미로운 결합이 어디 있겠는가?

형수의 일이라면 관대해지는 형님을 파악한 지 오래였다. 형수의 옷값을 치르고 남은 돈으로는 고기를 샀다. 형수를 물에 빠뜨린 일로 과자를 얻어먹지 못한 쌍둥이가 마당에서 뒹굴며 아쉬워했던 기억이 나, 군것질거리로 달달한 떡들도 챙겼다. 추운 날 가족들이 한 자리에서 다과를 나누면 참 좋으리라 여겼던 것이다.

과연 관훈이 장터에서 구입한 물건들을 보고 쌍둥이들은 물론이고 형수도 참 좋아하셨다. 함께 차와 나누자는 제안을 형님도 기꺼이 수락하셨다. 거기까지는 참 좋았다.

옷은 값만 치루고 만들도록 맡겨 두었고, 대신에 토끼털이 달린 피풍의는 딱 하나 있기에 가져왔다. 쌍둥이들의 성화에 못 이겨 형수는 그 피풍의를 걸친 채 앉아 차를 마시고 있었다.

본디 피풍의란 비둘기색이나 등나무색 등 연한 바탕으로 만들기 마련이다. 헌데 관호의 특이한 요구답게 짙은 색 피풍의가 딱 한 벌 있었다. 그것을 구해서 어찌나 관훈이 안심을 했던지! 이 시골에서 드물게 붉은색 비단으로 만든 터라, 화영의 얼굴에 생기가 있어 보일뿐더러 벌써 봄인 듯 착각을 불러일으켰다.

"그러고 보니, 주인장이 재밌는 소문을 알려 주더군요."

화기애애하던 와중이었다. 관훈이 소문이라는 단어를 입에 올리자, 순간 관호와 화영의 얼굴이 굳었다. 관훈은 형님 부부가 소문에 예민한 까닭을 일체 몰랐으므로 거리끼지 않고 말을 이었다.

그러나 관훈이 가져온 소문은 화영이 걱정하던 소문보다 별반 나을 것도 없었다.

"글쎄, 황후마마의 아우분이 귀비의 누이와 혼인한다지 뭡니까? 어쨌거나 따지자면 인척인 관계일 텐데요. 귀한 분들의 혼사는 정말 알 수 없는 노릇입니다."

화영은 눈을 크게 떴다.

심장이 쿵 하고 내려앉는 기분이었다.

"그나저나 황후마마의 동생이라면 형수님과도 안면이 있지 않습니까? 그 혼사에 참석하지 않으셔도 되는지요. 듣기로는 이번 봄, 이르면 그 전에라도 식이 치러질 상황이라고 했습니다."

관훈은 순진하게도 형수를 위하여 전한 이야기였다. 미령에서 도성까지 가는 길이 멀고 고되니, 필참해야 하는 행사라면 미리 움직이시는 편이 낫다 싶었던 것이다.

화영이 입을 열기 전에 관호가 먼저 답했다.

"부인의 건강이 우선이니, 무리하여 갈 필요 없다."

"아, 하긴 그렇군요. 워낙에 거리가 머니…… 게다가 이 계절이면 폭설도 잦고, 땅이 엉망이라 더욱 고될 것입니다. 멀쩡한 사람도 병이 날 텐데, 무리겠지요."

그 이후로는 더는 은룡에 대한 화제가 오르지 않았다. 그에 대해 풍문 이상으로 아는 장본인이라면 화영과 관호 둘 뿐인데, 두 사람 모두 입을 다물었기 때문이다.

다과가 끝나고 순식간에 저녁이, 연이어 칠흑 같은 밤이 찾아왔다. 화영은 벽을 보고 누워 눈을 감았다. 드물게 일찍 침상에 들어간 그녀를 보고 관호는 아무 말도 하지 않았다.

은룡이 금청아와 혼인한다니.

각오한 일이었다. 그렇게 하라고 부추기기도 했다.

그런데 왜 이리 가슴이 아플까?

아침이 되자 천지가 반짝거렸다. 밤새 눈이 온 모양이었다. 공기를 한 입 베어 물면 가슴 속까지 얼어붙는 듯 차가웠다. 화영은 새 피풍의를 두르고 나가기로 했다.

"어딜 가시오?"

한 손에 죽간을 들고 있던 관호가 눈을 가늘게 떴다. 화영이 피풍의를 매는 모습이 단순히 새 옷을 걸쳐보려는 자태가 아니어서였다.

"잠깐 뒷산에 가 보려고요."

"나도 함께 가리다."

"됐어요. 나도 산에서 자랐는걸요. 그냥 가볍게 구경만 할 건데요, 뭐."

"낯선 곳이잖소. 눈이 쌓여 위험할 수 있소."

"하늘이 맑던데요. 오늘은 눈이 더 내리지 않을 것 같아요."

"부인."

화영은 관호에게 시선을 맞추지 않았다. 고개를 돌리고, 함을 열어 침혜가 챙겨 주었던 털 토시를 꺼냈다. 그리고 태연한 척 말했다.

"솔방울 좀 찾아 가지고 올게요. 심심하니까 그거라도 만져야지. 잔가지는 울타리에서 좀 떼 내면 되니까, 딱 솔방울만 있으면 되겠어요. 어제 바람이 심하게 불었으니 많이 떨어져 있을 거예요. 굳이 깊게 들어가지 않아도 되겠죠."

잠시 정적이 흘렀다. 두 사람 모두 이 평범한 대화 밑에 깔린 무거운 주제를 이해하고 있었다.

맹타안은 떠났고, 이제는 은룡의 차례다.

그들은 각기 고향과 제집에서 새로운 아내를 맞이하고 살 테지만, 화영은 생판 낯선 험지에서 시중들어 줄 사람 하나 없이 지내고 있었다.

언제까지 여기서 살아야 할까?

언제까지, 관호와 살아야 할까.

은룡의 혼인 소식에 화영의 심기가 복잡한 것은 관호도 알았다. 실상 그역시 지난 밤을 고요히 지새웠거늘, 그녀는 어떻겠는가. 혼자 삭일 시간이 필요하리라.

"그렇다면 조심하시오. 하늘이 조금이라도 어두워지면 바로 돌아오겠다고 약속해야 하오."

"응. 그럴게요."

화영은 고개를 끄덕였다. 그녀는 채 관호를 쳐다보지 못하고 밖으로 나섰다.

관가를 감싼 대숲을 벗어나면, 산은 예상보다 금방이었다. 오히려 앞에 흐르는 강보다도 가까운 길이다. 그럼에도 좀처럼 산에 가 볼 생각을 하지 않았다는 게 신기했다.

뒷산이라고 칭하기에는 머쓱할 정도로 덩치가 큰 산이기는 하다. 화영이 자랐던 용중산도 산세가 빼어나지만, 도성에 홀로 높이 선 산인지라 능선이 길게 이어지는 자태는 아니었다. 그에 비해 미령의 산은 크고 작은 등성이가 이어지고 뻗어가는 형세였다. 특히 관가가 자리한 죽림을 오목하게 감싸는 모양인지라 극한의 추위에도 사람들이 버틸 수 있게 바람을 막아 주었다.

쌓인 눈에 발이 푹푹 빠졌다. 그러고 보니 쌍둥이들이 설피를 빌려주겠다고 했었지. 설피 없이는 마당 밖으로 한 걸음도 못 나간다고. 우선은 신는 연습을 해야 했는데, 발 크기가 같지 않아 그들의 설피를 신고 제대로 걷기가 어려웠다. 그 모습을 보던 관호가 하나 만들어 주겠소, 하고 말했다.

그때 괜히 거절했나. 그냥 받을 걸 그랬나.

뽀득뽀득 소리를 내며 얼어붙은 눈을 밟고, 한 걸음씩 무릎을 높게 들며 걸어 나갔다. 어느새 화영의 이마에 땀방울이 맺혔다. 바람이 차가웠다. 헐벗은 나뭇가지들 사이를 미끄럽게 빠져나가며 우는 소리를 냈다.

분명 길이라는 게 있을 법한데, 눈으로 덮여 제대로 보이지 않았다. 화영은 한숨을 쉬었다. 벌써 지쳐간다. 그렇다고 이대로 돌아가고 싶지는 않다. 짐승들이 오가는 길목을 찾기만 한다면 훨씬 쉬울 텐데. 아무리 추운 날이라도 뛰어다니는 노루며 멧돼지는 있는 법이다. 짐승들의 체온과 발자취로 인해 언 눈이 녹고 흙바닥이 드러나기도 일쑤였다. 짐승 길을 찾기만 한다면 눈밭을 헤치고 올라가는 것보다 편할 것이다.

마침 쌓인 눈의 무게를 이기지 못하고 꺾여 떨어진 소나무 가지가 하나 보였다. 반듯하지는 않았지만 화영이 기대기엔 충분히 튼튼해 보였다. 지팡이 삼아 걸어나가다 보니 훨씬 수월해졌다. 몸에서도 열이 올라, 그녀의 입술 사이로 나오는 김이 더욱 짙어졌다.

짙은 색의 소나무와 잣나무, 가문비나무가 뒤섞여 설경을 자아내고 있었다. 드문 인기척에 새들이 날아올랐다. 바쁘게 가지와 가지 사이를 오가던 다람쥐도 고개를 갸웃거리며 그녀를 쳐다보았다.

'그래, 연락이 올 리가 없지. 어떻게 오겠어.'

깊게 들어가지 않겠다던 약속과는 달리, 발은 앞으로만 나아갔다. 그렇게라도 움직이지 않으면 머리가 펑 하고 터져 버릴 것만 같았다. 몸을 혹사시키지 않으면 멋대로 뻗어 나가는 상념을 멈출 수가 없었다. 이처럼 춥고 맑은 날인데도 마음이 타 버릴 것만 같았다. 타올라 재가 되어 버릴 것만 같았다.

'애초에 관가가 어디인지 알지도 못하잖아. 안다고 해도 마음대로 연락할 수도 없을 거고. 새신랑이 될 텐데, 흠 잡힐 일을 해서는 안 되지. 이왕 따르기로 한 것, 제대로 숨여 주어야 금청아도 추문을 더 퍼뜨리지 않을 테니까. 그러니까, 은룡이 나한테 굳이 뭐라고 소식을 전하겠어? 혼인한다고? 축하해 달라고? 차라리 아무 말도 없는 게 낫지. 맹타안처럼……'

화영은 고개를 숙였다. 절대 눈물이 날 것 같아서가 아니었다. 눈 밑에 숨어 있을 솔방울을 찾기 위해서였다.

지금쯤 맹타안은 뭘 하고 있을까. 아마 야친 공주와 혼인하고 지지세력들을 모으고 있을 것이다. 현희부에서 두 번째 부마로 지내며 꺾었던 자존심을 회복하고, 초원의 왕다운 오만함을 드러내고 있겠지. 그가 잘 되었으면 좋겠다. 무사히 숙부를 몰아내고 정당히 강로 왕위를 되찾기를 바랐다. 그리고 다시는 마주치지 않기를 바랐다.

강로왕이 되고 야친 공주를 왕비로 삼은 그를 평생 보지 않아도 된다는 것은 참으로 큰 위안이었다. 화영이 아는 맹타안은 화영만의 것이었다. 그러나 강로의 엽혁타안은 강로의 것, 강로왕비의 것이겠지. 설령 강로와 남려가 후에 얼마나 우호적인 관계를 맺는다 하더라도 화영은 결코 그 자리에 나서지 않을 터였다. 그것이 맹타안에 대한 그녀의 예의였다.

현희부에서 함께 머물며 지냈던 기억들, 춘몽처럼 덧없고 반짝이던 시간들로만 그 사람을 기억할 수 있기를. 백련호 위를 날던 연처럼 애틋하게, 가슴 한편에서 종종 꺼내 보는 그림처럼.

가진 것이 워낙 없어, 한번 손에 들어오면 극진히 소중하게 여겼다. 불필요할 정도로 정을 붙였다. 발에 차이는 솔방울일지라도 나뭇가지로 팔다리를 붙이고 나면 세상에 하나뿐인 그녀의 소유였다. 차라리 먹는 것, 입는 것은 쉬이 내어 주어도 손길이 닿아 정이 담긴 물건들은 절대 넘겨주지 못했다.

그리고 그런 화영의 성격을 누구보다 잘 아는 것이 은룡이었다.

'그래, 이렇게 될 일었어. 뻔히 알았잖아.'

화영은 계속 걸었다. 이상하게도 솔방울이 보이지가 않았다. 미령 다람쥐들이 이렇게 부지런하단 말인가. 시야가 물기에 젖어 흐릿했다. 설경을 너무 오래 보고 있었나 보다.

지금 은룡이 어떤 얼굴을 하고 있을지 생각해 본다. 새신부를 들일 준비를 하고 있을까. 예식 때 입을 옷을 맞추고 있을까. 문득 은룡이 입고 있던 붉은 혼례복을 떠올려 보았다. 기억이 잘 나지 않았다. 갓 병석에서 일어났던 데다 은룡 외의 낯선 사내들 역시도 혼례복 차림이었다. 그래서 온통 대청이 붉게만 보였던 까닭이다.

화영과의 초야 때에도 은룡은 예복을 입고 오지 않았다. 그 밤 붉은 옷을 입은 것은 그녀뿐이었다. 하긴, 그걸로 투정 부릴 입장이 아니긴 하지. 화영은 와중에도 짧게 웃었다. 혼례복보다도 새빨갛게 물들었던 은룡의 얼굴이 떠올라서였다.

은룡은 순결한 몸이었다. 제대로 된 명분도 없이 그녀에게 정조를 주었다. 하다못해 그에게 사랑한다느니, 평생 기억하겠다느니 하는 입에 발린 말조차 해 주지 못했다. 오빠가 죽을지도 모른다는 생각에 여유가 없었다. 급하기 짝이 없게 벌린 초야였다. 은룡이 자신과의 혼인을 위해 소중하게 지켜온 정결임을 알고 있었다. 이런 식으로 취하게 되어 미안하다고 생각은 했다.

'지금 생각해 보면 그렇게라도 가져서 다행이라고 해야 하나. 어쨌든 나 주려던 걸 다른 여자한테 뺏기는 것보다는 나으니까……'

애써 허풍을 떨어 보려 했지만 쉽지 않았다. 못된 말로 스스로를 다잡으려 해 보았지만 효과가 없었다. 지팡이로 짚고 있던 나뭇가지가 툭 떨어졌다. 참았던 눈물이 쏟아졌다. 화영은 울기 시작했다.

현희부에서는 함께였는데, 이제는 그녀 혼자뿐이다. 하나뿐인 오빠도 등을 돌렸다. 맹타안은 떠났고 은룡도 다른 여인의 소유가 될 것이다. 액막이 혼인 따위의 우스운 관계에 괜히 정을 주어 버렸다. 이혼해야 한다고 버릇처럼 중얼거려 놓고, 가장 즐거워 한 것도 이제 보면 그녀 자신이었다. 그 철없음을 이렇게 갚게 되는 걸까.

지금은 관호가 보살펴 주고 있지만 언제까지 그러하겠는가? 사실 화영은 그와 관가에게 짐이었지 도움되는 일손은 아니었다. 선황과 오빠가 내린 재물은 화영이 없더라도 그들이 받아 마땅한 보답이었다. 그렇다면 관호에게 어울리는, 그가 좋아할 법한 여인을 부인이자 형수로 맞아 사는 편이 모두에게 행복한 그림 아닐까.

관호의 신의가 고마운 만큼 다가올 끝이 더욱 두려웠다. 그의 배려를 당연한 것으로 익숙하게 여길까 긴장하고 있었다. 헌데 은룡의 혼인 소식이라니. 이래서야 더더욱 관호와 관가에 기대게 된다. 차마 그 꼴을 보러 도성에 돌아갈 수 없으니, 적어도 봄까지는 여기 있어야 할 것이다.

'어린애처럼 굴지 말자.'

화영은 울음을 삼키려 노력했다.

'은룡이 현희부를 위해 해 주는 마지막 일이야. 그가 혼인하면 현희부 추문도 가라앉겠지. 이 미령까지 은룡과 금청아의 혼인 소문이 도는 걸 보면, 어쩌면 벌써 현희부 이야기를 덮어 버렸는지도 몰라. 앙숙이던 황후와 귀비 가문이 연을 맺게 된 셈이니 당연도 하지. 이제 괜찮을 거야.'

사람들은 금방 잊을 것이다. 붉게 치장한 은가를 보고, 의기양양할 새신부의 가마를 보고 현희부 따위야 다 잊어버리겠지. 그러면 된다. 은룡은 이제 그만의 가족을 꾸리고 살면 되는 것이다. 그 모습을 상상하는 것만으로도 불로 지지듯 고통스러웠다. 그럼에도 화영은 생각을 정리하는 것을 멈출 수가 없었다.

'금청아가 성격이 못되긴 하지만, 국태부인이 엄하시고 은룡도 더는 온건하게 받아 주지 않을 테니까. 그러면 어떻게든 살아지겠지. 금청아가 정 싫다면 나중에 은룡이 좋아하는 사람을 더 들일 수도 있을 거고. 그러

면…… 그러면.'

사람이 이토록 비겁하고 옹졸하던가. 화영 자신은 셋이나 되는 부마를 들였으면서, 은룡이 금청아를 피해 다른 첩을 들여 사는 상상을 하니 가슴에 무거운 추가 놓인 듯 괴로웠다. 그게 뭐라고? 금청아 같은 배우자에게 한평생 매여 사는 것보다 낫지 않은가? 이 혼인도 결국은 은룡의 희생 아닌가.

화영은 몸을 웅크리고 주저앉았다. 그리고 발갛게 얼어붙은 손으로 얼굴을 감쌌다. 손가락 사이 사이로 뜨거운 눈물이 흘렀다. 아팠다.

금청아와 혼인한 은룡이 그녀에게 충실하게 사는 것과 다른 첩을 들여 자신의 행복을 찾는 것. 둘 중 어느 쪽이 더 괴로울지 알 수가 없었다. 상상만 해도 숨이 턱턱 막혔다.

그에게 새 출발을 하라고 떠민 것은 자신이면서, 정작 현실로 다가오자 이렇게 힘겨웠다.

"내 기분이야 상관없어."

힘들게 내뱉은 말은 찬 공기 속에 흩어질 뿐이었다.

"어찌 되었든 장공주의 액막이 부마, 그것도 세 번째 부마로 숨어 사는 것보다야 훨씬 나을 거야."

그가 다른 여자와 혼인하면 어떤가? 또 다른 여인을 첩으로 들이면 어떤가?

화영 자신도 다 해 본 일 아닌가. 놓아 주기로 해 놓고 미련을 가져서는 안 될 일이다.

알지만, 그렇지만.

떠나는 마차를 좇아 하염없이 따라 걸으며 울던 그의 얼굴이 떠올라서.

그녀를 잡지도 못하고 마냥 뻗던 손이, 새벽 어스름에 차갑게 얼어 있던 큰 손이 생각나서.

매정하게 마차 문을 닫고 웅크려 흐느낌을 삼켰던 새벽 여정이 아직도 생생해서.

'그래, 울자. 여기서 울고 다 털어내 버리자.'

될지 안 될지 모르겠지만 시도는 해 봐야지. 퉁퉁 부은 얼굴로 돌아가 관호가 염려하게 만들고 싶지는 않았다. 그러니 빨리 울고, 빨리 닦아 내야지. 홀가분하게 말해야지. 솔방울을 찾는 것이 생각보다 힘들었다고.

화영은 옷소매로 눈가를 문질렀다. 그리고 아직 흐린 시야 속에 지팡이를 찾아 고개를 저어 보았다. 다행히 멀리 있지 않았다. 주저앉은 채였지만 조금 팔을 뻗으면 잡을 수 있을 것 같았다. 하지만 시야가 깨끗하지 못한 터일까, 짐작보다 거리가 차이가 났다. 결국 화영은 무릎마저 살짝 꿇은 채 몸을 늘였다. 한참을 울었더니 몸을 기대지 않고는 일어날 수가 없을 것 같아서였다. 가까스로 손끝이 솔가지에 닿았다.

그 순간 파삭, 하는 소리가 들렸다.

두껍게 쌓여 있던 눈더미가 깨지는 소리. 가파른 비탈길을 둥글게 덮고 있던 눈이, 무릎걸음으로 다가선 체중으로 인해 꺼지는 소리였다.

돌연 화영의 균형이 무너졌다.

온 세상이 희게 보였다. 검은 나뭇가지와 덤불들이 순식간에 빠르게 지나가며 그녀를 보고 혀를 차는 듯했다. 도톰하게 껴입었음에도 불구하고 산비탈을 따라 눈 밑에 자리한 돌이며 나무뿌리에 치이고 부딪치며 통증이 올라왔다. 혀를 깨물까 두려워 비명도 지를 수 없었다.

눈더미와 함께 한동안 구르다, 화영은 정신을 잃었다.

* * *

눈을 떴을 때 세상은 여전히 희었다.

멍하니 눈썹을 깜빡였다. 감각은 뒤늦게 돌아왔다. 반쯤 얼굴을 파묻고 있는 눈더미가 너무 차가워 신음이 절로 나왔다. 몸을 일으키려 해 보았지만 쉽지 않았다. 정신을 잃고 있던 시간이 꽤 되었던 건지, 그녀의 몸 위에도 눈이 쌓여 있었다.

눈이 쌓여?

화영은 퍼뜩 하늘을 올려다보았다. 파랗게 개어 있던 것이 거짓말처럼 회색으로 우중충하게 물든 가운데, 굵은 함박눈이 흩날리고 있었다. 폭설의 징조였다.

빨리, 빨리 돌아가야 해. 화영은 사색이 되었다. 굴러떨어지며 여기저기 부딪친 곳에서 아픔이 올라왔지만 엄살 부릴 수 없었다. 여기가 어디더라?

얼마나 떨어진 거지?

"아!"

눈이 쌓여 무거워진 몸을 억지로 일으키려다 비명이 나왔다.

왼쪽 발목에 타는 듯한 통증이 시작되어 척추를 타고 올라왔다. 걷기는 커녕 서지도 못할 정도였다. 화영은 다시 제자리에 주저앉아, 더듬더듬 피풍의와 치마를 걷고 왼쪽 발을 살펴보았다. 말이 꽉 조일 정도로 퉁퉁 부어 있었다. 최악의 경우 부러졌거나, 그렇지 않더라도 제힘으로 걸어 나가기엔 무리인 것이 분명했다.

눈밭 위에 주저앉은 채 주위를 돌아보았다.

길은커녕 사슴 발자국 하나 남지 않은 비탈진 협곡이었다. 검고 날카로운 돌쩌귀들과 말라죽은 덤불 위로 얼음이 반짝이고 있었다. 방향조차 알아볼 수가 없었다. 함박눈이 펑펑 쏟아지고, 바람은 이쪽에서 저쪽으로 불다가 저쪽에서 이쪽으로 불었다.

완벽한 조난이었다.

＊ ＊ ＊

관호는 흘끗 창밖을 내다보았다.

화영이 나간 이후 그는 굳이 지창을 열어 두었는데, 이 시기 미령 기후가 변덕스러움을 잘 알아서였다. 부인은 맑고 티끌 한 점 없는 하늘이라며 나갔지만 때로는 이 각도 되지 않아 새까맣게 눈보라가 몰려오는 경우도 있었다.

마음만 같아서는 보내지 않고 싶었다.

관호의 손에 쥐여 있던 붓이 연적에 기대어 누웠다. 주인은 지금 필사를 할 만큼의 여유도 없는 것이다. 지창 밖으로 싸늘한 공기가 밀려 들어왔다. 들여 놓은 화롯불이 무색할 정도의 냉기였다. 푸르던 하늘도 어느새 회색으로 창백해지는 와중이었다. 관호는 화영이 나간 지 얼마나 시간이 지났는지 가늠해 보기 시작했다.

반 시진이나 되었을까. 장난감으로 만들 솔방울 두엇이라면 충분히 줍고도 남을 시간이다. 하지만 말로는 솔방울을 찾겠다 하였으되 속내는 혼자 있고 싶어 나간 산책임을 관호가 어찌 모르겠는가. 그는 갈등하고 있었다. 한 각이라도 더 기다려 볼지, 아니면 지금 당장 나가 그녀를 찾을지.

여태껏 관호는 화영을 기다리기만 했다. 현희부에서는 그러했다.

'충분히 기다려 주었다.'

그는 자리에서 일어났다. 상 위에 가지런히 놓인 연적이며 붓이며 필사하던 서책들이 그를 배웅하였다. 먹이 붓 끝에서 말라가겠지만 날씨가 나빠지는 속도에 비할 것이 아니었다. 미령에서 평생을 살아온 관호의 동생들도 이런 날에는 절대 산에 가지 않았다. 겉으로는 완만해 보이나 실은 뿌리가 깊은 산줄기의 끝자락이라, 교묘한 비탈길이며 난데없는 골짜기가 잦음을 잘 알아서였다. 눈이 많이 내린 후에는 어디가 길이고 어디가 눈덩이인지 구분도 잘 가지 않았다.

'부인을 혼자 보내는 것이 아니었다.'

거기까지 생각이 닿자 관호의 눈썹이 일그러졌다. 화영 역시 용중산에서 자랐고, 또 솔방울이라면 굳이 산 깊이 올라가지 않고 주울 수 있으리라 여겼는데.

산언저리에서 거닐고 있다면 나빠지는 기후를 알아채고 곧장 집으로 돌아왔을 터. 분명 은룡의 소식으로 머리가 어지러우니 발을 계속 움직였을 것이다. 인적도 없는 산세, 길도 없는 골짜기다. 제 발자국을 확인하여 되돌아갈 수 있다면 최선일 것이나 삽시간에 눈송이가 하나둘 떨어지기 시작했다. 이렇게 되면 순식간에 모든 흔적이 사라진다.

관호는 검은색 전포를 두르고 급히 밖으로 나섰다. 쌍둥이들이며 관훈 역시 방에 틀어박힌 듯했다. 마당에는 닭들이 남긴 뾰족한 발자국이 벌써 사라지고 있었다. 화로에 탄을 더하느라 검댕이 묻은 관훈의 흔적과 다리가 넷 달린 것처럼 꼭 붙어 다니는 쌍둥이들의 발자취를 제하고 나니 뒷길로 향한 화영의 족적이 보였다. 관호는 그 흔적을 따라갔다.

거의 보름에 걸쳐 쌓이다 녹다 언 위에 다시 쌓인 눈더미였다. 설피도 신지 않은 발로 밟고 올라갈 상황이 아니었다. 그런데도 관호에게 따라오라 말하는 작은 발자국은 고집스럽게 앞으로 나아가고 있었다. 종종 힘들었는지 멈추어 유난히 깊게 파인 자리가 보였다. 넘어졌는지 손바닥 자국까지 어정쩡하게 푹 들어간 곳도 있었다. 관호는 그녀의 손자국 앞에서 잠시 멈추었다. 어린 짐승처럼 자그마한 흔적. 아직도 그녀의 체온이 남아 있을 것 같았다. 그는 허리를 숙여 손가락으로 그 테두리를 더듬어 보았다. 그러다 다시 움직였다.

'지지대를 구한 모양이군.'

중간부터 두 개의 발자국 앞에 하나의 구멍이 생겨 있었다. 부러진 나뭇가지를 지팡으로 쓴 모양이었다. 확실히 힘은 덜 들어가겠지. 하지만 그렇게까지 해서 산을 오를 까닭이 있는가.

솔방울을 원한다면 그가 가져다줄 수 있었다. 모양도 색깔도 그녀가 원하는 대로 찾아다 줄 것이었다. 미인 앞에 보화를 진상하듯, 그깟 솔방울이야 방 한가득 채워 줄 수 있었다. 하지만 화영은 위험을 무릅쓰고 혼자 나서는 편을 택했다.

주위가 점점 어두워졌다. 하늘은 완전히 잿빛으로 변했고, 가볍게 떨어지던 싸라기눈들이 무겁게 뭉쳐 흩날리기 시작했다. 관호의 머리카락에도 하나둘 흰 눈송이가 달라붙었다. 마음이 더욱 초조해진다. 초행인 길에서 되돌아오려면 방향은 하나뿐이다. 영특한 부인이 모를 리 없다. 그런데 아직까지도 산속으로 들어간 흔적 외에는 어떠한 인기척도 느끼지 못했다.

그는 속도를 조금 더 높였다. 지나치게 빨리 움직이면 자칫 실마리를 놓칠까 우려했지만 따질 때가 아니었다. 한시라도 빨리 화영을 찾아야 했다. 그녀가 새로 산 피풍의를 입고 간 것이 그나마 다행이었다. 폭설 가운데에서 모란처럼 붉은 옷이 있다면 분명 눈에 뜨일 것이다. 관호는 눈매를 찌푸리며 안력에 집중하였다.

날 선 바람에 매조차 기를 쓰지 못하고 허우적대다 하강한다. 어디선가 승냥이가 낑낑거리는 소리가 울려왔다. 폭설을 피하려는 산짐승들이 바쁘게 틀어박히는 소음들. 그 위를 덮는 눈바람 소리.

함박눈이 시야를 뒤덮을 정도로 내리기 시작했다. 이래서야 관호 그조차도 제대로 돌아갈 수 있을지 미지수였다. 그럼에도 그는 화영을 찾는 일을 멈추지 않았다. 새 눈에 뒤덮여 사라져가는 흔적을 필사적으로 따라 올라갔다.

그리고 여정의 끄트머리에서, 그는 비탈길로 갈라져 깨진 눈더미의 흔적을 알아보았다. 그 앞으로는 어떠한 발자국도 없었다. 화영이 여기서 떨어져 굴렀음이 분명했다. 끝없이 미끄러져 내려가는 비탈은 불투명하게 얼어 있었다.

"……."

흙 위로 삐죽 나온 식물 뿌리며 꺾인 나뭇가지, 머리를 드러낸 돌쩌귀로 인해 눈과 얼음이 겹겹이 층을 졌다. 관호는 망설임 없이 골짜기 아래로 몸을 날렸다. 그가 아무리 무예를 단련해 온 몸이라 할지라도 운이 없다면 필시 크게 다쳤을 일이었다. 그럼에도 관호는 자신의 위험은 조금도 생각하지 않았다.

그녀가 부상당하지 않았어야 할 텐데. 마음이 조급했다. 예상치 못한 사고였다. 분명 당황할 것이다. 상처를 입었을 가능성이 컸다. 그런 상태로 움직인다면 큰일이었다. 이 골짜기 밑은 노루며 사슴이 자주 다니는 길이었다. 그 덕분에 눈이 얕게 쌓여 있으니 흔적도 깊지 않아, 폭설에 쉽게 지워질 터였다. 관호의 찌푸린 눈썹도 희게 얼어붙었다. 하지만 이 추위에 홀로 곤경에 처해있을 화영을 생각하면 추위를 느낄 수 없었다.

이윽고 골짜기 밑바닥에 꽃처럼 짙은 붉은 색이 보였다.

애처롭게 몸을 웅크리고 있는 작은 인영이었다.

관호는 평생 그보다 동요를 느낀 적이 없었다. 심장보다 빠르게 뛰어 다가가니, 피풍의를 두르고 앉은 채 쓰러져 있는 화영이었다.

"부인, 정신이 드시오? 부인!"

안아 늘려 하자 신음이 그녀의 창백해진 입술 사이로 흘러나왔다. 그녀의 기다란 속눈썹은 숫제 희게 얼어붙은 채였다. 의식이 희미하게나마 있긴 한 것 같았다. 관호는 우선 무리해서 그녀를 들쳐 안기에 앞서 부상을 확인하였다. 과연 온몸이 얼어붙은 가운데 왼쪽 발목만이 봉선화처럼 부어 있었다. 대략 손가락으로 만져 본 바로는 뼈가 상하지는 않은 것 같았다. 하지만 고통이 컸을 것이다.

관호는 와중에도 그녀의 머리카락과 피풍의에 달라붙은 서리를 떼어 냈다. 조금만 시간이 더 흘렀으면 선명한 색깔에도 불구하고 눈으로 뒤덮여 알아보기 힘들었을 것이다. 체온을 잃는 것도 순식간이었겠지.

화영이 두려움을 무릅쓰고 한 자리에 머물러 있어 준 것이 고마웠다. 난처하고 낯선 상황에서 사람은 본능적으로 길을 찾아 헤매기 마련인데, 그럴수록 찾기 어려워질 뿐이다. 간혹 그 사실을 알면서도 영영 조난당할까 무서워 움직이는 자들도 있다. 하지만 화영은 그러지 않은 것이다.

그녀의 아픈 발목에 최대한 충격이 가지 않도록 안아 들었다. 그녀뿐 아니라 자신의 옷도 눈을 함빡 머금은 것이 느껴졌다. 관호는 침착하게 생각했다.

'골짜기로 떨어졌으니 집으로 가는 길과 한참 멀어졌다. 눈보라가 밤까지 몰아칠 것이니 섣불리 움직일 수도 없는 터. 그렇다면…….'

아직 신시 즈음일 텐데도 한밤중처럼 사위가 어두워졌다.

관호는 어딘가를 향해 움직이기 시작했다.

화영이 정신이 들었을 때, 그녀는 순간 자신이 관가의 안채에 있다고 생각했다. 주위가 익숙한 어둠에 젖어 있었고 시야 끄트머리에서 호롱불처럼 흔들리는 불빛이 있어서였다. 하지만 얼얼한 통증과 함께 뼈를 얼리는 추위가 곧바로 신경을 뒤흔들었다. 그녀는 신음을 내뱉었다.

"움직이지 마시오."

그때 익숙한 목소리와 함께 큰 손이 다가왔다. 물기에 젖어 달라붙은 화영의 이마를 닦아 내고 짐짓 체온을 재는 손길이었다.

화영은 눈꺼풀을 몇 번 깜빡였다. 관호가 보였다. 그리고 그들은 지금······.

"여기가······ 어디에요?"

"늑대굴이오."

"네?!"

예상치 못한 대답에 정신이 확 들었다. 화영은 저도 모르게 일어나 앉으려다 등줄기를 파고드는 아픔에 신음을 내뱉었다. 관호가 예상했다는 듯 그녀의 이마에서 손을 떼고 등을 받쳐 주었다. 그제야 벽에 기댈 수 있었다.

정말로 그들은 굴에 있었다. 그것도 좁고 옹색하기 그지없는! 보기만 해도 숨이 턱 막힐 정도였다. 관호와 화영이 가까스로 마주 앉을 수 있는 크기의 좁은 토굴이었다. 그나마 그들 곁에는 작은 불이 피워져 있었는데, 척 보아도 마땅한 땔감이 없어 가까스로 날름거리기만 하는 안쓰러운 모양새였다.

"종종 봄마다 이 근처에서 늑대를 보았소. 그렇다면 새끼를 낳아 기르는 굴이 있다는 소리니까. 생각보다 커서 다행이오. 동사를 가까스로 면한 것 같군."

"느, 늑대는요······?"

"지난봄에 내가 사냥했소. 그러니 안심하시오."

관호가 화영의 얼굴을 찬찬히 관찰하며 말했다. 의식이 돌아오긴 했으나 여전히 핏기가 없는 뺨이 염려되었다.

"내가 출가하면 집에 남는 것은 동생들과 늙은 가축들뿐이니, 위험할까 염려해서였소. 실제로 몇 번이고 병아리들을 잃은 적도 있고."

화영을 눕히기 전에 자신의 전포와 그녀의 피풍의를 겹쳐 덧대긴 했으나, 모두 젖은 채인지라 썩 도움이 되는 것 같지 않았다. 불이라도 크게 키울 수 있으면 나을 터인데. 하지만 늑대굴 속에 건초와 흙먼지 외에 무엇이 있겠는가. 그나마 새끼들이 놀잇감으로 물고 놀았던 흔적인지, 마른 나뭇가지 두어 점이 있는 것만으로도 다행이었다.

"생각해 보면 우스운 일이오. 불가에 귀의하겠다는 자가 직전에 저지른 것이 살생이라니. 처외숙이 나를 받아 주지 않으려 한 것도 당연하오."

관호는 화영의 뺨을 한 손으로 느리게 감싸 쥐었다. 성적인 의미가 아닌, 그녀의 체온이 어느 정도 회복되었는지 보다 정확히 알고 싶어서였다.

"당신, 손이……."

하지만 화영은 여전히 싸늘했고, 관호의 손아귀가 주는 거친 감각도 한 박자 늦게 느낀 모양이었다.

"별것 아니오. 굴 입구를 막느라 조금 얼어붙은 것뿐이오."

우선은 굴 안으로 피해 들어왔으나 그것만으로는 부족했다. 제 전포를 벗어 화영에게 둘러놓고 관호는 두 번째 일에 착수했다. 입구로 냉기가 쏟아지는 것을 막기 위해 급한 대로 주위의 눈과 돌을 섞어 방벽을 만들어 세운 것이다. 최대한 굴 속에서 체온을 보존하기 위해서였다. 그렇지 않았다면 모닥불 크기가 어떻든 무관하게 그들은 얼어 죽었을 것이다. 물론 신선한 공기를 위해 완전히 막지는 않고, 몇 군데 기공을 뚫어놓기는 하였다. 그런 작업 때문에 관호의 큰 손도 제법 많이 상해 있었다.

"……미안해요. 또 신세를 졌네요."

화영의 음성은 추위와 자책으로 떨리고 있었다. 관호는 여전히 그녀의 뺨을 감싼 채 고개를 저었다.

"부인을 제대로 보필하지 못한 내 잘못이오. 부인이 거절해도 동행하였어야 했건만."

"……"

"부디 아침 녘에는 눈이 그치길 바라야겠소. 할 수 있는 처치는 다 해 보았으나 마땅치 않군. 부인의 체온이 너무 낮소."

"그래요? 난 잘…… 모르겠는데."

"말도 느려지고 있소. 잠들지 않도록 합시다. 한 번 더 의식을 잃으면 위험할 것 같군."

"불이…… 있잖아요."

화영은 애써 말을 이으려 했지만 잘되지 않았다. 통증과 추위보다도 졸음이 더 커지는 기분이었다.

"이런 상황에서…… 어떻게 불을…… 붙였지. 상이라도…… 받아야겠어요."

어쩌면 불씨를 피우느라고 관호의 손이 더 상했을지도 모르겠다. 꾸벅거리는 와중에도 화영은 자신의 뺨을 감싼 두툼한 손바닥의 생채기를 느낄 수 있었다. 바늘로 찔러도 피 한 방울 나오지 않을 듯 하던 손이었다. 언제나 뜨겁고 차분하게 그녀를 안심시켜 주던 손. 그런 관호의 손이 지금은 서늘하고 거칠었다.

"당신도 차가운데요……."

"……옳은 말씀이오."

관호가 멈칫한 후 동의했다. 화영이 졸지 않도록, 그리고 조금이라도 더 따뜻해지도록 뺨을 문질러 주던 와중이었다. 그는 화영에게서 손을 거두었다. 그리고 자신의 귀 뒤와 목, 팔 밑을 확인하여 체온을 가늠해 보았다.

무거울 정도로 많은 눈을 맞아 옷이며 몸이 전부 젖었고, 화영을 찾아 급히 다니느라 올랐던 열이 그만큼 빠르게 빠져나갔다. 그나마 그는 강건한 사내였고 무인이니 어떻게든 견딜 수 있으리라. 하지만 화영은 무리였다. 참새만 한 모닥불은 언제든 꺼질지 몰랐다. 실상 온기보다는 불꽃이 주는 안도감을 위하여 피워 두었다고 해야 할 정도였다.

사실 진작 했어야 하는 일이 하나 있었다.

"부인."

화영의 속눈썹이 깜빡였다. 눈송이가 젖어 물방울이 맺힌 모습이 처연하고도 안쓰러웠다. 더는 늦춰서는 안 될 것 같았다.

"옷을 벗어야 하오."

"……네?"

"옷이 젖어서 체온을 빼앗기고 있소. 불길이 약하기는 하나 차라리 맨몸으로 쬐면 훨씬 따뜻할 것이오. 밖은 계속 눈보라가 휘몰아치고 있소. 이 밤 내내 얼어붙은 옷을 입고 있다가는 무사하지 못할 거요."

무겁게 감기던 화영의 눈이 번쩍 뜨이는 것이 보였다. 관호는 그녀가 무어라 말하기 전에 단호하게 덧붙였다.

"부인만 벗으라고 하지 않을 것이오. 나도 벗겠소."

"아, 아니, 문제는, 그게 아닌데……."

"생사가 걸린 문제요."

관호가 못을 박았다. 화영도 그의 말이 이치에 맞음을 알아 더는 반박할 수가 없었다. 이런 추위에 젖은 옷을 그냥 입고 있다가는 동사로 직행하겠지. 운 좋게 살아남는대도 심한 동상으로 사지를 잃을 수 있었다. 어느 쪽도 반기고 싶지 않은 악몽이었다. 고집도 때와 장소를 따라 부려야 하는 법이다. 그럼에도 부끄러운 것만은 어쩔 수 없어, 화영은 고개를 푹 하고 숙여 버렸다.

"내가 먼저 벗겠소."

관호는 화영을 기다리지 않았다. 선택권을 줄 여유가 없었다. 언 채로 피부에 달라붙은 상의를 빠르게 벗어 불가 옆에 늘어놓았다. 그러다 허리를 끄르던 중 생각을 바꾸었다. 전라보다는 이 상태로 화영을 돕는 게 그녀가 편해할 것 같아서였다.

얼어붙은 손으로 어색하게 옷을 끌어 내리려던 화영을 관호가 말없이 멈추게 하였다. 점잖고도 뜻이 확고한 손길이었다.

관호가 화영을 탈의시키는 동안, 좁은 동굴 안은 그들의 숨소리만 가득했다.

"······이 정도면 될 것 같군."

위아래의 얇은 속옷만 남겨 둔 채 그가 물러났다. 그나마도 축축하게 젖어 살갗에 찰싹 달라붙어, 차라리 다 벗는 것보다도 야릇한 모양새였다. 화영은 본능적으로 밑에 깔린 피풍의로 몸을 감싸려 했으나 관호가 짧게 고개를 저었다. 불에 말리려고 드러낸 피부를 다시 숨기는 것은 어리석은 일이었다.

어색한 정적이 흘렀다. 화영은 할 수 있는 한 몸을 웅크린 채 모닥불만 바라보고 있었고, 관호는 여전히 상체만 벗은 채였다. 자신이 하의까지 치운다면 화영이 이보다 더 불편해할 것을 알아서였다.

"조난당한 자리에서 움직이지 않은 것은 현명한 처사였소."

관호가 말했다. 무심한 어조였으나 전혀 그렇지 않은 목소리였다.

"만일 부인이 무리해서 움직였다면 찾기 어려웠을 것이오. 아무리 붉은 겉옷을 걸쳤다고 해도 말이오."

"아."

화영이 문득 입을 벌렸다. 여전히 추위에 이를 딱딱이던 차였다.

"혹시 피풍의를 보고 나를 찾았어요?"

그녀의 살결이 냉기로 파르스름하게 굳어 있었다. 젖은 옷은 벗어 동상은 면하겠으나 체온은 썩 올라간 것 같지 않았다.

"우선은 발자국으로 추적했소. 그러다 비탈길에서 눈더미가 깨져 떨어진 흔적을 보았고. 그 뒤에 따라 내려오니, 붉은 옷이 눈에 띄더군."

"그렇구나······."

화영이 느리게 속눈썹을 깜빡였다. 졸리고 추운 와중에도 호기심이 돋는 모양이었다.

"혹시······ 이럴 줄 알고 빨간색을 사 준 거예요?"

"······그런 것은 아니오."

관호가 불투명하게 대꾸했다.

"그저 부인이 붉은 옷을 걸쳤을 적에 보기 좋았기 때문이었소."

"내가요? 언제……."

"엽혁 세자와 백련호에 다녀온 날."

"아…."

"무척 아름답다고 생각했소."

"……."

뭐라고 해야 하나? 화영은 입을 벌린 채 굳고야 말았다. 이 무뚝뚝한 남자에게 들을 거라고 생각도 못 한 말이었다.

그야 별 것 아닌 칭찬일 수도 있지만, 그렇지만. 그래도 못 들은 척하기엔 예의가 아니었다. 할 수만 있다면 못 들은 척하겠지만, 밖은 눈보라에 좁은 동굴 속 둘 뿐이다. 발뺌할 수 있는 상황도 아니었다.

"고…… 고마워요."

화영은 어깨를 움츠리며 중얼거렸다.

"당신한테 그런 말을 들으니까…… 기분 좋네요."

괜한 말을 덧붙였는지도 모르겠다. 화영이 만일 관호를 응시하고 있었다면, 그의 사나운 눈매가 움찔 움직이는 것을 보았으리라.

관호가 잠시 후에 말했다.

"추워 보이는군."

"……추우니까요."

"나도 그렇소."

"다…… 당신도 마저 벗지 그래요."

"그래도 괜찮겠소?"

"어쩌겠어요, 피차 불편해도 살아야지……."

화영이 웅얼거렸다. 거의 들리지도 않는 소리였다. 그녀의 말에 생각에 잠긴 듯하던 관호가 제안하였다.

"이러면 어떻겠소."

서로 끌어안고 체온을 나누는 것이오.

침착하고 점잖기 그지없는 음성이었다. 하지만 듣는 화영은 순간 귀가 화끈해졌다.

"얼어 죽지 않기 위해서는 가장 좋은 방법이오. 불도 없다시피 한 지금으로서는 유일한 방법이고."

"그, 그렇게까지 할 필요는…… 없을 것 같은데…….."

"땔감이 얼마 없소. 언제 불씨가 꺼질지 모르오. 그때 가서 온기를 나누려 하면 늦을 것이오. 피차 얼음장처럼 식어 있을 테니."

화영은 어쩔 줄을 몰라 입을 다물었다. 여전히 착 달라붙어 있는 속옷의 감촉을 인지하며 모닥불을 쳐다보았다. 아기 메추리만큼 작고 연약한 불꽃이었다. 화영이 후, 하고 한번 불기만 해도 꺼질 것 같았다. 이번에도 관호의 말이 옳았다.

결국 그녀는 고개를 끄덕거렸다. 차마 입으로 대답할 용기는 없었다.

화영은 눈을 꼭 감았다. 관호가 허리끈을 풀고 하의를 벗는 소리가 들렸다. 눈에 젖은 천이 무겁게 바닥에 떨어지자 괜히 그녀가 움찔 놀랐다. 옷감을 접어 정리하는 작은 기척. 그리고 관호가 자신에게 다가오는 것이 느껴졌다. 눈을 감아 시야가 차단되었음에도 온몸의 감각이 알려 주었다.

서서히 그가 그녀를 끌어안았다. 거대하고 단단한 사내의 맨가슴이었다. 왜 이런 순간에 초야의 기억이 떠오르는 걸까? 한 번 안겨 본 품이었으나 그렇다 해서 긴장이 덜하지는 않았다. 오히려 그때와 더욱 비교하게 된다. 그 밤의 감각을 새삼 떠올리게 된다. 등줄기를 타고 이상한 소름이 달렸다.

동굴 벽면에 기대어 누운 화영 위로 관호가 몸을 덮은 형세였다. 화영은 눈을 질끈 감은 채 호흡만 가쁘게 골랐다. 팔을 어디다 둬야 할지도 모르겠고, 다리는 또 어떻게 해야 할지도 모르겠다. 그제야 차라리 내가 위에 기대겠다 할 걸 그랬나 후회가 들었다.

"다친 발목을 조심하시오."

관호의 손이 화영의 왼쪽 무릎 뒤를 받쳤다. 그리고는 자신의 몸에 눌리는 일 없도록 바깥쪽으로 빼 놓았다. 그 손길마저도 순간 숨을 죽이게 관능적으로 느껴졌다. 두 사람 다 체온이 평소보다 현저히 낮아서일까. 살과 살이, 피부와 피부가 맞닿는 모든 부분이 오싹했다.

하지만 과연 맨살이 닿아서인지, 이전보다 확실히 따스한 기운이 고여 오는 기분이었다. 처음에는 서늘한 품에 닿아 죽을 것 같았는데, 이제는 점차 몸이 풀린다. 여전히 두 팔을 가슴 위에 가리듯 올려놓은 채로 안겨 있는 채였다. 자신의 다리 사이에 그의 허리가 있다는 사실이 체온이 돌아올수록 예민하게 느껴졌다. 사실상 교접할 때와 크게 다르지 않은 자세가 아닌가.

게다가 오히려 일절의 성적인 행위 없이 안고만 있다 보니, 상대의 육체가 더욱 섬세하게 느껴진다. 갈라진 근육의 선과, 맥박에 따라 움찔거리는 강한 팔과 복근, 두꺼운 뼈대. 눈에 젖은 그에게서는 날 것 그대로의 냄새가 났다. 비 냄새 같기도 하고, 솔잎처럼 싸하기도 한. 그녀를 찾기 위해 흘린 땀 냄새는 야릇한 불편함으로 그녀를 뒤척이게 만들었다. 와중에 화영이 작게 움직일 때마다 노골적으로 느껴지는 부피가 있었는데, 그 정체에 대해 생각하지 않기 위해 그녀는 머릿속으로 기억에도 희미한 불경을 외고 있었다.

배 속이 간질거리고 초조한 마음에 귀 뒤가 두근거린다. 이 상황의 어색함을 깰 수만 있다면 뭐든 하겠다 싶었다.

"동생들이 걱정하고 있겠죠?"

떨리는 목소리였다. 그녀가 긴장하고 있음을 까발리는 셈이나 다름없었다.

"……그렇겠지."

관호의 대답은 느리게 나왔다. 그의 음성 역시도 평소보다 낮고 갈라져 있었다.

"호, 혹시…… 우리를 찾으려고 하면 어떡해요? 당신이 날 구하러 온 것처럼."

"그런 일은 없을 거요. 폭설에 사람을 찾는 일은 자살행위라는 것을 아니까."

"그럼…… 자살행위를 한 거예요, 당신은?"

"……나는 다르오."

분위기를 풀려고 시작한 대화였는데 오히려 심각해졌다. 화영이 어쩔 줄 몰라 하자, 관호가 한숨을 쉬었다.

"나는 눈발이 심해지기 전에 추적을 시작했으니까. 그리고 동생들과 달리 무공을 수련한 몸이라 부인을 찾을 가능성이 있었소."

"그러면……."

"우리가 집에 없으니 무슨 일이 있다고는 생각하겠지. 하지만 나를 믿고 기다리는 편을 택할 것이오. 만일 눈이 그치고도 우리가 돌아오지 않으면 그때야 어떨지 모르겠지만."

그것참 다행이라고 말을 해야 하나. 화영은 우물거리다 입을 다물었다. 하긴 아무리 구조의 손길이라도 관호와 벌거벗다시피 한 채로 끌어안고 있는 모습을 들키고 싶지는 않다. 자칫 잘못 대답했다가는 이런 속내를 드러낼까 찔렸다.

다시금 침묵이 흘렀다. 서서히 체온이 돌아오고 있었다. 화영은 차라리 잠에 빠질 수 있다면 좋겠다고 생각했다. 하지만 그럴 수가 없었다. 맞닿은 배 위로 묵직하게 발기한 관호의 성기가 느껴졌다. 시간이 지날수록 부피감이 더욱 커져, 이제는 불편함을 떠나 무서울 정도였다.

"이제 좀 따뜻해진 것 같은데…… 잠깐 떨어질까요?"

"체온을 올리는 건 어려워도 잃는 것은 쉽소. 그러지 않는 게 낫겠소."

관호가 눈을 가늘게 뜨더니 덧붙였다. 그리고는 품 안에서 필사적으로 고개를 돌려 자신의 시선을 피하고 있는 화영을 내려다보았다.

"내가 불편하오?"

"아니, 그게……."

그 역시 화영이 안절부절못하는 이유를 알았다. 하지만 아무리 군자라 해도 자연스러운 신체의 활동을 억제할 수는 없지 않은가. 하물며 부인과 초야를 치른 이후 너무 오랜 시간이 흘렀다. 벗은 몸으로 마주 안고 있자니 불가피한 반응이었다.

이 상태에서 사랑을 나눈다면야 확실하게 열기를 끌어올릴 수 있으리라. 그러나 그녀의 의사는 어떠할까.

"억지로 강요할 생각은 없소. 다만 나도 자제할 수 있는 부분이 아닌지라."

관호의 담담한 말에 화영의 귀 끝이 벌게졌다.

관호는 문득 생각했다. 여태껏 그는 항상 화영의 의사를 존중해 왔다. 그녀를 따라왔다. 그녀가 장공주이기 때문만은 아니었다. 그녀가 자신의 부인이자 배우자이기 때문이었다.

그렇다면 반대로, 이번에는 화영이 자신의 뜻을 따라 줄까. 그녀 역시도 자신을 그만큼 존중해 줄 것인가. 그러지 않는다 해도 어쩔 수 없겠지. 하지만 알고 싶었다.

"부인."

"네?"

"부인을 안고 싶소."

"……네?"

눈보라 치는 소리만 가득한 어둠 속이었다. 연약한 불빛에 의해 일렁이는 혼란함 속에서 두 사람의 시선이 마주쳤다.

화영의 뺨이 창백한 와중에도 달아오르는 것이 보였다.

"갑자기 그게, 무, 무슨 소리예요?"

"남편이 부인을 원하는 것은 당연한 일이오."

군자의 도리라도 논하는 듯한 어조였다.

"게다가 확실히 체온을 올려 줄 것이고, 잠들지도 않을 테니. 큰 도움이 될 거요."

관호가 덧붙여 말했다. 조금이라도 화영의 부담을 덜어 줄 명분들이다. 생각해 보면 그녀는 자유분방하면서도 항상 명분을 중시했다. 황실의 체면을 생각했고, 가족을 소중히 여겼다. 초야를 지낸 것도 결국은 황제인 오빠를 구하기 위해서 아니었나.

아직 그녀는 부부지간에 까닭 없이 나누는 사랑에 익숙하지 못하다. 적절한 이유를 꼽아 줄 필요가 있을 것이다. 관호는 그렇게 판단했다.

그러면서 그는 느리게 그녀의 얼굴을 감쌌다.

바보라도 알 만한 입맞춤의 암시에, 화영이 기겁하며 부질없는 반항을 했다. 속옷 위로 꽁꽁 감싸고 있던 손을 떼어 내 그의 입술을 막은 것이다.

"이…… 이러면 안 될 것 같아요."

"부부지간에 이러면 안 될 일이 어디 있소."

"아무리 부부라도 상황이……! 아니, 그보다 우리는-."

순간 뚝 하고 화영이 말을 멈췄다. 이 상황에서 그들의 관계를 정의하는 것은 새삼 어울리지 않아서일까. 아니면 벌거벗고 서로를 안고 안겨 있는 이 와중에서도 부부임을 인정할 수 없다는 뜻일까.

당황과 두려움이 뒤섞인 그녀의 얼굴을 보고 있자니 나쁜 마음이 든다. 가슴 속 깊이 묶어 둔 욕정과 소유욕이 배어 나와, 닦고 또 닦아 내도 계속 검은 물을 들이는 것 같았다.

관호는 화영의 손을 가볍게 걷어 내고 입을 맞추었다. 얼결에 열려 있는 보드라운 입술은 서늘하고 달았다. 놀란 혀가 애써 침입을 밀어내려 했지만 뒤엉킴을 자극할 뿐이었다. 점막과 점막이 미끄러지고 문질러지며 애욕을 끓게 만들었다. 이미 발기한 지 오래인 성기가 한층 더 묵직해진다.

"아, 안 돼요."

큼직한 손이 바로 다리 사이를 가르자, 화영이 헐떡이며 말했다. 그녀의 검은 눈동자가 흔들리고 있었다. 그녀에게서 망설임이 느껴졌다. 그것은 공포라기보다는 죄책감에 가까운 감정이었다.

관호가 되물었다.

"무엇이?"

"난…… 난 당신의 부인이…… 당신의 부인으로 어울리는 여자가 아니에요, 정말로. 당신도 알겠지만……."

"당신은 이미 내 부인이오."

"그런 뜻이 아닌 거 알잖아요!"

화영이 초조한 듯 눈을 깜빡였다. 관호는 그 모습을 지켜보다 짧게 웃었다.

"기도위와 있던 일이면 신경 쓰지 않겠소."

"……네?"

"내가 모를 거라고 생각했소?"

"그러면 당신, 설마……."

화영의 표정이 일그러졌다. 갑작스러운 비에 젖은 작약처럼 가냘프고 안쓰러웠다. 관호는 금방이라도 울음을 터뜨릴 듯한 그녀의 뺨을 엄지손가락으로 문질러 주었다.

"현희부를 떠나기로 한 바로 그 밤, 당신의 침소에 방문했었소. 잠자리에 이미 들었을 시간이라는 건 알았지만 마지막으로 확인해 볼까 해서. 헌데 그곳에 당신이 없더군."

심지어는 장공주의 처소를 항상 지키고 섰던 시녀들조차 보이지 않았다. 미리 명을 받아 물러난 것인가.

관호는 불 꺼진 화영의 침실에서 한동안 서 있었다. 반듯하게 정리된 침상과 이불을 보았고, 이 순간 그녀가 어디에 있을까 생각했다. 아주 오랫동안.

"이미 지난 일이오. 그래야 하는 이유가 있었겠지."

관호가 그녀의 귓가에 입술을 대고 느리게 말했다.

"하지만 당신은 지금 나와 이곳에 있소. 여전히 나는 당신의 남편이자 부마요. 오로지 나만이."

은룡과 잠자리를 했음을 관호가 미리 알고 있었다는 이야기에 놀라서일까. 화영의 몸은 순식간에 경계가 무너졌다. 그녀의 귓불을 부드럽게 물고 가슴에 달라붙은 얇은 속옷을 벗기는 와중에도 차마 거부하지 못했다.

둘러싼 공기의 냉기와, 맞닿은 사내의 체온으로 인해 도드라진 유두를 손끝으로 덧그리듯 문지르자 벌어진 입술에서 신음이 새었다. 그녀는 그제야 관호의 어깨를 붙잡았는데, 자신에게 두 손이 있다는 사실을 뒤늦게야 깨달은 듯한 표정이었다.

"하지만, 그래도."

화영이 그를 밀어내야 할지 확신하지 못하는 얼굴로 헐떡였다. 관호는 그녀의 귓가에 입술을 찍은 후 유두와 유륜에도 똑같이 했다.

"눈보라가 점차 심해지는군. 아직 많이 차갑소."

그가 낮은 목소리로 속삭일 때마다 뜨거운 숨결이 예민해진 젖꼭지를 간질였다. 이를 세워 깨물 듯 애태우자 허리가 저릿저릿했다.

화영은 여전히 갈등하고 있었다. 아니, 갈등이 아니다. 이건 조난이다. 자신이 어디에 있는지, 어디로 가야 하는지, 무엇이 옳고 무엇이 그른지 하나도 알 수가 없었다.

은룡과 잔 걸 알고 있었다고? 그런데 어떻게 아무 내색도 하지 않을 수 있지? 그야 화영에게 관호가 품은 것이 의리뿐이라면 가능할 일이다. 하지만 지금 이 순간 그가 드러낸 욕정은 만년설도 녹일 듯 뜨거웠다. 뭐가 뭔지 알 수가 없었다.

다리 사이를 그의 손가락이 가르고 들어왔다. 아찔했다. 유난히 굵고 거친 손이었다. 내벽 안으로 서늘한 것이 들어오자 그녀는 반사적으로 무릎을 오므렸다. 그러다 왼쪽 발목의 통증에 아, 하고 눈썹을 찌푸렸다.

"부인은 움직이지 마시오. 내가 알아서 하겠소."

정말로 뭔가 일어날 것 같은 기색이었다. 해 버릴 것 같았다. 화영이 더듬거리며 고개를 흔들었다. 그리고는 급한 대로 주워섬기며 몸을 빼려 했다.

"아, 안 들어가요, 그런 거……."

무시무시하게 발기해 올라붙은 관호의 남성을 핑계로 삼았지만, 오히려 패인이었다.

"들어가는 걸 부인도 알지 않소."

관호가 다른 손으로 화영의 골반을 단단히 붙잡았다. 섣불리 움직이지 못하도록 고정하는 것이다. 그러면서도 내부에 삽입한 손가락을 움직이며 깊이 쑤시기 시작했다. 벌벌 떨고 있는 와중에도 그녀의 안은 뜨겁고 부드러웠다. 버겁다는 듯 움찔대면서도 그의 손가락을 받아 삼키고 있었다. 이전에는 전희에 길게 시간을 소모했지만 이번에는 기력을 빼앗기만 할 터. 우선은 빠르게 행위로 열을 올리는 편이 현명하리라. 관호는 손가락을 하나 더 그녀의 음부에 밀어 넣었다.

빠듯하게 질구가 벌어지는 감각에 그녀가 허리를 일으키려다 뒤로 고개를 젖혔다.

"아, 놔, 놔줘요……!"

"괜히 힘을 빼지 마시오."

어리광을 부리는 듯 울먹이는 소리였지만 관호는 받아 주지 않았다. 엄격하게 그녀를 붙잡으면서도 구멍을 문지르는 손길은 야하기 짝이 없었다. 차갑고 두꺼운 것이 집요하게 내벽을 자극하니 이조차 성감을 예민하게 만들었다. 이내 젖은 소리가 좁은 굴 안을 달구었다.

관호는 그녀가 견딜 만큼 젖었다고 판단하고도 잠시 애를 태웠다. 손가락을 움직이는 것을 멈추고 음핵을 비비자 그가 누르고 있는 골반이 애처롭게 비틀렸다.

곧바로 손을 빼내고 음부에 선단을 가져다 대었다. 채 절정에 달하지 못한 안타까움에 젖은 입구가 뻐끔거리는 것이 느껴졌다. 말할 수 없이 색정적인 감각이었다. 아마 그녀도 지금 제 구멍이 입을 벌리며 사내를 애원하고 있음을 느끼고 있으리라. 그렇게 생각하니 묘하게 흥분되었다. 항상 스스로를 점잖은 편이라 여겼음에도 말이다.

넣을 듯 말 듯 귀두와 그 아랫부분으로 질구를 문지르니 금방 애액으로 젖어 질척댄다. 커다란 남성이 금 사이를 압박하기만 하니, 쑤셔지던 와중에

멈춰진 음부는 돋워진 성감으로 미칠 지경일 것이다.

흥분을 견디지 못한 화영이 관호의 어깨를 밀어냈다. 울먹이는 와중이라 힘은 하나도 들어가 있지 않았다. 결국 어설프게 망설이던 그녀는 아슬아슬한 쾌감 아래에 승복하고 말았다.

"아, 제발……!"

바로 그 말이 듣고 싶었는지도 모른다.

관호는 그녀에게 입을 맞추며 성기를 입구에 밀어 넣었다. 세상의 어떠한 말로도 표현할 수 없는 감각이었다. 관호는 그녀의 골반을 단단히 잡아쥐고 뿌리까지 삽입했다. 좁고 뜨거운 내벽이 기다리던 쾌감을 쥐어짜듯 삼켜 댔다. 탄성인지 비명인지 모를 소리를 내며 그녀가 경련했다.

열기가 휘몰아친다.

"관,호, 관호, 아, 으……!"

애원이라기보다는 만류에 가까운 부름이었으나 관호는 전자로 받아들인 모양이었다. 깊은 곳까지 열고 쑤시던 그의 성기가 더욱 단단해졌다. 숨 쉬기도 어려울 정도였다. 젖었음에도 그만큼 커다란 남성을 머금기는 빠듯했다. 그가 거침없이 허리를 움직여 배 속을 가득 채울 때마다 화영의 손톱이 그의 어깨와 가슴을 긁어 댔다. 그마저도 열기의 일부가 되어 어지러운 쾌감으로 번진다.

이번에는 무슨 핑계를 댈 수 있을까?

정신없이 헐떡거리는 와중에도 화영은 한 줄기 스쳐 지나가는 생각을 붙잡았다. 지나친 쾌락에 이성을 무너뜨리지 않으려는 마지막 보루와도 같은 것이었다.

맹타안도, 은룡도, 그 이후로 다시는 보지 못하리라 생각했지. 멀리 떠날 테니까, 다른 여인의 것이 될 테니까. 그래서 충동적으로 저지른 셈이잖아. 그렇지?

하지만 이번에는 아니다. 이 다음날, 눈이 그친 아침에 관호는 그녀를 떠나지 않을 것이다. 오히려 그녀를 안아 들고 집으로 돌아가겠지. 그리고 그렇게 계속, 한 집에서, 한 방에서, 한 침상에서 그녀와 머물 것이다.

그러면 도대체 어떻게 해야 하지? 뭐라고 변명해야 해? 체온 유지를 위해서? 아니, 그런 핑계를 대기에는 너무 격렬한 정사였다. 이미 그랬다. 그러면, 어떤 얼굴을, 해야.

꿰뚫리고 엉망으로 흔들리는 쾌감에 점차 머릿속이 하얗게 변했다. 초야뿐 아니라 항시 점잖고 색사에 무미할 것 같던 관호였다. 그런 그가 마치 불순한 야합(野合)을 하듯이 덤벼들어 그녀를 탐하고 있다니 믿기지 않았다.

"아!"

관호가 화영의 무릎 뒤를 양손으로 잡더니, 바닥에다 고정시켰다. 다친 발목이 순간 화끈했으나 그보다 신경이 쏠린 곳은 완전히 벌어져 그에게 드러날 접합부였다. 이미 한계까지 벌어진 곳이었다. 짐승처럼 검붉게 성이 난 관호의 성기가 들락거릴 때마다 질구 밖으로 희뿌연 애액이 질척대며 흘렀다. 발갛게 손자국이 난 그녀의 허벅지 사이를 적시며 바닥으로 고이고 있었다. 그야한 냄새가 좁은 굴 안을 가득 채워, 발정난 짐승이라도 된 기분이다.

관호는 그녀를 잡아먹을 듯 응시하며 행위를 계속했다. 이제는 힘없는 모닥불이 뿜어내는 열기보다 그들이 몸을 섞으며 풍기는 열락이 더욱 강했다.

"하, 아, 아읏, 으……!"

낯선 장소여서일까. 천지에 오로지 단둘만 존재한다는 고독함 때문일까. 터지는 신음을 걷잡을 수가 없었다. 화영은 관호가 성기를 박을 때마다 정신없이 흔들리며 앓았다.

관호 역시도 완전히 흥분에 사로잡혀 드물게 자제력을 잃은 상태였다. 그 역시 신체 강건한 젊은 사내였다. 초야로 몸을 통한 부인을 곁에 두고 벌써 몇 달간 욕망을 억누르기만 했으니, 터져 나오는 욕정이 재해와 같았다. 게다가 그동안 그녀를 향한 정이 더욱 깊어졌기에 교합으로 느끼는 쾌감과 소유욕 역시 배가되었다.

남성이 드나드는 틈새로 백탁액이 엉겨 붙어 거품이 일고 있었고, 삽입으로 인한 즐거움을 깨달은 내벽은 그의 성기가 파고들 때마다 거세게 수축하였다. 엉망으로 젖어 그에게 매달리고 신음하는 그녀를 보고 있자니 참을 수 없는 기쁨과 만족감이 부글거렸다.

맹타안도 은룡도 중요하지 않았다.

그들이 어떤 마음을 품었든, 어떤 심정이었든 상관 않겠다.

애초부터 화영의 남편이자 하나뿐인 부마도위는 관호 자신이었다. 명분이란 어찌나 중요한가. 결국 그 명분이 없기에 그들은 하나둘 떠나야만 했다. 그러나 관호 자신만은 언제까지나 곁에 머물며 그녀를 지키고 보살필 것이다.

"부인."

그가 으르렁대며 화영의 목덜미를 깨물었다. 펄떡대는 맥박이, 달아올라 데일 듯 뜨거운 여체의 달콤함이 선명하게 느껴졌다. 그녀의 가슴이 달싹거리며 추삽질에 따라 음란하게 흔들렸다. 성기를 죄어 오는 내벽의 강도가 점차 강해졌다. 벌써 몇 번이나 절정에 달한 그녀는 이미 이성을 잃은 듯 보였다. 그녀의 커다란 눈동자 속에 비추는 것은 오로지 관호 그뿐이었다.

추삽질이 점차 격해졌고, 그에 따라 음부의 간헐적인 경련도 세졌다. 접합부에서 쿨쩍이며 흐른 애액이 깔아 놓은 옷가지를 엉망으로 적셨다. 화영의 희고 부드러운 몸이 모란처럼 붉게 달아올랐다. 그녀는 울고 있었지만 아픔 때문은 아니었다.

이 밤이 지나도 자신은 그녀를 떠나지 않으리라 생각하니 사정하고픈 욕구를 참을 수 없었다. 관호는 그녀의 깊은 곳 가득 자신의 흔적을 남겼다.

밤새 눈보라가 휘몰아쳤다. 그럼에도 그들은 알지 못했다.

다행히 새벽 무렵부터 눈발이 약해지더니, 아침 해가 뜰 때 즈음 눈보라는 가라앉았다. 막아 두었던 풍벽을 깨어 부수니 온통 처연하게 반짝이는 설경이었다. 화영은 관호에게 들려 안긴 채 산을 내려왔다. 멀찍이서 아련하게 처마 밑 풍경 소리가 들려왔다. 그 방향을 따라 걸었다.

서리로 얼어붙은 시내를 건너고 키 작은 소나무들이 군집한 가파른 구릉을 가로질렀다. 눈더미로 덮인 와중인데도 관호는 가끔 몸을 숙여 바닥을 헤치고는 무언가 집어 들었다. 화영은 그게 무엇인지 알 것 같아 눈을 질끈 감고 자는 척했다.

관가로 돌아오니 드물게 용왕마저 나와 아는 체를 하였다. 고양이가 가르릉거리는 소리에 그제야 화영은 정신이 든 양 눈을 떴다. 곧이어 관훈과 관옥, 관향이 몰려나와 소란이 일어났다. 관호는 쏟아지는 질문과 염려에 목욕물을 끓이라는 지시로 대답했다. 자신과 화영 몫의 마른 옷도 준비하라 말하는 것도 잊지 않았다.

커다란 무쇠솥에 갓 내린 투명한 눈을 끓이니 동백유나 장미유를 섞지 않아도 청아한 향기가 풍겼다. 화영은 부엌 안에 나무 욕조를 들인 채 몸을 담갔다. 쌍둥이들이 시중을 들어 주겠다고 졸랐지만 관호의 눈짓 한 번에 조용해졌다. 다행이었다. 그 애들이 지금 화영의 몸을 보았다간 무슨 소리를 할지 모르니까.

심하게 부었던 왼쪽 다리는 다행히 조금 가라앉았지만, 그보다 노골적인 갖가지 흔적들이 머리부터 발끝까지 가득했다. 뜨거운 물에 들어가 한기를 삭히던 화영은 문득 자신의 골반에 커다랗게 남은 손자국을 보고 얼굴을 붉혔다. 꼭 탁본이라도 뜬 듯 선명하기 그지없었다. 아! 물이 너무 뜨겁게 끓여졌나, 더워서 견디기가 어려웠다.

몸을 닦고 마른 옷을 갖추어 입으니 그제야 살 것 같았다. 부엌문을 열고 나오자 기다렸다는 듯 쌍둥이가 각기 한쪽 팔을 잡아 부축하여 안방으로 데려갔다. 침상에는 이불이 깔려 있었고, 화로는 이글대며 타올랐다. 화영은 순순히 몸에 솜이불을 두르고 앉아 열기를 쬐었다. 관향과 관옥 모두 묻고 싶은 말이 잔뜩인 얼굴이었다. 하지만 관호에게 무슨 소리를 들었는지 한숨만 삐약거릴 뿐 시작도 못 하고 있었다. 그러다 관호가 타박상에 쓰는 연고를 찾아 두라 한 지시가 뒤늦게야 떠올라, 후다닥 안방을 벗어나는 것이다.

쌍둥이들이 급히 나가느라 안방의 문이 덜 닫혔다. 서늘한 바깥 공기가 들어왔다. 따뜻한 물에 몸을 담그고 열기를 채워서인지 유독 춥게 느껴졌다. 하지만 발목도 아직 쑤시고, 칭칭 두른 이불을 내려놓기가 싫었다. 화영은 문틈 사이를 노려보며 잠시 고민에 빠졌다.

돌연 큰 손이 그 사이를 벌리고 들어왔다. 관호였다.

그와 시선이 마주친 순간 화영은 바짝 굳어 버렸다.

그 역시 몸을 닦고 의복을 정제한 모양이었다. 까무잡잡한 살결이 혈기가 돌아 더욱 진하게 보였고, 머리는 아직 마르지 않아 묶지 않고 그대로 풀어 내렸다. 흑색에 가까운 암청색 옷을 입어서인지 길고 숱 많은 머리카락의 청동빛 윤기가 한층 돋보였다.

관호가 들어와 문을 닫았다. 화영은 쥐구멍이라도 진작 찾아 둘 걸 그랬다고 맹렬히 후회하였다.

그가 침상 위에서 이불을 둘러쓴 화영을 물끄러미 보더니 말했다.

"훈이 요깃거리를 준비하는 중이오. 조금만 기다리면 될 거요."

"그…… 그렇군요."

어색하기 짝이 없는 목소리였다. 관호의 눈썹이 미세하게 올라가는 것도 같았지만, 화영은 최대한 그에게 눈길을 주지 않기로 했다. 그러지 않고는 절뚝이면서도 기어코 도망가 버릴지도 몰랐다!

지난밤 교합하고 나서 얼굴을 마주 봐야 한다니! 이런 고문이 도대체 어디 있단 말인가!

화영은 고개를 푹 숙이고 화로만 쳐다보았다. 그야 초야 때는 현희부였으니 그녀 마음대로 부마들을 피할 수 있었다. 마땅한 명분이 있던 행위였으니 여러모로 철판을 깔 핑계도 있고 말이다. 그다음, 맹타안과 은룡의 경우는…… 바로 떠나 버렸으니까. 약속된 헤어짐의 슬픔이 너무도 커서, 부끄러움이나 후회는 수면 위로 떠오를 여유도 없었다.

하지만 어젯밤은. 그리고 오늘은.

화영은 입 속으로 한탄을 중얼거렸다. 도대체 세상 부부들은 이 민망하고 숨 막히는 순간들을 어떻게 견디는 걸까?

얼마 지나지 않아 관훈이 고소한 죽으로 상을 봐 왔다. 며칠 전 장터에서 사 온 고기까지 다져 넣어 맛이 좋았다. 한술 뜨고 나니 그간 얼마나 허기가 졌는지 실감이 났다. 이상하게도 상을 받기 직전까지는 음식 생각도 못 했다. 추위와 부상과 조난에 대한 공포, 그리고 여러 다른 행위로 인해 배가 고플 것이 당연한데 말이다. 화영과 관호는 침묵 속에 식사를 마쳤다.

그러고 나자 쌍둥이들이 화영의 발목에 바를 고약을 가져왔다. 창고를 뒤졌는지 관옥의 머리꼭지에 보얗게 거미줄이 쓸어 있었다.

"우리가 발라 줄래요!"

관향이 이번에야말로 화두를 열겠다는 각오로 덤볐다. 하지만 관호는 여전히 단호한 태도로 일관했다.

"내가 할 테니 나가 보거라."

"그, 그치만……!"

관옥이 미련을 버리지 못하고 우물거렸다.

"이런 건 여자끼리 해야죠…… 새언니도 우리가 편할 텐데…… 맨발도 보여야 하고……!"

그러자 관호가 드물게 피식 웃었다.

"이 사람은 내 부인이다."

짧은 문장이었다. 그러나 드러나는 자신감은 간결하기까지 했다. 적나라할 정도였다. 순간 관호를 제외한 세 사람 모두 얼굴이 사과처럼 빨개졌다. 쌍둥이는 거의 도망치다시피 구르며 방을 빠져나갔다. 이번에는 문을 제대로 닫는 것도 잊지 않았다. 쾅 소리와 함께 문이 닫히자, 이제는 관호와 화영 둘만 남았다.

화영이 뭐라 말하기도 전에, 관호는 그녀에게 다가가 앉았다. 그리고 묻지도 않고 왼쪽 발을 잡아 말을 벗겨 냈다. 결코 거칠지 않은 손길이었으나 등줄기가 오싹한 기분이었다. 몸이 배배 꼬일 것 같았다. 화영은 급히 다시 이불을 잡아 뒤집어썼다. 마치 솜이불이 자신을 지켜 줄 철갑이라도 된다는 듯한 모양새였다.

"예상대로 뼈는 무사한 것 같소. 부기만 빠지면 되겠군."

그러나 말거나 관호는 신경 쓰지 않았다. 화영의 발목을 확인하고 직접 고약을 발라 줄 뿐이었다.

"하지만 며칠간은 무리하여 걷지 않는 게 좋겠소."

심장이 터질 것 같았다!

이전에는 관호의 무덤덤함이 무관심에 기인하였다고 여겼다. 그녀를 의리로만, 잘 쳐 줘도 벗으로만 여기기 때문에 항상 침착하고 고요한 것이라고. 하지만 이제는 아니라는 것을 알았다. 지난밤 그가 보여 준 정념은 아침 햇빛과 함께 사라질 얕은 열기가 아니었다. 관호는 그녀를 존중해 왔기 때문에 미처 인식하지 못했던 것이다.

욕정의 대상을 동시에 존중할 수 있다니. 상반된 개념처럼 여겨지는 감정들을 한 대상에게 갖출 수 있다니. 혼란스러웠다. 밤의 관호와 낮의 관호가 생판 다른 사내처럼 느껴질 정도였다. 그렇다면 그간 마음을 숨겨 왔다는 것일까. 드러내지 않았던 것뿐인가.

어째서? 왜? 언제부터?

머리가 뒤죽박죽이었다.

다행인지 불행인지 관호는 눈보라 치는 밤의 일을 언급하지 않았다. 평소와 일절 다르지 않은 태도로 화영을 대했고, 한 침상에서 잠들면서도 좀처럼 욕구를 드러내지 않았다.

화영의 혼란은 더욱 커졌다. 이쯤이면 사실 그날 동굴에서의 일이 모두 환상이나 꿈은 아니었나 싶을 정도였다.

머릿속이 복잡하니 변화 없는 미령에서의 생활이 한층 무겁게 다가왔다.

결국 아무것도 달라지지 않은 것이다. 은룡은 혼인할 것이고, 맹타안은 이미 하고도 남았겠지. 두 사람 다 그녀에게 어떠한 연락도 주지 않았다. 당연한 일임을 몇 번이고 다짐하였으나 새삼 쓰리게 느껴지는 것은 어쩔 수 없었다.

이제 현희부에 돌아가면 완전히 혼자겠구나.

문득 그런 생각이 들었다. 설산에서 돌아온 지 사흘째 되는 밤이었다.

"현희부로 돌아갈 수 있을지 모르겠어요."

촛불 하나 없이 무거운 어둠으로 가득 찬 공간이 낯설게 느껴졌다. 오로지 그녀 혼자만 존재하는 기분이었다. 고독이었다.

그래서일까. 저도 모르게 머릿속으로만 되씹던 생각을 입으로 말해 버리고 말았다.

"……무슨 뜻이오?"

관호의 목소리는 옆이 아니라 앞, 뒤, 저 멀리, 그녀 안에서 들려오는 것 같았다.

"그냥요."

어쩌면 이마저도 꿈일지 모른다. 화영은 암흑 속에서 눈을 깜빡였다.

"모르겠어요. 그냥 그런 생각이 들었어요. 이제 현희부에 가도 아무도 없겠구나…… 아니, 그보다 돌아갈 수 있을는지도 모르겠구나……."

미령이라는 별 위에서 까마득히 지상을 내려다보는 기분이었다. 아무도 그녀를 불러 주지 않았다. 화영 자신이 없어도 세상은 잘 돌아가는 것 같았다. 맹타안은 초원에서, 은룡은 황궁에서 각기 치열하게 살아가고 있겠지. 어쩌면 그녀 없는 일상에 익숙해졌을지도 모르겠다.

오빠도 마찬가지였다. 그녀가 현희부를 닫고 하주로 내려갔음을 진작에 알았겠지. 그런데도 화를 내지도, 돌아오라고 하지도 않는다. 처음부터 여동생 따위 없었다는 것처럼.

"다들 잘 지내고 있겠죠. 현희부가 열리기 전에 그랬듯이요. 현희부가 열린 것부터가 잘못이었는지도 몰라요. 모두 꼬여 버렸어. 많은 사람들을 상처 입혔어요. 내 잘못이 아니라는 건 알지만, 요즘은…… 내가 없는 편이 낫지 않은가…… 싶어요."

화영은 잠시 머뭇거리다 말을 이었다.

"아마 지금쯤이면 모두 나랑 같은 생각을 하고 있지 않을까 해요. 그래서…… 소식도 없고. 무소식이 희소식이라니까."

드디어 털어놓았다.

어쩌면 이마저 없던 일로 지워질지도 모른다. 동굴 속에서 보냈던 밤처럼. 내일 아침이면 관호는 아무것도 듣지 못했다는 듯 무덤덤한 표정으로 상 앞에 앉아 있겠지. 그러면 된다. 마음에만 담아 두었던 짐을 풀어놓았다는 것만으로도 조금은 홀가분해졌다.

"이대로 현희부에 돌아가지도 못하면 나는 뭐 하고 살지. 이제 그거나 고민해 볼까 해요. 솔방울로 만든 장난감은 안 팔릴 것 같은데."

그런데 난 그거 말고는 만들 수 있는 게 아무것도 없어. 화영의 마지막 말은 입술 안에서 희미하게 웅얼거렸다.

아침나절 상 위에 반듯하게 놓여 있던 솔방울 여섯 개가 떠올랐다. 관호가 따로 말하지 않았지만 그가 준 것임을 화영은 알았다. 설산을 내려오면서 간간이 멈추어 눈밭을 갈라 헤집더니, 상한 데 없이 오동통한 솔방울들을 찾아냈다. 그것들을 물기 없이 잘 말렸다가 이제야 가져다주었겠지.

그의 말 없는 배려가 고마웠다. 화영이 뒷산에 홀로 나간 핑계가 솔방울이었음을 그는 기억한 것이다.

관호가 대답 없이 조용하자 마음이 더 편해졌다. 그가 잠들었다고 생각했다. 아니면, 이조차도 꿈일 테니 아무래도 상관없다. 화영은 휴, 하고 크게 한숨을 쉬었다.

"요즘 신세 지고 있는 건 봐줘요. 아무리 생각해도 내가 벌어서 갚을 수 있을 것 같지가 않네요. 밥을 좀 적게 먹어야겠다. 하는 일도 없는데. 아, 난 절에도 못 들어갈 거야. 삼촌이 맨날 그랬어요. 놀고먹는 것만 좋아한다고……."

어려서는 그런 꾸중을 듣고도 무섭지 않았다. 깔깔 웃으며 맞아요, 난 놀고먹는 게 제일 좋아요, 하다가 괜히 꿀밤이나 얻어맞고는 했다. 하지만 지금은 새삼스레 자신이 바보같이 느껴질 뿐이었다.

"그치만 부처님께서 관대하게 봐주시지 않을까요? 어딘가에는 나같이 철없는 불제자도 받아 줄 스님이 계시겠죠. 여승들만 계시다는 절 이야기를 들어본 적 있어요. 연주였나. 거기라도 갈까 봐."

말하다 보니 괜스레 목이 뜨거워진다. 눈가도 달아올랐다. 문장으로 꺼내 놓고 보니 앞길이 한층 더 막막하게 느껴졌다. 외롭고 슬펐다. 차라리 공주가 되지 않았다면. 용중사에서 쭉 자랐다면. 이렇게 하루아침에 모든 것을 잃는 기분은 몰랐을 텐데.

아니야. 울지는 말자. 담담하게 받아들이자. 현희부로 돌아가지 않더라도 살아갈 수는 있겠지. 조금이나마 챙겨온 패물도 있고, 받은 봉토도 있으니까. 물론 현희장공주에게 내려진 땅이니 현희장공주이기를 방기한다면 다시 뺏길지도 모른다. 은자나 좀 얻을 수 있을지 모르겠다. 그래도 없는 것보다는 나으니까. 어쨌든 최악은 아니다. 그렇게 생각하고 싶었다. 그렇게 믿고 싶었다.

화영은 애써 명랑한 목소리로 말을 이었다. 하지만 뒤로 갈수록 점차 떨리는 것만은 어쩔 수가 없었다.

"그치만 거기서 받아 주실지 모르겠네요. 바느질 하나 제대로 못 하니. 난 정말 쓸모가 없어. 요리도 엉망이고, 청소도 재주가 없어요. 외숙은 돼지우리가 내 방보다 깨끗할 거라고 하셨죠. 아, 태후께서 골머리를 썩일 때부터 알아봤어. 공주가 아니었음 시집도 못 갈 만큼 난국이래요. 맞는 말이긴 해요. 그럴 수도 있지. 하여간 난 이제-"

어떡하지. 더는 스스로를 위로할 말도 없었다. 화영은 눈을 질끈 감았다. 그리고 지금이 꿈이라면 더 깊은 잠결로 빠지기를 바랐다.

낮은 음성이 그녀의 손을 조용히 잡아 왔다.

"나와 함께 살면 되지 않소."

감았던 눈이 뜨였다. 그만큼 타오르는 체온이었다. 관호의 거대한 손이 그녀를 부드럽게, 그러면서 움직일 수 없이 꽉 움켜쥐고 있었다.

"어째서 혼자 살아갈 걱정을 하시오. 여기 남편이 있거늘."

그의 목소리는 잠잠하고도 무거웠다.

꿈이 아니었구나. 화영은 자신의 심장이 뛰는 소리를 들었다. 입이 말랐다.

"나는…… 아니, 우리는 좀 특이한 경우잖아요."

"시작은 상관없소. 어떤 연유로 맺었든 혼인은 혼인. 우리는 부부요. 당신은 내 부인이건만 무슨 말이 더 필요하오?"

또다시 같은 얘기다. 화영은 답답한 나머지 목소리를 높였다.

"부부라기에는 여러 문제가 있다고 생각하는데-."

"부부가 아니라기에는 너무 많은 일을 한 것 같은데."

"……!"

그러나 관호가 단칼에 그녀의 반박을 정리해 버렸다. 짐짓 음담(淫談)처럼 들릴 정도로 적나라한 말이었다. 너무 놀란 나머지, 화영은 자리에서 벌떡 일어나 앉았다.

"그렇게 치면 은룡이랑도!"

"그건 상관하지 않겠다고 했잖소."

"사실 맹타안이랑도……!"

거의 될 대로 되라는 심정이었다. 머리끝까지 창피함에 열이 올랐고, 한편으로는 관호가 맹타안과의 일을 모르기 때문에 덮어 주려고 하는 것일까 마음에 걸렸다.

과연 관호가 잠시 침묵하더니 화영을 따라 침상에서 몸을 일으켰다. 어둠 속에서 등걸불처럼 빛나는 호안이 보였다. 여전히 한 손을 움켜쥔 채, 관호가 그녀를 바라보고 있었다.

화영은 마른침을 삼켰다. 그가 뭐라고 할지 두려웠다. 하지만 그를 속이고 싶지도 않았다.

떨면서도 변명하지 않는 그녀를 한참 응시하던 관호가 입을 열었다.

"그것도 신경 쓰지 않겠소. 어차피 다시는 만나지 않으리라고 여겨서였겠지."

화를 내거나 한심하게 여기는 반응이 아니었다. 그게 더 이상했다. 관호 그가 어디가 부족한 것도 아니다. 세상 사내들이 다들 그러하듯이, 조신하고 순결한 새 아내를 들여서 살고파 한대도 누가 그를 손가락질하겠는가? 그런데 왜, 어째서 화영이 다른 부마들과 초야 이외의 잠자리를 가졌음을 알고도 넘어가 주려는 것일까.

"이해가, 이해가 안 가요. 왜 그렇게까지 나한테 관대해요?"

"나는 첫 번째 부마이니까."

관호가 쓰게 웃었다.

"나와 그들의 차이는 그뿐이오. 내가 첫 번째 부마로서 정식 남편으로 이름이 올랐기에 나는 여기서 부인과 함께인 것이고, 그들은 그러지 못하는 것이지. 결국은 운이었소. 하늘의 뜻이라고 믿고 싶지만 말이오."

간발의 차이였다. 맹타안과 은룡은 각기 자신의 신분과 처한 상황 때문에 첫 번째 부마가 되지 못했다 애끓였으나, 관호는 그렇게 생각하지 않았다.

관호가 조금이라도 늦게 용중사에 도착했다면.

그랬다면 맹타안이 첫 번째였겠지. 망명한 강로 세자이나마 급한 대로 부마로 삼았을 것이다. 당시에는 장공주의 목숨을 살리는 것이 우선이었다. 가려 받을 여유가 없었으리라. 뒤늦게 금정 법사와 만났다면 관호는 두 번째 부마로 권유받았을 터이고, 선황과 선친의 의리를 위해서이니 별 반감 없이 받아들였을 것이다.

혹은 황제가 처음부터 세 명의 액막이 부마를 찾을 것이라고 은룡에게 털어놓았다면.

그랬다면 은룡은 망설임 없이 자신을 택해 달라 요청했을 것이다. 뒤늦게 세 번째 자리라도 제발 받아달라고 무릎을 꿇고 빌었다는 이다. 처음부터 돌아가는 상황을 파악했다면 뭐가 문제였겠는가. 황후의 아우라지만 어려서부터 장공주를 사모했음이 확연하니, 어차피 공주가 살아나지 못하더라도 미련이나 없도록 첫 번째로 삼아 주지 않았겠는가. 은룡은 액막이 부마를 구하고 있다는 사실을 너무 늦게 알았을 뿐이다. 그것뿐이었다.

결국은 관호가 정한 날짜로 늦거나 이르지 않게 용중사에 도착했기 때문에, 그리고 황제가 아내의 동생을 곧 죽을지 모르는 누이의 신랑으로 삼기 꺼려 했기 때문에 이렇게 된 일이다. 첫 번째와 두 번째, 세 번째의 차이.

그러한즉 맹타안과 은룡이 화영을 사모한다 하여 어찌 꾸짖을 수 있겠는가? 그녀가 그들에게 정을 주었다고 하여 어찌 비난할 수 있겠는가? 관호 저 자신은 오로지 운이 좋아 첫 번째 자리, 움직이지 않는 자리를 차지했을 뿐이다. 그것만으로도 진실로 감사히 여겨야 할 일이었다.

이러한 속내를 화영에게 다 밝히지는 않았다. 관호는 우스갯소리를 하듯 짤막이 덧붙이기만 했다.

"본처의 아량이라고 여기시오. 그렇다면 이해하기 용이할지 모르겠군."

"아니, 무슨 말이……!"

구척장신의 사내가 내뱉기에는 우스꽝스러웠으나, 어쨌든 그나마 납득을 도울 만한 표현이었다. 화영이 부스럭거리더니 잡힌 손을 비틀다 이내 조용해졌다.

"하룻밤 연정만 얻고 그들은 이별해야만 했소. 하지만 나는 아니지. 나는 부인 곁에 있을 수 있소. 언제까지고 그럴 것이오. 그러므로 지난날 부인이 그들에게 베푼 마음을 탓하거나 비난하지 않을 것이오. 다소간의 투기심은 어쩔 수 없겠지만, 이 역시 본처의 업이라고 여겨야지."

"그 본처라는 말 좀……!"

"틀린 소리는 아니잖소."

화영이 안달하는 모양새가 즐거웠다. 관호는 짧게 목을 울리며 웃었다.

"하여간 출가하겠다는 말은 꺼내지도 마시오. 혹시 아이라도 들어섰을지 어찌 알겠소. 내 부인과 자식이 고생하도록 두지는 않을 것이오."

"아이라고요?!"

"생길 만한 일을 하지 않았소."

어둠 속에서도 그녀가 새빨갛게 달아오르는 것이 느껴졌다. 감싸 쥔 작은 손이 석탄처럼 뜨거워졌다.

이것만으로도 즐거웠다. 맹타안과 은룡은 결코 알지 못할 특권이었다. 부인과 사랑을 나누고 함께 머물며 삶을 공유할 수 있다는 것은 얼마나 커다란 기쁨인가. 그간 은밀하게 쌓아두었던 투기심도 눈 녹듯 사라지는 기분이었다.

요란스러운 맹타안의 구애와 십수 년을 지켜 온 은룡의 충절 사이에서 관호는 항상 중용을 지켜야만 했다. 그것이 화영이 자신에게 기대하는 덕목이었고, 자신 역시도 그래야 한다고 믿었으니까. 항시 한 걸음 뒤에서 지켜보기만 하던 나날들. 투기심이 끓어올라 내장을 새까맣게 물들이던 시간들. 모두가 이날을 위한 시련이었다면 기꺼이 견딜 만하였다.

"설령 현희부로 돌아갈 일이 없다 하여도 염려 마시오. 그간 선황께 받은 물자들은 잘 저축해 두었고, 토지 역시 허투루 손대지 않았소. 누이들의 지참금을 떼어 놓더라도 평생 일가를 건사할 만큼은 넉넉하오. 부인이 먹고 살려고 베틀과 싸우도록 놔두지는 않으리다."

어둠 속에서 다가오는 관호의 음성은 전에 없이 다정하고 부드러웠다. 생각지도 못했던 아이 이야기에 놀라 두근대던 가슴이 절로 가라앉을 정도로.

화영은 머뭇거렸다. 예상치 못한 관호의 진심에 마음속 응어리가 뜨겁게 풀어지는 것 같았다. 그러면서도 여전히 얼떨떨했고, 꿈일지도 모른다는 희망인지 두려움인지도 불쑥 솟았다.

"날…… 좋아해요?"

긴장이 역력한 물음이었다. 연꽃을 따는 소녀처럼 순진하고도 서툰 질문이었다.

관호가 어둠 속에서 미소지었다.

"모르고 있었소?"

동박새처럼 사랑스러운 당신을, 하녀의 물건을 위해 장정들 앞에서도 용기를 잃지 않는 당신을, 한낱 미물을 구하려고 목숨까지 거는 당신을 어찌 사모하지 않을 수 있겠소.

상체를 숙여 화영의 이마와 마주하였다. 그녀의 속눈썹이 팔락이는 것이 느껴졌다. 숨결은 따뜻했고 부드러운 살결에서 풍기는 연향이 아찔했다.

관호가 말했다.

"당신과 보낸 첫 밤부터 나는 맹세하였소. 평생 하나뿐인 아내로 당신을 섬기겠다고."

어떠한 일이 생기더라도.

화영이 눈을 감았다. 이어지는 입맞춤은 길고도 따뜻했다.

예상치 못한 손님이 찾아든 것은 그로부터 며칠이 지나서였다.

* * *

관옥은 기분이 좋았다. 신년을 앞둔 시점에서 항상 그랬지만 올해는 더 특별했다. 큰 오라버니가 다시 집으로 돌아온 데다가, 귀여운 새언니까지 데리고 왔다! 그것도 공주님이란다!

공주라면 쳐다도 보지 못할 만큼 도도할 거라고 생각했는데 새언니는 아니었다. 관향과 자신의 머리를 신기하게 땋아 주기도 하고, 솔방울과 동백잎으로 장난감도 만들어 주었다. 게다가 용왕이 위기에 처하자 말 그대로 손발 벗고 구해 주기까지 했다. 이러니 새언니에게 푹 빠지지 않을 수가 없었다. 쌍둥이인 관향도 마찬가지였다.

다만 아쉬운 점이라면 새언니와 한방을 쓰지 못한다는 것이었다.

하루 종일 새언니와 수다도 떨고, 염소 젖 짜는 것도 보여 주고, 숨겨진 달걀 찾는 법도 알려 주고 싶은데 오라버니가 떡하고 안방에 버티고 있으니 맘대로 들어가기가 어렵다.

이러니, 오라버니의 말이라면 강아지를 배추로 만든다 해도 믿을 관향마저 투덜거렸다.

─아무리 부부라지만 남녀가 유별한데, 새언니가 우리랑 안방을 쓰고 오라버니가 작은방에 머물러야 하는 거 아니야?

평소 쌍둥이들에게 춘추를 가르치려 눈물 나게 노력했던 관훈이 들으면 기가 찼을 소리였다. 어느 정도는 맞는 말이라는 점에서 더욱 그랬다.

새언니가 산에 올랐다가 다리를 다쳐 온 이후로는 좀처럼 바깥출입을 하지 못하니, 쌍둥이들의 원성이 하늘을 찌를 기세였다. 물론 정작 관호 앞에서는 내색을 전혀 하지 못하지만 말이다.

확실히 오라버니가 달라지긴 달라졌다.

관옥은 빗자루로 성기게 마당을 쓸다가 멈추어 생각했다. 코끝이 슬슬 간지러워지는 날씨였다.

'도리니 예의니 엄청 따졌는데, 새언니한테는 영 물러. 신년인데도 그래.'

신년이면 무슨 일이 있어도 반드시 집에 돌아와 가족들과 함께 보내던 것이 돌아가신 아버지였다. 이런 전통을 관호도 물려받았는데, 관옥과 관향이 신년을 좋아하는 이유도 여기에 있었다. 이때만은 오라버니가 천하 어디에 있어도 선물과 함께 돌아오니까.

그런데 이번에는 새언니가 있지 않은가. 그래서 궁금했을 뿐이다.

─이제 곧 새해인데. 새언니네에는 인사하러 가지 않아도 되나?

말실수랄 것도 없잖아! 관향도 솔직히 동의했다. 그런데 관옥이 그렇게 묻는 순간, 새언니의 분위기가 갑자기 무거워졌다. 오라버니도 찻잔을 내려놓았다.

─그렇군. 잊고 있었소. 법도 상으로는 그래야지.

─……황상과 태후께 신년 인사를 드려야 하죠.

그러더니 그뿐이었다. 한참을 말이 없었다.

-당장 출발한다 하여도 이미 시일이 늦었소. 신일을 넘어 도착할 거요.

-그러면 서두를 필요 없어요. 내 인사를 썩 기다리고 있을 것 같지도 않고.

가야 한다는 거야, 아니라는 거야? 알쏭달쏭할 뿐이었다.

솔직히 새언니와 오라버니가 도성으로 올라간다면 따라가고 싶은 마음이 가득이었다. 관향도 그랬다. 도성에 가면 미령과는 비교할 수도 없이 크고 예쁜 건물들이 많고, 사람들도 하나같이 잘생기고, 음식은 그야말로 산해진미라고. 상상만 해도 하루가 훌쩍 가 버리는 달콤한 계획이었다.

그런데 어째 마차를 손질하는 움직임도 없고, 짐을 싸는 기척도 들리지 않았다. 안 가려는 건가? 그래도 되는 거야? 관향과 몇 번이나 속닥거려 보았지만 답이 나올 리 없다. 결국 관향은 포기했고, 관옥은 반쯤 포기했다.

-어쩌면 새언니가 도성에 안 돌아가고 계속 우리랑 살지도 몰라. 그래서 굳이 먼 길을 왔다 갔다 하지 않으려는 거지.

관향의 의견은 이러했다.

-관훈한테 캐물었더니, 오라버니가 동현이랑 사예에 집을 알아보러 가실 거래. 미령을 떠나 거기로 이사할지도 몰라. 우리 가족들 모두! 분명 새언니 덕분일 거야. 새언니는 공주마마이시니까, 궁전은 아니라도 대갓집에 사셔야지. 오라버니도 그렇게 여기신 게 분명해.

도성에도 올라가고 동시에 집을 물색할 수는 없으니까. 아무리 오라버니라도 몸은 한 개인 이상 말이다. 관훈까지 저렇게 말했다면 정말이겠지. 관옥의 희망이 반보다 좀 더 꺾였다.

코를 훌쩍이며 비질을 다시 시작했다. 관향은 외양간에서 염소인 승상을 구슬려 젖을 짜고 있을 터였다. 승상의 비위를 맞추느니 마당을 쓸겠다고 하긴 했는데, 추운 건 어쩔 수 없다.

싸리나무 울타리로 만든 대문 앞까지 나가 쓱쓱 지저분해진 눈 조각을 치우고 있었다. 그런데 집 앞의 대숲으로 이어진 길에서 짤랑거리는 소리와 함께 누군가가 보였다.

잿빛 일색의 승복 위에 황토색에 가까운 주홍빛 가사를 둘렀다. 묘하게 박자가 느껴지는 짤랑거림은 손에 들린 석장에서 나는 것이었다.

'스님이네!'

관옥은 들고 있던 빗자루를 던져 버렸다. 그리고 신난 강아지처럼 낯선 손님에게 달려갔다.

"안녕하세요! 길 잃으셨어요?"

의문의 스님이 잠시 놀란 얼굴을 하더니, 이내 크게 웃었다. 키는 관옥 그녀와 크게 차이가 나지 않아 보였다. 칠 척 반 정도이리라. 그러나 딱 바라진 어깨와 부리부리한 이목구비 탓인지 본래 신장보다 더 크게 느껴졌다. 전체적으로 네모지게 단단하고도 묘하게 장난기가 서린 인상이었다.

스님이 킬킬대다가 되레 물었다.

"낭자가 부마의 누이로군?"

관옥의 눈이 커졌다.

"어떻게 아셨어요?"

그러자 스님이 빙긋 미소를 지었다.

"다 인연이 있지."

"독심술 같은 건가요? 도술?"

"부마를 일전에 본 적이 있거든. 그리고 낭자는 부마와 같은 틀에서 나온 것이 분명하고."

"오라버니를 본 적이 있다구요?"

"그래. 부마는 댁에 계신가?"

관옥은 그야말로 흥분 때문에 눈에서 별이 튈 지경이었다. 심심하기 짝이 없는 일상에 이렇게 흥미로운 인물들이 나타날 줄이야! 모두 오라버니가 새언니와 돌아온 덕분이다. 그래서 관옥은 아무런 의심 없이 신이 나서 스님을 인도해 드렸다. 인도하는 것을 넘어, 아예 새언니가 처음 왔을 때처럼 집을 안내하기 시작했다.

이 이상한 스님은 관옥이 바로 관호와 대면시켜 주기는커녕 부엌과 마당, 가축들과 창고까지 보여 주며 떠들어 대는데도 화내지 않았다. 오히려 관옥이 여기저기 가리키며 설명할 때마다 묘한 표정을 했다. 특히 자연스럽게 새언니에 대한 이야기를 할 때는 더욱 그랬다.

외양간에 들어서서는 승상과 씨름하던 관향마저 합세했는데, 낯선 스님의 등장에 눈이 빠져라 놀란 모양이었다. 관옥 혼자서 신기한 손님을 독차지했다는 데에 약간 분하기까지 했는지, 경쟁하듯 집 구석구석을 소개하였다.

가축들의 이름은 물론이고, 새언니가 그들과 금방 친해졌다는 이야기와 용왕은 새언니가 구해 준 이후로 꼬리를 만져도 참아 준다느니 하는 말까지 쏟아졌다.

"낭자들은 올케를 무척 좋아하는가 보군."

"당연하죠!"

"그럼요!"

스님의 말에 쌍둥이가 입을 모아 대답했다.

"그러면 올케는 어떻게 지내시는가?"

"잘이요!"

"맞아 맞아."

"가끔 사고가 있긴 했지만."

"그래도 큰일은 없었어요."

"오라버니가 때맞춰 구해 주셔서."

"그래서 둘 사이도 더 좋아졌지."

"맞아, 맞아."

"난 조카가 빨리 생겼으면 좋겠어."

"나도. 그럼 같이 놀고 좋을 텐데."

"그치만 새언니를 닮아야 해. 오라버니를 닮으면 애기라도 무서울 거야."

"그것도 그래. 새언니를 닮은 여자애면 좋겠다."

"아, 그런데 남자애면 어떡하지?"

"절세미남이 되겠지 뭐. 흠, 적어도 관훈보다는 훨 잘생겼겠다."

끊임없이 이어지는 쌍둥이들의 수다가 끝난 것은 관훈이 등장해서였다. 관옥과 관향이 간식을 달라고 조를 시간임에도 잠잠하여 밖에 나와 본 것이다.

그 역시도 초면의 손님에 무척 놀랐고, 더 나아가 저들끼리 떠드느라 손님을 제대로 맞이하지 못한 누이들을 대신한다며 사과도 하였다. 그리고 곧바로 안채로 향하여 작은 청방에 손님을 모셔 두었다. 쌍둥이들더러는 차나 끓이라며 꾸지람하여 보낸 후 안방에 기척하고 용무를 아뢰었다.

관훈이 허락을 받고 들어서 보니, 관호는 상에 앉아 독서 중이었고 화영은 그 옆에서 싸리 가지와 동백 잎사귀로 솔방울에 달 날개를 만드는 중이었다. 별다른 대화는 없었으나 편안함과 정다움이 느껴지는 광경이었다.

"어떤 스님께서 형님을 찾아오셨습니다."

그 한마디에 형과 형수의 표정이 순식간에 굳었다. 관훈이 당황할 정도였다.

특히 형수의 낯빛이 순식간에 회색이 되었는데, 저승사자가 왔다 해도 그만큼 놀라지는 않을 것 같았다.

"일단 청방에 모셨습니다만……."

뭔가 잘못되었나 하여 조심스럽게 덧붙였다. 그러자 관호가 짧게 대답했다.

"잘했다. 너는 누이들을 단속하여 데리고 네 방에 가 있어라."

일절 참견을 허용치 않겠다는 엄격함이었다. 관훈은 몸에 밴 대로 형의 말씀에 따랐다. 청방으로 나서니 호기심 많은 쌍둥이들이 이때만은 날랜 몸짓으로 벌써 끓는 물이며 찻잔을 대령하여 스님 앞에 내놓고 얼쩡거리고 있었다. 그런 쌍둥이들을 한 팔에 한 명씩 붙잡고 끌어내며 관훈은 고개를 갸웃했다. 자신과 누이들이 물러가는 모습을 예상했다는 듯한 스님의 태도가 기이하다 싶었다.

처음 보는 손님인데 왜인지 낯설지 않았다. 친근한 누군가와 닮은 것도 같았다. 그래서 쌍둥이들도 거리낌 없이 맞이했던 거겠지. 하지만 아버지의 옛 친구도 아니고, 형님의 벗이라기엔 나이 차이가 상당해 보인다.

버둥대는 쌍둥이들의 반항을 견디며 관훈은 여전히 머릿속이 물음표로 가득했다. 그러나 어쩌겠는가. 형님이 알아서 하시겠지. 그는 이 말 안 듣는 망아지들을 가둬 두는 임무만도 벅찼다.

화영은 나가고 싶지 않았다.

근방에 인가라고는 관가뿐인 오지 중의 오지였다. 하주에서도 미령이면 외진 지역인데, 게에서도 손가락에 꼽힐 만한 외딴곳이란 말이다. 애초에 이목을 피해 집을 지은 터이니 오죽할까. 나루터의 느티나무를 제외하면 표식이 될 만한 것도 없고, 그마저도 자칫하면 죽림만 보인다. 미리 위치를 아는 사람이나 찾아올 법한 곳이다.

이런 관가에 스님이 왔다고?

'삼촌이 왔어.'

외숙을 떠올리는 것만으로도 심장이 꾹 눌리는 것 같았다. 식은땀이 났고 손끝이 떨렸다. 한참을 보지 못한 외숙이었다.

화영이 세 부마와 잠자리를 가짐으로써 오빠를 살려 냈을 때, 그 이후 외숙은 한 번도 얼굴을 비춘 적이 없었다. 마치 모든 것을 알고 있다는 듯, 화영이 저지른 짓을 믿을 수가 없다는 듯 말이다.

물론 당시 은룡이 그럴싸하게 둘러대기는 하였다. 오빠와 새언니마저 쉽사리 믿었으니까. 하지만 어떤 이유로든 간에 외숙은 속이지 못한 게 분명했다. 그러지 않고서야 이리 현희부에 발길을 끊을 리 없다. 그것이 화영의 심증이었다. 대놓고 말하지는 못했으나 결국 초야를 기점으로 멀어진 모양새가 아닌가.

그녀가 기억하는 외숙의 마지막 행적은 조석사로 갔다는 것이었다. 그나마도 침혜에게서 전해 들은 이야기였지.

이제 와서, 이 미령에는 왜?

화영의 핏기 없는 안색에 관호가 눈을 가늘게 떴다.

"내가 나가 보리다. 부인은 여기 계시오."

화영이 따로 언급한 적은 없지만, 관호도 내심 화영과 금정 법사가 엇갈렸음을 짐작은 하고 있었다. 적어도 화영은 그렇게 믿고 있다고 말이다.

만일 키워 준 부모나 다름없는 외숙과 여전히 끈끈한 사이였다면, 화영은 관호를 따라 하주로 오기보다는 용중사에 가 있겠다고 주장했을 것이다.

용중사가 익숙할뿐더러 생판 남인 관가 식구들과 지내는 것보다 편할 테니까. 그런데 현희부를 폐쇄하고 하주로 내려오면서도 용중사에 대한 언급이 일절 없었다. 외숙이 염려할지도 모르니 서찰이라도 보내야겠다는 말도 하지 않았다.

무슨 일인지 내막은 모르나 한가지는 분명하다. 화영이 갑작스러운 금정 법사의 출현에 충격받았다는 것. 그러니 그녀를 굳이 금정 법사에게 내보이고 싶지 않았다. 금정 법사가 화영을 보고 싶다 요구한다 해도 거절할 생각이었다. 관호 그는 화영의 남편이었고 그녀를 보호할 권리가 있었다. 설령 상대가 처외숙이라 할지라도.

홀로 청방에 나서니 과연 익숙한 얼굴의 금정 법사가 차를 들고 있었다. 차보다야 곡주가 어울리는 인상이었지만 나름 고승다운 분위기가 풍겼다. 모처럼 챙겨 입은 금란가사 때문일까. 차림새로 보니 용중사 주지로서 어딘가에 용무를 마치고 오던 길에 들린 것이리라. 관호는 그렇게 추측했다.

"오랜만에 뵙습니다."

관호가 짤막이 읍을 하자, 금정 법사가 눈썹을 치켜올렸다.

"거 서먹하구만. 명색은 가족인데 말일세."

"무슨 연유로 방문하셨습니까."

"화영은?"

"부인은 몸이 좋지 않습니다. 제게 말하십시오."

"애처가가 다 되었구먼, 참나. 그러니 내 말하지 않았나. 자네는 머리 밀 팔자가 아니라고."

"법사께서 부인과의 인연을 맺어 주셨지요. 그 일에 대해서는 감사하고 있습니다."

관호는 담담하게 대꾸했다. 무심한 듯 보이나 열기가 느껴지는 음성이었다.

금정 법사가 킬킬 웃었다.

"빈승을 탓하지 않아 고맙군그려. 화영이 영리하고 귀엽기는 한데 영 말썽꾸러기이지 않나. 민간의 딸자식이었다면 시집이나 보낼 수 있을까 골머리 좀 썩혔겠지. 어찌어찌 보내놓고도 속을 태웠을 거고. 늦게나마 신분을 찾아서 다행이지. 귀한 황실 핏줄이니 속 좀 태워 먹는다 해서 무슨 문제가 되겠나. 아랫것들이 해다 바칠 것을. 헌데 이제 보니 황궁을 떠나서도 잘 보살핌을 받는 모양이군. 이것도 녀석의 복이겠어."

"……."

금정 법사의 어투에서 화영에 대한 거리감은 좀처럼 느껴지지 않았다. 관호는 일단은 자리에 앉았다. 좀 더 이야기를 나누어 보아야 할 듯싶었다.

"어쩐 일로 오셨습니까."

"아무리 빈손으로 왔다지만 박대가 심하구만. 조카딸 얼굴도 보러 못 온단 말인가?"

"부인과 처외숙 사이가 껄끄러운 것으로 알고 있습니다만."

"뭐? 누가 그러던가?"

금정 법사가 혀를 찼다.

"시간이 맞지 않았을 뿐이야. 사바세계의 오해와 갈등이 다 게에 있겠지마는. 이러쿵저러쿵 시비를 가릴 것도 없네. 이 늙은 삼촌이 뭘 이고 지고 왔는지나 보라고 하게."

그러더니 가사의 어깨끈을 내리고, 그 밑에 매고 있던 회색 보따리를 하나 꺼낸다. 제법 묵직해 보이는 짐보따리였다. 낡은 상 위에 올려놓으니 부피도 꽤 되었다. 아슬아슬하게 찻잔을 건드릴 기세라, 금정 법사가 아예 찻잔도 바닥으로 치워 버렸다.

"그게 무엇입니까."

"무엇일 것 같나?"

잠잠하게 곤두선 기색의 관호를 보고 금정 법사는 드물게 유쾌한 기분이
되어 말했다.

"먼 곳에 사는 누군가가 말일세, 현희부로 끈질기게 서신을 보냈다고 치세.
헌데 현희부가 문이 닫힌 데다 받아 줄 사람 하나 없단 말이지. 평범한 사람이
라면 포기했겠지? 일단은 장공주가 하주로 요양을 갔다고는 하지만, 그 넓고
험한 하주에서도 부마의 고향이 어디고 집이 어드멘지 뭔 수로 안단 말이야."

금정은 관호의 표정을 유심히 살피며 피식 웃었다.

"그런데 말이야, 서신을 보내는 놈의 성질머리가 아주 고약하다고 쳐 보
세. 아무리 심부름꾼이 현희부가 폐쇄되었다고 해도 포기를 못 할 정도로
말일세. 장공주의 행방도, 찾아낼 방법도 묘연하지만 여하튼 제 마음이 담
긴 서신은 곧 죽어도 전해야겠다, 한다면? 자네라면 어떡하겠나?"

"……."

관호의 금빛 눈동자가 한층 색이 짙어졌다.

금정이 논하는 인물이 누구인지 짐작하는 모양이었다.

"……처외숙께 부탁하겠지요. 처외숙이라면 부인의 행적을 알고 계실 테
니 말입니다."

"그래, 뭐 얼추 그럴싸한 대답이군. 그놈도 비슷한 생각을 한 거지. 그래
서 벌써 서신이 이만큼이나 쌓였지 뭔가. 심부름꾼만 불쌍하지. 연서를 맡
아 달라는 부탁을 하기에 편한 곳도 아닌데 말이야. 아마 꾸역꾸역 전달하
지 않으면 모가지가 날아갈 판인가 보지. 그러고도 남을 성깔이긴 해. 하여
간 겸사겸사 전해 줄 겸 왔네."

돌연 안방과 청방을 잇는 문이 열렸다.

"……맹타안…… 그 사람이에요?"

참지 못하고 열린 미닫이문 뒤로, 화영이 창백한 낯빛으로 서 있었다.

부인. 잘 지내고 있소?

맹타안의 서신은 하나같이 그렇게 시작하고 있었다.

그리고 마치는 문장 역시 하나같이 같았다.

부인, 보고 싶소.

화영은 순서대로 서신을 읽었다. 화영이 내려놓고 다음 편지로 넘어가면 관호가 그것을 주워들어 보았다. 화영은 관호를 말리지 않았다. 신경을 쓰지 못하는 것도 같았다. 맹타안이 강로에서 소식을 보내고 있었다니. 상상조차 하지 못한 일이었다. 그녀는 외숙과의 껄끄러움도 순간 잊어버린 채 다가왔다. 급하게 보따리를 풀고 자리에 주저앉았다. 그럴 수밖에 없었다.

결코 길지 않은 서신들이었다. 양피지일 때도 있었고 낡은 옷에서 잘라 낸 천일 때도 있었다. 하지만 늦은 밤 천막 안에서 그녀를 떠올리며 써 내려 갔을 맹타안의 얼굴이 떠오르는 문장들이었다.

그는 짧지만 유쾌하게 자신의 상황을 전달하려 노력했다. 오랜만에 도착한 강로 초원에서 겪은 작은 소란들도 우스갯소리처럼 묘사하였다. 사촌 맹영대는 곧바로 적응했지만 자신은 뜨거운 욕실이 그리워 보이는 물마다 뛰어들고 있다고, 심지어 엉덩방아나 찧을 만한 웅덩이에마저 그렇게 한다고 너스레를 떨었다. 맹영대의 체취에 대한 악담은 꽤나 진심이 담겨 있는 것도 같았다.

그 사이 사이로 후란 족장과의 담판에 성공했으며 엽혁새명에 대해 반감을 지닌 다른 족장들과의 합의도 추진 중이라는 이야기가 짤막이 섞였다. 마지막으로 보낸 서신은 화영의 미모에 대한 찬양을 늘어놓았지만 큰 전투를 앞두었다는 한마디가 무거웠다.

어떻게 되었을까.

가장 날랜 말과 기수를 보냈더라도 강로 초원에서 용중사까지는 머나먼 길이었다. 게다가 외숙이 여기까지 여행한 시일까지 생각하면 벌써 결판이 났겠지. 가슴이 불안과 생경함으로 두근두근 뛰었다. 독한 술을 마신 것처럼 열이 오르고 어지러웠다.

맹타안이 무사히 강로에 도착하고, 세력을 규합하여 왕위를 되찾을 준비 중이라는 소식은 기뻤다. 비록 맹타안의 서신에서 야친 공주와의 혼인을 암시하는 내용은 찾아볼 수 없긴 했다. 일부러 명시하지 않았으리라고 화영은 짐작했다. 자신을 속이기 위해서가 아니라, 덜 상처 주기 위하여.

이것은 속임수가 아닌 배려였다. 어차피 절절한 그리움이 있어도 그들 사이의 거리는 너무나 멀었고, 어떤 결과가 나오든 만날 수 없는 입장이기 때문이다.

'나를 바로 잊어버리지 않았구나. 생각하고 있었구나. 그걸 알려 주고 싶었던 거야.'

그거면 됐다. 화영은 입술을 꼭 깨물었다. 그리고 애써 감정을 갈무리했다. 이 자리에 혼자가 아님을 알아서였다. 외숙과 관호가 그녀를 바라보고 있었다. 최대한 태연하게, 품위 있는 모습을 보이자. 화영은 짧게 한숨을 쉬며 감상을 말했다.

"무사하다니 다행이네요. 현희부로 서신을 보낼 거라고는 상상도 못 했어요. 거기다 용중사로 향했다는 것도……."

"누가 맹타안이 용중사로 보냈다고 하더냐?"

화영의 말이 중간에 끊겼다. 금정이 코웃음을 친 것이다. 화영이 눈가를 찌푸렸다. 이게 또 무슨 장난인가 싶었다.

"……아까 외숙이 이 사람한테."

"얼추 비슷했다고 했지. 정답이라고는 한 적 없다."

"무슨 말씀이십니까."

아리송한 금정의 말장난에 관호마저 인상을 찡그렸다. 선문답은 그가 썩 좋아하지 않는 것이었다. 하물며 부인과 다른 부마에 관한 이야기라면 더욱 그러했다.

금정이 과장되게 손으로 이마를 문질렀다.

"관 부마야 점잖고 사리 분별이 있으니 나를 떠올린 거지만, 이 오랑캐는

나 따위야 안중에도 없더구만. 바로 직통창구를 떠올렸지 뭐냐."

설마.

아니, 그럴 리 없다. 아무리 맹타안이 천하에 무서운 것 없는 사내라지만, 경우라는 것이 있지 않은가. 설마, 아니겠지. 화영은 눈을 휘둥그레 뜬 채 저도 모르게 가슴 위에 손을 얹었다. 제발 머릿속에 떠오른 생각이 틀렸기를 바라면서.

하지만 금정이 곧바로 정답을 발표해 버렸다.

"그래, 이건 죄다 네 오라비에게 보낸 서신들이다. 황궁으로 말이야! 하여간 인물은 인물이야. 제정신이 아니라니까."

금정은 다시 생각해도 어이가 없다는 듯 너털웃음을 터뜨렸다.

"하기사, 엽혁 세자는 나와 별 관련이 없지. 관 부마는 용중사로 나를 찾아온 인연이 있고, 은룡 꼬맹이는 어려서부터 알아 왔지만 말이다. 액막이를 구할 적에 네 오라비가 꼽은 인물이니 나와는 친하고 자시고 할 것도 없긴 해. 그래서 그자도 이 땡중을 염두에도 두지 않은 것 같더구만."

조석사에서 돌아오자마자 황궁으로 급히 와 달라는 조카의 청이 있었다. 무슨 일인가 싶어 입궁했더니 이게 웬걸. 금정이 예상했던 것보다 더 크고, 당혹스럽고, 곤란한 상황이 벌어져 있었다.

현희부에 대해 찧고 까부는 추문이 그러했고, 그로 인하여 누이를 책망했다는 주영의 고백은 물론이요, 결국 화영이 현희부를 내던지고 관호와 하주로 내려갔다는 소리에는 기가 찼다.

―어떻게 해야 합니까, 외숙? 제가 잘못한 걸까요? 화영은 어찌 지내고 있을지 걱정됩니다. 제가 편견과 아집에 사로잡혀 부당하게 화를 냈을지도 모른다는 생각에 잠도 이루지 못합니다.

주영은 장양전에서 금정과 독대하며 눈물을 보였다. 그러면서 꺼내 보인 것이 강로로부터 끈질기게 전해진 연서들이었다.

―당연히 부마들이 내 누이를 얕잡아 보았을 거라고, 수치스럽게 대했을

거라 여겼습니다. 여인의 몸으로 셋이나 되는 사내에게 초야를 요구했으니까요. 친오라비인 저조차도 경악하였습니다. 저를 살리기 위해서였다 하더라도 충격이 가시지를 않았습니다. 그러니 생판 남인 부마들이 누이를 얼마나 멸시했을지 참을 수가 없었어요. 헌데 이것들 좀 보십시오, 외숙. 엽혁세자가 화영에게 보낸 서신입니다. 말 한 필, 전사 한 명이 아쉬울 상황에서 지치지도 않고 천 리를 달리게 하여 전한 연서입니다. 이리 같이 탐욕스러운 자라고 여겼는데, 어찌 이리 다정하고 그리움 가득한 문장을 써 내려가는 것입니까. 더는 그 아이를 볼 수도 없을 터인데, 무엇 때문에 이리 애끓는 심정으로 위험을 무릅쓰는 것입니까. 이것이 진정 사모지심이라면 어떡하지요? 화영의 말대로, 부마들이 결코 그 아이에게 치욕을 입히지 않았다면, 그들 사이에 내가 이해하지 못하는 진실한 무언가가 있었다면, 그렇다면 저는 어찌해야 합니까.

금정은 대답하지 않았다. 조카는 이미 답을 알고 있었기 때문이다.

여전히 한 손에는 맹타안의 마지막 서신을 쥔 채, 화영의 얼굴은 혼란으로 뒤죽박죽이었다.

"오빠가 이걸 전해 주라고 했어요?"

"그래. 전령에게 맡기기도 어려운 내용이니 내가 직접 왔다."

"오빠가 왜…… 오빠는 맹타안을 싫어하는데."

맹타안뿐 아니라 나도 싫어하는데. 화영이 차마 덧붙이지 못한 말을 관호도 금정도 짐작할 수 있었다.

"왜일 것 같으냐?"

화영은 대답하지 못했다. 쿵, 하고 심장이 떨어지는 소리가 들렸다.

'오빠가 인정한 거야.'

분명했다. 주영이 화영과 부마들 사이에 진실한 우정과 신뢰가 오갔다는 걸 인정하고, 심지어 화영에게 대경한 일까지 미안하게 여긴다는 뜻이다. 틀림없었다. 그러지 않고서야 이런 위험하고도 수고로운 일을 할 리 있겠는가.

현 강로왕을 뒤엎으려는 시도를 하고 있는 전 강로 세자의 서신이다. 그것도 남려의 장공주, 이미 부마가 있는 현희장공주에게 보내는 연서였다. 만에 하나라도 남의 눈에 들어간다면 지금 도성에 돌아다니는 풍문과는 비교할 수도 없는 파급이 일 터였다. 사실상 손에 들어오자마자 태워 버리고, 전령에게도 불호령을 내려 다시는 이런 일이 없도록 하라 극노해야 옳았다.

그런데 오빠는 그러지 않았다. 맹타안이 전해 달라고 보내 오는 연서를 전전긍긍하면서도 소중히 모아 주었다. 황궁의 모든 이들이 오빠의 사소한 움직임 하나에도 촉각을 곤두세웠다. 그런 와중에도 화영을 위해 비밀로 숨겨 두었다. 끝내 외숙에게 어렵사리 부탁까지 해가며 화영에게 서신들을 전달해 주었다.

"네게 미안해서 잠도 설친다더구나. 안색이 썩 좋지 않더라. 지존의 몸만 아니었다면 진작에 제 발로 달려와 너를 찾았을 게다."

오빠의 얼굴이 떠올랐다. 홍시 하나를 나누어도 언제나 화영에게 한 입이라도 더 먹이려 하던 오빠였다.

후두둑, 진주 같은 눈물 방울이 화영의 눈에서 떨어졌다. 화영이 가슴 속에 맺힌 서러움을 털어 버리는 동안 관호와 금정은 말없이 그녀를 지켜보았다.

해가 질 때까지 많은 이야기가 세 사람 사이를 오갔다. 아쉬움을 털어 놓고, 오해가 풀렸다. 소싯적 꽤나 난봉꾼이었던 금정은 주영보다는 무난하게 화영과 부마들의 관계를 받아들였다. 속으로는 물론 스승인 방력 대사에 대해 영감탱이가 알려 주려면 제대로 알려 주지, 괜히 많은 이들 속을 썩였다고 투덜거렸지만 말이다. 화영은 부모와도 같은 외숙이 자신을 경멸하지 않는다는 사실만으로도 마음의 짐을 내려놓을 수 있었다.

그 가운데 한 가지 결정이 내려졌다.

"정말 괜찮겠소?"

"신년 인사를 드려야 할 사람이 오빠뿐이 아닌걸요. 태후께서도 계시잖아요."

화영이 차분하게 말했다.

"태후께서는 오빠와 내가 자식으로서의 역할을 다해 주기를 바라세요. 신년이 되었는데 도성에 올라오지 않는다면 분명 기뻐하지 않으실 거예요. 그리고 내가 아니라 부마인 당신을 탓하겠죠. 안 그래도 눈엣가시로 여기고 계시니까."

자칫하면 장공주를 불효하도록 몰아간 책임을 물어 이혼시키려 하실지도 몰라요. 화영이 덧붙이지 않았음에도 관호 역시 충분히 예측이 가능한 경우였다. 그래서 그는 입을 일자로 다물고 더는 따지지 않았다.

팔짱을 낀 채 미간을 모으고 뭔가 따져보던 금정이 한 마디 얹었다.

"이미 많이 늦었다. 보름 안에는 자녕궁에 얼굴을 내미는 것을 목표 삼아야겠군. 내려올 때야 무슨 얌전을 떨었는지 몰라도, 올라갈 때는 네 특권을 충분히 사용해야 할 거다."

화영은 고개를 끄덕였다. 이제는 굳이 신분을 숨길 까닭이 없으니 굽이굽이 숨어 다닐 필요도 없다.

가지고 온 짐이 적었으므로 준비랄 것도 없었다. 우선 속도가 우선이었으므로 말을 타기로 하였다. 마차야 필요하다면 중간에 쉽게 얻을 수 있을 것이다. 미령 읍내까지는 현희부에서 데려온 말 한 마리에 같이 타고, 거기서 한 필을 더 구하여 올라가기로 결정하였다. 부마도위의 옥패가 있으니 어느 고을 어느 관청에서든 새 말이며 마차 따위의 조력을 기대할 수 있었다. 묵을 곳도 염려할 필요 없었고 말이다.

관호와 신년을 보내지 못한다는 사실에 관가는 큰 충격에 휩싸였다. 관훈마저도 놀란 기색을 감추지 못했으니 쌍둥이들은 어떨까. 그대로 뒤로 자빠져 긴 팔다리를 허우적대며 떼를 쓰고 난리였다. 그나마 화영이 봄이 되면 초대하겠다고 약속하여 다소 진정되었으나, 내내 볼이 통통 부은 채로 아쉬워했다.

금정은 관가에 하루 더 머문 뒤 알아서 올라가겠다고 말했다. 겸사겸사 용중사에 연통을 넣어 용중산에서 지낼 침혜에게 소식을 전해 주마도 하였다.

"미리 현희부 일손들에게 전서구라도 날려 놓아야 하지 않겠느냐. 불도 안 땐 냉골에서 자고 싶은 게 아니라면."

깜빡하고 있던 부분을 외숙이 짚어 주어 화영은 다행이다 싶었다. 침혜를 다시 볼 수 있으리라 생각하니 기쁘기도 했다. 그래, 현희부로 돌아가는 것이 심란하기만 한 일은 또 아니었다. 의리 있는 식솔들도 만날 수 있을 테니까.

화영은 마음을 단단히 먹자고 다짐하였다. 피할 수 없는 일 앞에서 도망 가지 말자고.

이제 충분히 쉴 만큼 쉬었다. 후에 정말로 현희부를 내어놓고 관호와 내려오는 일이 있다 해도, 지금은 올라가 태후께 인사를 드려야만 했다. 그리고 현희부를 잡고 늘어지던 소문이 어떻게 되었는지도 확인해야겠지.

하주행을 택한 기대처럼 가라앉아 있다면 좋겠지만…… 설령 여전하더라도 어쩌겠는가.

맞서 싸울 수밖에.

* * *

도성으로 돌아오는 길은 멀고 눈이 많이 내렸다.

하얗게 세상을 덮은 고요한 설경과 새해를 맞아 번잡한 도시들을 번갈아 지나쳤다.

현희부에 도착하던 날은 눈이 내리지 않았다.

떠나던 때는 새벽이었는데, 도착하는 날은 자정에 가까운 밤이었다. 기이한 대조가 아닌가. 화영은 대문에 손을 대고 잠시 망설였다. 외숙의 연락을 받고 미리 도착한 식솔들일까. 문 안쪽에서 대화 소리가, 사람들이 오고 가는 인기척이 들렸다. 그 익숙한 소음에 가슴이 부풀었다. 망설임도 잠시, 그리움이 몰려들었다.

문을 열었다. 그리고 꿈에서도 차마 바라지 못한 광경을 마주하였다.

대문 바로 앞, 하얀 모래가 깔린 전정 위에 두 명의 사내가 서 있었다. 머리 위로 은색으로 달빛이 부서졌다. 밤바람마저 숨을 죽이고 침묵하였다. 맹타안과 은룡이었다.

그들이 그녀를 기다리고 있었다.

10. 다시는
헤어짐이 없기로 맹세하니

그간 은룡은 사라진 암상인 끄나풀을 추적하는 일에 전력을 다하였다. 노석이 협조를 해 주어 바로 며칠 전 가까스로 그자를 찾아낼 수 있었다. 남은 장물들을 팔아치우느라 미처 도성을 떠나지 못한 모양이었다. 제 스승이자 상사였던 암상인만큼이나 욕심이 많은 자라, 헐값에 넘기지 못하고 고집을 피우다가 정리가 늦은 것이다. 닷새만 늦었다면 몇 점 남은 물건들도 죄다 다른 장사치에게 넘겼을 상황이었다. 그리고는 한 몫 챙겨 나주나 의주로 빠져 버렸겠지.

헌데 문제는 예상치 못한 곳에서 생겼다. 노석은 은룡을 돕기 위해 제 수하들을 편성하면서 사건의 개요를 서류로 남겼다. 그 까닭에 형부에 속한 사건으로 처리되어, 가까스로 찾아낸 증인을 빼앗긴 것이다. 노석을 탓하기도 어려웠다. 그는 당연히 할 일을 한 것뿐이었다. 도성의 치안을 도맡은 몸이니 암시장이니 장물 거래를 척결하는 것도 임무의 일부다. 딱히 숨길 까닭이 없었다.

은룡의 계획은 조수를 데려다 개인적으로 심문하고, 그 내용에 따라 금명과 의논하여 현희부의 오명을 벗길 방법을 찾으려는 것이었다. 헌데 그자가 형부의 소관 하에 옥에 갇히게 되었으니, 아무리 기도위라도 멋대로 죄인을 찾아가 대질할 수 없는 노릇이었다.

애초부터 서류상으로는 남기지 말아 달라고 부탁해야 했었나. 은룡은 금명 앞에서 드물게 분을 터뜨렸다. 자신이 모든 일을 망쳐 놓은 기분이었다.

-장군의 탓이 아닙니다.

곰곰이 뭔가를 생각하던 금명이 한숨을 쉬었다.

-누가 중랑장의 치안 일기를 매번 확인하겠습니까? 그저 습관인 것을요. 분명 일각에선 진작부터 장군과 중랑장의 친분에 관심을 기울이고 있었을 것입니다. 그러니 증인을 붙잡자마자 장군이 손대지 못하게 처리한 거지요.

-그렇게 생각하십니까?

-예. 설령 장군께서 중랑장께 모든 일을 구두로만 처리해 달라 부탁했더라도 결과는 마찬가지였을 것입니다. 오히려 사사로이 군사를 사용하였다며 흠이 잡히면 잡혔겠지요. 그러니 우리는 큰 그림을 보아야 합니다.

큰 그림. 은룡이 입술을 깨물었다. 금명이 불쏘시개로 화로 안을 느리게 뒤적거리며 말을 이었다.

-죽은 지 오래인 암상인의 조수 따위를 잡아들인 잡무입니다. 항시 바쁠 형부가 끼어들었다니, 저조차도 예상치 못한 일이군요. 그자에게 형부가 관심을 기울일 까닭이 있다면 무엇이겠습니까?

-……조정에서 이 소문을 이용하려는 자들이 생겨났다, 라고 보입니다만.

-맞습니다.

현희부에 얽힌 추문이 지나치게 오래갔다. 금청아가 통제할 생각이 없어서인지 혹은 통제할 범위를 넘어섰기 때문인지, 지난가을부터 퍼진 소문이 신년까지 수습이 되지 않았다. 그나마 최근에는 금청아와 은룡이 혼인한다는 이야기로 민간의 흥미가 옮겨가기는 했다. 그럼에도 조정 대신들은 금청아처럼 쉽사리 은룡의 미끼에 넘어가지 않은 모양이었다.

황제가 나아가 누이를 감싸지도 않고, 외려 누이가 현희부를 떠나도록 방관하였다. 이는 추문을 긍정하는 것인가? 아니면 무시하려는 것인가? 어느 쪽이든 노련한 권문세가들이 보기에는 현명한 처사가 아니었다. 젊은 황제의 유일한 혈족이 장공주였다. 그녀에 대한 비방은 곧 황실에 대한 비방. 강하게 나서 해결해야 마땅한 일이다. 헌데 그러지 못하고 때를 놓쳤으니, 황실의 위엄을 황제 스스로 낮춘 상황이나 마찬가지였다.

황실의 위엄은 황제의 권력과 상통한다. 젊은 황제가 흔들린다면 그가 잃을 권력들을 나눠 먹어도 좋을 것이다. 계산속이 빠른 벼슬아치들이 몇 있었고, 그중 하나가 사도 홍괴의 조카사위인 형부 시랑이었다. 암상인 조수가 현희부의 추문에 얽힌 유일한 증인임을 알고 은룡이 손대지 못하도록 처리한 것이다.

-무슨 죄목으로 갇혀 있습니까, 그자는?

-장물 거래이지요. 일단은 말입니다.

-그렇군요. 일단은.

금명이 잠시 침묵하다 물었다.

-그자의 주장은 여전합니까?

은룡은 고개를 끄덕이는 것으로 대신했다.

옥에 갇힌 조수는 굳이 제 말을 바꿀 필요를 느끼지 못한 것 같았다. 은룡에게 미안해서인지 노석이 한번 옥에 다녀왔는데, 낯선 미남자가 흰 강로마를 주고 오황자의 녹보석을 바꾸어 갔다는 말만 반복한다고 했다. 그제야 은룡이 기를 쓰고 뒷골목을 뒤지던 이유를 깨달은 듯 노석도 찝찝한 표정이었다. 본의 아니게 금상과 현희부의 발목을 잡게 생겼으니 말이다.

-어쨌든 형부에서도 그자를 쥐고 있고자 하니, 암살당하거나 종적을 감출 일은 없을 겁니다. 최악은 아니라고 여겨야지요.

금명이 위로하듯 말했으나 은룡은 좀처럼 마음을 가라앉히지 못했다.

모든 게 자신의 부족함 때문이라고 여겨졌다.

깨끗한 현희부의 명성을 돌려드리고 싶었는데. 되레 악수가 된 것은 아닌가. 이래서야 마마께서 언제 도성에 돌아오시겠는가. 유일한 황손이라 납작 엎드리는 척하던 조정 늑대들마저 슬슬 이를 드러내려 하는 참이다. 사태가 앞으로도 나빠지면 나빠졌지 좋아지기는 어려울 성싶었다.

하여간 조수도 잡혀 있는 와중이니 은룡도 섣불리 움직일 수 없었다. 그러던 와중에 현희부에 사람이 드나든다는 보고를 듣고 찾아가 보니, 화영이 도착하기 열이틀 전부터 침혜와 청지기 고 씨를 필두로 식솔들이 모여 측문을 열고 주인을 맞을 준비를 하고 있었다.

은룡은 그날부터 매일같이 현희부를 드나들며 함께 가택을 정리하며 화영을 기다렸다. 가슴은 무거웠으나 사모하는 분을 다시 볼 수 있음에 비겁한 기쁨은 어쩔 수 없었다. 그저 어떠한 결과가 나오든 따르겠다고 결심하였다.

만일 화영이 벌을 받아 현희부를 내어놓게 된다면 그 역시 기도위직을 내놓고 화영의 머슴으로라도 곁에 살 것이다. 어머니께서도 돌아올 생각 말라 단언하셨으니 은가의 재복에 대한 어떠한 미련도 없었다. 이렇듯 화영을 위해 다 버리겠다 다짐한 은룡이었다.

그런 그조차 맹타안이 대문을 두드렸을 때는 경악하지 않을 수 없었다.

-뭐야, 네놈이 왜 여기 있느냐? 부인은?

-그쪽이야말로 여긴 어떻게……?

맹타안은 눈이 하얗게 내려앉은 삿갓을 벗으며 코웃음을 쳤다. 긴 금발 머리채가 이제야 한숨 돌리겠다는 듯 흐트러져 등허리 아래로 내려왔다.

-내가 내 부인에게 돌아온 게 뭐가 그리 놀랄 일이냐? 약조까지 단단히 맺은 일이거늘.

-왕위를 찾는 일은 실패한 겁니까?

-뭐? 헛소리 좀 하지 마라. 실패했다면 지금 내가 여기 목을 붙이고 있을 수 있겠느냐?

-그렇다면.

은룡은 혼란스러움을 숨기지 못했다. 맹타안은 킬킬거리며 어깨에 달라붙은 눈송이를 털어 냈다. 그리고 놀라움과 반가움으로 다가선 고 씨에게 끌고 온 말의 고삐를 건네주었다.

-엽혁타안이 엽혁새명을 무너뜨리고 정당한 왕위를 되찾았다. 당연한 일이지.

-강로왕이 사사로이 초원을 떠나 남려에 오다니, 위험천만한 짓 아닙니까.

-강로왕은 강로에 있다. 여기 있는 것은 맹타안이지.

맹타안이 담담하게 대꾸했다. 은룡은 눈썹을 찌푸렸다. 그가 하는 말을 좀처럼 이해할 수가 없었다.

-무슨 뜻입니까?

-내가 너 같은 어린놈에게 일일이 설명하고 앉아야겠느냐? 부인이 어디 있는지나 말해라. 보고 싶어서 병이 날 지경이니까.

-마마께서는 여기 안 계십니다.

-뭐?

맹타안이 벌컥 화를 냈다.

-그치만 네놈은 여기 있지 않으냐? 현희부도 열려 있고? 그런데 부인이 여기 없다니 무슨 개소리냐?

-말조심 좀 하시오!

결국 은룡도 짜증을 냈다.

오랜만에 만남이었다. 원수 같은 사이라도 조금은 반가운가 싶더니만 금세 목청이 높아졌다. 당장이라도 멱살을 잡을 듯 티격태격하다, 맹타안이 왔다는 소리에 달려 나온 침혜가 중재하여 대충 진정이 되었다.

화영이 관호의 고향에서 머물다가 신년 인사를 태후께 올리기 위해 돌아오는 중이라니. 설명을 들은 맹타안이 흥, 하고 투덜거렸다.

-어쩐지 내내 현희부로 연서를 보냈건만 답이 없더군. 문이 닫혀 있다는

헛소리를 하길래 짜증이 나서 아예 남려 황제에게로 꽂아 버렸지. 그런데도 묵묵부답이기에 무슨 일이 났기는 났구나 싶었다만…….

-폐하께 뭘 어찌하였다고?

-흥, 네 알 바 아니다.

맹타안은 침혜에게 제 처소를 준비하라고 명령했다. 당연한 제집에 돌아왔다는 듯한 태도였다. 강로왕이 남려 도성 한복판까지 홀몸으로 찾아와서는 자리까지 잡다니. 도무지 이해할 수가 없는 기행이었으나 맹타안은 굳이 은룡에게 설명하고 싶지 않은 모양이었다.

-행실을 조심해야 합니다. 절대 밖으로 나가지 마시오. 그쪽이 염려하던 대로 마마와 현희부를 노린 헛소문이 떠들고 있으니까.

은룡은 솔직히 맹타안이 이때다 하며 자신을 책망하리라고 생각했다. 하지만 맹타안은 잠시 멈칫할 뿐이었다. 그럴 줄 알았지. 한숨처럼 중얼거리더니 은룡을 돌아보지도 않고 손을 흔들며 곁채로 가 버렸다.

강로 초원에서 현희부까지, 한겨울을 가로질러 온 여정이었다. 맹타안은 이틀을 내리 잠들었다. 그리고 나서야 깨어나 창고에 두었던 제 옷가지며 아끼던 가구들을 꺼내 처소를 장식하고, 은룡과 마찬가지로 화영을 기다리기 시작했다.

새벽부터 자정까지. 대문이 보이는 전정 근처의 난각에 앉아, 애태우면서.

그렇게 그들이 현희부에서 재회한 것이다.

"어떻게…… 여기에."

화영은 말을 더듬었다.

은가루처럼 반짝이는 달빛 아래에서 자신을 바라보고 있는 맹타안과 은룡은 이 세상 사람이 아닌 것만 같았다. 지독한 꿈결처럼 아름답고 그리운 모습이었다. 현실감이 느껴지지가 않았다.

화영이 차마 움직이지도 못하고 굳어 있자, 관호가 그녀의 어깨를 감싸며 대문 안으로 들어서도록 하였다. 고 씨에게 문밖의 마차를 끌어다 치우도록 무언의 지시 또한 내렸다. 현희장공주가 귀환했음을 굳이 소란스레 알릴 필요가 없어서였다.

관호가 등 뒤에서 받쳐 준 덕에 화영은 넘어지지 않고 걸을 수 있었다. 구름 위를 걷는 기분이었다. 바삭바삭 서리와 뒤섞여 단단해진 모래를 밟으면서도 그랬다. 맹타안과 은룡이 점차 가까워졌고, 그럴수록 그들의 푸르고 검은 눈동자 속 불꽃도 커졌다.

"맹타안…… 무사했네요."

뭐라고 말을 해야 할지, 어떤 말을 꺼내야 할지 머리가 백지였다. 화영은 한참을 입술을 깜빡이다 힘겹게 말했다.

"외삼촌이 당신의 편지들을…… 전해 줬어요. 거사를 목전에 두었다고…… 거기까진 읽었는데. 어떻게 되었어요?"

화영의 말에 맹타안이 빙긋 웃었다.

"당연히 배신자의 목을 따고 창에 내걸었지. 북려와 내통한 동가 씨족들도 줄지어 배를 갈라 놓았소. 그자들이 흩뿌린 피 덕분에 올봄엔 풀들도 잘자랄 거요."

"그러면…… 당신이 왕위를 되찾았다는 뜻이죠?"

한 단어 한 단어를 공들여 고르는 화영을 바라보며 맹타안이 고개를 끄덕였다.

"그럼. 물론이지. 엽혁타안이 정당하고 새로운 강로왕이요. 아마 당신 오빠에게도 지금쯤 소식이 갔을 거요. 흠, 어쩌면 내일이나 그다음 날이 될 수도 있겠군. 제아무리 발 빠른 전령이라도 나보다는 느릴 터이니."

화영은 은룡만큼이나 알쏭달쏭한 표정을 지었다.

"왜 여기에 왔어요? 강로왕이 남려에 오면 안 되잖아요. 거기다 다른 곳도 아니고 현희부에……!"

"부인, 당신도 이 어린놈과 똑같은 소리를 하는군. 남려인들이란! 의외로 고지식하단 말이야. 정말 모르겠소?"

"그러니까 뭘 말이에요?"

"내가 지금 현희부에, 당신 앞에 있다는 것이 무슨 의미인지. 정말로 모르겠소?"

설마. 화영이 숨을 크게 들이켰다. 차갑고 맑은 겨울밤의 공기에 순식간에 가슴이 부풀었다. 뭔가 머릿속을 스치고 지나갔지만 허무맹랑하기 그지없는 이야기였다. 그럴 리가 없었다. 하지만 그게 아니고는…….

화영의 어깨에 여전히 손을 얹고 있던 관호가 한숨을 내뱉었다.

"……왕위를 포기했군."

관호의 무거운 음성에 그제야 앞뒤를 깨달은 은룡이 눈을 크게 떴다. 그리고 맹타안을 위아래로 훑어보며 당혹스러움을 감추지 못했다.

화영 역시도 경악하였다. 허튼 생각이라며 밀어 두었던 가능성이었으나 관호의 입을 빌리니 순간 가슴이 덜컹 떨어졌다. 맹타안이 곧바로 반박하지 않는다는 점에서 더욱 그랬다.

"정말이에요? 미쳤어요?!"

"미쳤다니! 무슨 말이 그러오? 감동하여 달려와 답삭 안기지는 못할망정!"

맹타안이 혀를 차며 투덜거렸다. 하지만 장난스러운 어조임에도 그의 낯빛은 희고 차분했다.

"포기한 건 아니오. 말은 똑바로 해야지. 강로왕은 엽혁타안이오. 엽혁씨족의 사내고, 훌륭한 전사지. 다만 여기 있는 이는 맹타안인 것이지."

"아니, 무슨 소리에요, 도대체! 똑바로 얘기해요! 말장난하지 말고!"

참다못한 화영이 한 걸음 앞으로 나서며 화를 냈다. 그제야 맹타안이 금빛 눈썹을 치켜들었다.

"그래, 이래야 내 부인이지. 부인이 언제 성질을 낼까 기다리고 있었소."

"맹타안!"

"그렇게 맹타안, 하고 부르는 것도."

맹타안은 어깨를 으쓱했다. 그리고 별 대수로울 것 없다는 듯 입을 열었다.

"영대에게 내 이름을 주었소. 그러니 세상은 영대가 나인 줄 알 것이오. 물론 강로인들은 속지 않겠지. 나 같은 미남이 그런 소도둑놈으로 변할 리 없으니. 하지만 남려나 북려는 뭐, 어찌 알겠소? 엽혁타안이 정당하게 제 왕위를 되찾아 초원을 부흥시킨다면 그러려니 하겠지."

맹타안은 피로써 원수를 갚았다. 불타 버린 부모의 천막을, 무의미하게 흩뿌려진 친족들의 살점들을 그대로 갚아 주었다. 엽혁 씨족의 정당한 후계자에 정당한 명분이었다. 후란 족장의 지지가 함께하니 그의 편에 서는 족장들이 속히 모여들었다. 엽혁새명이 지배하는 짧은 시간 동안 그들 역시 충분히 많이 잃었던 것이다.

전투가 끝나고 동가 씨족의 중진들까지 솎아 내자 이제는 더는 피할 수 없는 차례가 다가왔다. 야친 공주와의 혼인이었다. 맹타안은 거사 이후로 미루는 것으로 후란 씨족의 청혼을 면피해 왔던 것이다. 그들의 적극적인 조력으로 인해 왕위를 되찾았으니 그 딸인 야친 공주와의 합일은 불가피했다. 멸족한 상황인 엽혁 씨족의 부흥을 위해서도 필수적인 부분이었다.

야친 공주는 이상적인 강로왕비가 될 것이었다. 강로의 정수가 여인이 된다면 야친 공주이겠지. 아름다울뿐더러 자부심도 강하고, 승마도 사냥도 적수가 없을 정도로 능숙하다. 호탕한 성격과 강한 소유욕, 높은 자존심. 후란 씨족의 공주에서 이제는 강로왕비로, 엽혁 씨족의 어머니로서 훌륭하게 처신을 할 것이 분명했다. 분명 맹타안이 이전 같았다면 망설임 없이 맞아들였을 여인이었다.

하지만 야친 공주와 혼인한다는 것은 남려와의, 화영과의 인연을 완벽하게 끊는다는 뜻이었다. 맹타안은 고민하였다.

"초원에서도 살아는 졌을 거요. 어쩌면 간혹 웃기도 하겠지. 내 고향이고 내가 왕인데 어찌 슬프기만 하겠소? 분명 행복한 순간도 생길 것이고, 그래, 살 수는 있었을 것이오."

그가 웃듯이 짧게 말했다.

강로왕으로서의 삶도 나쁘지는 않았으리라. 그럼에도 그는 화영을 선택했다. 현희부로 돌아오기로 결심했다.

자신을 바라보는 화영의 눈동자가 떨리고 있었다. 맹타안은 그녀가 두려워하고 있다고 생각했다. 그에게 감당하지 못할 손해를 입혔다고, 결코 보상하지 못할 실수를 하게 만들었다고.

"왜요? 그러면 왜……."

"글쎄."

맹타안이 한 걸음 다가갔다. 그리고 화영의 손을 가만히 잡아 올렸다. 작은 손이 형편없이 차가워져, 벌벌 떨고 있었다.

"백련호에서 미처 하지 못했던 일들이 떠올라서 말이오. 연꽃들 가운데서 부인과 뱃놀이를 했어야 하는데."

"거짓말."

"진심이오. 그래서 현희부 연못에라도 배를 띄워 놓고 연습이나 해 보려 생각 중이오. 노를 저어 본 적이 한 번도 없어서 말이지."

맹타안은 알았다. 초원에서도 살아는 질 것이다. 하지만 평생 목이 마르겠지. 영영 채워지지 않는 갈증에 시달리겠지. 밤마다 마른 입술과 타는 혀를 가지고 잠을 뒤척이고, 아침마다 영롱하게 흐르는 물소리를 그리워할 것이다. 까마득한 수면 위로 아찔하게 피어오르는 연향, 그 곁에서 실패를 움켜쥐고 환하게 웃던 화영의 모습.

그러므로 그는 결정하였다. 사촌인 영대를 불러 간단하게 결심을 밝혔다.

-나는 아들로서, 세자로서 모든 책무를 다했다. 부모와 친지의 원수를 갚았고 왕위찬탈자를 응징했으며 초원의 주권을 되찾았지. 엽혁타안으로서의 의무는 이제 끝났다. 그러니 이제는 자유롭게 살고 싶다.

맹영대는, 아니 엽혁영대는 목에 핏대를 세우며 반발했다. 차라리 저를 죽이고 떠나라며 펄펄 날뛸 정도였다.

그런 엽혁영대를 꺾은 한 마디는 이것이었다.

-네가 형의 이름을 쓰면 될 것 아니냐. 네가 이제부터 엽혁타안이 되어 내 초원을 다스려라. 너는 좀 멍청하긴 하다만 야친 공주가 똑똑하니 아무래도 괜찮을 거다.

사촌 동생이 첫 만남부터 야친 공주를 흠모한 것이야 진작 눈치채고 있었다. 다만 군이 언급할 필요를 느끼지 못했을 뿐이다. 짓궂은 형님이 여태 껏 일언반구 없었으니 안심하고 있던 엽혁영대는 놀란 나머지 반쯤 혀를 깨물고 얼어붙었다. 맹타안은 그런 동생을 비웃으며 천막을 나섰다. 바로 야친 공주에게 향해 담판을 지은 것이다.

다행히 야친 공주는 흔쾌히 허락했다. 어쨌든 그녀가 강로왕비가 되고, 엽혁타안이라는 사내가 그녀의 남편이 되는 것은 매한가지였으니. 군이 자신과 초원에 마음이 뜬 남자를 붙잡아 두고 싶지 않았다.

-사실 당신은 내 취향이라기엔 너무 반반해요. 지나치게 잘생긴 남자는 고삐를 매어 다루기에 성가시지요. 높은 확률로 건방지기도 하고 말이에요.

-잘 됐군. 영대라면 당신이 고삐가 아니라 쟁기를 얹는데도 군말 없을 거요.

-그래야 할 거예요.

야친 공주가 까르르 웃었다.

그렇게 맹타안은 홀가분하게 남려로, 현희부로 돌아올 수 있었다.

"도대체가······."

화영은 맹타안에게 잡힌 손을 뺄 수 없었다. 머리가 어지러웠다. 이 자리에서 받아들이기에는 너무 큰 일이었다.

마찬가지로 놀란 기색인 은룡이 보였다. 순간 은룡에게로 화제를 돌려버렸다.

"너는 왜 여기 있어? 혼인이 코앞일 텐데, 현희부에 있는 걸 들키면 어쩌려고."

"혼인이라니요?"

"하주까지 소문이 퍼졌던데. 네가 금청아와 혼인한다는 소리가……."

어리둥절한 은룡의 표정을 보며 화영은 진한 패배의 기운을 감지했다.

"아닙니다. 녹보석을 판 암상인은 이미 죽었고, 그 조수가 유일한 증인인지라 붙잡고자 하다가…… 혹시 금청아 쪽에서 먼저 수를 쓰지 않을까 저어하여. 방심하게 만들기 위해 잠시 여지를 준 것뿐입니다. 마마의 귀에마저 들어갈 줄은……!"

은룡이 크게 당황하여 급하게 설명했다.

"조수는 찾았습니다. 헌데 그만 형부가 담당하는 사건으로 처리되어…… 옥 중에 있습니다."

"금청아와 혼인하는 게…… 아니라고?"

"결단코 아닙니다. 절대로!"

얼떨떨한 화영의 물음에 은룡이 못을 박듯 고개를 저었다.

"제 평생에 다른 여인을 마음에도, 곁에도 두지 않을 것입니다. 설령 집안과 의절하게 되더라도……."

마지막 문장은 다소 끝이 흐렸는데, 그의 의지가 약해서가 아니라 이미 모든 것을 버리고 온 맹타안이 앞에 있음을 의식해서였다.

화영은 할 말을 잃었다.

맹타안도 은룡도, 영영 이별이라 생각하고 힘들게 마음을 정리했는데. 이렇게 다시 돌아와 버렸다. 그녀를 위해 가진 것을 죄다 포기하고.

"……늦었소. 들어가 여독을 푸는 것이 우선이오."

관호가 조용히 말했다.

그 침착한 음성에 더욱 마음이 혼란했다.

툭, 하고 뒤늦게 눈송이가 하나둘 떨어지기 시작했다.

침묵 사이로 매화꽃이 피는 소리가 들렸다.

웃어야 할지 울어야 할지. 심장의 요란이 멈추지 않았다.

화영은 침소 가운데에서 머뭇거렸다. 침혜가 정성껏 청소하고 단장하였기에 바로 어제 떠났다 온 것 같았다. 지창들 위에는 고운 방장들이 걸려 냉기를 막고 있었고 커다란 청동 화로 안에서는 향기로운 백탄이 불씨를 머금고 탁탁거렸다. 침상 위에 깔린 금침에서는 겨울 햇볕을 쬔 서늘한 향이 났다. 화영이 화반으로 썼던 은수반에는 동백꽃이 한가득이었다. 그런데도 어쩐지 쉽사리 움직이기 어려웠다.

그렇구나. 오늘부터는 혼자 지내야겠네.

미령에서의 생활에 그새 익숙해진 것일까. 처음에는 관호와 한방을 써야 한다는 게 불편해서 죽을 지경이었는데. 이제는 이 넓고 화려한 처소에 홀로 있자니 까닭 없이 서먹하였다. 탄이 타는 소리와 바람 부는 소리만 가득하여, 까마득히 고요한 심해 속으로 퐁당 떨어지는 기분이다.

관호와 맹타안, 은룡은 화영을 본채 대청까지 바래다주었다. 그다음은 어떻게 되었을까. 오랜만의 재회이니 그들끼리 무언가 대화라도 할까? 하지만 무슨 말이 오고 가겠는가? 어쩌면 그대로 각자 흩어졌을지도 모르지. 곁채의 처소들로⋯⋯ 화영은 한숨을 쉬었다. 부마들에 대해 생각하는 것만으로도 가슴이 지끈거렸다.

어떡해야 좋을까?

현희부는 기울어진 달이었다. 녹보석을 사간 자가 낯선 사내라고 주장하는 증인마저 잡혔고, 거기다 손을 쓸 수도 없다. 물론 그 증언이 화영의 문란한 방종과 곧바로 이어지지는 않겠지. 하지만 사람들의 눈에는 썩 그럴싸한 연결고리일 것이다.

'한창 현희부 위세가 좋을 때였어도 마찬가지야. 어떤 금은보화로도 강로 왕위와 초원을 배상할 수는 없잖아. 아, 새언니 얼굴은 또 어떻게 보고? 은룡이 나 때문에 집안과 의절하겠다면 언니도 웃어 주지만은 않을 텐데.'

거기다 무엇보다도, 관호가.

화영은 외투를 벗다 말고 입술을 깨물었다.

맹타안과 은룡을 보느라 그녀의 등 뒤에 서 있던 관호의 얼굴은 미처 확인하지 못했다. 그가 어떤 표정을 짓고 있었을까. 상상만으로도 죄책감이 몰려들었다. 그야 화영이 맹타안과 은룡더러 돌아와 달라 청하지는 않았다. 그러나 그들이 귀환한 이유는 화영이었다. 그 사실을 부정할 수는 없었다.

'평생 부부로 의지하며 살자고 약속했는데. 두 사람이 되돌아왔으니……'

그야말로 사면초가다. 화영은 본의 아니게 세 부마에게 빚을 지고야 말았다. 어떻게 이 상황을 헤쳐나가야 할지 감이 조금도 잡히지 않았다. 현희부에 얽힌 중상모략만으로도 버거운데, 그 소문의 원인이나 마찬가지인 세 부마들이 다시금 모였으니.

분하고 억울해야 할 상황인지도 몰랐다. 왜 내 의사와 무관하게 멋대로 정조를 지켰느냐고 성을 내야 하는 건지도 모른다. 헌데 머리가 지끈거리는 와중에도 화만은 나지 않았다. 그래서 더욱 화영의 마음은 무거웠다.

이 생에 다시는 보지 못하리라 여겼던 두 사람을 다시 본 순간, 호흡이 턱 하고 막힐 만큼 순도 높은 기쁨을 느꼈다. 당장에 달려가 한 팔에 한 명씩 한꺼번에 끌어안고 싶었을 정도로.

"오랜만에 집에 오셔 놓구, 어째 죽상이셔요?"

익숙한 목소리가 뒤에서부터 화영을 감쌌다. 어정쩡하게 걸친 외투를 빼내어 벗기는 손길에 화영은 정신을 차렸다. 뒤를 돌아보니 그리운 얼굴이 활짝 웃고 있었다. 침혜였다.

"침혜!"

화영은 그대로 침혜의 품을 들이받았다. 침혜는 놀란 듯 처진 눈을 살짝 뜨더니, 이내 더 크게 웃으며 화영을 꼭 보듬어 주었다.

"보고 싶었어. 정말로."

"네, 네, 그러셨겠죠. 시골짝에서 저 없이 얼마나 고생이 많으셨겠어요?"

킬킬거리는 침혜의 품에서는 채 지워지지 않은 땔감 냄새와 사찰의 향, 그리고 어린애 냄새가 났다. 묻지 않아도 그녀가 용중산에서 행복하게 지냈음을 알 수 있었다. 다정한 남편, 오이꽃을 좋아하는 딸아이와 작은 움막집에서 함께 겨울을 보냈겠지.

"어리광은 이제 그만 피우시구, 어여 씻으러 갑시다. 때가 묻어서 꼬질꼬질하네요. 설광에 탔는지 얼굴도 새까맣구."

"뭐? 정말? 까매졌어, 나?"

화영이 침혜를 안은 손을 바로 풀고 자신의 얼굴을 감쌌다. 그야 하주 미령에서부터 올라온 길이니 썩 치장한 몰골은 아니다. 하지만 이번에는 말이며 마차도 상급만 썼고, 숙소에서 잘 씻고 잘 먹었는데! 역시 설경을 구경하느라 창문을 열고 있었던 게 탈인가? 눈에 햇빛이 반사되면 여름만큼 탈 수도 있다던데 그렇게 된 건가? 맹타안과 은룡 눈에도 그렇게 보였을까 순간 겁이 더럭 났다.

침혜는 침혜 나름대로 의외라는 표정이었다.

"어이구, 시골에서는 농담하는 사람도 없나 봐요? 전 같으면 귓등으로두 안 들으셨을 텐데 바로 속으시네."

그러더니 뺨을 감싼 화영의 손에 제 손을 덧대고 아기 어르듯 흔들었다.

"당연히 거짓말이죠! 타긴 뭘 타, 서시가 와도 울고 가게 이쁩니다요. 그러니 부마 나으리들이 헐레벌떡 돌아온 거 아니겠어요? 자, 자, 빨리 씻으러 가요. 목욕물 식겠어요."

침혜는 화영이 제일 좋아하는 온도에 맞추어 물을 채워 놓았다. 새빨간 동백 꽃잎이 가득 뿌려져 있어, 향유를 따로 섞지 않아도 매혹적인 향기가 올라왔다. 화영은 탕 속에, 침혜는 탕 밖에서 시중을 들면서 많은 이야기가 오고 갔다. 이미 늦은 밤이었지만 오랜만에 만난 벗들에게 무슨 문제가 되겠는가.

주로 침혜가 말했고 화영은 들었다. 간간이 감탄사도 내뱉고, 맞장구도 쳤다. 그러나 정작 본인의 이야기는 하지 않았다.

침혜 역시도 정작 화영이 하주에서 어떻게 지냈는지는 섣불리 꺼내지 않음을 파악했다. 궁금하긴 했으나 이제 현희부에 돌아온 첫날이니 피곤 하신가 보다 여겼다. 어차피 시일이 지나면 알게 되지 않겠는가. 다른 사 람도 아니고 강로로 떠났던 맹 부마까지 돌아온 판국에 말이다.

"떠들다 보니 시간이 벌써 이렇게 됐네요. 물도 미지근하구, 안 되겠다. 감모 걸리시겠어."

제 이야기가 끝났을 무렵, 침혜가 눈치 빠르게 장소를 바꾸었다. 화영이 아직 목욕물의 따끈함을 지닌 채 처소로 돌아가도록 모셨다. 그리고 침의 위로 늘어진 긴 머리카락이 다 마를 때까지 화로 옆에 앉혀 정성스레 빗질 을 해 주었다. 화영은 꾸벅꾸벅 졸았고, 침혜는 콧노래를 흥얼거렸다.

화영의 머리카락이 다 말라 비단처럼 윤기가 흐를 무렵에야 침혜가 한 마디 물었다.

"잘 지내신 거죠? 관 부마가, 잘 챙겨 드렸구?"

"……응."

대답은 짧았다. 그러나 화영의 귓가가 사과처럼 발갛게 달아올라 있었다. 그것을 보고야 침혜는 만족하며 물러났다. 안녕히 주무셔요, 하는 인사와 함께.

* * *

태후는 신년 연회 이후로 내내 기분이 좋지 않았다.

장식이며 차림이며 참석한 조정대신들 모두 작년과 동격이거나 더 나은 규모였다. 딱 하나 차이가 있다면 현희장공주의 부재였다.

연회 자체에는 문제가 없었다. 장공주 부재를 무마하고자 황후가 크게 공을 들였기에, 사실상 훌륭하다고 평할 만했다. 특히 회장 가득 홍매화로 장식한 일은 두고두고 궁인들마저 감탄하며 즐긴 절경이었다. 황제 역시도 어둡던 낯을 잠시 거두고 황후의 노고를 칭찬했으며, 참석한 대신들은 새해의 홍복을 빌며 분위기를 돋웠다. 악사들의 연주도 좋았고 무희들이 오랫동안 준비한 춤사위도 교교하니 아름다웠다.

그런데도 태후는 심기가 불편하였다.

'선을 넘었다.'

어쨌거나 하나뿐인 따님이었다.

태후가 평생 가져 본 자식이라고는 황제와 장공주가 전부였다. 한 번도 배불러 본 적 없었으며, 자신과 함께 간택된 서너 명의 첩 역시 선제의 아이를 낳지 못했다. 그러므로 평생을 어린아이를 어르거나 품에 안아 글자를 가르치는 경험을 겪어 보지 못하였다.

다 큰 오누이를 입적할 적에 내심 아쉬웠던 까닭도 그것이었다. 그들이 몇 살이라도 더 어렸더라면 피차 좋았으리라. 하다못해 십 대 초반이기만 했어도, 참으로 어미와 자식인 양 그럴싸한 역할 놀이라도 해 볼 수 있었을 텐데. 하지만 쌍둥이는 평생 처음 보는 그녀를 모친으로 여기기엔 성년에 가까운 나이였다.

어쩌겠는가. 진정 모자간의 정은 얻기 어렵겠지만, 서로 예의를 갖추고 같은 배에 타 배신하지 못할 협약을 맺었다. 황제와 장공주의 자리를 얻도록 도왔고, 태후가 되어 존중받을 수 있었다.

황제는 깍듯이 태후를 섬겼고 어머니라 부르기도 개의치 않았다. 장공주는 정반대였다. 계집아이라 그럴까, 코흘리개 적 잃은 어미에 대한 의리를 지키려는 것일지도 모르겠다. 장공주는 항시 태후를 어려워했으며 지시를 빠져나갈 궁리만 한가득이었다. 어머니라 부른 적도 거의 없었다. 그러다 보니 태후 본인도 자연스레 장공주보다는 황제를 중시하게 되었다. 그야 당연한 이치이겠지만 말이다. 설령 자신이 쌍둥이의 친어미일지라도 황위를 이을 아드님을 아끼지 않겠는가. 태후는 그렇게 여겼다.

헌데 정작 장공주가 현희부를 닫고 하주로 떠났다니 어찌나 심기가 불편하던지!

'아무리 녹보석의 출처가 수상하더라도 정도가 있지. 어찌 존귀한 장공주가 제 손으로 현희부를 닫고 시골로 내려가게 만든단 말인가. 부마도위의 고향이라면 하주에서도 한참 오지일 것이고, 강호인들이나 가득할 테니 장공주를 제대로 섬기지도 않을 텐데. 이런 수모를 겪게 만들다니.'

말썽만 부리던 장공주였으나 나쁜 아이는 아니었다. 절간에서 괴팍한 외숙 손에 자라났을 뿐, 타고난 성정은 밝고 쾌활했다. 법도를 가르치고 여공(女工)을 익히게 도울 어미가 있었더라면 훨씬 나았을 텐데 싶어 아쉬웠다.

태후가 직접 길쌈이니 자수니 악기를 다루는 법을 가르치려 했으나 번번이 실패한 이유도 단지 그 때문이었다. 장공주가 어리석거나 못된 게 아니라, 그저 그런 여인다운 덕목을 어려서 접하지 못해 낯설어하였을 뿐이다.

시경이나 효경은 그럭저럭 읽는 것을 보면 오라비 곁에서 글줄은 배워 익숙한 모양새였다. 아주 본판이 문제인 아이는 아니었다.

매번 빠져나갈 궁리를 하고 앓는 표정으로 수업을 듣기는 했지만…… 미운 짓은 없지 않나. 실력이야 엉망이었으나 태후가 지시하는 일은 죽상으로라도 해냈고 말이다. 엉뚱하고 실없는 소리를 가끔 하긴 해도, 불쾌하게 만들기보다는 어이없어 웃음이 나오는 종류의 농담이었다. 실로 방 상궁은 장공주라면 제 손녀라도 되는 양 귀여워 어쩔 줄을 몰랐다. 정작 태후의 질녀인 금 귀비나 금청아보다도 장공주를 아끼는 기색이었다.

하여간 때 묻지 않은 아이다. 미인이지만 건방지지도 않고, 여공은 수습이 안 되는 수준이지만 사리 분별은 뛰어났다. 애초에 화영이 마음에 들지 않았다면, 아끼는 인재이자 친조카인 금명을 부마로 맺어 주려 했을 리 없다. 아무리 하나뿐인 장공주라도 말이다.

장공주가 눈앞에 있을 적에는 금명과 짝지어 주는 데에만 온 신경을 기울였다. 그런데 정작 그 아이가 음해를 받아 한겨울에 오지로 요양을 갔다니 새삼 생각이 많아졌다.

이 사실을 눈치챈 것은 측근인 방 상궁과 질녀인 금 귀비, 단둘뿐이었다.

"장공주가 늦게나마 도성에 올라왔다니 다행입니다. 공기 좋고 물 좋은 곳에서 요양하였으니 건강도 되찾았겠지요."

"풍수와 지리 좋기로는 도성이 제일이거늘, 천 리 길을 오가는 고생을 귀한 장공주가 할 필요가 있겠느냐?"

현희부가 열렸다는 소식은 곧장 황궁으로 들어왔다. 아침 문안 겸 태후를 떠보러 왔던 금 귀비는 얌전히 몸을 사렸다.

"태후께 인사는 언제 드리러 온다던가요?"

"하주에서 갓 올라왔으니 당장은 여독을 풀어야겠지. 아직은 뭐라 인편이 오지 않았구나."

"그 말씀이 옳습니다. 긴 여정이었으니 장공주도 한숨 돌려야지요."

"흥."

태후는 불쾌한 티를 감추지 않았다. 언제나 감정을 잘 다스리던 그녀답지 않은 모습이었다. 게다가 금 귀비는 태후의 질녀가 아닌가. 관대하던 평소와는 다른 분위기였다. 금 귀비는 더욱 신경을 곤두세웠다.

'분명 장공주가 지나치게 욕을 보았다고 여기시는 게다. 그 원흉인 금청아가 새삼 원망스러운 것이고, 청아의 자매인 나 역시 곱게 보이지 않겠지. 벌써부터 금청아가 뿌린 오물이 내게 달라붙는구나. 빨리 손을 떼어 내야겠다.'

방상궁이 눈치껏 내전에서 시녀들을 물렸다. 태후께서 분명 그간 불편했던 심기를 금 귀비에게 쏟아내리라 예상한 것이다.

과연 시녀들이 뒷걸음질로 빠져나가자마자 태후가 싸늘하게 입을 열었다.

"그래서, 네 동생의 혼인은 어떻게 되어 가느냐?"

모르실 분이 아니다. 실로 직접 참여하여 혼수를 보태 주기도 하셨으니까. 그저 청아와 연관시켜 타박하려는 물꼬일 뿐이다.

금 귀비는 표정을 공손히 가다듬으며 대답했다.

"날짜와 신랑만 있으면 당장이라도 진행될 수 있다고 들었사옵니다. 헌데 정작 중요한 저 두 가지를 갖추지 못한 까닭에."

"기도위가 아직도 버티고 있단 말이냐? 언제는 또 백기를 들었다면서?"

"글쎄요. 소녀도 후궁에 거하는 몸이니 바깥 돌아가는 일은 잘 모르지만, 청아의 성질은 익히 알지요. 아마 기도위가 잠시 업무에 집중하여 조용한 틈을 타, 멋대로 그가 수그러들었다 착각하여 떠든 것이 아닐까요."

"결국 이 난리를 치고도 기도위를 잡아매지 못했다는 거구나."

금 귀비는 적절한 때에 입을 다물었다. 그리고 고개를 숙였다.

"이 고모가 어째서 네 동생이 작당한 수작을 모르겠느냐? 알고도 핏줄이라, 내 가문이라 눈감아 주었다. 헌데 정도를 지켜야지. 나는 금씨의 딸일 뿐 아니라 이 나라 태후다. 황상과 장공주의 모후란 말이다. 그런데 황상의 체면에 먹칠을 하고, 장공주의 명성을 진흙탕에 끌어내리고도 정작 얻은 게 뭐가 있지? 이 무슨 어리석은 짓거리냐?"

"……면목이 없사옵니다."

"너는 확실히 동생보다 똑똑하지. 그러면 네가 손윗사람으로서 다독이고 제어를 했어야 하는 일이다."

태후의 질책에는 묘한 예민함이 묻어 있었다. 사실 진정한 윗전인 태후 자신이 금청아를 진작 꾸짖지 못해 벌어진 일이라는 자각이 있어서였다.

그래서 금 귀비는 더욱 납작 몸을 낮추어 태후의 비위를 맞추었다. 황제의 귀비가 된 자신이 금가에서 무서울 것 없이 활개 치고 다니는 동생을 무슨 수로 간섭하겠느냐, 따위의 변명은 꺼내지도 않았다.

피차 태후도 그 점을 알고 있을 것이다. 중요한 것은 금 귀비 그녀는 금청아와 달리 주제를 잘 알고 있으며, 태후를 거역하고 황실에 누를 끼칠 일은 결코 없으리라는 표시였다.

"소녀의 죄이옵니다. 소녀를 벌해 주시옵소서."

금 귀비가 바로 수긍하며 엎드리자 태후도 눈을 찌푸릴 뿐 더는 책망하지 않았다.

방 상궁이 분위기가 누그러지도록 직접 차를 끓여 내놓았다. 태후가 일어나라 명했으므로 엎드려 사죄하던 금 귀비도 반듯이 일어나 차를 들었다.

찻잔을 들고 응시하던 태후가 툭 내뱉었다.

"솔직히 놀랐다. 목석처럼 보이던 부마도위가 그런 결단을 내릴 줄이야. 장공주를 데리고 사가로 가 버려? 허 참, 어지간한 성깔 아니냐."

"그렇지요. 장공주가 게에 따랐다는 것도 의외이고요."

"분명 썩 가깝지 못한 부부지간이었는데…… 이래서야 없던 정도 생겼을 판국이다."

태후의 음성에서 씁쓸함이 묻어났다. 금 귀비는 차를 한 모금 마심으로써 대답을 피했다.

태후가 금청아의 소문을 눈감아 준 까닭은 부마도위와 현희장공주를 이혼시키려던 목적 때문이었다. 현희부를 개방하여 손님을 맞을 재간이 없는 부마 때문에 헛소문이 도는 거라고 탓하며 말이다. 그렇게 현 부마를 떼어 내고 외조를 잘 해낼 금명을 현희부에 들여보낼 계획이었는데 모든 것이 틀어졌다.

과연 없던 정도 생길 상황이지. 금 귀비도 내심 태후의 말에 동의하였다. 낯선 지역, 낯선 집에서 오로지 부마만 의지하고 지내야 했을 터이니 말괄량이인 장공주라도 제법 마음을 붙이지 않았겠는가.

"오황자의 녹보석이 뭐라고. 그깟 보석 하나 때문에 아직껏 소란이 가라앉지를 않았다니."

"……그 보석을 실로 팔았다는 자의 수하까지 발견되었다고 하여…… 그나마 묻히나 싶던 소문이 다시 커진 모양입니다."

"그래. 은 기도위가 밤낮없이 수색하던 것을 빼앗아 옥에 가뒀다지? 잘하는 짓이야. 그 시꺼먼 속내를 태후인 내가 모를 줄 아는가. 분명 장공주를 빌미로 황상의 면을 상하게 하려는 속셈일 것이다."

태후와 금 귀비의 시선이 마주쳤다. 두 사람 다 황실의 일원이었다. 젊은 황제야말로 그들의 삶을 안전하게 유지해 주는 핵심이었다.

태후가 입을 열었다.

"잘 생각하거라, 옥아. 황상이 흔들리면 너와 나도 추락한다. 우리가 추락하면 금가 역시 몰락하는 길을 걷겠지. 저 좋다는 사내와 혼인하려는 조카딸의 마음을 어찌 모르겠느냐. 그런 복을 얻기란 쉽지 않지. 태후로서의 이득도 생각했지만, 고모로서, 여인으로서 도와주고 싶었던 것도 사실이다. 하지만 그보다 중요한 것들이 있음을 확실히 해야 한다."

"명심하겠사옵니다."

금 귀비는 고개를 숙였다.

* * *

현희장공주가 귀성하였다는 소식은 금명에게도 들어왔다.

어쩐지 몇 번인가 은룡에게 내어준 거처에 방문했음에도 매번 비어 있어 이상하다 싶었다. 은룡은 현희부에서 장공주를 맞이할 준비를 돕느라 오며 가며 바빴던 모양이었다.

금명도 사람인지라 저도 모르게 아쉬운 마음이 들었다. 그러나 곧바로 고개를 저었다.

'내가 장공주께 무슨 의미라고 굳이 소식을 전해 주겠는가. 은 기도위와 잠시 친분을 쌓았다고는 하나 그뿐이지. 기도위는 내가 장공주와 따로 인연이 있음을 알지 못하니…….'

증인을 빼앗긴 이후로 손 쓸 방도가 없어, 일단은 상황이 어찌 돌아가는지 파악하자 합의한 이후였다. 은룡이 금명에게 따로 찾아오거나 연통을 보낼 이유가 없었다. 사소한 접촉도 실마리가 될 수 있으니 자제하여야 한다고 말한 것도 금명 자신이었다. 그러니 장공주가 돌아온다는 이야기를 위험을 무릅쓰고 금명에게 알려 줄 까닭이 어디 있겠는가.

금명은 한숨을 쉬었다. 어쨌거나 은룡이 현희부에 거주하던 것은 사실이었던 모양이다. 지금 은룡 스스로가 입증하고 있지 않은가. 진작 함께 살아 살림이며 일손 다루기에 익숙하지 않았다면 아무리 장공주와 허물없는 사이라 해도 주인 없는 현희부에 멋대로 들어가 돕지는 못할 터였다.

'참으로 상례에 어긋난 일이건만…… 이상하기도 하지. 현희장공주에게 손가락질하고픈 마음은 전혀 들지 않는구나. 오히려 기도위가 부럽다고 여겨지니, 나도 군자가 되기엔 한참 부족한 모양이다.'

금청아가 퍼뜨린 추문처럼 방탕한 관계는 아니겠지만, 그래도. 식객으로 산다 하여도 참으로 좋을 것 같았다.

풍수가 좋고, 건축물은 우아하고 아름답기로 소문난 현희부. 현 현희장공주는 소란스러운 것을 싫어하여 최소한의 점잖은 하인들만 거느리고 지낸다고도 했다. 그 곁채에 방 한 칸을 얻는다면 어떨까? 귀를 닫으려 해도 들어오는 잡다한 세상사와 집안에서부터 벌어지는 권력다툼에서 떠나 시와 학문에 집중할 수 있겠지. 부마도위가 다소 어렵게 보이긴 한다만, 예의를 갖추어 존중한다면 괜찮지 않을까. 강로족 출신의 이방인도 수용했다면 남려인에다 법도를 잘 아는 금명 자신을 받아 주지 못할 게 뭐란 말인가?

문득 자기가 생각하고도 우스워, 금명은 큭큭 잔웃음을 지었다.

'이래서야 왕부의 측비로 들어가고자 꿈꾸는 규수들과 다를 게 없구나!'

금상이 지극히 아끼는 동복 누이에게만 허락하는 현희부. 그런 곳을 휴가지처럼 꿈꾸다니, 발상만으로도 불경죄였다. 게다가 단순히 현희부의 고적함만을 동경하는 것이 아니라, 그 주인에게도 미련이 있으니.

금명은 휴, 하고 웃음을 가다듬었다. 그리고 드리워진 발을 부채 끝으로 거두고, 창밖을 확인하였다. 금가에서 장터로 향하는 익숙한 길이었다.

"공자."

금명의 기척에 마차 밖에서 마부가 조심스레 말을 걸었다.

"저어, 서채에서도 마차가 한 대 나와서. 바로 뒤에 있습니다만……."

"아아."

금명은 걷은 발 사이로 흘긋 시선을 흘렸다. 과연 잘 다듬어진 길 뒤편으로 고급 마차 한 대가 따라오고 있었다. 마차 지붕을 장식한 천의 문양이며 마구를 보면 금가의 소유가 확실했다. 마차는 부인네들이 쓰는 일인용이다만 곁에 따라붙은 시위들이 하나같이 건장하고 수도 많았다. 금가에서 저런 유난을 떠는 사람이라면 하나뿐인데. 금명이 혀를 찼다.

"우리 사촌누이가 시장 구경을 나서는 길일 수도 있으니. 일단은 의식하지 말고 쭉 가게나."

"예, 공자."

금명이라면 질색하는 금청이다. 우연히 외출이 겹쳤다면 일부러라도 돌아가거나, 아니면 아예 바짝 다가와 이런저런 말로 심기를 어지럽히려 했을 것이다.

'기도위와의 혼인이 잘 진행 중이었다면 더욱 기가 살아 나를 조롱하려 했겠지. 지금은 제가 기대한 상황이 아니니 나를 비웃을 명분이 없는 것이고. 그렇다면 더욱 나를 피해 다른 길로 갈 법한데. 이렇게 거리를 두고 따라오는 것을 보면……'

대놓고 미행이라. 은 기도위가 나와 관련되었음을 눈치챈 것일까? 그러기는 쉽지 않을 텐데. 금명은 흐음, 하고 등받이에 몸을 기대었다.

실로 그는 지금 공방 거리에 있는 은룡의 거처로 가는 중이었다. 두 사람은 시동을 보내거나 서찰을 주고받는 대신 이 방법을 썼다. 사나흘에 한 번, 금명이 시장을 거쳐 은룡이 머무는 집에 들르는 것이다.

그때 상 위에 흰 천을 올려 두면 무탈하다는 뜻이고, 붉은 천이 올라가 있으면 문제가 생겼다는 뜻이다. 은룡이 붉은 천을 올려 두면 금명이 지정해 둔 다른 은신처에서 만나면 된다. 이러면 은룡이 부재하여도 금명은 안부를 파악할 수 있고, 은룡이 등청한 시간에 금명이 시내로 외출하는 것이니 두 사람의 연결고리가 의심받을 가능성도 적었다.

"먼저 풍 씨 서점으로 가세나."

금명은 탁탁 창틀을 두드리며 말했다. 서점에서 한 시진 정도 보내고 나면 금청도 질리겠지. 은룡의 은신처엔 그 이후에 가도 된다. 만약 참지 못한 금청아가 먼저 덤벼든다면 그것도 나쁘지 않았다. 금청아가 갑자기 자신에게 화살을 돌리는 이유가 궁금하니 말이다.

과연 금명은 중경에 있는 풍 씨의 서점에서 한참 동안 시간을 보냈다. 필요 이상으로 말이다. 헌데 새로 들여온 고서 몇 점을 사 들고 마차로 돌아오니, 마부가 슬쩍 고개를 저었다. 자연스럽게 그에게 사 온 물건을 구경시켜 주는 양하며 주위를 훑으니, 장날이 아닌지라 한산한 골목길 어귀에 금청아의 마차가 요지부동으로 멈추어 서 있었다.

참을성이라고는 찾을 수가 없는 아이인데. 이렇게까지 기다리다니. 금명의 눈매가 가늘어졌다.

"공방 거리로 가지."

"하지만 청아 아가씨가 따라오실 텐데요."

의외의 지시에 놀란 마부가 되물었다.

"뭐 어떤가? 저 애는 직접 봐야만 의심을 풀 거야. 내가 서역의 물건을 만드는 데 관심이 있음은 다 아는 일이니, 공방에 드나든다 해서 뭐가 대수이겠는가."

마차에 다시 올라 바퀴가 움직이기 시작하니, 번화한 중경 거리에서 다소 벗어난 외곽까지는 시간이 그리 걸리지 않았다.

금명은 일부러 마차에서 바로 내리지 않았다. 이 각 정도나 되었을까. 결국 마차를 두드리는 성난 손길이 있었다. 금명은 그제야 문을 열고, 놀랐다는 표정을 지었다.

"청아. 여기엔 무슨 일이지?"

뒤에 호위들을 거느린 금청아가 붉으락푸르락 잔뜩 독이 오른 얼굴로 서 있었다.

"여기서 누이를 만나게 될 줄은 몰랐는데. 놀랍구나."

"하! 모른 척하지 마세요. 일부러 내 성질을 돋우고 있는 거, 모를 것 같아요?"

"무슨 뜻인지 모르겠단다. 차분히 설명해 주지 않겠니."

금명은 침착하게 마차에서 내려 금청아 앞에 마주 섰다. 줄지어 붙은 공방들 앞 거리였기에 오가는 심부름꾼이며 한창 일하던 장인들마저 호기심 어린 눈길로 그들을 쳐다보고 있었다.

금청아가 어떤 소리를 꺼낼지 몰랐다. 인적이 드문 곳으로 자리를 옮겨야 할 성싶었다. 금명은 굳이 말로 권하지 않았다. 대신 도망이라도 치듯 슬슬 물러서 거미줄처럼 뻗은 좁은 골목길로 피하니, 금청아가 바짝 약이 올라 잰걸음으로 뒤쫓았다.

제법 이목을 피했다 싶자 금명은 멈추어 섰다. 그리고 빙긋 웃으며 물었다.

"나야 맡겨 둔 도면을 찾으러 왔다만, 누이는 무슨 일일까. 공예에 관심이 있을 줄이야."

"관심 따위 있겠어요? 하, 뻔뻔하게 구는 것을 보니 오라버니가 원흉이라는 게 확실하네요. 그렇죠?"

"원흉이라니?"

금청아가 금명을 쏘아보았다. 이를 앙다물며 으르렁대는 기세가 심상찮았다.

"언니에게 욕을 어찌나 얻어먹었는지, 아직까지 배가 부르네요. 고모 핑계까지 대며 잔소리를 하기에 온헌궁을 걷어차고 나와 자녕궁으로 가 봤죠. 그런데 날 만나 주지도 않더군요. 언니야 항상 제 생각만 하는 이기적인 계집이니 그렇다 쳐도, 날 귀여워하시던 태후까지 갑자기 태세를 바꾸다니? 이게 어떻게 된 일이겠어요? 누군가 나를 음해한 거겠지!"

"내가 태후께 너를 흠잡았다고, 그렇게 주장하는 것이냐?"

"그래요. 오라버니가 아니면 누가 그럴 수 있겠어요? 나를 제외한다면, 금가에서 가장 아끼는 조카가 오라버니뿐인데! 다른 사람이 험담을 했다면 듣는 척도 안 했겠지만 오라버니라면 달라. 늙은 고모가 휩쓸리고도 남죠!"

"청아. 말을 조심하거라. 태후께 무슨 불경한 소리니."

"저 봐, 확실하다니까!"

감정의 변화 없이 침착한 금명의 태도에 금청아는 한층 더 약이 오른 기세였다.

"도대체 뭐라고 고모를 속였지? 뭐라고 내 꼬투리를 잡았어? 여태껏 눈 감아 주시던 고모가 하루아침에 내 탓을 하시다니! 그것도 금옥아의 입을 빌어서! 얼마나 자존심이 상했는지 알기나 해? 세상에, 금옥아가 어찌나 으스대던지, 그 꼬락서니를 봤어야 하는데!"

"난 달포간 황궁에 출입한 적이 한 번도 없단다. 기록을 본다면 너도 알 것이야. 그러니 내가 태후께 너를 음해했다는 주장은 성립할 수 없지."

"서신을 보냈는지, 남의 입을 빌었는지, 우리 똑똑한 명 오라버니가 그깟 수를 못 내겠어요? 나를 망신시키려면 무슨 짓이든 못 할까!"

원래부터 금명과 껄끄럽던 사이였지만 이제는 원수라고 짐짓 결정한 금청아였다. 지난 황후 탄신연에서 제가 금명을 조롱한 기억이 또렷해서였다. 자기도 기억하니 잘난 금명은 더욱 선명하겠지. 그 복수를 하려고 고모를 쑤석인 것이 아니겠는가?

게다가 금명이 이 사태에 기여했다는 논리가 따져볼수록 그럴싸하게 앞뒤가 맞았다. 아예 억지 같지는 않았다. 특히 객잔에서 방을 뺀 이후 감쪽같이 자취를 감춘 은룡까지 연결해 보면 말이다.

금청아는 온 하인들을 닦달하고 은자까지 풀어가며 도성 내의 모든 여관과 숙소를 뒤졌다. 잘생긴 팔척장신의 귀족 청년은 결코 흔하지 않았으므로, 어떻게든 꼬리가 잡히기 마련이었다. 한 번 거의 잡을 뻔도 하지 않았나. 그런데 그다음부터는 이상할 정도로 은룡의 흔적이 없었다.

한겨울에 노숙을 할 리도 없고, 매일 등청해야 하니 도성 밖에 거처를 구하지도 못할 것이다. 은가에서 따로 사 놓은 건물이 없는지도 캐물어 보았으나 뾰족한 단서를 찾지 못했다. 친분이 있다는 중랑장 노석의 뒤마저 따라다니도록 사람을 붙였으나 노가에도 은룡은 없었다.

혹시 누군가 고의적으로 그를 숨겨 주고 있는 게 아닐까?

그게 아니고서야 은룡 혼자서 이리 완벽하게 자신의 손아귀에서 벗어날 수는 없었다. 청렴하고 속임수와는 거리가 먼 은가의 심성을 잘 알았다. 그래서 더욱 탐이 났던 것 아닌가. 그녀가 멋대로 쥐고 흔들 수 있을 순진한 사내라서 말이다.

"오라버니가 내 남편을 숨겼죠?"

금청아가 금속성이 푸르게 번지는 음성으로 물었다.

"태후께 내 험담을 하고, 내 남편을 숨겼어. 금명이 아니라면 해낼 수 없는 일이야. 금명이 아니면 할 까닭이 없는 일이고."

"증거라도 있니? 청아, 네가 요즘 골이 난 것은 알지만, 근거 없이 오라비를 탓해서는 안 된다."

금명이 적절히 몇 마디를 덧붙였다. 하나같이 금청아의 심정을 후벼 파는 말이었다.

"게다가 아직 혼인도 하지 않은 처녀가 외간 사내더러 남편이라 칭하다니. 남이 듣는다면 흠 잡힐 일이야. 금가와 너의 명예를 위해서라도 자제하거라."

"오라버니!"

분노를 참지 못하고 버럭 소리를 지르자, 금청아 뒤에 서 있던 장정들마저 당황한 기색을 숨기지 못했다. 그들 역시 아가씨에게 평소 어지간히 시달리고 있던 와중이었다. 하지만 이렇게 앞뒤 안 가리고 성을 내는 모습은 드물었던 것이다.

그러나 금명은 눈썹 하나 까딱하지 않았다. 오히려 한결 차분한 음성으로 사촌 누이를 꼬집었다.

"너도 알 거다. 문제는 이 오라비가 아니라 너라는 사실을. 청아, 이쯤에서 물러나거라. 지금은 기도위를 굴복시키느냐 마느냐의 단계를 넘어섰다."

금명은 그녀가 엎어트린 먹물이 어디까지 번질지 감당할 수 없으리라고 지적했다. 네가 어찌할 수 있는 범위를 넘어섰다고 단언하는 것도 잊지 않았다.

금청아의 낯빛이 붉어졌다 파래졌다.

"현희장공주의 위신이 이보다 떨어진다면 태후께서도 너를 가만두지 않으실 거다. 너뿐 아니라, 숙부님과 귀비마마까지도 불벼락을 맞을 수 있어. 이제 그만두거라."

"그러니 기도위를 순순히 내놔요. 그 사람만 있으면 혼인은 당장이라도 치를 수 있어. 그러고 나면 그 멍청한 소문이야 금방 가라앉을 거고!"

"이 와중에도 너는 네가 갖고 싶은 물건 생각뿐이구나! 청아, 이 추문이 어디에서 시작되었는지 현희장공주께서 정말 모르실 것 같으냐? 네가 녹보석의 출처를 캐낸 암상인이 체포되어 갇혀 있단다! 그에게 누가 녹보석에 대해 캐물었는지 심문한다면 네 이름이 나오지 않을 것 같니?"

순간 금청아가 흠칫 몸을 굳히는 것이 보였다. 금명은 놓치지 않고 날카롭게 꾸짖었다.

"장공주께서 태후의 체면을 생각하여 너와 금가를 문책하지 않고 계신 것만으로도 감사해야 할 일이야. 반성하고 물러나렴."

"입만 열면 현희장공주, 현희장공주! 오라버니까지 장공주 타령을 하다니, 도저히 못 살겠어!"

금청아가 당장에라도 금명을 할퀼 것처럼 양손을 들어 올리며 분통을 터뜨렸다.

"도대체 왜 죄다 장공주 얘기만 하는 거야? 은룡 그 사람도, 오라버니도! 뭐 하는 계집이길래 사내라면 죄다 홀리는 거지?"

"청아!"

"하, 왜 그 잘난 장공주께서 나를 문책하지 않느냐고요, 오라버니? 왜일 것 같아요? 분명 찔리는 부분이 있으니까! 외간 사내가 강로마를 주고 바꾼 녹보석을 요대에 차고 나섰으니, 현숙한 공주라는 이름이 아깝지."

금청아가 놋그릇을 찢는 듯 날카로운 소리로 비웃었다. 지독하게 악이 받힌 음성이었다. 그 내용조차도 얼마나 끔찍하던지, 금명마저 잠시 얼굴에서 평정을 잃을 정도였다.

"심문? 웃기지도 않아. 오라버니 당신만 항상 잘나고 똑똑하고, 이 청아
는 바보인 줄 알지? 하나하나 따져 보자고요! 누가 손해인지! 장공주는 암
상인이 정식으로 재판이라도 받을까 무서워서 밤잠도 못 자고 있을걸? 그
런데 무슨 수로 나한테까지 화살이 돌아오겠어요? 절대 아니죠."

온통 현희장공주, 현희장공주 타령이다! 은룡이 그 여자를 짝사랑해 왔
던 것도 거슬려 죽겠는데, 이제는 자 편이던 태후와 언니마저 그 여자를 보
호하기에 급급하다. 게다가 얄미운 사촌 오라비까지 말을 얹었으니 금청아
의 얕은 인내심이 터져 버렸다.

"원하면 어디 날 건드려 보라고 해! 도성뿐 아니라 온 천하에 현희부의
더러운 뒷얘기가 퍼질 테니까!"

항시 여유작작하던 금명이 자신의 말에 드물게 표정이 굳어 버린 것까지
그녀를 더욱 부채질했다. 악의에 있어서만은 놀랍도록 머리가 잘 도는 금청
아였다. 과연 홧김에 쏟아놓은 조롱이었으나 영 틀린 말이 아니었다.

금명은 이쯤에서 물러나야겠다고 빠르게 판단을 내렸다. 여기서 금청아와
더 입씨름을 해 보았자 자신의 판단이 옳았다고 더욱 확신하게 만들 터. 사
라짐으로써 그녀의 신경을 다른 데다 쓰게 하는 편이 나았다. 금명은 재빨리
태연한 낯빛을 뒤집어썼다. 그리고 흰 옷자락을 흔들며 한숨을 쉬었다.

"네가 그렇게까지 고집한다면 오라비도 더는 할 말이 없구나. 이만 갈라
지도록 하자."

하지만 금청아는 쉽게 물러서지 않았다.

"왜요? 볼일 마저 보세요. 난 내 정혼자를 찾아다닐 테니까."

"계속 나를 따라다니겠다는 말이니?"

"우연히 길이 겹칠 수도 있지요. 혹시 알아요? 정숙한 규수로는 짐작하
지 못할 사내들의 비밀 장소를 알아내게 될지."

노골적인 빈정거림이었다. 동시에 지독한 악의가 타오르고 있었다. 금명은

평정을 잃지 않으며 골목에서 나왔다. 그리고 길거리에서 매섭게 노려보는 금청아를 무시한 채 친분이 있는 공방으로 들어섰다. 한참을 주인장과 대화를 나누었다. 도면을 받으며 그 위에 덧그리는 양 붓을 빌렸다. 도면이 아닌 붉은 천을 소매 밑에서 교묘히 꺼내어 짧고 간결하게 휘갈겼다.

[발각.]

주인장의 안내를 받아 내실로 들어가는 척하며 건물 뒤로 나가, 켜켜이 꼬여 있는 상가 건물 중 하나의 측문을 타고 올라가 은룡의 은신처에 들어섰다. 단정하니 흐트러짐 하나 없는 방 안에, 작은 상 위에 놓인 흰 천만이 선명했다.

그 위에 붉은 천을 놓고 물러나며 금명은 씁쓸함에 입을 다물었다. 어느 곳으로 옮기라고까지는 언급하지 않아도 되겠지. 현희장공주께서 돌아오셨으니.

'이리도 깨끗하게 방을 정리해 놓은 것을 보면, 기도위는 아마…….'

어찌 되었든 다시 현희부로 돌아갈 운명인가.

은밀한 부러움과 동시에 무거운 두려움에 소름이 돋았다. 현희장공주에 대한 금청아의 반감은 도를 넘어 타오르고 있었다. 현희부를 몽땅 집어삼키고, 끝내 스스로마저 불사르고 말 증오.

어떻게 그분을 도울 수 있을는지.

금명은 귀가하는 내내 눈을 감고 있었다. 뒤에 따라붙는 금청아의 마차 소리를 들으며.

* * *

그믐달이 뜬 겨울밤, 세상이 온통 옅은 옅을 뒤집어쓰고 잠든 것 같았다. 가지만 남은 검은 나무들 위로 반짝이는 은색이 어른거렸고, 푸른 잎을 남겨 둔 솔나무며 동백 위에는 향기처럼 서늘하게 달빛이 덧씌워졌다. 며칠 간은 눈이 내리지 않았다. 그럼에도 공기는 유리처럼 맑고 차가워, 고요한 후원에서 크게 숨을 들이쉬자니 폐가 베이는 기분이었다.

화영은 연못으로 향했다.

딱히 연못을 꼭 봐야지, 하는 것은 아니었다. 수련이며 창포가 흐드러진 계절도 아니고, 잉어들마저 돌 밑에서 잠들었을 추운 밤이었으니까. 다만 그냥 잠이 오지 않았고, 걷고 싶었고, 그러면서도 어딘가 인적 없는 곳에 잠시간 앉아 긴장을 풀고 싶었다. 그러다 보니 문득 생각난 장소가 후원의 연못가였다. 작지만 구름다리도 있고, 고즈넉이 앉아 차 한 잔 마실 만한 고풍스러운 정자도 자리해 있었다.

겨울밤에 누가 물가에 오겠는가. 화로를 곁에 두고 물 끓는 소리를 들으며 잠들기에 바쁘겠지. 화영은 손을 호호 불며 어두운 후원을 걸었다. 입에 불을 머금은 석등이 드문드문 산책로 곁을 밝혀 주고 있었다. 저녁마다 화부가 붙여 놓았을 등불이다. 바람이 불 때마다 불그림자가 흔들리는 것이 추위를 느끼는 것 같았다.

날이 갈수록 시녀를 따돌리고 혼자 나오는 솜씨가 늘었다. 특히 미령에서 쌍둥이 시누이들과 지냈던 시간이 큰 도움이 된 모양이다. 이전에는 미처 생각도 못 했던 여러 가지 방식을 직접 보고 겪었다. 예를 들자면, 허락받으려 조르는 것보다 일단 행동으로 옮기고 보는 것이 편하다던가.

그래서 화영은 말끔히 침의를 입고 잠드는 척을 한 후, 어둠 속에서 겉옷과 외투를 걸친 후 지창을 열고 빠져나왔다. 침소 밖을 지키고 있는 주아와 송리는 그녀가 바깥으로 탈출했음을 꿈에도 모를 것이다.

침혜가 불침번이었으면 이 방법도 좀 힘들었겠지. 화영은 짧게 키득거렸다.

반쯤 얼어붙은 마른풀과 얼음조각 같은 포석들을 밟는 감각이 좋았다. 깊게 숨을 들이켜니 동백군락에서 풍기는 동백꽃 향기가 가슴을 채웠다. 그럼에도 긴장은 쉽사리 풀리지 않았다. 아침부터, 아니 실은 그 전부터 배

속을 쥐어짜고 있던 긴장이라서일까.

하주에서 올라온 이후 처음으로 입궁하여 황제와 태후께 문안을 드려야 했다. 사실상 늦은 신년 인사까지 대신해야 하니 부마도위인 관호 역시 동행이 필수였다. 오빠야 그렇다 쳐도 태후가 문제였다. 멋대로 하주에 내려간 일을 얼마나 크게 꾸짖으실지, 어떤 날카로운 문장으로 관호의 책임을 물으실지 생각만으로도 가슴이 쿵쿵거렸다.

헌데 전날 저녁부터 들지 못했을 만치 긴장했던 것이 무색하였다. 태후는 부드럽게 그들을 맞아 주었다. 화영더러 가까이 오게 하여 손을 잡아 보고, 손목에 옥팔찌를 끼워 주며 살이 내렸는지 가늠하더니 이내 낯빛이 맑아졌다며 칭찬하였다.

항시 거리감을 느끼던 태후였다. 위엄을 중시하던 만큼 살이 닿는 접촉은 일절 없던 분이셨다. 그런 태후께서 참으로 어미가 딸에게 하듯 손을 만지며 건강을 확인하시니 화영은 얼떨떨할 뿐이었다.

관호가 올린 하주 백차 역시도 흠잡지 않고 기꺼이 받아 주셨다. 그냥 받아넘기는 정도가 아니라, 그 자리에서 돌 단지를 열고 향을 맡은 후 방 상궁더러 끓이도록 하여 맛을 보셨다. 화영과 관호에게도 한 잔씩 내려 준 것은 물론이고 말이다. 관호라면 당장에 쫓아내지 못하여 안달이던 태후였다. 이렇게 후대하실 줄 누가 알았겠는가.

-미령에서 무엇을 하며 시간을 보냈는고, 장공주?

-부마에게 어린 누이들이 있어…… 누이들의 머리도 땋아 주고, 도성 이야기도 해 주며 보냈습니다.

-그것참 장하오. 현희장공주가 어미 눈에는 항시 아이 같아 염려했는데, 이제는 더 어린 소녀들을 가르치고 모범이 되었구려.

-아니, 그게, 태후께서 그렇게 칭찬하실 정도는……

정말 이상한 일이다! 도대체 무슨 바람이 불었을까? 다시 떠올려 보아도 감이 잡히지 않는 변화였다. 관호의 체면은 지켰으니 다행이지만, 좀처럼 적응이 되지 않았다.

'싫은 건 아니지만. 원인이 뭔지 모르니 불안해. 이런 호의가 계속될지도 알 수 없고.'

순간 들었던 생각은, '처음부터 태후가 이 반만큼만 대해 주었다면 좋았을 텐데'라는 것이었다. 그랬다면 화영 자신도 황궁 생활과 장공주라는 새 신분에 한층 쉽게 적응했을지 몰랐다. 태후가 어렵고 무서워 비비 꼬며 뒤로 빠지던 일들도 줄었을 거고, 길쌈이든 악기든 좀 더 편히 배워서 실력이 늘었을 수도 있다. 누가 알겠는가. 이제 와서는 별 부질없는 아쉬움이지만 말이다.

'하긴, 태후마마와 가까웠다면 태후께서 권하는 혼인을 거절하기도 어려웠겠다. 일장일단이 있네.'

흰옷을 입은 금명의 모습이 문득 떠올랐지만 고개를 저었다. 금명에 대한 감상을 논할 때가 아니었다.

추웠다. 화영은 하얗게 번지는 입김을 보며 어깨를 부르르 떨었다. 규모가 큰 현희부였기에 후원 역시 넓이가 대단하였고, 어두운 겨울밤 홀로 길을 걷자니 더더욱 연못이 멀게만 느껴졌다. 그보다 크기가 작은 못이나 수로도 있었지만 화영은 이왕 정한 것 바꾸지 말자고 다짐했다. 이처럼 자신의 뜻대로 밀어붙일 수 있는 사안이 몇이나 되겠는가.

아스라이 밤하늘을 부유하는 그믐달 아래, 얼어붙은 연못이 모습을 드러냈다. 검은 기와가 얹은 정자는 밤의 일부처럼 반짝여 하늘의 흐린 별들을 그대로 비추고 있었다. 정자로 이어지는 구름다리를 반쯤 올라갔을 때였다. 밑에서는 보이지 않던 연못의 저쪽이 시야에 들어왔다.

연못 위에 누군가 있었다.

"……!"

화영은 크게 숨을 들이켰다. 발갛게 얼기 시작한 손으로 눈을 황급히 문지르기까지 했다. 지금 보고 있는 광경이 현실인지, 아니면 꿈이나 환상인지 순간 어지러웠다.

불투명한 녹회색 얼음 위로 키 큰 남자가 고개를 숙인 채 서 있었다. 연한 보라색 장포에 은색으로 허리를 묶으니 달밤에 등나무꽃이 흔들리듯 처연하고 아름다운 자태였다. 희미한 달빛을 받아 숫제 은빛으로 반짝이며 흘러내리는 긴 머리카락…… 그제야 화영은 남자의 정체를 파악했다. 맹타안이었다.

이 현희부에, 아니 이 남려 전체를 통틀어도 저렇게 키가 크고 날렵한 옷태에 폭발처럼 쏟아지는 금발을 가진 사내는 맹타안 하나뿐이리라. 평소에도 유난스레 잘생긴 남자이긴 했지만, 음울한 그믐밤 적막한 물가에서 드러나는 분위기는 숨 막힐 정도로 치명적이었다.

'돌아갈까?'

순간 화영은 저도 모르게 한 걸음 뒤로 물러섰다. 어떻게 해야 할지 알수가 없었다. 가슴이 쿵쾅거리며 뛰었고, 추워 옹송그리던 몸에 순식간에 뜨거운 피가 용솟음쳤다. 하지만 그녀의 이성은 맹타안을 알아보자마자 경고하고 있었다. 그가 알아채지 못했을 때 물러서라고, 도망치라고.

맹타안과 단둘이 있어서는 안 되는 일이라고.

눈을 질끈 감았다 떴다. 그랬음에도 맹타안은 신기루가 아니었기에 그자리에 그대로였다. 그는 마노 같은 얼음 표면을 뚫어져라 내려다보고 있었다. 미동조차 없었다. 무슨 생각을 하고 있을까?

'안 돼. 여기 있으면 안 돼. 맹타안이 눈치채기 전에 돌아가자. 그 사람이 붙잡으면, 난……'

관호는 그녀의 생명을 두 번이나 구해 주었다. 그녀가 빈손으로 세상에 내던져진다 해도 책임지고 보살펴 주겠다 약속했다. 그를 배신할 수는 없었다.

화영이 한 발짝 더 뒤로 물러났을 때, 눈서리에 굳어 표면에 붙어 있던 돌멩이 하나가 뒤꿈치에 치여 딱, 하고 떨어졌다. 고요하기 그지없던 겨울 밤에 어찌나 크게 울리는 소리이던지.

맹타안의 고개가 번쩍 들렸다. 그는 토끼 소리를 들은 매처럼 정확히 화영을 향했다. 그 연회색 시선이 창처럼 자신을 꿰뚫는 것 같았다.

"부인."

화영은 올무에 묶인 듯 움직이지 못했다. 맹타안이 그녀가 있는 구름다리 쪽으로 걸어오는 모습이 보였다. 그가 가까이 올수록 심장이 빠르게 뛰었고, 배 속이 쥐어짜듯 아파 왔으며, 숨이 가빠 왔다. 그런데도 도망칠 수가 없었다.

"내려오겠소? 내가 받아 주리다."

맹타안은 화영이 있는 교각까지 다가섰다. 그리고 다리 곁에서 두 팔을 벌리고 물었다. 높지 않은 구름다리다. 난간만 타 넘으면 그가 허리를 잡아 연못 위로 내려놓을 만 했다. 서리처럼 엉긴 구름이 그믐달을 잠시 덮었다 떠나갔다. 어둡고 밝았다.

"뭐…… 뭐 하는 거예요. 물에 빠지면 어쩌려고. 나가요, 빨리."

화영은 맹타안이 자신에게 뻗은 양손을 쳐다보지 않으려고 애를 썼다. 그가 떠나던 날의 기억이 자꾸만 떠올랐다. 울면서 그에게 안겨 매달렸던 일, 충동에 휩쓸려 벌였던 모든 바보 같은 짓들. 목이 뜨거워졌다.

"얼음이 꽤 단단히 얼었소. 그래서 외려 곤란하던 참인데, 빠질 리 없지. 부인은 깃털처럼 가벼우니 나와 함께 걸어도 괜찮을 것이오. 자, 내려와 보시오. 연꽃은 없지만 나름 풍취가 있으니까."

"싫어요."

"내가 완력을 행세하기를 바라는 거요?"

"뭐라구요?"

"자꾸 싫다고 하면 기꺼이 내가 다리 위로 올라가겠소. 그리고 부인을 안아 들고 뛰어내릴 거요. 흠, 그러면 또 모르지. 얼음이 깨질 수도."

"아니, 내가 싫다는데 왜 억지를 쓰고 그래요?"

"해 보면 좋을 수도 있지 않소? 자, 어서 난간만 넘어 오시오. 내가 점잖게 내려 주겠소."

"지금 남려의 장공주더러, 치맛자락을 걷어 올리고 돌난간을 타 넘으라고 말하는 거예요?"

"살아 있는 말 등에도 잘 타면서 왜 그럴까. 기껏 돌덩이 따위 넘는 것이 무섭소?"

"무섭긴!"

어쩐지 휩쓸린 기분이었다. 하지만 맹타안은 정말로 훌쩍 올라와 자신을 들쳐메고 연못으로 뛰어내리고도 남을 남자였다. 교각 너머로 도망친다면 오히려 더 즐거워하며 쫓아오겠지. 그런 꼴을 보이느니 이게 나을 수도 있었다. 화영은 마음속으로 자신의 행위를 변명하고 있었다.

돌로 깎아 만든 난간을 손으로 짚고 발을 걸어 넘었다. 치맛자락에 걸려 아슬아슬하긴 했지만 난간이 높지 않았기에 크게 어렵지는 않았다. 다만 냉기를 흡수한 석재를 만지느라 손바닥이 덴 듯 아렸고, 치마가 펄럭이며 찬 기운이 들어와 한층 몸을 떨게 되었을 뿐.

화영이 난간 바깥쪽에 서자 맹타안이 웃었다. 그녀의 허리를 두 손으로 감싸 쥐고는 사뿐하게 연못 위로 내려 주었다. 겨울밤임에도 그의 체온이 옷 위로 느껴졌다.

"내 부인이 얼마나 대단한 왈가닥인지 자랑스러울 뿐이오."

"시끄러워요."

얼어붙은 연못 위를 불안하게 돌아보았다. 현희부에서 규모가 가장 큰 연 못이었으므로 깊이도 결코 얕지 않았다. 맹타안의 말대로 얼음이 두껍게 굳어 있다면 좋겠지만, 혹시 아니라면 큰일이 날지도 몰랐다. 안 그래도 깊은 물과 는 별로 친하지 않았다. 미령에서 강에 빠진 이후로 한층 더 조심하게 되었다.

화영이 의심스럽다는 듯 발코로 얼음을 문지르는 것을 본 맹타안이 웃음을 터뜨렸다. 그리고 그녀의 팔을 붙잡고 달빛이 퍼져 밝은 쪽으로 이끌었다.

"자, 보시오. 꼭 풀밭이 얼어붙은 것 같지 않소? 이처럼 짙은 녹회색 얼 음을 본 적 있소? 당신처럼 조그만 여인은 아무리 뛰어도 끄떡없을 거요. 마음 놓고 즐깁시다."

달빛 아래 수면을 보니, 짙은 물색에 수면이 움직이던 궤적대로 회색과 은색으로 더불어 얼어 귀한 보석을 보듯 아름다웠다. 간혹 시든 수련 줄기가 뒤섞여 있어 그마저 독특한 감상을 주었다.

맹타안과 단둘인 것도 두려웠지만 침묵은 더욱 피하고 싶었다. 결국 화영이 먼저 입을 열었다.

"여기서 뭘 하고 있었어요?"

"내가 말하지 않았소? 올봄과 여름에는 꼭 부인과 뱃놀이를 갈 거라고."

화영의 질문을 들은 맹타안이 어깨를 으쓱했다.

"그런데 내가 배를 타 본 적이 있어야 말이지. 대충 노 젓는 시늉이라도 해 봐야 부인 앞에서 망신을 안 당하지 않겠소. 그래서 뭐, 연습을 할까 했지."

"이 한밤중에? 연못은 온통 얼었는데?"

"원래는 정말로 나룻배를 띄우려 했었소. 청지기가 식겁하고 말리더군."

어이가 없다는 듯한 화영의 표정에 맹타안이 스스댔다.

"얼음이 뭐가 대수요, 도끼로 깨부수면 제가 얼마나 버티겠소? 헌데 직접 보니 이것도 나름 신기하고 예쁜 풍경이더군. 그래서 내가 관대하게 봐 준 거요. 대신 다른 식으로 연습을 해 보려 했달까."

"무슨 수로요?"

"궁금하오?"

"됐어요, 싫음 말고-"

"자, 보시오."

화영이 잘 걸렸다는 양 뒤로 내뺄 기색이자, 맹타안이 장난도 끊고 바로 답을 내밀었다. 긴 소매 안을 뒤적이더니 화영의 눈앞에 무언가를 꺼내 들었다. 한 뼘만 한 가벼운 나무배였다. 아이들이 장난감으로 띄울 법한 조각배 모형이었다. 화영의 눈이 의문으로 커졌다.

"얼음을 다 깨기엔 아쉬워도, 귀퉁이 정도는 괜찮지 않겠소. 금방 다시 얼어붙을 거고 말이야. 그래서 이놈을 띄울 만한 자리를 찾던 중이었소."

맹타안은 준비해 놓은 마냥 술술 설명했지만 화영은 믿지 않았다.

장난감 배를 띄운다고 해서 뱃놀이에 무슨 도움이 되겠는가. 노조차 달려 있지 않은 모형에 불과한데, 제대로 기름을 먹여 방수한 것처럼 보이지도 않는데. 거기다 얼음을 깰 생각이었다면 연못 가장자리를 찾아보았겠지. 두껍게 얼어붙은 한가운데에 서 있을 이유가 없었다. 무엇보다도, 이런 한밤중에.

그는 속마음을 숨기기 위해 핑계를 대는 것이 분명했다.

맹타안의 속마음. 버거울 만큼 무서웠다.

화영은 고개를 돌렸다.

"오늘 입궁해서는 어땠소?"

맹타안이 애써 화제를 돌리려는 듯 부드럽게 물었다.

"부인이 없으니 현희부가 텅 빈 것 같더군. 밥맛도 없고 말이야. 내 듣기로 태후가 꾸지람할까 많이 걱정했다던데, 사실이오? 그래서 어떻게 됐소?"

그가 보이는 다정함에 마음이 베이는 것 같았다.

화영은 최대한 맹타안과 은룡에게 거리를 두고 있었다. 일단은 그래야 할 것 같았다. 관호에게 진 빚이 컸고, 그와 한 약속을 함부로 어길 수 없었다. 이것은 그녀의 감정에 관한 문제가 아니었다. 사람으로서 지켜야 하는 맹세와 신뢰의 문제였다.

그런데도 맹타안은 화영을 신경 쓰고 있었다. 이전처럼 함께 보내는 시간도 없고, 식사도 한자리서 하지 않고, 이런저런 핑계로 그를 피하고만 있는 그녀를.

화영 자신 때문에 왕위도 고향도 다 버리고 온 사람이었다. 도대체 어떻게 보상할 수 있을까!

"태후마마는 괜찮았어요. 사실 좀 놀랐을 정도로. 왠지는 모르지만, 엄청 상냥하게 대해 주시더라고요."

대답하는 목소리가 갈라졌다. 화영은 목을 가다듬으며 말했다.

"원래 그런 분이 아닌데, 막 가까이 오라고 하시고, 직접 팔찌도 끼워 주시고…… 황제 폐하를 뵙기로 한 것만 아니었으면 식사라도 같이 하자고 하셨을 기세였어요."

"그래? 거 잘 됐군. 역시 딸자식은 품 밖에 두었을 때 가장 애달프고 귀한 법이라니까. 부인이 도성을 떠난 일이 잘 먹혔나 보오. 할망구가 누그러졌을 만도 하지."

"할망구라뇨! 태후께서는 그렇게 나이가 들지 않았어요. 말조심해요!"

"뭐, 알았소. 하긴, 일단은 빙모이니 예의를 갖추긴 해야겠지. 그래서 그 다음은? 처남은 잘 보았소?"

"……."

화영이 입을 꾹 다물었다. 바람이 소리 없이 연못 위를 스치고 지나갔다. 그 때문에 춥다는 듯 화영의 어깨가 움츠러들었다.

"그냥…… 오빠는 괜찮았어요. 저번에…… 당신이 가고 없을 때. 조금 다퉜거든요. 그런데 풀어져서. 오빠는 괜찮았는데."

"괜찮았는데?"

"아무래도 새언니가 마음이 좋지 않은가 봐요. 어쩔 수 없죠. 나 때문에 국태부인과 은룡이 다툰 셈이니까."

맹타안의 눈썹이 올라갔다. 화영이 다급히 무마하듯 덧붙였다.

"아, 이것도 당신 없을 때 일이야. 은룡한테 청혼이 들어왔는데…… 그래서 은가에서 나와 버렸거든요. 어쨌든 그래도 새언니가 많이 내색하지는 않았어요. 옆에 관호 그 사람도 함께 있었고, 새언니는 품위 있는 성품이라서."

"제 동생이 멍청한 게 부인 탓이오? 어디 내 부인 앞에서 그딴-"

"그만해요! 맹타안, 말 좀 조심하라니까!"

"흥, 난 세상에서 무서울 것 하나 없소. 어쨌거나 엽혁타안이 강로왕이라 이거요. 내 이름을 빌린 내 사촌 동생이지. 나를 벌하려거든 강로의 적으로 돌아설 각오를 해야 할 거요."

식겁하는 화영의 반응에 맹타안이 코웃음을 쳤다.

결국 나오고 말았다. 강로 왕위를 양보한 이야기가 나오자마자 화영의 얼굴이 창백해졌다. 맹타안은 그 모습을 놓치지 않았다.

"부인, 도대체 왜 그러는 거요? 강로 이야기만 나와도 독이라도 먹은 것처럼 굳어 버리잖소. 뭐가 그리 부인을 불편하게 만드는 거지?"

"불편한 게 아니에요."

"그럼 뭐요? 거짓말할 생각은 마시오. 부인 얼굴만 보면 빤히 드러나니까."

화영은 시선을 발끝으로 떨어뜨렸다.

어디서부터 말해야 할지, 어떻게 말해야 할지.

"당신이…… 정말 돌아올 줄 몰랐어요. 그것도 목숨 걸고 얻어낸 왕위를 양보하고 올 줄은, 꿈에서도."

목이 슬픔으로 꽉 막혔다.

"당신은 당당한 강로의 세자 엽혁타안이었고 거기에 큰 자부심을 느끼던 사람이잖아요. 하루아침에 나만 아는 맹타안이 되어 버렸는데, 책임감을 안 느낄 수 있겠어요? 미안하지 않을 수 있겠냐구요."

"어허, 그러지 말라니까."

맹타안이 답답하다는 듯한 걸음 다가왔다. 화영은 곧바로 두 걸음 물러섰지만, 그에게서 벗어나기에는 신장 차이와 반응 속도부터 달랐다. 맹타안의 보폭이 컸을 뿐 아니라 재빨리 손을 뻗어 그녀의 어깨를 감싸 쥔 것이다.

"내가 돌아온 것이 싫소? 오지 않았으면 좋겠소?"

화영의 동공이 새까맣게 커졌다. 입을 열었지만 쉽사리 대답이 나오지 않았다.

그렇다고 해. 그에게 상처를 줘 버려.

그러면 떠나 버리겠지. 다시 강로로 돌아가 한 자리 차지할 수 있을 거야. 왕위를 돌려받지는 못해도, 평생 인정받고 편하게 살 수 있을지 몰라. 여기서 그는 뭐가 되지? 평생 네 남편이 될 수 없을 텐데, 그림자 속에서 숨어 살아야 할 텐데.

거짓말을 해. 그를 위해서.

치명적인 유혹이었다. 누구인지도 모를 목소리로 속삭여오는 유혹에 넘어가고 싶은 마음이 굴뚝같았다.

그러나 맹타안의 눈과 시선이 마주친 순간, 그녀는 말하고 말았다.

"당신이 돌아와서 기뻐요."

"거 보시오!"

"하지만…… 난 그러면 안 되는 거잖아요."

"무슨 소리요, 참나!"

맹타안이 답답하다는 듯 말했다.

"내 선택이오. 온전한 내 선택이란 말이오. 내가 좋아 한 일인데 부인이 어째서 책임감을 느끼는 거요? 나는 엽혁타안으로서 해야 할 모든 의무를 다했소. 권리만큼이나 무거운 책무들이었지. 이제 완전히 손을 털고 진정한 자유를 누리고 살고 싶다고 생각했소. 내가 사랑하는 부인과 함께. 봄에는 꽃을 구경하고, 여름에는 배를 띄우고, 가을에는 계화떡을 먹고, 겨울에는 이렇게 얼음을 타고. 그것이 내가 원한 일이오. 도대체 미안해할 일이 뭐가 있소?"

"난…… 난 당신이 원하는 걸 줄 수가 없어요."

화영은 입술이 바짝 말라붙는 것을 느꼈다. 하지만 언제까지나 모른 체할 수도 없는 노릇이다. 말해야만 했다. 맹타안에게 진실을 밝혀야만 했다. 그것이 옳은 일이다. 그를 위한 일이다. 얄팍한 거짓보다 더욱 깊게 상처입힐지 모르지만, 그래도.

"도저히 모를 소리만 자꾸 하는군. 부인, 이렇게 당신이 내 곁에 있지 않소. 그런데 어째서 내가 원하는 걸 줄 수가 없다는 거요?"

"하주에 있을 때, 난 두 번이나 죽을 뻔했어요. 그때마다 관호가 구해 줬구요."

관호의 이름이 오르자 맹타안이 눈가를 움찔했다.

"그래서?"

음성 역시 한결 가라앉았다.

화영은 마른침을 삼켰다. 그리고 손을 떨고 있다는 사실을 들키고 싶지 않아, 소매 밑으로 두 손을 마주 잡고 말을 이었다.

"그리고 그때, 그러니까 이번 겨울…… 너무 많이 힘들었어요. 현희부와 나에 대한 지저분한 모함이 퍼졌죠. 여러 남자를 숨겨 두고 문란하게 놀아났다는 그런 소문이요. 이렇게 말하자니 꼭 틀린 말 같지도 않지만, 어쨌든요. 세상이 나한테 등을 돌린 기분이었어요. 해결할 방법이 보이지를 않았구요. 오빠마저도 충격을 받을 정도였으니까."

"아까 처남과 다퉜다는 이유가 그거였소?"

"응. 그래도 지금은 화해했으니까 괜찮아요. 내가 말하려던 건…… 난 다시는 도성으로 올라오지 않으려고도 했다는 거예요."

"……."

맹타안이 입을 다물었다. 서글픈 그믐달 아래에서 그는 어느 때보다 핏기가 없어 보였다.

"비구니가 되거나 장난감을 팔아서 먹고살 생각까지 했어요. 현희부를 다시 열 자신이 없었거든요. 맹타안 당신의 서신을 한 통도 받지 못한 상태였고…… 당연히 당신은 야친 공주와 혼인하여 할 일을 하고 있으리라고 생각했죠."

"비구니? 장난감을 팔겠다고? 당신이 말이오?"

맹타안은 탄식에 가까운 한숨을 내쉬었다. 화영은 다시금 마음을 부여잡고 말을 이었다.

"하여간 당시에는…… 은룡도 마찬가지였어요. 가문을 위해서라도 금청아와 정혼할 거라고 예상했는데, 마침 하주까지 결혼 소문이 돌더라고요. 그래서 이제 정말 혼자가 되었구나, 싶었어요. 그런데 그때 관호가 나를 많이…… 구해 줬어요. 위로해 주고요."

한 마디 한 마디 내뱉을 때마다 스스로의 혀에 가슴이 베이는 기분이었다. 듣고 있는 맹타안 또한 마찬가지이겠지. 화영은 고개를 떨어뜨렸다.

"내가 현희부를 영영 떠나 혼자 살고 싶다고 하니까, 곁에 있어 주겠다고 했어요. 액막이 부부가 아니라 진짜 부부로요. 내가 영영 도성에 돌아가지 않고, 장공주가 아니라 돈 한 푼 없고 옷 한 벌 못 만드는 여자라도 괜찮다고 그랬어요. 내게는 큰 위안이었어요. 진심으로 고마웠고요. 그 사람이 내게 신실한 남편이 되어 준 만큼, 나도 부인으로서 최선을 다하겠다고 약속했어요."

그러니까.

화영은 더는 말을 잇지 못했다. 눈물을 떨어뜨리지 않기 위해 입술을 깨물었기 때문이다.

정적이 흘렀다.

"내가 원하는 것을 줄 수 없다는 게 그런 뜻이오? 관가의 부인이 되기로 했으니 내 부인은 될 수 없다고?"

"……그래요. 약속을 했으니까요."

"약속으로 치면 내가 먼저요. 내가 말하지 않았나? 반드시 부인에게 돌아오겠다고."

화영은 여전히 고개를 숙이고 있었다. 울음을 참느라 머리가 아팠다. 하지만 맹타안의 얼굴을 마주할 자신이 없었다. 그가 화를 내도 참아 낼 생각이었다. 모든 일이 꼬여 버렸다. 조화옹의 장난일까. 그럼에도 화영은 책임을 지고 싶었다. 맹타안의 분노를 잠잠히 받아내려는 것도 그 일부였다.

맹타안이 떠난다면 줄 수 있는 것은 다 주어야지. 금자도 비단도, 오빠에게 받은 현희부 봉토며 식읍도 떼어 줄 것이다. 강로 왕위에 대신할 수는 없겠지만 그가 다친 마음을 치유하며 자유를 곱씹을 적에 몸이 편하게는 해 주겠지. 지금 당장은 현희부의 추문이 가라앉지 않아 그를 내보낼 수 없겠지만, 언젠가는 반드시.

"관가가 당신에게 겁을 주었소? 윽박질렀소? 나와 애송이가 찾아온 걸 보고 화를 냈나?"

"아니에요. 아무 말도 안 했어요. 하지만 내 마음이……."

"마음이 무겁다, 이거로군. 누구 때문이지? 관가 때문에? 나? 그것도 아니면 은가 놈?"

맹타안의 목소리는 나지막했지만 열기가 느껴졌다.

"내가 돌아와서 기쁘다고 했지."

"……그래요."

"날 좋아하는 거요. 그렇지?"

"……."

화영은 눈을 꼭 감았다.

"다른 놈들은 잊으시오. 지금 난 나에 대해 묻고 있는 거요. 관가나 은가나, 그놈들을 어떻게 생각하는지 묻는 게 아니오. 그놈들은 좋아하나 말거나 내 알 바 아니오. 나, 당신의 맹타안을 좋아하느냐고 물어보는 거라고."

"그게 뭐가 중요하죠? 내가 설명했잖아요. 난 의리를 저버릴 수 없어요."

"하지만 날 좋아하지. 부인, 당신은 날 좋아하오. 현희부 대문이 열렸을 때, 당신이 나를 발견하고 어떤 표정을 지었는지 아시오? 그 순간 나는 초원을 버린 값을 이미 받았소. 당신은 나를 사랑해. 관가와 무슨 먹고 살 계획을 했는지 상관없이, 나를 잊지 못했단 말이오."

"맹타안!"

"어디 아니면 아니라고 해 보시오."

아니라고 할 수가 없었다.

자신이 멍청하게 느껴질 정도로 화가 났다. 도대체 나는 뭐가 문제일까?

관호에 대한 감정은 결코 책임감만 있는 게 아니었다. 분명 애정과 신뢰가 함께였다. 관호와 평생을 함께하기로 했다. 그 사람을 누구보다 존중하고 의지하고 있다. 그럼에도 지금 눈앞의 맹타안에게 거짓말 한 번 제대로 하지를 못하고 있다. 그가 붙잡은 곳이 뜨거웠고, 심장이 늑골을 부수고 뛰어나올 것만 같았다. 남녀가 끌리는 이치 그대로의 반응이었다. 부정할 수가 없었다.

천지신명이시여, 제발! 화영은 소리 내어 빌고 싶은 심정이었다. 어떻게 한 번에 두 사내를 좋아할 수 있지?

그때 또다시 누구인지 모를 목소리가 귓가에서 속삭였다.

아니, 정말 두 남자만일까? 은룡이 금청아와 혼인한다는 소리를 들었을 때 무너졌던 가슴을 기억해 봐.

화영은 자신을 붙든 맹타안을 떼어 내려 어깨를 비틀었다. 더는 생각하고 싶지 않았다. 자신의 마음속 욕심에 기가 차고 어이가 없었다.

"비겁해, 당신은 비겁하고 못된…….."

"마음껏 욕하시오! 부인이 하는 소리라면 어떤 욕설도 달콤하게 들리는 지경이니까."

맹타안은 화영을 놓아주지 않았다. 대신 억지로 끌어당겨 품 안에 꽉 끌어안았다.

오랫동안 밖에 있었던 까닭에 그의 옷도 얼어붙은 듯 차가웠다. 그러나 그 밑에 뛰고 있는 심장 소리를 화영은 들을 수 있었다.

"언제는 관가의 부인이 아니었소? 그게 내가 당신을 사랑하는데 무슨 문제가 될 것 같소? 그자가 옥첩에 올라간 부마, 첫 번째 남편이라고 얼마나 유세가 심했는지 부인은 모르는 모양이군, 참나!"

맹타안이 크게 외쳤다. 어찌나 쩌렁쩌렁하던지, 잠들었던 지빠귀들이 놀라 푸스스 날아오를 정도였다.

"그 꼴을 한 번 참았는데 두 번은 못 참겠소? 어디 두고 봅시다. 그자가 부인에게 화를 내며 떠나간다면 나야 좋지. 난 기다릴 수 있소. 다 버리고 왔는데 뭐가 걸리겠소? 순서니 명분이 뭐가 중요할까? 부인이 나를 좋아하는데!"

"……!"

뭐라고?

맹타안의 말을 이해하는 데에는 시간이 다소 걸렸다. 쉽사리 이해할 수

없는 말이었다. 사내가, 그것도 맹타안처럼 당당한 영웅호걸이 내뱉었다고
는 도저히 어울리지 않는 소리였다. 당혹스러움이 지나쳐 슬픔마저 삼켰다.
딸꾹질이 나왔다. 화영이 헐떡이며 그의 품에서 얼굴을 들었다.

맹타안이 그녀를 내려다보고 있었다.

흘러내린 금빛 머리카락이 꿈결처럼 반짝였다.

"부인이 나를 좋아하기만 한다면 됐소. 내 버티겠소. 내 기다릴 거요. 그
더러 남편 노릇 실컷 하라 하시오. 나는 내 역할을 할 테니까."

놀란 나머지 호흡마저 잊은 입술 위로 맹타안이 고개를 숙였다.

화영은 울음을 터뜨렸다.

"뭐야. 할 말이라도 있나?"

중정으로 내려선 맹타안이 혀를 찼다. 후원 연못에서부터 화영을 무사히
침소로 바래다준 후였다.

몰래 빠져나왔다며 창문으로 들어가겠다는 것을 어르는 데도 한참이었
다. 당신이 현희부의 주인이거늘 아랫것 눈치를 볼 까닭이 무엇이겠소, 하
고 등을 떠밀다시피 밀어 넣었다. 어차피 세숫물도 필요할 것이고 화로에
탄도 더 넣으라 지시해야 할 터이니 당당하게 들어갑시다, 하는 설득도 함
께였다. 이 부분에서 화영도 내심 동의한 모양이었다. 침소 앞에서 반쯤 졸
고 있던 계집종들이 얼마나 놀라던지.

대청에서 중정으로 이어지는 석계를 밟고 내려오니 대숲을 병풍처럼 두
른 매화나무가 바람에 흔들렸다. 한껏 만개한 매화꽃송이들이 달빛을 받아
순은처럼 반짝거렸고, 알싸할 만큼 강한 향기를 풍겼다. 그 그림자 속에 누
군가 숨어 있음을 맹타안은 진작 알고 있었다.

"왜 부인이 있을 때 끼어들지 않았지? 답잖게 말이야."

친절과는 거리가 먼 말투였으나 조롱하는 기색은 없었다. 오히려 서로의
흠결을 꿰뚫고 거리낌 없는 처지라는 느낌이었다.

매화수 뒤편에서 조용히 키 큰 그림자가 걸어 나왔다. 눈이 아플 정도로 희게 빛나는 매화송이들 아래 반으로 묶어 굽슬거리는 머리카락과 진한 눈썹이 서서히 드러났다. 은룡이었다.

"알고 있었습니까?"

"당연하지. 나를 뭘로 보느냐?"

은룡은 머뭇거리다가 입을 다물었다. 맹타안이 미간을 찌푸렸다.

"하여간 짜증 나는 놈이라니까. 그래, 부인의 뒤는 왜 밟았지?"

"염려가 되었을 뿐이오. 시녀 하나 거느리지 않고 어디론가 가시기에…… 아무리 현희부라 해도 무슨 사고가 있을지 모르니까."

금명이 남긴 붉은 천 조각을 본 순간, 은룡은 복합적인 감정에 휘말렸다.

[발각.]

금청아에게 꼬리가 잡혔다는 뜻인가? 그렇다면 이제 어디로 가야 할까.

순간 하늘이 정해 준 이치처럼 현희부가 떠올랐다.

현희장공주가 귀환하여 현희부가 열렸고, 강로 왕위를 버리고 온 오랑캐마저 거기에 자리를 잡았다. 그렇다면 이 판국에 은룡도 돌아간다 해서 뭐가 크게 잘못되겠는가? 어쩌면 이야말로 하늘이 뜻한 바일지도 모른다. 어떤 결과가 나온다 해도 그들은 한 운명으로 현희부에 묶인 것이다.

가지고 있던 짐이 얼마 되지 않았으므로 그 즉시 꾸려 은신처를 빠져나왔다. 금명이 남긴 붉은 천 위에 흰 천을 덮었으니, 알아서 처신할 것임을 눈치채리라. 그렇게 은룡은 현희부로 돌아왔다. 익숙한 곁채의 처소로.

물론 현희부의 주인이신 장공주께 허락을 먼저 맡아야 도리였다. 은룡은 짐 보따리를 청지기에게 맡긴 후 본채로 향했다. 화영을 만나서 직접 말하고 싶었다. 지난번에는 맹타안까지 함께 있던 터라 제대로 자신의 마음을 표현하지 못했다. 그 이후로는 화영의 여독이 풀리지 않았거나, 이런저런 일 때문에 대면이 어려웠다.

이날도 다르지 않았다. 은룡의 청을 받아 말을 전하러 갔던 침혜가 아리송한 표정으로 돌아와 고개를 저은 것이다.

-정 달리 방도가 없다면 지내라고 하셨습니다. 허지만 상황이 상황인 만큼, 정말 다른 거처에 유숙하기가 불가능한지 다시 한번 사려해 보시라구.

은룡은 그 순간 확신했다. 화영이 일부러 자신을 피하고 있다고.

"이놈 봐라. 결국엔 이 심야에 어슬렁거리며 부인의 침소만 쳐다보고 있었다는 소리 아니냐? 부인도 안 듣는데 끝까지 점잖은 척은!"

맹타안이 킬킬거리며 손가락질을 했다. 은룡의 얼굴이 달아올랐다.

"오늘 황궁에 다녀오셨다기에 쉽사리 주무시지 못하리라 판단한 겁니다. 그래서-"

"아하, 부인이 밤공기라도 쐬러 나오면 바로 들이박을 생각이었다, 이 말인가?"

"그쪽은 아닙니까?"

"난 부인의 뒤를 밟지는 않았다. 그냥 나도 잠이 오지 않아 후원을 거닐다 우연히 만났을 뿐이지."

잠시 정적이 찾아왔다.

견원지간이나 다름없는 그들이었으나 이 순간만큼은 세상에서 서로를 이해할 수 있는 유일한 지기였다.

맹타안은 은룡이 연못 옆의 기암괴석 뒤에서 자신과 화영이 나눈 대화를 모두 들었음을 알았다. 평소 자신을 못마땅히 여기는 성정대로라면 진작에 튀어나와 화영을 떼어 놓았을 터인데 그러지 않았다. 왜인지 알 것 같았다.

"너도 의식하고 있던 모양이구나. 부인이 의도적으로 거리를 두고 있음을 말이다."

그리고 그 이유를 알고 싶었겠지. 마지막 문장은 꺼내지 않았지만 두 사람 다 내심 파악하고 있었다.

은룡을 향한 화영의 마음이 각별하다는 것은 맹타안도 알았다. 오랜 인연 때문일까. 덩치가 산만 한 사내자식을 조그마한 강아지처럼 오냐오냐하는 모양이 눈꼴 시려울 때가 한두 번이 아니었다. 하지만 바로 그 정 때문에 화영은 은룡에게 솔직하지 못할 것이다. 은룡 앞에서는 존경받을 만한 누나이자 놀이 대장으로 남고 싶어 하니, 결코 연약한 속마음을 드러내지 않겠지.

은룡도 그런 화영을 잘 알기에 괴석 뒤에 숨으며 참아 냈으리라. 화영이 가장 거리낌 없이 여기는 맹타안, 그에게 털어놓을 진실을 알고 싶어서.

많은 말은 필요하지 않았다. 맹타안과 은룡은 한 폭 거리에서 서로를 마주 보며 똑바로 섰다.

"진심입니까?"

"뭐가 말이냐?"

"마마께 한 말. 관 부마가 어찌 여기든 마마 곁에 있겠다는 것 말입니다. 현희장공주의 부마도위는 관호 한 사람뿐. 명분 없이 머무를 각오가 되었다고 확신합니까?"

"왜? 너는 아닌가 보지?"

맹타안의 도발에 은룡이 살짝 턱을 굳혔다.

"왕위까지 버리고 온 그쪽에 비하면 별 것 아닐지 모르겠으나, 나 역시 부모님과 가문과 인연을 끊을 각오를 했습니다."

"하지만 그건 현희장공주의 남편이 되고자 한 각오 아니었나? 남편은커녕 명분 없는 첩으로 버텨야 할 처지인데 아직도 그 각오가 여전한가? 지금이라도 집으로 튀어가지 그래. 그것도 나쁘지 않은 선택일 텐데."

"그쪽이야말로 강로로 가 버리시오. 그거야말로 나쁘지 않은 선택일 테니."

지지 않고 받아치는 은룡의 대꾸에 맹타안이 고개를 들고 웃었다.

"한 놈이라도 쫓아내고 시작하려고 했는데. 영 소용이 없구만. 결국 처음과 똑같아졌군. 누가 먼저 지쳐 떨어지는지 손꼽아 기다려야겠지."

"나는 평생을 기다려왔습니다. 앞으로도 지치는 일은 없을 겁니다."

"그건 두고 봐야 알겠지. 혹시 아느냐? 기다리고 나발이고, 당장 내일이라도 관가가 칼이라도 빼 들고 들이닥칠지. 본처가 첩들 머리채를 쥐고 흔들듯이 말이다."

관호의 반응에 대한 이야기가 나오자 은룡이 어두운 표정을 지었다. 자신이 직책과 가문 때문에 도성을 떠날 수 없을 때, 관호가 화영을 보살피고 지켜 주었다는 점에서 부채감을 느끼는 것이었다.

"관 형에게는 유감이지만…… 마마를 포기할 수는 없으니."

무거운 은룡의 목소리에 맹타안이 입을 비죽거렸다.

"유감은 말라죽을. 덤비려면 언제든 덤비라지. 한 놈이라도 빨리 없애면 부인과 알콩달콩할 시간이 늘어날 테니 나야 환영이다. 너도 창검으로 승부하고 싶거든 아무 때나 찾아와라. 남려 도련님 따위가 어디 한 합이나 버티겠느냐만."

"명줄을 재촉하지 마시오, 맹타안!"

동병상련으로 온화해지려던 분위기도 잠시, 다시금 은룡과 맹타안 사이에 다툼의 기색이 역력했다. 하지만 차라리 그편이 나았다.

여러 사내가 한 여인을 사모하기로, 함께 그녀를 섬기는 일이 고금에 있었던가. 보고 따를 전례도 없는 일이니 결코 쉽지 않으리라. 그러니 깊게 생각하고 따지지 말자. 타오르는 이 마음만이 중요한 것이다.

말로는 너희들이 지쳐 떨어지기를 기다리라 장담하였으나 어쩌면 누구도 포기하지 않을지 몰랐다. 그렇다면 시간이 흘러, 네 사람은 가족이 되겠지. 등을 맞길 수 있는 동지가 될 것이다. 거짓된 예의와 발림으로 골을 깊이는 것보다야 솔직히 부딪히며 속내를 드러내는 편이 나았다.

맹타안이 금빛 머리카락을 등 뒤로 넘기며 투덜거렸다.

"부인이 어깨가 무거울 만도 하군. 이놈 저놈 할 것 없이 죄다 빈손으로 달려와 매달리니 말이야."

* * *

손해를 보고서라도 끊어 내야 하는 일이 있다. 도박이든 투자든 마찬가지다. 붙잡고 있어 보았자 이롭게 흘러가리라는 보장이 없을 때가 그러하다. 더 큰 손해를 얻기 전에 다소의 불이익을 감당하며 물러나야 하는 것이다. 하지만 잃은 것이 원통하고 분해 도저히 패배를 받아들이지 못하는 치도 있다.

진흙탕에 미끄러졌으면 벗어나려 하기보다는 남을 원망하고, 억지로 끌어당겨 저와 같은 고난을 겪게 하려 눈을 부릅뜨는 자들 말이다.

태후와 금 귀비, 그리고 금명에게마저 체면을 구긴 금청아가 바로 그런 격이었다. 그녀는 지난가을 이후로 어마어마한 노고를 들였음에도 원하는 바를 이루지 못하였다.

혼례 준비를 하느라 집안이 쏟아부은 돈은 막대하고, 성격에 맞지도 않는 온순한 며느리 노릇을 하느라 은가에 닳도록 드나들며 비위를 맞추었다. 그래 봤자 서녀인 고모에게도 얼마나 아양을 피웠는가. 그런데도 여태까지 은룡과 혼인하지도, 현희장공주를 복귀하지 못할 만큼 짓밟지도 못했다.

한때 은룡이 생각해 보겠다기에 백기를 드는가 싶었다. 그런데 실은 암상인을 붙잡을 궁리를 하느라 그녀를 방심시키려 들었던 것이다.

그 속도 모르고 행복에 부풀어 주위에 떠들어 댄 단꿈이여! 얼굴에 먹칠도 이런 먹칠이 없었다. 갖고 싶어 미칠 정도로 탐나는 남자였다. 하지만 모욕을 당하고도 순순히 참아 줄 생각은 없었다.

'갚아 주겠어.'

금청아의 눈동자에 핏줄이 섰다.

어디 그 소중한 장공주와 함께 나락으로 떨어져 보라지. 남려 어디로 도망가든 손가락질당하고, 뼈저리게 후회하게 만들어 줄 테다.

태후의 꾸지람 따위 무섭지도 않았다. 운이 좋아 태후가 되었을 뿐, 서녀에 불과한 고모다. 심지어 자식도 하나 낳지 못해 조카들을 이리저리 황실에 접붙이려 안달인 꼴이 우스웠다. 그래 보았자 금가의 적녀인 청아 자신보다 나을 게 무엇인가? 은룡과의 혼인을 도와줄 때에나 살살거릴 가치가 있었지, 방해가 된다면 얼굴도 보지 않을 생각이었다.

그래서 그녀는 형부시랑 위손구에게 서신을 한 통 보냈다.

백부와 부친의 이름을 파는 것은 어렵지 않았다. 아버지는 적녀인 청아 자신을 장중보옥처럼 여겨 어려서부터 총애하였다. 직접 끼고 글을 가르쳤으니, 서체가 아버지와 똑 닮는 것도 자연스러운 일이었다. 옥중에 갇힌 죄인 나부랭이의 재판을 공개형으로 열 것을 권하는 내용이었다. 길게 늘어질 것도 없었다.

그녀의 부친 금애는 황실의 재정을 담당하는 소부였다. 황제의 어마어마한 재산을 관리하는 직책이니 위손구도 구미가 당길 것이다. 거기다 상서령인 백부 금균도 동의하였다고 가져다 붙였으니 됐다. 마지막으로 아버지의 서재에 들어가 직인을 훔쳐 찍어 완벽을 더했다.

청지기에게 서찰을 들려 보내며 금청아는 기괴한 미소를 지었다.

얌전히 장가만 들었다면 됐을 것을. 청아는 완벽한 부인이 되어 줄 자신이 있었다. 그런데, 그깟 장공주가 뭐라고!

청아만 잃을 수는 없었다. 현희장공주도 무언가를 잃어야만 했다.

설령 파멸로 값을 치러야 한다 해도, 그 여자와 함께라면 아쉽지 않았다.

* * *

황궁은 발칵 뒤집혔다.

공개 재판이라고? 누구나 구경할 수 있는? 죽은 암상인이야 거물이었을지 몰라도 그 조수는 한낱 끄나풀에 불과했다. 하물며 제 주인이 죽은 후 곧장 가게를 팔아치우고 거래 기록을 태웠다. 남은 물건들마저 어지간히 팔아 재낀 뒤라, 죄목도 기껏해야 자잘한 장물 거래에 불과했다. 장을 치고 재산을 몰수하면 끝날 일이다. 재판을 할 까닭이 있지를 않았다.

형부상서도 당혹스러워했지만 시랑이 전에 없이 강하게 주장하니 휩쓸렸다고 한다. 장부에 적힌 죄목은 장물 거래이나, 남려에 스며든 오랑캐에 대한 증언을 얻고자 한다는 명분을 댔다. 그러니 반려하기도 애매하였다.

시일과 장소가 정해진 뒤로 상서령에게 보고가 올라갔다. 상서령은 금명의 부친인 금균이었다. 아들만큼이나 반듯하고 칼 같은 사람인지라 작은 일도 허투루 넘기는 법이 없었다. 장물 거래에 어울리지 않는 심리 일정이 오히려 그의 눈에 걸렸다. 황제께 고하였다.

주영은 당연히 처벌을 관례에 맞게 내리고, 심리를 취소하기를 명하였다. 젊은 황제가 누이를 보호하려는 순간을 노리던 늑대들이 줄줄이 나와 엎드려 외쳤다.

-폐하, 그자는 단순한 암상인이 아니옵니다! 이 도성에 숨어든 이방인 첩자에 대한 목격자이기도 하니, 여러 관리들이 보는 앞에서 명명백백히 사실을 가려내야 할 것입니다!

그 가운데는 사도인 홍괴도 있었다. 사도라면 삼공의 하나로 그 권세와 영향력이 어마어마한 자였다. 하물며 홍괴는 선제 때부터 임명되어 세력이 만만치 않았다. 사도가 앞서 간언하니 젊은 황제가 함부로 판을 엎기가 곤란하였다. 그러나 주영은 포기하지 않았다. 그들의 목적이 안보가 아니라 화영임을 알아서였다. 어떻게든 화영이 입을 수모를 덜고자 하였다.

-그 목격담이라는 불명확한 것으로 인해 황실의 일원이 음해를 당하고 있소. 정 심리를 해야겠다면 짐이 직접 나서 처리하겠소.

-외람되오나, 폐하, 현희부와 연관된 소문이라면 더욱 만인의 앞에서 해명해야 하지 않겠습니까. 그래야 현희장공주께서도 깨끗한 명성을 되찾으실 수 있을 것입니다.

-사도도 딸이 있을 것이 아니오? 그 딸에 대한 지저분한 논쟁을 저잣거

리에서 떠들 수 있겠소? 설령 그것이 거짓이라 설명하는 과정이라도 말이오. 짐이 사도의 여식에 대해 이 자리에서 이러쿵저러쿵 떠든다면 어디 괜찮겠소?

항시 온화하고 점잖던 황제가 크게 노하였다. 이만한 반발은 늑대들도 예상하지 못했던 터라 가까스로 기회가 생겼다. 특히 사도 홍괴는 제 막내 여식을 후궁에 들여보내려 가늠하던 참이기에 더욱 그랬다.

─이처럼 입에 오르내리는 일만으로도 상하는 것이 여인의 명예이거늘, 어찌 하나뿐인 장공주를 구경거리로 삼으려 하는가? 만일 첩자에 대해 의논이 필요하다면 내 상서령과 시중이 재판에 참관토록 하겠소. 이정도면 충분할 것이오!

사도 홍괴는 자신과 각 부의 장들도 참관케 허락해 달라고 청하였다. 의혹이 커질까 두렵다며 큰 소리로 엎드렸다. 일단은 비공개로 직접 심리할 수 있게 된 것만으로도 수확이었다. 그래서 황제도 더는 거절할 수 없었다. 사도의 주장이 전례에 어긋나지 않기도 했고 말이다.

정해진 날짜는 닷새 후였다.

이 소식은 황궁의 여인들에게도 곧바로 퍼졌다.

황후는 창백하게 질려 은룡을 불러들였다. 자신의 동생이 세 번째 부마였음이 발각될까 두려워 피가 식었다. 장공주를 살리기 위해서였다지만 불경하고 부도덕한 일이었다. 만일 드러난다면 이보다 지독한 불명예는 남려에, 은가에 다시는 없을 터였다.

태후는 사도의 야심에 크게 노하였다. 젊은 황제가 국사를 맡음에 조력하라고 놔둔 자이거늘 딴마음을 품다니! 그에 앞서 도대체 어떤 정신 나간 자가 주제넘은 처결로 조정을 들끓게 하였는지 알아내라고 명하였다.

한편 금 귀비는 현희부로 서신을 한 장 보냈다.

현희장공주와 담소를 나누고 싶다고.

* * *

은룡이 사색이 되어 전한 소식에 현희부가 술렁이던 와중이었다.

고관들이 지켜보는 앞에서 심문이 벌어진다! 주어진 시간은 고작 닷새뿐이니 어찌 방비할지 눈앞이 캄캄하였다.

그런데 금 귀비의 초대라니? 평온한 시절에도 위험천만한 일이거늘, 현희부의 추문이 대신들 앞에 끄집어 나오게 될 판국이다. 금 귀비는 황후의 적수였으므로 화영과도 사이가 껄끄러웠다. 그런 금 귀비가 무슨 생각으로 대화를 원하는지 섣불리 추측하기 어려웠다.

금 귀비의 측근 시녀인 소월이 직접 현희부로 찾아와 전한 초대다. 나름 성의를 보였다고 할 수 있었다. 설령 소월이 아닌 이름도 모를 궁녀가 전달하였다고 해도 지금 화영으로서는 걷어차기 어려웠으리라. 현희부는 낭떠러지 끄트머리에서 존망의 기로에 서 있지만, 온헌궁의 금 귀비는 아니지 않은가. 게다가 화영은 현희부 소문에 있어 내심 금명을 의심하고 있었으므로 그 사촌인 금 귀비도 극히 경계하는 와중이었다. 원래부터 싫어하던 상대였지만 특히 더 말이다.

"어찌하실 생각이오."

서재에 앉아 텅 빈 상 위를 노려보고 있던 와중이었다. 장지문을 열고 들어온 관호의 기척마저 미처 알아채지 못했다. 화영은 관호의 목소리를 듣고서야 존재를 눈치챈 것이 미안하여, 급히 자리를 권했다.

"아직 모르겠어요."

마주 앉은 관호를 보며 그녀가 입을 열었다.

"원래 내 성격 같아서는 무시해 버렸겠죠. 구렁이 입에 들어가는 셈이나 마찬가지라고 말이에요. 그런데 뭔가 걸려요. 단순히 내 처지가 위태로워서만은 아니고, 뭔가…… 금 귀비의 태도가 이상해서요."

묵묵하지만 온기 서린 시선으로 화영을 응시하던 관호가 말을 받았다.

"확실히 청락전에서보다는 예의를 갖추었더군."

"응. 소월은 금 귀비가 사가에서부터 데리고 있던 시녀거든요. 지금 현희부가 궁지에 몰렸음을 소월도 잘 알고 있겠죠. 그런데 내게 제 주인의 청을 전하면서 얌전히 굴더군요."

금 귀비도 싫어했지만 금 귀비의 옆에서 얄밉게 구는 소월은 더 밉상이었다. 그런 소월이 당장 문무백관 앞에 끌려 나와야 할 화영에게 공손히 절을 올리고, 고개를 숙인 채 제 주인의 부탁을 전하다니.

다시금 곰곰이 생각하던 화영이 입을 열었다.

"금 귀비가 단순히 나를 놀리려고 차담을 청한 것 같지는 않아요. 그러려면 소월에게 적당히 빈정거려서 내 속을 뒤집어놓으라고 했겠죠. 물이나 끓이는 하급 궁녀를 보내서 날 열받게 하거나요. 이렇게 순순히 예의를 갖출 필요가 있겠어요? 분명 뭔가 있는 거예요."

"일리가 있는 추측이오. 어쩌면 태후께서 우리에게 관대해진 것과도 연관이 있을지 모르겠군. 금 귀비는 태후의 질녀이니."

"음. 그렇게도 볼 수 있겠네요."

화영이 잠시 머뭇거리다 말을 이었다.

"그리고… 어쩐지 은룡이 말리지 않더라고요. 원래 같았다면 당장에 들고 일어나서 화를 냈을 아이인데. 아무래도 내가 하주에 있던 동안 무슨 일이 있기는 했나 봐요."

"확실히 이상한 일이군."

관호는 은룡이 화제에 올랐음에도 담담하게 대꾸하였다.

"금 귀비는 그에게 청혼한 소저의 손위 누이일 텐데. 정혼을 거부하고 있는 기도위가 어째서 금 귀비에게 경계를 누그러뜨린 것인지 나도 모르겠소."

"물어볼까도 했지만…… 그냥 말았어요. 어차피 결정은 내가 하는 거니까."

화영의 시선이 슬쩍 상 위로 흘러내렸다. 관호는 잠잠히 그녀를 바라보았다. 현희부에 돌아와 다른 두 부마들과 겹친 이후, 그녀는 자신의 앞에서 그들의 이름을 꺼내는 일조차 심히 어려워하였다. 일부러 피하고, 대화도 좀처럼 나누지 않았으며, 난처해 어쩔 줄을 몰라 했다. 관호를 대하는 태도와 정반대였다.

화영은 관호가 다가설 때는 절대 도망치지 않았다. 그가 권하면 함께 차를 마셨고 그가 원하면 같이 식사를 했다. 비록 관호 스스로가 자제하고 있기는 했지만, 만일 한 침상에서 잠들고 싶다 하였다면 화영은 난감해 목을 붉히면서도 고개를 끄덕였으리라.

그녀는 약속을 지키려고 노력하고 있었다. 진짜 부부로 살겠다는 약속을.

이전에 현희부에서 지냈을 때, 관호 그는 언제나 맨 마지막이었다. 스스로가 자처하기도 하였을뿐더러 은룡이나 맹타안에 비해 화영과 친밀할 일이 없어서였다. 화영은 자신을 어려워했으며 단둘이 있을 때면 좀처럼 긴장을 풀지 못하곤 했다. 하지만 지금은 정 반대가 된 격이 아닌가.

참으로 기묘한 기분이었다. 군자답지 못한 마음이 들었다. 야릇한 우월감과 만족감.

정은 물과도 같다. 제아무리 의지가 칼날 같아도 끊어 낼 수 없는 법이다. 하물며 은룡과 맹타안은 가진 것을 죄다 버리며 연심을 증명하였으니. 부인이 그들을 쉽게 내쳤다면 오히려 이상한 일일 것이다.

관호도 사내였다. 부인을 두고 다투던 경쟁자들이 다시 찾아온 일이 반갑지는 않았다. 하지만 사람으로서는 내심 감탄했으며, 더 나아가 인정할 수밖에 없는 일이었다. 가진 것이 많을수록 놓기 어려운 법이다. 망설임 없이 기꺼이 내어 버린 기개가 대단하였다.

그러면 어떻게 해야 할까.

현희부에 얽힌 음해가 흩어지기는커녕 더욱 치명적으로 형태를 갖춘 와중이었다. 역설적으로 맹타안과 은룡은 현희부 안에 머무는 것이 가장 안전했다. 두 사람 다 이목을 아니 끌 수 없는 인물들이니.

'무사히 의혹을 벗는다면 좋을 것이다. 하지만 그 이후는.'

관호는 묵묵히 화영을 바라보았다.

그는 그녀를 보살피고, 지켜 주고 싶었다. 고귀한 현희장공주의 이름 없이도 좋았다. 송화영이라는 여인을, 넓은 천하 어디에서라도 즐겁게 살 수 있도록 책임지고 싶었다. 하지만 은룡과 맹타안을 억지로 떼어 놓게 한다면 그녀가 행복할까. 금세 그들을 잊어버리고 미령에서 지냈던 것처럼 애정을 드러내 줄까.

'어려운 일이다.'

관호는 짧게 한숨을 쉬었다.

그 소리에 화영이 짐짓 놀랐는지 고개를 들었다.

"왜요?"

"별일 아니오."

"그치만 어쩐지……."

거기까지 말하고 그마저도 우물거리다 입을 닫는다. 요사이 관호 그가 조금만 심기가 불편해 보여도 죄다 자기 탓인 양 안절부절못하는 것이다.

그 모습이 안타깝기도 하면서 어쩐지 사랑스럽기도 하였다. 그녀가 자신에게 관심을 기울이고 존중하고 있다는 사실을 느낄 때마다 내색은 하지 않았으나 크게 만족스러웠다.

관호는 화영의 걱정을 달래듯 부드럽게 말했다.

"부인이 귀비의 요구에 어떻게 응할지 잠시 생각해 보고 있었소. 후궁으로의 초대이니 내가 동행하기도 어려울 터. 침혜를 딸려 보낼까 하오."

"아니에요. 침혜는 정식 궁인이 아닌걸요. 괜히 온헌궁에 데려갔다가 그쪽 시녀들이 텃세라도 부리면 어떡해요. 그런 꼴은 못 참죠."

관호가 자신에 대해 염려하고 있었다고 말하자 화영의 얼굴이 다시금 밝아졌다.

"입궁할 때는 항상 혼자 했으니까 괜찮아요. 요즘 같은 상황에 괜히 법도를 어기고 싶지도 않고. 그냥 혼자 다녀오려고요."

"결정한 것이오?"

"어차피 잃을 것도 없으니까요."

화영이 상을 가볍게 두드리며 말했다. 결정한 것이다.

관호가 물끄러미 그녀를 바라보다 고개를 끄덕였다. 그 모습에 화영은 다시금 마음을 다잡았다. 비록 벼랑 끝에 몰린 처지라지만 그녀 곁에는 그녀를 믿고 함께하는 가족이 있었다.

시비를 걸라면 걸으라지. 무서워할 필요 없다.

그다음 날, 화영은 온헌궁을 방문하였다.

온헌궁은 난생처음이었다. 오빠가 새언니에게만 충실하니 화영 역시도 비빈들에게 친할 이유를 느끼지 못하였다. 그래서 애초에 후궁에는 발걸음해 본 적이 없었다.

온헌궁의 규모와 장식을 보니 귀비가 얼마나 위세가 대단한 지위인지 새삼 깨닫게 된다. 물들여 금박을 입힌 기와는 겨울 햇빛을 받아 한 폭의 산수화처럼 기기묘묘하게 빛나고, 기둥마다 호사스러운 조각과 금장식이 감싸였으며 실내에는 갖가지 사치품들이 즐비했다. 황제의 총애를 받는 상태도 아닌데 이만한 호사라니. 참으로 정궁인 황후가 항시 노심초사 경계할만한 대상이었다.

금 귀비는 내전이 아닌 대청에서 화영을 맞이했다. 진달래색 나삼 위에 은여우 털을 덧댄 청회빛 피풍의를 두른 상태였다.

"어서 오시지요, 장공주. 추운 겨울에 이리 오라 가라 청하여 미안하게 되었습니다."

"그리 춥지는 않았어요. 괜찮습니다."

화영의 의례적으로 대답하자마자 금 귀비가 눈웃음을 빙그레 지으며 말했다.

"그래요? 그러면 우리 잠시 어화원이나 거니는 것은 어떻겠습니까. 내 하나뿐인 시누인 장공주를 잘 대접하려 작정을 하였답니다. 특선 요리를 준비

중이니 바람을 쐬고 오면 더욱 맛이 좋게 느껴질 겁니다."

"산책을…… 하자고요? 저와?"

"차라리 편하지 않겠습니까? 한겨울 실내는 참으로 어둡고 답답도 하니. 단둘이 찻물만 들이키며 빙빙 돌리기나 하겠지요."

화영은 당황하였다. 도대체 금 귀비가 무슨 이야기를 꺼내려 수작 중인지 감도 잡을 수 없었다. 그러나 그녀 역시도 금 귀비와 내전에서 시간을 보내기보다는 산책이라도 하는 게 나을 듯싶었다. 적어도 발을 계속 움직이다 보면 어색한 침묵이 무마될 테니까.

"그렇지만 남들이 볼 텐데요."

"왜요? 장공주와 귀비가 한데 거닐면 안 된다는 법이라도 있답니까?"

"그야 우리가 친하지 않으니까 이상하게 생각하겠죠."

"후후."

금 귀비가 고개를 기울이며 웃었다.

"고작 이 년입니다, 현희장공주. 그마저도 면대면으로 만나 이야기라도 나누어 본 적 있습니까? 없지요. 그러니 어찌 친해질 수 있겠습니까? 시집 식구라는 것이 다 그렇겠지만."

"무슨 이야기를 하려고 다담을 청한 거죠?"

"글쎄요. 중요한 이야기라고만 해 둘까요. 그 전에 좀 더 서로를 잘 알아야 할 필요가 있을 듯합니다."

결국 칼자루를 쥔 것은 금 귀비였다. 화영은 최대한 공주답게 처신하려고 했지만 어깨를 으쓱하는 일만은 참을 수가 없었다. 화영의 불만을 느꼈는지 금 귀비의 얼굴이 한층 더 미소를 띠었다.

어화원을 거닐며 본론으로 들어갈 거라는 예측과는 달리, 금 귀비는 좀처럼 입을 열지 않았다. 화영을 데리고 해당화밭을 빙 돌며 꽃에 대해 논하더니, 드물게 분홍색으로 핀 매화에서도 느긋하게 이야기했다. 화영이 조바심을 내게 하려는 것일까? 아니면 그냥 이마저도 그녀를 조롱하려는 행위일까. 도통 알아채기 어려웠다.

반 시진이나 어화원에서 시간을 날렸다. 화영은 결국 걷던 것을 멈추고 금 귀비를 응시했다.

"귀비마마. 제게 시간이 별로 없다는 건 잘 알고 계실 텐데요. 더 할 말이 없다면 이만 현희부로 돌아가겠습니다."

"시간이 없다, 라. 어찌 그리 말씀하십니까?"

금 귀비의 얼굴은 고요했지만 올빼미처럼 짙은 눈만은 빛나고 있었다. 화영은 그 기세에 눌리지 않았다. 그녀가 처한 상황은 황궁 모두가 알고 있었다. 핑계를 대며 부끄러움을 자초하지 않을 것이다.

"녹보석 요대에 대하여 부당한 심리가 잡혀 있으니까요. 기일이 며칠 남지 않은바, 저도 나름 변호할 준비를 해야 하거든요."

"아하. 오황자의 녹보석과 그것을 사간 미남에 대한 증인 말인가요?"

"그래요."

화영은 담담하게 대꾸했다. 그 모습에 금 귀비는 아리송한 표정을 지었다. 기뻐하는 듯 보이기도 하고, 놀라는 듯 보이기도 했다.

"어찌 생각하십니까, 장공주께서는?"

증인에 대해서? 아니면 증언에 대해서?

자칫하면 함정이 될 수 있는 교묘한 물음이었다. 그러나 화영은 금 귀비에 대한 경계가 깊었던 만큼 흔들리지 않았다.

"황실에 대한 모독이죠. 한낱 죄인의 말에 휩쓸려 황상께 심리 공개를 요구하다니. 이 음모를 계획한 자들은 결코 용서받지 못할 거예요. 내 녹보석에 대한 판결과는 별개로요."

'음모를 계획한 자들'이라고 말하며 화영은 유심히 금 귀비의 얼굴을 관찰하였다. 만일 금명이 연루되어 있다면 금 귀비도 그 사실을 알고 있을 것이고, 눈썹 한 올이라도 움직일 거라 생각해서였다.

그러나 금 귀비는 미끄러운 얼굴에 미동 하나 없었다. 이 정도 도발로는 넘어오지 않는 걸까. 화영이 살짝 속으로 분해 할 때였다.

"본궁도 동의합니다. 장공주를 공격한 것은 황실을 공격한 것이나 마찬가지지요."

"……!"

"그깟 녹보석이 무어라고 이리 난리인지. 설령 장공주가 살인을 저질렀다 해도 이만큼 소요가 일어나지는 않았을 겁니다. 참으로 우스운 일이지요. 여인의 명예란 이토록 무의미하니."

전혀 예상하지 못했던 소리였다. 화영은 저도 모르게 눈을 크게 뜨고 눈썹을 찌푸렸다. 놀란 화영을 보며 금 귀비가 입꼬리를 올렸다.

"슬슬 돌아갈까요. 음식이 다 되었을 듯합니다."

뒤따르는 시녀들 때문에 더 캐물을 수도 없었다. 화영은 얼결에 고개를 끄덕이고야 말았다. 금 귀비와 한 자리에서 상을 받을 생각 따위는 결코 없었는데 말이다.

'함정일까?'

심장이 두근거렸다. 초조함과 더불어 오감이 예민해졌다. 금 귀비에게서 풍기는 값비싼 사향의 향기를 맡으니 머리가 아파 오며 생각이 어지러웠다.

어쩌면 짐짓 동의하고 동정하는 척하다가 화영에게서 실상 녹보석에 대한 진실을 빼내려는 것일지도 모른다. 충분히 가능성이 있는 이야기였다.

그러나 금 귀비가 여인의 명예에 대해 냉소할 때, 화영은 무언가를 느꼈다. 거짓이나 가식이 아닌 진심 어린 불만. 얼어붙은 땅거죽 밑에서 용암처럼 새어 나오는 진정한 경멸이었다.

금 귀비의 말이 옳았다. 차라리 화영이 사람을 죽였다 해도 이처럼 추문이 생기지는 않았을 것이다. 실로 얼마나 많은 왕부에서 아랫것들이 죽어 나갔는가. 황자와 군왕들은 종종 지저분한 싸움에 휘말렸고 젊은 혈기에 검을 뽑아 들기도 일쑤였다. 그럼에도 벌을 받으면 받았지 상스러운 입소문에 휩싸이지는 않았다. 오입질을 하며 처첩들을 늘리는 일 따위는 범법도 아니었고 말이다.

그런데 화영은 고작해야 녹보석 하나를 가져 명예를 잃었다. 녹보석이 장물이라서? 아니, 그 녹보석을 의문의 미남이 사 갔다는 범법자의 증언 하나 때문에 말이다. 그녀가 실로 외간 사내와 통정하는 광경을 들킨 것도 아니다. 의심받을 만한 행적을 남기지도 않았다.

그런데도 세상은 너무도 쉽게 입에서 입으로 그녀의 이름을 더럽혔고, 마땅한 의혹이라는 듯 떠들어댔다.

그녀가 현희부가 아니라 왕부를 받은 군왕이었다면 장물 거래로도 트집 잡는 이 하나 없었겠지. 녹보석을 왕비가 아닌 다른 여인이 구입하였다 해도 아무도 신경 쓰지 않았으리라.

화영 역시도 내심 속으로만 억누르고 있던 억울함이었다. 이를 금 귀비가 짚어 낼 줄은 상상도 하지 못했다.

금 귀비라니! 명문 금가의 적녀로 태어나 태후를 등에 업고 귀비 지위까지 얻은 여인이었다. 그녀가 세상의 불합리한 기준을 파악하고 또 혐오하고 있음을, 누가 짐작이나 했겠는가?

온헌궁 내전으로 들어가니 이미 두 사람을 위한 상이 준비되어 있었다. 김이 모락모락 올라오는 음식들이 은으로 만든 식기 위에 차려져 있었다. 심지어 준비된 잔마저 백조 모양으로 가공한 은잔이었다.

'은이라. 독은 들어있지 않다고 대놓고 말해 주네.'

화영은 자리에 기꺼이 앉았다. 그 전에 시녀 하나가 공손하게 다가서 그녀의 피풍의를 벗겨 주었다.

"장공주의 호방한 품성은 익히 아니, 시중이 따로 필요하지는 않겠지요?"

금 귀비의 말과 동시에 내전에서 귀인들을 보좌하던 시녀와 태감들이 절을 하고 물러서 나갔다. 심지어는 금 귀비 옆에 있던 소월마저 빠져나갔다.

화영은 금 귀비를 응시했다. 쌀쌀한 날씨에 반 시진이나 산책을 했으니 허기질 법도 하건만, 긴장한 나머지 음식에는 시선조차 가지 않았다.

"맛이라도 좀 보시지요. 본궁의 자랑 같겠지만, 온헌궁 숙수는 후궁에서도 솜씨 좋기로 유명하답니다."

"먹히지 않을 것 같아요."

"본궁이 독이라도 탔을까 겁이 나십니까?"

"차마저 은잔에 담아 주셨는데 그럴 리가요."

화영이 자신의 의도를 파악했음에 금 귀비가 입꼬리를 올렸다. 화영은 젓가락을 드는 대신 은잔을 들어 한 모금 차를 마셨다. 일단은 금 귀비에게 적절한 신용을 주려는 것이었다.

"솔직히, 지금 굉장히 긴장했거든요. 그러니 바로 본론으로 들어갔으면 해요."

"참으로 솔직하시군요. 그러한 점이 매력일지도 모르겠습니다만."

금 귀비는 찬바람을 맞아 복숭앗빛으로 뺨이 달아오른 화영을 바라보았다.

화영은 온헌궁에 오지 않을 수도 있었다. 그쪽이 편한 선택이니까. 한 치 앞도 모를 위험한 상황에서 굳이 앙숙 같은 자신을 만날 이유가 있겠는가. 하지만 그녀는 초대를 받아들이고 당당히 찾아왔다. 처지가 곤란하다는 사실을 숨기려고 하지도 않았다. 배짱이 있었다. 금 귀비의 시험을 통과한 셈이었다.

아무에게나 투자할 수는 없는 법. 하물며 금 귀비는 제시할 도움만큼이나 커다란 요구를 할 셈이었다.

단순히 금청아를 고꾸라뜨리는 일만이 문제가 아니다. 금 귀비는 더 큰 그림을 그리고 있었다.

"그러면 앞뒤 자르고 이야기하지요. 장공주를 돕고 싶습니다."

화영은 온몸을 굳혔다. 혼란과 긴장으로 인해 순식간에 입 안이 말라붙었다.

"그게 무슨 말씀이시죠?"

"말 그대로입니다. 현희부를 옭아맨 추문이 누구에게서 시작되었는지 본궁은 알고 있습니다. 그자를 내어 드리지요. 아니, 처리해 드리겠습니다. 다시는 현희장공주와 황상의 위엄에 누를 끼치지 못하도록."

금 귀비의 목소리는 태연했다. 아까 매화차를 만드는 방법에 대해 이야기하던 어조와 다를 것도 없었다.

화영은 한층 경계하며 되물었다.

"어째서요? 귀비께서는 저와 아무런 연관이 없잖아요? 그리 절친한 사이도 아니고요. 저를 그리 순순히 도와주시려는 이유가 뭐죠?"

"이런, 그리 자세히 설명해야만 믿으시렵니까?"

"당연하지요. 이런 도움을 냉큼 받아들일 수는 없으니까요."

"그렇다면 장공주께서도 약속해 주시지요. 본궁이 사실을 밝힌다면 객관적으로 판단해 주겠다고요. 이전에 우리가 불편했던 사항들은 모두 잊고, 상 위에 올라온 거래만을 따져 보겠다고 말입니다."

"……!"

이전은 잊어 달라고? 화영은 살짝 입술을 깨물었다.

"하지만 황후마마를 조롱했잖아요? 그것도 다름 아닌 탄신연에서요. 그래놓고 지난 일은 잊어 달라니 다소 힘들겠는데요."

"황후께서 장공주와 왕래를 멈춘 지 꽤 되었다고 들었는데. 아직도 황후께 의리를 지키십니까? 참으로 인덕도 깊으시군요, 장공주."

금 귀비가 예상치도 못한 약점을 찔렀다. 화영의 얼굴이 새빨갛게 달아올랐다.

황후인 은요와 어색해진 지도 꽤 오래되었다. 은룡이 정식 부마가 될 길이 요원하고, 그렇다고 혼인하여 집안을 보살피지도 않으려 하니 속이 상한 모양이지. 은요의 마음을 이해하려 노력하며 애써 넘겨 왔던 문제였다. 오빠와도 화해를 했으니 새언니와도 언젠가는 좋아지지 않겠는가.

"……내 새언니예요. 어려서부터 놀이 동무였고요. 당연히 의리를 지켜야죠. 지금 중요한 건 나와 황후마마의 관계가 아니에요. 귀비께서 저질렀던 악행이 문제죠."

"악행이라."

금 귀비가 재미있다는 듯 웃었다.

"장군의 일은 적을 죽이는 것이고 첩의 의무는 대를 잇는 것입니다. 하물며 황제의 첩은 그 책임이 더욱 막중하지요. 좋든 싫든 맡은 바를 다해야지 않겠습니까?"

화영은 인상을 찌푸렸다.

"대를 잇는 것은 처의 의무이기도 해요. 황후마마께서 곧 폐하께 아이들을 낳아 드릴 거고요. 첩 역시 함께 맡은 책임이라 해도, 그것이 황후께 불순종하고 빈정거릴 이유는 되지 않잖아요? 게다가 좋든 싫든이라니……."

그러자 금 귀비가 매끄럽게 대꾸했다.

"장공주께서는 본궁이 이 자리를 좋아하는 것처럼 보십니까?"

"……굉장히 귀비 지위에 어울리게 행동하시는 것 같은데요."

"본궁은 철저한 사람이라서요. 좋든 싫든 주어진 일에는 최선을 다한답니다."

"아까부터 계속 좋든 싫든이라고 하시는데…… 혹시 오빠를, 아니 폐하를 좋아하지 않는다는 건가요?"

"딱히 그래야 할 이유가 있습니까?"

화영의 눈이 휘둥그레 커졌다.

자칫 반역으로 몰릴 만한 대답이었다. 후궁으로서 황제를 좋아할 이유가 있냐고 되묻다니! 하물며 대화 상대는 황제의 여동생이 아닌가! 그럼에도 금 귀비는 망설이지 않았다.

"오해는 마십시오. 폐하는 드물게 좋은 분이시지요. 다만 본궁은 원래부터 사내를 믿지 않습니다. 그러므로 그들을 경멸하지요. 하지만 가문과 부모가 정해 주는 대로 살지 않으면 다른 방도가 있겠습니까? 금가의 적녀이든 백정의 딸이든 마찬가지지요."

"금 귀비, 당신……!"

"폐하께서도 아십니다. 일전에 허심탄회하게 대화를 하였거든요. 어쨌든 괜찮지 않습니까? 폐하께서는 황후만을 연모하겠다 다짐하셨으니, 소박당하는 후궁 따위야 폐하를 사모하든 말든 상관이 없을 텐데요."

"그러면 왜 황후마마를 견제하는 거죠? 오빠를 좋아하지도 않고, 귀비 자리를 좋아하지도 않는다면 그럴 필요가 없잖아요?"

화영이 쏘아붙이자 금 귀비가 고개를 저었다.

"장공주는 모르십니다. 본궁은 귀비라는 직책을 떠맡았고, 귀비로 살아가는 것 이외에는 어떠한 선택지도 주어지지 않았습니다. 어쩌겠습니까? 이러니저러니 해도, 적어도 황손을 두엇은 낳아야 후에 험한 꼴을 당할 가능성이 덜하지 않겠습니까? 그러려면 당연히 황후마마를 공격해야지요. 마마께서 겁에 질려 미모를 잃고 성품마저 흐트러지도록 말입니다. 그러다 보면 황손을 낳을 기회가 올 수도 있으니까요."

"폐하를 좋아하지도 않고, 황후마마는 괴롭힐 수밖에 없다고 말하면서 어떻게 내게 이전 일은 잊어 달라고 말하죠? 어이가 없네요!"

"황후마마를 평생토록 괴롭히지 않을 수도 있습니다."

붉어져 화를 내던 화영의 귓가에 또렷한 말이 들려왔다. 고드름을 만질 때처럼 정신이 확 들었다.

"어떻게요?"

"본궁이 황후께 불손히 도발하는 이유가 뭐라 했지요?"

"……후일을 위해서요."

"후일을 위해서 얻고자 하는 것이 무엇입니까?"

"황손이라면서요."

"그렇습니다."

설마 오빠를 꼬드겨 자식을 갖게 해 달라는 건 아니겠지? 화영이 금 귀비를 노려보았다. 그런 부탁을 하려고 했다면 어림도 없다. 소문을 퍼뜨린 주동자고 뭐고, 새언니를 배신할 생각은 추호도 없었다.

그러나 금 귀비가 내뱉은 말은 예상을 전혀 뒤엎는 것이었다.

"본궁에게 장공주가 낳을 첫 딸을 주겠다고 약조하시겠습니까?"

정적이 흘렀다.

지나친 충격으로 인해 화영은 말을 잃었고, 금 귀비는 차분히 그녀의 대답을 기다리고 있었다.

내 딸을 달라고?

그게 무슨 뜻이지?

도저히 머리가 제대로 돌아가지를 않았다. 현기증이 날 판이었다.

화영은 불현듯 깨달았다. 이때까지 자신이 한 번도 자식에 대해 생각해 본 적이 없음을. 그녀가 맞아들인 부마들이 평범과는 거리가 멀었기에 그러할까. 하긴 액막이 남편을 셋이나 들여놓은 일만으로도 한 치 앞도 가늠할 수 없이 어렵고 복잡하였다. 그 가운데서 자식 계획 따위, 꿈속에서라도 해 볼 여유가 없었다. 그럴 이유도 없었고!

실은 자신이 어머니가 된다는 상상 자체가 잘되지 않았다. 어머니의 모습을 쉽사리 연상할 수 없어서일까. 차라리 좋은 고모가 되고 싶다는 생각은 많이도 했지만 스스로가 누군가와 아이를 낳고 사는 모습은 좀처럼 머릿속에 떠오르지 않았다. 태후가 금명을 부마로 추천하며 약혼하길 권할 때도 그랬고, 당연히 언젠가는 은룡과 혼인할 거라고 의심하지 않던 시절에도 그랬다.

그런데 그냥 자식도 아니고, 첫 딸을 달라니.

어색함에 이어 순식간에 부끄러움이 밀려왔다. 이게 분노인지 창피함인지 구분이 어려울 정도였다.

"귀비마마! 장난이 심하군요! 도대체 무슨 소리를 하는 거예요?!"

"호호호, 혼례도 치른 지 오래이면서 무에 그리 얼굴을 붉히십니까? 누가 보면 제가 희롱이라도 했나 싶겠습니다."

화영이 발끈하자 금 귀비가 눈으로 웃었다.

"그럼 희롱이 아닌가요? 갑자기 맥락에도 없이 내 딸이라니요? 내 딸이 황후마마를 괴롭히지 않는 일과 무슨 상관이 있죠?"

"장공주의 따님은 참으로 귀엽겠지요. 장공주를 닮았다면 폐하도 닮았을 것이고요. 그야 친조카이니 당연하겠지만."

"……설마 내 자식을 당신 자식이라고 속이겠다는 건가요? 그건 불가능한 일이잖아요."

"당연히 불가능하지요. 황실 옥첩이 멋대로 자손들을 뒤바꾸게 놔두겠습니까? 게다가 황실 여인의 출산은 숨길 수 있는 일이 아니지요. 본궁은 아이를 훔치겠다는 게 아닙니다. 정당하게 양녀로 삼게 해 달라고 말하는 것입니다."

화영의 커다란 눈이 금 귀비의 작고 섬세한 눈과 마주쳤다.

그제야 화영은 금 귀비의 계산을 파악할 수 있었다.

만일 금 귀비가 화영이 낳은 딸을 양녀로 삼는다면 그녀는 황제를 유혹하지 않고도 송씨 혈통의 자식이 생기는 셈이다. 황후와 다른 비빈들 사이에서 바쁘게 암투를 벌일 필요도 없이 말이다. 게다가 화영에 대한 정이 각별한 황제였다. 조카이자 양딸을 결코 괄시하지 못할 것이다. 아무리 양모가 금 귀비라도 말이다.

후에 황후가 적자들을 생산한다 해도 서로 사이가 좋겠지. 황위에 위험을 끼치지 않는 공주이고, 게다가 현희부 고모의 친딸이라면 황후가 낳은 황자들도 기꺼이 공주와 우애를 나눌 것이다.

화영이 입술을 깨물자 금 귀비가 느리게 말을 이었다.

"현희장공주의 친딸이자 귀비의 양딸이라면 화친을 위해 시집보내질 가능성도 적지요. 만일 황후마마께서 공주를 낳지 못한다면 현희부를 물려받을 가능성도 크고요. 그렇게만 된다면야 양모인 본궁은 평생 안정이 보장됩니다. 굳이 마음에도 없는 부군을 두고 다투느라 심약한 황후마마를 흔들 까닭이 없다, 이 뜻이지요."

일리가 있는 말이었다.

하지만.

화영이 망설이는 가장 큰 이유를 금 귀비가 모를 리 없었다. 금 귀비가 차분하게 덧붙였다.

"비록 목적이 있어 요구하는 일이지만, 금지옥엽으로 소중히 여길 것입니다. 본궁의 곁에서 재우고, 먹을 것과 입을 것, 가르칠 것까지 직접 챙기겠다고 약속하지요. 본궁의 평생을 책임져 줄 귀한 따님인데 어찌 허투루 대하겠습니까. 아끼며 반듯하게 키우겠습니다."

"……."

"언제든 온헌궁으로 찾아와 공주를 만나 보아도 됩니다. 장공주가 친모임을 알 테니, 말릴 사람도 없고 걸릴 것도 없겠지요."

금 귀비가 주동자를 처리해 주기만 한다면. 그런다면 현희부의 오명을 걷을 결정적인 도움이 될 것이다. 주동자가 누구이든 공개 심리로 몰아가던 자들과 연관이 있을 테니, 판을 뒤집어 솎아내기도 쉬워지겠지.

하지만.

아직 낳지도, 낳을 생각도 없는 아이다. 그런데도 태어나기도 전에 남에게 주겠다 약속하라니 쉽사리 말이 떨어지지 않았다. 가슴이 쿵쿵 뛰었다. 떠오를 리 없는 어린아이의 얼굴이 눈앞에 아른거리다가 훅 사라졌다.

화영은 눈을 깊게 감았다. 그리고 침착을 되찾으려 심호흡을 했다. 그리고 천천히 눈꺼풀을 열며 목소리를 가다듬었다.

"아직 주동자가 누구인지 밝히지 않았잖아요. 그것부터 말해 줘요."

"쉽게는 약조할 수 없다는 뜻이군요."

"당연하죠. 난 약속을 중요시하는 사람이에요. 하물며 귀비마마가 원하는 것은 태어나지도 않은 자식이잖아요. 확실하게 따져 봐야죠."

은으로 된 잔을 들어 목을 축인 후에 이어 말했다.

"사실 이 모든 게 내 딸을 얻기 위해 귀비마마 쪽에서 꾸민 일일 수도 있잖아요? 주동자는 사실 본인인 거죠. 내게는 주동자를 안다, 처리해 주겠다고 말만 해 놓고 현희부에 대한 모함을 멈춘다면? 나는 깜빡 속을 테고 미래에 낳은 딸을 온헌궁에 보내야겠죠. 그렇게 두리뭉실 넘어가지는 않을 거예요.”

단호한 대답이었다.

금 귀비는 흐음, 하고 눈을 치켜뜨더니 생각에 잠겼다. 그리고 화영처럼 차로 입을 축였다.

“바꾸어 말한다면, 본궁이 손에 든 패를 모두 열어 보여 준다면 장공주 역시도 마땅한 신뢰로 돌려 주겠다는 뜻이군요. 맞습니까?”

“……그래요. 하지만 황후마마께 도발하지 않고 평화롭게 지낼 것, 그리고 아이를…… 잘 키워 줄 것도 조건이에요. 하나라도 깨뜨린다면 즉시 돌려받을 거구요.”

“까다로운 계약이로군요.”

그렇게 대꾸하는 금 귀비의 표정은 반대로 만족스러웠다.

화영이 동의만 해 준다면, 그래서 황실의 피가 섞인 아이를 자식으로 얻을 수만 있다면 어떤 조건을 걸든 남는 장사였다.

아들은 필요 없다. 황후가 자식을 낳는다면 당장에 잘려 나갈 처지 아닌가. 설령 황제와 황후가 조카를 가엾게 여기려 할지 몰라도, 장성한 적자들은 사촌이자 양자를 눈엣가시로 여길 것이다. 그 양모인 귀비 자신까지도 적대시하겠지. 황궁에서 아들을 갖는 것은 황위 다툼에 참전한다는 뜻이다. 목숨을 걸고 덤벼야 하는 전쟁 따위는 관심이 없었다.

금 귀비는 화영의 고집스러운 얼굴을 바라보며 빙긋 웃었다.

대범하고 심지가 곧으면서도 융통성이 있는 성품이다. 장공주가 낳은 딸아이도 키울 맛이 나리라.

비록 부마도위를 어디까지 닮을지가 관건이지만 말이다.

‘그리고 친부가 참으로 부마도위일지도 따져 볼 일이지만.’

아무래도 상관없다. 오히려 재미있겠다. 양녀를 품에 안아 보는 날 현희부의 진실을 알게 되겠지.

금 귀비도 황실에 시집왔으므로 황실 자손들에게 불꽃 무늬의 모반이 있음을 배우게 되었다. 그러니 장공주가 낳은 딸이어야만 했다. 황후의 적자들과 어울려 친근하게 지내도록, 그리고 황제가 누이를 떠올리며 안쓰러워하도록. 바꿔 말하자면 장공주가 낳은 딸이기만 하면 됐다. 현희부에 사내를 몇이나 두었든, 친부가 누구이든 무슨 상관이겠는가.

장공주를 보아하니 보통내기가 아닌 터. 분명 쓸 만한 사내를 골랐겠지.

그렇게 생각하니 더욱 만족스러웠다. 사내들이 지배하는 세상에서 이 정도의 반항은 괜찮지 않은가.

금 귀비는 기꺼이 자신의 패를 공개하기로 했다.

"현희부를 모함한 이는 내 누이인 금청아입니다. 장공주도 대략 의심은 했을 것 같은데, 모르셨습니까?"

"금청아……."

화영이 무릎 위에 올려 둔 손을 주먹 쥐었다.

"의심하던 후보 중의 하나이긴 했어요. 내 녹보석에 대해 직접 물어봤거든요. 별생각 없이 대답해 주었는데 이런 상황까지 번질 줄은 몰랐죠."

"그 아이는 은 기도위에게 홀딱 반해 있어요. 그를 손에 넣기 위해서라면 뭐든 못 할 일이 없지요. 헌데 기도위는 오로지 장공주만을 바라보니, 어쩌겠습니까?"

"……은룡 때문에 현희부를 중상모략했다고요?"

"장공주에 대한 원한과 기도위를 얻고자 하는 욕망이 묘하게 합치된 것이지요. 본궁이 알기로는 기도위에게는 진작 범인이 자신이라는 실마리를 주었다 합니다. 기도위가 문책하려 든다면 오히려 혼인하자 몰아갈 셈이었겠지요. 그렇게만 해 준다면 현희부의 추문을 이쯤에서 멈추겠다고."

하지만 기도위는 끝까지 버텼지요. 요령이 없다고 해야 할지, 만에 하나 정도로 지조가 있는 사내라 해야 할지.

금 귀비가 묘한 어조로 은룡을 평가했다. 화영은 문득 은룡이 금 귀비에게 찾아가는 일을 말리지 않은 것을 떠올렸다. 그리고 보니 금 귀비가 오빠와도 터놓고 대화했다 했지. 어쩌면 은룡과도 그랬을지 모르겠다. 하지만 중요한 건 그게 아니었다.

"금 소저는 귀비의 하나뿐인 친자매이죠. 그런데 나를 위해 동생과 척을 지겠다고요? 믿기 어려운데요."

"청아는 내 동생이지만 장공주는 시누이이고, 폐하는 부군이시죠. 일단은 말입니다."

금 귀비가 담담히 대꾸했다.

"그 아이는 선을 넘었습니다. 보세요, 장공주. 기도위가 끝까지 넘어가지 않는데도 포기하지 못하고, 소문을 더욱 저열하게 퍼뜨렸습니다. 조정에서 마저 장공주의 행실을 문제 삼고, 더 나아가 공개적인 자리에서 증인을 심문하려 듭니다. 이는 황실의 존엄을 훼손하려는 행위이지요. 본궁은 황실 모독죄로 내 집안인 금가가 연루되지 않기를 바랍니다. 그래서 청아를 잘라내는 것으로 본궁과 금가를 지키려는 것입니다."

"……어떻게 잘라 내려는 거죠?"

화영의 목소리가 떨리고 있었다. 생판 남이자 원수인 금청아임에도 친자매가 직접 처리하겠다니 걱정이라도 하는 것처럼.

참 재미있구나. 금 귀비는 속으로 한층 더 화영을 마음에 들어 하였다.

"아, 장공주는 신경 쓸 필요가 없습니다. 본궁이 알아서 할 테니까요. 다만 확실히 처리된 이후 우리의 약조를 잊지만 않아 주면 됩니다."

"금 소저는 내가 대신 상대할 수도 있잖아요. 아무리 그래도 친동생인데, 귀비마마가 어떻게 하기는 조금……."

"마음도 약하셔라. 하지만 장공주, 본인이 스스로 해결한다면 그 또한 체면이 살지 않을 것입니다. 문무백관 앞에서 금청아를 세워놓고 무어라 책망하겠습니까? 기도위를 사랑하여 내게 모함을 씌웠다고? 관복 입은 사내들이란 하나같이 여인을 낮잡아보지요. 그들이 사랑이니 질투니 하는 소리를 듣고 장공주를 어떤 눈으로 보겠습니까?"

"……알겠어요."

확실히, 명예를 되찾기는커녕 더욱 체면이 상할 것이다. 은룡이 여태껏 화영을 사모해 온 일을 가지고 문제를 제기하는 자도 있을지 모른다. 화영은 결국 한발 물러섰다.

금청아를 어찌 정리할지 예측조차 가지 않았지만, 금 귀비 본인과 가문의 안위를 위해서라는 명분만은 깔끔한 만큼 신뢰가 갔다.

그렇다면 미래의 아이보다 현재의 문제를 해결하는 것이 우선이겠지. 이성으로만 따지자면 그러했다. 나흘 후의 심리에 모든 것이 달려 있었다. 화영 본인의 명예뿐 아니라 황제인 오빠의 체면과 존엄까지.

그런데도 왜 이리 마음이 아플까.

금 귀비의 제안을 듣기 전에는 생각도 한 적 없는 자식이었다. 그런데도 한 번 머릿속에 떠올리고 나니 이미 속에 품고 있듯이 애달프게 느껴졌다. 벌써부터 금 귀비 손에 갓난아이를 넘겨야 하는 것처럼 가슴이 찢어지는 기분이었다.

화영에게 피가 섞인 가족이라고는 외숙과 오빠뿐이었다. 만일 정말로 아이를 낳게 된다면, 그렇다면. 얼마나 소중할까. 얼마나 사랑을 쏟게 될까.

하지만 화영은 지켜야 할 사람이 많았다.

오빠도, 새언니도, 그리고 관호와 맹타안, 은룡도. 현희부를 지키고 보살펴 준 침혜와 청지기 고 씨, 매번 화병의 꽃들을 바꾸느라 고심하는 주아와 마구간의 종효. 매번 맛있는 음식들을 만들어주는 구 씨 부부와 선녀처럼 예쁜 옷을 지어주는 침모 전 씨. 그 외에도 수많은 사람들이 모두 현희장공주의 책임 아래에 있었다.

'만일 금 귀비가 내 딸을 잘 키우지 못한다면 바로 뺏어 올 거야. 그러면 되니까. 더는 생각하지 말자. 한 번에 하나씩, 눈앞에 닥친 일부터 해결하는 거야.'

화영은 소매 밑으로 두 손을 맞잡았다. 기억도 희미해진 엄마의 자장가를 떠올리려 애쓰며 마음을 강하게 먹었다.

그래, 그녀의 어머니도 남들이 보기엔 이해하지 못할 선택을 했었다. 십칠황자의 자식을 임신한 몸으로 행궁에서 도망을 쳤다. 남아서 첩으로나마 부귀를 누리고, 사랑하는 사내의 곁에 머물며 아이를 당당하게 낳을 기회가 있었음에도 단호하게 포기했다. 위기를 직시할 용기가 있었기에.

만일 주영과 화영의 모친이 조금만 더 마음이 약했다면, 그래서 십칠황자의 곁에 머물러 있었다면. 그녀는 당시 황제나 혹은 손위 황자들의 손에 의해 죽임을 당했으리라. 그녀는 물론이고 배 속의 아이들도 함께.

비록 깊은 산골 사찰에서 사생아로 자랐지만, 엄마의 그 결정 덕분에 주영과 화영은 살아남았다. 그리고 남려의 황제와 장공주가 될 수 있었다.

화영은 속으로 되뇌었다.

엄마도 이해해 줄 거야. 엄마도 살기 위해서 아버지를 떠나 용중사로 갔잖아. 가장 중요한 것은 살아남는 거라고, 살아남기만 한다면 더 많은 것을 바꿀 수 있다고.

여전히 심장이 뛰고 속이 뒤틀리듯 아릿하였다. 하지만 화영은 결정을 물리지 않았다. 꼿꼿하게 등을 펴고 앉아, 금 귀비를 마주 보았다.

협상은 끝났다. 음식은 이미 식어 버렸고, 오찬 시간이 훨씬 지났음에도 화영과 금 귀비 어느 쪽도 허기를 느끼지 않았다. 긴장과 흥분으로 인해 두 사람 모두 팽팽하게 빛나고 있었다.

화영은 자리에서 일어나겠다고 말했고 금 귀비는 말리지 않았다. 대신 함께 일어나 온헌궁 밖까지 마중을 해주었다.

그들은 이제부터 자식을 매개로 평생 유지해야 하는 동맹을 맺은 셈이었다.

금 귀비가 문득 생각이 났다는 듯 덧붙였다.

"장공주. 본궁이 맡는 것은 청아뿐입니다. 녹보석이나 낯선 미남에 대한 증언을 파훼하는 것은 장공주의 몫이니, 집중하시기를. 일에는 순서라는 게 있는 법이니까요."

* * *

현희부로 돌아왔을 때, 하늘은 연한 보랏빛으로 물들어 해가 산 뒤로 넘어갈 준비를 하고 있었다. 마차에서 내리기가 무섭게 중정 저쪽에서 금빛 늑대처럼 맹타안이 달려왔다. 진작부터 화영이 황궁에서 돌아오기만을 기다리고 있던 모양이었다.

"괜찮소? 귀비 그것이 행패라도 부리던가? 어디 다치지는 않았겠지? 어디 봅시다."

성큼 다가선 맹타안이 거리낌 없이 화영의 뺨을 큰 손으로 감싸고, 이리저리 고개를 돌리게 하여 깃 아래의 목선이며 가슴팍까지도 확인했다. 이내 화영의 두 손을 부드럽게 움켜쥐어 올리고, 긴 소매마저 슬쩍 걷어 손목이며 팔의 살결을 검사하기도 하였다. 혹여 생채기 하나라도 놓칠세라 인상을 잔뜩 찌푸린 채였다.

성적인 의도를 지닌 접촉은 아니었으나 이미 정을 통한 바 있는 남녀의 손과 살이 맞닿는 일이다. 화영은 얼굴이 새빨갛게 되어 급하게 몸을 빼내었다.

"행패라니, 그런 일은 없었어요. 그냥 이야기를 나눴을 뿐이라고요. 확인은 그만둬요."

"정말이오? 부인을 한입에 잡아 삼키려 똬리를 틀고 있을 거라고들 하던데."

"누가 그래요?"

"뭐, 나도 귀가 있으니까."

맹타안이 부러 투덜거리는 양 하였다.

"부인과 차라도 마시려고 본채에 들렀건만 귀비의 궁에 가 버렸다더군. 그 소리를 듣고 내가 얼마나 놀랐는지 아시오? 얼마나 불안했는지는? 가면 간다 말이라도 해 줬어야지."

"……어제 초대받은 건 봤잖아요."

"흥, 간다 만다 결정은 안 했잖소? 적어도 내가 보는 앞에서는."

순식간에 화영의 얼굴이 어두워졌다.

제기랄, 선을 넘었구나! 맹타안은 제 발등이라도 밟고 싶었다. 평소라면 이따위 다툼이야 즐거운 장난이었겠지. 허나 지금 부인은 관가 놈과 자신, 그리고 애송이 사이에서 곤란한 처지였다. 신의와 맹세, 애정과 혼란이 한데 뒤섞여 거미줄처럼 그녀를 옭아매고 있었다. 그러니 서로 연정이 있음에도 쉽사리 한자리에 있지 못했고, 그녀는 아슬아슬한 균형을 지키려 애쓰는 중이었다.

"농담이오, 농담. 부인이 현희부의 주인인데 어디를 가든 부인 마음 아니겠소? 나도 잘 알고 있소. 그냥 부인이 걱정되어서 허튼소리를 한 거요."

맹타안이 잘생긴 눈썹을 찌푸리며 급히 변명을 하였다.

"그래서 무슨 이야기를 나누었소? 시간이 꽤나 걸린 모양인데."

꾀를 내어 화제를 전환해 보았지만 여전히 화영의 낯빛은 복잡하기 짝이 없었다. 흘러내리는 금빛 머리카락을 초조하여 뒤로 넘기는 맹타안을 보던 그녀가 한숨을 쉬었다.

"중요한 내용이었죠. 나흘 뒤의 심리와 연관이 있기도 하고요. 모두 모여서 상의해야 할 거예요."

"좋소. 어디 터놓고 논의해 봅시다. 어디로 갈까?"

"아니, 아직이요. 은룡도 아직 퇴청하지 않았고…… 일단 관호와 의논하려고요."

어떻게든 관가의 체면을 살려 주려 애쓰는군. 맹타안은 속으로 혀를 찼다.

"그래, 그러시오. 뭐 당연히 함께 궁리하자 하겠지마는, 그자를 빼고 우리만 정할 수는 없지. 어쨌든 제일 늙은이 아니오."

"뭐라고요? 늙은이라니! 관호는 당신이랑 세 살밖에 차이가 안 나잖아요?"

"세 살이면 크지. 하여간 내가 그자보다 젊고 싱싱한 건 사실이니까."

맹타안이 킬킬거리며 우스갯소리를 하자 화영이 기가 찬다는 듯 콧방귀를 뀌었다. 하지만 그를 타박하고 웃느라 표정은 훨씬 나아졌다. 그거면 된 것이다.

'관가 놈도 부인이 이렇게 노력하고 있음을 알아야 할 텐데. 차라리 나와 애송이가 꼴 보기 싫다고 성질이라도 한번 내면 좋겠어. 그러기만 한다면야 곧바로 사생결단을 낼 텐데 말이야. 하여간 점잖아 보여도 손해 보는 일은 절대 안 한다니까.'

맹타안의 이러한 생각과 마찬가지로, 화영이 자신에게 찾아왔을 때 관호는 충분히 전후 상황을 파악하고 있었다.

"오셨소."

화영이 현희부로 귀가하자마자 제일 먼저 자신을 찾아왔다는 것이 흡족했다. 그녀가 남편으로서 가장 존중하고 의지하는 상대는 관호 자신이라고 모두들 생각하리라.

관호는 읽던 서책을 내려놓고 일어서서 화영에게 다가갔다. 그리고 자연스럽게 그녀의 손을 잡고 보료가 깔린 자리로 인도하였다.

"현희부를 음해한 범인이 누구인지 알았어요."

나란히 앉아서 잡힌 손을 꼼지락거리던 화영이 결심한 듯 입을 열었다. 관호는 부드러운 눈길로 그녀를 응시하고 있었다.

"그것 큰 수확이군. 금 귀비가 알려 준 것이오?"

"응. 꽤나 긴 이야기를 나누었어요. 나름 성과가 있었고요."

"잘 하시었소. 현희부를 변론하는 데 큰 도움이 되겠구려."

"그래서 하는 말인데……."

"말씀하시오."

"이 문제에 대해 내 서재에 함께 모여 논의하면 어떨까 해요. 그러니까, 은룡이 퇴청하고 나면 맹타안까지 같이요."

화영은 급하게 이유들을 덧붙였다.

"아무래도 녹보석에 얽힌 이야기는 맹타안이 확실히 알 거고, 은룡도 여러모로 소문에 발이 묶인 처지더군요. 그래서 이왕이면 같이 말을 맞춰보는 것이 좋을 성싶어요. 금 귀비에게 얻은 정보도 여러 번 말하기보다는 한 번에 정확히 설명하고 싶고요.”

어찌나 긴장을 했는지, 화영의 손등에서 맥이 요동치는 것이 느껴졌다.

관호는 시간을 오래 끌지 않았다. 그녀의 의견은 여러모로 이치가 맞았다. 투기심으로 부인을 괴롭히기에는 당장 처한 상황이 급박하였다.

“흠. 일리가 있군. 그렇게 하는 것이 좋겠소.”

“정말요? 괜찮겠어요?”

“안 될 까닭이 있겠소?”

화영이 안도의 한숨을 쉬었다. 그 모습이 안쓰러워 보듬어 주고 싶으면서도 한편은 조금만 더 애태우고 싶다. 그녀의 심중에서 자신이 우선임을 확신하는 감각은 어찌나 달콤한가. 모르는 척 즐겨서는 안 될 일이다. 하지만 옳지 않음을 알면서도 스스로도 억제하기 어려운 욕심이었다.

화영이 맹타안과 은룡을 최대한 피해 왔던 만큼, 부마들 역시 서로 좀처럼 마주칠 일이 없었다. 멀찍이서 상대를 주시하며 맴을 도는 맹수들처럼, 그들은 고요하게 각자의 행동반경을 지키며 기묘한 동거를 이어나가고 있었다.

화영은 미령에서의 약조를 지키기 위해 노력하고 있었다. 그 성의만으로도 관호는 그녀를 탓하고 싶지 않았다. 비록 미령에서 마음을 터놓았다고는 하나, 자신과 쌓아 온 정이 은룡이나 맹타안보다 깊다고 할 수는 없음을 알아서였다. 앞으로 더욱 사모하고 아끼면 될 일이다. 남은 시간이 더 길 테니 말이다.

어떤 상황에 처한다 해도 관호는 화영의 곁에 머물 터였다. 그러나 다른 이들은? 만일 그들도 함께 있기를 원한다면 어떻게 해야 할까.

관호는 고개를 저었다. 일단은 현희부의 명예를 회복하는 것이 우선이다. 게다가 그 역시 사내였다. 단전 깊숙이서부터 선명한 예감을 느끼고 있었다. 본능에 가까운 확신이었다.

'알고 싶지 않아도 알게 되리라. 부마들이 한자리에 모인다면.'

어스름이 깔리고, 대청에 작두콩꽃처럼 작고 귀여운 등롱들이 내걸렸다. 찬 바람을 막기 위한 방장과 발이 내려졌고 화로도 빠지지 않았다. 불빛을 받아 옥환들이 부드럽게 흔들려 정갈하면서도 따스한 분위기가 풍겼다.

그 가운데서 현희장공주와 세 부마가 저녁을 함께 들게 되었다.

은룡이 평소보다 일찍, 식사 시간보다 이르게 귀가했던 것이다. 은룡이 퇴청하는 대로 모이기로 언질해 두었으니 이제 와서 시간을 변경하기도 가벼워 보이고, 그렇다고 빈속에 다과상만 놓고 이야기를 하자니 안 될 일 같았다. 결국 화영은 대청으로 부마들 몫까지 상을 차려오라고 지시하였다.

네 사람이 한자리에 모여 식사한 것이 얼마 만이던가.

이제는 기억마저 까마득하였다. 가까스로 떠올려 보면 황후 탄신연 전 즈음인가. 황후의 선물을 무엇으로 할까 화영이 고민이 깊을 때였다. 부마들이 저마다 도움을 주겠다고 나서, 저마다 한마디씩 나누며 어색한 분위기를 쫓아냈다. 금방 웃음꽃이 피어났고 편안한 기분으로 술잔을 주고받았다.

당시라 하여 걱정거리가 전혀 없는 것은 아니었지만, 그래도 지금 와서 떠올려 보면 웃음 짓게 만드는 추억이 되었다.

참으로 조용한 시간이었다. 한 가족이 모였다기에는 어색한 기운이 흘렀다.

이 서먹함을 깨는 것도 현희부 가주의 몫이었다. 다들 수저를 내려놓았고 상이 물러질 즈음에야 화영이 입을 열었다.

"온헌궁에서 내게 도움을 주겠다고 제의했어요."

화영은 간략하게 설명하려고 노력했다. 소문을 퍼뜨린 장본인이 금청아라는 사실과 그럼에도 불구하고 금 귀비의 협력에 일리가 있다고 판단한 부분까지 빼놓지 않았다.

다만 첫 딸을 넘기기로 한 일은 어찌 화두를 열지 몰라 머뭇거릴 수밖에 없었다. 차라리 오빠나 외숙에게라면 한 소리 들을 각오로 털어놓겠는데.

화영은 자신도 모르게 부마들을 한 명씩 쳐다보았다. 관호가 눈을 가늘게 떴고, 맹타안은 고개를 기울였으며, 은룡은 불안한 기색이었다.

역시 입을 다무는 게 나을까? 이 남자들 앞에서 아이 이야기를 하려니 입술이 도저히 떨어지지가 않았다.

일단은 세 부마 모두 그녀와 잠자리를 나눈 몸이 아닌가. 그 앞에서 자식 운운하자니 낯이 뜨거웠으며, 어떤 반응들이 나올지 상상조차 어려웠다. 일단 장난 아니게 무서울 것 같다고만 확신했다.

화영의 표정을 유심히 관찰하던 맹타안이 갑자기 입을 열었다.

"그게 다요?"

"뭐가요?"

"귀비와 그걸로 끝난 거요? 자기 여동생을 알아서 처리하겠다고, 그러니 부인은 녹보석을 어찌 변명할지나 생각해 보라고?"

"그래요."

"아니. 내가 보기엔 무언가 더 있을 것 같은데."

맹타안의 눈이 날카롭게 빛났다.

"분명 뭔가 있을 거요. 부인이 우리에게 숨기고 있는 거겠지. 그게 아니라면 귀비가 굳이 부인을 불러 자기 집안의 치부를 털어놓을 이유가 없지 않소. 제 동생이 문제라면 조용히 쓱싹, 치워 버리면 끝날 일. 굳이 외부인에게, 그것도 수난을 당한 장본인인 부인에게 알릴 필요가 뭐겠소? 부인이 처남에게 곧장 달려가 금가를 매도한다면 어쩌려고?"

"……!"

과연 강로의 세자였던 사내였다. 자칫 넘길 만한 의혹을 놓치지 않았다. 맹타안의 말을 듣자 은룡의 표정이 크게 굳어졌다. 관호 역시 잠잠했지만 화영을 응시하는 눈빛이 해명을 원하고 있었다.

"금 귀비가 과감하게 판을 벌인 이유가 있었겠지. 부인만이 줄 수 있는 뭔가를 원했을 거야. 부인은 거래에 동의했지만 그 내용을 밝히고 싶어 하지 않는군. 도대체 뭐요? 무얼 주기로 했기에 얼버무리는 거요?"

"그건 지금은 중요하지 않아요. 난 나흘 뒤의 심리에서 어떻게 변론할지에 집중하고 싶다고요."

"그건 나도 마찬가지요. 하지만 부인이 덤터기라도 쓴 것은 아닌지 신경이 쓰여 죽겠소. 이 판국에 숨길 게 뭐가 있소? 남편이 셋이나 되는데 그중 한 놈에게도 털어놓지를 못한다면 무슨 소용이 있겠소? 이럴 바에야 다 치우고 새로 들이던지 해야겠구만."

과격한 발언에 은룡이 인상을 찌푸렸다.

"마마께 말조심하시오!"

"시끄럽다, 내 말이 틀렸느냐? 흥, 제일 오래 알았다고 재더니만 십수 년 인연도 별 것 없구나. 부인이 못 믿으니 입을 못 여는 것이지."

"그쪽 때문이라고는 생각하지 않습니까? 도대체 예의도 없는-"

"아, 좀 그만해요! 모아놓기만 하면 싸우네!"

은룡과 맹타안이 다툴 태세이자 결국 화영이 입을 열었다. 두 사람을 꾸짖으며 화제를 넘길 생각이었다. 그러나 곧이어 가세한 관호로 인해 막다른 곳에 몰렸다.

"맹 부마의 말이 옳소. 부인이 남편을 믿지 못한다면 아무런 쓸모가 없지. 부마로서 장공주를 제대로 보필하지 못했다는 뜻이니, 당장이라도 현희 부를 나서야 할 것이오."

관호마저 압박하니 도망칠 곳도 없었다. 화영은 당혹하여 외쳤다.

"관호 당신까지 왜 그래요, 정말······!"

"나는 부인에게 숨기는 것이 없소. 서로에게 솔직하기로 약속하지 않았소?"

"나도 첫눈처럼 깨끗한 몸이오. 부인에게 죄다 털어놓았으니."

맹타안까지 재빨리 태세를 전환하여 관호와 협력하였다. 그 모습을 보던 은룡이 짙은 눈썹을 팔자로 찌푸리다 입을 열었다.

"죄송합니다. 금청아에 대해 진작 말씀드렸어야 하는데 제 불찰입니다.

제게도 심증뿐 아직 물증이 없어 섣불리 지목하지 못했습니다. 그뿐 아니라 마마께서 하주로 떠나신 이후 지속적으로 저를 미행하고, 숙소마저 쫓아다녔기에 서신을 보내기란 불가능했습니다. 자칫하였다가 금청아의 손아귀에 들어가서 떠들기 좋아하는 이들의 입에 오르내릴까 두려웠습니다. 늦었지만 지금이라도 고백하겠습니다."

"아니, 이제 와서 그럴 필요는 없는데─"

"그리고 일전에 금 귀비가 저를 불러냈습니다. 이상한 질문들을 하더군요. 사내가 정조를 지키고 평생 한 여인만 사랑한다는 것은 불가능하다고 비꼬기에, 저는 그러리라 반박했습니다. 결코 금청아의 수작에 넘어가는 일이 없을 것이라고요. 어쩌면 그때부터 금 귀비는 어느 쪽에 설지 가늠해 보고 있었는지도 모르겠습니다. 제가 청혼을 끝까지 받아들이지 않는다면 결국 금청아는 스스로 지은 구업으로 자멸할 테니까요."

은룡은 관호와 맹타안에게 질 수 없다는 듯이 빠르게 말하였다. 그답지 않게 다급한 모습이었다. 은룡의 이야기에 화영은 내심 놀랐다. 오늘 금 귀비가 제시한 거래가 짐작보다 오래전부터 준비한 것이라니.

"어쩐지 철저하다 싶었어. 하루 이틀 안에 생각해 낸 것 같지 않더라. 하긴, 나에게도 오빠와 대면해서 허물없이 얘기했다고 말했지. 사내들을 신뢰할 수 있는지 아닌지…… 그런 어조였어."

"예. 폐하와도 저와 같은 주제로 의견을 나누었다 하더군요."

"사내의 정조라……."

그렇게 따져 보니 화영은 기묘한 기분이 들었다.

금 귀비는 사내를 믿지 않는다고 단언했다. 그렇다면 굳이 화영의 아이를 양녀로 들일 필요가 없지 않은가? 언젠가 오빠가 변심하여 후궁을 찾으면 그때 직접 낳아도 될 것 아닌가. 하지만 금 귀비는 그 대신 화영의 딸을 원했다. 황후가 낳은 적자들과도 사이가 좋으리라고 말하면서.

'오빠와 은룡은 믿는 걸까? 오빠가 새언니에게만 충실할 거라고, 은룡은 내가 아닌 금청아와는 절대 혼인하지 않을 거라고. 완전한 신뢰는 아니라도, 어쩌면 걸어 볼 만한 도박이라고.'

자기 일도 아닌데 이상하게 자랑스러웠다. 우습지만 말이다.

그러나 짧은 만족감은 관호에 의해 순식간에 사그라들었다.

"은 부마도 솔직하게 말해 주었으니 이제 부인 차례요."

"그건……!"

난 당신들에게 비밀을 말해 달라고 한 적 없는데요, 하는 말이 목구멍까지 기어 나왔다. 화영은 습관처럼 주위를 둘러보았다. 씨알도 먹힐 것 같지 않은 분위기였다. 드물게 부마들의 의견이 하나로 일치된 것이다. 처첩들이 무서워 집에 들어가기 싫다는 한량들이 이해될 뻔한 순간이었다.

화영은 한참을 망설였다. 그럼에도 부마들은 끄덕하지 않았다. 그녀가 사실을 말해 주지 않으면 이대로 밤이라도 샐 기색이었다. 백기를 들 수밖에 없었다.

"나중 일이에요. 그러니까 다들 진지하게 받아들이지 않겠다고 약속해 줘요."

"흠."

"일단 들어나 봅시다."

"말씀해 주십시오."

어째 다들 그러마 하는 소리는 내뱉지를 않는다. 이럴 때만 아주 손발이 잘 맞네! 화영은 억울한 마음에 부마들을 잠시 째려보았다. 그리고 숨을 고르고 입을 열었다.

"내 딸을 양녀로 주기로 했어요."

순간 정적이 흘렀다.

화영은 은룡의 눈썹이 저만큼 치켜 올라갈 수 있음에 놀랐다. 관호의 손에 쥐여 있던 찻잔이 와그작 하며 깨졌다. 그 소리를 기점으로 맹타안이 자리에서 벌컥 일어났다.

아수라장이었다.

"뭐라고? 지금 뭐라고 한 거요? 뭘 주기로 했다고?!"

"앉아요, 일단! 무슨 말을 못 하겠네! 끝까지 들어 보라구요!"

"지금 내가 앉게 생겼소? 도대체 무슨 사기를 당하고 온 거요? 안 되겠소. 당장 황궁으로 갑시다. 내 당장 그 사기꾼 계집을-"

"나중 일이라고요!"

"마마!"

맹타안의 소란에 뒤이어 은룡이 목소리를 높였다. 밀빛으로 단정하던 그의 얼굴이 붉다 못해 시퍼렇게 노기로 뒤덮여 있었다.

"어찌 그런 약조를 하셨습니까? 금청아를 처리하는 것이 무슨 대수라고 마마의 아이를 달라니요! 금청아는 금 귀비가 손대지 않아도 명백히 죄인입니다. 시일이 걸릴지언정 반드시 처결할 수 있습니다. 그런데 마마의 딸이라니요!"

"금청아 얘기만 한 게 아니야. 좀 들어 봐!"

화영도 덩달아 목소리를 높였다.

"금 귀비가 약속했어, 이제부터 절대 황후마마와 경쟁하지 않겠다고. 후궁 암투를 부추기지 않겠다고 확언했다고. 어차피 남자를 믿지도 않고, 오빠를 좋아하지도 않는대. 다만 자식이 있어야 후궁으로서 끝까지 살아남을 수 있으니 다른 도리가 없다고 했어. 내 딸을 양녀로 삼으면 굳이 새 언니를 괴롭혀가며 오빠를 뺏으려 할 필요가 없잖아. 어쩌면 그 아이가 다음번 현희부의 주인이 될 수도 있고. 그러니까 금 귀비는 싸울 필요가 없어지는 거야."

"……설마 제 누님을 위해 그리하신 겁니까?"

분노로 검붉던 은룡의 얼굴이 핏기 하나 없이 창백해졌다. 그는 당장이라도 엎드려 통곡할 듯한 얼굴을 하고 있었다.

은룡이야말로 화영과 은요의 사이에 생긴 골을 누구보다 잘 알았다.

누이는 친동생인 저에게 기울어졌고, 교육받아 온 대로 가문과 부모를 위하는 선택지를 고를 수밖에 없었다. 알면서도 은룡 본인도 서운하던 일이다. 하물며 화영은 얼마나 더 속이 상했겠는가.

지금 이 순간도 은요는 화영보다는 은룡을 염려하고 있었다. 고관대작들이 참관하는 심리가 열리리라는 말을 전하며 누이가 어찌나 안절부절못했던가. 은룡이 세 번째 부마로 지냈음이 드러날까 봐, 그래서 씻지 못할 오명을 얻을까 염려하여 파리한 모습이었다.

그런데 화영은 그런 은요를 위하여 제 자식마저 양보하겠다 한 것이다.

"가족이잖아. 당연하지."

화영은 은룡을 향해 웃어 보이려 애썼다.

"그리고 온헌궁에서 자라더라도 공주는 공주야. 적모인 황후께서 챙겨 주셔야 할 게 많아. 오히려 조카딸을 신경 쓰느라 언니가 고생하실 텐데, 뭐. 짐이 되는 건 아닌지 모르겠다."

"마마……."

"너무 그러지 마. 호적을 바꾸겠다는 것도 아니고, 정당하게 양녀로 삼겠다는 거야. 내가 친모라는 건 천지가 다 알 거고. 그냥…… 유모 대신 금 귀비에게 맡기는 거지. 지금 현희부 모두가 처한 상황을 벗어날 수 있다면 희생이랄 것도 아니야."

분위기를 띄워 보려고 했지만 잘되지 않았다. 어떻게 해야 할지 알 수가 없었다.

"나중 일이잖아, 엄청 나중. 혹시 알아, 내가 애를 안 낳고 살 수도 있고. 아니면 아들만 줄줄이 낳을 수도 있고. 아, 그런데 그건 좀 싫다. 하여튼 중요한 건 이제 녹보석 문제만 해결하면 모든 일이 끝난다는 거죠. 황궁도 평안할 거고, 그러니까. 심각하게 받아들이지 말아줘요, 다들."

화영이 밝게 말할수록 부마들의 표정은 얼어붙었다. 은룡은 아예 고개를 숙이고 두 무릎을 움켜쥐고 있었고, 당장에 창이라도 꼬나들고 달려나갈 듯

하던 맹타안마저 조용해졌다. 관호가 깨진 찻잔 조각을 하나씩 모아 상 위에 올려놓는 소리만이 대청을 채웠다. 부마들은 침묵 속에서 같은 생각을 하고 있었다.

참으로 대단한 각오였다.

그들이 이처럼 충격받고 분노하는 이유가 무엇인가. 화영과 정을 나누었기에, 그녀를 반려로 여기어서다. 그러니 자연스럽게 그녀가 낳을 딸아이 역시 제 자식처럼 느끼는 것이 아닌가. 경쟁자가 둘이나 더 있음에도 하나같이 제가 친아비가 된 것처럼 발끈하여 노하는 와중이다.

허면 정작 자기 속으로 낳을 아이를 숙적에게 넘겨주겠다 약조한 화영 본인의 마음은 어떻겠는가. 하물며 첫 딸을 요구했다고 한다. 어미로서 느낄 애착이 어찌 크지 않겠는가.

이리 어려운 결정을 내리고서도 희생이 아니라고 말한다. 밝고 강하게 이겨내려고 한다. 마치 오라비를 살리기 위해 초야를 청하던 그 저녁과도 닮은 모습이었다. 겉으로는 태연한 척했지만 실은 그렇지 않았음을 모두 알지 않은가.

"……앉으시오."

관호가 느리게 말했다. 무겁기 짝이 없는 음성이었다.

"부인이 녹보석에 대해 논의하길 원하니 그렇게 합시다."

"……망할."

맹타안이 짧게 욕지거리를 중얼거렸다. 그러더니 관호의 손에서 가늘게 흐른 핏줄기를 보고 후, 하더니 제자리로 돌아가 앉았다.

"그래도 내 딸은 안 돼. 죽어도 안 줄 거요."

화영이 당황하여 얼굴을 붉혔다.

"하여간 맹타안, 헛소리 좀 하지 말라니까!"

"아 모르오! 여하튼 안 돼!"

"진짜 이럴 거예요?!"

그나마 맹타안의 반진 반농 덕분에 분위기가 다소 누그러졌다. 핏기 없이 고개를 숙이고 있던 은룡도 애써 자신을 다잡고 똑바로 등을 폈다.

그는 화영에 대한 존경심과 애정과 미안함으로 가슴이 터질 것만 같은 상태였다.

관호는 찻잔을 깨며 다친 손을 화영이 보지 못하도록 소매 밑으로 내렸다. 그녀가 신경 쓰기를 원치 않았다. 더는 자신의 알량한 즐거움을 위하여 그녀를 불안하게 만들지 않으리라 다짐하는 순간이었다.

녹보석에 대한 논의는 소란 뒤에야 어렵사리 시작되었다.

암상인의 조수가 하는 말은 제법 확실하게 고정된 상태이니, 어찌 해명해야 할지가 문제였다.

낯선 미남자가 흰 강로마를 주고 오황자의 녹보석과 바꾸어 갔다.

그리고 그 녹보석이 현희장공주의 요대에 달려 있음을 많은 이들이 목격하였다. 객관적으로 따져 보아도 참 재미있는 주장이 아닌가. 화영은 이마를 짚었다.

"차라리 솔직하게 말하는 건 어떻소?"

맹타안 역시 본의 아니게 자신이 단초가 된 사건인지라 책임감을 느끼는 모양이었다.

"이제는 강로 세자가 망명하여 있었다고 말해도 되지 않소. 엽혁타안이 왕위를 되찾았으니 말이오. 황궁에 숨겨 놓을 수는 없으니 현희부에 머물렀고, 그 보답으로 녹보석을 선물했다는 건 어떨까?"

가장 사실에 가까운 해명이었다. 거짓이 적을수록 믿기 쉬우니 나쁘지 않은 제안인 것도 같았다.

그러나 은룡이 반대하였다.

"설령 폐하께서 입을 맞추어 동의해 주신다 해도 여전히 논란이 될 것입니다. 어쨌든 현희부 안에 외간 사내가 있었다고 인정하는 말이기도 하고요.

뒤에서 더욱 지저분한 이야기가 돌 겁니다."

"제기랄. 그럼 어쩌란 말이냐?"

여러모로 궁리했지만 뾰족한 답을 찾기 어려웠다.

겨울밤의 맑은 칠흑 속에 별들이 이팝꽃처럼 쏟아졌다.

화영도 한 마디 걸쳤다.

"아예 거짓 주장이라고 하면 어떨까? 미남이 구입했다든지, 강로마로 바꿨다든지 하는 것 전부 말이야. 내가 녹보석을 선물받았다고 말하긴 했지만, 그 말을 들은 건 금청아 한 명뿐이잖아."

"금청아를 끌어들이지 않는 게 좋을 듯합니다, 마마. 금청아마저 증인으로 불려온다면 그 여자가 뭐라고 떠들겠습니까? 암상인과 같은 말을 할 터이니 오히려 역공당하기 쉽습니다. 그 여자는 금 귀비가 다루도록 놔두는 것이 최선입니다."

"흠, 그러면 금청아 얘기는 제외하고, 녹보석을 골동품 가게에서 우연히 샀다던가?"

"일개 골동품 상점에서 판매하기엔 값어치가 지나치게 높은 귀보입니다. 게다가 그자를 체포하면서 장물 가게의 장부도 입수하였는데, 거기에 오황자의 녹보석에 대한 기록이 있습니다. 암상인에게 구입했다는 사실 자체는 부정할 수가 없을 것입니다."

죄인과 마찬가지로 그 장부 역시 형부에서 관리하고 있으니 빼낼 수도 없다. 난처하기 짝이 없었다.

묵묵히 고심하던 관호가 입을 열었다.

"차라리 은 부마가 녹보석을 선물했다고 하면 어떻겠소? 부마 역시 외모가 훌륭하고 부인에게 귀한 선물을 할 만큼 친한 사이가 아니오."

"저도 그 생각을 해 보았지만…… 문제는 강로마입니다. 남려 기도위인 제가 무슨 수로 강로마를 구하여 맞바꾸었겠습니까? 아무도 믿지 않겠지요."

밤을 새우다시피 했지만 진전이 되지 않았다.

결국 새벽녘이 다 되어서야 쪽잠에 들었다가 급히 처소들로 돌아가 씻고 옷을 갈아입었다. 그리고 약속이라도 한 듯 다시 본채 대청에 둘러앉아 머리를 맞대었다. 어색하던 거리감은 어느새 눈 녹듯이 사라지고, 이전의 친근함과 익숙함이 네 사람을 묶고 있었다.

함께 식사를 들고 차를 나누며 좀처럼 떠나지 않았다. 이제는 하루가 더 줄어들었다. 어떻게든 파훼법을 찾아야만 했다. 다들 초조한 기색을 드러내지 않으려 노력하였다. 조급해할수록 모두가 힘들 것임을 알아서였다.

그러나 시간이 흐르고, 또다시 주야가 바뀌며 내심 마음의 준비를 하게 되었다. 금청아가 어찌 되었다는 소문은 전혀 들려오지 않았다. 그것이 한층 더 마음을 답답하게 만들었다.

어떤 처결을 받게 될까. 현희부를 잃거나 수모를 당하게 된다면 어찌해야 할까.

화영은 담담하려 다짐했다. 금 귀비에게 실망감이 들었으나 금청아 처리와 별개로 녹보석 문제를 해결하지 못한 건 자신이었다. 어쩌겠는가. 어차피 빈손으로 십구 년을 살아왔다. 장공주로서 부귀영화를 누린 것은 고작 이 년이었고, 현희부를 얻어 생활한 것도 반년 정도밖에 되지 않았다. 황실로부터 받은 것을 모두 내어놓고 떠날까. 그래도 괜찮았다. 목숨은 건지겠지. 그거면 충분했다.

세 부마는 각기 다른 방식으로 그녀를 구출하여 보필할 계획을 세우기 시작했다. 만에 하나라도 추방당하거나 유배형에 처해질지 모른다는 염려 때문이었다.

그들은 서로의 눈 속에서 같은 생각을 읽어 냈으나, 방해하거나 참견하지 않았다. 누구의 방식이 가장 적합할지는 결국 그때 가 보아야만 알 수 있으리라. 또한 제일 우선으로 둘 것은 결국 화영의 안전과 행복이었다. 지금 다투어서는 어떤 것도 지킬 수 없었다.

그러다 결국 심리가 열리는 전날이 되었다.

침착하게 모두가 각오한 그 밤, 누군가가 현희부 대문을 두드렸다.

* * *

금명의 부친인 상서령 금균은 과묵할뿐더러 공사 구분이 철저한 성품이
었다. 아우인 금애와는 달리, 누이인 태후의 후광 없이 자신의 능력과 충심
으로 젊은 황제를 보필하고 있었다. 청렴결백한 문인 집안인 금가의 명성을
홀로 유지하고 있는 인물이라고 해야겠다.

아버지로서도 남다른 방침을 두어, 자식의 출세를 재촉하지 않았다. 금
명이 장성하여 자신만의 공간을 꾸며 지낸 이후에는 좀처럼 방문하거나 간
섭하는 일도 드물었다. 금전을 쓰는 일도 까닭 없는 사치만 아니라면 이유
를 묻지 않았고, 벼슬길에 관심이 없어 보이는 행태도 꾸짖지 않았다.

혹자는 무심한 아비라 혀를 차기도 하였다. 그러나 이러한 방관은 오히
려 아들을 향한 신뢰였다. 출사하기 전에 원껏 많은 경험을 쌓을 수 있도록
눈을 감아 주는 것이다. 그러한바 금명은 아버지를 크게 존경하고 감사하고
있었다.

단 하나, 부친에게 조정 일을 묻지 않는 것이 그들 부자의 불문율이었다.
타고난 명민함에도 불구하고 소일하는 데에 만족하고 있음이 출사하지 않
는 핑계였으니, 금명 자신이 그 역할을 깨서는 안 될 것이었다. 게다가 그
는 자리에 누워서도 천 리 밖의 돌아가는 일을 읽어 낸다는 인재였다. 굳이
아버지에게 찾아가 물어보고자 싶은 사안도 없기도 하였다.

그러나 이번에는 예외가 생겼다.

-공개 심리라니요? 이게 가당키나 한 소리입니까?

드물게 감정을 드러내는 아들을 보고 부친은 다소 놀란 듯싶었다.

-가당치 않은 소리지. 네 말이 옳다. 하지만 사도 홍괴가 나서서 몰아가니

폐하께서 어찌하시겠느냐?

─사도가 존귀한 자리라고는 해도 어디까지나 신하에 불과합니다. 황상의 은혜를 입어 얻은 지위이거늘 주제를 잊은 것이로군요.

─무슨 일이냐, 명아. 답지 않게 흥분한 모양새구나.

날카로운 아버지의 시선에 금명은 입을 다물었다. 그리고 금새 자신을 가다듬은 뒤 고개를 숙였다.

─미욱한 아들이 선을 넘었다면 용서해 주십시오.

─의외다 싶었던 것뿐이다.

아버지가 굳이 꺼내지 않은 말이 무엇인지 금명은 알 수 있었다. 태후가 그리 장공주와의 혼사를 권할 때는 흥미도 없어 하더니, 이제 와서 황실 일에 무슨 관심인가 싶으셨겠지. 금명은 속으로 한숨을 내쉬었다.

─아버지께서도 참관하신다니 다행입니다만······.

─음. 어디까지나 주관은 황상께서 하실 일이다. 그러나 사도가 어찌 물을 흐릴지가 문제이지.

─형부에서는 어떻습니까?

─상서는 곤란한 듯싶더구나. 시랑은 어딘지 믿는 구석이 있는 기색이었고.

하긴, 그러지 않고서야 장공주를 모함하는 죄인을 장기짝으로 쓸 생각을 어찌 하겠느냐만.

아버지가 혀를 차며 덧붙인 말에 금명은 드물게 얼굴을 굳혔다.

─소자도 소문은 들었습니다만····· 아직도 그자가 현희부를 지목하는 증언을 고집하고 있나요?

─그렇다. 결국은 오황자의 녹보석이 문제지. 처음부터 일관적인 진술인지라 오류를 찾아내기도 어려울 것이야.

문득 부친이 그를 응시하며 덧붙였다.

─보아라. 값진 물건일수록 주인을 곤란하게 만드는 법이다. 그러니 헛된 욕심은 버리는 것이 현명하지.

말 안에 뼈가 있었다.

물러나 자신의 처소로 돌아와서도 금명은 한동안 아버지의 말을 뇌리에서 지우지 못했다.

나는 어째서 현희부가 처한 곤경에 이다지도 마음을 쓰는가?

서점에서의 인연, 그 짧은 만남으로 핑계를 대기에는 너무 깊이 들어왔다. 금 귀비가 연결해 준 만남이기는 하지만, 기도위 은룡에게 거처를 내어 주고 합심하여 암상인 조수를 뒤쫓은 것은 분명 자신의 의지였다. 금청아 앞에서 현희장공주를 옹호한 것도 사실상 본능에 가까운 행위였다.

도대체 왜 나는 제 발로 소용돌이에 뛰어들려고 하는 걸까. 금명은 정좌하고 앉아 눈을 감았다. 열어 둔 창밖으로 청명한 바람에 댓잎이 흔들리는 소리만 푸르게 부서졌다.

헛된 욕심. 아버지는 그렇게 짐작한 모양이었다. 뒤늦게야 현희부에 미련이 생겨 괜히 속을 태우는 것이라고. 그게 정말일까? 자신의 마음이 진정 헛된 욕심에 불과하단 말인가?

그러나 금명은 현명한 만큼 결단도 빨랐다. 어차피 그의 마음은 현희부로 기울었으며, 현희장공주가 부당한 굴욕을 입기를 원치 않았다.

장공주는 금명에게 빚을 졌다고 말했지만 금명은 그리 생각하지 않았다. 오히려 자신이 빚을 졌다면 모를까. 그가 금가이기 때문에, 태후와 금 귀비와 금청아로 인한 그녀의 고난에 책임을 나눠 가진 것이다. 또한 그는 현희부의 일원인 듯한 은룡과도 벗이 된 셈이었다. 난처한 상황에 빠진 벗을 돕지 않아서야 군자라 할 수 없다.

결정은 내려졌고 금명은 날이 어두워지기를 기다렸다.

마침내 어스름이 내려 석등이 하나둘 불을 머금을 때 그는 백로처럼 흰 외투를 걸쳤다. 그리고 현희부를 찾아가 대문을 두드렸다.

누가 왔다고?

청지기 고 씨가 대청으로 찾아와 보고하였을 때, 화영만큼이나 은룡도 놀랐다. 금명에 대해 잠시 잊고 있던 와중이었다. 금청아에게 그가 내어 준 은신처가 발각당한 이후로 그들은 어떠한 연락도 하지 않았다. 극도로 위험한 시기였다. 만에 하나라도 흠결이 잡힐 일은 피해야 했다.

은룡이 순간 떠올린 생각은 금청아에게 모든 것이 발각되었나, 라는 것이었다. 그게 아니고서야 조심성 깊은 금명이 현희부까지 직접 찾아올 이유가 있을까. 손발이 차가워졌고 피가 빠지는 소리가 들렸다. 이를 어찌해야 하나. 자신이 나서 금명을 맞을까 하던 와중이었다.

-둘 다 들어가, 빨리요!

화영이 벌떡 일어나 은룡과 맹타안을 질질 끌어당겼다. 대청과 연결되는 서재로 밀어 넣고 문을 닫아 버렸다.

-숨소리도 내지 마요!

맹타안이 당황한 낯빛으로 은룡을 쳐다보았다.

-뭐야? 웬 놈이냐?

-……태후의 조카이자 금 귀비의 사촌입니다.

-그런 놈이 이 시국에 뭣 하러 현희부에를 와?

은룡은 무어라 대답할까 단어를 고르다 이내 고개를 저었다. 어차피 이곳에서는 대청에서 나누는 대화를 들을 수 있을 터이니 곧 알게 되리라.

-일단 조용히 합시다. 하여간 현희부에 외간 사내들이 있는 광경을 보여서는 안 됩니다.

-내가 그걸 모를까? 하여간 네놈도 정을 붙일래야 붙일 수가 없는 놈이다.

맹타안은 투덜대다가 곧 입을 다물었다. 은룡은 서재 내의 등불을 모두 꺼 버렸다. 그들의 인영이 대청에서 보일까 염려한 것이었다. 두 사내는 격자문 쪽으로 바짝 붙어 귀를 기울였다.

얼마 지나지 않아 낯선 청년이 대청에 들어서는 듯했다. 자신을 안내해 준 고 씨에게 감사를 표하는 소리가 들렸다. 연이어 반듯하게 몸가짐을 하고 화영과 관호에게 인사를 올리는 모양이었다.

"현희장공주와 부마도위를 뵙습니다."

"이럴 거 없어요. 일어나세요."

맹타안의 눈매가 가늘어졌다. 은룡도 미간을 살짝 찌푸렸다. 어쩐지 화영의 음성에서 어설픈 거리감이 느껴져서였다. 생판 처음 보는 이와 대면했다기보다는— 어색하나마 친분이 있는 사람을 맞는 듯한 목소리였다.

금 공자가 마마와 마주친 적이 있나?

'설마. 내가 모를 리 없다.'

화영이 아직 승라궁에서 머물 때, 화영이 자녕궁에 불려가는 날이면 은룡은 한층 예민해졌다. 태후가 금명과의 혼인을 강하게 추천하고 있었기 때문이다. 궁 안에서 그 사실을 모르는 이가 없을 정도였다.

그래서 은룡은 매일같이 황궁 출입 명부를 확인하였다. 다행히 금명이 현명하게 처신하였기에 그가 화영과 같은 날 자녕궁에 드나든 적은 없었다. 아마도 태후는 적잖이 도모하였겠지만 말이다.

그럼에도 불구하고 어떻게든 화영이 금명과 만나게 되었다면. 그랬다면 그녀는 분명히 은룡 그에게 이야기를 했을 터였다. 화영은 은룡을 가족으로 여겼기에 사소한 일도 숨기지 않았다. 은룡은 화영의 가장 가까운 대화 상대였고 친구였다. 화영이 황궁의 엄격한 상궁과 시녀들을 어려워하던 상황이었기에 더욱 그랬다.

곰곰이 고민하던 와중에 맹타안과 시선이 마주쳤다. 맹타안이 바깥쪽으로 턱짓을 했다. 은룡은 입을 굳게 다물고 고개를 저었다.

밖에서는 화영이 자리를 권하는 소리가 들렸다. 금명은 거절하지 않고 앉았다.

"지금 손님을 맞을 경황이 없어요. 금 공자는 명민한 분이니 잘 아시겠지만요. 차뿐이라도 괜찮다면 올리라 명하죠."

"겨울밤에 한 잔 차보다 귀한 것이 있겠습니까. 장공주께서 주신다면 감사히 받겠습니다."

여전히 기묘한 대화였다. 화영은 답지 않게 가시가 선 느낌이었고, 금명은 그녀의 경계를 부드럽게 받아들이고 있었다.

화영이 지시하자 주아가 금새 금명 몫의 다상을 들고 왔다. 화로 위의 물이 끓는 소리가 들렸고, 곧이어 은룡과 맹타안에게도 느껴질 정도로 맑은 차향이 퍼졌다.

그가 한 모금 음미하기가 무섭게 이번에는 관호가 입을 열었다.

"방문한 용무가 무엇이오?"

불이 꺼진 서재와 달리 대청은 여러 개의 등롱과 화롯불로 대낮처럼 밝았다. 그래서 맹타안과 은룡은 그림자의 움직임으로 화영과 관호, 금명의 행동을 짐작할 수 있었다.

관호의 건조한 물음에 금명이 곧바로 찻잔을 내려놓았다.

"다름이 아니라, 현희장공주께 도움을 드리고 싶어서 찾아왔습니다."

"도움이라니?"

"황상께서 주재하시는 심리가 명일이라 알고 있습니다."

"그 일과 공자가 연관이 있는지는 몰랐소만."

관호도 일견 말투만 점잖을 뿐 냉랭하기 짝이 없는 음성이었다. 그 역시도 금명이 강력한 부마 후보였음을 알아서였다. 태후가 첫 문안에서부터 이혼 가능성을 떠보던 원인이 바로 눈앞에 있으니, 제아무리 군자라도 다정하지는 못할 일이다.

은룡은 초조해졌다. 금명이 암상인의 조수를 추적하는데 지혜를 빌려주지 않았나. 따지자면 금명 역시도 분명 관계자라 할 법했다. 대신 나서서 변호라도 해 주고 싶었으나 그럴 수가 없으니 답답했다.

여기서 모습을 드러낸다면 현희부에 외간 사내가 있다는 산 증거가 되겠지. 머리로는 이해하였으나 은인이나 마찬가지인 금명이 오해받는 모습을 보고만 있기 어려웠다.

관호의 날 선 반응에 금명이 차분하게 고개를 숙이며 대답하였다.

"죄인과는 연관이 없으나 장공주께 지은 빚이 있어 갚고자 합니다."

"공자!"

"빚이라니?"

화영과 관호의 대답이 겹쳤다.

잠깐의 침묵을 성난 화영이 깨뜨렸다.

"도대체 이게 무슨 일이죠? 그때 자녕궁에서 분명히 말했던 것 같은데요. 날 곤경에서 구해 준 일은 풍 씨를 벌하지 않은 걸로 됐다면서요. 그런데 이제 와서 무슨 빚을 얘기하는 거죠? 그것도 심지어 당신이 나에게 졌다니요?"

"사촌 누이가 장공주께 큰 죄를 지었으니, 같은 금가인 신 역시도 죄를 지은 것과 매한가지입니다. 그러니 내일 심리에서 위기를 모면할 지혜를 드려 죗값을 치르고자 합니다."

"그걸 나더러 믿으라고요?"

금명의 음성은 침착하고 물처럼 유순했으나 화영은 크게 화가 난 듯했다. 그녀로서는 다짜고짜 찾아와 도움을 주겠다는 금명이 의심스러울 수밖에 없으리라. 하물며 그의 입으로도 말하지 않았나. 제 사촌인 금청아가 죄인임을 알고 있다고.

"미안하지만 공자, 난 당신을 믿기 어려워요. 사실 의심하고 있었죠. 당신이 금 소저를 도와준 것은 아닌지 말이에요."

화영이 찬바람 부는 목소리로 대꾸했다.

금명도 이 말에만큼은 제법 당황한 듯했다.

"그게 무슨 말씀이십니까?"

"금 소저가 내 녹보석에 흥미를 가지고 추적한 것은 이해할 수 있어요. 하지만 현희부에 외간 사내들을 여럿 두고 있다는 소문은 어디서 나온 거죠? 암상인의 주장대로 부마가 아닌 미남이 녹보석을 사 갔다고 해도, 그

남자와만 수상한 관계가 있다고 주장해야 설득력이 있을 텐데요. 하지만 공자가 말을 얹었다면 이해가 가요."

"마마의 말씀은⋯⋯."

"내가 서점에서 겁을 준 이야기를 들었다고 했죠?"

떨리는 질문이었다. 금명의 그림자가 멈칫하더니 한숨을 쉬었다.

"예. 사실입니다."

"그렇다면 내가 누구와 동행했는지도 들었겠네요."

"그렇습니다. 그러나 저는 결코 청아를 돕지 않았습니다. 그 애에게 마마를 뵈었다는 이야기를 한 적도 없고 말입니다."

금명이 고개를 저었다.

"마마께서 오해하실 만은 합니다. 이번만큼은 우연의 일치라고밖에 드릴 말씀이 없군요."

"우연히 그럴 수도 있겠죠. 현희부에 남자가 하나 있다는 것보단 여럿 있다고 말하는 편이 내 체면을 깎기에 좋을 테니. 그러나 너무 절묘한 상황이지 않나요? 내가 공자를 의심하는 것을 이해해 주길 바라요."

"마마. 저는 마마를 돕고 싶습니다."

"성의만 받도록 할게요. 돌아가세요."

은룡은 문 뒤에서 망설였다. 오랫동안 알아온바, 이처럼 단호한 화영은 뜻을 바꾸는 일이 거의 없었다. 그녀는 금명이 금청아를 도왔다 의심하는 모양이었다. 실은 전혀 그렇지 않음을, 오히려 정반대임을 은룡은 잘 알고 있었다. 어찌해야 할까?

금명과 화영 사이에 어떤 일이 있었는지는 모른다. 허나 은룡이 아는 금명은 화영을 배신할 인물이 아니었다. 이미 그녀를, 은룡 자신을 크게 도운바 있었다. 심리는 내일이었다. 지푸라기라도 잡아야 할 상황이었다.

은룡은 문 아귀를 움켜쥐었다. 그리고는 맹타안이 저지하기도 전에 빠르게 문을 열고 나섰다.

"마마, 금 공자의 말이 맞습니다."

미친놈! 급히 그림자 뒤로 숨은 맹타안이 서재 안에서 입 모양으로 욕설을 퍼붓는 것이 보였다. 은룡은 맹타안 쪽은 쳐다도 보지 않고 홀로 대청으로 나섰다.

갑작스럽게 밝아진 시야에 눈이 부셨지만 내색하지 않았다. 은룡은 화영을 향해 읍을 하고, 맞은편에 앉은 금명을 향해도 읍을 하였다.

"죄송합니다, 공자. 공자께서 그간 도와주신 일을 미처 마마께 말씀드리지 못했습니다. 모든 것이 이 사람의 부덕입니다."

"장군."

금명은 놀란 기색이었지만 동시에 안도하는 듯했다. 자리에서 일어나 은룡을 향해 반듯하게 마주 인사를 하였다.

"은룡, 너……!"

당황한 화영이 덩달아 일어나다가 반쯤 넘어질 뻔했다. 관호가 날렵하게 붙잡아 사고는 면했지만 위험천만한 상황이었다.

"들어가 있으라니까 왜 나온 거야? 그리고, 뭐야, 둘이 아는 사이였어?"

"말씀드리자면 길 것입니다. 우선은 금 공자를 신뢰하셔도 된다고 보증하고 싶습니다."

화영과 은룡의 시선이 마주쳤다. 당장이라도 은룡에게 다가가 몇 대고 때리고 싶다는 기색이 선연했다. 은룡이 알아보지 못할 수가 없는 표정이었다. 그러나 그는 끈질기게 그녀를 응시하며 무언의 설득을 하였다. 부디 자신을 보아서라도 믿어 달라고.

"좋아. 그렇다면 금 공자는 이 음모와 무관하다는 것은 믿겠어. 그래도 여전히 도움을 받을 수는 없어요."

"어째서입니까?"

"이 늦은 밤에 기도위가 내 서재에서 나오는 광경을 보여 준 것만으로도 충분하지 않나요?"

화영이 시선을 돌리며 내뱉었다.

반쯤은 될 대로 되라고 포기할 수밖에 없는 상황이었다. 화영은 차라리 이쯤에서 금명이 정색을 하고 떠나가길 바랐다. 그녀를 오해했다며, 추문이 과연 없는 소리는 아니었다며 질책하고 가 버리기를.

도리어 금명은 부드럽게 미소지을 뿐이었다.

"한 분 더 소개를 시켜 주시지 않겠습니까?"

"뭐라고요?"

"마마. 그날 서점에서 그러했듯 이번에도 도와드리고 싶습니다. 그러나 이번만은 마마께서도 저를 도와주셔야 합니다. 정확한 앞뒤 사정을 알아야만 허점 없는 변론을 완성할 수 있을 것입니다. 특히 강로마가 관련된 사항이 그러합니다."

"……."

이미 모든 비밀을 짐작하고 있다는 듯한 분위기였다.

화영은 입술을 벌렸으나 어떤 말도 하지 못했고, 은룡은 놀라움을 갈무리하며 헛기침을 삼켰다. 관호는 고요하게 금명을 응시하고 있었다. 금명의 말의 논리를 따져 보는 것인지, 아니면 이 자리에서 당장 그를 죽여 없앨까 고민하는 것인지 알 수가 없었다.

"다소간에 잡지식은 많으나 강로마를 실제로 본 적은 없어서, 혹여 그 점에서 발목이 잡힐까 염려됩니다. 사실상 유일한 걱정거리입니다. 그러니 부디."

그 와중에서도 꿋꿋이 말을 맺은 금명이 화영을 향해 깊게 허리를 숙였다.

정적은 짧지 않았다.

"하여간, 은가 네놈이 엮인 일치고 제대로 되는 꼴을 못 봤다."

어두운 서재 안에서 짜증 섞인 핀잔이 들렸다. 그와 동시에 금빛 머리카락을 흩날리며 맹타안이 나타났다.

금명은 몸을 돌려 그에게 가볍게 목례하며 읍을 올렸다.

"일전에도 인사드렸지만, 금가의 명이라고 합니다."

맹타안은 그가 황후 탄신연에서 마주쳤던 청년임을 알아보았다. 어쩐지 그날 자신을 훑어보던 눈빛이 예사롭지 않다 싶었다. 진작 눈치채고 있었으면서 이때껏 모른 척했다고?

여우 같은 놈이군. 맹타안이 혀를 차더니 들으란 듯이 투덜거렸다.

"그때도 마음에 안 들었는데. 짜증 나는 인연이군."

어색하기 짝이 없는 정적이 잠시 흘렀다.

화영은 잠시 천장을 노려보며 입 속으로 뭐라고 중얼거렸지만 -은룡과 맹타안, 심지어 관호까지도 그 내용이 상당히 거친 욕설이리라 확신했다- 이내 장공주다운 의연함을 되찾았다.

그녀는 부연설명을 하지 않았다. 그저 황제께서도 모든 것을 아시고, 실질적으로 그분이 계획하여 시작된 일이라고만 말했다. 액막이 혼인이나 그에 얽힌 사건들, 소문처럼 잠자리를 했는지 그러지 않았는지 따위는 입에 올리지 않았다.

다만 부마 외의 사내들더러 간통이니 남첩이니 하는 소리가 왕왕 있었던지라 맹타안과 은룡 두 사람도 역시 황제가 고른 부마라고만 못을 박아 주었다.

사실 굳이 맹타안과 은룡을 부마라고 인정하지 않아도 되는 사안이었다. 맹타안은 강로에서 망명하여 숨긴 것이라고 하고, 은룡은 그런 맹타안을 감시할 겸 현희부에 들어왔다고 해도 되었다. 그럼에도 화영은 외부인인 금명 앞에서 그들이 부마라고, 자신의 남편이라고 정의하였다.

순간 맹타안과 은룡의 가슴에 벅차올랐던 자랑스러움과 고마움, 그리고 애정은 말로 표현할 수 없는 정도였다.

금명은 영리하고도 처신이 분별 있는 자였다. 사람이라면 당연지사 궁금할 여러 사적인 부분은 묻지도, 흥미를 보이지도 않았다. 눈밭에 내려앉은 학처럼 우아하게 평정을 유지하며 화제를 명일 있을 심리로 옮겨갔다.

그리고 화영이 건네준 정보, 즉 녹보석은 실로 강로 출신인 맹타안이 자신의 말과 바꾸어 선물한 것임에 집중하였다.

"낯선 미남자가 흰 강로마를 녹보석과 바꾸어 갔다, 라. 확실히 강렬한 인상을 지니셨기는 합니다."

"하, 나름 변복하고 갔는데도 원."

은근히 치켜세워 주는 금명의 말에 맹타안은 기다렸다는 듯 코웃음을 쳤다. 은룡은 짜증 난다는 듯 정색하였지만 네가 참자, 라는 듯한 화영의 고갯짓에 한숨만 내쉬었다.

"장본인을 직접 보았으니 방법이 있겠소?"

관호의 질문에 금명이 예의 바르게 고개를 숙였다.

"생각이 하나 있기는 합니다만…… 혹시 그때 맞바꾸었던 강로마를 볼 수 있을는지요?"

앞서 자신의 외모를 칭찬한 까닭에 맹타안은 호쾌하게 금명에게 대답했다.

"좋소. 등불을 들고 마구간으로 갑시다. 내 특별히 구경시켜 주지."

맹타안만 보내기는 그가 무슨 소리를 할까 다들 불안한지라, 결국 화영과 관호, 은룡까지 다 함께 마구간까지 동행하였다.

금명은 꼼꼼하게 백예를 관찰하였다. 흰 옷소매를 걷고 직접 백예를 만져 보고, 가늠해 보기도 하였다. 물론 그전에 맹타안에게 공손하게 허락을 받았음은 물론이었다. 화영은 금명이 맑아 보이는 외모와는 달리 은근히 사람을 잘 휘어잡는다고 생각했다.

한참 동안 백예를 확인한 후 금명이 이제 되었다고 말했다. 다시금 본채로 돌아오자, 관호가 침혜더러 손을 씻을 물과 가벼운 간식을 내오라고 지시하였다. 금명은 다소 과장되었다 싶을 정도로 관호에게 감사를 표하였다.

"어때요?"

금명이 은 대야에 길어 온 따뜻한 물로 손을 닦아 낸 뒤에 화영이 참다 못해 물었다.

"정말로 계책이 있겠어요?"

"물론이지요."

그러지 않고서야 어찌 당신께 이런 크나큰 비밀을 알려 달라 청하였겠습니까. 금명은 뒷말은 삼킨 채 빙그레 웃었다.

"자, 들어보십시오……."

* * *

암상인의 조수는 제 이름이 흑사라 고했다. 도저히 본명같이 들리지 않는 이름이라 형부상서가 되물었지만 다른 이름으로는 불려본 적이 없다고 했다. 출신은 길거리였으며 부모도 불명. 말귀가 통하면서부터 자연스럽게 도둑질을 배웠고 그러다 보니 암시장으로 흘러 들어갔다. 암시장에서 일자리를 얻은 것은 십 년쯤 되었다고 한다.

그는 검은 뱀이라기보다는 쥐색 족제비가 어울리는 몰골이었다. 키가 크고 비쭉하게 말랐으며 살갗에는 윤기가 없고 눈을 한 군데에 고정하지를 못했다. 이리저리 눈깔을 굴리면서 개구리처럼 생긴 커다란 손가락을 연신 꼼지락거렸다.

실제로도 그가 흑사라고 불린 까닭은 뱀처럼 음흉하거나 영리해서가 아니었다. 탐욕이 지나쳐 턱이 빠지도록 돈을 주워 삼키려는 성질 탓에 붙여진 이름이었다. 와중에 겁이 많아 숨고 내빼기도 잘 했다. 암상인은 바로 그 점 때문에 흑사를 조수로 들였다. 이 바닥에서 겪을 수 있는 갖가지 위험-법의 철퇴, 경쟁 상대의 함정, 고객의 행패 따위-을 누구보다 빨리 냄새를 맡고 도망칠 수 있을 테니 말이다.

여하튼 그런 쥐새끼 같은 자신이 황궁이라니, 그것도 황제와 고관대작들 앞에 서게 되다니. 인생이란 알 수 없는 노릇이었다.

흑사는 황제는 감히 쳐다볼 생각조차 못 한 채 바짝 엎드렸다. 황제의 앞이라는 생각만 해도 덜덜 이만 부딪혔다. 긴장을 넘어 연체동물처럼 녹아내리는 기분이었다. 뼈마디가 달그락거리다가 엿가락처럼 늘어나 바닥에 철썩 달라붙을 것만 같았다. 자신을 여기까지 호송해 온 형부시랑이 은근히 건넨 말만 아니었다면 진작 간이 졸아들어 죽고 말았을 것이다.

-하던 말만 계속 해라. 바꾸지 말고.

귀족 나리들이 무슨 속셈인지는 모르겠지만 자신에게 이용 가치가 있기는 한 모양이었다.

그러면 살아나갈 수 있을 것이고, 운이 좋으면 재물까지 얻을지 모른다. 어쨌든 손해는 없다. 죽은 주인의 가계와 장물을 팔아 치워 얻은 은자들은 저만 아는 장소에 숨겨 두었다. 두 다리로 걸어 나갈 수만 있다면 그걸로도 이득이었다. 그래서 흑사는 최대한 지시받은 대로 같은 소리만 지껄일 생각이었다.

흑사는 비단 관복들을 입은 대신들의 모습에 압도되어 규모가 대단하고 느꼈다. 모두가 저 한 놈을 응시하고 있다고 생각하니 다리가 달달 떨렸으며 혀가 오그라들었다. 그러나 희한하게도 기묘한 만족감이 뱃가죽 밑에서 꿈실거렸다. 이 귀한 자들이 자신이 내뱉을 한마디를 확인하고자 모였다니 말이다.

오랫동안 범법자로 밥벌이를 하던 자이니만큼 눈치는 빨랐다. 단순히 장물 거래 따위로 이처럼 큰 판에 끌려 나올 리가 없다. 분명 높은 이들의 권력다툼에 중요한 무언가가 자신에게 있는 것이다. 그게 뭘까?

흑사는 볼품없는 가슴을 손으로 슥슥 문질렀다. 금가의 아가씨가 캐묻던 질문. 그리고 옥에 갇힌 저에게 형부시랑이 집요하게 확인하고 또 확인하던 요건들. 모두 한 가지 내용이었다.

-오황자의 녹보석을 누가 구입했지?

꾀죄죄한 흑사가 등장하자 대신들의 시선이 온통 그자에게 꽂힘을 주영은 간파하였다. 주영도 속으로는 긴장이 되었다. 은연히 손이 떨릴 정도였다.

일단 말로는 심리이다. 재판으로 이어질지 아닐지는 오늘 자신이 죄인을 얼마나 잘 다루느냐에 달려 있다. 결코 쉽지 않을 것이다. 사도 홍괴가 벌써부터 눈에 기름기를 보이며 미소 짓고 있었다. 그와 친밀한 신료들도 내색은 덜하지만 재미있는 볼거리를 기대하듯 수염이 흠칫거렸다.

그나마 상서령이 정숙한 분위기를 유지해 주었고, 태후와 의논하여 참관을 허락한 노신들이 자리를 지켜 주고 있어 다행이었다.

흑사는 이만한 규모로도 압도되었지만, 이들이 주영이 가능한 한 잘라 내고 잘라 내어 최소한만 참관토록 한 인원이었다. 실제 국정을 운영할 적에 조과에 참여하는 대신들이 모두 모였다면 지금과는 비교할 수도 없이 가득하였으리라.

주영은 옥좌 아래쪽에 놓인 좌석을 흘긋 쳐다보았다. 사면을 비단 너울로 내리 닫은 천개를 두어, 상석에 앉은 주영에게도 안이 보이지 않았다. 거기에 현희장공주가 앉아 있었다.

옥좌 밑에 준비된 자리를 보고 처음에는 다들 난처함을 드러냈다.

-하찮은 죄인을 심리하는 일이나 이는 엄연한 국사. 아녀자인 장공주께서 간섭하시기는 도리가 아닌 듯싶사옵니다.

사도 홍괴가 나서서 유들유들한 목소리로 아뢰었다. 주영은 기다렸다는 듯 대꾸하였다.

-이제 와서 무엇을 숨기리오? 죄인이 퍼뜨린 소문이 현희부를 음해하고 있음을 경들도 알 것 아닌가? 그런데 장본인인 장공주가 심리를 참관하는 것이 무슨 문제가 있소?

황제가 이렇게까지 드러내놓고 말하는데 반박하기 어려웠다. 굳이 반박할 필요도 없었고 말이다. 오히려 한 자리에서 황제와 장공주를 창피 줄 수 있으니 나쁘지 않은 상황이라고 볼 수도 있었다. 그래서 사도도 더는 별말 없이 수긍하였다.

직접 심문하겠다던 것과 달리, 주영이 상서령을 불러 친서를 주었다.

의외의 상황에 대전이 잠시 어수선하였다.

"짐이 작성한 것이니 상서령이 대신 진행하도록 하시오."

상서령 금균은 드물게 동요를 드러냈다. 아들과 닮은 청렴한 인상 위로 순간 떨림이 지나갔다.

황제께서 친히 심리하신다면 감히 누구도 방해하지 못할 터. 그러나 자신이 심문을 진행한다면 보다 높은 직위를 지닌 자가 은근히 끼어들 가능성이 컸다. 덧붙인 질문이라느니, 그리고 보니 이런 부분도 있지 않느냐느니 하면서 말이다. 벌써부터 사도가 웃음을 참느라 수염을 쓸어내리는 것이 보였다.

폐하께서는 무슨 생각을 하고 계신가. 스물한 살, 연소하시나 영특하신 분이다. 벌써 이 년을 남려의 황제로 지내셨다. 자신의 행동이 불러일으킬 위험성을 모르실 분이 아니다.

그럼에도 상서령은 이내 표정을 감추고 허리를 숙이며 받아들였다. 속으로는 불안하였으나 황명에 이의를 달 수는 없었다.

첫 질문은 무난한 것들이었다. 죄인의 출신 성분에 대해 물었고, 그와 죽은 상사의 관계는 어떠한 것인지 물었다. 흑사는 바닥에 무릎을 꿇고 엎드리다시피 한 자세로 대답하였다. 양옆에 무장한 병사 둘이 지키고 서 있으니 허튼짓은 꿈도 못 꿀 터였다.

"그렇다면 암상인 고륭해는 어떻게 죽었지?"

"소인이 잠시 바깥 일 때문에 가게를 비웠을 적에…… 돌아와 보니 이미 끝나 있었습니다. 가게는 난장판이 되었구요."

흑사는 혹시라도 제가 주인을 죽였다고 의심을 받을까 두려웠는지, 시키지 않은 말까지 해댔다.

"제가 그때 힘깨나 쓰는 하인들을 죄다 데리고 나갔습죠. 그래서 주인 나리께서 당한 것 같습디다. 남아 있는 놈들은 보기만 그럴싸하지 몽둥이 하나 제대로 휘두르지 못하는 애송이들이었거든요."

"조수는 너이고 고륭해가 주인일진대 어째서 호위들을 가게에 두지 않았나?"

"특별한 손님이 부르셔서요, 예. 부잣집이기도 하고 해서, 혹시나 모르는 일이라 끌어모았습니다. 홀몸으로 털레털레 갔다가 무슨 일이라도 있을지 모르니까요. 주인 나리야 자기 가게에서 계시는데 위험할 일이 뭐 있을까 했지만서도…… 일이 그렇게 되어 버렸으니."

상서령이 날카로운 눈으로 흑사를 응시했다. 그리고 황제가 내린 두루마리를 다시금 열어 보다가, 무언가가 걸렸는지 옥좌로 흘긋 고개를 돌렸다. 젊은 황제가 헛기침을 했다. 그대로 진행하라는 뜻이었다.

"이제 녹보석에 대해 질문하겠다."

녹보석이라는 단어가 상서령의 입에서 드디어 나왔다. 대전의 모두가 집중하였다.

주영은 슬쩍 비단 휘장 속의 인영을 쳐다보았다. 화려한 머리 장식을 올린 여인의 그림자는 미동조차 하지 않았다.

'정말 이대로 하면 되는 것일까.'

꼼꼼하게 따져서 확인해 볼 시간적 여유가 없었다. 일단은 화영을 믿고 그녀가 하자는 대로 하고 있기는 하지만…….

'아니, 잘 될 것이다. 잘 되어야만 해.'

불안한 기색을 들켜서는 안 된다. 그는 황제였다. 그것도 절체절명 위기에 처한 황제. 화영의 명예를 지키고 자신의 위엄을 보존하려면 끝까지 흐트러져서는 안 되었다. 주영은 무표정을 지키기 위해 노력했다.

"너와 네 주인이 오황자의 녹보석을 입수했다고 하던데, 그것이 사실이냐?"

"예, 예. 그렇습니다."

"당시 오황자 계친왕은 위세가 대단했다. 그가 로야산에서 구해 온 녹보석은 크기며 값어치가 돈으로 환산할 수 없을 정도였다. 그런 귀한 보석을 어찌 암상인이 차지할 수 있단 말인가? 평범한 녹보석을 가지고 그릇된 이름을 붙인 것은 아니냐?"

"절대 아닙니다. 오황자의 녹보석이 맞습니다, 그것은. 주인 나리께서 직접 구하신 물건입지요. 오황자의 난이 실패한 이후로 계친왕부의 첩들이며 하인들이 온 데 사방으로 도망을 쳤는데……."

흑사는 와중에 눈을 굴리며 분위기를 살폈다. 감히 오황자에 대해 언급해도 될는지 가늠해 보는 기색이었다.

"계속 말해라."

상서령이 짧게 허락했다.

"예, 예. 하여간 그때 보물을 관리하는 창고지기인지, 청지기였는지가 훔쳐서 나왔다고 하더이다. 그걸 은자로 바꾸려고 찾아왔다구요. 돌아가신 나리가 진짜와 가짜 구분하는 눈 하나는 타고나셨던지라, 한눈에 알아보셨다고 하더군요. 녹보석이 담긴 비단 상자에 계친왕부의 문양이 찍혀 있었기도 했구요. 게다가 그만큼 알이 굵고 순도가 높은 녹보석이 둘은 못 되지요. 예. 하나뿐입니다."

이다음이 본론이다.

숨 쉬기 어려울 정도로 응축된 호기심과 욕망이 공기 안에 가득했다. 사도파의 눈알들이 번드르르 굴러가는 소리가 들릴 정도였다. 그들은 손에 땀을 쥐며 기회를 노리고 있었다.

"그 녹보석을 사간 자가 이방인이라고 증언했다지. 사실인가?"

드디어 나왔다.

현희부의 추문이자 황실의 수치를 재확인할 순간이었다.

상서령의 음성은 서릿발처럼 차고 맑았으나 흑사는 갈라지고 새된 목소리로 대답하였다.

"그, 그렇습니다. 분명 남려인은 아니었습니다."

"증거는?"

"대단한 미남이었던 데다가, 강로마를 값으로 치렀습니다."

"강로마로 값을 치렀다는 것이 정확히 어떤 뜻인가?"

"말 그대로입니다. 은자나 금자로 녹보석을 구매한 것이 아니라, 강로마로 맞바꾸었지요. 예, 현물거래, 물물거래, 예. 그런 것이지요. 원래는 절대 가당치도 않지만서도, 강로마가 워낙에 희귀한 종자라 나리께서 드물게 용납하셨습니다. 흰 종마였거든요. 씨를 뿌리고 그 화대를 받을 수 있으니까요. 새끼도 여럿 뽑을 수 있고……."

"어전에서 천박한 소리를!"

어디선가 늙은 대신 하나가 호통을 쳤다. 흑사는 어깨를 움츠렸지만 그뿐이었다.

"한 치의 거짓도 없다고 맹세하는가?"

상서령이 흑사의 앞으로 한 걸음 다가가 물었다.

"지금 오황자의 녹보석을 소유하신 분은 이 나라의 장공주이시다. 녹보석을 낯선 외모의 미남이 사 갔다고 주장한다면 장공주 마마의 체면을 훼손하는 일이 된다. 그럼에도 증언을 고집할 것이냐?"

"어허, 상서령! 어찌 증인을 겁박하시오?"

그 말이 끝나기가 무섭게 사도 홍괴가 끼어들었다. 기다렸다는 듯 기세 등등한 태도였다. 육중한 몸이 고래처럼 움직이며 흑사와 상서령이 선 중앙으로 나섰다.

"아무리 신분이 낮고 배우지 못한 자라고 해도 증언의 신빙성을 막무가내로 깎아내려서는 안 될 일. 게다가 내가 알기로 증인은 옥에서부터 일관성 있는 주장을 반복했다고 들었소. 그렇다면 이제 와서 말을 바꾸는 것이 거짓에 가깝지 않겠소?"

"아직 심리가 끝나지 않았습니다."

"폐하께서 허락하신다면 신도 한 가지 질문을 하고 싶사옵니다!"

방해를 잘라 내려는 상서령을 무시하고 사도가 크게 외쳤다. 한 박자 늦게 몸을 돌려 옥좌를 향해 서리를 숙이는 모습이, 벌써부터 승리를 확신하는 양

오만하기 짝이 없었다.

주영이 차분하게 허락했다.

"그렇게 하시오."

사도는 곧바로 흑사 쪽으로 등을 돌리고 목을 가다듬었다. 기름진 입술 사이로 음흉한 목소리가 새어 나왔다.

"그 미남의 외모를 기억하느냐? 어떻게 생긴 자이더냐?"

흑사는 슬쩍 얼굴을 들었다. 사도의 눈과 마주친 순간 이자야말로 형부 시랑이 암시하던 뒷배이구나 하는 확신이 들었다.

"아주 아름다웠습죠. 사내라고 믿기지 않을 만한 미모였답니다. 피부가 눈같이 희었고요."

"미모였답니다, 라고? 직접 본 것이 아닌가?"

상서령이 날카롭게 지적했다. 그러자 흑사가 급히 고개를 저었다.

"소인이 말재주가 없어, 저, 실수를 잘 합니다. 예, 미모였습니다. 예."

"허허, 눈처럼 흰 살결의 미남이라."

상서령이 꼬리를 잡지 못하도록 곧바로 사도가 말을 이었다.

"참으로 곤란한 증언이로군요. 그저 미남이었다고만 한다면 혹여 부마도 위가 아니었을까 했겠지만…… 흰 피부라니."

부마도위가 장미목처럼 거무스름한 피부의 사내임은 누구나 아는 사실이 었다. 그와 정반대되는 묘사가 나오니 난처하고 남우세스럽기 그지없었다.

"현희장공주마마, 부디 진실을 밝혀 주십시오. 일개 사내도 아닌 이방인 입니다. 강로마를 맞바꾸었다면 분명 강로족일 테지요. 남려의 장공주 신분 으로서 오랑캐에게 사사로이 귀한 선물을 받았다는 것은 큰 문제가 됩니다."

자연스럽게 흑사가 아니라 비단 너울로 가려진 자리에 앉은 현희장공주 에게로 화살이 돌아갔다.

상서령이 그를 저지하려 시도했다.

"사도. 이곳은 현희부가 아니라 암상인 흑사를 심리하는 자리입니다."

"헌데 첩자일 수도 있는 오랑캐가 현희부와 접촉했다는 증언이 나오지 않았소? 일개 암상인이 남려의 국위와 안보보다 중요하다는 것이오?"

"첩자라는 말은 나오지 않았습니다만."

"세작이 아니고서야 어찌 초원의 강로인이 남려 도성까지 들어왔을까? 현희부에 접근하여 귀한 선물까지 바쳤거늘, 정치적인 의도가 없다고 볼 수 있겠소?"

"사도."

내내 침묵을 지키고 있던 현희장공주였다. 비단 너울 뒤에서 기가 차다는 목소리가 들려왔다.

"지금 본궁을 모함하는가? 책임질 수는 있구?"

"마마, 모함이라니요. 그저 확인해 보려는 것뿐입니다."

사도는 상서령을 무시하고 현희장공주 쪽으로 돌아섰다.

"마마께서 오황자의 녹보석을 갖고 계심은 많은 이들이 목격했습니다. 그 출처에 문제가 있다면 당연히 해명해 주셔야 하지 않겠습니까."

"암상인 끄나풀의 말을 장공주보다 믿는다는 소리구만?"

다소 과격한 장공주의 어조에 사도가 멈칫하였다. 그러나 궁지에 몰려 본성이 드러난 것이리라 판단하니 무서울 것도 없었다.

"그렇다면 오황자의 녹보석을 어디서 구하셨는지 말씀해 주실 수 있사옵니까? 출처를 알려 주신다면 금방 조사하도록 하지요. 증인이 거짓말을 했다면 오체분시하여 교훈을 주면 될 것입니다."

"저, 저는 거짓말을 하지 않았습니다! 참입니다, 참! 녹보석을 사 간 것은 흰 살결의 미남이었습죠!"

오체분시라는 말에 겁에 질린 흑사가 바닥에 이마를 부딪쳐 가며 외쳤다. 위증이라기엔 묘하게 진심이 느껴지는 허둥거림이라, 신료들 사이에서 수군거림이 퍼져나갔다.

"좋소."

잠자코 상황을 지켜보고 있던 황제가 입을 열었다.

"실은 짐도 사도와 같은 염려를 하였소. 이 도성에 정당한 절차 없이 숨어든 이방인이 있다면 위험요소가 될 수 있지."

"역시 폐하의 영명하심이 해와 같습니다."

"그래서 이미 조치를 취해 놓았다오."

"예?"

"용의자들을 들라 해라."

주영의 말이 끝나기가 무섭게 대전의 문이 열렸다. 그리고 다섯 명씩 손목이 묶인 사내들이 줄지어 금오위 병사들의 지시에 따라 대전에 들어서기 시작했다.

"이자들은 누구입니까?"

"도성에 비밀리에 들어온 자들이오. 성내에 출입할 적엔 성문에서 신분을 확인받는 것이 국법. 그런데도 용케 몰래 숨어든 자들이 있기는 하더군. 이번 소란이 없었다면 잡아 낼 생각도 하지 못했겠지."

끌려 들어온 사내들은 하나같이 행색이 제각각이었다. 제법 고급스러운 옷을 입은 자도 있었고, 흑사처럼 수상한 차림새도 있었고, 걸인만큼 남루한 자도 있었다. 그 맨 앞에 선 것은 중랑장 노석이었다. 그는 도성의 치안을 책임지고 있었으므로 실로 이러한 임무에 적격이었다.

"폐하, 총 마흔아홉 명이옵니다. 이처럼 많은 자들이 도성에 숨어 있었다니 신의 무능이옵니다. 부디 벌해 주시옵소서."

노석이 무릎을 꿇고 이마를 바닥에 대자, 주영이 일어나도록 하였다.

"그것은 나중에 의논합시다. 중랑장, 이들 중에 오랑캐가 몇이나 되오?"

"대부분은 남려인이옵니다. 먹고 살기 어려워 구걸할 생각으로 왔거나, 죄를 지어 고향에서 도망친 자들입니다. 인구가 많은 도성에서 뒤섞여 버틸 계획이었겠지요. 하지만 이중 다섯이 북려 출신이고, 셋이 강로족입니다. 한 명은 철혁 산맥 너머의 족속이라고 합니다."

대전이 벌떼처럼 웅성거렸다. 갑자기 무슨 일이 벌어지고 있는 것인지 노련한 대신들조차 감을 잡지 못한 것이다.

주영이 빙긋이 미소를 지었다.

"자. 여기 도성의 이방인이 죄다 한자리에 모였소. 그렇다면 분명 여기서 녹보석을 사간 자를 짚어 낼 수 있겠군. 그렇지 않소?"

흑사가 입을 떡하고 벌렸다. 놀라기로는 사도도 마찬가지였으며, 그중 제일은 형부시랑이었다. 자신이 전혀 알아채지 못하는 와중에 도성에서 대규모 체포가 있었을 줄이야! 그는 저도 모르게 노석을 노려보았다. 흑사를 빼앗긴 이후로 일부러 수사를 숨긴 것인가? 어찌 이런 일이!

그나마 제일 정신을 빨리 차린 것은 역시 사도 홍괴렴였다. 관자놀이에 식은땀이 맺힌 것도 눈치채지 못한 채, 그는 갑자기 고분고분하게 비위를 맞추려는 듯 두 손을 문지르며 아뢰었다.

"폐하, 하지만 그자가 이미 도성을 떠났다면 어찌 잡아 낼 수 있겠습니까?"

"아니. 그럴 리 없지."

주영이 코웃음을 쳤다.

"사도도 방금 말하지 않았소? 분명 정치적인 이유로 도성에 잠입하여 현희부에 접근했을 거라고. 힘들게 침입하여 제 강로마마저 맞바꾼 자가 어찌 빈손으로 떠날 수 있겠소? 절대 그러지 않겠지. 계속 도성에 머물며 자신이 선물한 녹보석을 빌미로 현희장공주를 조종하려 들었을 것이오. 그러니 이 가운데 녹보석을 사간 미납자가 있음이 확실하오."

사도의 얼굴이 물들인 호떡처럼 붉어졌다. 황제의 논리정연한 말을 반박할 수가 없었다.

현희장공주가 지난해 큰 병을 앓고 현희부를 받은 이후로 칩거하다시피 하였음은 명백한 사실이었다. 장공주가 현희부에만 있다면 그녀에게 영향력을 끼치려는 자 역시 근처에 머물러야 할 것이다. 벌써 목표를 완수하고 떠난 것은 아니냐고 우기기에는 현희장공주가 국정에 참견한 일이 없으므로 근거가 빈약하였다.

"죄인은 일어나라."

상서령이 흑사에게 말했다. 사도는 흑사를 증인이라 칭했지만 상서령은 철저했다.

"다니면서 네가 본 흰 살결의 미남자를 찾아라. 찾지 못한다면 네 말은 위증이라는 뜻이겠지. 위증일뿐더러 황실을 모독한 대죄를 겸했으니, 남려에서 가장 끔찍한 벌을 받게 될 것이다."

사람을 날카롭게 파악하는 금명의 재능은 아버지에게서 물려받은 것이었다. 상서령은 흑사가 비굴할뿐더러 겁쟁이라는 사실을 깨닫고 압박하기 위해 한 마디를 덧붙였다.

"제발 죽여 달라고 빌게 되겠군."

혼잣말처럼 작은 소리였으나 지척에 있는 흑사는 충분히 알아들을 만했다. 흑사의 혈색 비루한 낯이 시퍼렇게 질렸다.

주춤주춤 자리에서 일어나 눈깔을 굴리니, 믿는 구석이다 싶었던 사도가 솥에 삶기는 돼지머리처럼 진땀을 흘리고 있었다. 형부시랑은 저쪽으로 멀어져 모른 척 고개를 돌린 채였다. 흑사는 소변을 지릴 뻔했다. 아랫것들을 물건보다 쉽게 내버리는 귀족들의 졸렬함이야 잘 알고 있었지만, 직접 당하게 되니 눈앞이 컴컴하였다.

이렇게 되어서야, 녹보석을 사 간 놈을 지목하는 수밖에는 없다. 그래야만 제 말이 사실임을 입증하고 살아남을 수 있으리라.

흑사는 다섯 명씩 묶여 줄줄이 선 사내들에게 쭈뼛거리며 다가섰다. 복장만큼이나 생김새도 다양한 자들이었다.

화려하고 웅장한 대전의 분위기에 압도되어서인지, 반드시 그놈을 찾아내야 한다고 긴장해서인지, 고귀한 이들부터 저와 마찬가지로 끌려온 자들까지 낯선 사람들을 왕창 보게 되어서인지. 진땀이 홍수처럼 났다. 이자가 그자 같았고 저자가 이자 같았다. 턱 밑과 겨드랑에서 땀이 고였고 눈이 바짝 말랐다. 보기만 하면 한눈에 찍어 낼 수 있으리라 했는데, 심리적으로 압박당하다 보니 쉽지 않았다.

게다가 마흔아홉 명의 사내들을 일렬로 세운 것이 아니라 다섯 명씩 열 줄로 서게 했기 때문에, 앞에서 본 자를 뒤까지 기억하려 하다 보면 그다음 줄로 넘어가서 다시금 헷갈렸다. 자칫하면 황실을 모독한 죄로 참살당할 상황이니 배열을 바꾸어 세워 달라고 청할 처지도 못 된다.

흑사의 빈약한 머릿속이 엉망진창으로 뒤섞였다.

앞서 상서령이 짚어 냈듯이, 사실 흑사는 맹타안이 찾아왔을 때 그를 직접 보지 못했다.

암상인 고륭해는 탐욕스러운 자였다. 오랫동안 암시장에서 버틴 이유가 있었다. 뜨내기는 부하들이 다루게 했으나 소위 '돈 냄새'가 나는 이가 찾아오면 절대 곁에 두지 않았던 것이다.

맹타안도 마찬가지였다. 처음 방문하자마자 가장 크고 비싼 녹보석을 요구했으니 곧바로 은밀한 내실로 데려가 흥정하였다. 그 과정에서 맹타안이 값을 강로마로 쳐 주겠다고 했고, 고륭해는 내심 허풍이라 비웃으면서도 그러마 동의하였다. 다음날 바로 맹타안이 흰 강로마를 끌고 찾아왔다. 실제로 강로마가 등장했으니 더더욱 본인이 직접 거래를 마쳐야 하는 법. 고륭해는 맹타안의 비위를 맞추기 위해 차를 내오는 것마저 가장 예쁜 여종에게 시켰다. 평소라면 흑사가 맡을 일이었는데도 말이다.

결국 흑사는 주인이 비밀스러운 내실로 맹타안을 안내하는 것을 멀찍이서 보았을 뿐이다. 그게 다였다. 그러고 난 후 주인이 강로마를 흡족하게 바라보며 자화자찬하는 소리 정도나 주워들었다.

사내라고 믿기 어려울 정도로 피부가 희고, 그림에서라도 튀어나온 듯한 잘생긴 사내. 저런 미남도 환심을 사려고 보석을 싸 들고 가다니, 역시 잘생긴 사내가 여인을 아끼는 법도 안다며 여종이 난리가 났던 기억도 있다.

그렇기에 많은 사내들 중에 그자를 정확히 짚어 내는 일은 백지에 모르는 답안을 써 내야 하듯 곤혹스러웠다. 흑사는 습관처럼 가슴팍을 문질렀다. 제 손이었지만 꼭 시체처럼 차가웠다.

'제일 반반하게 생긴 놈이겠지. 어렵게 생각 말자. 그래, 멀리서 봐도 빛이 나듯 한 작자였어. 설마 못 골라 내려구?'

하지만 아무리 눈에 힘을 주고 보아도 묶여 있는 자들 중에는 그만한 미남자가 없었다. 그럭저럭 봐 줄 만한 놈이 간혹 있었고, 사내다운 호남이다 싶은 자도 한둘 있었지만 하나같이 살빛이 어두웠다. 제 입으로 눈처럼 흰 미남이라 몇 번이고 강조하였으니 뒤늦게 정정할 수도 없다.

벌써 여덟 줄, 마흔 명을 지나왔지만 그럴싸한 놈이 없었다. 이제 남은 것은 고작 두 줄, 아홉 명이었다. 없어도 우겨야 할 판이다. 쿵쿵 심장이 뛰고 혀가 말라 비틀어졌다. 두려움과 조급함이 뒤섞여 얼마 있지도 않은 이성을 좀먹어 갔다.

아홉째 줄은 죄다 못생기고 볼품없는 체격에 살결이며 체모가 누르뎅뎅한 이들뿐이었다.

제발! 마지막 줄로 넘어가며 흑사는 지저분한 손으로 눈꺼풀을 마구 비볐다. 그러고 나면 없던 그자가 기적처럼 나타나기라도 할 듯이 간절하게.

힘겹게 눈을 떴을 때였다. 백옥처럼 빛나는 얼굴이 드디어 하나 보였다. 흑사는 생각하기에 앞서 괴성을 질렀다.

"저놈, 저놈입니다!"

그의 손가락이 가리킨 곳에 선 청년은 마흔여덟 번째였다. 검소한 재질의 짙은 청색 장포를 입고 연한 노란색 비단 요대를 맸다. 머리카락은 빠짐없이 빗질하여 하나로 틀어 올려 옥으로 된 소관을 썼는데, 그 때문에 희고 아름다운 얼굴이 더욱 이목을 끌었다.

"확실한가?"

멀리 옥좌에 앉은 주영이 눈썹을 찌푸리며 물었다.

"거짓을 고한 것이 있다면 지금이라도 자백하거라."

조용히 다가선 상서령의 존재감에 흑사는 더욱 긴장했다. 차라리 죽여 달라고 빌게 될 고문은 당하고 싶지 않았다. 그래서 되레 목소리를 키우며 우겼다.

"보십시오! 이리 피부가 희고 반반하니 기억을 할 수밖에요! 못 배운 놈 이지만 이 눈깔만은 확실합니다! 저놈이 맞습니다, 저놈이 녹보석을 사 가 지고 갔습죠! 천지신명을 걸 수도 있습니다!"

대신들 사이에서 수군거림이 더 커졌다. 지목당한 미청년은 커다란 눈을 깜빡이기만 할 뿐 어떠한 변명도 하지 않았다.

"확실하다고? 황실 모독죄가 두려워 엄한 이를 무고하는 것은 아니고?"

"제 두 눈으로 똑똑히 봤습니다요!"

"그렇군. 나머지는 물리도록 하게."

중랑장 노석이 기다렸다는 듯 나머지 마흔여덟 명을 대전 밖으로 내보냈 다. 지목당한 미청년을 어전에 남기기 위해 다가가 단도로 오랏줄을 끊어 주었다. 노석은 묘하게 그에게 공손한 태도였다. 그러나 누구도 거기에 신 경을 쓰지 않았다.

앞을 가리고 있던 마흔여덟 명의 사내가 사라지고 흑사가 지목한 미청년 하나만 남았다.

흑사는 살았다는 생각에 히죽히죽 웃으며 몸을 돌려 사도를 쳐다보았다. 헌데 이게 무슨 일인가. 아까까지만 해도 다소 곤란한 기색일지언정 여유가 있던 사도가 건어물처럼 말라비틀어질 듯 기괴한 표정을 짓고 있었다. 대신 들에게서도 연이어 경악의 숨소리가 터져 나왔다.

뭐지? 뭐가 잘못된 거지?

흑사는 당황하여 어쩔 줄을 몰랐다. 무슨 일이 벌어지고 있는지 당최 알 수가 없었다. 홀로 남은 미청년이 입을 열기 전까지는 그러했다.

"황제 폐하, 용서해 주십시오."

은구슬이 짤랑이듯 밝고 사랑스러운 음성이었다. 흑사의 눈이 튀어나올

듯 커졌다. 사도에게서 돌아서 미청년을 바라보니, 그자가 내뱉은 말이 맞았다. 하지만 이 목소리는—

계집이 아닌가?

"현희장공주께 인사드리옵니다."

찔러도 피 한 방울 나오지 않을 듯하던 상서령이 미청년을 향해 깊숙이 허리를 숙이며 인사를 올렸다. 얼빠진 수런대던 신료들도 허둥지둥 그를 따라 인사하며 한목소리로 예를 갖추었다.

현희장공주라고?

저자가, 장공주 본인이란 말인가?

다리에 힘이 빠졌다. 흑사는 바닥에 주저앉는 동시에 실금하고 말았다. 입을 벌렸지만 꺽꺽대는 소리 외에는 나오지 않았다. 망했다. 완전히 망해 버렸다. 그는 함정에 보기 좋게 걸린 것이다.

"현희장공주, 짐에게로 오라."

주영이 짜릿함을 억누르며 크게 말했다.

"자, 만인이 보는 앞에서 어찌 된 일인지 설명하도록 해라."

"네, 폐하."

화영은 흑사에게 눈길도 주지 않고 성큼성큼 걸어 나갔다. 어찌나 시원시원한 걸음걸이였는지 참으로 귀사족 도령이라 해도 믿을 정도였다.

대전의 모두가 홀린 듯 그녀를 바라보았다. 가죽으로 된 장화에 옥패까지 드리우고, 사내들이 하듯 한 팔을 뒷짐 지고 걷는 모양새를 보니 그 타고난 미모와 크지 않은 체격에도 불구하고 곧바로 여인이라 알아보기가 어려웠다. 꼭 최면이라도 걸린 것 같았다.

화영은 황제인 오라버니에게 예를 올린 후 입을 열었다.

"제 녹보석은 저자에게 산 것이 맞습니다. 그러나 외간 사내에게서 받은 것이 아니라, 제가 직접 구입한 것입니다. 다들 들으셨겠지만, 저를 잘 알아보더군요."

모든 것이 금명의 계책이었다.

현희장공주의 이름은 누구나 안다. 하지만 대신 중에서 정작 그녀의 얼굴을 아는 자는 드물었다. 직접 만날 일이 없기 때문이었다. 정사에 관련하지 않는 것이 황실 여인이었다. 승라궁에서 지낼 때는 물론 현희부로 내려간 이후에도 마찬가지이니, 대전에 발을 들일 일이 전무하였다.

─급한 대로 현희부 일꾼들과 제가 아는 장인들을 모으면 대충 쉰 명은 되겠지요. 물론 개중에서 미남이라 할 만한 인물은 제외해야만 합니다. 최대한 투박하고, 피부가 어두운 이들이면 좋겠군요. 그래야 마마의 흰 얼굴이 강렬한 인상을 줄 테니까요. 마마께서는 남장을 하시고 가장 마지막 줄에 서십시오. 그렇게 되면 그자는 마음이 조급해져 분명 마마를 지목할 것입니다.

─하지만 누가 나를 알아보지 않을까요? 어쨌든 오빠와 쌍둥이잖아요.

─그래서 대역이 필요합니다. 황제 폐하 곁에 휘장을 드리우고 화려한 치장을 한 여인이 앉아 있다면, 누구나 그족이 현희장공주이리라 생각하겠지요. 사람의 편견이란 무서운 것이라, 한번 고정하고 나면 정답을 보아도 지나치기 마련입니다. 물론 그래도 만에 하나라는 것이 있으니 사내들로 하여금 방책처럼 마마를 가리도록 할까요. 다섯 명씩 여덟에서 아홉 줄 정도로 앞에 서면 되겠지요. 이렇게 하면 중신들도 좀처럼 마마를 한 번에 알아보지 못할 겁니다.

그랬다. 지금 황제의 아래에 앉아 있는 여인의 그림자는 침혜였다. 사도와 일부러 말씨름을 함으로써 '현희장공주는 여기에 있다'라는 사실을 강하게 인식시켜 놓은 것이다. 이마저 금명의 지시였다.

모두가 감쪽같이 속았다!

화영은 비극을 연기하는 배우처럼 안쓰럽게 떨리는 목소리로 입을 열었다.

"지엄한 장공주의 신분으로 장난질이 지나치고야 말았습니다. 현희부를 얻고 나니 황궁에서 지낼 때보다 자유로워…… 몰래 남장을 하고 시장을 돌아다니는 데 재미가 생겼지요. 그러다가 우연히 장물을 파는 곳에 들어갔고, 아름다운 녹보석을 보자 꼭 가지고 싶었습니다. 장물 거래는 죄임을 알면서도 순간 욕심을 자제하지 못하였습니다. 부디 벌을 주십시오."

"갖고 싶었다면 어째서 금자나 은자로 사지 않았느냐? 괜히 소란을 자초한 셈이 아니냐."

"현희부에 있는 돈은 모두 폐하께서 하사하신 것이라, 황실 인장이 찍혀 있지요. 암상인의 손에 넘겼다가 혹시라도 안 좋은 쪽으로 쓰이지 않을까 두려웠습니다. 그래서 물물교환을 하자고 꾀를 냈는데…… 제 발등을 찍은 셈입니다."

정해진 연극처럼 대사를 주고받으니, 다들 넋이 빠진다. 와중에 가까스로 정신을 차린 사도가 두 손바닥을 내밀며 외쳤다.

"있을 수 없는 일입니다, 폐하! 이는 장공주의 거짓말이 분명합니다! 어찌 여인으로서 사내 행세를 할 수 있겠으며, 남려의 장공주로서 강로마를 어디서 구할 수 있겠습니까? 난처한 상황을 빠져나가려는 궤변이니 부디 영민히 판단해 주시옵소서!"

"사내 행세를 어째서 못 한다는 것이오? 죄인이 천지신명을 걸고 맹세하며 현희장공주를 지목했소. 확실하다고 몇 번이나 외쳤지. 게다가 경들도 감쪽같이 속지 않았소?"

주영이 얼음물처럼 차가운 목소리로 대꾸했다. 그럼에도 사도는 포기할 줄을 몰랐다.

"강로마는 뭐라고 설명할 수 있겠습니까? 남장은 할 수는 있지만, 강로마는 꾸미지도 못할 것이옵니다. 폐하, 혈육의 정에 어두워져서는 아니 됩니다!"

"사도께서 오해한 모양입니다만-"

화영이 빙긋 웃었다. 남장을 했음에도 그녀가 웃는 순간 작약이 피어나는 듯했다.

"그건 강로마가 아니었습니다. 제가 암상인을 속인 것이죠."

"마마, 수많은 이들이 들었사옵니다! 증인이 분명 강로마를 대가로 받았다고 말했거늘 어찌 속이시려는 겝니까?"

"증거가 있소?"

화영이 순식간에 정색했다. 환하게 웃던 아름다운 얼굴이 냉랭하게 굳어지니, 그 효과가 대단하였다. 사도마저 순간 치고 나갈 말을 잊은 것이다.

"지금 그래서 죄인이 강로마를 데리고 왔나요? 강로마를 직접 본 사람이 죄인 말고 또 있습니까? 아무런 증거가 없죠."

"증인은 고륭해가 살해당한 이유가 강로마 때문이라고 말했사옵니다. 귀한 강로마이기에 사람을 죽여 가면서 훔쳐간 것이 아니겠습니까."

"글쎄요. 사실 강로마를 실제로 본 사람은 드무니까요. 살인자도 속았을지 모르죠. 내가 암상인을 속인 것은 잘못이지만, 그자도 종마 값을 비싸게 받아먹으려고 계속해서 강로마라고 자랑하고 다녔을 테니 별로 미안하지는 않군요."

"마마도 결국 증거는 없으십니다. 강로마의 출처를 밝혀 주십시오. 그러지 않으면 의혹은 그대로일 것이옵니다."

"증거?"

화영이 몸을 돌렸다. 그리고 잠잠히 서 있던 상서령에게 물었다.

"죄인이 강로마의 모색(毛色)을 말했던가요?"

"흰색이라 하였습니다, 마마."

그 말이 끝나기도 전에 화영이 다시금 사도를 응시하며 한 마디 한 마디 크게 말했다.

"강로마는 미색 털이 특징입니다! 종자의 특성이지요. 그런데 어찌 흰 강로마가 있을 수 있단 말입니까?"

또다시 소란이 일었다.

장공주의 음란한 소문이랍시고 입에서 입으로 주고받을 적에는 별반 신경 쓰지 못했는데, 따지고 보니 옳은 말이다. 강로마는 미색 털결을 지녀, 무리 지은 모습을 멀리서 보면 금빛별이 쏟아지는 은하수 같다고들 하였다. 그런데 흰 강로마라?

사도는 물론이고 그의 일파들도 어찌나 땀을 흘려대는지, 한겨울이 아니라 한여름이라 해도 믿을 정도였다.

"부, 불가능한 것은 아니오! 드물게 강로마 중에서도 희거나 검은 망아지가 태어난다고 들었소!"

여론이 완전히 장공주 쪽으로 돌아섰음을 느낀 사도가 변명하듯 외쳤다. 그러나 오히려 자기 자신만 우스워지는 꼴이었다.

"그렇지요. 드물게 말입니다."

상서령이 매끄럽게 말을 받았다.

"폐하, 신이 듣기로 이번 세대에 난 백마로는 강로왕 엽혁타안의 애마한 필이 있다 하더이다. 이 이야기에 따르면 흰 강로마가 아예 불가능한 것은 아니겠지요."

완벽하게 못을 박는 발언이었다. 강로마의 산지에서도 백마는 강로왕의 애마뿐! 현희장공주가 무슨 수로 강로왕의 애마를 손에 넣었겠는가? 흰 강로마는 애초에 존재하지 않았다는 쪽이 설득력 있다. 잘생긴 흰 종마를 가져다 강로마라고 했더니 속았다고 말이다.

"하, 하지만, 증거가……."

사도는 금방이라도 터질 것처럼 얼굴이 붉어졌다가, 포도처럼 보라색으로 변했다.

화영이 여전히 냉정한 목소리로 대꾸했다.

"증거요? 그렇다면 현희부가 음란하다고 떠들었던 소문의 증거는 어디 있습니까? 내가 부마에게 충실하지 않다고, 오랑캐며 외간 사내들을 들여 방탕하게 살고 있다는 증거는 어디 있지요? 결국 녹보석 하나 가지고 나를 몰아갔던 셈인데, 좋습니다. 내가 사사로이 남장을 하고 장물을 구입한 죄를 인정하지요. 그러면 황실 모독죄로는 누구에게 책임을 물으면 될까요? 사도, 당신이오?"

파란이 일어났다. 사도가 그 자리에서 엎드려 용서를 빌었으나 젊은 황제는 가차 없이 그를 끌어내도록 명했다. 등극한 후 자애로운 모습만 보여주던 그의 새로운 면모에 대신들은 머리를 조아렸다.

무엇보다도 실로 담대하게 모습을 드러낸 장공주가 큰 인상을 끼쳤다.

화영을 직접 보고 나니 국법을 흐릴 만한 방종을 저지를 사람이 아니라고 느낀 것이다. 별처럼 환하고 솔직한 모습 자체가 그녀가 펼친 논리만큼이나 커다란 변론이 되었다.

실금한 채 넋을 놓고 있던 흑사에게는 황제가 친히 하문하였다.

"아무리 입에서 입으로 떠돈 소문이라도 시작점이 있을 터. 녹보석 이야기를 처음으로 캐물은 이가 누구냐? 목숨이라도 부지하고 싶다면 솔직히 자백하여라."

한 줄기 구원 같은 소리에 그는 제 소변이 젖은 바닥에 이마를 짓찧으며 울음을 터뜨리기 시작했다.

"그, 그것은 금가의……."

참관을 허락받지 못했던 소부 금애는 급히 황궁으로 입궐하였다. 그가 바로 금 귀비와 금청아의 부친이었다.

흑사가 금가의 아가씨에게 불려간 이야기를 자백했을뿐더러 연이어 형부상서가 애초부터 이 건으로 미심쩍게 굴던 시랑을 규탄하였다. 형부시랑은 금가에서 받은 서신에 대해 토해 내었고, 상서령은 자신은 참여한 바가 없다고 단호히 잘랐다.

현희장공주는 일부러 환복하지 않고 남장한 차림으로 대전에 머물렀다. 제 대역을 해 준 침혜는 대전에서 물러나 쉬도록 한 것은 물론이다.

제 딸이 저지른 죄가 어찌나 큰지 파악하게 된 금애는 그만 혼절하고야 말았다. 형인 상서령이 지시하여 그에게 찬물을 끼얹었다. 태감들이 얼음물을 한 동이 끼얹고 나서야 정신을 차린 금애는 모든 것은 딸이 혼자 꾸민 일이며 저는 전혀 알지 못하였다며 황제와 장공주에게 자비를 빌었다.

현희부를 음해한 범인이 금가의 여식 청아임이 드러난 것이다.

그제야 현희장공주는 황제에게 양해를 구하고 물러섰다. 금청아의 처벌, 금가에게 책임을 물을 것인지, 그리고 섣불리 움직인 사도 일파를 어찌 처리할 것인지. 이런 문제는 더는 화영의 관심사가 아니었다.

그녀는 장포를 휘날리며 뛰었다. 그리고 현희부로 돌아가는 마차를 탔다.

* * *

화영이 침혜를 데리고 황궁으로 나선 이후, 현희부에서 부마들은 그야말로 일각이 여삼추였다. 어찌나 초조하고 마음이 애끓었는지 모른다. 평소와 같았다면 화영이 없을 때는 한 자리에 있지도 않았을 이들이 동선이 겹치는 것도 꺼리지 않았다. 다들 불안한 것은 마찬가지인지라 어지러운 발걸음이며 각기 준비하는 양을 숨기지도 않았다.

관호와 맹타안은 화영의 처소에서 마주쳤다. 집채만 한 부마들 가운데에서 주아만 울상을 지으며 총채를 끌어안고 어쩔 줄을 몰랐다.

"뭐 하려는 거요?"

"부인의 짐을 챙길 것이오."

"그건 나도인데."

어젯밤 금명이 내놓은 꾀는 부마들이 듣기로도 혀를 내두를 것이었다. 그러나 닳고 닳은 대신들의 심리를 꿰뚫어야 하는지라 실패할 가능성도 분명 존재는 하였다.

아무리 낮은 확률이라도 화영이 누명을 벗지 못한다면. 대전에서 남장을 하고 장물 거래를 시인했으니, 죄를 더하면 더했지 덜지는 못할 것이다.

화영은 황궁으로 떠나는 순간까지 걱정하지 말라고 부마들을 안심시켰다. 화영의 옷을 입고 일부러 화려하게 머리를 틀어 올린 침혜 곁에서, 소년처럼 차려입은 화영은 더욱 안쓰럽고도 사랑스럽게 보였다. 그러니 정말 그녀만 의지하고 얌전히 있으면 남편이라 할 수 있겠는가. 만에 하나를 대비해야 옳았다.

"남려로 빠지자고 부인을 꼬실 생각이오."

결국 세 부마가 다시금 대청으로 모여 터놓고 의견을 나누었다.

"현희부가 덮어쓴 추문을 해결하지 못한다면 떠나야지. 굳이 여기서 욕이나 먹고 있을 이유가 무어 있겠소?"

"그 점에 있어서는 동의하오. 하지만 어찌 되었든 장공주의 신분이 엄연하니 함부로 남려 국경을 벗어나서는 안 될 일. 자칫하다 첩자로 몰릴 수도 있소."

은룡도 초조한 얼굴로 관호에게 말을 보탰다.

"저도 그렇게 생각합니다. 금 공자의 계책이 실패한다면 녹보석의 출처를 설득시키지 못하겠지요. 사람들은 여전히 마마의 녹보석을 강로마를 가진 이방인이 구입했다고 믿을 겁니다. 그런 상황에서 강로로 간다면 의혹이 확신이 되는 것도 순간입니다."

"이거 정말 짜증 나는군! 그래서 관가는 어디로 갈 생각이었소?"

"우선은 미령으로 내려갈 계획이었소. 그리고 강호에 있는 벗들에게 부탁하여 주기적으로 주거를 옮기려 했지."

"그것도 결국은 도주 아니오? 강로행과 뭐가 다른지, 원."

"저는 금정 법사께 도움을 얻어 연주나 나주 쪽의 사찰로 가면 어떨까 했습니다만. 유서 깊은 사찰에는 함부로 군을 파견할 수 없으니, 그나마 가장 안전하리라고 판단했습니다."

"설마 처남이 부인을 잡아 오라고 군대를 풀겠느냐?"

"마마께서 오늘 누명을 벗지 못하신다면…… 강로마를 지닌 이방인에게 귀보를 선물받았다는 주장은 사실로 굳어지겠지요. 이는 결코 가볍지 않은 죄목입니다. 부마에게 부정을 저질러 현희부와 황실의 체면을 떨어뜨렸고, 남려와 창칼을 맞댄 이방인에게 사사로이 선물을 받았으니 뇌물이라고도 판단할 수 있으니까."

"허 참, 거 짜증 나는군."

"또한 여인의 몸으로 남장을 하고 대전에 들어서 황상과 대신들을 어지럽힘 역시 죄가 됩니다. 증인을 혼란케 만들어 증언을 번복하게 하려는 수작도 죄이지요. 폐하께서 지키려 애쓰신다 해도 국법이 지엄하니 어쩌겠소이까. 허락도 없이 도성을 탈주한 죄인을 잡아들이라는 여론이 벌떼처럼 일어날 것입니다."

은룡이 짚어 내는 죄목들에 맹타안이 기가 찬다는 듯 고개를 쳐들고 한숨을 쉬었다.

"그렇다고 여기 가만히 있어서도 안 될 일이지. 그렇게 무지막지한 갖가지 죄목을 달아 놓고 벌이랍시고 무슨 수모를 줄까. 차라리 강로로 달아나는 것이 낫다니까. 죄인 취급당하며 쫓기진 않을 테니."

"평생 남려 땅을 못 밟을 것이 아니오."

"뭐, 남려에 있어 보았자 죄인 아닌가? 내내 숨어 살아야 할 테고, 강로로 간다면 평생 먹고 살 걱정은 안 해도 되오. 내 사촌이 다 마련해 줄 테니까. 천막이며 말이며 기꺼이 다 내줄 거요. 부인은 자유롭게 지낼 수 있어."

"그렇지만 남려의 가족들은 영영 보지 못할 겁니다. 마마께서는 황제 폐하와 금정 법사님을 제 살처럼 생각하시는데."

"젠장할, 그럼 어쩌잔 말이냐?"

관호는 팔짱을 끼며 선 채로 생각에 잠겼다. 은룡 역시도 옆구리에 찬 검집을 손끝으로 두드리며 고민하였다. 그는 휴가계를 내고 등청하지 않았다. 일이 잘못되면 곧바로 화영을 모시고 떠날 생각이어서였다.

한동안 침묵하던 관호가 말했다.

"부인에게 정하도록 합시다."

"뭐?"

"그 뜻은……."

"미령으로 내려가 강호에 숨든, 강로 초원으로 넘어가든, 머나먼 사찰에서 지내든 부인이 원하는 대로 합시다. 그것이 최선 같소."

의외였다. 자신과 함께 가야 마땅하다고 사서삼경을 끌고 와서라도 고집할 것 같았는데.

맹타안이 고개를 비스듬히 기울였다.

"부인이 관가 당신과 가지 않겠다 하면 받아들이겠다는 거요? 강로로 가겠다면 놓아주겠다고?"

"아니. 부인이 강로로, 혹은 사찰로 가겠다고 하면 따라가야지."

관호는 망설이지 않고 대꾸하였다.

"나는 부인이 어디로 가든 함께 할 것이오. 그게 부부이니까."

화영과의 애정에 있어서만은 잠자코 있을 수 없었다. 은룡이 한 걸음 나서며 단언하였다.

"저 역시도 마마를 떠나는 일은 없을 겁니다."

관호와 은룡의 시선이 부딪혔다. 그러나 수컷들의 경쟁에 으레 따라붙는 폭력적인 긴장감은 조금도 생기지 않았다. 맹타안은 물론이고 관호와 은룡도 내심 놀랐을 정도로.

먼저 고개를 돌린 것은 관호였다.

"그러면 그렇게 하시오."

"……진심이십니까?"

"달리 방도가 있소?"

항시 일자로 다물려 있던 그의 입술이 쓸쓸하게 미소를 지었다.

"어쩌면 이것도 인연이겠지. 한 여인의 세 남편 중 하나로 살아도 좋다는 자가 천하에 몇이나 있을까. 그런 희한한 자들이 현희부에 다 모였으니 어찌 인력으로 끊어 낼 수 있겠소."

얼떨떨할 정도로 쉽사리 받아들이는 어조였다. 맹타안이 미심쩍다는 듯 되물었다.

"하지만 관가 당신은 항상 정식 남편이라고 우쭐대지 않았소? 부인에게 싫은 소리 좀 한다면 우릴 쫓아내지 못할 것도 아닐 텐데."

"맹 부마라면 부인에게 싫은 소리를 할 수 있겠소? 부인의 마음이 상할 것을 뻔히 알면서도 말이오."

"……흠."

어색하게 헛기침을 하며 말을 흐린다. 은룡도 마찬가지로 대답하기 난처하다고 생각하였다.

"시간이 지나면 드러나겠지. 누가 하늘이 정해 준 배필일지 말이오. 포기하거나 지쳐서 떨어지는 자가 있을지도 모르니. 그때까지는 별수 없이 협력해야 할 것 같군."

"흥, 이 몸은 절대 아닐 거요."

"내가 할 말입니다."

결국 세 사내 모두 한 여인의 남편, 한 공주의 부마로 서로를 인정하게 된 것이다.

사실 오래전부터 이런 미래를 예감했을지도 모른다. 붉은 혼례복을 입고 바로 이 대청에서 화영이 깨어나기를 기다리던 순간부터, 그들은 한 데 묶여 같은 운명의 길을 걷게 된 것이다.

고작해야 반년, 짧다면 짧은 시간이었으나 현희부에서 머물며 많은 일들을 겪었다. 인정하고 싶지 않을지 몰라도, 화영에 대한 연심만큼이나 서로에 대한 신뢰가 생겼다. 화영을 지키기 위해서라면 목숨도 아끼지 않고 버릴 상대들이었다. 경쟁자인 동시에 등을 맞댈 전우이기도 했다. 실로 지금껏 입증해 오지 않았나.

"그러면 각자 필요한 것을 챙기도록 합시다. 대형 마차가 있는지 확인하러 가 보겠습니다."

"그래 주면 좋겠군. 나는 부인의 옷을 챙길 터이니 맹 부마는 데려갈 말들을 골라 주시오."

"왜 그쪽이 부인의 옷을 챙기겠다는 거요? 옷 보는 눈이라면 내가 훨씬 나은데!"

"맹 부마가 부인의 짐을 싼다면 마차가 아니라 수레로도 열 대는 나올 것 같은데. 틀리오?"

"그건 그렇지."

어색하던 것도 잠깐, 각기 역할을 도맡아 바쁘게 움직였다. 해는 금방 저물었고 화영의 도착이 늦어질 때마다 걱정으로 심장이 두방망이질 쳤다.

오후 내내 떠날 준비를 끝낸 부마들은 결국 한 데 모여 화영의 귀환을 기다리게 되었다. 대문 앞의 전정에서 문이 열리기만을 기다리고 서 있는 부마들은 석상처럼 보였다.

그 가운데 화영이 봄철 사슴처럼 신이 나서 등장한 것이다.

"성공이에요!"

남장을 한 모습 그대로 달려드는 화영을 보는 순간, 세 부마는 오랫동안 참아 왔던 한숨을 터뜨리며 너나 할 것 없이 그녀를 향해 두 팔을 벌렸다.

"다 잘 됐어요, 이제 걱정할 거 없어요. 정말, 당신들도 대신들 얼굴을 봤어야 하는데!"

화영은 기뻐서 어쩔 줄을 몰랐다. 소년처럼 웃으며 폴짝거렸고, 이때만은 눈치 보는 것도 깜빡한 채 연이어 부마들의 손을 잡았다. 그녀의 얼굴에서 말로 표현하지 못할 안도가 느껴졌다.

관호가 화영을 꽉 끌어안았다 놓았다. 순간 화들짝 놀란 화영을 연이어 맹타안이 잡아당겨 품 안에 안았다. 그는 은룡의 눈이 치켜 올라가는 꼴을 보고서야 아쉽다는 듯 놓았다. 사태를 파악하지 못하고 굳은 화영을 그제야 은룡이 소중히 감싸 안았다.

긴 치맛자락을 힘들게 끌며 대문을 넘어오던 침혜가 그 모양을 보고 혀를 찼다.

"하이고, 나두 어디서 서방 두어 놈 더 만들어 오든지 해야지, 원."

침혜의 말에 화영의 얼굴이 불붙은 탄처럼 새빨개졌다.

그와 동시에 누구라고 할 것 없이 부마들이 웃음을 터뜨렸다.

현희부에서 울려 퍼지는 웃음소리는 아주 오랫동안 그치지 않았다.

* * *

후원의 낡은 전각은 거미줄로 자욱했다.

금가 어디에 이런 지옥 같은 곳이 마침 준비되어 있었는지 의문스러울 정도였다. 봄이 오기엔 이른 시기였다. 화로 하나 없이 텅 빈 실내는 오히려 바깥보다 뼈를 시리게 하는 냉기가 흘렀다.

침상도 따로 없었고 바닥보다 한 층 높은 단상이 전부였는데, 거기에는 지저분한 홑이불 한 장만 구겨져 있었다. 누가 쓰던 것인지, 언제 마지막으로 세탁한 것인지 알 수 없는 물건이었다. 건드리기만 해도 병이 옮거나 벼룩에게 쥐어뜯길 것이 분명했다. 어둡고 황폐한 와중에 유일한 가구라고는 대들보 밑에 놓인 키 큰 상 하나뿐이다. 쓰임이 무엇인지 생각조차 하고 싶지 않았다.

끼익, 하고 문이 열리는 소리가 들렸다. 밖에서 빗장을 닫아걸고 귀먹은 하인들로 주야장천 지키게 했을 텐데. 누가 여기에 들어오는 거지? 금청아는 희번덕거리는 눈으로 주위를 살폈다. 무기로 쓸 수 있는 물건을 찾는 것이었다.

'결코 순순히 당해 주지 않을 거야. 절대로 죽어 주지 않겠어. 나 혼자 억울하게 죽을 수는 없지.'

금가의 금지옥엽에서 애물단지로. 하루아침에 금청아의 인생이 뒤집혔다.

눈에 넣어도 아프지 않아 할 것 같던 부친이 관복이 엉망이 된 채 달려와 뺨을 쳤다. 그리고 그녀가 변명을 꾸며 내기도 전에 그대로 이 폐전각에 끌려와 감금당했다.

'어떻게 된 거지? 현희부가 역으로 내게 뒤집어씌운 건가? 그럴 깜냥이 못 될 텐데?'

금청아는 눈치가 빨랐다. 탐욕과 자기애가 비대하여 직감을 무시하고 무리하는 경향이 있었을 뿐이다. 여태껏 그렇게 살아왔음에도 아무런 문제가 없었다. 원하는 물건들을 쟁취할 수 있는 쉬운 길이기도 했다. 그래서 이번에도 같은 방식을 취했을 뿐이다. 다만 그 대상이 살아 있는 사내였다는 점이 달랐을 뿐.

하여간 머리를 굴려 보았을 때, 자신이 이런 수모를 당할 이유는 하나뿐이었다. 현희부를 상대로 지저분한 소문을 퍼뜨린 일을 발각당한 것이다.

좀처럼 납득이 가지 않는 일이었다. 오황자의 녹보석을 팔아 치운 장본인이 있고, 누가 무엇을 대가로 치렀는지 기록된 장부가 있으며, 현희장공주가 그 녹보석을 지녔음을 온 내외명부가 보았다.

부마가 아님이 분명한 미남자가 강로마를 주고 녹보석을 사 갔다. 사실이 자체로도 충분한 추문이었다. 청아는 자연스럽게 따라오는 의혹을 양념처럼 추가한 것뿐이다.

보수적이기 짝이 없는 고관대작들이 죄다 모인 심리라고 했다. 소부인 부친조차 참관을 허락받지 못했으니, 반대로 말하자면 그날 대전에 있던 신료들은 직급이며 영향력이 지대하다는 것이다. 그리고 대체로 그런 자들은 보수적인 성향이 강했다. 그 가운데서 현희장공주는 어떻게 빠져나갈 수 있었단 말인가?

팽팽 머리가 돌아가는 와중에도 금청아의 손아귀는 방어할 만한 무기를 찾아 움직이고 있었다. 별반 마땅한 것이 없었지만 말이다. 이럴 줄 알고 마땅한 가구 한 점, 다기 한 쌍 놓지 않은 건가. 하다못해 식기라도 남아 있었다면 젓가락으로 찌르거나 그릇을 깨어 사기 조각을 만들 텐데, 하루 한 번 들어오는 식사는 연잎으로 싼 식은 밥이 전부였다. 위험할 만한 어떠한 도구도 허락하지 않겠다는 의지가 보였다.

'정 안 되면 물어 뜯어주지.'

혼자서는 못 죽는다. 금청아는 소리 없이 몸을 움직였다. 열리는 문의 측면 쪽에 숨어 있다가 달려들 생각이었다. 손톱도 조금 더 날카로웠으면 좋았으련만. 전각에 갇힌 후 나가려고 악을 쓰다가 대부분 잘리고 찢겨 버려 소용이 없었다. 새삼 통증이 아려오는 손을 쥐었다 편 후, 그녀는 몸을 도사리며 들어오는 이를 주시했다.

끈이나 칼을 쥔 사내일 거라고 생각했는데 아니었다. 여인이었다. 그것도 어딘지 익숙한 옷차림의.

"소월?"

금청아가 얼굴을 찌푸리며 이름을 부르자, 소월의 옷을 입은 여자가 그녀 쪽으로 고개를 돌렸다. 그 여자의 얼굴을 보는 순간 금청아는 숨을 크게 들이켰다.

"보기 좋구나."

언니이자 귀비인 금옥아였다!

구중궁궐 가운데서도 가장 깊은 후궁에 있어야 할 언니가, 제 시녀의 차림새를 하고 찾아온 것이다!

혹시 나를 구해 주려는 건가? 금청아의 얼굴에서 희색이 드러났다. 휘적거리며 금 귀비에게 다가가 덥석 손을 붙잡았다.

"언니, 잘 왔어. 도대체 뭐가 어떻게 돌아가고 있는 거야? 아버지는 제대로 설명도 해주지 않고 날 여기다 가뒀어. 이 꼴 좀 봐, 얼어 죽지 않은 게 용하다고! 언니, 날 도와줄 거지?"

답지 않게 애교까지 피우며 동생 시늉을 하는 금청아를 바라보는 금 귀비의 눈은 서늘했다. 금 귀비는 금청아의 말이 끝나기도 전에 손을 떼어 놓고 두 걸음 멀어졌다.

"선을 넘었다고 말했잖니."

"이 꼴을 보고도 잔소리가 나와?"

금청아는 순간 발끈했으나 금세 유순하게 굴었다. 금 귀비의 비위를 맞추어 이 지저분한 곳에서 나갈 수만 있다면 뭐든 하겠다는 기세였다.

"아니야, 언니 말이 옳아. 다 내 잘못이야. 하지만 반성하고 있어, 진심으로 말야. 다시는 언니가 하는 말을 거역하지 않을게. 그러니까 여기서 좀 나가게 해 줘, 응?"

"황실의 일원을 음해한 죄는 크다. 황권을 손상시키려던 시도까지 있었으니, 더더욱."

"알겠어, 알겠다고! 반성문이라도 쓸게, 그럼 됐지? 고모한테 가서 눈물도 찍어 내고, 후회하고 있다고 애원하면 될 거 아냐? 적당히 좀 해, 짜증나니까!"

"아직도 정신을 못 차렸구나."

금 귀비가 금속처럼 차디찬 시선으로 금청아를 응시했다. 곧이어 내뱉은 말 역시 스산한 냉기 그 자체였다.

"자결해라."

금청아는 아양 떨던 표정을 집어치웠다. 눈꼬리가 하늘로 치솟았고 입 사이에서 독액이 흐를 듯했다.

"뭐? 여기까지 와서 친동생에게 한다는 말이 고작 그거야?"

"그래. 반성하는 의미로 자결해. 진심이 담긴 유서도 있으면 좋겠지만, 너의 문장은 조야하기 짝이 없으니 별반 가치도 없겠구나. 그냥 자진하거라."

"내가 미쳤어? 내가 왜 자살을 해?"

"너로 인해 금씨 집안사람들이 죄다 연좌되길 바라느냐? 네 욕심 때문에 금가가 무너지는 것이 보고 싶냐 이 말이다."

"내 알 바 아냐, 난 절대 안 죽어!"

금청아가 부러진 손톱을 금 귀비에게 위협적으로 내보이며 으르렁거렸다.

"그래, 아버지가 언니더러 시켰구나? 꼬리를 자르고 내뺄 준비를 하시나 보지? 왜, 내가 죽으면 아버지는 화를 피할 것 같아?"

"아니. 그럴 사안을 넘어섰다. 아마 아버지도 관직을 박탈당하실 것이야. 그나마 목숨은 구하시겠지."

"하, 언제부터 언니가 아버지한테 그리 애틋하셨나 몰라? 소 닭 보듯 하지 않았나?"

"이게 부친을 위한 효심으로 보이느냐?"

짧은 웃음이 어두운 실내를 스치고 지나갔다. 금 귀비가 똑바로 선 채 누이를 쳐다보았다. 한심하다는 눈빛이 그대로 드러났다.

"태후마마와 본궁도 금가. 대역죄는 구족이 책임을 물 중죄란다. 멍청해서 제 무덤을 판 건 너이니, 너 혼자 들어가야지."

"웃기지 마, 죽어도 같이 죽어. 언니가 암시장을 알아보라고 조언한 거, 잊은 척하기야?"

금청아가 입꼬리를 비틀며 이죽거렸다.

"난 아직 현희부에 대해서도 할 말이 많다고. 절대 순순히 당해 주지 않을 거야, 알았어? 그 계집이 어떻게 피해갔는지는 몰라도…… 분명 현희부엔 다른 사내가 살고 있었어. 확실해."

"무슨 헛소리냐?"

"기도위. 은 기도위가 거기 살고 있었다고. 현희부에!"

금 귀비가 눈살을 찌푸렸다. 그러자 금청아는 기세를 몰아 목청을 높였다. 갖고 싶었던 사내였지만 이렇게 된 이상 차라리 망가트리겠다. 나를 거절하여 이 꼴로 만들었으니 저도 얼굴 들고 살지 못하게 더럽혀 주리라.

"국태부인의 비위를 맞춘다고 드나들면서 주워들은 게 좀 있지. 사람들은 기도위가 나 때문에 은가에서 나왔다지만, 천만에! 이미 한참 전부터 바깥에서 숙식하다가 드물게만 귀가해서 안부를 전했다더군! 그게 언제부터인 줄 알아?"

"허튼소리 마라."

"장공주 그 여자가 현희부를 받아 나왔을 때부터였어. 신기하지 않아?"

"네가 무슨 소리를 지껄이고 있는지 이해는 하고 있는 거냐?"

금 귀비가 코웃음을 쳤지만 도발에 가까운 소리였다. 반박하는 말도 아니었다. 금청아는 뒤늦게 여유를 되찾은 듯 팔짱을 끼고 턱을 치켜들었다.

"그런데 말이야, 언니, 신기하게도 그 사람이 어디서 머물렀는지 아무도 모르더라? 광록훈에도 기록이 없고, 건물을 빌려주었다는 자도 없고, 도성 객잔들에도 기록이 하나도 없어. 거의 반년이야. 신선도 아닌데 구름 위에서 살았을까? 먹고 자고 씻고, 옷은 어디서 누가 빨아 주고?"

"은 기도위가 현희부에서 식객으로 지냈다, 그렇게 주장하려는 게냐?"

"그게 아니라면 뭐겠어? 내가 올겨울 그 사람을 찾으러 다니며 얼마나 개고생을 했는데. 도성에 있는 객잔들은 죄다 뒤졌어. 반년 전 장부까지 일일이 확인했다고."

금청아가 이를 드러내며 웃었다.

"녹보석은 용케 빠져나갔네. 하지만 기도위까지 연관시키면 어떨까? 이건 빠져나가기 어려울걸? 무슨 변명을 하더라도 얼굴에 똥칠하는 건 마찬가지. 절대 혼자는 못 죽어. 알겠어? 내 입을 다물게 하고 싶으면 당장 날 풀어줘. 금가의 적녀다운 제대로 된 대접을 해 달라고!"

"바보 같은 것."

금 귀비가 무미건조한 음성으로 말했다. 준비라도 한 듯이 자연스러운 거짓말이 새어 나왔다.

"그 일은 이미 들었다. 우리 사촌인 명이 기도위와 친분이 있다지? 기도위는 작년부터 지금까지 명의 은신처에서 지냈다고 하던데. 증인도 있고 말이다. 그런데 어디서 아직도 정신을 못 차리고 현희부를 모욕하느냐. 정말 답이 없는 아이로구나, 너는."

"뭐? 금명?"

금명의 이름에 금청아가 얼굴을 굳혔다.

"개소리! 금명이 은룡 그 사람과 친분이 있다니, 금시초문이야! 거짓말 마, 언니! 고모가 부마도위로 내내 밀어주던 게 금명인데, 기도위가 미쳤다고 벗을 삼겠어?"

"너도 의심하던 일 아니냐? 청지기가 그러던데, 명을 며칠이고 미행했다며? 기도위의 행적에 눈이 벌겠던 아이가 갑자기 명을 뒤쫓기에 무슨 일인가 했다던데. 너야말로 아는 일을 모르는 척하는구나. 누가 네 말을 믿겠니."

"이…… 이……!"

금 귀비는 한숨을 내쉬었다.

황제에게 미리 허락을 받고 나오기는 했으나, 어디까지 사가에 잠시 다녀오겠다고만 하였다. 시녀 소월의 차림으로 드나들겠다고까지는 하지 않은 것이다. 굳이 오래 시간을 끌어서 좋을 일이 없다. 현희장공주는 약속대로 녹보석 건을 훌륭하게 넘겼고, 이제는 금 귀비 자신의 차례였다.

금청아는 여전히 악의에 가득 찬 모습이었다.

원수로 여기는 장공주에게 미안함을 느끼는 것까지는 바라지도 않는다. 그렇지만 금가의 일원들에게는 일말의 죄책감이라도 가져야 하는 것이 아닌가? 여태껏 아쉬울 것 없이 생활해 온 모든 기반이 바로 금가에서 나왔거늘, 고마운 줄 모르다니.

게다가 황실의 일원인 고모 태후나, 언니인 금 귀비의 안위에 대해서는 한순간도 계산한 적이 없다. 오로지 제 욕망만을 좇아 이 진흙탕으로 황실과 금가를 끌고 들어왔다. 혼자는 못 간다며 손에 잡히는 대로 끌고 들어가려고 제정신이 아니다.

안 그래도 희미하던 가책이 완전히 사라져 버렸다.

"유시까지 시간을 주마. 그때까지 자결하거라. 그러지 않는다면."

금 귀비가 꿀처럼 매끄럽게 말을 이었다.

"네가 서녀라는 사실을 온 집안과 도성에 알리겠다."

그 말을 들은 금청아의 표정이란.

동공이 어찌나 커지던지, 흰자가 죄다 먹혀 버리기 직전이었다. 세상에서 가장 큰 모욕을 듣기라도 한 것처럼. 낯빛이 붉다 못해 자두처럼 부풀었다. 딱, 딱. 악문 이가 금이라도 갔는지 듣기 싫은 소리가 났다. 금 귀비는 순간 그녀가 미쳐서 덤비지는 않을까 경계했다.

"먹히지도 않는 협박 집어치워."

음절 하나하나 떨어져 음산하기 그지없었다.

"내가 서녀라고? 이 금청아가? 고귀하신 귀비마마의 하나뿐인 친동생인 내가 어떻게 서녀야? 머리가 안 돌아 가시나?"

"넌 본궁의 친동생이 아니다."

그러나 금 귀비는 망설이지 않았다. 독이 오른 뱀을 잡을 때에는 한 번에 머리를 잘라야 한다는 사실을 잘 알고 있어서였다.

"모친께서 내 동생을 임신하셨을 때, 마침 하녀 하나도 비슷하게 배가 불렀지. 어머니께서는 그 사실에 격렬하게 분노하셨어. 너는 모르겠지만, 그때까지만 해도 부친이 어머니의 체면은 지켜 주셨거든. 첩도 혼인 전에 둔 시첩 둘 뿐이고, 집 안 일손들은 건드리지 않았지. 집 밖에서야 기루에 드나들든 오입질을 하든, 일단은 말이다. 그런 와중에 똑같이 잉태하여 배가 불러오는 계집종을 보고 있자니 모친께서 오죽 신경 줄이 닳았겠니? 지독한 난산을 하셨다."

금 귀비는 그때 다섯 살. 사리 분별이 충분히 가능한 나이였다. 어른들이 생각하는 것보다 아이들은 훨 조숙한 법이다. 모두 잊었으리라 여기지만 결코 잊을 수 없는 일들도 있다.

"태어난 아이는 계집아이였어. 모친은 여아가 태어났다는 소리까지만 듣고 의식을 잃으셨단다. 피를 끔찍하게 많이 흘리셨지. 그리고 그 직후 내 동생은 울지도 못하고 죽어 버렸다."

"아니야."

금청아가 고개를 저었다.

"네, 네 동생은 나야. 거짓말하지 마."

금 귀비는 눈썹 하나 까딱 않고 말을 이었다.

"부친은 어쩔 줄을 몰라 하셨지. 계집질에 도가 텄어도 정처는 정처. 게다가 너도 알겠지만, 부친은 스스로를 애처가라고 자부하시는 분이니. 의원이 몇이나 붙어 어머니는 가까스로 목숨을 건지셨지만- 정신이 들었을 때, 갓 낳은 아이가 죽었다는 소리를 들어서야 어찌 될지 불안하셨겠지. 그래서 방법을 하나 찾으셨다. 임신한 여종 말이야."

얼굴조차 기억나지 않을 만큼 하찮은 계집종이었다. 하지만 그렇다고 해서 개죽음을 당할 이유가 어디 있단 말인가. 죽음으로 대가를 치러야 할 죄인이 있다면 그것은 차라리 아버지였어야 맞는 이야기다.

경멸과 혐오를 얼굴에서 숨기지 않으며 금 귀비는 빈정거렸다.

"어차피 부친의 요강이나 치우던 비천한 계집. 정실을 위해서 못 할 게 무어겠느냐? 출산을 부추기는 약을 달여 억지로 그 입에 쏟아 넣었다. 어머니가 깨어나 동생을 찾기 전에 애를 빼내야 했으니 꽤나 소란이었지."

"아니야."

"다행히 계집종에게서 빼낸 아이도 딸이었다. 산달이기는 했으나 억지로 출산을 강요당한 탓에 네 어미는 너를 낳자마자 죽었어. 거적때기에 쌓여 뒷문으로 나갔지. 그 이후는 본궁도 모른다. 부친이 너를 안아 들고 와서 내게 보여 주던 것이 기억나는구나. 피비린내가 자욱하고, 너는 눈도 뜨지 못한 덩어리였어. 종년의 딸, 서녀였지. 하지만 네가 있어야만 모친이 정신을 놓지 않고 살아 주시리란 것은 알았어. 그래서 나는 입을 다물었다. 너를 적녀라고, 내 동생이라 해 주었어. 부친은 내가 그 일을 어려서 기억하지 못한다고 믿으시더구나."

사내란 어쩌나 이기적인지. 어머니가 시간이 지날수록 신경증에 시달리고 끝내 자리보전한 것도 결국은 그 때문이라고 금 귀비는 믿었다.

출산 직후 사경을 건넜으니 갓 태어난 아기가 당연히 자기 딸이라고 믿었겠지. 하지만 몸을 추스르고, 아이가 자라날수록 의심이 커졌으리라. 비슷하게 배가 불렀던 하녀는 어디로 갔지? 어떻게 이렇게 절묘한 순간에 사라질 수가 있을까?

청아를 과하게 오냐오냐 키우면서도 무의식 속 불안은 씻기지 않았으리라.

부친 역시도 청아의 버릇을 버려 놓을 정도로 총애했다. 정실을 속여 넘기게 해 주어 고마워서인지, 아니면 사내들이 으레 그렇듯 제 편한 대로 믿어 버린 것인지. 금 귀비는 후자라고 생각했다.

부친은 졸렬하기 짝이 없는 위선자였다. 청아가 다른 서출들을 악랄하게 짓밟는 것을 알면서도 모른 채 넘어갔다. 참견하기 귀찮아서, 끼어들지 않고 방관하면서 짐짓 던져 주는 당과 따위로 좋은 아비 행세를 하고 싶어서. 그 대가를 청아로부터 돌려받는다니 세상일은 참 모를 일이다.

"너도 참 지독한 아이였다. 적녀라는 명분 하나로 서출 남매들을 그리 괴롭혔으니. 친하게 굴 필요까진 없다만, 죽은 쥐를 먹이고 머리카락을 자르면서까지 조롱할 이유는 또 무엇이냐? 탓하려거든 그 애들을 만든 아비를 탓해야지."

금 귀비는 금청아를 직시하였다.

"그런데 이제 너도 그 애들과 마찬가지인 서녀가 되었구나. 아니, 넌 심지어 그 애들보다도 못하지. 적어도 그들의 어미는 첩이나마 이름 있는 집안 출신이지만, 네 어미는 너를 낳기 직전까지도 요강을 치우고 바닥을 닦던 종이었으니."

찢어지는 듯한 비명이 전각 안을 채웠다. 금청아가 악을 쓰기 시작했다.

"난 서녀가 아니야, 아니라고!"

"그래? 그렇게 믿고 싶겠지. 하지만 네가 서녀라는 사실은 변하지 않는다."

금 귀비는 금청아가 정신을 놓고 공격할지도 모른다는 판단이 들자 반쯤 열린 문 근처로 자연스레 한 걸음 물러났다. 귀는 멀었지만 힘은 정정한 종들이 그녀의 안위를 주시하고 있었다.

"부친도 동의하셨다. 네가 유시까지 자진하지 않는다면 직접 네 출신을 밝히겠다고. 네가 깔보고 비웃던 이들이 사실을 알면 어떻게 생각할까? 태후인 고모님마저 서녀라고 무시하던 금청아가 여종의 딸이었다니! 참 재미있을 것 같구나. 그렇지?"

"……."

발광하듯 악을 쓰던 비명이 뚝 끊겼다. 아버지도 동의하였다는 말에 충격을 받은 것일까? 그도 아니라면, 사실이 무엇이든 더는 중요하지 않은 막다른 길임을 깨달은 것일까.

자결하지 않는다면 죽어서도 씻지 못할 굴욕을 쓰게 된다니. 이보다 역설적인 일이 또 있을까.

금청아는 수숫대로 만든 인형처럼 보였다. 폭발하듯 타오르던 모든 악의가 순식간에 빠져나가고, 동시에 생기마저 빼앗아 간 듯하였다. 이 정도는 갚아 주어야겠지. 진실이야말로 어떠한 고문보다도 효과적인 복수임을 금 귀비는 알고 있었다.

"아……니야."

아니야. 아니라고. 끝없이 중얼거리는 부정을 듣던 금 귀비가 마지막으로 한마디를 던졌다. 흰 비단 끈과 함께였다.

"정신을 놓고 미쳐 버린 서녀가 될지, 제 잘못을 책임지려고 자진한 적녀가 될지는 선택하렴. 여인으로 태어나 부모도 남편도 자식도 고를 수 없으니, 적어도 무덤 정도는 제 손으로 선택해야 하지 않겠니."

금가에서 나와 마차를 타며 금 귀비는 제 손을 만져 보았다. 금청아가 움켜쥐었던 손이었다. 씁쓸하게 입꼬리가 뒤틀렸다. 귀엽거나 착하게 군 적은 없는 아이지만 어쨌거나 여동생이었다. 과욕을 부리지만 않았어도 끝까지 덮을 수 있었을 텐데.

"서출이 어떻다고. 그렇게 치면 황상과 장공주도 서자들이 아닌가. 철없는 것……."

자신이 서녀임을 받아들일 배짱이 있다면, 미친 시늉을 해서라도 목숨을 부지하는 길을 선택하겠지. 하지만 금 귀비가 아는 금청아는 그럴 만한 배포가 없었다.

다음 날 아침, 금가로부터 소식이 들어왔다.

금청아가 목을 매어 죽었다고.

* * *

금청아의 자결 소식은 현희부에도 들어왔다.

본디 황실을 음해한 죄는 연좌로 물어야 마땅하나, 태후와 귀비가 금가인 데다가 상서령이 심리에서 큰 조력을 하였으므로 금청아의 부친의 관직을 박탈하고 유배 보낸 것으로만 금가에 교훈을 남겼다.

야심을 섣불리 드러낸 사도 역시도 관직을 잃고 재산을 몰수당함은 물론이요, 삿된 투서를 받아 장공주를 망신시키려 한 죄로 형부시랑은 곤장까지 맞았다. 아마 걸어 나가기는 힘들 것이다.

현희부에 얽힌 중상모략을 떠들던 입들이 순식간에 태세를 바꾸었다. 현희장공주가 어찌나 총명하고 재치가 넘치는지, 대전에서도 겁먹지 않은 배포는 또 얼마나 대단한지에 대해 떠들기 바빴다.

그럼에도 현희장공주가 남장을 하고 암시장에 드나든 것은 잘못은 잘못이다. 황제가 나서서 처벌하리라 하였다. 현희장공주 역시도 제 발로 나서 제발 마땅한 징계를 내려달라 청하였다. 후에 뒷말이 나도는 것을 방지하기 위해서였다.

허면 어떠한 벌을 내리는 것이 좋을까?

"정말 괜찮을지 모르겠구나. 오라비는 염려가 된다."

주영의 눈빛은 용중사에서 보았던 따스함과 애정을 그대로 드러내고 있었다. 그것만으로도 화영은 그간의 모든 고생이 가치가 있다고 생각했다.

"응. 일이 일단락되기는 했지만, 어쨌거나 온 데 사방에서 현희부 이야기로 난리잖아. 이번엔 과분한 칭찬이라는 게 유일한 차이지. 그래서 현희부에 관심이 떨어질 때까지 여행이나 좀 다닐까 해."

"행궁에서 쉬는 것은 어떻겠니. 도성에서 떨어져 있으니 조용할 거고, 그러면서도 안락할 터인데."

"으음, 보는 눈이 많으면 곤란해서요, 폐하."

"아, 그렇지."

화영이 돌려 말하는 의미를 알아챈 주영이 고개를 돌리며 웃었다.

"다들 잘 지내느냐? 다투지는 않고?"

"응. 뭐, 평소랑 비슷해. 맹타안이랑 은룡이 티격태격하고, 관호가 적당히 중재하고. 그치만 다들 친해 보이니까 괜찮아."

"너에게는 잘해 주고?"

"당연하지요. 황상께서 맺어 주신 성가인데, 장공주에게 못 해서야 되겠습니까?"

주영은 다정하게 미소를 지을 뿐 더는 묻지 않았다.

"그러면 대외적으로는 무어라 말하는 게 좋을까. 현희장공주가 현희부를 떠나 유랑하려면 적당한 명분이 있어야 할 것이야."

"나름 생각해 본 게 있는데……."

"같이 떠나겠다고?"

은요는 춘양궁에 찾아온 은룡에게 되물었다.

"그게 네 결심이니? 참으로 어머니께 사죄할 생각은 없는 거야?"

"예."

착하고 듬직하던 동생은 이제 어머니와 누이의 통제권을 벗어나 버렸다. 사내가 된 것이다. 은요는 은룡의 앞에서 눈을 어디다 두어야 할지도 알지 못했다. 분명 익숙한 동생의 얼굴이건만 어딘지 낯설어, 꼭 외간 사내를 보는 기분이었다.

"금 소저가 저지른 일들은 나도 들었다. 어머니도 아셨고. 내색은 안 하시지만, 네가 그리 반대했음에도 금 소저와의 혼인을 강요하셨던 일을 후회하시는 모양이야. 자식 된 도리로 한 번만 숙여 주면 안 되겠니?"

"숙이는 일은 어렵지 않습니다. 하지만 그다음이 문제이지요."

"그다음이 문제라니?"

"금 소저는 지난 일이지만, 앞으로도 어머니께서는 제 혼인을 기대하실 겁니다. 저는 그 기대에 부응해드릴 수가 없습니다, 마마."

"룡아."

동생은 선 채로 말했다. 당장이라도 떠날 사람처럼. 그 사실을 뒤늦게야 깨달은 은요는 저도 모르게 상석에서 일어나 층계를 내려왔다. 그리고 동생에게 다가와 그 팔을 잡았다.

귀한 분들의 대화가 내밀해질 것을 짐작한 궁인들이 알아서 내전을 비웠다.

"아직도 생각이 바뀌지 않은 거니? 아직도 장공주를 연모하는 것이야?"

"장공주 마마의 누명은 벗겨졌습니다. 그분의 명성은 샘처럼 맑고 별처럼 빛납니다. 제가 그분을 사모하지 못할 이유가 있습니까?"

은요는 얼굴을 붉혔다. 화영이 음해를 당하는 것을 알면서도, 저도 모르게 은가와 동생을 우선으로 행동했음을 기억해서였다. 분명 정의롭지 못한 처신이었다. 은요는 스스로가 부끄러웠다. 그러나 화영의 그림자로 살겠다는 동생을 말리고 싶은 마음은 여전했다.

시누이인 화영은 좋은 아이다. 은요 역시도 화영을 은룡의 짝으로 생각한 지가 오래되었다. 허나 천하에 공표된 부마도위는 은룡이 아닌 관호가 아닌가. 이제 와서 이혼할 생각도 없는 듯할뿐더러, 강로로 돌아갔던 염혁 세자마저 돌아와 현희부에 눌러앉았다고 한다. 그렇다면 은룡은 영영 세 번째 부마로 남는 셈이다.

친누이로서 하나뿐인 동생이 남첩 신세가 되어 치이는 일만은 막고 싶었다. 사모하는 이를 두고 벌이는 경쟁이 얼마나 사람을 피폐하게 하는지 뼈저리게 알아서이기도 했다.

은룡 역시도 은요가 자신을 말리는 까닭을 짐작하였다. 자신을 붙잡은 누이의 손 위에 부드럽게 손을 올리며 입을 열었다.

"황후마마. 장공주께서 이번 일을 해결하시기 위해 각고로 들인 노력을 아십니까?"

"……고생했으라 짐작은 한단다. 그러지 않고서야 단번에 심리를 뒤집기는 어렵지."

은요의 음성에서는 여전히 화영에 대한 아쉬움과 거리감이 느껴졌다. 은룡은 손에 조금 더 힘을 주었다.

"또한 금청아가 얌전히 자진하는 대신 발악이라도 했다면, 황실의 위엄이 땅에 떨어졌겠지요. 누가 금청아가 범인이라는 것을 알려 주었는지 아십니까? 누가 그 입을 막아 주었는지는요?"

은요는 입을 열었으나 흠칫했다. 금청아가 자결하기 전, 온헌궁 시녀 하나가 금가에 다녀왔다는 이야기를 들어서였다.

설마. 아니, 있을 수 없는 일이야.

하지만 그녀의 믿음을 은룡이 곧바로 깨어 버렸다.

"금 귀비입니다. 금 귀비가 장공주 마마를 돕기로 한 겁니다."

"금 귀비가? 그럴 리가 없잖니. 금청아의 언니야. 금가의 사람인데 무슨 연유로 장공주를 돕겠어?"

"장공주께서 낳으실 첫 딸을, 금 귀비에게 양녀로 넘기기로 하셨습니다."

충격적인 말이었다.

은요의 눈동자가 파르르 떨리더니, 이내 가녀린 몸이 휘청거렸다. 은룡은 재빨리 누이를 붙잡아 부축하였다. 놀랄 대로 놀란 은요의 맥이 펄떡이는 것이 느껴질 정도였다.

"어찌 그런 약속을! 폐하는 알고 계신단 말이니? 아무리 철이 없어도 그렇지, 아무리 상황이 급박해도 그렇지, 어찌 금 귀비에게 아이를 주겠다고 했단 말이냐!"

"황후마마를 위해서이기도 합니다!"

"그게 무슨……."

"금 귀비가 약속했다고 합니다. 황실 혈통의 아이만 있다면 자신은 후일이 보장된다고. 그러니 황후마마를 견제하며 괴롭힐 하등의 이유도 없다고 했다는군요. 더불어 후궁 중 가장 높은 지위인 만큼 허튼 암투가 벌어지지 않도록 신경 쓰겠다고도 했답니다."

은룡의 목소리는 담담했으나 무거웠다.

"장공주께서는 항상 황후마마를 생각하고 계십니다. 친자매처럼 여기시지요. 단순히 중상모략을 퍼뜨린 범인을 알기 위해서 태어나지도 않은 자식을 내어 주겠다 하실 분이 아닙니다. 황실의 안정과 평화를 위해, 그리고 황후마마의 행복을 위해서 하신 겁니다."

상상조차 하지 못했던 이야기의 연속에 은요는 현기증을 느꼈다. 하루 종일 눈밭에서 얼어붙었던 이가 실내로 들어와서 화로를 쬘 때 느끼는 통증이 바로 이러할 것이다. 와중에도 더는 금 귀비가 자신을 공격하지 않으리라는 말이 아플 정도로 강렬한 안심으로 다가왔다.

이 년이 넘는 시간이었다. 아이를 가지지 못한 정궁으로서 후궁들의 시기 질투를 받아내느라 연약한 은요의 마음은 갈가리 찢겨 있었다.

후궁의 비빈들은 모두 태후가 간택한 여인들이다. 당장 후궁들에게 받는 아침 문안마다 심장이 덜컹거리고 식은땀이 났다. 남편이 자신만을 사랑하기 때문에, 지조를 지키기 때문에 감당해야 하는 미움의 눈초리들. 이보다 불합리한 것이 어디 있을까. 은요는 새벽마다 소리 죽여 울고는 했다.

더는 두려워하지 않아도 된다. 매일 아침 눈을 뜰 때마다 오늘은 어디를 물어뜯길까, 어떤 식으로 몰이를 당할까 가슴 떨려 할 일도 없다. 후궁 중 서열이 제일 높은 이가 금 귀비였다. 그녀가 황후에 대한 태도를 바꾸면 다른 비빈들 역시 못내 따르겠지.

은요의 다리가 완전히 풀렸다. 은룡은 함께 무릎을 꿇어가며 누이가 다치지 않게 주저앉도록 도왔다.

"화영에게 내가 몹쓸 짓을 했구나. 이 빚을 어떻게 갚아야 하니, 내가…… 나는, 그 애 마음도 모르고……."

용중사에서 그녀와 동생이 오기만을 기다리고 있던 소녀가 떠올랐다. 은요와 은룡이 탄 마차가 보이기만 하면 저 멀리에서부터 뛰어와 반기던 화영의 얼굴이 어제처럼 생생하다. 은요는 눈물을 흘리기 시작했다.

어린 화영은 은룡을 곯려 먹기 일쑤였지만 은요에게는 순한 양과 다름없었다. 화영은 은요를 참으로 언니처럼, 어떤 면에서는 엄마처럼 따르고 좋아하였다.

화영이 바느질엔 도저히 답이 없음을 알아낸 것도 은요였고, 화영이 처음으로 달거리를 시작했을 때 곁에서 챙기고 보살펴 준 것도 은요였다. 황궁에 들어오는 그 날까지, 화영은 은요가 주었던 선물들을 하나도 빠짐없이 소중하게 봇짐에 챙겨 왔다.

주영에 대한 사모지심만큼이나 화영과의 우애도 참이었다. 십 년이 넘는 세월을 자매처럼 지냈고, 지금은 그 오라비와 혼인하여 가족이 되었다.

그런데 내가 어쩌자고 그 아이에게 고개를 돌렸을까? 어떻게 그럴 수가 있었지?

구중궁궐은 너무도 척박하고 힘들어 마음속의 선함을 앗아가는 것만 같았다. 오로지 자신과 가문의 안위만 따지도록 만들며 눈앞을 흐렸다.

은룡은 흐느끼는 누이를 품에 안은 채 오랫동안 보듬어 주었다. 가족 사이에 쌓인 앙금이 무너지고 더 깊은 정이 차오르는 것을 느낄 수 있었다.

당장은 어머니께, 은가에 찾아가지 못하겠지. 그러나 화영이 누이를 위해 얼마나 큰 희생을 결심했는지 밝힌 이상, 언젠가는 어머니도 인정하시리라. 아들이 평생을 바쳐 사모할 수밖에 없을 그녀의 진가를.

"고모님, 안에 계시지 않고 어찌 나오셨습니까?"

태후에게 부름을 받아 입궁한 금명은 깜짝 놀랐다. 태후가 내전이 아닌 밖에, 자녕궁의 중정에서 거닐고 있던 것이다. 아직 꽃샘추위가 기승을 부리는 시기였다. 한겨울이 지났다고 방심하다가는 독한 풍한에 걸리기 일쑤였다.

"겨우내 앉아만 있었더니 삭신이 굳더구나. 슬슬 바람이라도 쐬어야지."

"아직 바람이 차갑습니다."

"자, 저걸 보거라."

금명은 태후가 가리키는 대로 고개를 돌렸다. 짙은 껍질을 두른 채 늘씬하게 쭉 뻗은 나뭇가지가 보였다. 그 끄트머리에서 연녹색이 조금씩 비집고 나오고 있었다.

"벌써 싹이 돋아날 준비를 하는군요."

"그래. 올겨울은 지독하게 추웠다. 그런데 또 금방 물러가는 모양이다."

태후의 말 속에 담긴 뜻을 알아채지 못할 금명이 아니었다. 그는 가만히 웃기만 했다.

"아, 그러고 보니 인사를 올리는 것을 잊었습니다. 태후마마, 큰 복을 누리십시오."

"되었다. 우리 사이에 무슨. 일어나거라."

태후는 조카를 일으키고 그 손을 잡았다. 금명은 항시 젊게만 보이던 고모의 손이 많이 말랐음을 깨달았다.

'이번 겨울에는 많은 일이 있었지. 태후께서도 깨달은 바가 크실 것이다.'

금명은 고모의 인도에 따라 내전으로 들어갔다. 태감과 시녀들이 다가와 피풍의를 받아 주었고, 활활 불이 타오르는 화로를 가져다 귀인들을 따뜻하게 도와주었다.

깨끗한 샘물이 금방 끓었다. 차를 우려내는 향기로 실내가 은은하게 싱그러워졌다. 태후와 금명은 각기 찻잔을 들어 향과 맛을 음미하며 드물게 정적을 지켰다.

"현희부 소식은 들었느냐?"

먼저 입을 연 것은 태후였다. 금명은 마시던 찻잔을 우아하게 내려놓고, 빙긋 미소 지으며 답했다.

"예. 이제 곧 떠나실 때가 되었다고 하던데요."

"그래도 목련이나 피면 가지…… 장공주도 어지간한 쇠고집이다. 아직 바람이 이리 칼처럼 부는 와중에 굳이 떠나겠다니."

"태후께서 꽤나 말리셨나 봅니다."

"말린다고 듣는 아이더냐? 도성에서 현희부 명망이 하늘을 찌르고 있건만, 무에 그리 부끄럼을 타서는 도망치고 싶어 하는지. 저러다 병이라도 들면 어쩌려나 모르겠다."

"일단 명분이야 장물 거래를 반성하기 위한 순례이니까요. 봄이 되어 오가는 인파가 많을 때 출발하시는 것보다 나을 수도 있지요."

"누가 장물 매입 따위에 신경이나 쓰더냐? 그게 무슨 큰 죄라고? 거기다 원래 오황자의 소유였던 녹보석이다. 따지자면 황실로 돌아와야 마땅한 귀보 아니냐? 안목도 좋지, 장공주가 용케 되찾은 셈이야. 황궁 밖에서도 하나같이 장공주의 배포와 용기를 칭송하느라 입이 말라 난리이건만."

태후가 코웃음을 쳤다.

"올해 황실에서 받는 재물도 깎았고, 반성의 의미로 도성 치안을 담당하는 병사들에게 사비를 털어 새 옷과 가죽신까지 선사했다지. 이쯤만 해도 충분한데 무얼 굳이 먼 길을 떠나 고생을 하겠다는지, 원. 분명 하주를 오가는 길에 헛바람이 든 것이야."

현희장공주는 전국의 명망 높은 사찰들을 순례하겠다고 고하였다. 황실의 안정과 남려의 부흥을 위하여 기도를 올리며 자신의 잘못을 반성하겠다는 것이었다.

오황자의 난을 불러일으킨 선선대의 왕위 다툼과 그에 동반한 갖가지 범죄들을 백성들 역시 기억하고 있었다. 암시장에서 물건을 샀다는 이유 하나로 호사를 마다하고 고생하겠다는 결정이 인심을 사로잡아 날로 현희부의 명성이 커지고 있었다.

금명은 빙그레 웃기만 할 뿐 태후의 말에 반박하지 않았다. 어째서 현희장공주가 굳이 현희부를 떠나 유랑하려는지 충분히 짐작이 가서였다.

'이목이 쏠릴 대로 쏠렸으니 부마들과 마음 놓고 지내기 어려우시겠지. 차라리 신분을 숨기고 자유롭게 천하를 누비는 쪽이 즐거우실 것이다.'

분명 세 부마도 동행하리니 위험할 일도 없을 터. 식읍에서 들어오는 수입이 엄청나니 황실에서 내려오는 재물 따위야 얼마를 감하든 주머니가 빌리도 없다. 생색을 낼 용도로 내린 벌인 와중에도 끝내 전부 깎지는 않았다는 점에서 황제가 누이를 어찌나 애지중지하는지 보이지 않는가.

'참으로 행복한 여행이 되시겠군.'

문득 부럽다는 생각이 들었으나 금명은 내색하지 않았다. 현희장공주가 자신에 대한 오해를 완전히 풀고, 앞으로 평생지기로 여기겠다고 한 것만으로도 과분하지 않은가.

"너는 아직도 출사할 생각이 없고?"

현희장공주에 대한 생각에 빠져 있던 도중, 태후가 예의 질문을 던져 왔다. 금명은 어색하게 눈을 내리깔았다.

"소질(小姪)이 어리석고 재주가 없어, 감히 녹을 먹기가……."

"됐다, 그만해라. 두 번만 더 들으면 천 번을 채우겠다."

태후가 손짓을 하자 그녀의 빈 찻잔에 다시금 새 찻물이 채워졌다. 방상궁의 얼굴을 바라보던 태후가 불현듯 재미있는 발상이 떠올랐다는 듯

묘하게 입꼬리를 올렸다.

"방 상궁."

"예, 마마."

"자네는 어떻게 생각하나? 내 조카가 약관이 넘었음에도 출사에 뜻이 없다 하네. 저런 골칫덩이를 금가에서 마냥 먹여 살릴 까닭이 있을까?"

꼭 소녀처럼 장난기가 돋은 어조였다. 금명은 당황하여 고모를 바라보았다. 말려 달라는 듯이 방 상궁에게마저 간절한 시선을 보냈지만, 방 상궁은 모른 척하며 주인의 말에 맞장구를 칠 분이었다.

"확실히 그렇지요. 공자께서 마냥 소일하며 시간을 보내셔야 되겠습니까."

"고모님, 저는 아직 학문에 미숙하여-"

"네가? 네가 학문을 모르면 누가 아느냐? 진작에 다 꿰뚫고 빈둥빈둥 노는 것을 이 고모가 모를 것 같으냐?"

갑자기 분위기가 바뀌었다. 태후가 엄숙하던 가면을 내려놓고 크게 웃었다.

"이렇게 된 참에 너도 여행이나 좀 다니는 게 어떻겠느냐? 발 가는 대로 천하를 유람하다 보면 백성들을 어찌 구제해야 할지 구체적인 방안이 떠오르겠지."

"옳은 말씀입니다, 마마. 공자께서도 좋은 경험이 되겠지요."

"그래, 내 말이 그것이다. 그리고, 명아, 혹시 아느냐?"

방 상궁의 동조에 고개를 끄덕이던 태후가 금명에게 의미심장한 시선을 던졌다.

"인연이 있으면 천 리 떨어진 곳에서도 다시 만날지."

"설마, 아직도 저를-"

부마로 삼고 싶으신 겁니까?! 금명은 목구멍에서 튀어나오려던 말을 가까스로 붙잡았다.

곤혹스러움을 숨기지 못하는 조카를 보며 태후가 코웃음을 쳤다.

"누가 뭐라더냐? 예민하게 반응하는구나. 자, 돌아가 보거라. 네 아비에게는 내가 말해 둘 테니, 짐이나 싸 놓는 게 좋겠구나.”

“고모님!”

“뭐, 여비라도 줄까? 용돈이 필요한 것이냐?”

반진 반농. 태후는 유쾌한 심정이 되어 조카를 난처하게 놀렸다.

양딸인 현희장공주가 생각보다 자신에게 소중한 존재였음을 깨닫게 되었다. 그 아이가 곤경에 꺾이지 않고 헤쳐나간 것이 자랑스러웠으며, 행복하기를 바랐다. 이렇듯 화영을 아끼는 마음이 커지자 더욱 그 아이에게 금명을 주고 싶었다.

이전과는 묘하게 다른 사고의 흐름이었다. 총애하는 조카를 부마도위로 삼고자 하는 것이 아니라, 귀여운 딸에게 총명하고 조신한 사위를 주고 싶어진 것이다!

‘관 씨도 나쁘지는 않지만, 장공주를 내조하기엔 너무 무뚝뚝하단 말이야.’

부마도위 관호에게도 이런저런 장점이 있음은 이제 인정하는 바였다. 하지만, 그래도. 인연이라는 것은 모르는 바니까.

태후는 당황한 조카를 재미있다는 눈으로 응시했다. 학처럼 흰 얼굴을 붉히고 있는 꼴이, 어쩐지 진심으로 싫어하는 것 같지는 않았다.

기어코 쫓아내다시피 금명을 내보낸 태후가 후련한 심정으로 말했다.

“올해는 날씨가 좋기를 바라야겠구나!”

길을 나서는 이들이 안전하게, 행복하게 돌아오기를.

태후는 이 순간 모친의 마음이 되어 바라고 있었다. 자신과 피가 이어진 자식, 손자를 얻기 위해 애를 쓰던 와중에는 채 느끼지 못했던 감정이었다.

태후가 이를 깨달은 것은 다소 시간이 지나서였다. 그로 인해 태후가 아닌 한 사람, 금염아로서 뿌리를 내리고 살아갈 수 있었다.

태후는 평생 황제와 장공주, 그들 아래서 태어난 손주들까지 진심으로 아끼며 과거의 고독을 치유할 수 있었다. 그리고 원하던 대로 사랑받는 할머니가 되었다.

* * *

"난 말 탈래."

"안 됩니다."

"왜, 또?"

"귀하신 분이 어찌 마차를 두고 말을 타고 가십니까. 아직 바람도 차갑습니다."

화영이 발을 굴렀다. 보는 이의 동정심을 유발하기 위하여 극도로 과장한 투정이었다. 그러나 은룡에게 씨알도 먹히지 않았다. 일부러 화영에게서 시선을 떼어 버리며 모른 체하는 모습에 어이가 없었다.

이 무슨 일이냔 말이다!

"누가 은룡을 망쳐 놓은 거죠? 당신이야, 맹타안?"

"아니, 은가한테 열 받아 놓고 왜 나한테 시비를 거시오? 억울하기 짝이 없구먼!"

"은룡은 원래 내 말이라면 별도 따다 오는 착한 애였다구요. 그런데 요즘 왜 이렇게 말을 안 듣나 몰라? 나쁜 물이 든 게 틀림없어!"

"글쎄, 그 나쁜 물이라는 것이 하여튼 나는 아니오. 나만큼 부인 말에 껌뻑 죽는 놈이 어디 있냔 말이지."

화영이 갑작스레 타박하자, 맹타안이 긴 다리로 그녀에게 훌쩍 다가와 치근거렸다.

그는 말들에게 얹은 마구를 확인하던 중이었다. 최대 네 명까지 탈 수 있는 큼지막하고 튼튼한 마차가 준비되어 있었고, 먼 길 나갈 채비를 마친 말들은 총 여섯 필이었다.

두 마리는 마차를 끌 것이고, 두 마리는 짐말이었으며, 나머지 두 마리는 혹시 모를 사태에 탈 승용마였다. 마부를 동행한다면 네 사람 모두 마차에 타도 되겠지만 다들 원하지 않았다. 그래서 부마 한 명씩 돌아가며 마차를 몰기로 합의한 것이다.

"아무리 저를 도발하려고 하셔도 안 되는 건 안 됩니다. 봄이나 되면 모를까, 그 전까지는 마차를 타십시오."

은룡은 단칼에 논의를 잘라 버렸다. 맹타안이 화영에게 집적거릴 틈을 주지 않기 위해서였다.

"저, 저거 봐! 버릇없이! 은룡 너, 진짜 버릇 좀 고쳐 놔야겠다. 애가 귀여운 맛이 하나도 없어졌네."

"예, 부디 고쳐 주십시오. 그보다 부인, 필요한 물품은 다 챙기셨습니까?"

"응. 침혜가 다 챙겨 줬을걸?"

"확인은 하셨고요?"

"아마도……?"

은룡의 짙은 눈썹이 찌푸려지는 것이 보였다. 화영은 맹타안에게 눈을 흘겼다. 하여간 당신이 쟤를 망쳐 놓았다, 이런 뜻이 담긴 눈초리였다. 맹타안은 억울하다는 듯 가슴에 손을 얹고 잘생긴 얼굴을 찌푸렸다.

말장난도 잠시, 화영이 주위를 둘러보다 물었다.

"관호가 안 보이는데, 그 사람은?"

"부엌에 계실 겁니다. 건량은 미리 준비해 두었습니다만…… 구 씨 부부가 꼭 길참을 만들어 드리고 싶다고 고집해서요."

"아, 맛있겠다. 역시 여행에는 맛있는 음식이지."

화영이 손뼉을 치자 어쩔 수 없이 은룡의 표정도 녹았다.

"정오가 되기 전에 출발하기로 했으니 곧 오시겠지요. 부인께서는 마차에 미리 타 계십시오. 공기가 서늘합니다."

"아니야, 나도 여기 있을래. 여행 전의 어수선한 분위기가 좋거든."

평생 두 번째로 하는 여행이었다. 아니, 정확히 따지자면 첫 번째라고 해도 과언이 아니다. 하주로 내려갔던 일은 도주에 가까웠다. 현희부에서 버텨 낼 재간이 없어 도망간 것이다. 황제의 허락도 받지 않고 떠난 처지였으니,

지나가는 지방의 명소를 들르거나 특산물을 맛보는 즐거움을 거의 갖지 못하였다.

하지만 이제는 다르다! 가고 싶은 곳에 가고, 보고 싶은 것을 보고, 먹고 싶은 것을 맘껏 먹을 수 있다. 남의 눈을 피해서 노숙할 필요도 없다. 원하는 곳에서 바라는 만큼 머물며 즐길 수 있겠지. 화영의 가슴은 기쁨과 설렘으로 가득했다.

반성의 의미로 하는 순례이니 장공주임을 드러내는 화려한 표식 없이 평복을 하고 다니겠다고 하였다. 만에 하나를 위하여 현희장공주의 표식인 옥패는 지니고 다니겠지만, 위급한 상황이 아니고서는 꺼내어 행세하는 일이 없으리라 장담하였다. 그러한 의사에 다시금 조정과 백성이 감탄했음은 물론이다.

현희장공주의 행차라면 수행 인원이 최소 수십에서 수백에 달해야 할 것이며, 전국을 돌아다니려는 만큼 적잖은 비용이 들 터였다. 게다가 그녀를 맞이하여 접대해야 할 지방관들과 사찰들의 부담도 만만치 않았으리라. 그런데 평복을 하고 부마와 몇 명의 호위만을 데리고 조용히 기원을 올리러 다니겠다니, 어찌나 훌륭한 분이신가!

'실은 그냥 우리 좋은 대로 편하게 다니려는 핑계였는데.'

화영은 속으로 큭큭 웃었다.

세 명이나 되는 남편을 데리고 돌아다니기 위해 선택한 방법이 되레 민심을 얻을 줄이야. 어쨌거나 그녀의 기행으로 인해 오빠의 치세가 한층 안정되었다니 기쁠 뿐이었다.

화영의 순례 계획에 태후는 몇 번이고 걱정하며 만류했지만 결국 허락하고야 말았다. 자식 이기는 부모 없다더니, 하면서 방 상궁더러 옻칠한 상자 가득 은자를 내려 주셨다. 돌아다니며 쓰기에는 금자보다 편할 것이오, 하는 목소리에서는 따스함이 느껴졌다.

장공주를 잘 보필하라고 반 시진 내내 쏟아낸 잔소리에도 불구하고 관호마저 희미한 미소를 띠었을 정도였다.

그 뒤로 황제와 황후에게 떠나기 전 인사를 올리기 위해 찾아갔을 때, 화영은 깜짝 놀랐다. 다소간 틈이 느껴졌던 새언니 은요가 한달음에 나와 법도를 무시하고 그녀를 끌어안은 것이다.

은요의 품에서는 용중사 시절과 다름없는, 아니 그보다도 더 깊은 정이 느껴졌다. 화영은 안심했다. 그리고 은요를 마주 안은 팔에 힘을 꼭 주었다.

예상치 못한 것이 하나 있다면 현희부로 날아온 금 귀비의 서신이었다. 다른 내용은 일절 없이, 부디 건강하기를 바라며 공덕을 쌓고 무사히 돌아오기를 기원하겠다는 안부만 적혀 있었다. 난꽃보다는 송죽에 가까운 필체였다. 금 귀비도 불합리한 세상 속에서 나름의 자유를 찾은 것일까.

화영은 따로 답장을 보내지는 않았다. 그러나 금 귀비가 약속을 이행하였듯 자신 역시도 그리할 것임을 알리라 생각했다.

다만 아쉬운 것은 금명을 미처 만나 보지 못하고 떠나는 일이다. 금가에 다녀온 은룡이 곤란한 표정을 하며 말하기를, 태후께서 얄궂은 장난으로 괴롭히실 기세라 와병했다는 핑계를 대고 누워 있다는 것이다. 자칫 외부인을 만났다가는 꾀병인 것이 들키고 말 터이니, 부디 염려치 말고 떠나시라 전언하였다나.

─그치만 신세를 너무 많이 졌어. 어떻게든 갚아야 하는데⋯⋯.

─조만간 갚을 날이 오겠지요. 금 공자와는 여러모로 인연이 깊으니까요.

그나마 은룡의 말이 위안이 되었다. 그래, 영영 헤어지는 것도 아니니까. 예상치 못한 곳에서 우연히 마주치게 될지 누가 알겠는가? 그들의 첫 만남처럼.

얼마 지나지 않아 관호가 모습을 드러냈다. 탑처럼 층층이 쌓인 찬합을 든 채였다. 이래서야 길참이 아니라 잔치를 벌여도 되겠다 할 규모였다. 현희부의 주인을 향한 식솔들의 애틋한 마음이 그대로 느껴졌다.

하주로 내려가면서 현희부를 폐쇄했던 것과 달리, 화영은 이번에는 식솔들을 그대로 남겨 두기로 결정했다. 최소한 일 년은 현희부를 비우게 될 텐데, 어려운 처지로 들어와 일해 주었던 이들을 다시금 내보내기 원치 않아서였다. 물론 하인들을 향한 단단한 신뢰도 한몫하였다.

고 씨가 청지기로서 책임을 맡고, 침혜와 일을 분담하여 현희부를 관리하기로 하였다. 침혜는 이번에야말로 화영을 따라나서 시중을 들고 싶어 했으나 화영이 거절하였다.

-일 년은 너무 길잖아. 서방이랑 딸애를 남겨 두고 어디를 가려고.

-그치만 마마의 머리는 누가 빗어 드리죠? 목욕 시중은 누가 들고요? 뱀 허물 딱지처럼 벗어 두는 옷들은 누가 정리하구요?

침혜의 눈시울이 붉었다. 한 번 헤어져 보니 떨어져 있을 시간의 그리움이 더욱 명확해서였다. 마주 보며 손을 잡는 화영 역시도 코가 반쯤 막혀 있었다.

-괜찮아. 네 말대로 나는 서방이 셋이나 되잖아. 누군가는 해 주겠지.

넉살 좋은 농담에야 침혜는 눈꼬리에 눈물을 매단 채 웃음을 보였다.

-하이구, 마마 앞에서는 찬물도 못 마시지! 그렇게 말씀하시면 저두 할 말이 없네요!

화영은 봄이 되면 침혜의 남편과 아이를 현희부로 데려와 살라고 지시해 두었다. 남편의 얼굴로 걸려 있던 현상 수배는 오빠에게 이야기해 두었으니 겨울이 지나기 전에 정리될 것이다. 그리고 죄 없는 백성을 희생양 삼아 제 아들을 살리려 했던 탐관오리는 죗값을 받을 터였다.

이 소식에 침혜가 얼마나 기뻐했는지는 말할 것도 없었다.

-이러면 이제 셋이서 손잡고 시장 구경도 가고, 재미있게 살 수 있겠다. 그치? 내 걱정할 시간도 없이 알콩달콩 말이야.

-잘도 그러겠구만요, 잘도!

비단 남편의 일 뿐 아니라, 화영이 더는 숨죽여 살얼음판을 걷듯 살지 않아도 된다는 것이 침혜에게는 크나큰 안도였다.

세 명의 액막이 부마, 아니 이제는 진짜 부마들을 들킬까 걱정하고 두려워하지 않아도 된다. 곧 피어날 봄꽃처럼 순수하고 행복하게 살아갈 수 있으리라.

그 생각으로 침혜는 화영을 따라가 시중들지 못하는 아쉬움을 이겨낼 수 있었다.

"찬합은 마차에 실어야겠소. 그래야 엎어지지 않을 테니."

"한 시진쯤 가다가, 볕 좋은 장소가 있으면 바로 먹어 치웁시다. 그게 편하겠구만. 맛도 좋고 말이오."

"준비는 다 끝나신 겁니까?"

"그렇소. 이대로 출발하면 되오."

이야기를 마친 관호가 화영을 바라보았다. 그녀는 이른 봄처럼 사랑스러운 연두색 옷에 모란색 붉은 피백을 걸치고 있었다. 올해 가장 먼저 피어난 꽃인 양 반짝이는 그녀의 표정이 부마들 모두 미소를 짓게 만들었다.

"어디로 갈지는 생각했소, 부인?"

"응. 그런데 방향은 몰라요. 영랑사로 가고 싶은데."

화영이 고개를 끄덕였다. 은룡이 잠시 생각하는가 싶더니 고개를 끄덕였다.

"영랑사라면…… 양주에 있지요. 석탑으로 유명하다고 알고 있습니다."

"행선지는 정했는데 방향은 모른다? 거 재밌는 말이로군. 거기 가려는 이유가 딱히 있는 거요?"

맹타안이 짓궂게 말했지만 화영은 화내지 않았다. 오히려 기다렸다는 듯 시원스레 외쳤다.

"바다요!"

"바다?"

세 부마가 거의 동시에 되물었다.

"아, 영랑사 절경이 해무에 묻힌 석탑들이라고 금정 법사께서 말씀하신 기억이 납니다. 그렇다면 분명 바다 근처이겠군요."

"그곳을 첫 목적지로 정한 이유가 있는 것이오?"

"그러게. 양주라면 여기서도 꽤 멀지 않소? 가까운 곳부터 가지 않고."

화영이 웃었다. 어찌나 환한 웃음이던지 한밤중 갑자기 누군가 등롱을 켠 듯 아름다웠다.

"우리 넷 다, 바다를 한 번도 본 적이 없잖아요. 그래서 가 보고 싶어요."

용중사에서 자라 황궁으로 들어간 화영과 강과 산으로 둘러싸인 하주에서 살던 관호. 탁 트인 초원에서 태어난 맹타안과 어려서 몸이 약해 용중사보다 먼 곳은 가 보지 못한 은룡.

세 부마는 문득 약속이라도 한 듯 서로를 쳐다보았다. 기묘한 기분이었다. 쑥스러운지 볼을 붉힌 화영의 앞에 선 이 순간만큼은, 서로가 경쟁자도 원수도 아닌 가족이라는 느낌이 들었다. 화영이 자신들을 한데 묶어 우리 넷, 이라고 칭했기 때문이겠지.

단지 그 이유만으로도 이처럼 난감할 만큼의 친밀함이 생긴다. 믿을 수 없을 만큼 간결하고, 강렬한 감정의 끈. 어떤 시련도 그녀에게서 그들을 떼어 낼 수 없을 것임을 깨닫는 순간이었다.

"좋소, 바다로 갑시다."

"그래, 나도 본 적이 없어 궁금하오. 좋은 생각이야."

"부인이 원하신다니 저도 좋습니다."

관호와 맹타안, 은룡의 대답에 화영이 활짝 웃었다.

모두 그녀에게 소중한 사람들이었다. 결코 헤어지지도, 떨어지지도 않을 새로운 가족.

─난 소유욕이 강한 사람이에요. 한 번 내 거라고 다짐하면 죽어도 안 뺏겨요. 나주지도 않고요. 그런데 셋 다 내 남편을 계속하겠다고요? 후회하지 않겠어요?

─반가운 말이로군. 부인이 나를 죽어도 놓지 말았으면 하오.

─역시, 포기하겠다는 놈이 나오면 죽여서 없애는 게 낫겠지? 부인도 그럴

게 생각하지 않소? 하나하나 치우다 보면 이 몸만 남겠지. 완벽한 결론이오.

-부인, 맹타안의 처리는 부디 제가 하게 해 주십시오. 부탁드립니다.

세 명의 부마가 함께 화영을 섬기기로 합의했다는 말에 어찌나 놀랐는지. 도통 받아들이기가 힘들어, 몇 번이나 으름장도 놓아 보았고 각기 면담까지 해 보았다. 그럼에도 누구 하나 입장을 바꾸지 않았다.

결국 화영 자신도 이제는 이들 없이는 살 수 없음을 인정하고야 말았다.

화영이 마차로 뛰어들어 갔다.

맹타안이 킬킬거리며 그녀를 따라 탔고, 은룡은 말들에 실린 짐을 확인하고서 관호의 손에서 찬합을 건네받은 뒤 마차에 탑승했다. 관호는 말채찍을 손에 감아 들고 마부 자리에 앉았다.

처음 마차를 몰기로 한 사람은 관호였다. 한 시진마다 공평하게 맹타안, 은룡의 순번으로 바꾸기로 했다나. 무슨 일에나 서열이 중요한 법이오. 관호가 짐짓 내뱉은 말은 농담인지 진담인지 어려웠지만, 화영은 키득키득 웃을 뿐이었다.

고 씨의 지시에 따라 문이 열렸다. 현희장공주 일행을 배웅하는 현희부 일손들이 앞마당 가득 모여들어 저마다 인사와 안부를 전했다. 익숙하고 정겨운 목소리를 장공주와 부마들은 하나하나 알아들을 수 있었다.

마차 안은 안락하고도 널찍했다. 화영 바로 옆을 차지한 맹타안, 어쩔 수 없이 맞은편에 자리한 은룡. 화영은 그들을 바라보며 씨익 웃었다.

화영이 마차의 창문 밖으로 몸을 기울이며 관호에게 외쳤다.

"출발해요!"

말들이 움직이기 시작한다. 바퀴가 구르며 경쾌한 소음을 만들어 낸다. 사랑하는 이들과 떠나는 여행이란 얼마나 즐거운가.

공기 속에서 희미하게 향기가 묻어 있었다. 봄이 오고 있다는 표시였다. 색색의 꽃들이 들판을 수놓으니 풍경을 보고 노래하고 술잔을 기울일 수 있겠지. 앞으로 펼쳐질 모험을 상상하는 것만으로도 벅차올랐다.

화영의 기쁨과 두근거림이 웃음소리를 타고 번져 부마들의 가슴까지 간지럽혔다.

한 명의 장공주와 세 명의 부마. 역사는 부정하겠지만 아무려면 어떤가.

그들은 천하를 떠돌며 행복을 만끽할 것이다.

평생토록, 함께.

〈完〉